雪色边城

中册

高子民 著

远方出版社

第二十章　归来情变，境遇难堪

1

六月的龙城，晨光穿过巍巍的红山和栋栋高楼，照在一处特别的二层楼上。敖拉倚站在阳台上，手捧一本诗集，动情地朗诵着汪国真的《是否》："是否，你已把我遗忘? 不然为何,杳无音信、天各一方。是否,你已把我珍藏? 不然为何,微笑总在装饰我的梦，留下绮丽的幻想……"

白小艺风风火火地跑到她身后："敖拉姨，快去吧，我姜爸等你呢。"敖拉倚合上书，把那盆盛开的月季花搬起来，端详着。白小艺赶忙去接，搬进了屋，奇怪而喃喃地说："这么好的花竟然是假的……"

赵家传出一片欢声笑语，全家人春风满面地试着新衣服。

赵连起边穿一件深蓝色的西服边问："看我这身儿怎么样?"

赵夫人扯扯衣角，高兴地说："早也盼, 晚也盼, 转眼之间又一年。你这副市长当上了, 老公公也当上了。这身衣服嘛, 半个世纪以来没这么利索过, 像当官的样子。"

赵连起端坐着："看你说的，把人想得那么没觉悟，还是要多强调公仆意识，不能有官僚思想。不过，我最高兴的还是终于当上老公公了。"

赵直帆调皮地做着手势："老爸，这是自己家客厅，听众二人，不是主席台，一个劲儿地端着，多累啊！放下，放下。"

赵连起严肃地说："这小子，没大没小没觉悟……惯的。"

赵夫人笑道："今天别说他了，当新郎官了，乐呵的。"她转过身去给直帆抹衣角："直帆、传言，美祺让你跳楼，你就真从十楼跳下去？"

赵直帆顽皮地说："不是传言，因为我发现九楼顶是个平台……"

赵夫人听后大笑："没正形的玩意儿。"

姜长庚家，化妆师在给姜美祺化妆，可姜美祺脸上并没有一般新娘子特有的幸福感。白小艺跑进来，帮着递这递那："大姐，高兴点儿，你说你多幸福啊，有那么多的优秀男人追你，我有你这魅力就好了。"姜美祺的两行泪流了下来。

化妆师嗔怪道："美祺，你不能这样，这妆可是化了三次，再这样就挂不上了。"白小艺见姐姐不高兴，跑到卧室把自己的伴娘装穿上："大姐，看，我俊不？"姜美祺笑了："小艺俊，我就没看过有比我妹妹俊的女孩儿。"

姜美祺总算有了笑脸，这让姜长庚悬着的心总算放了下来。他下楼向敖拉倚家走去，远远地看见一辆小厢货从敖拉倚家开走了，心里便感到很奇怪。他来到敖拉倚家客厅："小倚，小艺请不动你，我亲自来了。"敖拉倚没有吱声，姜长庚诚恳地说："小倚，你就帮个忙吧，这对美祺来说也是个支持。"

敖拉倚抱怨道："老姜，我算什么呢？名不正，言不顺……"姜长庚说："那不是早晚的事儿吗？"敖拉倚问："我听小艺说，她姐并没有相中赵直帆，怎么突然嫁了呢？"

姜长庚沉思一下道："我想是为了我们吧……美祺和我谈了，她结婚后，希望我们马上结了。今天来了那么多的客人，咋也得让人家看着咱们有个完整的家。再说了，老亲家赵连起也是有头有脸的人，咱们也得给人家长长脸。"

敖拉倚一边换衣服一边说："好吧，老姜，我去，我希望美祺幸福。"

姜长庚听后格外高兴，这么多年，他最大的心愿就是让自己的宝贝女儿成家立业，这两个愿望在美祺二十七岁生日时都实现了。

大辽绿都，鞭炮齐鸣，鼓乐喧天，礼花飞舞，一长溜的婚车开了过来。

龙小晴、吴寄瑶等男女同学站在台阶上，指指点点，叽叽喳喳，欢声笑语高过鼓乐声。

吴寄瑶羡慕地说："你看人家，再看咱们，真是人比人得死，货比货得扔啊。"

刘尔贵凑到吴寄瑶跟前："你也不错嘛，蹚过男人河，住过黄金屋。你说我，一天到晚，走大街，串小巷，两个裤腿磨锃亮。快一年了，赚个一脚踢不倒的钱，连个窝都置不起，还得啃老妈。这不，还得替老妈来随礼。"

时猴子不知啥时从后边上来了："那能比吗？从货的用途上来分，你属于生产工具类，是干活的命；寄瑶属于生活用品类，是享受的命。从货的性质上来分……"

吴寄瑶捶了时猴子一拳："说说你们俩是啥货色吧，两张狗嘴……"

龙小晴拉了寄瑶一把："别闹了，写礼去吧，再看看能不能帮美祺忙。"

两个写礼台上，分别写着"男方""女方"的大红牌子。男方礼单上最少一千元，女方的礼单一拉溜两百元。

刘尔贵和时猴子走到男方写礼台前，时猴子把两万元装进红包内交给写礼的人。写礼人说："二位先生，这个……忘了写姓名了。"时猴子说："帝豪大酒店金贵。"说完和刘尔贵坐在了婚礼桌旁。刘尔贵小声地问："猴子，咱们不随礼就坐这儿喝酒合适吗？"时猴子龇牙道："少见多怪，我时子厚喝喜酒什么时候随过礼？"刘尔贵问："你小子又靠上金老板了？"时猴子没吱声，捏起一个大枣塞进嘴里。

吴寄瑶和同学们羡慕地走到写礼台前，迟疑着。龙小晴问："寄瑶，你想在哪儿写礼？"吴寄瑶回道："那还用说吗？锦上添花呗。"说完，向男方写礼台走去。龙小晴只好拉着几名女同学来到了女方写礼台。

2

鲁运哼着"你曾经对我说过，永远地爱我，谁知道你的话儿，都是在骗我，你狠心抛弃我，也不管我死活，谁爱我？谁爱我……"走出办公楼门口，听见有人喊"鲁运"，便像被掐住一样停了下来。他一抬眼，发现龙大章和朱丽雅提着大包小包奔刑警大队大楼而来。

龙大章兴奋地喊："大师兄——我们回来了！"鲁运愣了一下，站那儿像一尊佛像，一动不动。朱丽雅说："大师兄，才八个月，你就不认识我们了？"

鲁运这才惊讶地说："师弟、师妹，你们可回来了，我都想死你们了。你们私奔也不告诉我一声？一个宿舍住着，不够哥们儿意识（思）。"他的手和大章的手握到了一起，然后去拥抱朱丽雅。

朱丽雅说："我们去凤城了。"鲁运傻傻地问："去那儿经商？结婚？"朱丽雅怪道："经什么商，结什么婚，工作。"鲁运一头雾水："噢？调那儿工作去了？那怎么又双双回来了？"朱丽雅说："本来人家还安排了旅游项目，他呀，归心似箭。那儿的领导看实在留不住他了，就放行了……"鲁运越听越糊涂。

龙大章说："哎——丽雅，一时半会儿和他说不清楚。大师兄，师傅呢？"

鲁运迟疑地说："师傅呀，又让妖怪抓走了……你不知道吗？今天美祺结婚，应该在大辽绿都婚礼现场，我这也正准备去呢，都晚点了，咱们一起去吧？"

龙大章一愣："美祺结婚？和谁结婚啊？"

鲁运答："赵副市长的公子——赵直帆。"

龙大章大惊失色，怔在那里一动不动，眼睛瞪得大大的……

大辽绿都赵直帆婚礼现场，婚礼进行曲奏响。来宾掌声响起，花童撒花引路，礼炮彩纸纷飞，新郎新娘在童男童女的跟随下缓缓步入殿堂。一群少男少女簇拥着他们，喷出五颜六色的飘带，向天空抛出缤纷的玫瑰花蕊。投影的冷光灯聚焦这一对新人，婚礼台上喷出云气雾，营造着婚礼庆典的热闹与浪漫的氛围。

主持人边走边挥手致意："各位亲朋好友，在这礼花飞撒、喜庆热闹的婚礼殿堂，苦恋八年，一对新人终成正果。我想是缘分和真诚让这对钟爱一生的新人结合。让我们一起记住这个美满幸福的日子——二○一二年六月二十六日六六大顺的日子！"

姜美祺挨着赵直帆站在台上，她平静地听着主持人煽情的语言。她向台下望去，在黑压压的人群中似乎看见了什么，她怔了一下……

龙大章和朱丽雅站在后边门口的音箱旁，引颈向台上望着。他眉头紧锁，她一脸艳羡。主持人的声音格外刺耳："各位来宾，现在最激动人心、最圣洁庄严的时刻来了，新郎新娘交换结婚戒指，这纯正的白金象征着他们纯洁的心……"

龙大章默默地看着姜美祺，台上的姜美祺模糊了，他沮丧地跑了出去，后面传来主持人的声音："二人交换结婚戒指！"

这时，台上的姜美祺突然穿着婚纱向台下跑去，两边传来一阵惊叫声……

大辽绿都的池塘里，红红的鱼游来游去。龙大章低头，目不转睛地看着那些游来游去的鱼，过去的一切也像鱼一样在自己的脑海中游动——

学生时的姜美祺从岩石上掉下来，砸在龙大章身上……公园里，姜美祺躺在长椅上，枕着龙大章的腿……夜色中，大街上，姜美祺扑到龙大章怀里……凤城会馆，龙大章捂着姜美祺的嘴，把她拖出会馆……

那庄严喜庆的《婚礼进行曲》竟被龙大章听成了《爱一个人好难》："事到如今没有答案，我的真心为你牵绊。不管相见的夜多么难堪，简简单单地说爱是不爱，想要把你忘记真的好难，失恋的痛在我心里纠缠……"

姜美祺穿着婚纱跑出来，东张西望地寻找着。她来到大章身旁，迟疑地说："大章，你回来了，怎么不告诉我，你好吗？"

龙大章头也不抬地说："我要说我不好，你能让我好吗？"

姜美祺嗔怪地问："你这八个月，到底在干什么？"

龙大章站起来两眼无神地说："现在说还有用吗？幸福快乐地生活吧，祝福你……我没事儿……"

婚礼现场，主持人拿着话筒僵在那里，赵连起、赵夫人、姜长庚、敖拉倚都僵在了那里，一阵音乐声响起，掩盖着这尴尬的气氛。姜长庚向白小艺摆手："快，叫你大姐回来。"白小艺向外跑去，赵连起、赵夫人向姜长庚这边望着，姜长庚惭愧地低下了头。很多客人纷纷起身，想看个究竟，场面一时很乱……

赵直帆从台上下来，走出去，看着姜美祺的背影沉默着。姜美祺看着龙大章的背影，含着泪。白小艺拿着一把花跑了出来喊："大姐，全场子的人都在等你呢，快回去吧！"

姜美祺含泪转身欲走又停下，赵直帆皱着眉头道："美祺，那么多人呢，你不给我面子，你得给我爹妈面子——"

龙大章回过身对姜美祺说："快去吧，大喜的日子……怎么能这样呢？"他又对白小艺说："小艺，龙哥从凤城给你带来了好东西。"他把一个盒子递给白小艺。

白小艺吃惊地问："龙哥哥，你玩什么失踪啊？我都想你了，你回来也不告诉我一声。我得看看是什么好东西。"龙大章制止道："回家后再打开吧。"白小艺高兴地抱着盒子："好，只要是我的，永远跑不了……"

龙大章转身向外走去，后面传来主持人的声音："祝经历了考验的一对新人永远甜甜蜜蜜、恩恩爱爱、爱河永恒……"他用眼角的余光发现朱丽雅一直跟在他身后，便说："我想静静。"朱丽雅便停住了脚步，看着他走远。

3

龙山森林公园月牙湖杨柳岸，湖水里倒映着红山与垂柳，湖里的莲花已含苞待放。龙大章在月牙湖岸的柳丝间踽踽独行，他的耳边始终挥不去姜美祺婚礼的音乐声，他气愤地把一个石子向湖面抛去，石子在湖面形成皱纹，一直延伸到湖里，渐远渐淡……

淡淡的影像慢慢又清晰起来，那是曼丽酒吧的一首曲子《雨一直下》："雨一直下，气氛不算融洽。在同个屋檐下，你渐渐感到心在变化。你爱着他，也许也带着恨吧？青春耗了一大半，原来只是陪他玩耍……"

脑海中的这个旋律被一声粗暴的骂声打断。湖对岸，几名农民工正在修补河岸，于海平骂骂咧咧地指挥着："暴雨季节要到了，日落前都得干完了，不然，白干！"一民工突然眼睛瞪得溜圆儿："于副总，你看！"于海平顺着他手指的方向望去，一个女人正向湖中心走去。于海平惊道："那儿可是深水区，要自杀！"他向民工喊："快，把那船划过来！"

于海平跳上船，和那名民工快速向那女人划去。那女人是龙小晴，她一起一伏的，在游动。船划到龙小晴跟前，于海平伸出杆子让龙小晴抓住，自己却没站稳，"扑通"一声掉了下去，水溅了龙小晴一脸。龙小晴转过头问："你没事吧？"于海平喊："救……我……不会水……"一股水呛得他没说上后半句话。

龙小晴吃了一惊，去救于海平。可是于海平在水里胡乱挣扎，龙小晴根本抓不住他。那个农民工从船上伸出杆子，可是于海平就是抓不住杆子，脖子上挂的"金"项链飘起来，却往下沉，龙小晴焦急地看着于海平向水下沉去……

在河边望着水，想着"逆流而上"的龙大章正在发呆，他听见湖里民工喊"救人啊"，便猛地站起来向那边跑去，在离龙小晴最近的地方，"扑通"一下跳到了水里，扯住于海平的裤带，把他拖到了浅水区，几个农民工把浑身是泥的于海平拖到了岸上，于海平惊魂未定。

龙小晴看见一身是水的龙大章，惊讶地说："哥，怎么是你？刚才他们说你回来了，我还不信呢。"

龙大章问："小晴，你来游泳？"

龙小晴眼含泪花："哥，爹妈都想死你了，你回来也不说一声！你在凤城为什么躲着美祺，躲着我？"

龙大章低沉地说："我也是刚回来，回头我慢慢跟你们说吧。爹妈都好吧？"

龙小晴的泪流了下来："鸡血麻神案没有破获，爸爸和刘尔贵都被开除了，给别人看了几个月的库房，我又央求着于馆长让他回到馆里。母亲听说你被开除了，整天念叨你，逢人就说你不可能犯错误。哥，你到底有什么见不得人的事儿啊？"

　　龙大章说："小晴，我想你们对我有很深的误解，包括美祺……不过，你们要充分相信我，你哥做不出影响警察形象的事情。"

　　龙小晴擦了下眼泪说："我相信你，可社会相信你吗？"

　　龙大章说："小晴，不说这个了，子强呢？"

　　龙小晴低沉地说："子强做风险投资失败破产了，与我断绝了关系，我也不知道他在哪儿……"

　　太阳即将落山，兄妹二人说这一年多的遭遇，向森林公园外走去。

　　于海平从后面跑过来："二位，你们救我，我还没谢你们呢。"

　　龙小晴问："你是？"于海平答："我是于馆长的儿子于海平啊。"龙小晴说："听于馆长说过，在做律师？"于海平点了下头："你叫龙小晴？我爸常夸奖你呢，说你聪明能干……"龙小晴说："所以，你就来救我？"于海平说："算……是吧。"于小晴笑道："于大律，以后再救人，不光要看是不是美女，还要看自己啥身手。"于海平尴尬地笑了："我……我就是……"

　　这时，龙大章的电话响了："直帆……为什么要见我呢？……好吧。"他按了电话，对龙小晴说："小晴，你回去和爹妈说吧，我今晚先不回去了。"

　　于海平恍然大悟："我明白了，你们是兄妹。小晴，你上哪儿，我顺路开车送你。"龙小晴笑道："我上台湾。"于海平愣了一下："那……也顺路。"

　　龙大章看着于海平那股劲儿，便明白了，他笑了笑，对二人挥了下手，向曼丽酒吧方向走去。

4

　　披红挂彩的新房，客人陆续走了。姜美祺照着镜子卸妆，眼睛里透着忧郁的眼神，一个新娘子的幸福感在哪儿呢？

　　赵直帆凑了过来，站在姜美祺的身后："这一天，赶上耍猴了，累死我了。来吧，让我把我日思夜想的新婚妻子抱上床吧。"说完，赵直帆抱起姜美祺向卧室走去，把姜美祺放到床上，嘴就凑了过来。

　　姜美祺用手一挡："赵公子，且慢，遵守君子协定。"

赵直帆惊疑地问："什么协定？"

姜美祺伸手从床头柜里拿出一张纸来，送到赵直帆手里："这可是咱们事先约定好的，不能反悔哟！"

赵直帆拿起纸念："《婚姻考验期君子协定》：姜美祺为了父亲的婚事，与赵直帆登记结婚，并举行婚礼。但是，约定婚姻考验期为半年，双方须遵守如下君子协定，一、不同房，双方均不得窥探对方隐私；二、不干涉，任何一方不得以任何理由干涉对方的交往及事业；三、不诋毁，无论将来发生什么情况，都不得中伤对方……"

赵直帆把纸一扔："我以为你说着玩呢？这鸡毛还真成令箭了？"

姜美祺收起那张纸，拿起一床被子说："这可是你亲口答应的。去吧，那屋。"

赵直帆抱着被子不动："试婚？连试婚都不是，你杀了我得了。"

姜美祺点点头，含笑而温柔地说："揭缔，揭缔，波罗揭缔，波罗僧揭缔，菩提萨婆呵。"

赵直帆问："啥意思？"

姜美祺说："知道唐僧取经吗？卷首《心经》里的结束语，意思是'去吧，去吧，到彼岸去吧，大家快去彼岸，修成正果'。"

赵直帆一脸不高兴："我明白了，他回来了。说来说去我就是个婚姻临时工，能不能修成正果，瞎子打弹弓——没准儿。"说完，阴着脸抱着被子走了。

姜美祺独自坐在床头，看着她的新房，仿佛听到了《雨一直下》的音乐声……

曼丽酒吧大厅里，白小艺正在投入地演奏《雨一直下》。龙大章走进包间，看见赵直帆独自坐在圈儿椅上喝着闷酒。龙大章坐下来，气氛有点冷，两个男人谁也不看谁，仿佛都陶醉在《雨一直下》的旋律中。

龙大章终于憋不住了："为什么约我到这个地方？"

赵直帆头也没抬："我知道这是你和美祺过去约会的地方。"

龙大章问："你在戏弄我？"

赵直帆端着酒杯，一口干了个底朝上："大章，我们是最好的朋友、哥们儿，你知道在刚上初中时我就暗恋美祺了。啥事儿都有个先来后到，你不要觉得不公平。你说你这个时候回来，搅得和尚不得睡、姑子不得安的，合适吗？"

龙大章把杯子放下："那只是你的一厢情愿，你有没有考虑到美祺的感受。"

赵直帆拉着脸说："正因为为美祺着想，她才不能嫁给你。你想，你一个刑警，风餐露宿、安危不保的，能给美祺带来安宁、富贵、幸福吗？尤其这次上凤城，听说是九死一生。"

龙大章看着窗外："现在说这个已经没有意义了，既然美祺选择了你，你要对她好，只要她幸福，我们都好说。"他站起来把赵直帆的杯子拿下："新婚之日，别喝了，回去吧。"

赵直帆夺过杯子："你说你，为什么这个时候回来呢？你搅乱了我平静的生活，你知道吗？你要是真为美祺着想的话，就从她的视野里淡出，做永远的同学、最好的朋友！"

龙大章转身要走："我努力吧，你是男人，给我时间……"

这时，白小艺在门外挡住了龙大章："两个大男人，这是谈判呢？"

龙大章吃惊地问："小艺，你知道我们在这儿？"

白小艺嫣然一笑："自然，演奏时看见两个傻男人相继进了包间。据我判断，不是谈判，就是同性恋。"她的电话响了，小艺接起电话："猴哥，我这就到。"她撂下电话说："我得去赶场子了，拜拜——"说完，拿起小包，向龙大章来了个飞吻，燕子一样飞了出去。

赵直帆阴沉着脸，端起杯还要喝酒，龙大章按住了他的手。

二人僵持了一下，赵直帆转身走了。龙大章把赵直帆的那杯酒拿起来，又倒了一杯，一手端一杯一碰，两口喝了下去……

敖拉倚坐在书房里，激动地弹奏着《雨一直下》，在她的脑海中，姜长庚、金疤癞、白小艺、半张地图等画面从她的脑海里匆匆闪过，就像她一闪即逝的幸福。

姜长庚站在厨房里，向敖拉家望着，耳边响起《雨一直下》，姜夫人、敖拉倚、王彪、奇怪的扣子从他脑海中匆匆地闪过，像过去如云烟一样的生活。

姜美祺一身红装端坐在红烛下，脑海里闪出龙大章救她时的情景和龙大章捂着她嘴向外拖的情景，仿佛就是一场场梦。她站起来，向窗外望去，远处是曼丽酒吧那闪烁的霓虹。

敲门声，琴声戛然而止。

敖拉倚打开门，姜长庚进了门，疲惫地坐在沙发上："小倚，今天的事儿谢谢你了。"敖拉倚用挑逗的眼神儿说："就用嘴谢谢吗？"

姜长庚动情地说："小倚，我实在忍受不了了，你的琴声折磨我三十年了，我们也结婚吧？"

敖拉倚走过来，幸福地闭上了眼睛："我们的事儿……和美祺、小艺说了吗？"

姜长庚说："你啊，年轻时听父母媒妁之言，年过半百了看下一代脸色。跟你说吧，她们早就让我把你接过去。"

敖拉倚惊喜地睁大了眼睛："真的？"

姜长庚点了点头："我想，美祺这么快同意和赵直帆结婚，就是为了成全咱俩……"敖拉倚眼含泪水："懂事的孩子……只是我今天没有看到美祺——一个新娘子幸福的笑容。"姜长庚低声说："或许，我又错了……"

敖拉倚身着契丹礼服，来到小祠堂，点燃一炷香，跪在祖先像前，口中念念有词："先人，我要结婚了。愿先祖原谅我的不孝，在我完成你们的嘱托后，请允许我和他结婚……"

曼丽酒吧，龙大章独自坐在包间里，桌上放着两杯凉了的咖啡和成排的啤酒瓶子，有一个瓶子里的酒正顺着瓶嘴流到桌子上，流到龙大章的衣服上，再流到地上。龙大章趴在桌子上，萨克斯曲《雨一直下》回荡在整个屋子里："不可思议吗？梦在瞬间崩塌……就是爱到深处才怨他，舍不舍得都断了吧……不要再为了他挣扎，不要再为他左牵右挂。今后不管他爱不爱谁，快乐吗？都随他……"

朱丽雅出现在包厢门口，她心疼地看着龙大章。龙大章嘴里唱着："都随他……都随他……"朱丽雅走过来，扶起他："大章，我找你半天了，我们……回去吧。"

龙大章在朱丽雅的搀扶下歪歪斜斜地走在龙城大街上，几次险些摔倒，嘴里嘟囔着："今后不管他爱不爱谁，快乐吗？都随他……"

5

明丽的早晨，上班的人流。龙城钟楼的时间永远指向八点，条筒万形状的建筑物洒下彩色的光晕，便感觉这个城市的雾气淡了一些。

阳光照在朱丽雅的床上，龙大章被阳光刺醒了。他慢慢地睁开眼睛，就看见了在沙发上和衣而卧的朱丽雅。

龙大章呼地坐起来，惊讶地问："我怎么睡在你这里？"

朱丽雅揉揉发红的眼睛："昨夜你喝得太多了，我费很大的劲儿才把你拖回来。没找到你宿舍的钥匙，鲁师兄出差不在，只好在我这儿将就半宿了。"

龙大章挣扎着起来："丽雅，以后，不要管我！"

朱丽雅气愤地说："好赖不知。我现在多么希望听到你在凤城'舍小家、顾大家，舍自家、顾国家，舍小爱、顾大爱'的高调啊！没想到，那只是随意说说。"

龙大章喃喃地说："劝解别人都会说，没轮到自己……"

朱丽雅说："你意思是说，我站着说话不腰疼呗？这回你也知烧火棍子一头热是什么滋味了吧？你也知道心受伤是什么感觉了吧？"

龙大章内疚地说："丽雅，我对不起你……"

朱丽雅说："大章，你为什么作践自己呢？你要是受不了，就当面问问美祺为什么，这样自我摧残有用吗？"

龙大章无奈地说："到了这个时候，我希望她永远误解我才好。不能因为我，毁了她的幸福……"他歉意地起身向外走，电话响了："姜局……好吧，我马上到……"

伏龙区公安分局刑警大队长室，姜长庚和周至祥都很严肃地坐在沙发上，茶几上放着两杯茶，谁也没有喝。龙大章耷拉着脑袋进来了，周至祥拍了下龙大章的肩膀，笑笑。

姜长庚站起来握手："大章，你昨天回来，也没顾上给你接风，今天补上吧。你在凤城的出色表现早已传回市局，市局赵局长指示要把你和朱丽雅安排好。昨天下午党组已讨论决定，提升你为副大队长、朱丽雅为中队长，让我今天和你们谈一谈。"

龙大章冷冷地说："没什么好谈的，姜局，我不能胜任。"

周至祥对这种回答显然吃了一惊，他看了看二人，向外走去。

姜长庚拍拍龙大章的肩膀，关上门说："大章，名牌大学毕业，屡立奇功，尤其是这次去凤城市公安局，提前出色地完成了卧底任务，使全国贩毒、贩枪网络'东北新干线'遭到重创，公安部也会嘉奖……"

龙大章很不高兴地转过身去："姜局，我说了，不能胜任！"

姜长庚耐心地说："大章，我提副大队长时，比你年龄稍大些。那时，我是个当兵的出身，更难以胜任，可是还是干得不错。"

龙大章转回身，情绪激动地说："我想调走！"

姜长庚愣了一下，声色俱厉地说："你？龙大章，我知道美祺的事儿你在怨我。可是，工作为公，个人爱恨情仇为私，你要公私分明。你以为我培养你是为了私利吗？错！伏龙区作为龙城的中心城区，应该有很好的社会环境！"

龙大章低沉地说："姜局，我知道你一直在栽培我。可是，为什么你就不同意美祺嫁给我呢？"

姜长庚深沉地说："大章，我还要给你讲公和私。于公，我培养你是为了龙城；于私，我反对你和美祺好，是我不想让我的女儿过她母亲那样担惊受怕的生活。作为一个领导，作为一个父亲，我的要求过分吗？"

龙大章吼道："你没权设计她的幸福！"

姜长庚喊道："不是我设计的！"

二人脸红脖子粗僵持的时候，朱丽雅进来了："姜局，市府让你去开会。"

姜长庚深深地看了龙大章一眼："知道了。大章，好好想想你的责任！要和周副队长好好地配合工作，这是组织的决定！"

龙大章情绪低落地从刑警大队走出来，踌躇着何去何从。路过敖拉倚家时，听见她在阳台上正朗诵她的诗作："爱一个人，爱她所在的城市；当她的爱离你而去，这个城市便充满了陌生和神秘……"

龙大章郁郁寡欢地来到了龙山大桥，漫不经心地望着桥下龙城的每一个建筑和人流，对面是保赢风险投资有限公司大厅，远处是龙城博物馆，桥下依然是张半仙立着黄牙子旗的卦摊儿……

张半仙悠闲地坐在黄牙子旗下的小板凳上，望了望龙大章远去的背影，又望了望对面的保赢风险投资有限公司大厅，他看见郝子强和刘尔贵从对面向大桥走来。

刘尔贵边走边抱怨："子强，我们可是老乡亲了，你这次回来可是把我拉上贼船了，你说你一年创造出十二倍的利润我怎么就没赶上呢？"

郝子强低头说："二棍哥，风流总被……咋这么背呢？"

刘尔贵看见张半仙的黄牙子旗，眼睛一亮："子强，那边有个测字的张半仙儿，测得可准了，我们去他那儿讨教一下。再这么赔，不光是赔积蓄，把老妈给我买的水果车这个'钱母子'都得搭进去。"

郝子强一脸愁容："唉，都怨我，把你拉入风险投资。"

刘尔贵大度地说："也不能全怪你，我不是也想一夜成为富家翁！"

二人来到了张半仙卦摊儿前，刘尔贵打着招呼："张大师，好久没出摊儿了吧？多少人等着你指点呢。"张半仙说："过奖了，这就是个游戏，不能当真。"刘尔贵说："先生，给我们测个字吧？"郝子强也凑上来："张先生，给我们测测财运？"

张半仙点了点头，刘尔贵写了个"股"字，郝子强写了个"市"字交给了张半仙。张半仙仔细看了看说："我先给你解下'市'字吧。"他口中念念有词，在黄表纸上写下：早点横心去打拼，收获清泪满衣巾。

看着郝子强征询的目光，张半仙道："所办之事先喜后忧啊！"刘尔贵问："那我的呢？"张半仙沉吟道："这个'股'字嘛……"他再三思忖，在黄表纸上写下：一月炟动两头难，若动干戈必自残。

刘尔贵听后，嘴巴张老大，张半仙面露难色地解释道："月祭动兵器，不是吉兆啊！"刘尔贵着急地问："先生，快给我们指点一下迷津。"

张半仙眼睛微闭，再次睁开，在黄表纸上写下：有福之人不用忙，没福之人跑断肠。厨房有人好吃饭，大树底下好乘凉。

郝子强还想问什么，见张半仙眼已微闭，再问已无回声，扔了二十元钱，面带菜色地领着刘尔贵又向对面的股市走去。

保赢风险投资有限公司大厅，大盘一片老绿，一群股民站在大盘前闹哄哄地骂着："什么股市，连赌场都不如！""就是，棋牌室还有个来回点儿呢，这就是个跌跌不休……"

没得到好卦的郝子强心中正不悦，他从人群里走出来发着牢骚："六千多点，飞流直下四千点，砸了它！"没想到众人也跟着喊："砸了它！砸了它！砸了它！"

哗啦一声，一台电视机碎了，股市一片欢呼声。

郝子强回过神儿来，吃了一惊："二棍哥，你怎么真砸啊？快走！"他拉起刘尔贵仓皇向外跑去……

龙大章回到伏龙区刑警大队，收拾着办公用品。这时，朱丽雅从电讯室拿来了凤城方面发来的传真。龙大章拿过来念着《"东北新干线"贩毒贩枪案进展情况》，认真地看着。

鲁运跑进屋："龙……副大队，股市报警，有人毁坏公物，几百人要把大盘砸了呢？"龙大章一愣："你……你喊谁呢？"鲁运说："你呗，你升职了，我再喊你师弟你会高兴吗？"龙大章淡淡地说："升什么职，我可没准备上任，没看我收拾东西准备离开吗？"鲁运一惊："师弟，你真要离开龙城啊？"

龙大章认真地说："是啊，这里已经没有了我生长的土壤。"鲁运问：

"这么说，龙城发生多大案子你也不管了呗？"龙大章说："找领导啊！"

朱丽雅盯着龙大章说："大章，师傅开会，周队不在，群龙无首，要不，你把副队长这位子交给大师兄坐得了，免得像梁山宋江一样虚让，你还有没有点责任心啊？"

龙大章愣了一下，此时，姜长庚的"责任"二字在他脑海响起，他腾地站起来："跟我处警！"

郝子强和刘尔贵被带回刑警队时，阴沉着脸坐在铁椅子上。

鲁运看着他们，半开玩笑地说："你俩可真能耐了，我们要是再晚去半分钟，在你们的忽悠下股民就把大盘砸了。然后呢，你们就在全国出大名了。我阻止了你们出名上电视，不怨恨我吧？"

郝子强想站起来，可是被鲁运按了下去。刘尔贵说："警官，我们是受害者！"

龙大章电话响了，他看了看，没有接："股市有风险，入市须谨慎，你们以为那是说着玩的？"然后他对刘尔贵说："你，刘老师给你弄个生意，推车卖你的蒙古野果不是挺好的吗？你跟他瞎掺和啥啊？"

刘尔贵低下了头不吱声，郝子强一副玩世不恭的样子："唉，人间有风险，投胎须谨慎啊！我们投胎有错吗？"

郝子强的歪理使龙大章一时不知如何回答，他只好转弯问道："子强，你啥时回来的？小晴知道你回来吗？"郝子强无精打采地说："回来三个月了，小晴不知道我在哪儿，我没脸见她。"龙大章问："为什么？"郝子强答："我太让她失望了，我这个状态能见她吗？我已经……和她分手了。"

龙大章闻听此言，火腾地上来了："你个熊种——偏激！连个失败都不能直面，你还是男人吗？"

郝子强低着头嘟囔："别说了……大章，你处理我们吧！"龙大章问："在凤城我托你送照片的事儿你为什么没办？"郝子强说："我在途中把照片丢了。"

龙大章失望地背过身去："唉，你误了我的大事了。子强，砸电视机的事儿我得回避，我就是想给你走后门儿都难，先赔电视机钱吧。"

刘尔贵开始求情："大章，看在……面上，能放我们一马吗？"龙大章摇了摇头。郝子强倔强地说："那你就拘我吧。你知道，你给我的钱我还没还呢。电视机的钱，我赔不起！"

龙大章猛地转过身来："你整个一法盲啊！现在是'打'了也罚，罚了还'打'。"他气愤地喊："鲁运、朱丽雅，给他们做笔录！送看守所！"

6

姜美祺独自站在刑警大队门外，看了看手表，拨打着电话，还是没人接。她望了望天上的骄阳，向刑警大队走去。

这时，龙大章从刑警大队冷着脸走了出来："美祺，有事吗？"姜美祺说："大章，我想和你好好谈谈，为什么不接我的电话？"龙大章说："美祺，你已经是结了婚的人了，过去的永远过去了。"

姜美祺揶揄着说："就那么轻松地过去了？你总得给我说说为什么吧？你可真是个豁达的男人！"龙大章赌着气说："说了又能怎么样呢？能把熟饭变成生米吗？错过一刻，错过今生。"姜美祺说："做不了夫妻，就得做陌路吗？难道我们同学的友情也没有了吗？"

龙大章认真地回道："珍惜拥有吧。美祺，我准备调走了。"

姜美祺惊问："你要调走？因为我？你拼死拼活地回来时怎么说的？为家乡的平安做贡献，原来就是一句口号！你还有没有一点责任感？你……"

龙大章没等美祺说完，转身快步向食堂走去。姜美祺望着他的背影，一直到他的背影模糊……

吃过午饭，刑警大队的会议提前召开了。

姜长庚环视了一下坐得整齐的警员们，开始了讲话："给大家通报一个决定、两个会议精神。经伏龙区公安分局党组决定，龙大章因功破格提升为刑警大队副大队长，有反对意见的，可以通过组织反映……"

没等姜长庚说完，龙大章站起来："姜局，我有反对意见！"姜长庚瞪了龙大章一眼："你，反对，无效！"龙大章带着情绪："反对无效，我辞职！"

姜长庚愣了一下，严肃地摆了摆手道："这事儿，会后再议。我接着传达两项会议精神，一是上级公安机关要我们清理积案，尤其是鸡血麻神案；二是市里要主办首届麻神艺术节，要我们加强对现有文化遗产的保卫工作。会上，我们已被点名通报批评……"

会后，龙大章情绪低落地收拾着办公室，一张照片映入他的眼帘，他看着姜美祺的照片沉思着，眼前是和姜美祺交往的一幕幕场景……

他正在沉思，姜长庚不知何时站在大章身后："你跟我来。"

姜长庚拉着龙大章来到了公安局警示室，指着一个个展板说："龙大章，这里是我市刑事犯罪警示板。你好好看看，这是龙城市的治安形势。今年，刑事发案虽然下降5.6%，'两抢一盗'案件下降了8.5%，可是，由于往年基数较高，杀人、绑架、强奸等恶性案件仍时有发生。鸡血麻神案发案快一年了，我们仍然原地踏步，'东北新干线'还没有彻底清除……"

龙大章仔细地看着展板，他的脸色由冷淡到深沉，从激动到气愤。他把拳头攥得紧紧的，要砸向一切邪恶。

姜长庚看着龙大章的脸色变化，温和地说："大章，我知道你对美祺的事不能释怀。可是，我们首先是一名刑警，然后才是丈夫、父亲。在你去凤城卧底的八个月，你父亲多次找过我，说你从小就想当警察，他希望你成为一个有责任心的好警察，他跪着要我收回处分决定，可我竟无言以对。我多么希望你从儿女情长中解放出来啊！龙城乃至多地的平安、和谐在等着我们……"话没说完，姜长庚已向外大踏步走去。

说实话，龙大章是带着冲天的怨气来面对他过去特别崇敬的师傅的。但是，他的脑袋被龙城大桥上的风一吹，他看到犯罪分子的猖狂，他打了个冷战，头脑清醒了不少，他的脑海中反复响着两个字——责任！

他信步走上龙城大桥，这是一个让他找到方向的地方。他倚在大桥的水泥栏杆上，望着龙城这个美丽的城市。每当他心神不宁的时候，他都会来到这里，总有一人会跟他同喜共忧。

谁说没有人在原处等他？姜美祺向桥上走来："大章，你在想什么？"

龙大章颇感意外："美祺，你怎么知道我在这儿？"

姜美祺说："每当你走到人生的十字路口的时候，你总在这里寻找方向。"

龙大章说："可我这次却不知哪边是北边。你来找我做什么？"姜美祺说："我是来向你道歉的。"龙大章问："道什么歉？"

姜美祺眼里含着泪水："我误解了你的工作和为人，背叛了我们的爱情誓言，这是我此生做得最错的事儿，我真诚地向你说一声对不……"她深深地鞠了一躬，眼泪在眼眶里打转儿。

龙大章扶起美祺，平静地说："美祺，也不能怨你，我知道我们'私奔'的这段时间，你顶着多大的压力。我们的事都封存在心间，当作美好的回忆吧。"

姜美祺说："你真能这样想，很好，我们可以恢复到学生时那个青葱岁月。可是，我听朱丽雅说，你这个人民警察，住在这么美丽的城市，这里每天都有犯罪在发生，你却准备逃避，是真的吗？"

龙大章缓缓地拿出辞职信："师傅刚才也批评我了，我决定不走了。"他把辞职信撕得粉碎，扔进旁边的垃圾桶里。

姜美祺高兴地问："真不离开这个让你伤心的城市了？"

龙大章说："爸爸、师傅、师妹和你说的透着真诚的两个字——责任，触动了我。'东北新干线'还没有被彻底摧毁，鸡血麻神还没找回，我不能就这么稀里糊涂地一走了之。"

姜美祺擦掉泪花："大章，我爸和我说，他此生最大的失误是当年没有彻底根除'东北新干线'的残余，他希望你除恶务尽。"

龙大章说："美祺，'东北新干线'不是残余，它的核心始终没有遭到致命的打击，它的核心，不在凤城，而在我们龙城。龙城表面平静，其实是个不安分之地。"

姜美祺激动地说："大章，铁肩担道义，妙手著文章，我们新闻人愿意和你们并肩战斗。"

龙大章摆摆手："美祺，调子起高了，我们还不知道我们的对手在哪，怎么战斗？我现在有一种铁拳打在棉花上的感觉……美祺，你要是真想帮我，你社会面儿广，帮我整理一份龙城经济实体简介。"

姜美祺问："大章，你要和土豪做朋友啊？"

龙大章说："我要把自己'嫁'入豪门。"

姜美祺笑了："还'嫁'入豪门呢，你向桥下看，那是你的未婚妻——素梅，她已经为你两天没吃好饭了。"龙大章向桥下望去，发现朱丽雅正向他招手微笑……

7

那处豪华住宅，神秘人用望远镜阴郁地望着龙城大桥上的龙大章三人。金疤痲无所事事地立在身后，他对神秘人的举动感到莫名其妙。

神秘人放下望远镜："那个年轻人回来了，龙城又要下雨了。"

金疤痲不以为然地说："大哥，一个毛头青有那么可怕吗？再说，因为姜美祺嫁给赵公子，他闹着要调走呢。"

神秘人说："他不会走的，这种为了事业而不顾家庭的人只在姜长庚之上，不在姜长庚之下。"

金疤痲问："大哥，龙大章就不可战胜吗？"

神秘人说："非也，是人就有他的软肋，他像姜长庚一样，他们都过不了情字这一关。我们还要多从'情'字上入手，找到他的弱点。"

金疤痲讨好道："嗯，还是大哥高。大哥，老三请示那批货上不上市呢。"

神秘人低沉地说："还谈什么上市啊，龙大章回来了，预示着我们的货也就砸在手里了。我们是'东北新干线'的一根针，凤城、通城等地都是我们的一根根线。线断了，我们的针还完好。我担忧的是，凤城这条线没断，龙大章就会顺着这条线撅了我们这根针。"

金疤痲说："大哥，凤城的线头是刘大侃、大黑猫和武玉鹏。两个死人不用说，这个武玉鹏算是最危险的线头了。要不，做了他？”

神秘人平静地说：“不是时候。让他去外地吧，然后择机让他在这个世界消失。”

金疤瘌哈腰道：“大哥，先让他上通城老三那儿？”

神秘人说：“好吧。我们要先稳住阵脚，无为而治，先从赵公子那儿打打基础，不要再引火烧身了。从现在起，我们的每一个实体都要奉公守法，不能给公安留下一点把柄。”

金疤瘌说：“大哥，我们的行业，就是打擦边球，就是在缝隙中生存。没有实力，我们怎么和钱胖子、李秃子抗衡？”

神秘人说：“让他们充分表演吧，有露脸的时候，就有现眼的时候。我们的目标不是一楼一地的得失，是整个龙山！”

听到这里，金疤瘌憋不住笑了：“大哥，你现在连市区都不踏出一步，龙山是什么样子，怕是都不知道吧？”

神秘人瞥了金疤瘌一眼：“疤瘌，短浅了不是？秀才不出门，便知天下事。足不出户，有人会替我探查的。”

龙城的夜晚又要来临了，夕阳的余晖中飘着一层似烟非雾的东西，龙大章想看清迷雾。神秘人信心满满，龙城的明天会是一个晴天吗？

第二十一章　雾漫龙山，侵略文化

1

　　龙山的山体呈赭红色，所以又有人称之为红山。走到龙山半山腰，敖拉倚在写有"再生洞"的石头旁坐了下来，她向四周扫视着，眼前是龙山连绵的红绿山脉，山下是她久住的龙城。她打开包，拿出那本敖拉维国笔记，轻声地读着："宋代进士彭汝砺，出使契丹时写下了诗句：使者东来说契丹，翠舆却自上京还，绣旗铁甲兵三千，昨夜先朝木叶山。宋代进士王珪，著有《冀馆春夕见月》一诗：甚宠无如使北行，曾同万里听边声。黄金台下嘶宛马，木叶山前度汉旌……"

　　读着读着，敖拉倚突然烦躁地把笔记掼进包里："老爸，我要知道的是木叶山，你在哪里？不是想知道都有谁出使过大辽国。"

　　她两眼茫茫地向山下望去，就见刘尔贵骑着自行车向山下驶去。刘尔贵和眼前的景色由清晰到模糊，直到模糊成一段记忆……

　　三十二年前，敖拉倚把一个布包放在龙山寺前的伏龙石上，包里露出一个婴儿的脸……她拿着一个空水壶，摇了下，两眼失神，一步三回头地向山上的寺里走去。年轻的刘国珍骑着自行车在山道上轻快地跑着，龙山寺路边一个布包引起了她的注意，她走近打开布包，露出一个婴儿的脸……当敖拉倚拿着水壶回来时，那个布包和婴儿已经不见了。敖拉倚一屁股坐在地上……她在树丛里找，山石后找，什么也没发现。敖拉倚泪满衣襟，一步三回头地向山下走去。

敖拉倚看了看天空，自语道："我的儿子在哪儿呢？要是还在人世，也该这么大了。"她合上书本，拎起小包，惆怅地向山下走来。

神秘人站在阳台上，用一架高倍望远镜扫视着街道，他看见敖拉倚正向家走去，镜头便跟了过去。

金疤瘌若有所悟地说："大哥，我明白了，你说的替我们探查的人就是她。"

神秘人点了点头："对，不要小瞧她，她是宏运奇石城的克星，是龙城打击假鸡血石的最大受益者。"

金疤瘌问："大哥，我们为什么不把她吃掉？"神秘人不屑地说："她是在给我们赚钱，吃掉她，你来做石头？不要惊扰她，等她攒够了，我们就给她来个一锅端。奇怪的是，她的货卖给了凤城谁呢？"

神秘人回到室内，坐在书桌前，拿起一本古书悠闲地翻阅着。金疤瘌坐在旁边的椅子上，不解地看着神秘人。神秘人一边翻着古书一边问："百足之虫，死而不僵。疤瘌，我让你找的古籍可有线索？"

金疤瘌不解地问："大哥，我们所处的环境这么艰难，你还能这么淡定地看古籍啊？"神秘人说："疤瘌，这你就不懂了吧。当公安把眼睛盯在毒品、枪支上的时候，我们却转战到文化上，这叫以柔克刚，这也是'东北新干线'的一项重要内容。"金疤瘌听得目瞪口呆，以为神秘人是在故弄玄虚，便不再问。

神秘人谈兴却浓："中国有句古话，书中自有千钟粟，书中自有颜如玉，书中自有黄金屋。掌握了中国文化，就能钳制他们的思想和信仰。我的父辈在占领中国时，也曾想把文化侵略与军事侵略、经济侵略并行，但是，他们做得很不成功，他们的奴化教育，没有达到思想上、文化上、信仰上的占领……"

金疤瘌说："大哥，你和我一个厨子说这些，我听不懂啊。我们能不能做点具体的事儿啊？"

神秘人讪笑了一下："也是，对牛弹琴。这么着吧，你帮我淘点古书吧。比如有一本叫作《木叶山》的古书。"

金疤癞说："大哥准备铁心做学问了。去哪儿找这本书去？"

神秘人说："有一个人，是契丹贵族后裔敖拉倚，或许她知晓；还有一个人，自称'龙城通'的时猴子，让他去博物馆那儿找找。"

2

龙城伏龙区看守所的铁门打开了，郝子强从里面走了出来。

时猴子拉着刘尔贵迎了上去："兄弟，你可出来了，听说你替二棍受罚，也是仗义之人，兄弟我给你接风。"刘尔贵赶紧凑上前："是啊，在这里待三天像在外面三个月，猴哥早就想给你接风呢。"郝子强冷冷地说："不必了，又不是中了状元。"时猴子说："别呀，都是龙山养育的孩子，患难见真情嘛。要下雨了，下雨天，喝酒天。走，二位，我们去撮一顿。"

郝子强低沉地说："你们去吧，我就不去了。"说完，径直走了。

刘尔贵看着郝子强的背影解释道："他就那性格，不近人情。猴哥，我们走。"

时猴子轻蔑地说："他觉得和我们不是一路呗，有啥牛的？"

二人勾肩搭背地向小酒馆走去，吊儿郎当地坐在餐桌旁。时猴子跷着二郎腿一边翻菜谱一边问服务员："有茅台吗？"服务员说："对不起先生，没有。"时猴子又问："有五粮液、国窖1573、水井坊、西凤酒什么的吗？"服务员答："不好意思，都没有。"刘尔贵一听，着急了："猴哥，别来那么贵的。"时猴子看了刘尔贵一眼："听你的，来瓶二锅头，小瓶的！"

两只酒杯咣地碰到了一起，两双喝得发红的眼睛盯在了一起。时猴子吃了口拌黄瓜说："兄弟，为了我们穿开裆裤时的友谊，干一杯！"刘尔贵吃了颗花生米："惭愧啊，想当年，武玉鹏和你、我被乡亲们称为'河西三害'。看来，害人的东西是没什么好结果啊！"

时猴子端起酒杯说："二棍，人有低谷，海有潮落。就说从我们龙山脚下出来的人吧，钱如意，大款；龙大章，英雄；武玉鹏，通缉犯。谁都有泪珠滚滚的时候。我们，坏事尽了，好事也就来了。"

刘尔贵失望地放下杯："我能有什么好事？自从被于大头开除那天起，就没遇到过好事儿，媳妇离家出走，我断了工资，孩子天天花钱……难啊！"

时猴子压低声音，神秘地说："兄弟，说到博物馆，那里可是有好东西，你在那儿干了那么多年，就没那个……啥？"

刘尔贵吃了口拌黄瓜："啥？啥也不啥，白干。好东西多了，别的不说，就说私塾厅那些古书籍吧，哪本不值个万八千的？可那是公家的，拿了犯法。"

时猴子问："真那么值钱？兄弟，你见过一本叫《木叶山》的书吗？"

刘尔贵闻言心中一惊，他脑海里闪过于馆长"那张图确实很珍贵"的话，便说："没……见过。不说了，跟你个三只手的人说这个，你再上了心。不过，你可不要打博物馆的主意，现在到处都是摄像头。不喝了，睡觉去。"说完，起身向外走。

时猴子坐着没动，他斜斜地瞄了刘尔贵一眼，眼睛骨碌碌地转着……

龙城大街，傍晚的阳光照在人们身上，匆匆而过的人群显示着这个城市的繁华。刘尔贵推着水果车走过，车上坐着他的儿子。走过龙城大桥下时，张半仙毫无表情地看着这个落魄的刘尔贵，嘴里念叨着："一命二运三风水，四积阴德五读书……"

刘尔贵停下脚步问："张先生，你的意思是……像我这样的苦瓜蛋子就甜不了了呗？"

张半仙相了他半天说："非也。命是先天注定的，所以人说'命里有时终须有，命里无时莫强求'。可后边还有二运三风水呢，运来时你就可以自己做主了，所以有'运来如抽丝，运去如山倒'的说法……"

刘尔贵不耐烦地打断他的话："先生，你说了半天，我的好运到底来没来啊？"

张半仙说："写个字吧。"刘尔贵想起了那半张羊皮地图，就写了个"图"字交给张半仙。张半仙意味深长地看了看刘尔贵，拿起毛笔，在黄表纸上写下：

困在围城衣食寒，出口转运是春天。

刘尔贵问："老先生，什么意思？"

张半仙眼睛微闭解释道："你的心里住着冬天，你要把'冬'放出来。"刘尔贵不解地问："怎么放？"张半仙说："通俗地说，就是'图'得出手了。"说完，闭目不再言语。刘尔贵扔下十元钱迟疑而去……

与五光十色的龙城夜色相比，契丹王府博物馆显得很单调。昏暗的灯光照在蓝灰色的瓦上，使这里多了诡异的气氛。这种色调是于伟绩的杰作，被陈立言称之为"皇家陵园"。近日，这里又有了"闹鬼"的传闻，晚上便很少有人到里边来。

晚上十时刚过，正在维修的私塾馆内，一个影子正在馆外东蹿西蹿地飘忽着。一道汽车的灯光晃过来，照在他脸上，狰狞的面容足以吓死人。好在开车的人并没有看见，那个影子赶紧躲到树后，鬼鬼祟祟地向那辆车望着。

一辆奔驰车停在宿舍门前，于海平跳下车，打开了后车门。

龙小晴从车上下来向司机挥手："于律师，谢谢你请我还送我。"

于海平很绅士地弯了一下腰："小晴，别客气，我们是第二次见面了，也算熟人了。斗胆问一句，小晴妹，听说你还没有男朋友？"

龙小晴愣了一下说："算是……有吧。"于海平问："在哪儿？"龙小晴答："在深圳，个人奋斗。"于海平笑了："奋斗？说得好听点儿是奋斗，说得不好听点儿叫挣扎，不靠谱的事儿。"龙小晴不再搭话，她边走边挥手："于大律，歇着去吧。"

于海平打了个饱嗝儿，目送着龙小晴向宿舍区走去。他心中暗想：我那天英雄救美没白救吧？想到这儿，他得意地笑了。他把车停在转弯处，从车里拿出一个面具戴上，悄悄地向私塾厅这边走来。

树后，那个影子蹿到一堆建材边，像惊弓之鸟一样向这边看着。于海平走过去，在一堆装潢材料里掏出一个塑料袋，他借着手机光打开来，那是一本线装书，上写"诗经体注大全，乾隆三年"。

于海平正要把书装起来，他一抬头，发现一张脸正在向那本书窥视，于海平顿感头皮发麻，"啊呀"了一声，便晕了过去，面具掉在了地上。那影子拿了那本书，一闪便没了踪迹。

听到声音的老龙头拿着电筒过来了，他警觉而严厉地问："谁？干什么呢？"一个影子一晃而过，吓得老龙头扯着嗓子喊起来："有鬼啊！有鬼啊！"

正门的两个保安，还有龙小晴等住宿人员纷纷跑了过来："鬼在哪儿呢？鬼在哪儿呢？"众人跑过来，围住了倒在地上的于海平。早有人电话报告给于伟绩，于馆长趿拉着鞋，从馆长室里匆匆跑过来，一看于海平惊魂未定的样子和地上的鬼面具，甩袖而去。

他回到监控室，边擦着一脑门子汗一边打开监控查看着馆内录像。奇了怪了，难道真是有鬼？于海平身边的鬼面具又是怎么回事？仔细观察，他发现一个戴面具的黑影像鬼一样从通道上闪过，那黑白相间的鬼脸在夜色中格外瘆人，难怪于海平被吓得晕过去。可这事毕竟和于海平有关，于伟绩下令，所有在场人员不得外传！

于伟绩正在仔细研究其中的猫腻，有敲门声。于伟绩机敏地关掉监控录像，打开门，他吃了一惊："龙警官啊，这么晚来？"

龙大章站在门前，审视着于伟绩："于馆长，不好意思，听说你这里闹鬼，我来看看。你这里没什么异常吧？"

于伟绩两手一摊："没异常，没异常，就是我儿子喝酒喝多了，闹了个误会。你看，我们这不是在认真守护嘛。龙警官，等我值完班儿，明天中午给你这个缉毒缉枪英雄庆贺一下！"

龙大章疑惑地说："既然没异常，我就走了，这里有什么情况，联系我。"

于伟绩连连点头："好，好，有事一定麻烦龙警官。"

送走龙大章，于伟绩阴郁地来到博物馆里，向站在那里的人们扫射着："各位，近期盗匪猖獗，各馆要加强防范，不要谣传闹鬼的事儿。古籍馆赶紧查验自己所管文物，发现问题，不要声张，要马上向我报告。"

看着人们议论着散去，于伟绩回到办公室，继续看录像。古籍馆负责人进来说："于馆长，私塾厅丢了一本乾隆三年的《诗经体注大全》。"于伟绩看了看他："你说怎么办啊？"古籍馆负责人小心地说："报警吧？"于伟绩腾地站起来："报警，报什么报啊，你还嫌事儿少啊。丢宝，丢人，再来个丢书，你还让我消停几天吧？要创造和谐、平静，回去想法子处理！叫老龙头来！"

古籍馆负责人蔫头耷脑地走了，于伟绩继续看录像。老龙头站在门口，不敢进来："于馆长，你叫我……"于伟绩说："老龙头，我又让你回来上班，是看小晴的面子，你怎么总出差错呢？"老龙头低声说："于馆长，我发现有个鬼影就叫保安，就给大章打电话了……"于伟绩严厉地说："不经过我同意，为什么把警察引来？我问你，于海平为什么来博物馆？"老龙头低声说："海平是来送小晴的……"

于伟绩听到这里，态度马上和蔼起来："噢……今晚的事儿你就说看花眼了，不要再传什么闹鬼的事儿，影响不好。"

老龙头疑惑地出去了，于伟绩眼睛一转，笑了，这个鬼儿子，难道不是奔古籍来的？

博物馆这场"闹鬼"的闹剧草草收场，至少有两个人不相信闹鬼，一个是龙大章，一个是于伟绩，可他们想不明白，这"鬼"是奔什么来的呢？

3

新的一天开始了，契丹博物馆似乎从未发生过"闹鬼"一事。

姜长庚坐在办公椅上吸着又黑又粗的雪茄，他看了看坐在沙发上的周至祥、龙大章、朱丽雅和鲁运，掐灭了烟，拿起一份文件，清了清嗓子说："这是市局下发的一份秘密文件，成立了一个有关'东北新干线'的专案组，市局刘副局长亲任组长，由我任副组长，成员均由市局指定的刑警大队骨干成员，也就是你们几位担任……"

鲁运好奇地问："姜局，'东北新干线'是干什么的？麻将组织吗？"

姜长庚说："二十五年前，在凤城出现了一个叫'东北新干线'的组织。二十年前，我受命潜入该组织卧底，搜集证据。十七年前，这个组织被我公安机关摧毁。但是，当时我们忽略了一个叫刘大侃的人。这个刘大侃，前些日子被龙大章、朱丽雅抓获后自尽……"

　　周至祥说："姜局一说，我想起来了，破获这个组织时，姜局还立功受奖了。说来说去，就个地痞，现在又被灭了，我们是不是太过紧张了？"

　　姜长庚说："根据龙城、凤城两地公安机关调查以及龙大章、朱丽雅得到的情况，'东北新干线'的幕后领导人就在我们龙城。"

　　鲁运惊讶道："就在我们龙城啊？"

　　姜长庚点了点头："现在，市局要求我们针对该组织拿出切实可行的方案，请大家发表意见。"

　　周至祥说："我认为，该组织经过我公安两次清洗，已经灰飞烟灭了，即使有几个残余，也很难死灰复燃。再说，如果它的幕后人真在龙城，听到消息也早跑到外地躲了起来。在目前警力不足、案件频发的情况下，投入骨干警力去调查一件没影的事儿，我不赞成。"

　　姜长庚看了看龙大章："大章，你说呢？"

　　龙大章说："对于'东北新干线'，打交道最多的是姜局、朱丽雅和我。二十年前，姜局卧底三年，打掉了这个组织。就在我们庆功的时候，这个组织更加壮大和发展，影响力也越来越大。为什么？因为我们打掉的只是这个组织的一个翅膀或者说是一条腿，而它的核心我们从未击中过……"

　　周至祥冷笑两声："你的意思是想当年姜局只把他们的皮毛打掉了，冒领了战功，而你……直捣核心？"

　　龙大章说："目前，我们也只是摧毁了它在全国的制毒、贩毒、贩枪网络。这个组织的核心人物我们还没有抓到，对这个组织的终极目的我们一无所知，凤城逃亡的制毒、制枪人员还逍遥法外。彻底让这个组织消失，是我们目前艰巨而急迫的任务。否则，龙城乃至全国就不会安宁。或许，这个组织还和鸡血麻神案有关。"

　　周至祥讪笑道："真是越说越邪乎了。有些人总是凭着想象力生存，就说鸡血麻神案吧，一年了，我们还停留在想象上。说'东北新干线'核心在龙城，龙城为什么这样安宁？"

　　朱丽雅站起来说："安宁，或许是表面的……"周至祥说："你这样说，是在怀疑我们的盛世和谐……"鲁运说："表面越平静，可能早已暗流涌动……"

面对这样的争执局面，姜长庚只好摆了摆手："好吧，今天先议到这里，我们按分工回去想一下方案吧。"

"东北新干线"专案组会议不欢而散，朱丽雅拉着龙大章走到了外面："大章，你刚才的一番话，得罪了两个人啊。"龙大章说："我想师傅不会那么小心眼儿吧。他曾教导我们，对恶势力不能一茬茬割韭菜，要挖掉韭菜根儿。至于周副队长嘛，或是为去年我阻止他非法办案耿耿于怀，或是另有目的。"

朱丽雅望着晴朗的天空说："大章，龙城现在繁荣而和谐。两个月来，刑事案件发案率下降了百分之八，你说，如果龙城真有'东北新干线'这一组织，会这么安宁吗？"

龙大章说："发案统计数字只能代表相对的安宁。现在的黑社会性质组织。和我们小时候看见的打打杀杀的不同了，过去是闯江湖，现在是混社会，他们会以多个面目出现在人们面前，或是一个庞大的经济实体，或是一个地尊位显的政要，或是一个混在人堆里找不出的小人物。"

朱丽雅说："听着让人心不安，我们要从上千万人中找出一个坏人，太难了。"

龙大章说："这个组织的核心人物如果还在龙城，他的目标绝不是为了赚点毒资那么简单。他暂时可能会'兔子不吃窝边草'，在我们的高压打击下暂时收敛，最终他会跳出来来个大的动作……"

姜美祺出现在他们身后："大章、丽雅，我找你们多时了。"龙大章惊问："美祺，有急事？"姜美祺说："有关你们凤城卧底的事儿，我要搞个综合采访，希望你们配合，我要出个大作了。"

龙大章的电话响了："小晴……爸住院？我这就去。"他放下电话，对姜美祺说："美祺，采访的事儿你问丽雅吧，我得走了。只是，有些事不方便公开。"说完，向龙城医院方向走去。

姜美祺目送着龙大章走远，自语道："不方便公开？是指你俩同居的事吗？"

朱丽雅脸红了一下："美祺，你的眼睛发直了，我们去那边走走？"

金色的阳光照在龙城大桥上，朱丽雅和姜美祺的身影被镶了一层金边儿。

朱丽雅向龙城大桥下望去，像是在欣赏龙城的夜景："美祺，对不起，我在凤城和你说了谎。"

姜美祺不好意思地说："我现在理解了，你是为了让我离开那个危险之地，为了保护龙大章。当时，我对大章的误会太深了……"

朱丽雅说："看到大章和你痛苦的样子，我也很自责。我在想，我是不是充当了一个不太光彩的角色。"

姜美祺说："每个人都有争取幸福的权利，不是你胜了，是我自己暂时打败了自己，败在男女间最关键的一个词上——信任。对'信任'这个词，你比我理解得深刻，我们都重新努力吧。"

朱丽雅轻轻地说："你已经获得了幸福，要努力的是我。"

姜美祺凝视着远方："不，我还要和你平等竞争，至少我还有半年的机会。"

朱丽雅疑惑道："你和我平等竞争？"

姜美祺点了点头："不说这个了，完成我们的采访？"

朱丽雅说："美祺，我可以和你说说我们在凤城的一些情况，但只能算作私人谈话，不能写成文章。凤城的事儿，我们还有很多东西需要保密，希望你能谅解。"

姜美祺问："你说的保密不是指你俩同居一室还很理智吧？"朱丽雅笑道："真不是，涉及侦查秘密。"姜美祺说："如果是这样，报道的事儿，可以缓缓，但一定不能让别的媒体抢了先。"

朱丽雅说："这一点，我向你保证。"姜美祺喃喃道："对于你们的这次行动，我太佩服了。现在想，我专业选错了，否则和大章一起战斗的是我。"朱丽雅说："天生你才必有用，人生处处有青山。美祺，我还是不明白你要和我平等竞争什么？"

姜美祺没有回答，夜幕下，两个女人连同龙城大桥成了一个美丽的剪影……

4

神秘人站在阳台上，望着夏日的夕阳发呆。他不明白，龙城大桥上散步的人为何笑意连连，他们比自己有钱还是有前途？

他正想着，金疤瘌来到身后，轻声说："大哥，你老家的人又来了。"

神秘人头也没回："夕阳无限好，只是近黄昏啊！"

金疤瘌又说："大哥，你老家兄弟传过话来，要你回老家避一下风头。"

神秘人像没听见一样吟道："老牛自知黄昏晚，不用扬鞭自奋蹄……疤瘌，你跟我三十年了，啥时见我趴下过或是躲过？"

金疤瘌说："大哥，三十多年来，你还真没趴下过、没躲过。"

神秘人转过身来："疤瘌，你说我老家兄弟……你以为他真的是为我的安全考虑吗？"

金疤瘌说："他一再想见你，说要就五十多年前的无礼给你当面道歉。"

神秘人默默地向屋内走去："我不会见他的。五十三年前，我回日本老家的时候，他们像对待一只癞皮狗一样一脚把我踢了出来。你知道他来中国的主要任务是什么吗？"

金疤瘌答道："还真不知道。"

神秘人说："他表面是一个学者、教授，实际上有两项特殊使命，一是我那天说的文化侵略的推进者，二是监督我并准备随时取代我。在这个非常时期，我如果狼狈地滚回日本，我仍然是一只癞皮狗。"

金疤瘌恍然："是这样啊！"

神秘人一字一板地说："不要让他知道的太多，不要丢我的份儿，跟他坚持不直接交易原则，我要让他像狗一样求我帮他的忙，还要像锥子一样狠狠地扎他的钱。"

金疤瘌说："他现在在龙城能活动得开，和赵直帆等官二代、大裤裆等地痞流氓都有过往。"

神秘人随手拿起几本线装书："把这几本书推荐给他。"

金疤瘌看着那几本书念道："《老子》《庄子》《孙子》……老庄（装）孙子？"

神秘人阴沉地说："对，如果他能看懂，就会低调，学着装孙子，否则，他回不了他的老窝儿。"说完，沉重地望着远方。

金疤瘌跟在身后："大哥，你似乎不大高兴啊。"

神秘人头也没回："凤城再次失手，我们靠着对姜长庚的牵制求得暂时的平衡，中国的天网越织越密，我们的队伍在自然减员，这样下去，不用几年，我们的'东北新干线'就会烟消云散，我能高兴起来吗？"

金疤瘌讨好地说："大哥，遵照你的吩咐，发展新成员的事儿在稳步推进中，已经有十几个人进入我们的麾下。"

神秘人回过头来："抓紧把河西那两块料的事儿办了，我有急用。"

金疤瘌说："大哥，猴子已经为我们卖命了。"

神秘人阴郁地点了点头，金疤瘌匆匆地出去了。

龙城的夜色流光溢彩，各种心境和不同遭遇的人纷纷出"笼"，清凉一夏。金疤瘌和时猴子坐在露天烧烤摊儿的桌子旁边喝着酒，身后站着两个黑衣大汉。

时猴子小心地回头看了看，胆怯地说："金老板，你托我找的那本书的事儿昨晚没办地道啊。"

金疤瘌拍拍时猴子的肩："你很地道，没费吹灰之力不就得了本古籍吗？不过，不要盲目地大海捞针。"

时猴子小声地说："我发现于海平好像喜欢那玩意儿。"

金疤瘌不屑地说："他老爸虽然是馆长，可是胆小如鼠，家里没货。至于刘尔贵嘛，应该有点儿货。"

时猴子一撇嘴："可别提他了，我们一个村的，我还不知道他，世代贫农，连个正头的爹都找不着，还不争气，穷得睾丸都拖拉地儿了，还充大呢。"

金疤瘌压低声音："有人看见，他被开除时拉走了一箱子古书。想法儿弄来，你想吃什么，金哥我随时请你。"

时猴子皱了下眉："对自己哥们儿下手？金总，这活儿我干不了啊。"

金疤瘌端起一杯酒，眼神复杂地盯着时猴子："猴子，金哥我敬你一杯。"时猴子说："不敢。"金疤瘌阴沉地说："敬酒不吃……要吃罚酒？想打退堂鼓？"

时猴子说："金哥，你另请高明吧。"说着，起身要走，后面两个大汉把时猴子按在了椅子上。

金疤瘌说："皮子又紧了？给他舒舒！"

时猴子转眼看见那两个大汉就要动手，灵机一动，见后座有个女人的衣服搭在椅子背上，便把手伸进了那衣服兜里，掏出一个钱包高高地抛起，扔给了身后一个大汉。一个在地上跑的小女孩儿发现了扔在大汉手里的钱包，突然喊："偷钱包了——"

吃饭的男女警觉起来，男的起来抓那大汉。时猴子趁机撒腿就跑，后边响起一连串的声音："抓小偷……快抓小偷啊……"

时猴子玩命地跑在大街上，上气儿不接下气儿。在一个胡同里，他停了下来，大口大口地喘着气蹲在了地上。一双大皮鞋、一个腆着的肚子出现在时猴子眼前。

金疤瘌嘲讽地说："猴子，体质不太好啊！你跑也不看个方向，又跑回来了。"

时猴子一屁股坐在地上："金哥，我管你叫金爷都成，怎么就盯上我了呢？"

金疤瘌蹲下来："因为你是人才啊。你不是说要回去竞选村长吗，没钱没势的能当上村长吗？"

时猴子说："金哥，我十二岁从师学艺，养成习惯了，一天不偷点啥，手痒痒。一偷就是二十多年啊！我从今往后，真洗手不干了。"

金疤瘌轻蔑地说："洗手管什么用呢？"他向两边的大汉一努嘴："把他手剁了！"

两个大汉架住了时猴子，金疤瘌掏出一把雪亮的蒙古刀，在时猴子面前摆弄着："猴子，你算名门之后呢。你的祖先孙猴子，敢大闹天宫，可是没跳出如来佛的掌心；你的本家水浒名将时迁，也没逃过奸臣的算计。别跑了，乖乖的！"

时猴子惊恐地点着头，金疤瘌把一叠钱塞在时猴子的兜里，拍拍他的肩膀，三人消失在胡同里。时猴子惶恐地拍拍身上的土，向方格棋牌室走去。

方格棋牌室，吴寄瑶正在收拾屋子，见时猴子进来，马上堆起了笑脸："猴哥来得正好，又有个麻将机不太好使了。"时猴子轻浮地说："那好，哥给你看看。"

时猴子正在修麻将机，刘尔贵醉醺醺地进来了。吴寄瑶沏着茶，没有理刘尔贵。时猴子边修麻将机边搭讪："二棍，来了？"

刘尔贵把二郎腿一跷："现在的人，都跟过去开窑子的一样，有钱好姐夫，没钱莫进来。"

吴寄瑶把烟灰缸摔得当当响："损样！"刘尔贵把脚搭在椅子背上："不管孙样爷样，爷们儿有钱了，就得耍两把。"时猴子停住手中活计："二棍，哪来的钱，有赚钱的活也给我介绍一下，你说我这儿八天卖不了一个麻将机，手紧啊。"

刘尔贵傲慢地把那张地图掏出来一半儿，又掖了回去："你？古钱，有吗？古瓷，有吗？简单点儿，古书，你有吗？"

时猴子看见了地图，正在发愣："这些……还真没有。你说我也算名门之后呢，可是想当年我那老祖宗脑瓜子想啥来呢？任嘛好东西没留下，还留下了一屁股两眼子饥荒。"

刘尔贵瞅着吴寄瑶："任嘛没有，不给人沏茶倒水、修麻将机，还能干啥去？"

吴寄瑶把一个玻璃烟灰缸摔在刘尔贵脚下，手指险些戳着刘尔贵脑门儿："你给我滚！"

刘尔贵站起来，轻浮地回了一下头笑笑，走了。他见时猴子紧紧跟在后面，不耐烦地说：“你总跟着我干什么啊？”

时猴子说：“兄弟，哥知道你工作没了、媳妇跑了，心情不好。咱们这么穷涩涩也不是个法儿啊，到哪儿都得看人家的脸色。就个吴寄瑶，刚吃几天饱饭啊，也敢跟咱们抢脸子了。”刘尔贵一脸沮丧蹲在地上：“谁叫咱们穷呢。”时猴子说：“我们得改变啊，穷则思变嘛。”

刘尔贵摸着下巴：“思变，谁不想思变啊？怎么变？偷去？你不是能偷吗？偷去呀！”时猴子眨了下眼：“偷……偷是犯法的。你不是有点古书吗？”刘尔贵一愣：“谁说我有？”时猴子一本正经地说：“可别装了，你被开除时，拉走一箱子呢，有人看见了。”

刘尔贵一惊，马上又镇静下来：“瞎扯！不过，我有个朋友可能有几本，那玩意真值钱？”时猴子说：“值钱。有个日本老客专门收购这些东西，不宰他宰谁？”刘尔贵沉思道：“这样啊，我问问我朋友。”此时的刘尔贵脑海里，成箱的古书变成了成扎的人民币。

5

龙城医院，老龙头斜躺在病床上，龙小晴默默地给他剥着香蕉。

龙大章拎着水果进屋了：“爸，怎么突然病了呢？”老龙头叹口气：“唉——大章，这样下去，班儿也不能上了。”龙小晴问：“爸，是不是工作压力大啊？”老龙头又叹口气：“唉——去年丢了鸡血麻神我没发现，吴寄山出黑车我没报告，这新账老账的，于馆长倒是没和我算，我自己就受不了了。最可怕的是前晚古籍馆私塾厅又闹鬼了……”

龙大章惊问：“闹鬼？闹什么鬼？”老龙头一脸惊恐地说：“我明明看见一个鬼影，于馆长却说我人老眼花了。更可怕的是，鬼影没了，于海平却躺在地上，身边扔个鬼脸面具。”

龙小晴说：“爸，你要身体不适就别上了，我和我哥都有工资呢。那天博物馆不是闹鬼，是有人捣鬼，海平是送我回去的。”

龙大章沉思道：“又有人盯上了博物馆？”

老龙头后悔道："你看我这张破嘴。大章，你可别去找于馆长的麻烦啊，他照顾我，才让我又回去上班的，他不让提闹鬼的事儿。"

龙大章说："爸，你好好休养，我不会把你供出来的，我去一趟单位。"

回到刑警大队，龙大章、姜长庚和周至祥站在电脑前，电脑里放着治安卡口录像——一个黑影从博物馆方向跑了过去。

龙大章指了指："这就是那个'鬼'。前晚，接到我爸电话，我去博物馆核实，于馆长说没有人进来。我昨晚去查博物馆的摄像资料，那个摄像头却坏了。"

周至祥说："博物馆又没有丢东西，在这个小事儿上费劲没必要吧。"

龙大章说："有几个问题值得深思，一是那个人为什么对古籍馆感兴趣？二是于馆长为什么隐瞒进人的事实？三是他们要找的东西和鸡血麻神有什么联系？四是凤城那批毒品进了龙城，为什么一点动静也没有……"

周至祥摆了摆手："年轻的龙副队长，你百思不得其解的事儿是治安大队考虑的事儿，如果我们刑警把所有的事儿都包揽了，还要其他警种干什么？"

姜长庚向龙大章使眼色，制止他再说下去。这时，龙大章的电话响了，里面传来朱丽雅的声音："大章，出租屋那个杀人嫌疑人出现在电子大厦下的一品香饭店里。"龙大章说："监视他的行踪，我马上就到。"说完，向外跑去。

龙城一品香饭店，两只酒杯当的一声碰在了一起。

时猴子把一个信封递给了刘尔贵说："兄弟我卖了本古代破书，分你一千。够意思吧？"刘尔贵说："破书？那叫古籍。没文化，真可怕。"他把钱拿起来，往桌子上磕了磕，装进衣兜："谢啦，要不是我儿子等着交入园费，我才不要你的钱呢。"时猴子说："哥们儿嘛，有赚钱的事儿我可是都想着你呢！"

刘尔贵讥讽道："你还有人心了？你想着我的都是些缺德带冒烟儿的下三烂活儿，要是我妈知道我在跟你混，一下子就得背过气去。"

时猴子醉醺醺地说："兄弟，可别这么说，只要有了钱，谁会问你咋来的？这叫英雄不问出处。老板知道你小子有存货，放你那儿就是一钱不值的废纸。这也就是通过赵公子才联系上那日本鬼子的，别人，没人收你的破烂儿。"时猴子说着，把刘尔贵藏在怀里的一本《辽域地志》抽了出来，在他眼前晃道："不要再跟我说你没有。"

刘尔贵惊讶时猴子的盗窃手段："三只手，我算服你了。不过，这价钱？"时猴子小声而神秘地说："好说，我会给你争取的，只是赚大发了别忘了谢我就成。喝起！"

二人端起酒杯刚要碰，就见龙大章扑了过来。二人吓得酒杯掉在地上，回头一看，龙大章和朱丽雅已经把后座的一个五大三粗的汉子扑倒在地，给他戴上了手铐。时、刘二人吓得说了一声"龙警官"，赶紧溜了出去。

两个民警押着嫌疑人走了。龙大章看见地上有本书，捡起一看，是一本《辽域地志》。他抬眼向外望去，发现时、刘二人已经不知去向。

出了饭店，朱丽雅看了看认真翻书的龙大章："难道说真有契丹宝藏啊？"龙大章说："大契丹的国库在黄龙府，当年金灭辽的第二场大战即在黄龙府展开。因为黄龙府城坚兵利，强攻不得，金兵采取了围点打援的战术，先扫清外围，歼灭援军，数月后，黄龙府内无粮草，外无援兵，城破兵散，契丹财富与大契丹神秘消失。"

朱丽雅问："这些传说和现有的案子有关系吗？"

龙大章说："或许有关吧。你看这儿，关于龙山宝藏有两个传说，一是契丹藏宝的传说，寻宝人只有找到完整的《辽域地志》和开启宝库的鸡血麻神才能找到并打开宝藏的大门。"

朱丽雅说："说得有鼻子有眼儿的，说得我都想辞职上山寻宝去了。大章，书里说没说怎么找到契丹宝藏啊？"

龙大章答："说了，看这儿，《辽域地志》被分成两部分存放，分别夹在《木叶山》的书中。"朱丽雅问："真这么神奇？"龙大章说："这可能只是个传说，但是肯定有人不会把它当作传说。丽雅，帮个忙！"

朱丽雅说："要我做什么就说，学会客气了。"龙大章说："密切注视古籍交易市场，帮忙找到书上说的这本书。"朱丽雅玩笑道："看来有人发财的心比我急啊！"

此时，龙大章想，毒品没有任何消息，古籍市场又出现了新动向，可他和"东北新干线"有什么关系呢？于伟绩为什么隐瞒博物馆"闹鬼"的事情？难道拼命追求妹妹的于海平有作案嫌疑？他一时理不出头绪，便向龙城大桥走去。

古籍让刘尔贵做着发财梦，而且这个好梦一直未醒，早把《辽域地志》丢失的事儿抛到了九霄云外。因为，时猴子说的古籍让他看到了发财的希望。他哼着小曲儿回到了家，小心地插好门，把一个箱子从床底下拽了出来。他用抹布小心地擦去了上边的尘土，拿出一本线装书翻阅着。

一本破书……卖两千元？是我脑袋瓜子进水了，还是他们脑袋让门框挤了？他又拿起一本老书，眼睛一亮——《木叶山》？他眼珠子一转，不对，是我脑袋让驴踢了。想蒙我，门儿也没有！他赶紧把那本《木叶山》塞到了床底下，又拿出那张地图来看。

这时，电话响了："猴子哥，你找我？"时猴子的声音神秘而低沉："那事儿想咋样了？"刘尔贵说："猴哥，我回来好个找了，没有了呢。"时猴子说："你蒙谁呢？刚才你都承认了。"刘尔贵支吾道："没那码子事儿啊……那是我喝多了吧。"时猴子说："甭给我打马虎眼，我听说龙小晴正在找这箱子书呢，现在于伟绩为了保官儿不敢声张，你还不赶紧出手，不然风声一紧，有人查下来，书进博物馆，你进看守所……你听我说话呢吗？"

刘尔贵愣了一下，挂了电话，扯着自己的头发，先皱了一下眉，拿出张半仙写在黄表纸上的诗：困在围城衣食寒，出手转运是春天。看后，刘尔贵暗露喜色，继续哼他的小曲……

夜晚的龙城大桥是这个城市的最好观景点，近处，城市的夜景尽收眼底；远处，巍巍的红山在风光灯的照耀下美景时隐时现。

龙大章信步桥上，发现一个人正在吸烟，那是他的师傅姜长庚。他发现，师傅一年的时间似乎苍老了不少，再也没有原来的鹰锐之气了，倒像一个没了权势的退休干部。

姜长庚看见龙大章，便问："大章，你也出来溜达啊？"龙大章说：

"师傅，我今晚没有睡意。有关'东北新干线'，我正有一个想法要向你汇报呢。"姜长庚掐了烟："你说。"龙大章说："师傅，我感觉，我们所查找的'东北新干线'并没有逃跑，他们正在跟我们打游击战。我们查找毒品，他们就按兵不动，或在文化方面下手。鸡血麻神或许与契丹文化、契丹宝藏有着某种牵连。"姜长庚点了点头："很有道理，你认为他们会是一些什么人？"

龙大章说："它的老大一定有很雄厚的经济基础或社会地位，否则，他们撑不起这个门面。"姜长庚赞赏地说："我也这么想，你想怎样在这上千万人口的大市中找到他们？"龙大章说："我想从龙城可能涉黑的一些经济实体查起。"姜长庚提醒道："除了考虑他们的作案能力，还要考虑他们的作案动机和目的，你认为他们的最终目的是什么？"龙大章说："现在还不明确，但是他们一定在下一盘很大的棋。"

姜长庚问："为什么不在案情分析会上说？"龙大章说："师傅告诉过我，不能保证我们的队伍每一个人都是纯洁的。"姜长庚点了点头："嗯，成熟了。"

龙大章接着说："我有个大胆的推想，鸡血麻神案与契丹宝藏的传说有关，'东北新干线'利用武玉鹏盗窃鸡血麻神，只是他们行动中的第一步。"姜长庚说："有道理。"龙大章说："师傅，我请求负责侦办鸡血麻神被盗案！"

听到龙大章的请求，姜长庚一愣："这不行。"龙大章问："为什么？"姜长庚看了看他说："你看……去年案发时，我把这个案子交给你，你说半个月之内破不了案听凭处理，现在我再把这个案子交给你，别人就会说三道四。另外，你刚当上副队长，有那么多的刑事案子等你处理，压力也不能太大了，这个案子还是我来。"

看到师傅决绝的态度，龙大章非常不解，鸡血麻神案与"东北新干线"的连带关系不言而喻，师傅为什么把它割裂开呢？他看了看姜长庚那坚定的目光，无奈地向桥下走去。

他从失败的爱情阴影里就要走出来了，又面临着事业的硬对头和软阻碍，该如何决断呢？他决定，暗自从鸡血麻神案入手，尽快找到潜藏在龙城的"东北新干线"。

6

雾色中的龙山有一种朦胧之美，红红的岩石被一层白白的雾裹挟着，显得更加神奇瑰丽。

龙山脚下的契丹博物馆，一档辽代文物鉴宝专场正在热烈地进行。主席台上一字排开的是国内外有名的契丹文化专家，其中不乏一些文物贩子。

又一名藏宝人走上前台，他手捧一个辽代鸡冠壶，介绍完这件宝贝的曲折来历后，把宝贝小心地交到了一个日本专家的手中。那个日本专家评头品足地鉴定起来。

龙大章、朱丽雅正在全神贯注地审视着那个专家，姜美祺拿着一些资料走到他们身边："二位，怎么对鉴宝这么感兴趣啊？"朱丽雅说："美祺，你也来了？"姜美祺答："我来是要写报道，你们来……"

龙大章看着台上说："真让人难以置信，一个辽代鸡冠壶在一个农民手里卖三千元，国内文物贩子一倒手就卖了六万元，国外文物贩子六十万元收购了它。几经波折，流转国内，鉴宝师给出的价格不下一百八十万元。大批文物低价或无偿流向国外，又被我们高价买回来。"

姜美祺玩笑道："眼红了？二位，你们是不是也要倒卖文物去啊？"

朱丽雅笑道："我倒是想倒卖，手里没货啊，好东西都让外国人买去了。"

龙大章说："二位美女，我在想，文物这种东西，本身无价可循。可是，外国人为什么要出高价收购或不惜冒着进监狱的风险走私它呢？我想他们看中的是中国古代的文化。他们想占有这种文化，这也是对中国的一种文化侵略。"

朱丽雅往大章身上靠了靠说："大章，今天可是周末，我不想听你讲政治，我想去看悬疑电影。"姜美祺说："好主意啊，我也想去看悬疑电影。"

龙大章看了看左右两个故意"闹事儿"的女人："看什么电影啊，干我们这一行的，每天都像在剧中，说不定，在我们说话的空当，又一起犯罪发生了……"

朱、姜二人齐声说："没劲！"

夜色中的龙城会展中心像一艘整装待发的航船，附近的小吃一条街便是这艘航船休憩的港湾。

在一轮夜色掩映下，又一个幕后交易完成了。在一品香饭店里，刘尔贵把一个文件袋递给了时猴子，时猴子打开文件袋看完，把一包钱推了过来。

刘尔贵指指那本书："这可是最早的一部《康熙字典》，就这点钱少点儿了吧？"

时猴子把书收起来："兄弟，不少了，你这是碰上了识货的人。你要想多卖钱，我说，咱商量一下，把你那一箱包了，看给你多少钱，免得你一本本地费事儿。"

刘尔贵摆摆手："打住，我也是从别人那儿买来的，赚几元的差价，你说那什么箱啊柜的，我没有。"

时猴子诡秘一笑："呵呵，不说这个了，吃饭。"他拿出一千元递给刘尔贵，"这个，算我投资，吃完上寄瑶开的方格棋牌室那儿玩会儿去，赢了对半儿分红，输了算我的。老板，上酒！"

刘尔贵肥吃肥喝一顿，微醉的他迫不及待地来到方格棋牌室。他要让吴寄瑶明白，老子有钱了，有钱就任性，你越不搭理我我越来。他一进来，就醉醺醺地拍了下正玩着的一个人的秃头喊："让让，让让！"那个人就让给了刘尔贵。

吴寄瑶没好眼地看了看刘尔贵，刘尔贵边出牌边掏出一叠钱拍了拍。吴寄瑶一撇嘴，刘尔贵看也不看吴寄瑶，牌局继续进行。他上场摸起一张八万在那捻："开门红，自摸，清一色，一条龙！你说咱爷们儿这叫手吗？简直就是搂钱的耙。上款啊……面带微笑地上款啊！"

在刘尔贵首次开赢，高兴得要放挂鞭炮庆贺一下的时候，他家的门开了，一个黑影闪了进去，手电筒的光芒扫射照着各个角落。终于，那黑影从床底下拉出一个箱子，他打开箱子看了看，把里边的古书籍装进一个袋子里，那张羊皮旧地图啪地掉了出来。他未理睬，把空箱子推进了床底，把旧地图踢到一边，打开门，回头看了下，关门而去。

刘尔贵得意地哼着小曲儿从方格棋牌室里出来，吴寄瑶破例地送到门口，拍拍刘尔贵的肩膀："二棍，今天手气不错，赢了几千啊？"刘尔贵得意地说："三千多吧，妹子，这两百归你。明天我请你……"

吴寄瑶一边收钱一边说："不用你请，常来捧场就成。"刘尔贵得意地说："那是必须的。"说完，满意地哼着小曲儿向家走去。

他开门进了屋，打开灯，地上那张羊皮旧地图映入他的眼帘。刘尔贵惊慌地把箱子从床底下拉出来，箱子是空的。他一屁股坐在了地上，叫了一声"我的娘哟"，使劲儿抓着自己的头发……

帝豪会馆三楼包间内，金疤瘌把那本《康熙字典》交给了赵直帆。赵直帆翻了翻那本书："就这……幸存的古书？"金疤瘌说："这只是其中的一本，要是日本鬼子的钱到位，我们可以按谈好的价钱择日成交。"

赵直帆抖抖手中的书警醒地说："老兄，那个日本人是古玩专家，我可是对这一窍不通。咱们可是说好了，得让日本专家验完真伪才能付钱。提醒一下，那日本人可是比猴都精，不要试图和他来歪的。"

金疤瘌恭敬地说："赵公子，古书你先拿去，我们对你是放心的，假了，你给我送回来，分文不取。我们这次做好了，也好做大的。"他把一个信封递给赵直帆："这个，成与不成，都是你的劳务费。"

赵直帆把信封推了回来："金老板，太客气了，劳务费你在我婚礼上已经付了。"

金疤瘌往前哈下腰："兄弟，那是人情，和生意是两回事。就是这次生意不成，我金贵照样是你好哥们儿。但是，亲兄弟明算账，好东西咱是有的，门路你是有的，我用了你的门路，付费是应该的。"

赵直帆这么一听，心里坦然了，他得意地往后一仰："也是，桥归桥、路归路，我讨厌砂锅捣蒜——一锤子买卖。金兄，就此告辞。"

金疤瘌起身送到门口："兄弟，新婚蜜月，耽误你这长时间，真是对不住了，有机会当面向弟妹谢罪。"

赵直帆走了，金疤瘌笑眯眯地目送着他下楼，也向楼下走去。

伏龙区公安刑警大队值班室，鲁运正在接待刘尔贵的报警。

刘尔贵进门连哭带闹："鲁警官啊，你可得帮我呀，我的贵重物品全丢了，一定要把那个不得好死的盗贼捉拿归案，还我东西啊！哎呀呀——"

鲁运拿出现场勘察图说："嗨——真哭啊？来，做个笔录。"刘尔贵用袖子擦着眼泪，止住了哭声。鲁运问："刘尔贵，现场我们已经勘察过了，你电话报案说家中被盗，丢了什么呀？"刘尔贵支支吾吾地说："丢了……首饰。"鲁运问："什么首饰？"

刘尔贵说："也就项链、戒指什么的。"

鲁运问："到底是什么？你回去查清了再告诉我们，我可提醒你啊，你的案子已经从派出所转到刑警大队，报假案是要负责任的，我们打过交道，你不要跟法律开玩笑。"

刘尔贵眼睛骨碌碌地转着，点头道："没查清……是没查清，我回去再查查。"他起身走了，龙大章和朱丽雅疲惫地从外面进来。

看见刘尔贵的背影，龙大章问："什么情况？"鲁运说："他说他家丢了首饰，可又具体说不清楚丢了啥。我们去勘察了，也没发现什么痕迹。这号人，没准儿。"

龙大章皱着眉头看着笔录，联想到博物馆"闹鬼"事件，他想起在饭店捡到的那本书，不禁对刘尔贵的举动产生了怀疑：是他还是于海平在倒卖古籍？

夜晚的龙城天气微凉，这是夜晚最好的休闲时光。

刘尔贵抱抱着膀子蜷缩在时猴子家楼下的树底下，不时地向楼上望着。时猴子哼着小曲儿从外面回来，正准备上楼，后衣领子让人给抓住了。刘尔贵声色俱厉地说："走，跟我上公安局！"

时猴子吓了一跳，他回头一看笑了："二棍啊，闹什么鬼花活？"

刘尔贵青筋突显："谁和你开玩笑，你我是从小光屁股长大的哥们儿，你却勾结坏人，偷我古籍，你还是人吗？走，咱们上刑警大队说清楚去。"

看着刘尔贵那铁青的脸，时猴子抖了一下，但他很快镇静下来："啥？啥丢了？"

刘尔贵带哭腔道："我一箱子古籍全丢了！"时猴子轻佻地说："可别逗了，你不是说你没那玩意儿吗？"刘尔贵一把薅住他的衣领说："少给我装蒜！你请我去吃饭，给我打麻将的钱，就是为了掩护你盗窃，你就说想私了还是公了吧？"

衣领越勒越紧，时猴子便有些喘不上气来，他掰开刘尔贵的手："二……棍，你先放了……我，咱们共同研究一下，看该怎么办。"刘尔贵松放了手，时猴子马上说："二棍，我可是和你说清楚了，你说到公安那儿告我，你告我啥啊？我帮你卖书，从中间赚几钱银子的差价，我是在做生意。你说我偷了你的书，有证据吗？"

刘尔贵嘲讽地说："你是做生意？你那是倒卖国家文物！而且你把文物卖给了日本人，要罪加一等。"

时猴子一听，汗下来了："有……有那么严重？"刘尔贵说："猴子，你要是不想进监狱，就把那箱子书给我找回来，咱俩两清。"时猴子软下来："兄弟，我会帮你的，可是，我真不知道谁偷的……"话没说完，刘尔贵一巴掌在他脸上结实地印了五个指印："你给老子找去！"时猴子捂着半拉脸，一见刘尔贵那要杀人的眼，也感到了问题的严重性，赶忙答应给找回来，刘尔贵这才放了手。

第二天早晨，时猴子来到龙城公园的石桌旁，焦急地等待着。

金疤瘌悠闲地走过来，坐在时猴子对面，小声而神秘地问："猴子，刘尔贵果然报了案？"时猴子答："那还有假？可是，他在公安那儿没说丢古书的事儿。金哥，他盯着不放呢？钱呢？"金疤瘌说："给了一部分。"时猴子问："我那份儿呢？"金疤瘌斜了他一眼："事儿闹这么大，公安介入了，现在还分什么钱啊！"

时猴子问："那咋办？"金疤瘌小声地说："你要是不想进局子，就把刘尔贵安抚住，钱都给他吧。"时猴子一脸委屈："给他，那我白忙活了？"

金疤瘌站起来踱着步："没办法，到嘴的肉，谁愿意吐出来啊？可是，刘尔贵如果向公安如实说丢了一箱子古籍，这就是大案。从刘尔贵这根瓜秧，很快就能找到你这个瓜蛋儿，失去点钱总比失去自由要好吧。"

时猴子嘟囔："金哥，没什么好办法吗？"金疤瘌说："猴子，听我的，咱们剩点儿酒钱就得了。"时猴子说："真倒霉！"金疤瘌把个文件袋往时猴子怀里一塞，走了。

迎着朝阳，刘尔贵和时猴子躲进龙城胡同一个旮旯里。

时猴子小声地说："二棍，通过道上的朋友，我已经打听到了那箱书的下落，可是，书已经卖了。"刘尔贵眼一瞪："那我不管，我就要他们把书一本不少地还回来，否则……"

时猴子慢条斯理地说："那我就无能为力了，我最多只能帮你把卖书钱要回来。"刘尔贵问："多少钱？"时猴子说："听说是卖了三万。"刘尔贵一把抓住时猴子的衣领："你糊弄傻子呢？"时猴子把刘尔贵的手一扒拉："就这个价，你要是不干，你就报案，那箱子书是怎么来的你最明白。我问懂法的人了，你犯盗窃国家珍贵文物罪，偷你书的人犯普通盗窃罪，你比他重，你们都会鸡飞蛋打。"

几句话把刘尔贵整没电了，他无奈地说："唉——我说他妈这叫黑吃黑……就这样忍肚子疼吧。"时猴子提醒道："销案去吧？别让公安把你盯上，就说是自己前妻回来闹的事儿。"

人穷志短的刘尔贵收了那个文件袋，用手捏了捏，骑着三轮车拉着水果去刑警大队。他在鲁运的指点下，在销案登记上签了字。鲁运说："以后弄清楚了再报案。"刘尔贵不好意思地点头："那是，那是。"说完，一溜烟儿地走了。

龙大章过来，望着刘尔贵的身影问："他又来干什么？"鲁运说："销案。说是他前妻回家取东西，他以为进小偷了呢。"龙大章说："问题没那么简单，他究竟丢了什么呢？朱丽雅，找他前妻问问。师兄，留意着刘尔贵，这里边有问题。"

7

在豪华住所，神秘人小心翼翼地翻阅着那一箱子古籍，他拿出一本《两汉策》翻阅着，不停地点头称是。金疤瘌看到神秘人那致心致志的样子，便问："大哥，这些老古董就那么好看吗？"

神秘人抬起头："疤瘌，你不懂，这叫文物。比如这本《两汉策》，要是十二卷都集齐了，价值不可估量。我现在明白了，为什么我们国家有那么多你们的文物，为什么中国很多文物得不到保护，就是像你这样的人太多了。"

金疤瘌说："大哥，你那兄弟和赵公子在茶楼等着回话呢。"

神秘人放下书："要是再倒回二十年，就是要了我的命，我都不会把这些好东西卖给他的。可是，现在，我老了……价格提高十倍，爱要不要，你去办吧。"

金疤瘌吃了一惊："十倍？"

神秘人说："疤瘌，你是不是觉得我在就地抬价啊？"他拿起一本古书《在心堂》说："就这一本，至少能卖六十万元。"就在金疤瘌现出惊讶的表情的时候，神秘人接着说："要是能得到过云楼藏历代古籍善本，价格能到两个亿。"

金疤瘌听得此话，惊得五观扭曲。神秘人幽幽地说："可惜啊，这里边没有。"

金疤瘌终于张开了半天扭曲的嘴："大哥，你说你那日本兄弟高价买我们的东西干什么呢？"

神秘人说："吸收你们的文化精粹，超越你们的智慧啊。没看嘛，我们的祖先把你们的字抄了一部分，就成了自己的语言文字；没发现嘛，现在好多东西都成了我们发明的，因为我们有证据，你们没有，最后只好气愤地说你们发明了日本人。"

金疤瘌拱手道："大哥不做学问瞎了。"说完，他走到阳台上打电话去了。

　　神秘人翻阅着《十架斋养心录》，金疤癞打完电话高兴地进来："大哥，谈妥了。你那日本兄弟还真大方，那么高的价，他照单全收。"神秘人没有吱声，还在一本本地翻看着古籍。

　　金疤癞说："大哥，你还没看够啊？"神秘人盯着金疤癞："奇了怪了，所有的书都拿来了吗？"金疤癞答："时猴子说，一本没少。"神秘人把书扔在地上："怎么就没找到呢？"金疤癞问："大哥，你想从这些旧书中找到什么？"

　　神秘人一字一板地说："《木叶山》，那本书里应该有木叶山的详细记载。那里边还应该有一张图，一张古老的地图。有了它，我们就能找到契丹藏宝的位置。挖出那些宝藏，则富可敌国。我还开什么娱乐城，搞什么房地产，倒什么煤……"

　　金疤癞吃了一惊："大哥，传说的东西能当真吗？"神秘人说："此传说非彼传说。疤癞，知道我们为什么要盗窃鸡血麻神吗？"金疤癞答："卖钱呗。"

　　神秘人笑了："你是只知其一不知其二。鸡血麻神是开启契丹宝藏的钥匙，我们以前所做的工作就是为了得到龙山的宝藏。"他拿起一本《龙山宝藏的传说》慢慢地说："寻宝人只有找到完整的《辽域地志》和开启宝库的鸡血麻神，才能找到并打开宝藏的大门。我们现在得到了鸡血麻神，如果得不到完整的藏宝图，就无法找到宝藏的位置。"

　　金疤癞似有所悟："大哥，我明白了，你在做一局大棋。那这书？"

　　神秘人伏在金疤癞耳边耳语了一番……

第二十二章 三势争锋，调查黑恶

1

下班的时间到了，刑警陆续走出了大队办公室。龙大章把搜集到的有关契丹文化的书籍拿了出来，他翻开那本《辽域地志》，一段话映入他的眼帘："木叶山不高，远远看去酷似埃及人的金字塔。西北面一座大山，东南侧两座略小一些，皆呈三角状。站在木叶山顶，极目北望，青山隐隐，白云悠悠，一脉大川，东西贯通，绵延无际。西拉沐沦河自天边而来，雾霭缥缈，浩浩荡荡。木叶山南望，是号称八百里瀚海的科尔沁沙地，沙丘连绵起伏，一望无际。这种地貌有着独特的地理结构，它是沙漠，却不乏水源，沙丘和湖泊、绿洲交相掩映，别有一番洞天……"

朱丽雅进来了："大章，又看什么书呢？最近和传说较上劲了。"

龙大章合上书："我越读越发现这不仅仅是个传说。"朱丽雅说："难道是真的？研究明白了，找到契丹宝藏，我们可发大财了。"龙大章说："我想很多人都是这么想的。发了财干什么呢？有人花天酒地，有人图谋大计。因此就有了为富不仁，就有了阶级剥削……"

朱丽雅说："又成哲学家了。大章，别被契丹宝藏折磨得神经了。"

龙大章说："丽雅，我总觉得鸡血麻神案和契丹宝藏传说间有着某种联系。这几天契丹古籍方面又有什么新发现？"

朱丽雅说："遵照你的指示，让我注意文物市场，我发现，那天在鉴宝会上的日本专家在龙凤两城都很活跃。听说他除了给鉴宝节目当评委，还在搜集一些古书类的东西，涉嫌倒卖古文物。"

龙大章问："有确凿的证据吗？"朱丽雅："目前还没有。"龙大章叮嘱："没有证据就不要轻易动他，这涉及国际关系，要慎重。"朱丽雅说："盯他三天了，我们的人看见他在龙城植物园，似乎在等人交易。"龙大章说："咋不早说呢？快，叫上师兄去植物园。"

夏日绿荫下龙城植物园一片清凉，每天这个时候，可谓游人如织。那个日本专家坐在石凳上，像是在等待什么。龙大章、朱丽雅和鲁运潜伏在一片云杉林后，漫不经心地向那日本专家望着。

朱丽雅小声地问："大章，他们会在这儿交易吗？"龙大章说："不能确定。在没有实际把握前，不要行动，你们到他的前边秘密取证。"朱丽雅和鲁运答应一声走了。

龙大章正向那个日本人看着，突然他发现赵直帆一边接电话一边向那个日本人走去："嗯？太不讲究了，人家可是把水都准备好了……好吧，我们有耐心等……"他放下手机，走到那个日本专家面前，两人在嘀咕着什么。

龙大章蹑手蹑脚地向他们身后的树林里靠过来，这时，他的肩膀被人拍了一下。他回头一看，是拿着相机和三脚架的姜美祺。龙大章问："美祺，你？"姜美祺说："我，拍几张植物园夜景。你在干什么？"龙大章说："我，溜达。"姜美祺说："大章，我正找你呢，我们那边坐会儿？"

二人走到植物园一个偏僻处，姜美祺把一张纸交给了龙大章："你不是让我帮你搞一份儿龙城经济实体的一些情况嘛，我可是跑了几个部门、走访了很多群众才做出来的，而且我还给你标注了重点目标。"龙大章看了看："这么快？太谢谢你了。"他看着那份材料，惊讶地说："美祺，你标注的竟然与我不谋而合。"

姜美祺神气道："不客气地说，我要是学刑侦，不比你差。"龙大章附和道："那是，你……和直帆过得还好吗？"姜美祺没有吱声，她向赵直帆和那个日本人望着，龙大章也顺着视线向那边望去。

赵直帆和那日本人正在说笑，一个服务生模样的人拎着纸盒向他们走来："先生，这是一位客人让我给你们送来的。"赵直帆对日本专家一笑："先生，请过目。"就在日本人打开盒子的一刹那，鲁运和朱丽雅冲了出来，将赵直帆和日本人按在了地上。

龙大章和姜美祺听到赵直帆和那个日本人的叫声，迅速跑了过去。一看，鲁运已把那个盒子打开——两盒老树肉棍儿茶叶。赵直帆看见龙大章和姜美祺，一惊："美祺，你……噢，大章，你们在这儿？"龙大章说："直帆，你也来溜达啊？"赵直帆脸憋得通红："溜达？你们真会找地方！还不放开我啊？"

鲁运和朱丽雅放开二人，赶紧道歉。赵直帆并没有接受他们的道歉，一甩袖子走了。几个人在植物园碰到一起，都有些尴尬和疑惑。姜美祺去追赵直帆。看着赵直帆和姜美祺的身影消失在夜色中，龙大章眼里现出一丝惆怅……朱丽雅在后面轻轻地拍了龙大章一下："我是记者朱丽雅，二师兄，请你说说此时的心情，羡慕？嫉妒？恨？"

龙大章回头眼一瞪："丽雅，别闹了。你们太沉不住气了！"鲁运抱歉地说："师弟，都怨我，远远地看上去像是古书啊。"朱丽雅好奇地问："这个日本人竟然和赵公子有约？"龙大章说："可能是正常的交往或商业往来吧，我们没有任何证据证明他们在倒卖文物，他们手里只有茶叶。"

朱丽雅说："也不是一点线索没有，我们调查了刘尔贵媳妇，她没有回家取东西。她说家里没啥值钱的东西，刘尔贵有点破书，卖了不够打酱油的。"

龙大章顿悟："破书？那是古籍。刘尔贵为什么报案又撤案呢？一定有见不得人的秘密，这个秘密就是那些破书。"

鲁运说："师弟，我们跟踪了刘尔贵，他继续推车卖他的蒙古野果，没有发现他有违法的地方。只是，听说花钱比原来大方多了，常去方格棋牌室打两把麻将。"

朱丽雅说："要不把刘尔贵带回来讯问？"龙大章说："那是违法的。我想，从刘尔贵过去的工作经历看，还要从古文物方面入手，继续盯着古玩市场和那个日本人。"

2

晨光从伏龙区刑警大队的窗户上照进来，照在龙大章手里的两份文件上。龙大章在姜美祺标注的"宏运房地产公司、帝豪会馆和平原煤业公司"上又画上了记号。

这时，姜美祺来了："早啊。"龙大章问："美祺，有急事？"姜美祺说："大章，昨天我没来得及问你，你在侦查倒卖文物案？"龙大章说："没有啊。"姜美祺说："瞒不了我的眼睛。"

龙大章放下文件说："美祺，我正想问你呢，昨晚你和直帆到植物园干什么？"姜美祺说："我告诉你了，拍夜景。"龙大章说："你也瞒不了我一个刑警的眼睛，你在跟踪那个日本专家？"

姜美祺不置可否："你们不也是在跟踪他吗？"龙大章严肃地说："美祺，我郑重地警告你，你打乱了我们的计划。打击犯罪，依法侦查，是我们警察的义务，你以后不要再干这样的傻事了。"姜美祺说："我干傻事儿？打击犯罪，是全社会每个公民的责任，我们当记者的更不能袖手旁观，挖出龙城一切黑恶势力，我要和你们合作。"

龙大章说："那不行，那是违法的，也是危险的。而且，你和直帆也都是我们的调查对象。"姜美祺不满地说："你什么意思？说来说去，你是在怀疑我和直帆。"龙大章说："美祺，对昨晚的误会我郑重地向直帆道歉！另外，你和直帆已经结婚了，考虑到我们过去的关系，我们以后少交往。"

姜美祺执着地说："我结婚了，和你就不是同学了？就不是朋友了？我就交往，就合作。"龙大章说："美祺，你得收收性子了，我该工作了，请吧！"姜美祺一跺脚："哼！"说完，向外疾走，和刚进门的朱丽雅撞了个满怀。

鲁运在后面看着，偷偷地笑了。他挤眉弄眼地进了办公室："龙副大队，别和我们平头百姓挤空间了，你也该搬到你的副大队长室了。再说，你自己一个屋，说点啥、做点啥也方便。"

龙大章挤了挤眼："鬼鬼祟祟。大师兄，你撺我走还有一个目的。"他向门外的朱丽雅挤了挤眼。朱丽雅进来说："你俩开玩笑，别拿我开涮啊。"鲁运说："你要这么说，我们就把你清出去了，可不是嫌你，帅不离位嘛，我们这就给你搬家。"龙大章摆手说："师兄，我跟你们还没混够呢。"鲁运笑嘻嘻地说："可是，我们跟你混够了。因为有你，显不出我鲁运高大威猛来。"说完，不由分说，把龙大章的东西往副大队长室搬。

鲁运边搬东西也不忘贫嘴："师弟，我们中学时学过一句文言文，苟富贵，勿相忘。我班一个很二的同学翻译成，小狗你要是富贵了，可别把我忘了。"龙大章接茬道："我读大学时，一个号称大师兄的著名语言学家说，鹦鹉能言，猩猩能语。后来，人们戏称这位大师兄为鸟兽语言学家。"二人互谑，三个人都笑了。

笑声惊动了周至祥，他歪着身子走进来："哟，都挺乐呵的？小伙儿转向转得挺快啊！"没人吱声，周至祥眼睛落在桌上的两张纸上——《龙城重点企业概况》《龙城经济实体调查》："怎么，这是要吃大户啊？"龙大章说："周队，他俩嚷嚷着要吃这几个大户呢，要不，你和我们一起去？"周至祥说："我就不和你们凑热闹了。我来是要告诉你，电视台要拍一个'七·二五杀人案侦破记'，你们都要准备一下素材。"

龙大章看见周至祥走远了，说："二位，我决定请你们吃大户。这个大户就是经过我们认真走访、仔细筛选出的三家重点企业，二位帮我调查一下。"

朱丽雅说："你这哪是请吃饭，是在给我们布置任务啊。"

鲁运问："师弟，三十年吃不上你一顿饭啊。说吧，叫我们干什么？"

龙大章拿起那两张纸："师妹，我知道你将来要买房子，有时间和宏运房地产公司接触一下。师兄，我知道你喜欢喝两杯，帝豪会馆你去最合适。还有一个平原煤业公司，我在那儿被人欺负过，我要去报报仇。"

鲁运贫嘴道："听着是挺好，可……这费用？"

龙大章说："你要是能查出点啥来，我请示领导给你出点办案经费。要是一无所获，那就免开尊口。走吧，福人百姓餐厅，豪华抻面三碗，爆撮！"

从押面馆出来，路过宏运建筑公司，那气派的大楼吸引了龙大章："经过我的初步调查，像宏运等三家公司的发迹史都很突然，他们的老板都有些不对劲的地方。我想，潜伏在龙城的'东北新干线'核心人物，一定得有超过一般人的经济实力，否则，没人给他卖命。"

朱丽雅说："二师兄说得有道理啊。书上说，君子求财，取之有道。无道的宏运公司，他们的钱老板早就臭名昭著了，查他，得民心。"

龙大章说："我到检察机关查过了，这个钱老板很多年以前就有人告过他侵吞集体财产，可是最后不了了之。这些人，能做得那么大，就有他们的过人之处，不要掉以轻心。"

正说着，鲁运向进院的两个人一指："那个胖子就是钱老板……"

3

宏运公司的门口是一个塔吊的造型，感觉随时要吊起路过的重物。钱如意喝得醉醺醺的，剔着牙，拖着肥胖的身躯进了宏运建筑公司的办公室，他靠在转椅上，那椅子险些倒了，于海平赶紧扶住椅子。

钱如意看着于海平："于先生，那个走路三摇的吴寄瑶是你招来的？来咱这儿快一年了吧？"

于海平赶紧上前一步："钱总，是，您要是觉得不合适，可以随时辞退她。"

钱如意把一支笔扔在桌子上："让她过来。"于海平赶紧拨打电话。钱如意又说："办公室连个玲透人也没有，这大个公司怎么行呢？"

于海平放下电话："钱总，太太再过一些日子就从监狱出来了，她说要管办公室呢。"钱如意说："我现在最后悔的就是让店长替她担这个责任，再多判她个三年五载的才好。"于海平说："毕竟是夫妻嘛。"钱如意声高了八度："她就是我老娘我也不能再由着她。你说，让她管宏运石城，她差点给我管倒闭了……"

话未说完，吴寄瑶站在了门口。钱如意眼睛有点发直，赶紧坐直了身子。

吴寄瑶一步三摇地进来了："钱总叫我来，请指示。"钱如意站起来："指什么示呀，寄瑶，快坐，你这一年帮了我很多忙，办公室这活儿干过吗？"

吴寄瑶凑上前，拍拍钱如意的椅子背儿："钱总，说句不谦虚的话，就是总经理这位子没坐过。"钱如意说："那好，好，你上办公室这来吧。"吴寄瑶叭一立正："我是公司一块砖，哪里用来哪里搬。钱总，我听你的……"她看见于海平那气愤的眼神儿，把后边的话咽了回去。

钱如意说："于副总，发什么愣呢？给寄瑶安排办公室啊。"于海平迟疑地说："钱总，这……"钱如意摆手道："什么这那的，是不是你想把你的办公室给寄瑶啊？"吴寄瑶说："钱总，我怕……"钱如意对于海平说："怕什么怕？我那婆娘出来后要是敢吱嘎，你就说是赵公子让安排的。再说，这儿我是老大，我最讨厌婆婆妈妈全家都管事儿了，就这么定了！寄瑶，搬过来吧。"

吴寄瑶扭着屁股走了，她满怀喜悦地回到宏运公司某售房处，和小金子一说，把小金子羡慕得直掉眼泪。她赶紧帮吴寄瑶收拾东西，生怕老钱变了卦。吴寄瑶边收拾东西边叮嘱道："小金子，我们以后不在一起了，你要长个心眼儿，不要轻易和别人出去。我知道你心气高、性格直，一心想发大财。"

小金子把着吴寄瑶的肩膀嘟囔："吴姐，我特别想跟你混。你高升了，我为你高兴。"吴寄瑶说："小金子，以后你也不用东躲西藏了，那个姓武的公安正在通缉他，他应该不敢找你麻烦，有机会我会让你到我身边的。"小金子情绪低落地说："只怕是难了……唉，你有当官的同学罩着，我什么也没有，那天去医院看见阿姨，我就想起了我自己的妈妈……"

吴寄瑶给小金子擦眼泪："妹妹，我们都是一样的苦瓜蛋子，别伤心了，我会帮你。"小金子问："阿姨病情怎么样？"吴寄瑶叹口气："唉，老毛病了，病来如山倒，病去如抽丝，怕是还要在医院住些日子了。"

小金子拿出一沓钱："吴姐，你知道我手丫子大，上班儿一年多，除了给家里的钱，就攒这一千元钱，你拿去给阿姨治病吧。"吴寄瑶把钱挡回去："那怎么行呢，我知道你家条件不好，父母多病……"小金子沉重地说："是啊，吴姐，在我的记忆中，我们家就没有有钱的时候。可我们姐妹一场……放心吧，我一定要成为有钱人！"

　　吴寄瑶盯着小金子看了半天："妹妹，我知道你偷偷地在干什么……不到万不得已，不要走那条道。"小金子愣了一下："吴姐，你什么都知道啊。"吴寄瑶没有吱声，她把小金子给的一千元钱放在桌子上，拉着拉杆箱走了。

　　小金子把她送到宏运公司门口，眼巴巴地看着，泪水又流了下来……

　　钱如意肥胖的身躯靠在转椅上，于海平站在他面前似有话说却又不敢说。钱如意说："我知道你对我的安排想不通，知道我为什么重用吴寄瑶吗？"于海平知道这个胖色鬼又在为自己的荒唐找理由，但他话锋一转："请钱总明示。"钱如意说："我们现在好像是地产界的老大，可是，多少人在盯着地产这块唐僧肉？李明鑫，这个李秃子放着好好的煤炭生意不做，要搞什么房地产。金疤瘌，娱乐业风生水起，去年也成立了天创房地产公司，在偷偷地拉拢赵直帆。这两个人，一个不要命，一个不要脸……"

　　于海平问："钱总，说来说去跟用吴寄瑶有什么关系？她又不懂房地产。"

　　钱如意说："我们要稳固我们的位置，当龙山地区的地产龙头，得靠几个着硬的人，赵副市长的公子赵直帆就是我们必靠的人。吴寄瑶和赵公子是关系很好的同学，我们的一些事，让吴寄瑶去跑，省心省力省钱。出了事儿，有她担着总比让你担着强吧？"

　　于海平点了点头，可他明白，钱如意把吴寄瑶放在身边，绝不止这两个原因。钱如意又说："我让赵公子出面约了李秃子和金疤瘌两个坏人，我要先发制人，让他们知难而退，不要来业内搅和。"于海平说："他们暂时成不了气候。"

　　钱如意说："我除了要他们给我陪标当绿叶，还要去探探他们的底。"于海平问："什么底？"钱如意说："有社会传言，鸡血麻神在李秃子手上，会是真的吗？"于海平笑了："钱总，社会还传言在你手上呢！"

　　夜色中的忘情夜总会和这几个人的态度一样暧昧。由钱如意授意、赵直帆主持的地产垄断聚会就陪标、串标、互不介入对方经营领域等"达成了一致"，但终究各吹各的号、各唱各的调，几个心口不一、各揣心事的人吃饱喝足后坐到了牌桌前。

李明鑫把牌一推："真倒霉！上听就点炮，下一张就是豪华七巧对儿自摸……"

烟雾缭绕，赵直帆一边收钱一边笑，金疤瘌、钱如意面无表情地往麻将机里推牌。

张半仙敲门进来了，李明鑫蛮横地说："你，谁啊？"金疤瘌赶紧摆手："噢，李老弟，这位张先生，我请的风水大师。"钱如意挺了挺肚子说："老夜壶镶金边儿——嘴好……"他见一个八筒打出，赶忙说："我吃。"金疤瘌不让："我碰！"

钱如意把手缩回来，不高兴地嘟囔："今天这是怎么了？我一吃你就碰，还犯截和，还讲究不讲究啊？张大师，你给我测测这局谁赢啊？"

张半仙走到他跟前，淡淡地说："对牌局，我不大明白，不过，对风向我还能看个一二。"他又走到金疤瘌身后说："金总，局势不妙啊，这个时候得防条子，去万子，留饼子，因为，要起风了——"

啪，一张北风在桌子上旋转起来，钱如意伸手要摸牌，金疤瘌赶忙摆手："我碰。"钱如意更加不满地说："看你这通胡吃乱碰，在你上家算是倒霉了，在我的地产界可不能这样。"张半仙说："他做得对，这也是一种策略，让你的上家摸不到底牌，他就是再能耐，还能天和啊？"

金疤瘌打出一张六条，赵直帆把牌一推，点头道："嗯，我又和了。"张半仙说："金先生似乎是揣着糊涂装明白啊，没看出六条要点炮吗？"金疤瘌嗑下牙花子，没吱声。张半仙说："金总，我们的风水就从您的办公室看起？"金疤瘌站起来，拱手道："几位，今天就不陪你们了，点儿背。"钱如意、李明鑫和赵直帆没趣儿地向外走去，金疤瘌关上门说："张先生，请详细指点。"

二人走到二楼的防护栏后，向一楼望去。一楼昏暗的灯光下，桌子上摆着几瓶啤酒。疯狂的音乐中，鲁运在这里喝着闷酒，眼睛向入口处扫描着。钱如意和赵直帆向外走去，李明鑫则向一个包厢走去。一个妖艳的女人迎出来，二人进了包间。

张半仙掏出罗盘，测了半天："金总，气口不对啊！"金疤瘌问："气口？什么叫气口？"张半仙解释道："气口，通俗点儿说，就是你开的门、进的人。从风水学上来讲，一个企业最忌死气、煞气、散气和泄气。正所谓气乘风则散、招风则惹祸……"

金疤瘌说："张先生，你就直说我这儿都什么犯风吧。"张半仙用手向下一指："你看，你风头正盛、人气兴旺，可是，人员复杂，招风惹祸。看似繁荣，却危机四伏啊。"金疤瘌问："张先生，你说怎么办呢？"

张半仙说："藏风聚气，低调经营；博征旁引，风口向东。"金疤瘌想让张半仙详细解释一下，张半仙以"天机不可泄露"为由，什么也不说了。金疤瘌让手下人给张半仙送上卦钱，张半仙走了。

他站在台阶上反复地思忖着张半仙的四句话：藏风聚气，低调经营；博征旁引，风口向东。他小声地对手下人说："仔细观察到这儿来的客人，尤其是近几天来的人。让那些服务小姐们停止工作，让人注意着点那位。"向李明鑫的包间一指，"我去去就来……"

4

晚上下班后，穿过灯火辉煌的大街，龙大章向方格棋牌室走去。这时，他发现姜美祺正从对面走过来。他想躲过她，还是被她拦在了路边。

姜美祺笑眯眯地问："哪儿去？为什么见我就躲？还不接我电话？"龙大章说："美祺，有事吗？"姜美祺说："我想和你谈谈合作的细节。"龙大章说："美祺，有什么新闻我会及时给你提供的，但是你不要介入公安工作范围内的事儿。"姜美祺说："那不行，我越发喜欢破案了，我要做一个侦探式的记者。我现在正在写一篇有关文化侵略方面的报道，需要你的帮助。"龙大章问："你想怎么写？"姜美祺说："一是想从文物流失角度，结合契丹文化去写；另一方面从传统节日去写。"

龙大章说："这个思路很好。文化入侵，也是一个国家或民族对他国或另一民族通过文化改造和思想改造而达到的征服行为，比如，日本在侵略中国时，一边疯狂地掠夺中国文化，一边进行奴化教育。从九十年代以来，我们身边的很多人突然对过洋节很感兴趣，如情人节、愚人节、圣诞节等等，而对本国的传统节日如元宵节、端午节、七夕节、重阳节等反倒冷淡了。"

姜美祺赞同道："你说得太对了，所以，我们有责任拯救中国传统文化。以后有什么文物方面案件，我要和你合作。"

两人唠得正欢，吴寄瑶从棋牌室出来，看见两人正在谈话，悄悄地站在了旁边："哟，是你俩啊？谈得这个热乎。进来玩会儿呀！算是警民共建。"姜美祺调侃道："哪有那么建（贱）的，寄瑶，我得走了，你的地儿，我待不习惯。大章，我会拿出成绩来给你看的。"

龙大章进了棋牌室，几个光着膀子打麻将的人被烟雾笼罩。吴寄瑶说："大章，你来我这儿，一定有事儿，屋里坐。"龙大章点点头，走进里间坐了下来。

吴寄瑶边倒水边说："说实话，我这地方不欢迎你。"龙大章问："为什么？"吴寄瑶说："你忘了自己是干什么的了？"

龙大章歉意地笑了笑："明白了，寄瑶，说正事儿，有位姓李的，外号叫秃哥的这些日子来没？"

吴寄瑶说："你是说秃哥啊？自从和刘尔贵的前妻好上之后就没来，听说他现在常进忘情夜总会，我这儿小打小闹的，他不玩了。"

龙大章问："你了解他吗？"吴寄瑶摇了摇头："听别人说，以前在凤城干过，是个狠角色，我们都不敢得罪他。以前到这儿也是死缠烂打的，上我这儿来说是捧我的场子，其实是打我的主意。后来，认识了二棍媳妇，不知怎么就勾上了，好像又散了。"

吴寄瑶边说边向外看，似乎心有余悸。龙大章见问不出什么来，接个电话，便从方格棋牌室出来，朱丽雅正在找他。

二人信步走上龙城大桥，站在制高点上向桥下望去，万家灯火，一派繁华。

龙大章问："丽雅，你找我有事？"朱丽雅点点头："我跟踪那个日本人，并没有发现他有什么不法行为，他搜集的物品都不能算是文物。可是，我发现美祺也在跟踪他，美祺这样做既违法也危险，还可能打乱我们的计划，你要说说她。"

龙大章说："她的脾气，我现在说服不了她，她刚找我声称要和咱们合作呢。"

朱丽雅暧昧地笑了笑："她主要是想和你合作吧。"龙大章解释道："她是学外国新闻学学多了。"朱丽雅望着远方的灯火说："我看还是没过情字关……"

龙大章说："还有闲心开玩笑，'东北新干线'还八字没一撇呢。"

朱丽雅问："你认为这个日本人和鸡血麻神案有关吗？"

龙大章无法回答，他的脑海里浮现一幕幕的场景，却又找不出一点线索来。朱丽雅问："大章，你在想什么？"龙大章说："丽雅，'东北新干线'以及鸡血麻神案的侦破总在柳暗花明的时候进入山重水复的地步。你说，他们究竟想得到什么？"

朱丽雅说："咋也不会是整个龙山吧？"龙大章反问："要是有人真想得到整个龙山呢？"朱丽雅说："此志不小也，谁会有如此大的胃口呢？"

夜色笼罩着那处豪华住所，阳台上，神秘人逆光而立，鸟瞰龙城。看见金疤痢进了这栋楼，他便若无其事地坐在藤椅上喝起茶来。

神秘人问："疤痢，两个厚黑找你是什么目的？"金疤痢说："大哥，这是赵公子召集的，说是互相帮衬生意，无非是强调钱胖子在地产界的地位，叫我们审慎打入地产界。"神秘人提醒："跟那两个货接触要慎重。"

金疤痢说："我也是想探一下他们的底，接近他们，是为了更好地除掉他们。"

神秘人不屑地一笑："噢？金厨师这勺子玩大了。钱如意的底牌是想独霸地产业，李明鑫的底牌是想跨界兼并，你知道我们的底牌吗？"

金疤痢遗憾地说："这个，我还真不知道，我只知道秃哥是我们组织的叛徒。"

神秘人说："知己知彼，才能百战不殆。地产业对我们来说只是虚的，我们的底牌是文化，不在一招一式的得失。李明鑫背叛了组织，不可饶恕。但是，现在难为他，必然引起公安的注意，对秃哥，我们不但不能除掉他，还要帮助他。"

金疤痫不解地问："帮助他？"神秘人说："对。让武玉鹏秘密回来，他这个死猪还得上场，他和李秃子的兄弟大裤裆过去是狱友，把我们的存货通过大裤裆转给李明鑫，一旦暴露，火就自然引到李明鑫的身上。到那时我们再秘密举报他曾是'东北新干线'的人，借公安的手，清我们的道！"

金疤痫双手赞同："大哥就是大哥，这招太好了！"

神秘人又说："疤痫，在设计他们的同时，也要走稳自己的步子，不要招惹杂七杂八的人。你那儿这两天多了一位神秘的客人，你要合法经营、见机行事，不轻不重地试探他一下，看他究竟是什么目的。"

金疤痫回到忘情夜总会，站在二楼的栏杆上向下扫视着。

昏暗的灯光，疯狂的音乐，鲁运微醉地又喝了一杯啤酒，一个响指，对服务生说："去，给我找个小妹！"服务生躬身道："对不起，先生，没有。"鲁运眼睛一瞪："胡说！昨天不是有吗？找不来我砸了你们的场子！"服务生哆嗦了一下："先生……你等着，我给你看看？"

鲁运微醉地抬起头，发现几个黑衣人围了过来。双方互相对视着，一个黑衣人问："你想闹事儿？"鲁运答："我想找人儿。"黑衣人道："公安有令，不许陪侍。不想找事儿，闭上鸟嘴！他喝多了，送这位先生出去醒醒酒！"

几个黑衣人把鲁运驾了出去，扔在大街上，一盘剩菜倒在了地上。金疤痫站在二楼，冷笑道："拙劣的表演！编剧、导演和主演的水平也太差劲了。"

鲁运的表情随着忘情夜总会霓虹的变幻忽明忽暗，五彩斑斓。一辆车驶过来，车灯照在他狼狈的脸上，朱丽雅从灯影里走过来，看见鲁运，一惊，转而笑了："呀，大师兄，这样侦查好玩吗？好生潇洒……怎么弄得灰头土脸的？"鲁运嚷道："这帮犊子，我要给那小子点颜色瞧瞧！"

龙大章从车上下来把鲁运扶到车上，边开车边说："大师兄，算了，他们就是要把你扔出来，看看你有什么反应，就算我们当警察的接地气了。"朱丽雅调侃道："好玩儿，小酒喝着，小姐泡着……"鲁运以手遮面："别取笑我了，这活儿我不想干了。"龙大章看了看会馆："师兄，发现什么情况没有？"

鲁运委屈地说："没有，经营得非常正规。二师弟，我就纳了闷儿了，龙城上千家大公司，为什么盯上这三家公司呢？"龙大章说："直觉，一个刑警的直觉。突然没了迹象，这就更说明有问题，他们已经警觉了。我们明松暗紧，才能打他个措手不及。"

朱丽雅说："'东北新干线'的手里存有大量的毒品和枪支，他们竟然没有一点出货的迹象，他们是想砸在手里吗？"

龙大章说："这正是他们的狡猾之处，他们或是在避风，或是已转移。但是，再狡猾的狐狸也斗不过好猎手，终究有露出尾巴的时候。"

金疤瘌回到那处豪华住所，发现神秘人手持一杯红酒，站在阳台上，对着月亮举杯。他望着窗外远处的闪电说："看天气，要变啊！"

金疤瘌悄声说："大哥，那个混酒吧的年轻人底细查清了。一个住了五年公安宿舍的老小伙，喜欢喝酒，刚把他扔出去了。"

神秘人头也没回："这说明公安注意到你了，小河沟子更要小心，翻船不值得。既然钱胖子和李秃子想和我们亮底，就要让他们赢得只剩裤头。"

金疤瘌说："刚才钱胖子的律师于海平来电话和我套了半天近乎，还是为了明天托拍的事儿。"

神秘人说："宏运奇石城被公安打击后已半死不活，他一直想打入我们的休闲娱乐业，正建娱乐城呢。李秃子，也没安什么好心，他们都觉得咱们是一块唐僧肉。"

金疤瘌咬着牙说："该给他们一点颜色的时候了！"

神秘人笑道："趋利避害，人之常情。不过，人为财死，鸟为食亡。"一只小虫飞进他脖子里，他把小虫子扔进酒杯里说："两个坏人凑到了一起，谁能坏过谁呢？我们对他们不光要盯紧些，还要充分利用，把那不请自来的朋友的视线往他们那儿引引，就像把文物案件引到我那娘家兄弟那里一样。"

金疤瘌说："大哥，我明白了，你是想制造点儿动静，搅浑了水，让公安立个功把李秃子、钱如意什么的一举拿下，既转移了视线，又替我们清了场，这买卖合算。"

神秘人深深地点了点头："厨子研究上兵法了？疤瘌，厨房那勺子油把你浇透了。他们想进我们的娱乐业，我们就搅和他的地产、矿产，别人的新欢不过是我们的旧爱。搞点局儿、烧把火，让钱李两条恶狗掐起来！"

面对神秘人"掐"的动作，金疤瘌又迷糊了："怎么烧？"神秘人说："明天钱胖子不是想让你托拍吗？让武玉鹏去给李秃子的兄弟大裤裆上上劲儿。"金疤瘌说："正好，武玉鹏躲在山窝里饿得五饥六瘦，嚷嚷着要出来做点事呢。"神秘人阴阴地说："这个死人就当活人用吧。"

5

阳光从龙城条筒万俱全的建筑物射下来，照在龙城拍卖中心的大牌子上。金疤瘌微笑着向拍卖中心的大楼走去，后面是钱如意带着吴寄瑶和于海平，李明鑫带着大裤裆匆匆地走进拍卖现场。

拍卖师走上了主拍席："感谢各位参加我市国有地产专项拍卖活动。今天我们拍卖的第一处房产是龙城市土产日杂公司大院及地面附着物。经过有关部门认真审查，十二家竞拍者有七家退出，两家不合格，有三家按时完成了竞拍要求，可以参与竞拍。一号拍卖品的底价为一千两百五十万元，每次加价至少五十万，请大家叫价。"下面三家公司开始举牌，拍卖师扫视了一下会场："天创公司一千三百五十万，有加价的没有……宏运公司一千四百五十万……有加价的没有？平原公司一千五百五十万……有加价的没有？"

于海平瞪了李明鑫一眼，举牌一千六百五十万元，李明鑫举牌一千七百五十万元。金疤瘌不再举牌，眼睛眯成一条缝，看着他们向卫生间走去。

钱如意在向李明鑫使眼色，李明鑫看也不看钱如意，漫不经心地喝着茶。于海平向大裤裆使眼色，大裤裆神秘地笑了笑。

金疤瘌从卫生间回来时，主持人兴奋地说："各位来宾，我们今天的拍卖活动可以说高潮迭起，一号地底价为一千两百五十万元，现在宏运公司出价三千五百五十万元……还有加价的没有？好，平原公司四千万元！"

全场掌声雷动。钱如意铁青着脸看着李明鑫，李明鑫悠闲地喝着茶水，毫无反应。拍卖师高高地举起锤子："平原公司四千万元一次，四千万元两次，四千万元三次，成交！感谢平原公司，一号地竞标成功的是平原公司！"

钱如意把茶杯掼在桌子上，茶水溅了出来，他和于海平起身向外走去。李明鑫得意地目送着他，金疤瘌笑眯眯地对李明鑫报以赞许的目光。

钱如意的车快速驶出拍卖公司，汇入车流中。车内，三个人都不说话。钱如意怒气冲天地喊："你们都哑巴了？不是说好的他们陪榜，咱们给他们一家三十万元的吗？"于海平诺诺地说："说是说好了，平原公司李秃子也太不讲究了，说好的事儿，见利忘义，翻盘子了。"吴寄瑶叹息道："我们白白损失了给金疤瘌那三十万啊！"钱如意恶狠狠地说："三十万，我们何止是一个三十万啊！"

一面黄牙子旗飘进钱如意的眼帘，他发现在大桥下测字的张半仙正悠闲地看着路人。钱如意叫于海平把车停在了测字摊儿前，张半仙笑眯眯地扫视着失落的三人。钱如意下车来到跟前："张先生，前天晚上见过，测得准吗？"张半仙说："信则准，不信则不准。写个字吧。"

钱如意抬眼看了看大桥边的帐篷，随手写了个"帐"字递给了张半仙。张半仙轻捻胡须："'帐'，来一'巾'长远，换一'贝'来财。你现在情场得意，商场失意，犯劫财啊！"钱如意蹲下来问："老先生，怎么能都得意呢？"

张半仙仔细看了看他和另外两人，拿起笔在黄表纸上写道：小人得势，大力整治；若成气候，宏运消失。

钱如意一惊，仔细地揣摩着那几句话，想要再问，张半仙已双目微闭。于海平扔下五元钱，钱如意见少，又扔下两百元，一步三回头地上车扬长而去。

张半仙睁开双眼，望着他们和两百元钱，微微地笑了。

假日的龙山森林公园，游人如织，树荫下、假山旁，聚集了唱歌、演奏、跳舞、玩牌的各色游人。在一个角落里，一胖一瘦两个人压低帽檐儿嘀咕着什么。

大裤裆说："老兄，你真有门路？"武玉鹏说："能骗你吗？你可以先拿货，后付款。这活儿你以前也干过，除了咱哥们儿，谁敢赊给你那么大量的货呀？你一转手，就发大财了。"大裤裆说："钱财儿女动人心啊！可是……这可是掉脑袋的营生。"

武玉鹏恨恨地说："该死人朝下，不死翻过来；人在家中坐，祸还从天上来呢。啥事儿要是都往坏处想，就啥事儿也别做了，混吃等死吧。"

大裤裆点了点头："可也是。大哥，这担生意，我做了！"

武玉鹏一拍大裤裆的肩膀："爽快，晚上龙山再生洞那儿见。"

傍晚，龙山再生洞旁的山道上，周围是茂密的原始次生林，大裤裆站在车前，似在欣赏远处的龙山风光。这时，一辆黑色的轿车开过来，灯闪了三下，鸣笛一声。大裤裆钻进车里，打开双闪。那辆黑色的车在大裤裆的车前停了下来，武玉鹏从车里钻了出来："裆弟，你很守时啊！"

一支乌黑的枪顶在了武玉鹏的脑袋上，大裤裆那牛一样的眼睛瞪着武玉鹏。武玉鹏一惊："裆弟，你这是干什么？"大裤裆咬着牙根儿说："干什么？你想唬老子，你还嫩点儿。"武玉鹏奇怪道："我唬你？笑话。你个除了一身蛮肉、任嘛没有的主，我能唬你什么呢？念我们曾是不错的狱友分儿上，让你发点儿小财，没想到你见财起意，要杀我？"

大裤裆说："我回去想了想，你的好意来得太突然了。说吧，安的什么心？"

武玉鹏笑了："我安的什么心，你打开我车座底下那个袋子，什么都明白了。你要是不做，告诉老子一声，有的是人愿意和我合作。"大裤裆说："你蒙潮种呢？你是一个被警方通缉的盗窃要犯，这个时候和我合作，你是啥目的，货又是哪来的？"武玉鹏说："我是被通缉，你可以拿我去领赏钱啊。"

大裤裆说："这事儿我大裤裆是不会做的。我先验验货，你要是敢骗我，这就是你的葬身之地。"他用枪顶着武玉鹏，武玉鹏手腕一转，把那把枪夺了过来，嘲讽道："裆弟，拿把假枪吓唬人的时代过去了。"他把那把假枪扔在了水沟里，顺手拿出一把真枪，顶在大裤裆腰上："兄弟，要不试试我这把无声的。"

大裤裆吓得面如死灰，武玉鹏举起手枪，向一棵松树开了一枪，那松树立马掉了一块皮。他轻蔑地看了大裤裆一眼，放下枪，从车里拿出一个包，一层层地打开，拿出一个白色粉末的小袋。大裤裆战战兢兢地用指甲蘸了点儿，用嘴一舔，脸上露出了满意的笑容："鹏哥，啥价？"武玉鹏大方地说："为了上午的竞拍会，这次免费拿去。"大裤裆为了这意外之财笑得眼睛眯成一条缝："鹏哥，但有用得着裆弟之处，不许见外。"

比大裤裆笑得更灿烂的是金疤痢，他把这一情况及时报告给了神秘人。神秘人平静地说："那个年轻人好像正在调查钱如意、李明鑫和你的公司，我们只是做好了配合工作，帮助那个小警察破了毒品案，我们的日子就好过了。"

金疤痢伸出大拇指："大哥就是高，总能把不利的局面发展成有利的时机。"

神秘人向外面望着说："不要光赞美我，还有一事，制造个机会，让武玉鹏把假鸡血麻神卖给我那老家兄弟，让他赔个精光滚回日本去。"

金疤痢说："你那兄弟明天从凤城回来，真卖给他吗？"

神秘人叮嘱道："他那个人在这儿不知收敛，会坏了我们的大事。说是卖给他，只是让他在前面给我们挡枪眼，只谈交易，不交货或交假货。"

6

龙城大街，熙攘的人流、车流。龙大章一身运动服走在敖拉倚家门前，他一边走一边向那栋老式儿的别墅望着，只见阳台上鲜花盛开，白小艺正在阳台上弹着琴。此时的龙城，和谐而平静，龙大章却满脑子是案子，市局和师傅又在催问"东北新干线"案的进展，可他一直还在案外徘徊。

是不是侦查思路和方式有问题呢？他正想着，一声汽车鸣笛声打断了他的思绪，一辆红色小车停在了他身边。车窗滑下，姜美祺正微笑着看着他："大章，看什么呢，都要撞树上了，上车。"龙大章说："哟，美祺，你鸟枪换炮了。”说着，上了车。

姜美祺边开车边说：“一看你眉头紧锁，一定是心乱如麻。”龙大章叹口气：“是啊，我身为几百万人口的龙城中心城区刑警大队副大队长，有案不能破，能不心焦吗？”姜美祺说：“我是搞新闻的，过去总是直奔主题，后来，我发现很多读者除了对事件本身关心外，有时更注重事件的背景，就像我们当学生时做题，你做不出来的题我可以帮你呀。”

龙大章似有所悟：“背景……对啊。美祺，你要是想帮我，抽时间和敖拉教授了解一下契丹宝藏的传说，她是契丹文化专家。”姜美祺说：“你为什么不找她探讨呢？”龙大章说：“我多次想找她探讨一些问题，可是她似乎对我很抵触。”

姜美祺说：“这个忙我可以帮你，不过，你也要帮我个忙。那个日本专家，我跟踪他跟丢了，但我总感觉他不是什么好人。”龙大章说：“美祺，我可提醒你，你是法制记者，不是执法人员，我劝你不要感性看人。那个日本人，我们会注意的，但也要保护人家的合法活动。”

到了刑警大队门口，龙大章从姜美祺的车上下来，就见朱丽雅和鲁运正站在台阶前说着话，他们见龙大章从姜美祺的车上下来，便都走过来，奇怪地瞅着他。

龙大章问：“瞅什么呢？不认识呀？”

朱丽雅噘着嘴说：“二师兄，我们去了市、区两级工商局，腿都跑细了，可三家公司的原始档案并没找全。你可倒好，坐着美女车闲逛呢？”鲁运在旁边“烧火”：“是啊，师弟，你这心还没收回来啊！”

龙大章此时无心和他们开玩笑：“二位，不要跟我说过程，说结果吧。”

朱丽雅说：“宏运建筑公司源于国有企业的市二建，公司除建筑主业外，还有两家副业，一个是宏运奇石城，钱如意最早就是靠这个石头城完成了原始资本积累，这个石头城经过去年假鸡血石案的打击已很冷清；另一个是即将开业的青丝茶艺楼，由他的得力助手于海平执掌。”

龙大章点了点头：“钱如意的发家背景倒是值得研究。”他转身问鲁运：“大师兄，说说你调查的情况。”鲁运说：“师弟，我跟你说，我这两天酒可没白喝。为了调查帝豪陈芝麻烂谷子的旧账，我硬着头皮求了我的初恋……"龙大章打断他的话："师兄，别自曝家丑了，说主题。"

鲁运吐了下舌头："本师兄已查明，帝豪会馆、忘情夜总会两家投资人是一个叫赫顺的人。赫顺靠龙山煤矿发迹，二十年前赫顺把全部产业转让给一个叫张百年的人，户口迁往凤城。不过，这三家娱乐场所经营都很规范……"

听到鲁运说的"赫顺……凤城"，龙大章陷入思索中，他知道自己最近太注重主题而忽略了背景，凤城，或许就是他要的答案……

朱丽雅问："大章，发什么愣呢？光考验我们，平原公司情况呢？"

龙大章脑海中反复出现"凤城"两个字，从公开信息发现，李明鑫有在凤城的经历，可是，具体信息一时还理不出头绪来，他面对询问，竟无从回答，没头没脑地冒出两个字："背景"。朱、鲁二人听得一头雾水，龙大章解释道："我是说多从外围调查公司的背景。丽雅，陪多去一趟平原公司。"

平原公司坐落在东郊的一座驻军旧址的大院内，过去被人称为"东大营"，部队裁撤后，几经转手，落到了李明鑫手中。

钱如意和于海平的车戛然而止，平原公司那破烂的大院就出现在他们眼前——堆得山一样的煤场子后面，隐约有一排排板房。钱如意鄙夷地说："这个李秃子，啥来头啊？就有这么个破院子啊？这身脚，还敢和老子掰腕子。"于海平说："钱总，这只是他的一处煤场子，他还把持着龙山煤矿、红山煤矿等多个煤矿的销售权，办公楼在飞龙区。"钱如意不屑地说："都是些半死不活的烂摊子。"

于海平说："钱总，你不能小瞧李明鑫。他从小就是个小痞子，后来成了夜总会看场子的，再后来听说去凤城混了几个月，回来后占了他们老大的煤矿，自立了门户，靠着一根铁棍独霸城郊煤炭市场，掌控着十几家小煤窑的销售。"

钱如意不平地说："这样的人如果进了地产界，那不是地产界的祸害吗？"

于海平说："那是，他倒煤发财后，听说地产这块儿肉肥，凭着自己圈了不少地，就拼命挤过来了。最近，听说他往赵直帆身上靠呢。钱总，这个人不可小看，他要有你一半能耐，就敢和你平分秋色、平起平坐。"

闻听于海平一席话，钱如意心中生恨："这样的角色，用得着我费心吗？你是干啥吃的？"说完，气恼地驱车而去。

夜幕下的平原公司煤场大院，孤零零的一盏灯照在黑黢黢的煤山上。钱如意前脚刚走，相继又来了两辆车。车上的人都没有下车，却用双眼盯着院内。

龙大章想起自己一年前被扔菜窖的情景就不是滋味，他和朱丽雅坐在车里向里面静静地观察着，发现大裤裆出来发动了一台车，向外开去。这时，路边一辆小红车开了过来，跟在大裤裆的车后边。

朱丽雅低声地道："大章，那辆红车似乎是美祺的。"龙大章惊讶地看了看，也发动车跟了上去："是美祺，她在搞现场新闻，我们得想法阻止她，不然会坏事的。"朱丽雅说："她跟得那么紧，怎么阻止？一根筋的女人。大章，你说她要是在恋爱婚姻上也这么一根筋可咋办？"

龙大章知道朱丽雅是在点他，他淡淡地说："不会的，她已经嫁人了，别想没用的，跟上去！"

大裤裆的车在博物馆旁边的一个仓库前停了下来，那辆小红车也远远地停了下来。大裤裆从车里出来，进了仓库。不一会儿，他从仓库里出来，把几盒茶叶扔在副驾驶座上，开车走了。

在一家夜总会前，大裤裆把那几盒茶叶交给了一个年轻人，年轻人付了款，然后大裤裆的车又继续向前开去。在一个足疗城前，李明鑫上了车。龙大章惊奇地发现，又有两辆车跟了上来。

此时，在凤城武玉鹏所说的"老大"这一概念在龙大章的脑海里再次闪现，李明鑫在凤城混过社会，难道老大就是这个秃头男人？

大裤裆那辆黑色的轿车驶进了龙城大桥下的停车场，李明鑫和大裤裆从车里钻出来，一抬头，看见七八个蒙脸人从两辆车里蒙着面钻出来，凶神恶煞一样挡在面前："李秃子，顺水顺风呗？"

李明鑫看都没看吴寄山："啥来路？"打头的蒙脸人阴沉地说："老子没来路，有去路；你没去路，有来路。听说你很胀？老子今天要好好给你放放气、扎扎血！"李明鑫抽出一根烟点上："说明白点儿，要钱啊，要命啊？"

打头的蒙脸人说："不要钱，不要命，要你滚回你的小煤窑去，少在龙城现眼！"

李明鑫笑道："明白了，找后账的。兄弟，骑白马的不一定都是王子，可能是唐僧；蒙着面的不一定都是大侠，可能是食堂的妇女。连面都不敢露的人，能有多大出息呢！大裤裆，怎么办啊？"

大裤裆挽起袖子："还能怎么办？打他个娘的呗！"说完，双方一个前冲，扭打在了一起。

不远处，那辆小红车里探出个相机，姜美祺在咔咔地拍照……

李明鑫和大裤裆打倒了几个蒙脸人，打头的蒙脸人在李明鑫的头上凿了个口子。李明鑫一摸见了血，便来了狠招，一脚把打头的蒙脸人踹倒在地，脚踏在他的脖子上。李明鑫一把把对方的面罩扯了下来，喊了一声："吴寄山？说，谁让你来的？"

被扯掉面罩的吴寄山喘着粗气："放……了我，我说……"

金疤瘌站在龙城大桥上，笑眯眯地看着远处两伙人打架。这时，他的电话响了："大哥，我正看热闹呢，他们打起来了。"电话传来神秘人的声音："好，只是这天气光阴着也不是办法，得打个雷、烧把火啊，让人闷得慌。"金疤瘌说："我马上去办。"对方说："嗯，不过，一定要做到合情合理、万无一失。"金疤瘌点头哈腰地说："你放心吧，大哥。"

龙城大街的转角处，龙大章目不转睛地看着两伙人在打架，远处似有闪电。朱丽雅打开车门说："大章，我们出手吧？"龙大章扯住她："不可，那样他们都会警觉的。"

黑暗处，李明鑫踢了吴寄山一脚，吴寄山"哎哟"了一声。李明鑫走到车上拿出棍子，恶狠狠地说："吴寄山，别仗着你妹和钱胖子好，你就敢跟李爷我作对。你今天不说出谁指使的，我要你狗命！"

吴寄山照着李明鑫扬了一把土，爬起来跑了，众人上车而逃。李明鑫和大裤裆上车假意追了一会儿，也扬尘而去。

龙大章走下车，他向姜美祺的小红车走去。姜美祺收起相机，发动车正要跟大裤裆的车，车灯亮处，发现龙大章的车横在她的车前。龙大章走过来坐在姜美祺副驾驶的位置上说："美祺，停止你的行动吧。"

姜美祺问："你怎么知道我在跟踪他们？"龙大章说："美祺，你为了现场新闻的冲击力就这样做，很危险。你的跟踪意图太不专业了，这样下去，是会受到伤害的。"姜美祺坚定地说："为了新闻的真实性，我愿意冒这个险。你没发现大裤裆是典型的涉黑人物吗？我发现他跟那个日本人还有接触。"

龙大章说："我们不能从长相或是打一两次架，就确定人家涉黑。"姜美祺说："我就要一层层剥开他们的画皮，还龙城一片清爽。"龙大章诚恳地劝道："美祺，听我的，新闻单位毕竟不是侦查机关，过分追求新闻的轰动效应弄不好会违法的。我要去找吴寄瑶，再见吧。"

姜美祺说："我也去。"龙大章问："你知道我去找她干什么？"姜美祺说："那里是个小社会。"龙大章见劝不住美祺，便向旁边的朱丽雅示意了一下，坐着姜美祺的车走了。朱丽雅疑惑地看了看小红车消失在夜色中，一跺脚上了车。

忘情夜总会，赵直帆正和陪酒的小金子调笑着，看见李明鑫头缠着纱布、一脸沮丧地进来了。他边示意小金子出去边说："李兄，怎么姗姗来迟，又如此狼狈？"

李明鑫皱着眉："别提了，出门遇见疯狗挡道，老钱的人给打的。"他望着桌上的酒菜，把一个文件袋递给了醉眼蒙眬的赵直帆。赵直帆把里面的钱抽出来，看了一下递了回来："这个用不着。"

李明鑫摸了摸额头上的纱布："你该得的。"赵直帆说："银行方面没问题了。我只是觉得，你和老钱斗……你确定你脑袋上的包是老钱的人干的？"李明鑫点了点头，恨恨地说："确定。没那弯弯肚子，谁敢吃那镰刀头啊？赵老弟，我不怕他们。好狗一个能拦路，耗子一窝喂了猫。你帮我靠上了银行这棵万年青，我想不发达都难。至于钱胖子嘛，他的辉煌到头了。"

赵直帆沉思道："嗯，你真要和老钱掰腕子？"李明鑫愤愤地说："他啊？土包子玩意儿，能翻多大浪？老子一根铁棍闯市场的时候他还是个肚脐眼儿尽泥、脚后跟尽皱的泥瓦匠……懒得说他，来来来，再敬老弟一杯，以后免不了……你还得给我抱后腰。"赵直帆与李明鑫的杯碰在了一起："就是太客气，我不也是看你是个仗义之人嘛。"

二人推杯换盏，渐入醉境。李明鑫醉醺醺地说："我，李秃子，可和钱胖子不一样。他，一切以钱为平衡点；我，以'义'字为中心。你这个老弟我认定了，至于你认不认，我不考虑。"

赵直帆半醉半醒："我……得走了，你可能不知道……我喝酒……从来不说事儿。"说完，歪斜着向外走，李明鑫把红包塞到了赵直帆兜里，赵直帆假装没看见，边走边叨念："又喝冒泡了……冒泡了……"

李明鑫目送赵直帆走远，结账出门往方格棋牌室而来。

7

姜美祺称之为"小社会"的方格棋牌室里，烟雾缭绕。吧台边，吴寄瑶在给龙大章和姜美祺沏茶，几名社会闲散光着膀子在玩着麻将。

龙大章一边喝茶一边扫视屋里的玩家，他们都在用扑克牌当筹码。他轻轻地问："没见着刘尔贵呢，他不是你这里的常客吗？"

吴寄瑶把嘴一撇："二棍啊，丢了麻神，丢了工作，丢了老婆，又斗不过李秃子，估计在家糟心呢吧。"

姜美祺说："刘老师摊上刘尔贵这么个儿子，可够糟心的了。"

龙大章向里望了望："那位秃哥，他怎么也不来了呢？"吴寄瑶说："听说忙着和宏运公司争地盘儿、争当地产老大呢。有两个糟子儿的人，谁还小打小闹地上我这儿来啊？"

三人正有一搭没一搭地闲扯着，李明鑫满脸酒气地进来了。他一拍吧台："吴妹妹……想我了吗？"吴寄瑶打趣儿道："你又不是我儿子，我想你干什么？"

李明鑫把一叠票子往吴寄瑶面前一推，色眯眯地说："没想我总想这个了吧？"

吴寄瑶把那叠钱往李明鑫怀里一塞，厉声说："哪儿来的上哪去！你们……男人……别以为有钱就想咋样咋样。"

李明鑫就势猥琐地抓住吴寄瑶的手腕："小娘们儿，在我这儿装淑女？你……和钱胖子那点事儿……谁不知道？钱胖子唆使……你哥哥吴寄山给我打……闷棍，我头上的伤……就是你哥的杰作！你说……怎么办吧？"吴寄瑶又羞又惊，不知所措。

龙大章站起来，一把掐住李明鑫的手腕，疼得李明鑫直龇牙。他厉声说："放开她！"李明鑫红着眼："哟——哟哟，英雄……救美？我成全你。"话未说完，袖中一把小刀便刺了过来。龙大章侧身一闪到李明鑫背后，大皮鞋便在李明鑫屁股上印了个鞋印儿，又一脚，李明鑫便从棋牌室的台阶上滚了出去。

李明鑫爬起来，扑了下身上的土，指着屋里的龙大章："你小子有种，你给我等着！"他又指着吴寄瑶骂："你个臭婊子，你也给我等着！"说着，一溜烟儿没影了。

龙大章悄悄地跟了出去，吴寄瑶的眼泪就掉了下来，姜美祺劝了吴寄瑶两句，也出去了。

李明鑫捂着屁股，打了一路电话。不一会儿，大裤裆从足疗中心走了出来。

李明鑫一见他就是一脚："裤裆，你倒是挺会享受！"他一手捂着脑袋，一手捂着屁股说："今天我是两头难受。"

大裤裆被踢得一脸蒙圈："大哥，你这是咋的了？谁敢跟你掰腕子？一定不能轻饶他！"

李明鑫发着狠踢了路边的树一脚："你也就是嘴把式。仓库那儿存货还有多少？这两天我怎么老是眼皮跳呢。"

大裤裆说："大哥，都出差不多了，没有多少了。听说有一男一女两个年轻人在那儿转悠过，是不是雷子？"

李明鑫一惊："年轻人？是啊，今天就不顺，我们得去看看。"

二人向仓库走去，龙大章悄悄地跟在了后边，姜美祺背着相机也跟了上去。

博物馆前，一盏盏孔明灯飞上了天，飘飘忽忽地飞向南。龙小晴倚着契丹王府博物馆的栏杆，拿着一盏孔明灯，望着天空飘去的孔明灯出神。她拿出水彩笔，在上面写上了"子强小晴"，耳边仿佛响起郝子强的声音："小晴，我明天就动身回家去看你……"

轰隆一声巨响，龙小晴手一哆嗦，孔明灯没有点着。她向响声处望去，见隔壁平原公司库房那火光冲天，她急忙向那火光处跑去。一片嘈杂，有人喊："着火啦！平原公司库房着火啦！"就见李明鑫和大裤裆正向契丹王府博物馆这边跑过去。紧跟着，龙大章也跑了过去，姜美祺背着相机也跑了过去。

平原公司库房前，李明鑫和大裤裆急得团团转。龙大章掏出手机拨打着119，姜美祺拿起相机拍着照片。大裤裆跺着脚："大哥，有人炸我们仓库啊！"李明鑫恨恨地说："钱如意，还有完没完啊？"大裤裆拎起根带着火的木棍吼道："我去找他算账！"李明鑫喝道："你给我滚回来！你找他算账他就认账啊？"大裤裆像泄了气的皮球："可也是，那怎么办呢？"

姜美祺走过来："请问，这是你们的仓库吗？里面都有什么东西？为什么……"大裤裆粗暴地吼道："我没时间回答你十万个为什么！"

契丹王府博物馆门口，两辆消防车和一辆警车从身边呼啸而过。龙小晴再看时，天上已没有了孔明灯。

龙大章从那边走了过来问："小晴，你一直在外边吗？有没有看见什么可疑的人？"龙小晴想了想说："没有啊。"龙大章看了看龙小晴手里的孔明灯："子强早已回来了，没去找你？"

龙小晴惊讶地问："他啥时回来的，没见到他啊？"龙大章说："他回来三个月了，一直在股市。他不让我告诉你，你俩到底咋着了？"龙小晴沮丧地说："凉了。"

龙大章温和地说："小晴，我知道于海平在追你。虽然子强失败了，可是你得给他机会，不然，他就完了。"龙小晴惊问："他，他怎么了？"龙大章说："你还不知道啊？他和刘尔贵那天砸了股市的电视，在看守所待了五天，出来后我也没见到他。"

龙小晴焦急地喃喃："他这是又飞走了……"

第二十三章　鹬蚌相争，雾中寻相

1

龙城的嘈杂伴随着太阳而升起，龙山赭红色的大佛笑眯眯地俯瞰着这个塞外名城。平原公司库房废墟，一片灰黑杂乱，诉说着昨晚的灾难。

龙大章慢慢地用一把铲子和一个塑料袋把一些泥土收集起来。姜美祺开着红色小车过来，下车后举起了相机咔咔地拍照。龙大章问："美祺，这些天，你在这里发现了什么？"

姜美祺惊讶："你怎么知道我来过这里？"龙大章说："没有什么能逃过一个刑警的视线。可是，我劝你，中止你的所谓'侦察式采访'行动吧。"姜美祺固执地说："求得真相，是我们新闻人的责任。"

在龙大章采集现场泥土的时候，伏龙区公安刑警大队办公室，案情分析会热烈进行。

姜长庚严肃地扫视了一下会场："昨晚十一时许，平原公司库房被炸塌，附近建筑物受到不同程度的损坏。是储存的易燃易爆品意外起火，或是黑恶势力故意破坏，还是有人蓄意报复，请专案组周至祥组长分析一下。"

周至祥站起来说："各位，案发后，我带领鲁运、朱丽雅和第十二中队的刑警们及时到达了现场。从调查的情况看，起火爆炸可能有两个原因，一是昨日有很多市民在博物馆附近放孔明灯祈福，若孔明灯降落时还在燃烧，可能引起火灾；还有一种可能，那就是有人蓄意破坏。"

姜长庚问："哪种可能更大一些？"周至祥十分肯定地说："第二种。"姜长庚问："有没有重点对象？"周至祥顿了一下说："有。有一个重要情况值得推敲，昨天，钱如意的宏运公司和李明鑫的平原公司因拍卖地产产生矛盾，钱如意的人去找李明鑫寻事，没有讨到便宜，他进行报复的可能性很大。"

朱丽雅站起来说："据我们外围组走访，宏运公司正在策划千人团购大型晚会，当前正急着促销楼花，顾得上作案吗？"

周至祥说："从常理说是这样，可是，正当钱如意大规模圈地，要做龙城'地王'的时候，跨界杀进来一匹'黑驴'——李明鑫，抢了他碗里的肥肉，钱如意岂肯让别人染指他的产业？"见姜长庚点了头，周至祥接着说："我认为，把钱如意监视起来，一定能有所收获。"

姜长庚点头道："丽雅，通知各中队，下午开个中队长以上人员参加的会议，我们要结合平原公司库房被炸案，商讨打击日益猖獗的黑社会犯罪事宜，让每个人都拿出方案。"

龙大章从废墟里走出来，他跨出警戒线外，姜美祺要向警戒线内走，被龙大章拦了下来："美祺，你不能进入现场。"

姜美祺问："大章，找到了什么？"龙大章说："这个仓库你我已经监视几天了，或许有不敢见人的东西，可是，这一爆炸燃烧，什么也看不出来了。"姜美祺说："大章，我在采访仓库主人时，他们认为是宏运公司的人作的案，你说呢？"

龙大章边走边说："我也听到了这样的议论，可是说宏运公司的人作案有很多地方解释不通。因为宏运公司和平原公司在以前没有任何恩怨，昨天刚发生纠纷，晚上当即就报复，这准备工作就不充分。而这场爆炸案从现场看，是早就预谋好的……"他发现姜美祺在录音便问："你是在采访吗？我和你只是私人谈话，这个案子不能报。"

姜美祺问："为什么？"龙大章说："这个案子由周副队长负责，警方说法，你只能问他。"姜美祺说："这个由不得你了，新闻自由。我得回报社开会去了，晚上宏运公司有个千人团购大型晚会，你不去凑凑热闹，手气好还能抓个大奖什么的。"

在那处豪华住所的阳台上，神秘人手持望远镜向博物馆方向扫描着。

金疤瘌来到他身后，比抓了大奖还要高兴地说："大哥，仓库爆炸，一缕青烟，李秃子像热锅上的蚂蚁，周至祥正下力度调查钱如意……"他的话还没说完，脸上已经着实挨了一大嘴巴。他捂着红肿的脸问："大……大哥，难道我又做错了？"

神秘人恶狠狠地说："炸仓库，你就会耍这些小聪明！你这把火坏了我整个计划，却帮了李秃子的大忙。"金疤瘌不解地问："帮了他的忙？"神秘人说："据我们的人说，武玉鹏卖给大裤裆的毒品就藏在那个仓库里，仓库一爆炸燃烧，那里的货就会灰飞烟灭，我们嫁祸于人的策略就落空了。我是让你往那引引火，谁知你就把它炸了呢？"

金疤瘌恍然大悟："是这样啊！大哥，都怪我一时糊涂，下错了指令。"

神秘人低沉地说："货款肯定泡汤了。不过，秃哥和钱胖子的梁子也就结下了。"

金疤瘌说："如果把老钱搞垮，我们就可以顺利进入地产界了。"

神秘人说："是啊。我们天天打打杀杀，为了什么？我们'东北新干线'的终极目的是发展。违法的生意越来越不好做了，我们的重点是进入日益向好的地产市场，先洗白自己。"

金疤瘌说："大哥，宏运建筑公司今晚的千人团购活动，我们还去凑个热闹？"

神秘人说："按原计划进行，我们的连环套不要用砸了，这事儿一定要办好了！"

2

龙城的夜色在光与影的渲染中格外迷人。宏运建筑公司大院内张灯结彩，大型LED不断变幻着"宏运建筑公司千人团购""欢迎各界朋友光临"字眼。吴寄瑶、小金子等靓女一拉溜地排开着，迎接着前来参加庆典的宾客。于海平穿着礼服跑前跑后，见人就满脸堆笑地打招呼。台下姜美祺和龙小晴站在后排，姜美祺左顾右盼地在寻找着什么。

赵直帆走过来说："美祺、小晴，你俩的房号都投到箱里了吗？我们上前排去，那里有贵宾席。"龙小晴说："投是投了，估计中奖也没我啥事儿。"姜美祺说："直帆，你去前排吧，我还有别的事儿。"赵直帆贴着姜美祺的耳朵悄声说："你一定会中奖的！"姜美祺不解地看着赵直帆走向前排贵宾席。

人越聚越多，院外灯火阑珊处，有个黑影神秘地闪过……

主持人于海平闪亮登上了典礼台："各位领导，女士们，先生们，晚上好！我宣布，宏运公司千人团购庆典现在开始！有请宏运公司董事长兼总经理钱如意先生登台讲话！然后抽取三名幸运购房者的金奖房号，金奖房号得主每名奖励八万八千八百元！"

台下一片欢呼声。钱如意神采奕奕地从吴寄瑶、小金子等人组成的礼仪队伍后走向典礼台，向台下的观众招手示意。他简短地讲了几句话，开始把手伸进箱子内，抽出一个房号，递给于海平。于海平拿过房号，兴奋地念道："旗开得胜，谁是第一个金奖得主呢？金秀花园小区二十八栋一单元一〇〇一号，房主——赵直帆！有请赵先生上台领奖！"

赵直帆从贵宾席上站起来，对着钱如意挥手。钱如意看见赵直帆，赶紧走过来和赵直帆握手。这时，突然停电，眼前一黑，钱如意一脚踏空，从典礼台上栽了下来，砸在赵直帆身上。

台下一片喊叫声："出事儿了，快跑啊！"混乱中，人们争相向院外跑，被挤倒的人被人踩在脚下。赵直帆挣扎着爬起来向外跑，被人绊倒，两只大皮鞋踩在他脸上和身上。金疤痢跑过来，把赵直帆拉了起来。

　　一场盛大的抽奖活动，在满地的杂物和鞋子中结束了。整条街一片黑暗，月黑风高，一个人影窜入一条小巷中，没影了……

　　路灯的灯光斜射进客厅，赵连起坐在沙发上看着龙城电视直播的宏运公司千人团购庆典，突然屏幕一片漆黑。他喊道："老伴儿，是不是电视坏了？"赵夫人正在洗衣服，没有听见。过了一会儿，电视又恢复了正常。赵连起关了电视准备去卧室，房门开了，赵直帆头上缠着绷带从外面进来了。

　　赵连起抬眼惊奇地看看赵直帆："都奇了怪了，参加庆典，人家剪彩你挂彩？"

　　赵直帆咧着嘴："钱如意个死胖子，差点儿没砸死我。不过，很奇怪，好像有人故意在我身上踩了几脚，还是帝豪的金老板救的我呢。"

　　赵连起说："直帆，这些活动以后少参加吧，心思要用在正事儿上。"赵直帆说："得，老爸，我参加企业的文化活动不算正事儿吗？"赵连起说："一千多个房号，为什么一抽就把你抽出来？别拿群众当傻子！"

　　这时，赵夫人从洗衣间出来了："哎呀，直帆怎么挂彩了？"赵直帆说："老妈，没事儿，擦破点皮。"赵夫人看了看、摸了摸，心疼地说："没事儿就好。对了，美祺没和你一起回来？"赵直帆说："人都挤散了，我的事儿，美祺帮不了忙，她不添乱，我就满足了。"赵夫人说："美祺不错，可是……我怕她像姜长庚的性格——一根筋。你既然娶了人家，就要和人家好好相处。"赵直帆说："老妈，放心吧。"

　　说完，赵直帆阴着脸进卧室去了。赵连起看了看儿子，想说什么，看见赵夫人那责备的眼神儿，又憋了回去。

　　赵直帆前半夜头疼，后半夜终于迷迷糊糊地睡着了。当他醒来时，第二天的阳光已经洒满龙城。

　　他顾不上吃饭，摸了摸头上的绷带，下楼开车向单位而去，车刚要进单位门口，就见吴寄瑶背个包站在门前招手。他停下车，探出头："寄瑶，干什么呢？"吴寄瑶说："等你啊。昨晚的事儿，我们钱总感觉过意不去，让我来看看你。"说着，上了车。

赵直帆摸了摸脑袋："没事儿，小时候磕破皮的时候多了。"吴寄瑶说："今非昔比，现在金贵着呢。"说着，把两个信封放在车座上说："直帆，一个信封是你中的奖，另一个是钱总给你的。"赵直帆捏了捏信封，没有吱声。

吴寄瑶接着说："直帆，你和美祺生活得咋样？"赵直帆说："挺好。"吴寄瑶说："前晚她和大章还去看我了呢，昨晚我在台上，看见他们两人出去了……"赵直帆打断她的话："去看你？有什么事儿？"吴寄瑶说："没什么事儿，说是路过……直帆，美祺那样一根筋的女人，你得收心……"

赵直帆听着听着，没好气地说："你下去吧。"吴寄瑶愣了一下，嘟囔："好心当作驴肝肺！"她下车一步三摇地走了，赵直帆看了看她的背影，又看了看副驾驶座上的两个信封，一脚油门儿踩到底，向院内冲去……

3

中队以上干部整齐地坐在会议室里，刑警大队的案情分析会正在举行。

周至祥走到题板前演示道："各位，从近期发生的一些事情来看，我们不难看出几个事件的关联性，平原公司夺了宏运公司的标，宏运公司派出吴寄山等人收拾平原公司的李明鑫，以败北告终，于是，炸掉平原公司的仓库。平原公司为了报复宏运公司，进行断电报复。对于这一串儿案，我建议对两公司相关负责人进行传唤。"姜长庚点了点头："有道理。大章，你看呢？"

龙大章站起来说："周副大队长的分析，从逻辑角度看无懈可击，可是，这些事件间的因果关系只能证明双方存在作案动机，没有其他事实佐证他们实施了犯罪行为。另外，也不排除其他利益团体嫁祸于人的可能……"

周至祥打断了龙大章的话："大章，作为一名专业刑侦人员，要多体现专业性，'可能'这样的词儿，还是少用。姜局长，我发现，只要我提出的见解，龙副大队长都有不同意见，如果我们都这样议而不决，互相扯皮，怎么提高办案效率？"

姜长庚一看，又是"二牛顶架"模式，便赶紧打圆场："二位，你们说得都有道理。但是，我们还必须找到其他证据，只有这样，才能不冤枉一个好人。下面，我布置一下任务，爆炸案、断电案并案侦查，专案组仍由周副大队长负责。"

被排除在专案组之外的龙大章心有不甘，他和朱丽雅来到公安局技术室，认真观看着博物馆附近的探头摄像资料。

龙大章指着一个画面："看，这个人从这里走过，十多分钟后又从那边返回来，跟爆炸案的作案时间相吻合。还有，这个人很像武玉鹏。"

朱丽雅仔细分辨着："武玉鹏？不像，他没这么瘦。再说，他还敢在龙城活动？"

龙大章说："或许武玉鹏的生活处境很不好，才瘦得变了样。"他打开另一段视频说："这是断电踩踏案附近的视频，你看，这个人走路的姿势是不是和前一个很像？很多犯罪嫌疑人都心存侥幸，武玉鹏也不例外。"

朱丽雅问："大章，怎么看谁都像武玉鹏呢？"

龙大章说："这两个视频中，都没有照到他的面部，但是，从走路姿势和身高胖瘦来看就是武玉鹏，我观察过他的步态。再说，武玉鹏在钱如意的公司当过电工，当过爆破员，他具备单独作案的条件。"

朱丽雅点了点头："如果是武玉鹏，他作案的目的是什么呢？"

龙大章说："武玉鹏过去是宏大公司的员工，给钱如意当过打手。后来，因为打架斗殴、不服从领导，被钱如意开除。武玉鹏还告过钱如意侵吞国有资产，最后不了了之。也就是说，武玉鹏存在报复钱如意的可能。"

朱丽雅问："可是，他为什么要炸平原公司的仓库呢？"

龙大章说："不图三分利，不起早五更，这就是案件的关键。我有一个大胆的设想，有一股势力想制造两家公司之间的矛盾，转移公安的侦查视线，这股势力，或许是我们要寻找的'东北新干线'。如果是这样，'东北新干线'的核心并不是钱如意或李明鑫。"

朱丽雅似在自语："会是谁呢？"龙大章说："我们再去检验室看看。"

龙大章和朱丽雅来到检验室，检验员告诉他们："化验的残留物检验结果已经让周副大队拿走了。"龙大章不解地问："他拿走了？什么结论？"检验员说："他刚拿走的。关于结论，因为残留物过了火，很难下结论，但初步检验，残留物里有微量毒品的成分，尚不能构成储存毒品犯罪。"

龙大章苦心调查的龙城毒品动向，伴着一声爆炸随风而去，这样一来，他想通过毒品找到"东北新干线"的计划又落空了。

4

那处豪华住所的灯光总是那么暗淡，神秘人和金疤瘌面前的围棋盘却被照得雪亮，他们习惯这种黑白对弈。

金疤瘌下了一黑子："大哥，武玉鹏和你那老家兄弟达成协议了，他已经支付了鸡血麻神的定金。"

神秘人阴阴地笑了："干得不错。说什么时候交易了吗？"金疤瘌答："你那专家兄弟以为捡了个大便宜，正在筹集货款呢。他集齐了货款，怎么交货？"神秘人说："那副假的给他备上。"

金疤瘌说："他可是专家，能骗得了他吗？"神秘人说："很多文物贩子都成了专家，不公平啊！对待他们这类人，骗不了就和他来硬的，他混得不名一文，才会彻底滚回老家当穷人去。他在龙城，对我们来说是个祸害。"

华灯璀璨，那个日本专家小山银次郎也在打着自己的算盘：定金交过去了，他们不发货怎么办？他们给假货怎么办？他知道是他的大哥在和他玩，他一遍遍地想着应对预案，最后恨恨地想，大不了鱼死网破。

他看了看时间，和大裤裆约定的时间要到了。他出了宾馆，上了一辆出租车。姜美祺驾驶着小红车跟了过去。出租车在忘情夜总会门前停了下来，那个日本人走进了忘情夜总会，姜美祺紧跟着进了夜总会。

大裤裆的车出了平原煤业公司，龙大章驾车悄悄地跟在大裤裆的车后。大裤裆来到一家茶业行，拿着几包茶叶，上了车，向忘情夜总会开去。在夜总会门前，大裤裆下了车，拿着茶叶向夜总会里走去。龙大章左右看了看，也跟了进去。

一包间内，小山银次郎看了看时间尚早，便跷着二郎腿喝着茶，操着很不流利的汉语对服务生说："你的……服务生干活？"服务生点头："是的，我是二十三号服务生，请问先生，有什么要我帮忙的。"小山银次郎说："在我们日本，你是要跪着服务的。"

服务生挺直了胸脯："先生，这是在我们中国。"小山银次郎微点头："噢……这个我忘了，我给你鞠躬道歉。"他站起来鞠了三个躬："麻烦你找个小姐干活。"服务生说："对不起，先生，别说你给我鞠躬，就是下跪，我也给你找不来。"

小山银次郎："为什么？上个月我来，是有的。"服务生说："这个月风声紧，小姐的，不敢上的干活。"小山银次郎蛮横地说："那不行，你要不给我找，我就告你服务不周。"服务生也来了脾气："爱哪儿告哪儿告去，老子还懒得侍候你这勺子烂干饭的。"

服务生气愤地向外走，险些撞在正在门口东张西望的姜美祺身上："对不起，对不起。"姜美祺小声地问："没什么，刚进来的日本人是不是在这包房？"服务生说："是……你们一起？"姜美祺摇了摇头："不。"服务生说："我就说嘛，你这么好的人怎么和那个老杂毛在一起呢。那老东西，让我给他找小姐呢。"

姜美祺一喜："找小姐？你看我行吗？"服务生皱着眉头说："大姐，你别和我开玩笑行不行啊。"姜美祺认真地说："我没开玩笑，我去。"看着姜美祺敲门进了包间，服务生眼睛瞪得比牛还大。

大裤裆拿着那几盒茶叶七拐八拐地走进了夜总会，还不时地向后看看。龙大章悄悄地跟了过去，在他躲着的时候，竟不知大裤裆进了哪个包房，他只好在走廊里来回地寻找。

小山银次郎看见姜美祺进来，眼睛像回光返照般一亮，从沙发上腾一下站了起来，连着给姜美祺鞠了三个躬："小姐，你可真是太漂亮了，简直是东方女神啊。"姜美祺说："先生，过奖了，是您要我陪喝茶吗？"小山银次郎连连点头："四（是）的，四（是）的，你能陪我喝茶，真是三生有幸、死有余辜啊！快快地，请坐。"

姜美祺坐下来，环视这个房间："先生既有此雅兴，我就陪您共同品茗。

服务生，大红袍一壶、龙井一壶！"小山银次郎说："要不要来点酒水啊？"姜美祺说："对不起，先生，我不会喝酒。敢问先生做的什么发财生意啊？"

小山银次郎得意地说："收集中国历代瓷器、名家字画、翡翠玉器、竹木牙雕、文房四宝、奇石异宝、杂项清玩和中国古籍啦！"姜美祺感叹道："大收藏家啊，让人佩服。不知在龙城可有什么宝贝入您法眼啊？"小山银次郎说："这一次将有大收获啦……小姐，不说这个了，你坐过来。"

龙大章在走廊里仔细听着，终于从小山银次郎隔壁的包间里传出大裤裆打电话的声音："兄弟，你就放心吧……你的鸡毛掸子也太小了……没事儿……没事儿啊……价钱嘛……只好提两成了……为啥……不是没货了吗……好……好……我等你。服务生，上酒——"

服务生答应一声走过来，龙大章赶紧向卫生间走去。

小山银次郎的包间里，姜美祺坐到他身边，小山银次郎一改刚才的斯文，一把将姜美祺揽在了怀里，并发出淫荡的笑声。

姜美祺一把推开他："你要干什么？"小山银次郎淫笑着说："干什么？干你们这行的不懂规矩吗？来，我教你。"说着，又扑了过来。姜美祺一闪，衣袖子卡在茶艺桌的缝隙里，就听唰一声，那袖子被扯掉了，姜美祺露出了雪白的臂膀……

小山银次郎狞笑着，对着姜美祺扮鬼脸。姜美祺吓得大喊："救命啊！"

门开了。龙大章怒视着那个日本人，一拳把他打得撞在了墙上……

龙城大桥上，晚风吹着姜美祺凌乱的头发，她穿着龙大章的外衣，显得很不合身。龙大章向桥下望去，似乎是在欣赏龙城夜景，可此时他无心赏景。

龙大章轻轻地问："美祺，你到底在查什么？"姜美祺低声说："我只想体验一下生活，写出贴近生活的作品……"龙大章疑惑地问："美祺，就这么简单啊？你没说实话。"姜美祺低头喃喃："大章，我错了……我把事情想得太简单了……对不起，耽误了你对大裤裆的侦查。"龙大章严肃地说："美祺，你对这个社会了解得太少了。你连当小姐干什么都不知道，就敢卧底采访，是不是太天真了？如果不是我在门口，你就是喊破嗓子，也不会有人救你的，因为那是隔音房间。"

姜美祺说："我现在特别后悔，我为什么没报公安大学呢，也好为民除害。"龙大章劝道："别后悔了，再好的职业当作工作的时候，都会有心烦的一天。"姜美祺说："我对喜欢的人和事物永远不烦，我要锻炼自己，成为一名侦探记者。"

龙大章说："回家吧，你是学外国新闻学学多了、学傻了。"

二人分头向桥下走去，走下这曾经相恋时的大桥，心里都有一丝惆怅。命运就是这样，玩笑开大了，就造成了不可逆转的情况，煎熬着两颗滚烫的心，谁也不能回头……

姜美祺默默地走到桥下，一个人正在等她，那是赵直帆，他头上的纱布还没有去除，眼里充满疑惑和不满。

5

夜色褪去的时候，龙城的浓雾在一片晨光中也消失殆尽。每一次日出，都带给龙城人快乐、信心和期望。

姜美祺早已忘了昨晚与赵直帆的争吵，她对赵直帆的"小题大做"已不以为意。她的小红车在敖拉倚家门前停了下来，仰脸向楼上望去。

敖拉倚家一楼香火明灭，烟雾缭绕。敖拉倚跪拜在祖先的画像前，双手合十："敬告先人，我敖拉倚无能，未能找回祖传鸡血麻神，更不用说找到契丹宝藏，请先人指条明路，也好早达先人之望……"

姜美祺望着敖拉倚家阳台上那盛开的花朵，敲响了大门。敖拉倚把门打开一条缝，惊讶地说："美祺？稀客。我以为是小艺呢，你可是头回上我这儿来。"姜美祺说："敖拉姨，小艺忙着和她的同学们搞乐队，昨天还念叨你呢。"敖拉倚笑道："这小妮子，我以为把我忘了呢。美祺，快到楼上坐。"姜美祺扫视了一眼："敖拉姨，自己住这大房子多空啊，搬我家去得了，大家热热闹闹的，多好。"

敖拉倚拉着姜美祺的手坐在客厅的沙发上："美祺，你说的事情问题不在我。我感觉你爸好像有什么心事。以前，你爸说，等你结婚了，我们就搬到一起，可现在，说起这事儿，你爸就说等破了鸡血麻神案再考虑……你爸变了，变得不像以前那么敢说敢做了。"

姜美祺说："我也发现我爸从去年就变得做事犹豫了，你们的事，还是敖拉姨多主动些吧。"

敖拉倚问："美祺，你这次来不是就为了说我们的事吧？"

姜美祺说："敖拉姨总是那么目光敏锐。我就直说吧，社会上有一种传言，说鸡血麻神是打开契丹宝藏的钥匙，还要找到《辽域地志》才行，你是这方面的专家，这种说法有根据吗？"

敖拉倚说："我如果说《辽域地志》真的存在，就会有更多的人走向犯罪……美祺，你怎么对这个感兴趣呢？"

姜美祺答："职业的好奇。"

敖拉倚笑了："美祺，不怕你生气，是那个小公安让你问的吧？你可以告诉他，《辽域地志》并不仅仅是传言。只是，一千多年前我们的老祖宗为了混淆视听，就制作了若干张假的藏宝图，其目的或为戏弄人，或是把人引向死亡……"

姜美祺不断地点头记录着，她佩服这个自称为"契丹贵族后裔"的惊人记忆力和分析能力，她为父亲此生有这样一位蓝颜而庆幸。只是，问到一些实质问题时，敖拉倚总是轻松绕过去。

送走了姜美祺，敖拉倚惆怅地站在阳台向刑警大队望去。雾已散去，她知道，姜长庚常年在他的岗位上，恋爱、婚姻和家庭只排在第二位……

自然界的浓雾已经散去，而埋在姜长庚心中的大雾却越来越浓。这个过去曾经首屈一指的刑警典范又被赵局长点名批评了，大案频发破不了，在群众中的公信力就会一天天下降，他把一干人等叫来，先是暴训，接着是让想高招。

作为二把手的周至祥首先表态，爆炸案和断电案，传唤李明鑫和钱如意。

姜长庚问："又找到新证据了吗？"周至祥答："在爆炸现场的灰尘中提取出毒品成分，可以看出他们有私藏毒品的嫌疑，或者说，'东北新干线'西南发来的毒品就存放在平原公司的库房里，足可证明李明鑫就是'东北新干线'的头儿，鸡血麻神案一定是他做的。"龙大章对此表示反对："现场化验出的毒品含量轻微，不足以认定存放大量毒品，这和凤城运来的毒品对不上号。"周至祥说："大量毒品已化为灰烬，我们已经把李明鑫手下的大裤裆捉拿归案了，只是还没撬开他的嘴。"

龙大章说："这只是合理推测，只有找到强有力的证据，才能让嫌疑人心服口服。"周至祥说："事事都要证据，我们还怎么破案？"

二人争执不下，朱丽雅和鲁运听得目瞪口呆，姜长庚只好说："这样吧，有关李明鑫和钱如意，补充调查，他俩都是全市著名的企业家，动静太大，没有确凿的证据不要动他们。至于大裤裆嘛，若没有有力的证据，也要及时释放。"

周至祥很不满意，姜局怎么越来越顾忌得多了呢？一场案情分析会并无实质进展。

龙城的夜晚，凉风习习，乘凉的人们走出了家门，龙城的夜生活开始了，整个城市比白天还热闹。

龙大章和朱丽雅心情压抑地走在龙城大街上，望着大桥下飘着张半仙的黄牙子旗发呆。从凤城回来后，可以说是毫无建树，凤城有关毒品、枪支和大黑猫的情况仍不明朗；姜长庚主办鸡血麻神案，他不能越位；周至祥负责爆炸案，他只能打外围。这个副队长当得很窝囊……

朱丽雅打断了他的思路："大章，周队对钱如意和李明鑫的侦查不对吗？"

龙大章说："至少现在还不是时候。结合以前发生的一系列事，我感觉在龙城有一股第三方势力在导演着这几个案子……"他的电话响了："美祺，你要见我？电话里说不行吗……好吧。"

朱丽雅静静地看着龙大章，龙大章继续说道："为了让犯罪嫌疑人浮出水面，我们要做的不是急于抓人，抓得越紧，我们的案子破得概率越小。"朱丽雅说："大章，我相信你是对的，看你眉头不展的样子，我们看电影去吧，票都买好了。"

龙大章内疚地说："电影的事儿……再说吧。"朱丽雅耍起了性子："你不去……我自己去！"说完，跑远了，龙大章没有去追她，他瞟了一眼张半仙的黄牙子旗，向青丝茶艺楼走去。

朱丽雅默默独行到龙城影院门前，她坐在台阶上，手里摆弄着两张电影票，百无聊赖地望着眼前走过的行人。突然，她看见一个穿着破烂的人从她眼前走过。大黑猫？大黑猫那丑陋的嘴脸从她眼前匆匆闪过，朱丽雅起来向那人影走去。那人扭头看了朱丽雅一眼，挤过人群，向一条黑胡同走去……

6

青丝茶艺楼，一曲《月满西楼》回荡在玲珑茶室。龙大章和姜美祺坐在一个幽静的角落里，他们要的茶似乎已经凉了，两盘干果整齐地放在那里，谁也没动。

龙大章说："美祺，你叫我来，不是就听我讲故事的吧？"姜美祺合上采访本："你的故事很精彩嘛，尤其是力战大黑猫那段，我要写篇长篇报告文学，以你为原型。"龙大章说："就为这个？不妥。"姜美祺问："为什么？"龙大章说："我将来要娶妻生子，当人们发现我曾经有未婚妻，又那么不要命，谁家姑娘会嫁我呢？"

姜美祺笑道："你的未婚妻素梅，你俩不是很合适嘛！"龙大章深沉地望着窗外："是的，朱丽雅是个好姑娘，没有她，我能不能从凤城回来都难说。"姜美祺盯着龙大章问："你准备娶朱丽雅为妻吗？"龙大章躲开她的眼光："这是私人问题，跟报告文学无关吧？"姜美祺不好意思地说："对不起，职业习惯，总想刨根问底。"

龙大章站起身："采访完了，我可以走了吗？"姜美祺说："你就那么不想跟我多说会儿话吗？"龙大章说："美祺，名花已经有主了。现在我告诉你，我想娶朱丽雅为妻！"说完向外走，姜美祺跟了出来："不可能，我从你们的眼神里看出了你们的关系——战友。"

二人前后从茶艺楼里走出来，气氛再也不像以前那么融洽，沉默了半天，还是姜美祺打破了沉静："大章，能跟我说说我们调查的那个日本人有结论吗？"龙大章说："美祺，有些事属于侦查秘密。你也跟踪他几次了，没有发现什么问题吗？"姜美祺说："我感觉他一定有问题，所以才充当小姐陪他喝茶……其实我是想弄明白……"她变得吞吞吐吐起来。

这时，一辆车从对面驰来，车灯刺得姜美祺睁不开眼。透过前挡风玻璃，是赵直帆那刀子一样的眼睛。龙大章走过去说："是直帆啊。"赵直帆打开车门，把龙大章的外衣扔了出来，喊："美祺，上车！"姜美祺说："直帆，我跟大章还有个事儿没说完，你先回去吧。"

赵直帆愣了一下，车窗玻璃慢慢摇起，玻璃后是一双愤怒的眼睛，似乎在说："为什么总是你？"黑色奔驰屁股喷出一股黑烟，绝尘而去。

白小艺蹦跳地走在龙城大街上。那辆奔驰车一个急刹，停在白小艺身旁，赵直帆头上缠着绷带从车窗内探出头来。白小艺抬头一看，惊喜地问："赵姐夫？怎么成伤病员了？"赵直帆难为情地说："我说是让胖子砸的，你信吗？小天使，又往哪飞啊？"白小艺说："找我同学去。"

赵直帆一摆手："上车吧，我送你。"白小艺笑了："嗯，有绅士风度。"白小艺上车，车启动。赵直帆问："上哪儿？"白小艺答："帝豪会馆。"赵直帆眼睛一瞪："那……地方？你也去？"白小艺反问："那地方怎么不能去？我们在那儿有个演出。"赵直帆说："你姜爸让你学琴可不是让你在那种地方演出的。"白小艺说："你不要告诉我姜爸啊。"赵直帆问："为什么？"

白小艺说："哪有那么多为什么？我还在我姜爸和姐那儿帮你说过好话呢，你也得帮我。"赵直帆一脚刹车："你们姐俩怎么都那么不靠谱呢？上那儿，我不送你。"白小艺嘴一噘，打开了车门："赵姐夫，你好像不大高兴啊！不送就不送，有什么了不起？能买起这样车的人多了，只要我白小艺一挥手，哼！"

赵直帆说："小艺，社会上的事和你也说不清，我是为你好……"白小艺不等赵直帆说完就气呼呼地下车走了。赵直帆看着白小艺的背影发了下愣，又开车跟了上去。

帝豪会馆某包厢，灯光昏暗，灯影摇曳。李明鑫、大裤裆和几个穿着考究的男人正在这里饮酒闲谈。大裤裆喊："服务生，让你找的人来了吗？"服务生应道："先生，这就到。"

正说着，白小艺和她的乐队人员带着乐器进了包厢。李明鑫贪婪地看着白小艺。白小艺拿起麦克："各位贵宾、大哥，晚上好！小艺乐队为您服务，请哪位贵宾点一下歌？在您点歌之前，我们免费为朋友们献上两首歌曲。"

音乐起，一男一女唱起了《草原迎宾曲》。白小艺跳起了蒙古族舞蹈，边舞边向客人敬酒。

李明鑫看着白小艺，乐得嘴咧到了耳根上，一口把白小艺敬的酒喝了下去……

帝豪会馆那变幻的霓虹像是这个城市多彩生活的写照，龙大章和姜美祺的步子却走得很单调。姜美祺的一意而行不仅影响了对大裤裆的侦查，也影响了对那个日本专家的挖掘，还造成了赵直帆的误解。

望着远处的帝豪会馆，龙大章认真地说："美祺，你有没有考虑一下直帆的感受？"姜美祺说："怎么，你为他打抱不平了。一个男人，如果这样都不能承受，那他只能享受独身贵族生活了。"龙大章说："话是这么说，可总要给男人留点面子的。"姜美祺说："面子，多少钱一斤？我姜美祺是受过西方教育的，我如果连和谁交往都得请示，那就不是我姜美祺了。"龙大章说："说着还来劲了。刚才你说……"

姜美祺说："我是在想，那个日本人可能涉嫌走私古籍等文物，我还想知道直帆是否参与了此事。"龙大章说："经过我们初步审讯，那日本专家只承认有招嫖行为。不过，回去问问直帆，如果参与，还是早日收手；如果没参与，也不要为违法行为做说客。我们就此道别吧。"姜美祺固执地说："不行，想当年你怎么送我到家还不行，还想送上楼呢？是不是我现在是残花败柳，不值得一送了？"

龙大章无奈地说："这张嘴，我送。"姜美祺满意地说："这才像个男人。"

龙城的夜色流光溢彩、美不胜收，龙大章和姜美祺并肩走着。

姜美祺感慨道："长大了，我们几个要好的同学走着走着，就散了。还是郝子强走对了路，远离了同学，也远离了是非。"龙大章说："七年没见，郝子强也变了，他再也不是那土得掉渣的农村孩子了。"姜美祺说："每个人都会变，不变是死脑筋，比如说你。"

龙大章说："我发现，他变得很可怕。他在赌，高中时赌青春，进社会赌运气。"

姜美祺注视着龙大章的眼睛："我们每个人不都是在赌吗？我们女人嫁给你们男人的时候，是孤注一掷地赌上了整个人呢。"

龙大章深沉地说："赌大劲儿了就成贪，贪大劲儿了就成贫，很多人犯罪就是从这一步迈出去的。"

姜美祺说："说话越来越像我爸了。"龙大章说："我可不当第二个你爸，我还是当你的阿哥……阿哥阿妹情谊长……"姜美祺捶龙大章后背："打死你，让你占我便宜。"

龙大章就向前跑去，姜美祺在后追，帝豪会馆的霓虹灯扑面而来。

帝豪会馆的包厢里回响着琵琶曲《琵琶吟》，乐队在卖力地表演着。

李明鑫摆摆手："别弹了，别弹了，这是什么呀？还不如楼上的流氓小调好听呢。来，那小姑娘，陪大哥我喝杯酒，钱，少不了你的。"

白小艺微笑着说："先生，我们乐队从不陪酒。"李明鑫说："哎，以前是以前，今天是今天。世界在变，一切都在变，要从我做起，从现在做起，开陪！"

大裤裆笑嘻嘻地凑过来："我大哥这是醉翁之意不在酒，让你陪你就陪！"他把白小艺推到了李明鑫跟前。

白小艺拿起半瓶红酒喝了一大口，把酒瓶子摔在了地上，指着李明鑫说："告诉你，姑奶奶我醉酒之意不在翁！"

李明鑫一愣，继而哈哈大笑："小妞子，有个性。醉酒之翁我不在意，上酒，让她可劲摔，我喜欢！哈哈哈——"

白小艺向乐队一挥手："我们走！"大裤裆往门口一挡，双手一张："哎哎，想来就来，想走就走是吧？还讲不讲一点职业道德？这陪不陪可就由不得你了！"白小艺的男同学去扯大裤裆，被大裤裆一扒拉，人险些摔倒。白小艺等人推开大裤裆，往外涌。大裤裆喊道："反了你们了，都给我站住——"白小艺他们没有理会，继续向外走。

李明鑫趿拉着鞋追了出来，恶狠狠地喊："你给我站住！"

赶巧的是，朱丽雅跟踪的那条黑影，被李明鑫的一声"你给我站住"吓得一哆嗦，愣了一下，立刻像球一样逃得无影无踪……

朱丽雅再回头看时，就见李明鑫、大裤裆等几个男人抓住白小艺他们几个往屋里拖。一个保安站在旁边，欲言又止。白小艺他们用脚蹬着挣扎，李明鑫和几个男人狞笑着。白小艺突然咬了李明鑫一口，李明鑫"啊"的一声松了手。

李明鑫恶狠狠地说："你个小崽子，敢咬你大爷！"他扬起拳头就去搂白小艺，他的手腕被一只有力的大手抓住了。龙大章只一拧，李明鑫"哎哟"一声，额头上的汗就下来了。

白小艺惊恐地说："龙哥哥，救我们！"龙大章对李明鑫说："又是你？怎么回事？"李明鑫疼得汗都出来了："哎哟——唱歌……没唱完就跑……跑……"

龙大章说："噢，我明白了，人家没给你们钱呢，你们就跑，人家这是追着给你们送钱来了。"他厉声地拧了一下李明鑫的胳膊："是吧？"李明鑫用手揉着胳膊，痛苦地喊："哎哟——是……不是……"

龙大章又一用力，李明鑫就倒在了地上，问白小艺："多少钱啊？"白小艺沉着脸说："一场六百元。"龙大章说："一场六百元，你这是加急场，咋也得八百吧？给吧？"他又抓住了李明鑫的另一条胳膊，李明鑫疼得直咧嘴："兄弟，兄……快松手啊……劲儿好大，钱……你们几个死人啊？给啊！"大裤裆赶紧把钱塞给白小艺，几个人灰溜溜地跑了。

朱丽雅默默地看着眼前发生的一切，正要和龙大章说话，姜美祺气愤地说："白小艺，你还让大人省点心不？一个小崽子，你演什么啊演，你看你们去的那地方，乌烟瘴气的。你姜爸天天加班儿冒着生命危险破案子，多挣点钱供你学音乐，就是为了让你在那种地方演出啊？"

　　白小艺激动地说："不演出怎么着啊？同样的同学，人家有的一放学就坐在宝马里，我们连个自行车也没有啊！不难受吗？"姜美祺怒道："你还有理了？不管你了！"说完，向前快步走去。

　　龙大章劝道："小艺，你大姐说得对，你现在的主要任务不是赚钱，是学习，应对高考。"白小艺嘟囔："我不也是为了减轻姜爸的负担吗？"龙大章耐心劝导："小艺，有些事是不能比的，你大姐也是担心你，快给你大姐说点好听的，她生气了。"

　　白小艺跺了下脚："哼！"她紧走几步追上姜美祺，靠在她身上，嘟囔着："大姐，我错了，请你不要告诉姜爸好不好啊？好不好啊？"龙大章也走上来劝道："小孩子嘛，都有犯错误的时候……况且……"姜美祺气愤地对龙大章吼："还有你，明知道她错了，还帮她使用暴力往回要钱，你们公安就这么办案啊？"说完，拉着白小艺向前跑去。

　　龙大章看着她们的背影说："非常之人用非常之法……赵直帆说得好……"他的话还没说完，就见朱丽雅站在他面前。

　　朱丽雅冷冷地看着他说："风流的龙大公子，我看见大黑猫了。"龙大章吃了一惊："大黑猫？他不是在凤城被溺死了吗？"朱丽雅说："我也不确定是他，我从影院一直跟踪到这儿，不知谁喊了一声'你给我站住'，他就像惊弓之鸟一样跑没影了。"

　　这一发现让龙大章一惊："大黑猫没死？他来龙城干什么？他要到谁那儿去……"龙大章向前望了望，一阵迷茫。

　　姜长庚独自坐在餐桌前，把桌上的饭菜用碗盖上，坐下来静静地等。一会儿，门锁响处，白小艺披散着头发进屋了。

　　姜长庚吃了一惊："小艺，你咋了？电话也不通……吃饭了吗？"白小艺边往卫生间跑边说："吃过了。"姜美祺赶紧打掩护说："爸爸，我让她和我一起逛街，不听话，挨训了。"姜长庚放下心来说："以后要早点回来，你们两个，就是让人不省心。"

白小艺从卫生间里出来，直奔卧室而去。姜长庚说："小艺，姜爸给你做了你最爱吃的桂圆莲子粥，一过宿就不好吃了，快吃吧。"白小艺说："姜爸，我不吃了。明天我要去找敖拉老师，我还接着学音乐。"

姜长庚说："好，把学费给人家送去。"他从包里拿钱……

姜美祺说："爸爸，你点八遍也成不了六十二，我这有，这是我写文章的稿费。"她从包里拿出三千四百元钱放到了姜长庚的手里。姜长庚交给了白小艺，白小艺感激地看着他们，没有说话。

7

龙城的夜表面一片祥和，却总有不和谐的音符响起。

被龙大章简单教训了一下的李明鑫心里窝着一团火，他活动了一下胳膊说："裤裆，你们都死人啊？为了庆贺你顺利走出公安大门，我受难，你却在那儿看热闹。"

大裤裆心有余悸地说："大哥，那小子是雷子，要是社会中人，兄弟我早削他个嘴斜眼歪、半身不遂了。我刚被放了，不想再进去了。"

李明鑫边走边嘟囔："点儿背，不能怨社会……"他的话突然咽了回去，眼前吴寄山带几个人拎着棍子，凶神恶煞一样盯着他俩。

吴寄瑶走过来，托着下巴笑眯眯地说："秃哥，你们砸了钱老大的场子，没事儿人似的饮酒作乐呢？公安放了你，我们老大不能放你！"

李明鑫围着吴寄山转了一圈儿："你说我们砸了你们场子，有证据吗？"吴寄山说："要什么证据，秃头上的虱子——那不是明摆着吗？"李明鑫一听"秃"字，气就不打一处来："照你这狗日的说法，我的库房就是你们点的呗？"

吴寄山也恼了，棍子举得高高的："你敢骂人？"

大裤裆走到吴寄山面前："大哥，跟他们讲什么理，来了正好，别看雷子不敢惹，就你们几个，新账老账别人账，全让他们买单。"

李明鑫说："兄弟，人留着得对，能用行动解决的，不能用语言。"说完，三拳两脚，几个人打成一片。一会儿，吴寄山等人便躺在地上直喊。

大裤裆扑扑手上的土："大哥，气出了，搓几把去？"李明鑫点点头，看看躺在地上的吴寄山，从吴寄山的身上迈了过去……

这一晚上发生的一切，早有人报告给了金疤痢，金疤痢很快报告给了神秘人。

在那处豪华住所，神秘人站在阳台上，欣赏着万家灯火的龙城夜景。当这个城市归于宁静的时候，他们的心还没平静。"引火计划"已经点燃了钱李双方的怒火，可神秘人总觉得还欠把火。

回到客厅，神秘人问："这一事件官方怎么说？"

金疤痢从身后拿出一张《龙城晚报》念道："《千人团购造成百人踩踏》，记者姜美祺。昨日，宏运建筑公司千人团购活动造成群体踩踏事件，共有二十三人住院治疗，一百多人轻微伤，该公司董事长钱如意受了轻伤。有关部门已经对宏运公司的组织者进行调查，不日将做出处罚决定……"

神秘人淡淡地问："这就完了么，还有呢？"金疤痢说："没……没有了？"神秘人说："当厨子的出身，烧火不知道续柴。我听人说，宏运公司的阳光新区房子有裂痕，这是个机会，明白吗？"

金疤痢想了想，点了点头："明……明白，我明天就去办。"神秘人眼一立："明天？你要等铁凉了再去硬克硬吗？"金疤痢赶紧说："大哥，天虽然有点晚了，我也马上去办。"神秘人拿起一本古籍念道："曹刿曰，一鼓作气，再而衰……有可用之人吗？"金疤痢说："有，只要给钱，他可以当医闹，可以当业主，还可以代表上访……"

神秘人说："真是鱼有鱼路，虾有虾路，人尽其才，物尽其用啊。"他指了指报纸上的名字："让他们找到那位叫姜美祺的记者，我看还就她敢说些真话。"

正说着，电话响了，神秘人去里间接电话，金疤痢偷偷地把耳朵贴在墙上……

第二十四章 危楼百尺，浑水摸鱼

1

红色的龙山在乌云的笼罩下显得更加神圣，阳光被憋在云层上方，宏运建筑公司的牌子黯淡下来。

时猴子带着几个购房户闹哄哄地冲到大门口，他们摘掉了牌子，踏了过去，一伙人堵在办公室门口，挥着拳喊道："让你们管事儿的出来！"

这座大楼的窗户相继打开，露出无数个黑黑的脑袋，可没有一个人还言。

购房户们越聚越多，他们跟着时猴子嚷嚷："还千人团购中大奖呢，大奖都让谁中去了？""阳光新区新建住宅楼就那么长的裂痕，住着能让我们放心吗？""我们要求退房！""我们要赔偿！""我们要求加倍赔偿我们的损失！"一时间，喊成了一锅粥："退房！退房！赔偿！赔偿！"

众人一边喊一边往办公室里冲，两个保安已经阻挡不住了，保安头赶紧请示办公室主任吴寄瑶。

吴寄瑶硬着头皮从办公楼出来，她站在门前的台阶上摆着手："大家不要起哄，不要起哄，等我们钱总出院，会妥善处理的……"众人没人听她的，闹哄哄地往前挤。

时猴子把帽子摘下来，用一根棍子一挑，向上举了三举，人们静了下来。

他围着吴寄瑶绕了三圈，上下打量着她："你是谁呀？你能当了钱如意的家吗？大妹子，陪着人家睡了几天，就拿自己当正官娘娘了？"

吴寄瑶脸一红，她气恼地说："你……猴……"

姜美祺手持采访设备，从人群中挤过来："不许污辱人格！"

时猴子一见，一抱拳道："哟——正好，姜记者来了。"他转身向众人说："姜记者可是有名的女侠客啊，最好仗义执言，快把材料给她一份儿。"

姜美祺严肃地说："你们反映问题可以，第一，要真实；第二，不能借事儿闹事儿；第三，要通过正当渠道，不能无理取闹！"

时猴子赶紧说："我们听你的，那房子的裂缝谁都能看得见。"

姜美祺说："走，我们去看看。"吴寄瑶想阻拦："哎——美祺——美祺——"姜美祺仿佛没听见，跟着一群购房户向某小区走去。

吴寄瑶望着沸腾的人群，掏出电话拨了出去……

阳光新区是钱如意今年建设的最大一个小区，前几天的"千人团购"有百分之七十的房源出自这里。这里也是钱如意精心打造的样板工程和近两年来的主要经济支柱。

金疤瘌站在阳光新区的一栋顶楼上，他眼睛瞪得大大地向楼下望着，看见姜美祺在一群人的簇拥下进了小区，就阴阴地笑了。

他马上拨通了一个电话："大哥，如你所料，闹起来了。"电话传来神秘人的声音："疤瘌，这个力度不行啊，我们的'引火计划'不是温水计划。"金疤瘌问："大哥，还怎么闹？"神秘人说："怎么闹我不管，你们要闹到让那栋楼消失，让钱如意倒了牌子，让钱胖子和李秃子的梁子结实了。"金疤瘌问："怎么让它消失？炸了它？"神秘人说："嗯，就按你说的做。"金疤瘌皱起了眉头："大哥，我只是这么一说，炸了他犯爆炸罪。况且，武玉鹏又嚷嚷着分钱呢，他不想在山野里受那份流氓罪了。"神秘人说："我说过让你们炸了它吗？要让钱胖子自己炸了它。"

金疤瘌不解地放下电话，他不知道神秘人那个老家伙又玩什么鬼花样。但是，有两点他是明确的，一是现在闹的力度不够，二是要让钱如意感觉是李秃子在闹事。他一个电话，把时猴子叫到了楼上，两个人小声地嘀咕了半天，分头下楼，向宏运建筑公司那边走去。

宏运公司开办以来第一次这么热闹，开业庆典时只来了几十人，现在来了上千人。大门口，在时猴子的鼓动下，购房户还在往里闯，保安阻挡着，一时闹得不可开交。

办公室里，钱如意头上缠着绷带，皱着眉头。他仰在转椅上，于海平和吴寄瑶立在身边，手足无措。钱如意斜了于海平一眼："于副总，你可真能干！就让你管一年，你就给我盖个危楼。危楼高百尺，手可摘星辰。你以为你是李白啊？念书念傻了吧？"

于海平小声地辩解道："钱总，也不能全赖我，那钢筋本来……"钱如意忽地从转椅上弹起来："别磨叽，有辙你想辙，没辙你去死！"说完，一脚把于海平踹了出去。钱如意问吴寄瑶："寄瑶，他们这么闹，是谁在幕后托着呢？"

吴寄瑶神秘地说："我刚才偷偷地问时猴子了，是大裤裆派来的人。"

钱如意若有所悟地点了点头："李秃子是和我耗上了！"

于海平站在钱如意的门口，向外是闹嚷嚷的人群，向内是钱如意那紫牛肝一样的脸。他无可奈何地打牙往肚子里咽，他敢说是你当老总的让偷工减料、用不合格的钢筋混凝土吗？他敢去和购房户对话吗？

不敢高声语，恐惊面前人；不敢挺起腰，恐怕挨飞刀。耗子钻风箱，两头受气。他正在进退两难，吴寄瑶出来说："于大律，钱总有请。"他只好又进了经理室。

这时，钱如意由气急败坏变得心平气和起来："二位，祸不单行，庆典被断电、盖楼有人闹事儿，还把记者也招来了，以后我这宏运建筑公司的房子还卖不卖啊？于副总，你给我说说。"

于海平对刚才钱如意那一脚还心有余悸，那一脚虽力度不大，却堪比国家足球队的功力。他战战兢兢地说："钱总，李秃子的人鼓动闹事儿不可怕，最可怕的是媒体曝光。这事儿要是在媒体上一发，无论官方私方，谁也捂不住盖子……"

　　钱如意打断他的话："这一点，我也清楚，你就说怎么化解吧。"

　　于海平求援地看了吴寄瑶一眼："钱总，记者那儿，怕是要吴主任出面了，姜记者是吴主任的同学。"

　　钱如意看了看吴寄瑶，吴寄瑶说："这事儿我去办吧。"

　　下午的龙城晚报社是记者编辑们最忙的时候，采访回来的忙着赶稿子，编辑们正在设计版样。姜美祺也不例外，她打开采访本和录音设备，端坐在打字台前，电脑屏上一行字便蹦了出来：危楼高百尺，吓退千户人……

　　敲门声响起。姜美祺说："请进！"吴寄瑶热情地说："姜美人儿，这是又忙呢？我来看你了。"姜美祺边打稿子边说："寄瑶，你这会儿来得不是时候，我没时间陪你唠嗑，有事你就说吧。"

　　吴寄瑶说："姜美人儿，有事儿相求。"姜美祺说："我就知道你没事儿也不来找我，我给你倒水去？"吴寄瑶摆摆手："不用忙，事儿挺急的。"

　　姜美祺停止了打稿子："你说，跟我不用那么客气。"吴寄瑶从椅子上欠起屁股说："美祺，宏运建筑公司住宅楼裂缝的事儿，能不能不报道啊？"姜美祺歉意地说："晚了，稿子都传到副总编那儿去了。"

　　吴寄瑶起身看着电脑说："可别逗了，这不正写着呢吗？"姜美祺说："噢？噢，这个，这个是针对监理和质检部门的，你说他们怎么把的关呢？"吴寄瑶放下鼠标说："这还闹大发了。要不，你领我找你们副总说说？"姜美祺说："你说我们副总啊，他开会去了。他就是不开会，也是铁板一块，我去了也是碰个硬钉子。"

　　姜美祺的一番话，让吴寄瑶无话可说。其实，若是明白人，一眼就能看出稿子刚开了个头。可吴寄瑶读书时就是个"板凳"，根本看不懂稿子。

　　但是，她有她的处理方法，走之前，她将一信封放在桌上说："老同学，千难万难，帮着周旋，老钱的事儿就拜托你了。"姜美祺把信封塞回去说："那可不行，咱们是关系最好的同学，这样就搞远了。"吴寄瑶说："又不是给你的。"姜美祺说："不是给我的我更不能收了。"

　　一番言语，吴寄瑶又蒙了，姜美祺把信封塞到了她的包里，把她哄走了。

吴寄瑶走到楼下，方才知道事情没办地道，她气愤地自语："呸——纯小人，不给面子！"

2

夜幕降临了，神秘人照旧在那处豪华住所内逍遥。他喝着清茶，躺在一把老式的逍遥椅上看着电视新闻："近日，我市发生了两起案件，一是平原煤业公司仓库爆炸案，另一起是宏运地产公司踩踏案，希望群众提供有价值的线索，公安机关将给予奖励。同时，也奉劝那些作恶者改邪归正、投案自首，因为人间正道是沧桑……"

开门声吓了他一跳，金疤瘌兴冲冲地进来了："大哥，效果出来了，钱如意正如热锅上的蚂蚁呢，这个侵吞国有资产的败类，不走正道一定没有好下场。"

神秘人不爱听金疤瘌说话，他没好气地关了电视："疤瘌，都说人间正道是沧桑，可是，做点正经生意有那么容易吗？你为什么不去走正道？"

金疤瘌知道自己又说错了，他吐了下舌头："可不是嘛，我们想搞地产，好地段都让钱如意搞去了；我们想搞石头，想超越宏运奇石城很难。钱如意、李明鑫哪个是靠正道发起的？他们就是我们发财的拦路虎、绊脚石。"

神秘人不无讽刺地说："嗯，疤瘌，作为一个有责任心的公民，我们要办好两件事儿了。一是就钱如意房子质量问题要让全社会知道，必须让钱胖子倒下去；二是爆炸案那儿迟迟没有进展，我们有必要给公安提个醒。只要钱、李斗起来，我们就很容易一举把他们掐死！只要把火引向那两个，我们的'东北新干线'就会度过眼前劫。"

金疤瘌点头道："大哥，放心吧，我马上安排人去办。"

神秘人阴沉地说："去吧。可是，煽风点火，也要小心烧到自己。你的场子，这些日子一定要守法经营，宁可赔钱赚吆喝，也不要有任何把柄落在公安手中。"

夜晚，刑警大队的小楼只有几个办公室亮着灯。周至祥放下电话，坐在那儿发愁。他主持的爆炸案和踩踏案像老母猪喝泔水——呱嗒得紧，进项有限。刚他加班给专案组成员开了一小时的会，仍是一团乱麻。被批的李明乔等刑警们蔫头耷脑地从会议室出来，又要奔赴调查一线。

周至祥来到值班室的时候，电话响了，李明乔接起电话："你好，伏龙山区刑警大队，请问，你有什么事情？你说……爆炸案是宏运公司的人做的？你看见的？看见谁了？钱如意指使吴寄山？你还知道踩踏案？你说李明鑫指使大裤裆？能来刑警大队这儿我们面谈吗？我们去找你也行……我们给你保密……我们保证你的安全……"

李明乔的话还没说完，对方的电话已经撂了。周至祥在旁边听后问道："谁的电话？"李明乔："没说，只说他是爆炸案和踩踏案的知情人……"说着，把接警录音重放了一遍。

周至祥听后兴奋地说："报案人说的情况和我们的推测一样！"李明乔说："周队，你说报案人说的是事实吗？"周至祥肯定地说："铁板钉钉的事儿，准备行动！"

这时，电话又响了。另一接线员接完电话后说："报告周队，平原公司的大裤裆被不明身份的人打了一闷棍，躺在医院里。宏运公司报案称他们新建的住宅楼跑水被浸泡，请求立案侦查！"

周至祥说："看了吗？事情明了了，两个黑恶势力要火拼了。明乔，通知第七中队，马上缉拿钱如意和吴寄山；通知第八中队，马上缉拿李明鑫和大裤裆。我们要加班加点，连夜突审，拿下爆炸案、踩踏案和放水案，争取突破鸡血麻神被盗案！"

刑警们迅速秘密集结，几辆车呼啸着向不同的方向开去。周至祥望着绝尘而去的抓捕车辆，脸上露出一丝得意的笑容。

行动很顺利，只半小时的工夫，钱如意和李明鑫已经戴着黑头套押进了审讯室。可是，审讯工作进展并不顺利。两个中队长外加李明乔使出了浑身解数，也没从二人口中掏出有用的线索，唯一的收获是吴寄山承认给大裤裆打了闷棍，理由是"大裤裆欺负过他"，跟目前几个案子扯不上边儿。

听完汇报，周至祥亲自来到第一讯问区，他朝聚光灯下的钱如意阴阴地看着："钱老板，我们多次打过交道的，你是什么样的人，想必自己比谁都清楚吧？"

钱如意抬起头："我是什么样的人不是我自己说了算，我是龙城第一个农民企业家、十大杰出青年，我还得过推动龙城经济与社会发展杰出贡献奖，我还是市人大代表……"

周至祥冷冷地打断他的话："钱如意，这里是公安局，不是组织部，你在这儿表功没用。正面回答，你是怎么指使人炸了平原公司的仓库的？怎么指使人给平原公司的人打闷棍的？"

钱如意冷笑一声："哼！我指使？谁看见我指使了？我是怎么指使的？"

周至祥拍着桌子说："不要软货硬卖，不要不见棺材不落泪，你的事儿，你手下的人都招了，你还硬挺个什么？争取个好态度吧。"

钱如意垂头丧气地说："谁说你找谁问去，你说的事我一概不知。我宏运公司被人断了电造成踩踏，你们破不了案；我公司的住宅楼被人放水淹了，你们还破不了案……不知你们是干什么吃的！"

周至祥被问得恼羞成怒："来劲了是吧？还真把自己当成无辜受害者了。我问你，除了你和平原公司的恩仇，你就没打过鸡血麻神的主意？给你两小时时间，主动说了，算你投案自首！"说完，向外走去。

在第一讯问室没审出子丑寅卯的周至祥又来到第二讯问室，他惊奇地发现，李明鑫竟然在聚光灯下传出了鼾声。

周至祥大喊一声："李明鑫，你把这里当成你家热炕头了？"

李明鑫被吓得一激灵，他揉揉眼，哝叽道："这麻将打的，天亮了？"站在身后的两个警员想笑不敢笑。周至祥轻蔑地说："李明鑫，你可真心大，坐直了，好好交代问题！"李明鑫问："你又让我交代什么呀？"周至祥说："你是怎么指使你的人给友运公司断的电、放的水？"

李明鑫笑道："这个啊？他们已经问过五遍了。周大队，我李某人做人做事不绕弯子不撒谎，我要是对谁有气，我就明着跟他干，犯不上来那些下三烂的手段。"

周至祥讥笑道："看把自己夸的，像梁山好汉一样。你不撒谎？那你给我说说，想当年你去凤城投奔的是谁？你在凤城干了些什么？你又是如何起家的？"

李明鑫闻听此言，嘴角抽动了一下，竟无一话可对。

周至祥见伤到他软肋，得意地说："李明鑫，你那些事儿，我们都心知肚明，老实交代吧，如果你主动交出鸡血麻神，我让你将功赎罪！"可是，李明鑫接下来，不管问什么，就是徐庶进曹营——一言不发。

3

清晨，红色的龙山在白色的迷雾中显得更加妩媚。龙城从雾霾中醒来，一片沸腾。比这个城市醒得更早的人有很多，至少有姜长庚、敖拉倚、神秘人和周至祥。

姜长庚与敖拉倚跳完广场舞，给小艺买上早餐，就直奔刑警大队。这是他多年养成的生活和工作习惯，三点一线式。

在刑警大队门口，他碰见了熬得双眼通红的周至祥，问候道："至祥，值班这一夜你好像很辛苦啊！"

周至祥兴奋地说："姜局，我正要找你呢。这一夜，熬得值。爆炸案、踩踏案和透水案悉数告破，若进一步挖掘，鸡血麻神案也要突破了。"

姜长庚闻听，吃了一惊："这么大的收获？都谁作的案？"

周至祥说："还能有谁？有个知情人给我们提供了线索，和我们分析得一样，两大公司互掐。"

姜长庚沉思道："是这样啊。周队，涉及宏运公司和平原公司的事儿，一定要慎重，一定要重证据，你回去休息吧。"周至祥看了看表，向门外走去。

在拐角处，龙大章和朱丽雅迎面走来："周队早。"周至祥笑了笑说："二位早，早些把事儿办了，免得夜长梦多。"这种半玩笑不玩笑的话，竟让二人无言应对。

朱丽雅望着周至祥的背影说："大章，周队今天似乎很得意啊！"龙大章说："或许又破了什么大案吧。"

二人来到刑警大队，发现姜长庚正在听报案录音。见龙大章和朱丽雅过来，他便把审讯记录扔给龙大章和朱丽雅："周队一夜破获了三起大案，你们看看吧。半小时后，到我办公室来，交流案情。"

龙大章和朱丽雅惊讶地拿起案卷，向办公室走去。

半小时后，三人齐聚刑警大队长室。姜长庚看了他们一眼说："案卷都看完了吧？说说你们的意见。"

朱丽雅说："从现有材料看，周队分析的和报案人说的一致，宏大与平原两公司互斗作案符合实际。但是，从讯问情况看，这种说法并没有得到任何一方认可。从证据上看，缺乏直接证据。"

龙大章接着说："丽雅分析得很有道理，从目前证据看，不构成立案的条件，说是案子破了，太过牵强。"

姜长庚点了点头："你们说得有道理，假如不是宏运和平原两家公司互掐，作案人究竟想干什么？"

龙大章说："不排除有些人为了转移视线，打击敌人，发展自己……"

这时，姜长庚的电话响："赵局……你这么快就知道了？上访？我们慎重处理……"他放下电话说："宏大和平原两家公司上千名员工到市局上访了，你们说怎么办？"

龙大章说："依法行事，在没有充分证据的情况下，放人。"朱丽雅说："我同意大章的意见。"姜长庚沉吟一下说："好吧，我和至祥碰下头再决定怎样处理。你们二人马上介入透水案，尽快拿出结论。"

二人走出刑警大队，走上龙城大桥，向市局方向一望，那里却有不少人聚集；向桥下一望，是张半仙那迎风招展的黄牙子旗。

龙大章想，公安始终是让人牵着鼻子走，这是一条看不见的线，单纯地从作案动机、时间和手段等方面来分析，就落后了。这让他想到了姜美祺说的"背景"两字，要把破案放在社会大背景下分析……

朱丽雅说："怎样料事在前呢？"龙大章向下看了一眼："只有大桥下的那位张半仙做得到。"朱丽雅开玩笑说："实在破不了案，我们下去算一卦吧?"龙大章说:"我看行,你去算卦,我去调查。"朱丽雅一把挎住龙大章的胳膊:"那不行。"

那面写着"测字"的黄牙子旗下,张半仙一身长衫坐在小板凳上,安静地望着过往的行人。有两个年轻的姑娘测完字兴高采烈地走了,金疤痢戴着墨镜远远地走过来,还有几个要测字的人走过来,这里的生意今天特别好。

张半仙抬眼问金疤痢:"金先生,你要测个什么字?"

金疤痢神秘地说:"老先生,我要测个'告'字,到有关部门去告我的仇人,不知能不能成?"

张半仙双目微闭,十指点点:"'告'加三点水成'浩',水大,淹了别人也威胁自己;加一走之成'造',有再造之功,造事儿之后须一走了之,方得安宁。"

金疤痢说:"老先生,我还是不大明白。"张半仙闭了一下眼睛,不理金疤痢,开始给别人测字。金疤痢自觉没趣儿,小心地左右看了看,走了。

张半仙又给三女一男人测完字,正想闭目养神,猛一抬头,竟吓得一哆嗦。此人不是别人,死去一年的大黑猫。

大黑猫心神不宁地看着他,张半仙却镇静下来:"这位先生,你也测字?"大黑猫略点了下头,写了一个"运"字:"先生,我想做几单生意,您给测测行不行啊?"

张半仙凝视着大黑猫的脸:"你所测之字,云走云飞,但今天风向过急,先避风雷,待仲夏到,随风入夜,雨过地皮干……"

大黑猫一脸蒙圈,眼露不解之色。张半仙无奈,只好在他手心写下"三天后,夜来见我",他才疑惑地离去。

张半仙望着他远去的背影,心想,我此生以算著称,却没算出这是什么情况。

4

红灯高挂的农家菜馆,桌上摆着热腾腾的农家菜和一瓶五粮液。这是吴寄瑶和于海平给钱如意摆的压惊酒。

一道闪电照亮了钱如意阴沉的脸，他沉闷地坐在昏暗的灯光下，想着在刑警大队度过的惊魂一夜，心里就有些不平衡。他看见赵直帆头上缠着纱布进来，苦笑着招呼了一下，那笑比哭还难看。

赵直帆边抖着伞上的雨水边说："吃烧鸡、喝小酒、睡大觉……钱总，你心够大的啊！没被公安吓出尿来吧？"

钱如意站起来，腆着肚子说："心不大能怎么着呢？发昏当不了死。我得感谢你，在关键时刻能给我找人说话。还要感谢寄瑶，在危难之中巾帼不让须眉。"他抬眼看看于海平不无讽刺地说："看见我被带走了，第一个跑到柴火垛后面的，只能是这位于大律了。"

于海平难为情地说："钱总，我躲起来不也是为了保存实力嘛！"

吴寄瑶说："钱总，我带人去政府闹事儿，也不全为了你，不是还有我哥嘛！"

钱如意说："你看看人家寄瑶，患难之中见真情、说实话。"

赵直帆端起一杯酒说："钱总，一根毫毛也没伤着就出来了，就是值得庆贺的事儿，压惊酒一会儿让于大律结了，你可劲儿扎他！"

钱如意没有和赵直帆碰酒，他拿过赵直帆的酒喊："服务员，换两瓶茅台！"

于海平强忍着心痛说："对，换茅台……"他心里想，就这小酒店，能有茅台？他还没想完，店老板亲自过来了："几位贵客，小店没茅台。可是，在茅台酒厂工作的侄子那年给我带来两瓶，存了十多年了。不过，话可说明了，以现在的市场行情，这叫年份酒，比新出的要贵上那么一两千。各位要是不嫌贵，我可以献出来。"

钱如意大咧咧说道："我们就爱喝十年前的，好喝没假货，只管上来，问什么？"饭店老板一挥手，服务员拎着两瓶茅台放在桌上："请领导验货。"于海平那个气啊，可是他不敢吱声。钱如意拿起认真一看："地道，启开！"

随着酒被拧开，几只酒杯碰在了一起，于海平的心也像被碰碎了。

钱如意咂巴了一口说："赵公子，我又让秃子给算计啦！"

赵直帆问："又咋的了？"钱如意吃了口菜说："用张半仙的话说，流年不利，小人作对；楼房裂缝，有人放水。你说，不是秃子还能是谁干的？"

赵直帆说："我早听说了。先别说谁干的，你房子质量要过关，能出这事儿吗？别放你们一马就蹬着鼻子上脸。"

钱如意把眼斜向于海平："都是你小子，胆儿太大了。"于海平被骂得没敢吱声，吴寄瑶端起一杯酒敬赵直帆："直帆，事儿出了就想办法吧，闹大了对你也没好处。现在媒体介入了，姜美祺的下一篇报道就是针对你们质检站的。"

赵直帆一口酒呛了出来，他吃惊地问："是吗？"

吴寄瑶说："我能骗你吗？她亲口跟我说的，我也看见了，那还有假。你得管管你那败家娘们儿了。"其实，吴寄瑶啥也没看见，她要报复一下姜美祺。

赵直帆拉着脸说："唉，看来，质检站说合格就合格的时代要过去了。"他手指钱如意、于海平："钱老板，于大律，我怎么就交了你这些朋友呢？"

钱如意和于海平阴沉着脸，没有吱声。咔，一个雷响过，一道闪电照亮了几个人扭曲的脸。赵直帆把酒杯一扔，直奔报社。

夜晚的龙城晚报社格外安静，姜美祺写到激愤处，就把电脑键盘敲得啪啪响，猛然一抬头，就见赵直帆在门外扮鬼脸。

姜美祺看他那样子，笑了："还那德行，鬼鬼祟祟干啥呢？"赵直帆调皮地说："给你来点儿童年的美好回忆，给你带些今日的些许烦恼。"姜美祺问："找我啥事儿？我忙着呢。"赵直帆狡黠地说："我要是一说事儿，怕你把我赶出去呢。"姜美祺笑道："今天本姑娘心情虽然不好，但不会赶你的。"

赵直帆说："那我可就直说了？"姜美祺说："有话就说，假装客气呢。"赵直帆大咧咧地坐在椅子上说："宏运公司那事儿，可别跟我说稿件又传到你主任那去了，你逗吴寄瑶那样的无知少女行，逗我这样的老江湖，不好使。"

姜美祺找出一份报纸大样说："直帆，这回真传到副总编那儿去了，都上了版，估计印刷厂已印完了。哥们儿，你来晚了。"

赵直帆眼睛瞪得灯泡一样看着报纸大样念道："《危楼又遭'连夜雨'》……你这样一写，购房户不更闹了吗？"

姜美祺说："直帆，要叫我说，你既然替钱如意出头，就让他痛快地给人家退房钱、赔损失，追究有关人员责任。然后呢，把那危楼就地儿一炸，严把质量关，我在报纸上一宣传这些举措，比他出广告费好使。"

赵直帆冷笑道："收拾着人家还得让人家感谢你，真会做人啊！美祺，我跟你说，我也不仅是为钱如意，你想，你的报道一发，势必影响我们质检站，你是两口子做爱——自己人整自己人！"

姜美祺站起来说："直帆，你知道我为什么选择新闻专业，铁肩担道义，妙手著文章，我要给正义一个交代！"

赵直帆气得脖子青筋突显："你……这叫吃里爬外，我找陈立言去！"说完，要向外走。姜美祺一把扯住赵直帆说："直帆，别去了，你还不了解陈立言吗？水泼不进、铁板一块，你要自找没趣吗？"赵直帆一甩袖子："你们都是一个德行！"说完，甩袖噔噔下楼。

他回到小饭店的时候，钱如意等人还在等他，赵直帆自斟一大杯，一口气灌了下去。于海平心里更难受了，他本想剩一瓶的，照这架势，还得到外面买一瓶去。

被放的人在饮酒压惊，放人的人在关灯吃面。

这个时候，伏龙区刑警大队比白天还热闹。经过两小时的充分探讨，也未达成一致意见。周至祥认为，放了钱、李二人是放虎归山，是徇私枉法；龙大章认为，证据为王，任何人不能凭主观办案。大的分歧不说，但就水淹楼房案，各方争执得不可开交。直到姜长庚出面压制着双方的情绪，他们才坐下来吃完泡面认真讨论。

周至祥昨晚熬了一夜，有点上火，他是第一个把泡面桶扔到垃圾桶的，所以，仍然由他第一个发言。他很认真地说："经过我带领的第七中队对跑水现场进行仔细勘察，跑水是由于上水管路接口弯头爆裂所致，而造成弯头爆裂的原因是弯头质量不合格，所以，决定不予立案。"说着，他又提起了刚才讨论了半天的话题："综合最近发生的一系列事件来看，宏运公司、平原公司就是事件的主角，我再次提请，让钱如意和李明鑫重新归案！"

姜长庚点了点头："嗯，看来这个宏运公司和平原公司水都很深啊！前两天，宏运建筑公司千人团购典礼被人拉闸停电造成踩踏的事，此前，平原公司仓库被炸，这里边的联系从逻辑上说得过去……"

龙大章插话道："姜局，我们不排除有一个第三方势力在故意制造事端，以达到打压这两家公司，发展自己，或是转移我们视线的目的……"

周至祥不屑地说："不排除的可能千千万，又是写推理小说的思路。因为我们办案力度不够，造成案件频发频压，这责任，谁担？"

见今晚不好收场，姜长庚说："我决定，楼房跑水事件不予立案。爆炸案与踩踏案仍由至祥负责，并案侦查。但在证据不充分的情况下，不要随意抓人。这次钱李事件，已经让我们的司法公信力大大降低，市局也在等我们有个合理解释。至祥，你们要以证为王，认真查证、充分论证、时时请示，散会！"

众刑警起身离去。龙大章突然提出一个请求："姜局，我想过两天休假一周。"姜长庚说："好吧，你自工作以来还没好好地休次假呢，回去好好和父母住几天。"周至祥显然对龙大章的举动颇感意外，调侃道："龙队副，意见不同，不要闹情绪嘛！"

5

因"证据不足"被释放的钱如意喝了八两茅台酒，想起这一年来宏运奇石城售假案、千人团购踩踏案、楼房透水案，他就有点烦。他甚至还没弄清对手是谁、想干什么的时候，就要被吃掉了。

购房户要求退款赔偿的事情还没处理，于海平又慌慌张张地给他带来了坏消息："钱……钱总，周至祥还在调查平原公司仓库爆炸案，听那意思，我们的嫌疑并没有解除。"

钱如意一副死猪不怕开水烫的态度："那就让他再传讯我吧。"于海平又说："还有，对阳光小区那栋楼的处理意见下来了。"钱如意问："怎样？"

于海平结结巴巴地说："炸……定向爆破，这是……上级主管部门专家组共同给出的处理办法。他们说，这栋住宅楼地基大面积下陷，成了危楼，又被媒体炒得尽人皆知，就是修复了，销售也成问题……"

钱如意听后竟然扑哧一声笑了："福无双至，祸不单行。这和赵公子的姜夫人说法一样啊！可是，我就想不明白了，谁在后面搞我们呢？"

于海平答："还能有谁，李秃子呗。钱总，赶紧找找赵公子，想个办法吧！"

正说着，赵直帆垂头丧气地进来了："钱总，甭找我了，我这回可是被你连累了！炸吧，已经到这份儿上了，就主动来个轰动效应吧。"

钱如意不满地问："赵公子，都这个时候了，你还跟我开玩笑？轰动？你让我拿五千万听个响？你们当官的可真会办事儿，出了事你们倒成正义的化身了。"

赵直帆说："钱总，不是开玩笑，这事影响了你的利益，也影响了我的发展。我们是一条绳上的两个蚂蚱。既然不可挽回，何不来个亡羊补牢、主动出击，牺牲这栋楼，换一个主动炸楼、严格把关的正面形象？到时，你再在现场表一下公司严格执行质量管理的决心，经媒体一炒作，广告效应空前绝后，你的楼盘销售就会哇哇地增长。"钱如意痛苦地喃喃道："群众在闹我，公安在抓我，我钱如意还能撑得到那一天吗？"赵直帆开导说："打牙往肚子里咽吧，要不出了大事我们都得进监狱。至于公安那儿，你既然没做什么坏事，怕什么？"

一个闪电照着钱如意那难看的脸，一声炸雷响起，吓了他一哆嗦。

在"引火计划"中焦头烂额的钱如意和李明鑫各自使出了浑身解数，终于摆平了。准确地说，周至祥经过三天的调查，并没有抓到二人的犯罪证据。

受到透水案牵连的还有赵直帆。这几天他和钱如意一样糟心，他心神不宁地回到了家里，姜美祺在等着他。上次请求不要报道被拒后，二人还没见过面。美祺见直帆回来，打声招呼，赶紧往上端菜。赵直帆则一声不吭地坐在桌边生着闷气儿。

轰的一声响，从远处传来。姜美祺说："我想是宏运公司那栋危楼倒下了。"赵直帆闷声闷气地说："倒下的何止是那栋楼啊？还有我，那栋楼我是质检负责人，我被停职了。美祺，你的软刀子能杀人啊！"姜美祺愣了一下，放下筷子："真的？"

赵直帆低沉地说："领导已经和我谈了，不进监狱就不错了。"姜美祺开导说："直帆，这也是个教训啊，算是给你用冷水洗了一次澡，你会清醒不少。"赵直帆把筷子摔得啪啪响："美祺，你的报道轰动效应达到了，我的教训就是轰然倒下。看你，多么大义凛然啊！"

姜美祺站起来，低下头："直帆，对不起，这是我一个有良心的记者的神圣职责。对你个人的误伤，我给你赔礼道歉。"赵直帆说："打个巴掌再给个甜枣吃呗？别赔礼道歉了，你是给我安排工作啊，还是养着我啊。跟你说，我的花销可是大着呢。"姜美祺说："直帆，通过这件事，给了我们很大的教训，大章也让我跟你好好谈谈，那个日本人……"

赵直帆愤怒地挥了挥手："打住，少跟我提大章！"姜美祺说："直帆，人要是贪得无厌，会撑死的，你好好反省一下吧。我忙着写一篇长篇报告文学，下午到公安那儿做个采访，你慢慢吃吧。"赵直帆问："不是又为大章树碑立传吧？"姜美祺说："不是为他，是为正义！"

6

公安宿舍，龙大章把在凤城用的旅行箱又拿了出来，他找出一沓照片仔细看着，几个月前龙城的一幕幕又在眼前呈现出来。

这时，朱丽雅出现在门口："大章，你要上哪儿休假？"龙大章说："世界这么大，我想去转转。"朱丽雅用挑逗的眼神儿说："没有我的假期，还能叫假期吗？不管你上哪儿，我要跟着去。"鲁运从床上探出头来，拍着巴掌："勇敢，我怎么就碰不上这样的女人呢？我也去。"龙大章说："师兄，别跟着凑热闹了。大队正值用人之际，都走了不合适。再说，名不正言不顺的……"朱丽雅说："大不了又是一段绯闻，我不怕！"龙大章说："你不怕，我怕。我将来要娶妻生子，去吧，我该睡了。"

朱丽雅"哼"了一声，向自己的宿舍走去，后面传来鲁运放浪的笑声。

龙大章说："师兄，我休假期间，你要对帝豪继续进行秘密调查，不要让别人知道。"鲁运说："行吧，只是挺费钱呢，我也得攒点钱糊弄个媳妇吧。"龙大章说："师兄，等你有成果了，我给你报销。"

温馨的筒灯照着姜长庚家的小餐桌，简单的饭菜，姜长庚和白小艺却吃得很香，旁边空着一把椅子，那是姜美祺的座位。

姜长庚边给小艺添饭边说："小艺，以前我们一家三口吃饭习惯了，你大姐这一走，感觉空的。"白小艺忽闪着大眼睛说："姜爸，你可以把敖拉姨接过来嘛，或者叫我大姐离婚……"

话音未落，姜美祺开门进了屋。姜长庚惊喜地说："美祺，你回来得正好，吃饭。"姜美祺说："好啊，我不在家你们吃得好香啊。"白小艺问："大姐，给当官的人家做媳妇是不是很好啊？"姜美祺说："一点也不好，太客气。"

姜长庚边给美祺盛饭边说："你是野惯了。到人家做媳妇，不比在家做姑娘，不能由着性子来。直帆你俩还好吧？"

姜美祺顿了一下说："嗯……挺好的。"姜长庚通过姜美祺的一丝眼神似乎发现了什么："挺好？看来我的担心是多余的。"姜美祺问："爸爸，你担心什么？"姜长庚说："没什么，吃饭吧。"姜美祺说："爸，我回来还有一事和你郑重谈谈，敖拉姨那儿我已经谈过了，你俩就举行仪式，正式结婚吧？"

姜长庚放下筷子说："最近案件压身，没时间考虑个人问题。"姜美祺说："爸，你得注意休养了，有些事让大章他们办吧。"姜长庚叹了口气："没办法，案多人少，大章和至祥又意见不合。在这节骨眼儿上，大章请求度假，周至祥又很莽撞，一些事儿我得把关。不然，市局又……"

姜美祺问："大章休假？啥时？上哪儿？"姜长庚说："你怎么这么多问题，只有问他自己了。"说完进屋了，姜美祺思索着什么。

其实，姜长庚是要说说姜美祺的，因为他隐约听到美祺和直帆关系并不好。尤其是这次炸楼事件，人们议论说"美祺给直帆来了个'窝心炮'"，这让他很担心。另外，还有人传美祺和大章的闲话。他想等美祺在家待儿天后再和她谈，美祺的性格他是熟悉的。

晨光斜射在赵直帆家的餐厅里。赵连起坐在餐桌旁看报：《危楼倒下谁之责》：建材不合格却顺利通过了验收，请问质检部门是干什么吃的……

赵夫人一边往桌上端饭菜一边喊："直帆，起床了！大儿子，起来吃饭了！"赵直帆穿上衣服说："一早晨这个喊，赶上叫魂儿了。"赵夫人把碗筷摆上说："你误了上班时间了。"

赵直帆懒洋洋地说："误就误呗，也少不了一分钱，再说已经停职了。天天的，真是的，家里外边有人管着。"

赵连起喝了口汤不满地说："就你这工作态度……"

赵直帆边向洗手间走边说："老爸，我干得挺好的呢。你说我这单位，有一年上三天班的，有三年上一天班的，还有天天加班的，工资都差不多。我天天工作，出了事儿担责任，那些天天喝茶看报说闲话的倒成了功臣。"

赵连起说："人和人不能比。你干得好？钱如意那儿一栋新楼废了，你能说你没责任？报纸都给你曝光了！"

赵直帆洗着脸，香皂满脸，吐了口白沫："吃半辈子饭，谁还不掉个饭粒儿啊！"

赵连起说："一栋楼是个饭粒儿？你可真大方。我早就想说你了，天天看不到你人影，听说又和麻将较上劲了？"

赵直帆从洗手间出来："老爸，那都是谣传，要学会不传谣、不信谣，还要有意识地辟谣。"赵连起恨恨地说："别让我逮着！"赵直帆拿起筷子吃口菜："老爸，那么严肃干什么，我正有事儿求你呢。我的职被停了，领导也找我谈话了，质检站那儿不能干了……"

赵连起说："你想当市长啊，那个位子我还盯着呢。"赵夫人端菜上来说："你看你，孩子和你说正经的呢，出了事儿你得帮他换个地方。"赵连起摔下筷子："换地方？我不管！不管干什么，要自律。地产界，一片混乱，刚刚投入使用的博物馆就出现了裂痕，真不知你们是怎么质检的！"

赵夫人赶紧给赵连起使眼色，赵连起饭也没吃，愤愤地走了。赵夫人回头心疼地说："直帆，美祺又回娘家了？你到你舅家散散心。工作的事儿，我去给你办。"

7

龙城火车站内，匆匆进出站的人，火车鸣笛声。龙大章夹在这些人中进了车站，他左右看了看，拉着行李箱向检票口走去。朱丽雅出现在龙大章身后，她看了看龙大章前面的检票牌，飞快地向售票口跑去。

她挤到了前边，拿出警官证向售票员："同志，我有紧急任务，请给我一张去凤城准备发车的车票。"

龙大章正在检票，回头一看，看到了朱丽雅那得意的笑容……

朱丽雅跟着龙大章拿着票找座位，见一女人背对着向窗外望着："你好，能不能和你调换下座位。"那女人头也没回："不能。"朱丽雅正在尴尬，龙大章惊讶地说："美祺，你是美祺？"

姜美祺回过头来，笑容可掬地说："龙大队，我是专程陪你度假的。不过，早知道你们成双入对，我就不走这个后门买座位了。朱丽雅，不打扰吧？"

朱丽雅挑衅地说："没什么，上北京的人多了，谁能打扰谁呢？"姜美祺说："不，我上凤城。我说过，每个人都有平等竞争的机会。"朱丽雅说："机会？你的机会在穿上婚纱的时候就失去了。"

龙大章说："都说三个女人一台戏，两个女人也能掐得这么欢。不管你们了，我得干活了。"说完，把旅行箱打开，翻了起来。朱丽雅问："大章，你在找什么？"龙大章说："没找什么。"朱丽雅把两本卷宗递给龙大章："不，你在找这个。"龙大章问："怎么在你手里？"

朱丽雅说："公安卷是我从市局借来的，工商卷是我赠阅的，你满意不？"她微笑地看着龙大章，姜美祺向龙大章身上靠了靠。

晚饭时间到了，三人来到火车餐车上，点了三盒饭，吃了起来。

　　龙大章看了看闷头吃饭的姜美祺和朱丽雅："二位，我们说点正经事吧。"朱丽雅说："大章，我知道你此行的目的。"龙大章一愣："说说？"朱丽雅向姜美祺看了一眼："有局外人，我得保密。让那位说说她来干什么？"

　　姜美祺说："你们以为我是跟你们来度假的？告诉你们吧，我是来调查你们在凤城的所有活动的。如果你们有什么不轨行为，我要给纪委写份内参；如果你们有什么英雄事迹，我要写一个长篇纪实文学。"

　　朱丽雅纠正道："不是调查，是采访。"姜美祺说："除了采访，还要调查。不过，涉及侦察秘密，我回避。"说完，向卧铺车厢走去。

　　夜深的时候，火车已飞驰在凤城大地。龙大章、姜美祺和朱丽雅分别身处上中铺，龙大章翻着公安卷，朱丽雅翻着工商卷，姜美祺在手提电脑上写着什么。

　　熄灯了，他们谁也没有说话，可是谁也没有睡着。每个人的眼前都像过电影一样闪着动人的一幕——龙大章抱着姜美祺旋转……为了救姜美祺，龙大章扑到她身边……朱丽雅抱住龙大章不放手……朱丽雅跟踪大黑猫……

　　龙大章和朱丽雅双双度假，这让鲁运心里颇有不平。可他想起大章的嘱托，还是来到了龙城帝豪夜总会门前。他和李明乔无聊地坐在车里，看着灯红酒绿的城市，看着落在灯影里的水泡儿。

　　鲁运把车靠背往后放了放，边向后靠边唠叨："两袖清风，一肚子酒精，又白灌了一晚上酒。"李明乔说："鲁警官，小酒喝着，小曲儿听着，滋润。"鲁运回头看了看他："对你脾气了，明天你买单。别饱汉子不知饿汉子饥！加班那点钱还不够这里最便宜的一瓶啤酒的呢。"

　　这时，周至祥从另一辆车里走了出来。他走下车，来到鲁运车前敲窗："哥俩在这儿熬鹰呢，走，进去喝点儿，我请客。"

　　鲁运和李明乔下了车，无所事事地望着外面的雨，跟着周至祥向酒店走去。

　　咣，三杯酒碰到了一起。周至祥说："二位，我敬你们一杯，希望你们事业发达，生活幸福！"鲁运说："多谢周队，总能体会我们的辛勤甘苦。我们的事业蒸蒸日上，我们的生活简单。和一个老光棍谈幸福，是对他最残酷的摧残。"

周至祥说："主导人的是智商和情商，智商能解决你的工作，情商能决定你的幸福。谁让你小子情商低了呢？和大章学学。"

鲁运说："没法学，有人天生就有爱人毛，有人天生讨人烦，我可能是后者。大章有美人同行，一路向西，而我，只有灯下品酒、独享孤独了。"

周至祥问："向西？不知道龙大章和朱丽雅上哪儿旅游去了？"鲁运回过神儿来："这个，还真不知道。"周至祥说："一路向西，美人陪伴，有些人只有羡慕嫉妒恨的份儿了，喝点糟心的酒吧！"

夜晚的那处豪华住所死一般沉寂，神秘人和金疤癞在默默地下着围棋。

金疤癞终于憋不住打破了沉默："大哥，围棋里讲究'金角银边草肚皮'，可是，你总是喜欢中心开花，为什么？"神秘人说："疤癞，人人都知道的技巧就不是技巧。有些人一辈子只能在边与角上蜷缩着，却不能在中心腹地驰骋。比如说，刘大侃、大黑猫还有王彪之流。"他提掉了金疤癞一小片黑子，金疤癞心疼地说："唉，躲着逃着，也没耽误死翘翘……"

这时，神秘人的手机来短信了，神秘人边看边说："本地有埋伏，外地有追兵。后生可畏啊！疤癞，你的场子被人看起来了。"金疤癞说："大哥，他们什么也得不到。"神秘人说："我现在明白刘大侃等人为什么失败了，自从有了龙大章这个年轻人，我们就一直不顺，他会去做什么呢？凤城，一定是凤城。"金疤癞问："他们去凤城干什么呢？"神秘人说："或许已经嗅到了我们的一丝气息……"

金疤癞问："大哥，那怎么办？"神秘人又在中心提了金疤癞几个黑子："到敌人后方去。疤癞，现在，钱如意的楼被炸后一时半会儿难以恢复元气，李秃子有勇无谋也成不了大事儿，正是我们发展的大好良机。我要用一个死人和应该死的人完成一项工程。"金疤癞问："什么工程？"神秘人阴阴地说："暂定名'两头蛇'。"

第二十五章　再赴凤城，黑恶显形

1

凤城火车站站前，一曲《远方的客人请你留下来》响彻凤城车站广场，来自世界各地的游人在这热情的旋律中穿梭而过。

龙大章、朱丽雅和姜美祺从凤城火车站出站口走出来，眼前繁华而独具特色的西南热带风光吸引着他们的眼球，他们从未这么认真地欣赏过这个城市。

龙大章、朱丽雅在车站外和姜美祺挥手道别，目送她打一辆出租车远去。朱丽雅用手在龙大章面前挥了挥："人家已经走远了，说说咱们的工作吧，你是为赫顺来的？"

龙大章点了点头："龙城最近发生了一系列的事情，我想一定有一种势力在暗地里和我们抗衡。赫顺这个人在龙城有那么大的资产，却无缘由地转让资产，迁至凤城，而我们调查的'东北新干线'的核心人物又在龙城，这些现象让人产生许多联想。"

朱丽雅说："我也感觉东北和西南有着千丝万缕的联系。假如我那晚看见的人就是大黑猫，事情就更加复杂了。"龙大章说："大黑猫的满血复活绝不只是一种巧合，说明'东北新干线'核心人物的力量绝不能小看。大黑猫在龙城出现，说明在凤城'东北新干线'仍有残余，他们或许有新的动作。"朱丽

559

雅问："大章，你说'东北新干线'经过两次重创之后，还能掀起大浪吗？"

龙大章说："在我们没弄清楚之前，还不能下任何结论。"朱丽雅问："为什么不委托凤城方面调查？"龙大章说："委托调查就得走官方途径，那样泄密的可能性很大。况且我们要委托的事项太多而且不明确，无法委托。我想，找到赫顺这个人，很多问题会迎刃而解。"

龙大章和朱丽雅来到凤城市公安局某分局的时候，一名老民警王主任接到分局的电话正在等他们。他边翻档案边说："二十多年的档案，不太好找，委屈你们得等一下了。"终于，他拿出一本档案，高兴地说："还真不错，找到了。可是，赫顺这个人已经不在世了，你们自己看吧。"

龙大章拿过档案翻阅起来："赫顺，一九四五年五月五日出生，一九九一年三月自龙城迁入，一九九二年五月二十五日因车祸去世……"

朱丽雅问："没了？"龙大章答："没了。"朱丽雅说："我是说档案，不是说人。"龙大章说："什么都没了。王主任，知道是谁办理的赫顺车祸案吗？"王主任思索了半天："让我想想……对了，那个时候市局的李文勇副局长任交警大队副大队长，要不你问问他？"

凤城市公安局副局长室，桌上放着录音笔，姜美祺在采访本上快速地记录着。李文勇眉飞色舞地说："要说龙大章和朱丽雅的故事，那是三天三夜也说不完。别的不说，扮成夫妻，就说一般人在面对重重而严酷的考验就过不了关，他们愣是过五关、斩六将，出色完成了任务……"

响起敲门声。李文勇说："请进！"二人进门，李文勇愣住了："大章、丽雅，是你们，真是说曹操曹操就到，天底最快的不是曹操，是你们。"

龙大章与李文勇握手："美祺，找得挺准啊。"姜美祺自豪地说："那是，这回知道我是干什么的了？"龙大章说："美祺，很遗憾，我们不得不打断你的采访，并请你回避一下，有公务要办。"姜美祺不满地问："后来者居上？"朱丽雅不甘示弱地说："严格地说，是我俩先踏上凤城这片土地的。"

李文勇说："闹了半天，你们是一伙的？"龙大章摆手道："李局，不能这么想啊。她呢，非得要搞什么采访，我是明确反对的，也希望李局保护我们的侦查秘密和个人隐私，不该说的不要说。"姜美祺说："你这是变相干涉新闻自由。"李文勇笑道："二位别争了，我会处理好的。大章，说说你们的事儿。"

姜美祺主动来到凤城市公安局会客室，她仔细地看着龙大章、朱丽雅的英雄事迹材料，不时地用笔画着："二人同居一室，假扮未婚夫妻，在毒贩们窃听、监视下，没有露出任何破绽……"她自语道："没有任何破绽……那只能是假戏真做喽……"

此时，姜美祺心中很乱，和龙大章的种种过往及与赵直帆签订的君子协定总在眼前晃来晃去。她现在连自己也想不明白，为什么一听大章来凤城，自己也要来，仅仅是为了采访吗？她有时为自己的想法感到很可耻，但是，她放不下对龙大章的依恋。执拗的姜美祺无法像别的女人那样轻松地放手、抽身离开……

在副局长室，李文勇看着龙大章提供的档案，想半天："嗯，大约二十年前，好像是有这么个人死于车祸，我记得当时他已经在着火的车辆中烧得面目全非。我们在现场找到了他的一个钱包，钱包里有烧残的钱和身份证……对了，还有残留的一条腿和一只胳膊，因被压在座椅下，没烧着……等一下，档案应该能找到。"

龙大章问："李局长，你们就凭这些认定他是赫顺吗？"李文勇说："那不是。我们还寻访了他的亲人，因为他是外来户，当时找到他一个弟弟，好像还有他一个表弟，再就是打黑时死去的王彪，他们到现场认了一下，几个人认真看了胳膊上的胎记，一眼就认出死者是赫顺。"龙大章问："他表弟叫什么？"

李文勇说："那得找到档案才能知道，这么多年了，刚才我说的，也就是个印象。"正说着，一民警在门口喊："报告，李局，王主任让我送来你要的档案，他是刚从市局找到的。"李文勇把档案交给龙大章，龙大章仔细看了起来，一个凄惨的车祸现场，胳膊、腿及钱包、身份证散落一地。让龙大章和朱丽雅吃了一惊的是，在亲属认尸栏里，签着歪歪斜斜几个字——弟弟赫利，表弟胡二海，朋友王彪……

龙大章疑惑地问："这几个人怎么似有耳闻？"李文勇说："赫利就是

十八年前打黑时被姜长庚除掉的赫老二，这个胡二海嘛……"龙大章想起来了："胡二海……大黑猫，死去的大黑猫。"朱丽雅也说："对，就是大黑猫。"

"大黑猫"三个字勾起龙大章去年在海边的回忆……

凤城江边，谭四等几个保镖把大黑猫按在地上，一个网状的东西罩在了大黑猫的身上。大黑猫眼睛圆睁："大哥，为什么抓我？"刘大侃嘿嘿一笑："黑猫，十七年来，你在我身边充当一个什么样的角色，你不清楚吗？我对大哥忠心耿耿，你却暗中告我黑状，要在这儿置我于死地。可惜啊，这么好的风光，只有你自己享受了。送江喂鱼！"两个保镖把大黑猫拖到江边，按着大黑猫。一会儿，大黑猫的尸体就漂了上来，又被一个大浪卷走了……

李文勇问："大章，你在想什么？"龙大章说："我在想大黑猫。一直没有找到大黑猫的尸体吗？"李文勇答："没有。刘大侃集团覆灭后，我们又多次到江边和下游打捞，没有发现任何蛛丝马迹，估计已经喂鱼了。"

朱丽雅说："李局，五天前的晚上我在龙城发现了一个人，很像大黑猫。"李文勇一惊："他没死？"龙大章说："他或许真的没死。如果大黑猫没死，那么碧鸡山失踪的人、毒品和枪支就好解释了，大黑猫才是'东北新干线'核心信得过的铁杆儿。"朱丽雅说："李局，我们想复印一下刘大侃集团犯罪的全部档案和有关赫顺的全部档案。"

李文勇说："这样吧，你回去补办一下协查手续，我给你传真过去。"朱丽雅说："李局，我们来之前就办好了。"龙大章惊讶而钦佩地看着朱丽雅："是……早都办好了。李局，我们还要急着回去，快给我们办了吧？"李文勇问："为什么总是来也匆匆，去也匆匆？"龙大章说："没办法，让犯罪分子撵的。"

三人又对剿灭刘大侃集团后的情况进行了交流，这时，天色快要暗下来，李文勇给他们安排了晚餐，并叫来了孔雀作陪。几人说尽了几个月来的思念，姜美祺反而显得很多余。

凤城的夜色，凤城的风情，都是那么让人流连忘返。可三人顾不上欣赏，已经坐在凤城机场候机室里。

心有不甘的朱丽雅问："大章，我们非得这么急就回去吗？不是说好的住两天吗？"龙大章说："我们在这儿已经没有什么意义了。飞机上住吧，又省一宿住店钱。"姜美祺对这么急回去也不高兴："还是那么抠！"

龙大章说："美祺，你的采访完成得怎么样？"姜美祺说："这么急就回去，能采访好吗？"朱丽雅调侃道："回去接着采嘛，那位有着灯红酒绿的彩色故事，够你采三天的。"龙大章瞪了她一眼："不要挑事儿。"

姜美祺满眼醋意地说："挑什么事儿，那可是我看见的。好了，闲着也是闲着，说说你们是怎样以未婚夫妻的身份住在一起八九个月而没有暴露的？"

龙大章用手一指朱丽雅："这事儿，问她。"朱丽雅故意气姜美祺："这很简单，不想暴露的唯一办法是——假戏真做。"

龙大章和姜美祺听后都愣了，之后又笑了，只是美祺笑得很不自然。

凤城到北京三个半小时的飞程，机舱里一片寂静。龙大章、姜美祺、朱丽雅并排坐着，各自想着心事。姜美祺翻着李文勇给的资料想：又是一次不成功的采访。朱丽雅望着舷窗外灰色的夜空想：又是一次没趣味的旅游。龙大章看了二人一眼说："休息吧，等啥时找回鸡血麻神，我请二位好好游游祖国的大好河山。"朱丽雅说："星火计划……不能燎原。"姜美祺说："大额支票……账上没钱。"

坐在两个女人中间的龙大章脸上透着一种幸福、愧疚和尴尬。此次凤城之行可谓无功而返，这出乎他的意料。满怀信心、千里之行，找到的竟然是一个死人。可是，一想到大黑猫，龙大章感觉，事情绝没有那么简单。

在北京转机的时候阳光明媚，三个人的心情随着机窗外的点点白云飘动、明丽。从北京到凤城，飞机刚刚飞到高空，就开始下降，在龙城上空盘旋。从高空鸟瞰这座塞外城市，别有一番韵味。

朱丽雅一扫一路的惆怅："龙城，我们又回来了。"姜美祺不改文人的情怀："看啊，龙城好像一个大都市，是当之无愧的塞外明珠。"龙大章感慨地说："龙城，自古就是兵家必争之地，它有着八千年的文明史，是个值得我们热爱和守护的家园。因为这里有着神奇的传说、美好的塞外风光，是很多人向往的地方。"

飞机掠过龙山寺、契丹王府博物馆、钟楼、条筒万建筑，把三人又带回了龙城这个人生旅程的原点……

2

契丹王府博物馆，这个蓝顶白墙的建筑群与赭红色的龙山形成鲜明的对比。在白色的雾霭中，清晨的博物馆更加宁静。可是，于伟绩办公室里的吵闹声打破了这里的宁静。

刘尔贵怒目横眉："快一年了，我的事公安都说没事了，你能不能给我平反啊？"于伟绩拍拍刘尔贵肩膀："大侄子，这叫死罪可免，活罪难逃。你要是工作认真点儿，鸡血麻神能让人家换了还不知道吗？"刘尔贵喊道："你以为我是孙悟空啊？火眼金睛啊？要不是龙小晴，你这个专家能看出来吗？要开除应该先开除你！"

于伟绩擦擦脑门子上的汗，摆摆手说："别朝我来啊，这是组织的决定。我为了保你，就差给领导跪下了，你知道因为你的失误给我造成多大损失吗？我不但没当成局长，就这馆长，也是副的了。大侄子，理解吧，我已经给你争取多发一年的工资了。"

刘尔贵嘟哝道："半夜偷柿子——专捡软的捏，我的青春就葬送在这儿了。"

于伟绩边往外推边说："我一来比你还年轻呢，再说，你在哪儿不是也得一天比一天老吗？你还年轻，找个好单位，比守着这一堆老古董强。"

刘尔贵蔫头耷脑地往外走，迎面碰见了龙小晴。龙小晴问："刘哥，这哪儿去？"刘尔贵没好气地说："我能哪儿去啊？你说你也欠嘴，你要是不说那麻神是假的，谁知道啊，害得我工作没了、媳妇跑了……"

龙小晴颇感意外地说："我不说？那也太不负责任了。"刘尔贵嘟囔："你是负责任了，没人给我负责任了……"他骂骂咧咧地走出博物馆，迎面碰见龙大章、姜美祺和朱丽雅拉着拉杆箱走过来。刘尔贵想躲，却被龙大章叫住了："刘哥，这是干啥去啊？"刘尔贵说："干啥去？要饭去！你们害得我没了工作，我能干啥去？"

龙大章说："刘哥，你要想恢复工作，就得积极协助我们破获鸡血麻神案。"刘尔贵一摆手："兄弟，打住！我还是离你们远点好。算卦的说了，我这辈子，忌公门中人。"说完，他向龙城大桥下张半仙的测字摊儿走去。

张半仙坐在龙城大桥的黄牙子旗下，望着过往的行人，就像看见一个个流动的钱包。他看见龙大章他们过来，微微地笑了笑。

一辆黑色的奔驰车停在了龙大章、姜美祺和朱丽雅的身边。赵直帆摇下车窗，没理龙大章："美祺，上车！"姜美祺回头一愣："直帆，你怎么知道我今天回来？"赵直帆阴阳怪气地说："要想人不知，除非己莫为。"

奔驰车开走了，龙大章向姜美祺望去，只见一缕轻烟消失在拐角。朱丽雅提醒道："大章，别看了，没看已经醋海滔天了吗？"龙大章说："丽雅，你先回吧，我去博物馆找小晴有点事儿。"朱丽雅不解地问："为什么要去博物馆？"龙大章说："我们从那个日本专家住处搜出一个小本，里面有一个图书名单。结合前几天古籍馆闹鬼的事情，我总觉得这些事和鸡血麻神案有着联系。另外，我还要找一个人，他和凤城毒贩有交往。"朱丽雅说："我和你一起去。"

契丹王府博物馆恢复了宁静，龙小晴拿起手机想打电话，又迟疑地放下了。她耳边响起了郝子强的声音：工作时间不要给我打电话。

她放下电话，没想到电话却响了，她欣喜地接电话，里面传来郝子强的声音："小晴，我赢了。"龙小晴惊喜地问："子强，是你吗？真的是子强吗？可找到你了……你赢啥了，参加啥比赛项目了？"郝子强说："我炒股赢了，这次我操盘格外顺利，我想我的计划要提前实现了。"龙小晴问："提前？"郝子强说："是啊，以此速度，年底前我的爱情、理想就实现了。我一会儿就到家了！"龙小晴颇感意外："到家？怎么不告诉我一声呢？"郝子强兴奋地说："我明天回去，给家乡人讲风险投资，给你一个惊喜……"

龙小晴放下电话，幸福地笑出了眼泪，她呆呆地查看着台历，在上面画了个圈儿。

于海平不知何时进来了："龙主任，有话好好说，没事儿偷着乐呢呗？"

龙小晴问："于大律，有事儿？"于海平说："没事儿，我们的维修马上完工了，向你道个别，请你吃个饭。"龙小晴不解地问："完工？我看好多地方还得修啊，能通过验收吗？"于海平说："能，质检那儿都提前安排好了。再说，一次性修好了，将来我们干什么去啊？"龙小晴说："不知这是啥逻辑……"

龙大章和朱丽雅敲门，于海平向龙大章点了点头，深情地看了龙小晴一眼，向外走。龙大章看着于海平的背影问："小晴，怎么这么高兴？"龙小晴说："子强要回来了。"龙大章说："太好了，我正有事找他呢。小晴，找你帮个忙，去年鸡血麻神丢失前后进出馆的录像可有备份？"

龙小晴说："一年前的录像及设备都被你们周队带走了，听说没什么有用的线索。"龙大章说："噢，是这样。"龙小晴说："哥，子强要回来给股民讲课了，我想出去算个卦。你们要是实在破不了案，上大桥下，找那测字的张半仙儿给看看呢，很准的。"龙大章说："我不信那个。"朱丽雅说："都说很准呢，我们去算算？就当休闲嘛。"

三人边谈论博物馆闹鬼边向张半仙的测字摊儿走。到了跟前，就见刘尔贵和于海平早排在张半仙的黄牙子旗下。

张半仙给一个姑娘测完，轻捻胡须，微展长袍："呵，各位都要测个什么字啊？"刘尔贵把"赢"字递上："我喜欢打麻将，就测个'赢'字吧。"张半仙沉思片刻道："'赢'，'亡'字当头，要居安思危啊！度过当前，即有财运。"

刘尔贵说："老先生，就这么简单啊？那我可不给卦钱。"

张半仙没理刘尔贵，对于海平说："先生，你测什么？"于海平说："我靠打官司吃饭，也测个'赢'字吧。"张半仙眼睛微闭道："'赢'，'口'字居中，你正在犯口舌之中。要学会弃旧图新，才有出路。"他睁开眼睛问龙小晴："这位女士，你测什么？"

龙小晴说："小晴我当导游的也靠嘴巴吃饭，也测个'赢'字吧。"张半仙轻捻胡须道："'赢'中有月，名中有月，你在用时间来赢得心上的人，可你的心上人却若即若离啊。"张半仙问朱丽雅："那位女士，你测什么？"

朱丽雅看龙大章一眼："爱情上，我再也输不起了，也测个'赢'字吧。"张半仙掐指查数，念念有词："'赢'，'贝'字居下而位轻，左有朗月右无星。主财富不旺、婚姻受阻、前程有灾啊！"他手指龙大章："这位小哥，你测什么？"

龙大章看着这个测字老头可笑，便故意道："我争强好胜，也测个'赢'字吧。"张半仙羽扇轻摇："'赢'，'凡'字煞尾，月满则亏，要有一颗平凡之心，适可而止之意，否则会危机四伏、性命堪忧啊！"龙大章问："老先生，为什么五个人所测字一样，解释起来又不一样呢？"张半仙缓缓道来："按序取数，以偏概全，执着一念，因果显然。今天权当游戏，卦资分文不取。"

别人再问时，张半仙双目紧闭，不答一言。五个人面面相觑，各自揣着不同的心思走了，张半仙目送他们很远……

3

深圳来的郝子强投资大师报告会在会展中心隆重举行，这一消息在龙城晚报社激起了不小的浪花，记者和编辑们被年收入十二倍的宣传所打动，纷纷放下手中的采访本，等待着郝子强大师指点迷津。

陈立言组织的采前会给人们泼了一盆冷水："赢，我们每一个人都想赢，能赢吗？最近，有一种不好的风气弥漫我们报社，那就是'股疯'。看看吧，一个个的气色——嘴唇发干，牙花子焦臭，精神萎靡，稿件平平，心思都用在股票上了，采访能干好吗？前年的股市是火，就像我们放的烟花，腾的一声，光辉灿烂，转眼之间踪影皆无……美祺，你说是吧？"

姜美祺站起来说："陈总批评得对，我们是新闻工作者，新闻意识不能那么差，作为记者部的负责人，我首先自我检讨，前些日子的爆炸案我没将出头绪，还有踩踏事件也没有采写……"

一男记者说："姜主任，我被踩了。"

众人哄笑，陈立言脸拉得比驴脸还长，接过话题："一些人就知道闭着眼睛混日子，盲目和盲从都是要不得的。有人向郝子强大师进行现场投资咨询？我宣布，从今天开始，发现谁在工作时间炒股，一律扣除三个月奖金。现场投资咨询大会，谁也不许去！"

二十几名记者走在走廊上，言论声四起："还扣奖金呢，那点儿一脚踢不倒的奖金谁在意啊？""就是，万言不值一杯水的。"姜美祺没有理会这些议论，她答应和龙小晴去买服装呢。

龙城商厦，姜美祺对龙小晴说："小晴，差不多就行了，逛了两小时，脚都起泡了。大章我们刚从凤城回来，你就不能让我歇歇啊？"龙小晴一惊："你和我哥上凤城了？直帆知道吗？"姜美祺说："去了，一惊一乍的，还有那警花呢，为了工作。"龙小晴提醒道："美祺，你是结了婚的人了，得注意影响。"姜美祺奇怪地问："结了婚怎么了？不能交朋友了？不能见同学了？"龙小晴说："不是不能交，得避嫌，我是说不了你了。"姜美祺说："那就别说了，还是说你的包装吧。"龙小晴说："七年了，子强从改革开放的前沿——深圳回来了，那可是大城市，会笑我土的，得帮我买件像样的。"

姜美祺说："说是女为悦己者容，其实，很多男人根本不在意你的衣服和发型，有时是老孔雀开屏——自作多情。比如说这次凤城之行吧，我换了发型，我五次提醒龙大章看我的变化，他说我换衣服了，你说心大不？"

龙小晴说："张口大章，闭口大章的，既然这么痴情，为什么嫁给赵直帆？"姜美祺说："谁痴情了？这会儿，人家不一定跟谁打情骂俏呢。你说这男人天天瞪着两眼珠子不知天天想什么呢？"龙小晴说："这个我知道，比如我哥吧，主要想为民除害，稍带闲时也想想媳妇。子强主要想赚到大钱，稍带闲时也想想媳妇。"姜美祺说："这些坏男人，快走吧，火车要进站了。"

龙山火车站外，背着大包小包进出站的人络绎不绝。龙小晴站在出站口，一边看表一边抻脖子踮脚看。又一波人涌了出来，郝子强拉着大包小包走出出站口，左右地张望。

龙小晴挥手："子强——"郝子强挥手："小晴——"他拉着包向外跑，龙小晴迎过去，两人跑到一起，停顿了一下，紧紧地抱在了一起……

姜美祺按动快门，记录了这一幕。出站的人看着他们，他们像塑像一样一动不动……姜美祺感叹道："哎——目中无人啊？"说完，走了。

来到契丹王府博物馆龙小晴宿舍，郝子强和龙小晴手拉手坐在床上互相端详着。郝子强捏捏她的脸："你都瘦了。"龙小晴把他手拿开："我这叫衣带渐宽终不悔。你，老了。"郝子强从箱里往外拿东西："我这是为伊消得人憔悴。辣酱，南方货，又香又辣。"龙小晴接过辣酱："这些年在外打拼吃了不少苦吧。"郝子强大咧咧地说："没什么，男儿当自强，现在总算出头了。"

龙小晴问："这几年都在干什么呀？"郝子强平静地说："说来话长，一言难尽。要过饭，当过门童、服务生，开过小吃部，摆过地摊儿……用一个词来说，就是一牛粪——像牛一样个人奋斗。现在终成正果了，我们五个南下的朋友成立一个投资咨询公司。"龙小晴问："具体干什么呢？"

郝子强说："风险投资。"龙小晴说："不懂。"郝子强解释道："具体地说，自己炒股，指导别人炒股，替别人炒股，还有期货，买空卖空……"龙小晴说："我听美祺说风险投资风险可大了，她单位好几个都炒赔了，还有两个人把股都炒没了。"郝子强笑了："不是炒没了，是炒退市了。外行投资害死人啊！这就是我能成为大师的原因。"龙小晴拉着他的手说："走吧，我哥和美祺等着给你接风呢。"郝子强满脸涨红地说："不，让他们等着……"他直视着龙小晴，龙小晴脸红了，他突然把龙小晴紧紧地抱住了，龙小晴依偎在郝子强的怀里，眼泪流了出来……

龙城农家乐私房菜，欢声笑语，菜肴丰盛。龙大章满脸高兴地说："子强，漂了七年，你可回来了，你爸妈想你都快想疯了，天天到村口看你回来没有。来，我们喝一杯。"姜美祺说："还有小晴，已经疯了。来，干了。"

四个人高兴地喝了一杯，龙小晴说："接下来，这有几盘青菜呢，别拿我开涮。"姜美祺说："不是吗？小晴天天上车站那儿抹泪，别人都认为她精神出了问题呢。"郝子强愧疚地说："小晴，是我对不起你，七年了，我应该早回来看你。"龙大章说："这回总算团聚了。小晴，该高兴了吧？来，一起再喝一大杯！"姜美祺说："你们喝得太猛了，我可喝不下去了。再说，为了你们的团聚，我喝多了算哪门子事儿啊？"

龙小晴说："不喝不喝吧，晚上直帆还要招待呢，留点量，我让服务员给你们上饭。"姜美祺说："小晴就是懂事儿，这么多年他是你的精神支柱和坚强后盾。子强，这回回来可不能走了吧，你和小晴把婚事办了吧。"

郝子强难为情地说："美祺、大章，我不能停留，晚上见见直帆他们，明天上午有个现场演讲，下午就得飞回深圳。"龙小晴把筷子一搁，脸一沉："怎么那么急呢？你不是说你发财了吗？你不是说发了财就回来吗？"郝子强把筷子给龙小晴拿起来，赔着笑说："小晴，你不懂，我那点小钱儿也就百八十万的，在富人眼里就相当于毡子掉根毛，和我的目标差十万八千里呢！"龙小晴不悦地说："百八十万，小钱儿？钱钱钱，这钱可把人害苦了。"

龙大章和姜美祺看了看龙小晴，龙小晴怔怔地看着桌子上的菜，她放下筷子，眼泪就下来了……

吃过午饭，龙大章和郝子强并肩走在龙城大街上。郝子强说："大章，我得谢谢你。"龙大章问："谢我什么？"郝子强说："在凤城，要不是你，我可能已经没命了。"龙大章说："太客气了，我们从小光屁股一起长大的，不能说谢谢。"郝子强说："大章，还有一事相求。凤城的事，不要和别人说起……"

龙大章说："这个啊，我明白，你已经成为大师了，要多栽花，多说过五关、斩六将的事儿。不过，我还有一事想问你，在凤城，你被拉入的那个贩毒组织的头目是谁？"郝子强眉头深锁："开始是个姓李的小头目管着我们，后来听说真正的大头子叫什么猫爷……我没见过。"龙大章问："猫爷……大黑猫？姓啥？"

郝子强想了想说："好像是姓胡吧……那些人、那些事我再也不想回首了。"

大黑猫确定还活着，这个消息让龙大章重新看到了希望，他感觉赫顺的事儿又有了转机，那个死了的赫顺是不是就是警方要找的"东北新干线"的核心人物呢？

4

黄昏时分，路灯初亮，张半仙正在收拾卦摊，一个络腮胡子的人左顾右盼后匆匆忙忙地走过来，扑通一下跪在张半仙面前。

张半仙赶紧看了看周围："黑猫，你不要命了？"大黑猫低声说："大哥，没有你，我要命何用？"张半仙看了看左右，压低声音说："黑猫，不是说好了三天后找我吗？"

大黑猫说："大哥，我实在憋不住了，弟兄们群龙无首，都等你指方向呢。"张半仙说："这里不是说话的地方，在后边跟着我。"

张半仙说完，拿起测字的道具向前走去，大黑猫悄悄地在后边跟着。二人一前一后进了那处豪华住所，走进阴影里，张半仙阴沉地说："说吧。"

大黑猫又一个响头磕了下去："大哥呀，去年，我秘密联合手下弟兄想除掉背叛你的刘大侃，没想到被卧底的警察龙大章救了，刘大侃便让保镖们把我溺死在江里……"

张半仙冷冷地说："这个过程我都知道了。"大黑猫接着说："刘大侃见我已死，也没验尸，就回去了。我手下的两个兄弟偷偷给了我一个刀片，我割断绳子跑了。后来想趁毒品交易杀了刘大侃，可那个卧底龙大章跟着他，没有得手，只好联系碧鸡山的兄弟们反了水。刘大侃势败时，他的人、枪和毒品都归了我，我们到外国避了大半年的难。"

张半仙阴沉地问："为什么才来找我？"大黑猫说："当时怕走漏风声被刘大侃追杀，又怕擅自行动被大哥按帮规处理，就在凤城潜伏着。后来，公安追查得紧，我只好召集弟兄们零打碎敲地单干，终究没成大气候，就来找大哥了。"张半仙冷冷地说："我苦心经营了半辈子的'东北新干线'，败在了你和刘大侃的手里。事业没干太好，却各揣心腹事，各挖各墙脚。来人，把这个造谣生事的小人给我弄死喂狗！"

黑暗中冲出两个黑衣人，把大黑猫按在地上，明晃晃的刀子抵在他喉咙上。大黑猫吓得磕头如鸡吃米："大哥，我从小就跟着你打天下，我知道你不会杀我的。"张半仙冷笑道："兄弟，你倒是很自信，我确实舍不得杀你，虽然你坏了我的大事，杀了你也救不活刘大侃了。不过罪过记下，我要看你怎样表现。"他对按着大黑猫的黑衣人说："放开他吧。"

大黑猫起身擦了下脸上的鞋印："大哥，还是你对我好啊！"张半仙说："据我所知，你在龙城还有自己的业务？"大黑猫又跪在地上："什么都瞒不了大哥，我正准备向你汇报呢。鸡血石……"说到这里，张半仙一个眼神儿，那两个黑衣人退了出去。

张半仙说："黑猫，算你诚实，你的那个生意可以接着做，但不要影响了大局。我有一个'两头蛇'计划，等着你来实施。"

大黑猫又一个头磕在地上："大哥指哪儿我打哪儿。"张半仙和蔼地扶起他："我想把市府的会展中心利用起来，那里总有一些什么展销之类的活动，我们要在那里销售马药。"大黑猫一惊："会有人买吗？再说公安……"张半仙说："我们以赞助饮料的形式，人们会蜂拥而至的。至于公安嘛，会展中心也认钱，他们会处理好的。我们的人已经物色好销售人选，货也备好了，明天有一场郝子强投资大师报告会，可以正式试水了。"

大黑猫问："这就是'两头蛇'计划？"张半仙摇头："不，我们将来再也不用千里迢迢地运输毒品了。"大黑猫问："洗手不干？"张半仙说："不，我们要就地取材，就地制取，就地销售。我知道，你那里这方面的人才有的是，招集起来，'东北新干线'少不了大西南。"大黑猫问："这才是'两头蛇'计划？"张半仙点了点头："准确地说，只是'两头蛇'计划的一部分。好啦，兄弟，我给你接风洗尘。"

大黑猫的出现，使神秘人不再神秘，这个躲在阴暗角落里兴风作浪的糟老头，就是"东北新干线"的掌舵人。他出没在龙城的大桥下，洞察着龙城发生的一切……

5

大辽绿都，流光溢彩，豪华典雅。门童在不停地喊着："先生，请！女士请！"

叭，十几个酒杯碰到了一起。龙大章扫过赵直帆等一群同学的手和脸，十几个同学围在一个很大的圆桌边。郝子强坐在首席，赵直帆和龙大章一左一右。

赵直帆站起来说："各位同学，今天我们略备薄酒素菜，隆重欢迎我们亲爱的郝子强同学荣归故里，让我们一齐干杯，祝贺子强和小晴再续鸳鸯蝴蝶梦！"

"干——"全体一叫，把一大杯酒都干了下去。

郝子强站起来激动地说："感谢同学们的盛情，我出身寒微，又没考上大学，你们对我不离不弃，尤其是小晴……我走出龙山，要开创我自己的事业！到那时，我请同学们组团到我那参观、考察、旅游！"

"好——"众人又闹哄哄地干了半杯。

吴寄瑶说："子强，干脆你和小晴结了婚再走吧？"郝子强说："那可不行，用你们文化人的话说，出师未捷，壮志未酬，岂可家为啊？"赵直帆不知是真醉还是假醉，撇嘴道："大师？出口转内销……就成大师了……现在所有的骗子都可以叫大师……"

姜美祺用眼睛瞪赵直帆，同学们开始交头接耳。一男同学趴在吴寄瑶耳边小声问："是不是要AA制出钱啊，这大馆子……"吴寄瑶小声告诉他："小男人，瞧你那点儿出息，赵公子会安排的，你就咧开嘴巴、敞开肚皮吃吧。"一女同学嘴一撇："你看人家这境界，你看你，职业没有，事业没有，开个破'刀切馒头'（出租车），孩子可没少生。"那男同学惭愧地说："人比人得死啊……人家都是投资大师了……"

郝子强和龙小晴都是喝醉了出来的，他们走上龙城大桥，凭栏向下望去，下面是灯火阑珊的龙城。

龙小晴停下来，仰起脸问："子强，明天必须回去吗？留在龙山不行吗？"

郝子强抱住龙小晴说："小晴，我们的祖祖辈辈生活在龙山，可是，龙山给了我们什么呢？贫穷。走出去，我才发现，什么叫井底之蛙，什么叫天外有天。"

龙小晴推了他一下："直帆的酒话你没生气吧？"郝子强说："我觉得他说得有道理。可是，如果我成功了，我就是真正的大师；如果我失败了，我就是骗子。"龙小晴问："你不回来，我怎么办？"郝子强说："我就是回来，也不能这么灰头土脸地回来，我要让你过上想要的生活。"龙小晴问："你知道我想要什么生活吗？"郝子强说："想买什么衣服不怕贵，想住什么房子不怕交不起物业费。"龙小晴说："你错了，我现在觉得挺好。"郝子强说："你变了，你过去最想穿好衣服、住暖房了。"

郝子强的话让龙小晴想起了十年前的学生时代。在龙山伏龙石上，郝子强问小晴："你长大了想要什么样的生活？"小晴答："穿上芙蓉姐姐那样的花衣服，住上大楼房。"想到这儿，龙小晴喃喃地说："世界在变，我们在变，变得让人感到害怕……"

赵直帆是在喝得烂醉后被姜美祺拖回家的。赵直帆这状态有两个原因：一是他被停职检查，最终处理意见还没下来；二是姜美祺对他关心很少，又和龙大章上了凤城让他上火。

他的醉一半是喝的，一半是装的，所以，一进门，就躺在地上喊："美祺……我得和你好好谈谈了。"姜美祺边往屋里拖他边问："谈什么？"赵直帆嘟噜着舌头问："我到底……还是不是你……男人？"姜美祺答："从法律角度是啊。"赵直帆说："你骗我……说外地采访去了……可你却陪龙大章度假，你……怎么解释？"

姜美祺说："说我采访去了，没错；说我和龙大章在一起，也没错。我是去凤城采访龙大章、朱丽雅卧底的英雄事迹。关于我的自由，我们是有君子协定的。况且，一起去的还有朱丽雅。"

赵直帆趴在床上嘟囔："君子……协定，小人……行为，这叫……名义夫妻！这对我……太不公平。"姜美祺把他翻过来说："直帆，如果你半年的考验期都不能通过，怎么能经得住一辈子的考验呢？"赵直帆说："你直接把我架锅腔子上烤得了……冷血！没人性……"他嘟囔着，睡着了。

6

龙城市会展中心像整装待发的航母。晨光中，人们纷纷挤进这座船形大厦。会展中心近两千个座位，座无虚席。前上方的"郝子强投资大师报告会"显示着今天的主题。两层楼的进门处和楼梯口都有穿着整齐的小姑娘在发放免费饮料。

郝子强盛装出场，掌声雷动。他向台下的观众挥了一下手："都说股海际无涯，我自横刀斩黑马。龙城的广大投资者们，你们好吗？！"

刘尔贵和时猴子的"不好"刚一出口，就被众人海啸一般的"好"盖了下去。龙小晴站在排后，看见这么火爆的场面，也禁不住拍手落泪。

两个小时后，一场投资大师报告会在狂热和掌声中结束了。龙小晴送郝子强到龙山火车站时已夕阳西下，他们混在背着大包小包进出站的队伍里，全然没了大师的风采。

刘尔贵推着水果车路过火车站前，前后左右地看看，看见龙小晴和郝子强过来，他快速地像做贼一样塞给他们两袋水果，给钱也不要。正在和龙小晴推让时，城管的车开了过来，刘尔贵骑着三轮车向小胡同跑去……

龙山火车站前，时猴子坐在台阶上望着进出站的人们，看见刘尔贵的狼狈样就笑了。突然，他的目光停留在龙小晴拿钱的手上，那是郝子强的讲课费。

龙小晴把那叠钱又塞回郝子强手里："你讲课赚的，你拿着，半路买东西吃，别再当苦行僧了。"郝子强把钱推了回来，深情地说："这是我留给你的一点心意，大师还缺钱吗？七年前，我身无分文，也到了深圳。回想起来，一个没钱的男人简直连人……都当不好。"龙小晴深情地说："在外要照顾好自己，不要为了钱不要健康。"

郝子强咬着牙说："小晴，我也不给你打钱了，公司正是用钱之际，你等着我，用不了两年，我完成原始资本积累就回来找你，你上我那儿去也行。"龙小晴说："我到你那儿去能干什么呢，不行呀。"郝子强说："小晴，我该进站了，再见。"龙小晴挥手道："再见！"

　　郝子强向前走了两步，又折了回来，两人紧紧抱在一起……然后，他毅然地向前走去，头再也没回。时猴子悄悄地出现在呆立在那里的龙小晴身后，龙小晴那叠钱轻松地到了时猴子手里。

　　这一承载着龙小晴希望的男人又像航船一样起航了，她深情地望着他，直到他消失在自己的视线里……

　　火车站旁边的一个小胡同里，时猴子漫不经心地哼着小曲儿向胡同里走去，一辆卖水果的车挡住了他的去路。

　　刘尔贵一脸严肃坐在车座上："交出来！"时猴子问："说什么呢？"刘尔贵严肃地说："我说你把刚偷龙小晴的钱交出来！"

　　时猴子不满地问："为什么啊？她是你大姨呀？"

　　刘尔贵一脸正气："你说为什么？从大处说，我是正义的，你是邪恶的；从小处说，咱们都是一个村的，她是我妈的学生、我过去的同事，对我家不错。"

　　时猴子咧着嘴说："知道为什么偷她吗？我十二岁时偷个破自行车，就是老郝头和老龙头带头把我赶出村的。不然，我能在这儿当半辈子盲流吗？"

　　刘尔贵说："那是你自己王二小放牛——不往好道上走！说别的没用，交！"

　　时猴子也恼了："我就不交，你能怎么着吧！"刘尔贵啪一个大嘴巴抽在时猴子脸上，时猴子摸摸火辣辣的脸，刚想还手，一想不是刘尔贵的对手，只好嘟囔道："昨晚真没做好梦，一早就碰见你个倒霉鬼。"说完，把钱扔在水果车上走了。

　　刘尔贵向车站那儿望去，那里已没了龙小晴的踪影。

7

　　夜色中一团黑雾笼罩着那处豪华住所，阴暗的灯光下，醉醺醺的三个人，张半仙、金疤癞和大黑猫在阴影里更像三尊古物。

金疤痢得意地说："大哥，利用这次郝大师投资会，武玉鹏的人已经发放五千多盒饮料。只是这样，我们赔本赚吆喝啊。"张半仙说："继续发，十天后就会见收益。"金疤痢不解地问："大哥，还有，要是按你的路子，就地取材，制作毒品必备的麻黄素到哪儿找去？"

张半仙讪笑道："疤痢，你已经落伍了。我们的超级毒师已经研制出一种麻黄素的替代品，成本低、纯度高、效果好，一次吸食，终生难戒。"

金疤痢惊道："那么厉害！"

大黑猫听到这儿恍然大悟："噢，我明白了，碧鸡山那两个毒师是大哥的人，我就说嘛。"张半仙不动声色地说："你是说我对你的一举一动掌握得那么清楚？如果我没两个人，我还是你们的大哥吗？"

金疤痢倒吸一口凉气："大哥，原来你早就知道黑猫还活在世上。"张半仙微笑着点了点头："我在观察他心中到底还有没有我，他来了，我就不和他计较了。"金疤痢也不知张半仙说得真假，若有所思地说："大哥，你就是光杆子一个人，也永远是我的大哥。"大黑猫赶紧接茬："那是，大哥就是大哥大。"

张半仙看了他俩一眼说："二位，别恭维我了，越是急于表白的越不可靠。"金疤痢和大黑猫扑通一下跪在地上，齐声说："大哥明察！"张半仙扶起他们说："好啦，说正题。黑猫回去后，立刻带着毒师过来。我在北山有个废弃的工厂，疤痢带人去收拾一下。我们的工程就要开始了，我们要形成一种龙城模式，以后在全国遍地开花。"

大黑猫恭维道："还是大哥有远见卓识。"张半仙说："二位，以后我们还是要靠两条腿走路，疤痢是我的明线，黑猫是我的暗线。黑猫，你即刻动身回去准备，我要和疤痢下一盘棋。"

金疤痢的棋术实在和张半仙不在一个段上，半个时辰，已连输三局。

张半仙问："疤痢，知道为什么总输吗？"金疤痢谦虚地说："请大哥指教。"张半仙说："你原来输在太在乎一地一城的得失上，现在输在没有思路盲目扩张上。"

金疤痢说："大哥，趁着大好的刺激政策，我们正好乘势而上啊。看见煤炭企业日进斗金，钱胖子眼睛都红了，听说他想卖出宏运奇石城，进入煤炭业。"

张半仙眼睛一亮："有这事儿？那让他用宏运奇石城置换我们的龙山煤矿不就得了吗？"

金疤瘌说："大哥，钱胖子的宏运奇石城在去年被公安打击后，一蹶不振，处于亏损状态。再说，我们龙山煤矿的销售一直由李秃子垄断着，如果卖给了钱如意，势必引起新的矛盾。"

张半仙说："疤瘌，你也跟我混了半辈子，龙山煤矿，设计开采能力一百年，在现代机械化作业下，实际可开采十二年。现在多少年了？刚好十二年，主巷道、深煤层已经开采完毕。但是，钱如意不了解这些情况。至于宏运石头城，分谁经营。盛世收藏，石价暴涨，你想不发财都难。"

金疤瘌行吗赞叹道："嗯，大哥就是大哥。"张半仙放下围棋："你去找个煤炭专家，在新闻媒体上发个'龙山煤矿步入黄金开采期'之类的稿子，就会有很多人对我们的煤矿感兴趣，你再散布一些还贷压力过大、准备把煤矿抵给银行方面的言论，钱如意和李秃子这两只苍蝇就会闻风盯上来。"金疤瘌应道："我马上去办。"

龙城的车流形成一道飞速流转的光影，正如龙大章匆匆的脚步。就在大黑猫和张半仙等人密谋着"两头蛇"计划的时候，龙大章也在追寻着大黑猫的踪迹。

在查看龙城的主要街区摄像头后，他与凤城方面不断联系。他正苦于无线索的时候，凤城又来电话了。他一边接电话一边向刑警大队走："大黑猫确定没有死……对，碧鸡山失踪的人就投靠他了……好，李局，有什么情况，我们互通……"

来到刑警大队，他正要和师傅汇报大黑猫的情况，却见师傅正冷冷地看着他："大章，听说你是和朱丽雅、美祺一起去度假的？"龙大章答："是，碰巧赶到一起了。"姜长庚一脸冰霜："不管是碰巧还是有预谋的，都要注意影响，你和丽雅都是警察，美祺是有家的人。"龙大章说："师傅，我会注意的。"姜长庚说："叫周队一起到我办公室来。"

周至祥也来到了刑警队长室，与龙大章互点了头，二人谁也没有说话。

姜长庚站起来说："二位，龙城最近发生了很多事情，光是宏运公司和平原公司就打得不可开交，我们采取了一些措施遏制了这种势头，但是，要让龙城长治久安，我们还要做很多工作。请你们各抒己见，拿出一些办法来。"

周至祥说："俗话讲，人随王法草随风，我看有必要对这些违法犯罪行为采取高压态势，只要他敢露头，就给我往死里打。宽松政策解决不了任何问题，对两公司的责任人，只拘留几天，不足以震慑他们。"

姜长庚说："听说钱如意的宏运奇石城已经与金贵的龙山煤矿达成了置换意向，这一次的变动，事关平原集团，还会引起一些动荡，我们要先行预防，伏龙区再也出不起事了。"

龙大章说："我同意周副大队加大打击力度的意见，对涉黑、涉黄、涉赌等严重影响社会安定的因素就要根除。但是，龙城治安的根本在于区别对待，从根本上解决问题。这就要我们及时地破获犯罪集团做下的所有案子，让违法犯罪得到及时有效的处罚，对于最近发生的几件事，要挖掘出案件背后的东西，否则，治标不治本……"

一阵鞭炮声打断了龙大章的话。宏运石头城门前鼓乐齐鸣，气球升空，龙山煤矿置换宏运奇石城签字仪式在这里隆重举行。

于海平身着西服，兴奋地宣布："各位领导、各位来宾，今天我有幸见证了龙城市两大实力集团的资产置换活动。龙城宏运奇石城的地产及藏石评估总值一亿两千万元，龙山煤矿评估总价格一亿四千万元。双方自愿以找差价的方式置换。下面，有请宏运公司董事长钱如意先生、天创集团总经理金贵先生代表置换双方签字。"

在一阵热烈的掌声中，钱如意和金疤痢微笑着走上前，在签字台上签字、握手、合影。姜美祺等记者的镁光灯不断地闪着，围观的群众议论着。

两家公司就这样以迅雷不及掩耳之势完成了资产置换，让业内人士百思不得其解。钱如意想的是换个钱模子，还能控制李明鑫；张半仙想的是把废弃矿出了手，制造钱李二人的矛盾。双方皆大欢喜，自然快速成交。

　　紧接着，新的矛盾产生了。这边签字的字迹尚未干，龙山矿区选煤场上手持棍棒的两伙人已经对峙起来，气氛像待爆的火药筒。宏运公司的吴寄山和平原公司的大裤裆像两只斗架的公鸡，脸红脖子粗地互相比画着。

　　吴寄山说："你们还讲不讲理？从现在开始，龙山煤矿归宏运公司了。"

　　大裤裆指着吴寄山鼻子："这你跟我说不着，龙山煤矿一直由我们销售，规矩不能坏了。以后，还得按过去价保证我们的销售指标。"

　　吴寄山把大裤裆的手一扒拉："这还强买强卖了？大裤裆，你听，那边的鞭炮声、锣鼓声，是我们钱总在和金老板签订合同。你看，这是购买龙山煤矿合同的复印件。"他拿出两张纸在大裤裆面前得意地晃。

　　大裤裆傲慢地笑道："哈哈哈——这玩意儿，我瞅瞅？"他抢过合同说："上厕所都不好使，纸硬。"他把合同撕得粉碎扔在地上，吴寄山赶紧捡地上的碎片儿。大裤裆手一挥："弟兄们，装车！告诉你们，骂不还口，打，一定要还手！"

　　吴寄山手握铁锹，一马当先："我看谁敢！"大裤裆啪一个大嘴巴打在吴寄山的脸上。吴寄山捂着半拉脸喊："你敢打人？"大裤裆扯着吴寄山的衣领："打人怎么了，我看你小子是站错了队。你要是站在李哥这一方，你算个汉子。可是，你靠你妹妹的关系站在了钱胖子那一方，你算什么东西，敢跟我对话？弟兄们，给我打，打死我偿命。"

　　话音刚落，两伙人就打了起来。吴寄山像一头暴怒的狮子抡棍便奔大裤裆而来，大裤裆一棍子打在吴寄山的腿上，吴寄山哎哟一声，倒在了地上……

　　那处豪华住所，张半仙站在阳台上，一边喂着发财鱼一边向下鸟瞰，这个城市总有一层雾，这是他最喜欢的格调。

　　金疤瘌匆匆地进了屋报告："大哥，听说合同还没签完呢，两伙就打起来了。"

　　张半仙慢悠悠地说："这就是效果！地产、矿产 两块肥肉，打成肉干，然后打成骨头，就自己倒下了。"

　　金疤瘌伸出大拇指："大哥，我太佩服你了，独占着娱乐业这块宝地，向藏石业进军，走得总是那么稳健。"

张半仙平静地说："疤痫，你想过没有，现在，我们是把持着娱乐业。这娱乐业听着挺好，其实是吃人家剩的肉渣，是有些部门取财的机器。现在什么能一夜暴富？地产、矿产。所以，地产、矿产才是我们永远的目标。"

金疤痫说："是。坐山观虎斗？"张半仙拳头握得紧紧的："不，进攻是最好的防守，天赐良机，向地产业进军的时候到了。"

8

大辽绿都九八八餐室的灯忽明忽暗，钱如意得意地喝着金骏眉，吴寄瑶很失落地望着壁画。桌上摆着四个菜，谁也没动。

钱如意色眼迷离地看着吴寄瑶："寄瑶，吃吧，别犯愁了。你哥被打伤住院的事儿好办，不就是钱吗？只要是能用钱办成的事儿，在我钱某人这儿就不叫个事儿。明天上财务先支两万，交到医院。现在这医院，治病如烧钱。"

吴寄瑶气愤地说："怎么就说到钱啦？我哥住院不是钱的问题。"

钱如意直了直身子："还有比钱重要的事儿吗？我这也是好心办坏事儿啊！本想给你哥安排个赚钱的差事呢，让他管销售，这还出事了。"

吴寄瑶焦急地说："我是说，不能饶了打伤他的人！"钱如意点了下头："噢，好说，先干三杯。你哥那儿，冤有头债有主，我会和李秃子算账的！"

钱如意边和吴寄瑶碰酒边醉眼蒙眬地把手伸向了吴寄瑶的腰……这时，餐室门响起敲门声，钱如意的手赶紧缩了回来。见于海平进来，钱如意怒气冲冲地说："欺人太甚！于大律，平原公司，有啥办法整治一下啊！"

于海平无奈地说："钱总，李明鑫从十五岁出来混，在凤城参加过黑社会性质的组织，也是老痞子了，我们和他斗，不如惯着他。正所谓多行不义必自毙，会有人收拾他的。"

钱如意吼道："人贱有天收，你意思是等着让老天爷收拾他啊？老天爷在哪儿呢？于大律，你给我说说。你的任务是让他们几个进监狱，在那儿给我把牢底坐穿，明白吗？"

于海平诺诺应道："好，公安正在查找大裤裆呢，把他收了，李秃子也就老实多了。"钱如意不耐烦地一摆手："那快去办吧！还等上菜咋的？"

就在钱如意和于海平大发淫威的时候，龙大章和李明乔已经从平原公司经理办公室出来了，李明鑫点头哈腰地送出他俩老远。

龙大章严肃地说："李明鑫，要是有他的消息，你马上告诉我，不要包庇。"李明鑫说："那是，那是……据我所知，好像你们周队负责这个案子。"龙大章说："不管谁负责，都不能包庇！"

李明鑫送走龙大章，回到公司经理办公室，打开壁橱，大裤裆从里面满头大汗地爬了出来，大口大口地喘着粗气。李明鑫递给他一条毛巾，大裤裆用毛巾擦着汗："龙大章走了？他要是再坐一会儿，就把我闷死了。"李明鑫拍拍他的肩："兄弟，多悬啊！你想进去不？我找人问了，也就判个三年五载的。"

大裤裆一愣："我？那地方我刚出来……大哥，你是不是在怪我啊？"

李明鑫说："兄弟，怎么能怪你呢？我得奖励你呢！咱们现在就要立个棍，给那些想和咱们争煤源的人看看。收拾吴寄山，那是杀鸡给猴看，让钱如意不敢轻易动我。"

大裤裆点头道："那是，不能惯着他们。"李明鑫叹口气说："不过，咋也得有人进去，钱如意那儿盯得紧，指名告你，还要把我也拖进去。"大裤裆慌了："李哥，那咋办？"李明鑫说："周至祥那儿好说，只要钱儿到位。你不想进去可以，得找个人顶钢（替），再把他家人安排好，用多少钱，我出。刑警大队那儿，我找人。"大裤裆说："好，按李哥说的办。"

刑警大队副队长室，周至祥一边看案卷一边摆弄着鸡血石雕件。

李明乔进来报告："周队，打坏吴寄山的嫌疑人前来自首。"周至祥抬起眼皮："噢？挺明智啊。他叫什么？"李明乔说："他说叫季小军。"周至祥放下雕件："带到审讯室，我一会儿去讯问，你准备给他做笔录。"李明乔答应一声出去了。

周至祥正在换警服，电话响了："嗯？李总……你说……又要故伎重演啊？秃子，我可跟你说，受害人家属要是盯着，我也没办法……你办？知道了……看情况吧。"他放下电话，嘴角上露出一丝浅笑。

晨光照在周至祥疲倦的脸上，周至祥打了个哈欠，在桌子跟前摆弄着手铐。

龙大章进来了："周队，我听说吴寄山被打伤案，伤害者定成了季小军？"

周至祥冷着脸子说："是在问我吗？龙副大队，从组织排名上看，你应该排在我后边吧，怎么想插手我办的案子了？季小军主动投案，所述案情和我们调查的情况一样，所用凶器与法医鉴定的受伤情况吻合……我办案子是不是得向你汇报啊？"

龙大章说："可是，吴寄山明明看见是一个外号叫大裤裆的人打的。"

周至祥说："他说啥就是啥啊？"龙大章说："干活的人也能证实这一点。"周至祥不耐烦地说："季小军打伤吴寄山也有两个证人。"

龙大章说："是大裤裆的同伙吧，他们已经串通好，能采信吗？"

周至祥抖抖手铐："大章，现在是我连夜办案！你去抓大裤裆了吧？你要知道自己的身份，你这次违规办案，我就不和上边汇报了，可你要自律！"

龙大章说："谁办案也得尊重事实！我宁可违规，也要把大裤裆捉拿归案！"周至祥和龙大章怒目对视了一下，龙大章气愤地向外走去……

一辆黑色轿车停在煤场子外，龙大章和朱丽雅坐在车里监视着煤场子。朱丽雅问："大章，你说大裤裆一定会来？"龙大章说："我想会来的吧。他现在认为有人顶罪，自己没事儿了。"

正说着，一辆车驶了过来，直接向煤场子院内开去。龙大章说："这就是大裤裆的车，跟上。"

大裤裆的车径直开进了院里，朱丽雅的车在门口被看门人拦住，龙大章只好出示警察证。正要进屋的大裤裆看见门口的龙大章，撒腿向后门跑去。龙大章和朱丽雅下车就追，在院后的一片密林里，大裤裆消失了……

吴寄瑶正在家里试衣服，小金子在旁边打量着："吴姐穿啥啥好看，天生一个衣服架子。"吴寄瑶高兴地说："小丫头，就是会说话。"

这时，吴寄瑶电话响了："你说你是谁？大裤裆？"大裤裆说："是我。"吴寄瑶横眉立目地喊："你打坏了我大哥？你个混蛋，我和你没完！"大裤裆说："别骂了，妹子，是我不对，我管你叫奶奶都行，咱们还是商量点事儿吧。"吴寄瑶说："骂你怎么了？我就要把你盯进去！"大裤裆说："别呀，我们的人已经进去了。你哥的事儿，我安排，好好治疗，别留下残疾，治好了，我再给他五万元，欠我的三万元也不要了……你看怎么样啊？"一听这话，吴寄瑶的声音缓了下来："我……得和我哥商量……考虑考虑吧。"大裤裆说："妹子，你同学龙大章那儿，你和他说说？别盯住我不放了，多个朋友多条路……我这就叫人给你送款去。"

吴寄瑶有气无力地按了电话，想了一下，她又拿起了电话："大章啊，我哥那事儿先等等吧……有人进监狱，也有人出钱就行了……行了，别找局领导了……多谢你啊！"

小金子听完电话，不无羡慕地说："吴姐，你现在可是要风有风、要雨有雨啊！我啥时能混得赶上你呢？就是死也知足了。太晚了，我得回去了。"

吴寄瑶拿起一件裙子塞在她手里："小金子，把这件裙子拿去，姐送给你的。"小金子千恩万谢地走了。

电话另一端的龙大章郁闷地放下电话，坐在刑警大队办公桌前的阴影里沉思着，钱如意、李明鑫、金疤癞、大裤裆、吴寄瑶、姜美祺等人在眼前闪来闪去，他不明白这些人都咋了……

朱丽雅进来，打断了他的思路："大章，师傅叫你。"

龙大章来到姜长庚办公室，姜长庚一边看季小军伤害案案卷，一边说："大章，你坐。我叫你来是想再和你谈谈分工协作的问题。"龙大章说："姜局，你说。"

姜长庚放下案卷说："我们大队两个副队长，过去案件的事儿一直由周至祥负责，暂时还得由他负责；其他方面，比如宣传、事务等由你负责。自然，除了分工，我们还要协作。比如出现重特大案子，就得一起上。但是，小案子实行首问负责制。比如，季小军致吴寄山轻伤的案子，周至祥负责就可以了，你就不用再插手。"

龙大章争辩说："姜局，这个案子我们也调查了，有顶罪嫌疑……"

姜长庚把案卷推过来，平静地说："你再看一下笔录，吴寄山已经改口说他也没看清谁打的……"

龙大章像吃了苍蝇一样默默地回到了自己办公室，这次他找局领导要求重新调查大裤裆伤害一案，又把自己弄得很下不来台。

他回到办公室，把爆炸案和踩踏案的卷宗拿起来反复研究着，他虽然感觉到这宏运和平原两个公司之外有一股力量在起着作用，却找不到这股势力来自何方。

龙大章终于冷静下来，以他现在的处境，别说要找到潜伏在龙城的黑老大，就是捉拿一个街头混子都难……

第二十六章　黑白两道，各展神通

1

薄雾散去，龙城迎来一个明丽的早晨。迎着朝阳，敖拉倚把那盆盛开的假花搬进了屋里。楼下，一辆小厢货车开走了。

白小艺蹦跳着走过来，她好奇地看着敖拉姨的奇怪动作，迟疑地敲响了门。敖拉倚在楼上给她开了门，小艺走进去问："敖拉姨，有那么多的鲜花不养，为什么天天捧束塑料花呢？"

敖拉倚说了一句很哲理的话："只有塑料花才永远鲜艳。"说完，她向龙城大桥方向望去。她希望见到自己管家的儿子——金贵，他答应过帮她找到鸡血麻神。可一个多月过去了，别说鸡血麻神，就是金疤痢的尊容也见不到。她想到大桥下找张半仙算一卦，问他所说的"三十日可得国玉"还灵不灵验。想到这儿，她告诉小艺："自己先练琴吧，我出去一下。"

阳光照在龙城的钟楼上，那个时间永远定格在八点。龙城大桥下，张半仙的黄牙子旗迎风招展。远远地，金疤痢走过来。

张半仙半眯着眼睛说："金总，很悠闲啊！"金疤痢满脸愁容："悠闲什么啊！大哥，饮料销售势头很好，只是接手宏运奇石城后，每天赔进各种费用上千元，我们上了钱如意的当。"张半仙从容地说："我们再赔，将来还有一处房产在，钱胖子怕是要守着一个空井筒子落泪了。"金疤瘌说："没有凤城的收入，我们的财政有点吃紧，请先生指点迷津。我就不用写字了吧？"张半仙拿起一张黄表纸，在纸上写了八个小字：摆真卖假，以物易物。

金疤瘌拿起纸条看了看说："先生，我做不到啊？"张半仙说："让大黑猫移交，把凤城的业务接过来。"金疤瘌问："大哥，大黑猫在龙城还有业务？"张半仙说："是的，大黑猫以前一直单独与龙城有项业务，只有我和大黑猫知道。"金疤瘌惊讶道："真机密啊！"张半仙盯着金疤瘌的脸："我们每个人都有秘密，你不也一样吗？"金疤瘌吓了一跳："大哥，我在你面前……可是透明的。"张半仙笑道："这就是你的聪明之处。"

金疤瘌正要走，张半仙又叫住了他。他扫视了一下这个城市日益崛起的楼群说："北山基地以后叫九号地，那里准备得怎么样了？"金疤瘌说："那个废弃的木工厂已经收拾好了，两名毒师也已入驻，他们正在进行第一次测试。他们说，将来最难解决的问题是制毒实验液体和废弃液体的处理问题，时间一长，会有很难闻的气味发出来。"

张半仙沉思道："九号地人迹罕至，暂时还不会有人发现问题，这期间可打一深井进行排泄。"金疤瘌说："好吧。"张半仙向周围看了看，压低声音说："疤瘌，要想重启'东北新干线'，我们得换种思维方式了。我想让黑猫在暗线偷偷地进攻着，你在龙城大张旗鼓地发展地产，我悄悄地找到契丹宝藏埋藏地，这样三线发展，才能做好、做大、做长。"

金疤瘌皱着眉头说："大哥，进军地产，出师不利啊。"张半仙问："怎么？"金疤瘌说："市规划局局长、分管规划的副局长和科长我们刚打通，他们集体下课，全都进去了。"

张半仙说："进去了？好。不就是浪费点钱嘛，死了胡屠夫，不吃带毛猪。宏运公司和平原公司的扣儿暂时还解不开，趁他们半死不活，我们进军地产的大好机会到来了，我们需要洗白自己。"

金疤瘌嘟囔道："大哥，做地产我是外行，我只想做好我的娱乐业。"张半仙眼一瞪："糊涂。外行主导内行，这是特色。疤瘌，我们摸爬滚打这么多年，为了啥？不管白道黑道，只有步入正道，否则便是取死之道。在外人眼里，我们过去很辉煌，其实我们是在刀尖儿上跳舞，这一点你不知道吗？"金疤瘌说："大哥说得对，只是我不行。"

张半仙开导道："百万农民等着进城，地产是最大的蛋糕，你不去割一块儿，却满地找芝麻粒子。我听说规划局的城市规划有可能落在孙副科长手里，找机会挖掘一下？"

金疤瘌说："已经接触了，孙副科长软硬不吃、汤水不进啊。"张半仙说："想法接近吧，厨房有人好吃饭，朝中有人好做官。"金疤瘌说："好，我……再取规划局。"

2

赵连起家客厅，赵夫人正在吃饭，赵直帆醉醺醺地进了屋。

赵夫人一见直帆那样，开始唠叨："直帆，你可真和你爹一样，工作的事儿也不着个急。你于叔给你往市规划局活动呢，你也不知道提前去安排一下你汤叔，大中午的就喝这样。"

赵直帆大咧咧地说："提前安排？汤局过去不是常上咱家来的那位吗？"

赵夫人说："有句古话叫现官不如现管，新任规划局的汤局长过去一直是你爸的下属，可是现在今非昔比了，还是提前表示一下，去后也好工作。"

赵直帆问："那这钱？"赵夫人说："我出呗。你工作也有五年多了吧，就一分钱没攒下？"赵直帆调皮地说："老妈，有你在，我攒钱干啥，我那不是身在福中不知福吗？"正说着，赵连起进屋了。赵夫人说："哟，不是说今天中午不回来吃吗？"

赵连起一脸阶级斗争地说："是不应该回来，可是，我听小汤说你在给直帆活动，盯规划科长的位子？"

赵夫人说："嗯，你天天忙，没顾上和你说。"赵连起脸一沉："胡闹！你们简直是在胡闹！他刚受完处分，不降反升了？"

赵夫人从未见她管了三十多年的老赵跟她嚷，可是，毕竟有点心虚，就和颜悦色地说："老赵，这事儿你就装不知道吧。"

赵连起说："我是担心他干不了！"看见夫人正在瞪他，他语重心长地说："直帆，得务实了，那儿是知识分子扎堆儿的地方，你能行吗？"

赵直帆信心十足："老爸，有什么不行的？外行领导内行是特色。知识嘛，一部分是书本知识，一部分是社会知识，跟那些书呆子打交道，我轻松加愉快。"

赵连起沉重地说："你的事儿，我本不想多管。可是，你这样一说，我对你更担心了。你要通过钱如意楼房炸掉事件吸取经验教训，还有，前任规划科科长进去是前车之鉴，你要多看少说，多做少说，加强学习，提高品德……"

赵直帆打断父亲的话："老爸，放心吧，我是被窝里放屁——能闻（文）能捂（武），不用上政治课。"

赵夫人转过脸去说："吃饭呢，没正形……连起，让他锻炼一下吧。再说，已经定了，你就不要横插一杠子了。"

赵连起心想，我这当副市长的都不知道，夫人倒比自己还能办事儿。他皱了下眉头说："你就惯着他吧。"说完，拂袖而去。

工作有了着落，赵直帆的心情好多了。他醉醺醺回到新家的时候天已很晚，他开门进了屋，屋内一片漆黑。他百无聊赖地坐在沙发上想着自己的前程，门锁响了一下，姜美祺开门进屋了。二人又好儿天没见面了。

赵直帆醉眼蒙眬地说："莫道……君回晚，还有晚……回人。"

姜美祺问："直帆，又喝高了吧？"赵直帆说："能……不喝高吗……家庭没温暖……社会……没地位……质检站那儿……哥我……被开了。"姜美祺说："你被开除了？"赵直帆说："开除了……老虎拉车……谁赶（敢）？哥们儿我从屎窝挪到糖……窝了，我要当科长啦——"姜美祺摸摸他额头："这也不热啊。当科长？哪儿的科长？"

赵直帆说："这你……别管，美祺，我告诉你，你以后不要和龙大章上大桥遛弯儿了……我要当科长了，你得给我留足……面子，离龙大章远点儿……远点儿，再远点儿……他升职，是拿命换来的……我升职……轻松加愉快……"话没说完，他已在沙发上打起了呼噜。

姜美祺给赵直帆脱了鞋，盖上被，在茶几上给他放了一杯白开水，向卧室的阳台走去。赵直帆升职的消息并没有给她带来兴奋，相反，她很不安。对面是龙城大桥那闪烁的霓虹，寄托着自己初恋的地方，不知谁会在原处等她……

龙大章独自站在龙城大桥上，桥下的霓虹渲染了龙城的夜色，车水马龙的龙城风光在这里一览无余，夜间的景色迷蒙而美丽，气氛温柔如纱。龙大章无心欣赏这里的景色，他的心里有一层厚厚的雾，那就是"东北新干线"。

姜美祺上桥，逆光中，她的头发像镀了一层霓虹。龙大章看见姜美祺上来，想走，姜美祺已经在向他招手："大章，我知道你就在这里。"龙大章问："你怎么知道？"姜美祺说："我是你肚子里的蛔虫。你呢，一有犯愁的事儿就会来这里。"龙大章说："这回猜错了，我是在欣赏龙城的夜色。"姜美祺说："大章，我加班写了一部以你和丽雅为原型的缉毒英雄的电影文学剧本，怕人说外行话，你给我把把关？"她掏出一沓稿纸，递到龙大章手里。

龙大章翻阅着纸稿说："以我俩为原型？美祺，你这叫哪壶不开提哪壶。我这个缉毒英雄亲手向我至爱的家乡发了一大批毒品，可我至今没有找到这批毒品的踪迹，你说，我算哪门子缉毒英雄？"

姜美祺说："文学要高于生活，只是让你把把文学关，哪有这么多委屈。"龙大章说："美祺，这么着吧，你要是不以我们为原型，我可以帮你。"姜美祺说："痛快点不得了吗？龙大队，看你满脸乌云，本姑娘就陪你散散心。"龙大章问："本姑娘？"姜美祺说："看你那不正经的眼神儿，就本姑娘怎么了？"

二人在大桥上从南走到北，可是，再也没有过去的感觉了。

龙大章回到公安宿舍的时候已近午夜，他靠在枕头上看着姜美祺写的电影剧本《毒战》，不时地勾勾画画。突然，里面的一段话引起了他的注意，他用红笔把这段话画了起来。

敲门声起，朱丽雅进来问："大章，这么晚回来还不睡啊？"龙大章说："丽雅，你不也没睡吗？"朱丽雅说："睡不着，鲁师兄呢？"龙大章说："今晚他值班。"

朱丽雅走到床前，看了看龙大章手里的文稿《毒战》，编剧姜美祺。龙大章解释说："这是姜美祺到凤城采访后，以'东北新干线'被摧毁，以你我为原型写的一个电影脚本，让我给把把关。"朱丽雅调侃道："藕虽断了丝儿还连啊！"

龙大章没理会朱丽雅的醋味："丽雅，你看这几句台词，'我说，我什么都说，有一次，二哥喝多了说，我算什么？真正的老大你们这些小角色见不着，他是日本种。知道当年的日本鬼子不？他们的后代……'"

朱丽雅问："这几句台词有什么特别吗？"龙大章说："我分析，这里所说的老大一定不是刘大侃，因为刘大侃他们都见过。不是刘大侃，那只能是蛰伏在龙城的老大，而这个老大，极有可能就是死了的日本人赫顺。"朱丽雅不解地问："死了还怎么当老大啊。"

龙大章说："丽雅，我查了相关档案，赫顺的家乡在龙城一个偏远的山村，你明天陪我去一趟？"朱丽雅不以为意地说："就凭个文学作品猜测？"龙大章说："丽雅，不是猜测，是推理。美祺是新闻记者，在写文学作品的时候，很难脱离真实这一魔咒；还有，我问过她，说这个脚本是根据真实的审讯记录写的。"

朱丽雅沉思道："要是这么说，有些道理。只是运到龙城的毒品哪儿去了呢？"

龙大章说："这也正是我们要思考的问题。他们的老大不会轻易销毁毒品，那么，有三种可能，一是暂时存放，二是取道他乡，三是秘密销售。"

朱丽雅说："经过打击，他们会不会改邪归正、弃暗投明呢？"

龙大章说："所有的犯罪都会心存侥幸、变本加厉，没准儿他们已经把毒品工厂开在我们眼皮底下。"

穿过晨雾和上班的车流、人流，龙大章、朱丽雅的越野车与赵直帆的黑色奔驰车擦肩而过，驶出了城外。

在北山荒凉山坡的杂树丛中，隐藏着一处废弃的院落，这就是北山废弃木工厂。那斑驳的院墙上，依稀还有着"抓革命、促生产""林业工人一声吼，大树也要抖三抖"的白灰标语。简陋的室内，白色的搪瓷圆桶和盆里，装着如血一样的液体。两个戴着口罩的毒师正把一种像味精一样的白色晶体往玻璃瓶里加。

龙大章的越野车奔驰在山路上，在路过北山时，他向山上望了望，那里杂树丛生，少有人烟。朱丽雅说："大章，这里在我小的时候是一片黑松林，山上曾经有一个农场大院，我们还上去玩过呢，现在不知怎么样了。"龙大章说："还能怎么样？看看现在的植被就知道了，早荒废了，东边变成每年枪决犯人的地方，西边已经成了乱坟岗子，这就是人类不珍惜爱护自然的结果。"朱丽雅问："我们上去看看吧？"龙大章说："来不及了，我们要到赫顺的老家，还有很长的路呢。"

北山木工厂的制高点有一处废弃的望火楼，从望火楼上，能看到穿沙而过的公路车来车往。龙大章寻找的第一嫌疑人武玉鹏此时就站在望火楼上，他的任务是观察上山的人，为里面的毒师通风报信。经过"整容"和"遗弃"的武玉鹏已经瘦得不成人样了，或许现在站在龙大章面前，他也认不出来。金疤癞在张半仙的指挥下，像对待一条癞皮狗一样使唤他，他已经习惯了这种生活，再也不敢提分钱的事儿，只能苟延残喘地活着。

奔波了一天，了解了一个情况。傍晚的山道上，龙大章的越野车在飞驰，晚霞映红了车窗。在回龙城的路上，朱丽雅仍不知疲倦地和龙大章说笑着，在她心里，只要和大章在一起，她永远踏实。

龙大章说："我们这一天总算没白跑。"朱丽雅回："这个赫顺的经历还真挺曲折啊。"龙大章说："是啊，一个自幼被日本军官父母抛弃、靠养父赫连龙养育的弃婴。养父母被戴上汉奸的帽子游街示众，不久自杀；他回到日本寻亲，不被亲生父母认可，他的兄弟姐妹还无情地把他赶了出来。这些经历足以让一个十二三岁的少年走上叛逆之路……"

朱丽雅说："可是，他已经出车祸死了。"龙大章说："他死与不死，还有一个人应该知道。"朱丽雅问："谁？"龙大章说："他不是还有个叫赫兰的妹妹吗，嫁到了碾盘沟，就是我同学吴寄瑶的老家……"说到此处，龙大章恍然大悟："我想起来了，她是吴寄瑶的母亲，我们还在一个病房住过呢，她就叫赫兰。"朱丽雅惊叹道："这么巧啊？！假如赫顺没死，你认为他就是'东北新干线'的发起人？"

龙大章点了点头："这只是一种直觉。"朱丽雅说："或者是幻觉，一个死人能领导一个强大的黑社会组织？"龙大章说："还有一个问题没弄清楚，他十八岁回到中国，那么十二岁到十八岁之间他在干什么？"朱丽雅沉思了一下："先别想那么多了，你太累了，还有两个小时的路才能到龙城呢。大章，你休息下，让我开会儿？"龙大章说："不用，我能行，你睡会儿。"

朱丽雅把靠背往后放了放，倚歪在龙大章那一边，幸福地睡着了。在梦中，她梦见龙大章亲手给自己戴上了雪白的婚纱，那婚纱就是在凤城买的那条白纱巾。可是，一阵风来，那纱巾却飘得无影无踪……朱丽雅一激灵醒来，龙城的郊外繁星点点，银河似灿。

3

今天是个阳光明媚的日子，红色的龙山显得离这个城市很近。

市规划局会议室里坐满了人，气氛很严肃。

汤局长扫视了一下坐在下面的员工，清了清嗓子道："各位，今天是我紧急受命以来第一次给大家开会，市委、市府要求我们要培养德、勤、能、绩、廉全面发展的干部，自觉抵制腐化堕落的思想作风……"

他向下望了望，发现很多人没精打采、恹恹欲睡，便敲了敲桌子："有些人讨厌开会，那是觉悟问题，不开会能体现重视吗？不开会能统一思想吗？不开会……是不是你们的前任就进去了？一个班子，全军覆没，说明了什么？现在，位子一空，马上有人削尖了脑袋盯着，却不思在这个位置上做点什么……"

党办张主任漫不经心地听着，在笔记本上写着：背心改乳罩，位置很重要；过去尽务虚，今天瞎放炮。

孙副科长在一张纸条上写着：前任比这还说得好听呢……

散会后，规划科的人回到规划中心，有的在闲扯，有的在吃早餐。不知谁说了句"汤局长来了"，众人唰地回到了自己的座位，飞速地收拾东西，做工作状。

汤局长这次是领赵直帆进来的，他环视了一下说："这位是新调任的规划科副科长赵直帆，建筑专业研究生学历。现在，规划科科长一职空缺，规划科工作暂时由副科长孙绍辉和赵直帆共同负责，希望你们积极配合，完成我市市区的规划任务，下面让直帆给大家讲几句话。"

赵直帆看了看孙副科长，向大家点了点头："我没什么好讲的，以后大家就在一个锅抡马勺了，就都是哥们儿……还有姐们儿，支持我！"

稀稀拉拉的掌声过后，汤局长和赵直帆出去了。一些人开始小声议论："这么年轻的副科长，听说是研究生学历呢……""你们知道他是谁吗？伏龙区赵书记的公子……""还研究生呢，你问他简历上填的大学校门儿朝哪开，看他知道不？"

正议论着，赵直帆推门进来了，众人便都站起来。赵直帆扫视了众人一眼："我就在隔壁，以后咱们不用那么客气，都坐吧，有什么问题都可以当面和我说！不用背后议论。"众人惊愕地坐了下来，赵直帆脸黑着出去了。

他回到崭新的办公室，得意地唱起来："骑马坐轿修来的福，推车担担命该然……"这时，手机响了，他慢吞吞地接起："噢，钱总啊……祝贺啊……免了吧，副的。什么装潢图？你们看着办吧。"他放下电话，接着唱道："什么人撒下名利网，富贵贫贱不一般……"手机又响了，赶紧接起："美祺呀，一起吃饭？吃饭，月亮从东边出来了，你选择地儿，好，晚六点见！"

赵直帆放下电话，满意地看着办公室的一切，一个鲤鱼打挺仰在沙发上。突然，他愣了，他发现汤局长正站在门口，阴着脸说："直帆，你到我办公室来。"

汤局长端坐椅子上，赵直帆恭立在他面前。汤局长把一个文件袋拿出来："直帆，这是你妈那天落在我办公室的东西，替我还她。"赵直帆说："汤叔，为什么宣布我是副职？不是说好的科长吗？你可是看着我长大的。"汤局长仍无一丝笑意："直帆，组织部门推荐你为正职，我没同意。你要问为什么，我告诉你两点：第一点，我是看着你长大的，我不能让你犯错误，你也别让我犯错误；第二点，你的调动是市里有关部门的决定，不是我给你办的，收之有愧。我们这里是业务部门，你只有通过平等的竞争，才能任到科长位置，努力吧。"

赵直帆疑惑地说："汤叔……"汤局长站起来一脸严肃："什么也别说了，我也刚来这里，你比我还晚。有时间我们多熟悉一下业务，没事儿时到纪检委借一些资料看看，看看我的前任和你的前任是怎么马失前蹄的。至于称呼，你要叫我汤局长，去吧。"赵直帆拿着文件袋出去了，他想不明白，一向对他和蔼可亲的汤叔叔对他有些冷淡，差啥呢？

好在有一个人在热切地等他，从中午等到了晚上。

青丝茶艺幽静、清雅。钱如意、吴寄瑶、于海平和搞装潢的坐在娴雅棋牌室里，喝着茶、聊着天。赵直帆的变相升迁对钱如意来说是天大的好事，所以赵直帆的房屋装潢又提到了议事日程上。

搞装潢的人看了看西下的太阳说："要不，钱总打个电话问一下，我们好设计。"钱如意很打怵："我打？要是赵科说不来怎么办？危楼事件，我把赵公子得罪透了，已经张不开嘴了。寄瑶，我看这电话还得你打，你面子比我大。"吴寄瑶说："打个电话有那么难吗？我打就我打，回头把我手机费充满。"钱如意喝了一口茶，暧昧地看着她："寄瑶，你要是把事儿给我办妥，你的电话费我是充不满了，可你的人……"他不怀好意地笑着，身上就挨了一巴掌。

此时，赵直帆就在旁边的茶室里，他和姜美祺对坐而饮，脸上洋溢着胜利者的微笑："美祺，你说老天爷就是够意思，人要是顺了，做梦都做好梦。唉，可惜是个副的。"姜美祺喝了一口茶："我看啊，老天爷就是不公平，看你念书那会儿吧，怎么也想象不到年轻轻就当上了副科长，而且你还不满足。"赵直帆轻佻地说："瞧不起人了！书上说，人不可貌相，海水不可斗量。天生我才必有用，千金散尽还复来。此处不养爷，自有养爷处……"

姜美祺打断他的胡诌，递过一张纸："说正事儿吧，上次那个'二托一'帮扶活动又到出资的时候了，碾盘沟那个因母亲生病退学的小姑娘在学校表现得很好，我明天要去看她，你和我一起去吧？"

赵直帆在表上签了字："我就不去了。"姜美祺说："你可是主要帮扶人呢。"赵直帆说："我帮扶她是看你面子，所以才甘心当那二的，否则，就那鼻涕拉瞎的小姑娘，我才不管呢。"

姜美祺说："直帆，帮扶的事儿不就是钱的事儿，还要关心她健康地成长……"

赵直帆电话响了："噢？寄瑶……装修设计图？我一会儿去。"他放下电话沉思着，姜美祺问："又装修，你还有一处房子啊？"赵直帆说："去年就定了，没和家里说，怕老爸磨叨。装潢下，或卖或住，一年倒那么十来处，就发了。你去审下图纸？"

姜美祺提醒道："直帆，你刚当上规划科副科长，就倒卖房子，还让人家装房子，不大合适吧？装潢价钱怎么谈？"赵直帆说："我就说嘛，狼吃不见，狗吃撵出屎来。还是我自己谈吧，一些事儿不能让你知道，你比我老爸还马列。"姜美祺放下茶杯说："按约定，我无权管你，可是你不能为了钱犯错误。"

赵直帆嬉皮笑脸地说："这还知道关心人了。美祺，我的婚姻考验期是不是可以提前结束啊？"姜美祺问："啥理由？"赵直帆说："组织已经替你考验过了。"姜美祺说："那不行，组织有时也有被蒙蔽的时候。你去看你的装潢图吧，我还要找大章继续修改我那电影《毒战》呢。"赵直帆拉着脸问："又去找龙大章啊？"

姜美祺说："要是你能给我修改剧本，我就找你。"赵直帆皱着眉头说："你明知道我一看文字就头疼，你这是在拿敌人的长处跟我的短处比。注意点影响吧，我得过去了，别弄得事业无成、绯闻不少。"

几张房屋装潢图纸方案铺在桌子上，赵直帆、吴寄瑶、装潢的几人围过来，几个脑袋就对在了一起，让人想到了"萝卜开会"这个词。

赵直帆看了半天，很满意地问："一个普通住宅装这么豪华啊？得多少钱啊！"

吴寄瑶说："这些都不用你管，你就说这个设计方案你相中没相中吧？"赵直帆说："挺好的啊。"吴寄瑶说："那就得了。"她转身对装潢的人说："就按这个方案施工，你去吧，活计干好了，钱儿不是问题。"

　　装潢的人走了，吴寄瑶向外喊："上茶！"赵直帆把腿一跷问："寄瑶，你叫我来，不就是叫我看图喝茶的吧？"吴寄瑶伸出大拇指："聪明！都是老同学了，我就直说了吧，市里近期的规划图……"赵直帆一摆手："打住。寄瑶，你可知道，那是保密的。"吴寄瑶笑道："不保密，用得着找你吗？"赵直帆问："寄瑶，又不是你家的事儿，你这么上心干什么？"吴寄瑶说："直帆，老钱自从给你惹下麻烦，不好意思见你了……"赵直帆说："我没他那么小人短见。"吴寄瑶向里屋喊："钱总，出来吧，赵科原谅你了！"

　　钱如意从屋内走出来，臊眉耷眼地向赵直帆点头。赵直帆一拍他的肩膀："钱总，你的事儿，我尽力吧。"说完，向外走去。钱如意望着赵直帆的背影消失在夜色中，回身把吴寄瑶揽在了怀里……

4

　　七月的天气出奇地好，龙城的光阴交替得很快。阳光从龙城的标志性建筑条筒万大厦斜射下来，照在敖拉倚家那旧式二楼上。楼前车流如织，一辆厢式小货加入了车流。

　　敖拉倚走到阳台上，把那盆盛开的月季搬进屋里，向一楼祖先牌位走去。

　　香火明灭闪烁，气氛昏暗诡异。敖拉倚焚香施礼，她跪在像前："列祖列宗，自大金直捣我大契丹黄龙府以来，我们的契丹，我们的宝藏，不知有多少人在打它的主意，我一定不辱使命。前天我找测字先生测了一下，说再有三个月，神匙归位，宝图归宗。我要去晨练了，你们要耐心等待啊！"

　　龙城街心公园到处是晨练的人。姜长庚在公园边溜达边左顾右盼，像是在等什么人出现，在他失望得要回去时，却和匆匆而来的敖拉倚碰了个面："小倚，今天你可迟到了。"敖拉倚说："对不起，昨天没睡好。"姜长庚问："为什么总睡不好呢？"敖拉倚说："美祺穿着婚纱的影子总在我脑子里闪现，我希望早日穿上婚纱，又害怕马上穿上婚纱，就这么斗争了一宿。"

　　姜长庚内疚地说："小倚，说来说去，还是我让你不安。等忙完了这阵子，我们就去办结婚手续。"

敖拉倚失望地说："那可能得等到你退休了。"姜长庚说："用不了，等我破了鸡血麻神案，我们就结婚。走，到那边跳舞吧。"

二人说完向广场走去，那里正有人跳着广场舞。而此时敖拉倚已没了跳舞的兴致，她和姜长庚道别后，向远处的龙山望去。可是，眼前突兀的一栋炮楼形建筑挡住了她的视线。那是全市最高的建筑，六十八层，张半仙的豪华住所就在这栋楼的最顶层。

此时，张半仙站在宽阔的阳台上，拿着白色粉末样的东西仔细端详着。大黑猫诚惶诚恐地立在身后，大气儿也不敢喘。

张半仙阴沉着脸问："这就是那两位毒师制作出来的成品？"大黑猫答："是的，他们自己也不满意，正在重新试验。"张半仙冷冷地说："再给他们三天时间，制作不出成色好的来，就让武玉鹏处置吧。"大黑猫惊问："三天？"

张半仙转过身来："人的智慧是无穷的，要看怎么开发。"金疤痢凑上来："大哥，你总会在紧急情况下想出办法来。"张半仙拿起望远镜向街上扫描着："疤痢，我们的以物易物，做得还顺利吧？"

金疤痢说："很好，比我想象的要精细得多。只是我不明白，她那么拼命地赚钱，为了什么呢？"

张半仙放下望远镜，向远处的一个黑点儿一指说："她又上龙山了。钱对于有些人来说，有十万和有一千万并无区别。她拼命赚钱，或许和我们有着共同的目标。"

金疤痢不以为然地说："一个女人能有多大的目标？"

张半仙扔下望远镜说："当一个人为完成一个使命的时候，常常会有超人的毅力。她常去龙山转悠，那里一定有她割舍不下的东西，我去会会她，看她到底想干什么。"

连绵起伏的红色山峰对敖拉倚来说太熟悉了，她无数次来到这里，可谓"踏遍青山人未老"。来到龙山脚下，她渐渐在一片绿色变成一个黑点儿，跟踪而至的张半仙也成了一个黑点儿。龙山的羊肠小道上，这两个黑点儿在向一个方向移动，此生不应该有交集的两个人走到了一起。

敖拉倚在看到张半仙时明显吃了一惊："老先生，还能登山啊？"张半仙边擦汗边咳嗽带喘地说："我……看看风水，你……是？"敖拉倚说："我叫敖拉倚，你前天还给我测过字呢。"

张半仙一拍脑门儿："看我这记性，是老了。敖拉女士，你这是登山锻炼？"敖拉倚说："锻炼。这就是海金山？"张半仙说："是啊，这里看似是一个不十分显眼的山，但是，你看，我们站在这个山上，能看到方圆几十里以外的沙海。据当地一个放羊老人讲，小时候，他看见山顶上有三间房的房基，还有一个石柱子，山脚下还有一个七间房子大小的石墙，山的西侧梁鼻子处，还有一个石洞。"

敖拉倚说："张老先生看来对这里的山很有研究啊。"张半仙说："惭愧，也就知道个名。年青时常上来玩儿，那边的山叫锅撑子山，山下有无数个泉眼。"敖拉倚问："请教一下，张老先生，你知道木叶山吗？"

张半仙平静地说："古书上说过，但不知是哪座山。你问这干吗？"敖拉倚笑道："随意问问，搞学术研究用。张先生，是看阴宅还是阳宅啊？"张半仙说："敖拉教授，这个山恐怕只能是做阴宅的好地方，我早就相中了这个地方。只是看也白看，政府有统一规划的墓地。"

敖拉倚问："张老先生，这海金山有传说得那么神奇吗？我在上面转了几天，没有发现一处古遗址，只有千年风蚀的乱石和断断续续的传说。"张半仙反问道："为什么对这座山感兴趣？"敖拉倚说："你有所不知，我是契丹人的后裔，据说这座山和契丹有着千年的渊源，我们契丹人崇拜大山。"

张半仙说："噢，是这样。敖拉教授，你要是不介意，我陪你随意走走？"敖拉倚说："正求之不得呢。张先生是风水专家，或许能找到我们先人的遗迹。"

二人走上海金山，他们的身影渐渐变成两个黑点儿。

就在张半仙和敖拉倚走到山上的时候，回头一望，只见山下警灯闪烁，一辆警车向山上的他们冲来。警车的后面，跟着一辆越野车。

龙大章跳下警车，后面跟着朱丽雅和鲁运，他们向半山腰的张半仙和敖拉倚跑去。于伟绩和姜美祺从越野车上下来，跟着跑了过来。

越过张半仙和敖拉倚，龙大章和朱丽雅没有停留，向前面跑去。张半仙和敖拉倚也想跟过去，被鲁运挡在了路边。

龙大章和朱丽雅在海金山半山腰地势平坦的地方停了下来，朱丽雅对着被挖掘的古墓进行拍照，龙大章小心地查看着地上的足迹，鲁运对盗坑进行测量。过了一会儿，龙大章向于伟绩一摆手，于伟绩和姜美祺走了过来。龙大章说："于馆长，现场我们已经勘察完毕，请您这个契丹专家来把把关。"

姜美祺在一边不失时机地按下快门儿，于伟绩蹲在地上，用铲子铲起一些土，仔细看着说："这和山下的很多辽代古墓一样，早已被盗过。昨晚的盗墓者并不专业，即使他找到古墓，也会对墓葬造成极大的破坏。"

龙大章从地上捡起一个文字图案的石砾问："于馆长，你看这是什么？"于伟绩拿过来仔细看着说："这个上面的文字像是契丹大字，我想认出也很难，只能拿回去慢慢研究。"

一行人边说话边向山下走去。朱丽雅问："什么人会对已经被盗的古墓感兴趣呢？这也是一个笨贼。"龙大章说："问题没有那么简单。他或许是为了转移我们的警力，或许海金山那儿有他们真想找到的东西。看来，这个有着传奇色彩的龙山，很多人对它感兴趣啊。"鲁运问："龙大队，这个周六该让休息一下了吧？"龙大章说："二位，我们休息，只怕有些坏人不休息啊。"朱丽雅说："大师兄，接着走访吧，我们的头儿就是'龙扒皮'。"

龙大章对鲁运说："大师兄，你坐于馆长的车先回去，我还要去一下碾盘沟。"鲁运直着脖子："我说师弟，这就不公平了吧，全队就一个美女，你把着，还没个进展，为什么不让我和师妹去碾盘沟溜达一圈儿呢？"

朱丽雅说："你不知道要去干什么就争？"鲁运说："能干什么呀？孤男寡女的，假公济私呗。"旁边的姜美祺听到他们的对话说："你们要去碾盘沟啊，我正愁没人陪我去呢。"龙大章说："这又出来一个添乱的。这样，我是副队长，大师兄执行命令！"鲁运不情愿地上了于伟绩的车，姜美祺却坐到了龙大章的车上。

望着两辆车背道而驰，张半仙和敖拉倚不解地对视了一下，也向山下走去。

龙大章驾驶着警车，和朱丽雅、姜美祺行驶在去碾盘沟的路上。龙大章说："美祺，说说你此行的目的吧。"朱丽雅说："那还用说吗，像前晚一样，和你促膝谈创作呗。有句话叫一日不见如隔三秋，我今天才理解，何止是三秋啊！"姜美祺笑道："朱妹妹，此话你可说错了，我是去帮扶一个失学儿童。不过，我的《毒战》手稿还真得靠你们提建议。"

朱丽雅说："美祺姐，要不我替大章给你提点意见？"姜美祺说："提吧，我们搞文字的不搞文字狱。"朱丽雅说："我可不客气地提了？"

姜美祺说："你什么时候客气过？"朱丽雅说："我认为，毒犯没你写的那么简单愚蠢，你的龙哥没那么完美，故事没那么多巧合，卧底没那么风花雪月……不要把自己的认知加到人物身上。"

龙大章瞪了朱丽雅一眼："丽雅，你这么一说，不是给说得一无是处了吗？"姜美祺却很坦然："我喜欢让她这么说，干我们这行的，什么样的话都听过。"朱丽雅酸酸地说："有些人可就是怪，平静的幸福日子不喜欢，却对别人的生活感兴趣。"姜美祺一字一板地说："我不是窥探你的生活，我说，我和你有平等的竞争权利和机会。"

朱丽雅看着龙大章说："风流多情的龙公子，你说，她还有权利和机会吗？"龙大章一脚刹车把车停在一块空地上："你俩别吵了，下车吧。"朱丽雅不解地问："没到村庄就叫我们下车啊？"龙大章说："向前五里就到了，我们走着过去，不能开着警车扰民。"

龙大章停车下车，从车里拿出一盒礼品，和朱丽雅、姜美祺向村里走去。

5

张半仙回到那处豪华住所时已近中午，他换上睡衣，心神不宁地坐在藤椅上看一本线装书，这是宋代苏辙在哲宗元祐四年出使契丹作的《奉使契丹二十八首·木叶山》诗词，看着看着，便轻轻地念出了声："奚田可耕凿，辽土直沙漠。蓬棘不复生，条干何由作。兹山亦沙阜，短短见丛薄。冰霜叶堕尽，鸟兽纷无托……"

金疤癞的脚步声打断了张半仙："大哥，很悠闲啊！你叫我来又有什么吩咐？"

张半仙放下书："今天我在山上，看见公安的那两个年轻人开车向碾盘沟方向去了。他们去那儿干什么呢？找人打听一下。"

金疤癞不解地问："大哥，为什么对碾盘沟那么敏感？"张半仙说："我有一种预感，他们是奔我去的。你想，他们前两天去了一趟凤城，昨天又去了我老家，今天去碾盘沟……那里可是有我一个妹妹赫兰。"

金疤癞不以为然地说："不是已经报信给她，你出车祸去世了吗？"

张半仙犹疑地说："就在我死后的第八年，有一次我在大街上碰见过她。虽然我没认她，但从表情上看，她认出了我。"金疤癞咬咬牙问："那怎么办？除掉她？"张半仙说："晚了，希望她没有认出我来，毕竟那时我们都还小，长大后也没见过我几次面，顺其自然吧。"说完，他拿起书又读了起来："乾坤信广大，一气均美恶。胡为独穷陋，意似鄙夷落。民生亦复尔，垢污不知怍。君看齐鲁间，桑柘皆沃若。麦秋载万箱，蚕老簇千箔。余粱及狗彘，衣被遍城郭。天工本何心，地力不能博。遂令尧舜仁，独不施礼乐。"

金疤癞如听天书："大哥，你的学问够高的了，还天天看书。"

张半仙说："中国的国学，博大精深，很多东西都是精华，我们却没有很好地领悟和利用。那时的契丹和中国的大宋朝根本没法比，大宋却没有征服契丹……"

金疤癞说："大哥，你和我说这个，我真的不懂，虽然我也是契丹后代呢。"

张半仙扔下那本诗集，随手拿起一本线装版《三十六计》说："就比如说这本《三十六计》吧，每次看都会有不同的理解。"

金疤癞不以为然："大哥，现在又不是战争年代，别说三十六计，就是三百六十计也用不上。"

张半仙说："疤癞，你也跟我混了半辈子，还是那么肤浅。三十六计能用到生活的各个方面，比如二十年前的借尸还魂，前些日子的隔岸观火，不是都用得很好吗？"

金疤癞说："大哥，我们算到了骨头，也成不了地王，好的地块又让钱胖子拿了，我是无计可施了。"

张半仙说："那是因为他掌握了龙城的城市发展方向。"金疤癞说："钱胖子虽两次遭到重创，可他的人脉仍很广，我们这次竞标又没竞过他，怎么办呀？"张半仙把书放下道："疤癞，欲治其人，先乱其心。钱胖子最大的软肋是贪财好色，可以利用这一点制造点儿混乱，我们也好趁机浑水摸鱼。"

金疤癞答应一声出去了，张半仙拿着那本《奉使契丹二十八首·木叶山》来到阳台上，举目向远处的龙山望去，那里草木丰茂，早已没了苏辙所写的场景。他让金疤癞争地王，让大黑猫制毒品，这只是他制造混乱的手段，真正的目标是龙山那富可敌国的契丹宝藏。

几经坎坷的钱如意是瘦死的骆驼比马大，新近开发的小区很快就把炸楼的损失夺了回来，尤其是近日在招标中屡屡胜出，又增加了他的信心。

钱如意兴致勃勃地拉着吴寄瑶从青丝茶楼出来，向自己开发的小区走去。来到小区楼下，看着钱如意那春风得意的样子，吴寄瑶向楼上失望地望着，她在想，楼房的很多手续都是她经办的，可这林立的高楼，何时才有自己一个栖身之地呢？

一阵电话铃声打乱了她的想象，钱如意接起电话："哈哈哈，都想成地王。理想很丰满，现实很骨感……我说，于大律，不要让他们拿到中心地段的地，他开发个球啊……我还有重要的事儿，煤矿那儿，你就做主处理，别啥事儿都烦我，你也担着点儿。"他按了电话，满意地看着他的楼盘说："寄瑶，你立功了。我得到了市里的规划方案，就得到了市场，得到了市场也就得到了金钱，有了钱，要什么有什么。"

吴寄瑶说："钱总，我立不立功的有什么用呢？所有的都是你的……"看见吴寄瑶满脸不高兴，钱如意从包里拿出一串钥匙说："寄瑶，这个给你。"吴寄瑶惊喜得差点跳起来："钥匙，房子钥匙？我做梦都想得到的房子钥匙……钱总，你真好！"她啪地亲了钱如意一口，钱如意向左右看看，色色地说："走，我们上去看看你的小窝吧？"

钱如意挽着吴寄瑶的腰向楼上走去，戴着鸭舌帽的武玉鹏远远地望着……

进了那栋新住宅楼的电梯，钱如意说："这个房子稍小些，可是位置、楼层、采光没得比，你先将就着住着，等我做了地王，再换。"吴寄瑶说："钱总，我怎么感谢你呢？"钱如意色眯眯地看着吴寄瑶："你说呢？"

吴寄瑶打开了房门，一个装修好的现代化小房就呈现在面前，在筒灯斜射下的新房格外暧昧。她高兴得把包扔在沙发上："哇！精装修，豪华版！"

钱如意说："进客厅就可以看电视，进厨房就可以做饭，上卧室就可以睡觉了。"他和吴寄瑶转了一圈儿，停留在卧室里，钱如意拥着吴寄瑶，两个人对视着，对视着……最终一起倒在了床上……

远处，武玉鹏拨通一个电话："裤裆，你不是要报复吴寄瑶吗？我给你提供个线索……不过，钱得到位。"

就在钱如意和吴寄瑶缠绵的时候，这个小区里，留着寸头、肥身圆眼的钱夫人风风火火地杀了过来。她挺着坦克一样的身躯，向楼上扫视着，却不知该进哪个单元，索性就在楼下逡巡。

阳光透过吴寄瑶家窗帘缝隙照在床上，钱如意伸了个懒腰，看了看睡在身边的吴寄瑶，两人暧昧地对视了一下。钱如意起身穿衣打开窗帘，向下一望，顿时跌坐在床上："我的妈呀！"吴寄瑶不明就里地问："闹啥妖？"钱如意镇静了一下说："我得去茶艺楼了，我那婆娘就在楼下，让她看见，该热闹了。"吴寄瑶惊得边穿衣服边问："她不是在监狱吗？你就那么怕她？"

钱如意没有吱声，他和吴寄瑶没走电梯走步梯，直奔居民楼的后门儿："寄瑶，等消停了，跟我去现场，有了规划图，我们就能干一番大的了。这小打小闹的修补活儿，赚不了几个子儿。"他边说边在吴寄瑶的脸上捏了一把，吴寄瑶撇了一下嘴，回了钱如意一个暧昧的笑。

二人刚出后门，却没想到迎面碰上钱夫人。原来钱夫人在前边看不出门道，准备到后门看看，一下子看了个正着。钱如意一见钱夫人，吃惊不小："你？"

钱夫人没理钱如意，对吴寄瑶说："你叫吴三寄瑶？"吴寄瑶不认识钱夫人，她疑惑地问："你是？"钱夫人恶狠狠地答："我是你大娘！你以为老娘进去了？老娘我办取保出来了。他们说的都是真的，你个不要脸的骚货！"

吴寄瑶也不是省油的灯："你个老泼妇，说谁呢？"钱夫人指着吴寄瑶脑门儿："看你走道身上三道弯，屁股扭三扭、前凸后翘的，就不像好人。"吴寄瑶故意气她："我愿意扭。你看我还扭四扭呢！你会扭吗？自己没能耐还来说我，你有本事把自己男人拴在裤腰上啊！对了，你没腰……"

啪，吴寄瑶脸上挨了一大嘴巴，现时出了五个红指印。吴寄瑶暴怒还击，两个女人就撕扯在了一起……

钱如意吓得赶紧到旁边打电话，于海平开车赶了过来，他跳下车赶紧给两个女人拉架，夹在这一大一小的两个女人中间，脸也花了，衣服也被扯破了……在小区保安和于海平的共同努力下，总算把两个女人拉开了。

钱如意今天有点儿乐极生悲，他把夫人接回家，好生安抚无果，只好跪在搓衣板上写保证书。钱夫人今天本没抓住什么把柄，在混战中又占了上风，便宽宏大量地饶了钱如意。钱如意又以工地太忙为名，给吴寄瑶说了一安全帽好话，领着吴寄瑶买了一大堆衣服。看看天色已晚，他把吴寄瑶拉进了一个饭店。

刚进餐室，余怒未消的吴寄瑶把衣服袋子一扔，给了钱如意一个大耳光，指着钱如意的鼻子开骂："你说你，钱总，平时看你人模狗样的，张口领导是你亲戚，闭口大款是你朋友，好像你是个多大人物似的，你就这碟子酱啊？"

钱如意委屈地说："我不也是怕你俩打得收不了场嘛。"吴寄瑶开始唠叨："让你给我哥安排个工作吧，你怕这怕那的，就让他管煤场子去。原来，你是怕你那婆娘啊？"钱如意说："在那儿干不是挺好的嘛。"吴寄瑶说："是挺好的，在你这儿刚干一个月，断了一条腿，要是干几年，人还不得没了！"钱如意说："我再想办法行不？"

吴寄瑶摸着少了的一缕头发说："事儿办不了吧，媳妇也管不好，大庭广众之下和我闹，我一看你们就恶心！"

钱如意听着骂，感觉今天是栽了，找过多少女人，今天碰在了茬子上。他低着头说："姑奶奶，算了吧，我不是给你赔不是了吗？"吴寄瑶仍不罢休：

"你那肥婆和我较劲，你连个屁也不敢放，你还是个男人不？"钱如意无可奈何地说："我老婆也是这样说我的。别闹了，吃完饭唱歌去？"

吴寄瑶气呼呼地说："吃完饭唱歌，唱完歌洗澡，洗完澡烧烤，烧完烤上床……你一辈子就这么像公猪一样生活，还能有点儿创意不？"

钱如意一脸熊样地想：男子汉，汉子难啊！谁嘴欠告诉我媳妇的呢？

隔壁餐室的大裤裆越听越高兴：活该！

6

从碾盘沟回程，车窗外是黑郁郁的龙山风光。车内的两个女人终于不再斗了，三个人饶有兴趣地议论着姜美祺的剧本。

龙大章说："当你在写这本书的时候，本身就过时了，因为毒犯们也在与时俱进、时时创新。当我们还停留在对毒品围追堵截的时候，他们或许已经把毒品工厂开到了我们的家门口。"

姜美祺说："有道理，你们这么一说，虽然听着不好听，却给我启发了新的思路。谢谢你们帮了我很大的忙，我也会帮助你们的。"

朱丽雅说："姜大作家，还是沉浸在你的文学梦里，充分享受富太太的生活吧，缉毒啊、卧底啊，不适合你。"

三人笑着、闹着，车已到了姜美祺家楼下，龙大章把车停下来说："美祺，你先回去吧。"姜美祺下车，挑衅地看着朱丽雅："好吧，我知道你们还有事。可是，我一定要让朱妹妹收回'我已经失去竞争资格'的话。"

车子又启动了，龙大章望了望姜美祺远去的背影说："丽雅，从寄瑶母亲闪烁其词的话语和眼神中，我断定赫老大还活着。"朱丽雅问："可是，她为什么不告诉我们呢？"龙大章说："这恰恰说明她知道赫老大的一些底细，她是不敢说，只能说没见过、不了解。不过，有一个人一定知道一些情况。"朱丽雅问："谁？"龙大章答："吴寄瑶。"

二人把车停了下来，龙大章打电话："寄瑶，有点情况我要向你了解……不方便……有关你舅舅的事……那好，就在电话里说吧。"他按下录音键，电话里传来吴寄瑶的声音："我听我妈说，我有两个舅舅，大舅是抱养的日本遗孤，好像叫赫顺；二舅是我妈的亲哥，叫赫利，小时候见过。我妈从不和他们来往，说他们是坏人。后来，听说我二舅当了凤城的二掌柜，被打死了；我大舅好像混得也不怎么样……"龙大章问："你大舅不是也在凤城出车祸死了吗？"吴寄瑶说："这事很奇怪……我妈也曾接到过他的死信，可是好多年后似乎在龙城大街上见过他。"龙大章问："在哪儿碰见过，具体啥情况？"吴寄瑶说："这个，我妈只说像我大舅，她不想提起两个哥哥，一提就犯病，她不想让我们跟舅舅有任何瓜葛……"

二人向公安宿舍走去。龙大章肯定地说："这个赫顺还活着，就在龙城。"朱丽雅说："他和大黑猫两个死人已经汇合了，能闹出什么动静呢？"龙大章说："借尸还魂。丽雅，这两天你也够累的了，回去睡个好觉吧。"

龙大章进了宿舍，鲁运已在打着呼噜。他小声地打着电话："小晴……你没睡吧？有时间帮我查一下龙城日本遗孤方面的资料……越快越好……"

鲁运翻了下身，又睡过去。龙大章拿起姜美祺写的《毒战》剧本看了一眼，再也睡不着，他起身向办公室走去。来到办公室，他打开电脑，浏览新闻，一个新闻吸引了他，他看后气得险些把茶杯摔碎。这时，朱丽雅进来了："为什么生气？"龙大章指电脑屏："你看，这位老人，家人曾被日寇残杀，她用狗皮袄救活日本娃，还帮他寻找日本亲人，而这个日本娃回日本后从未问过中国母亲，这还叫人吗？"

朱丽雅开导说："这是战争的产物，像是一道道伤口，需要爱的舔舐。《农夫和蛇》的故事讲得很好，农夫冬天见一蛇快冻死，可怜它，拿回家细心照顾，蛇苏醒，咬死了农夫。"龙大章说："爱，并不能融化一切，对魔鬼而言，美国的两颗原子弹是最好的警醒剂！"

一颗原子弹爆炸的视频正在那处豪华住宅的电脑里播放着，张半仙和金疤痢看完视频，空气似乎凝固了。

啪一声，张半仙把一张报纸摔在桌子上，吓得金疤痢险些从椅子上掉下去："大……大哥，原子弹的硝烟都散去几十年了，为什么还这么生气？"

张半仙把一张报纸拿起来："你看，《日本遗孤回国后不认中国娘》，这还叫人吗？我们大和民族是怎么了，自称是礼仪之邦，难道说变种了？"

金疤瘌拿过报纸念道："六十七年前，一个战败日军军官的遗孤流落哈尔滨街头，奄奄一息，幸亏被一对善良的中国夫妻收留，被他们含辛茹苦养大成人。十四年前，这名日本遗孤带着十四口人回到了日本，却从此不再与给了他第二次生命的中国老母亲联系。如今，已经九十岁高龄的李秀荣老人因脑出血后遗症已经卧床四年，却从未听到过这个日本儿子的一声问候……"

张半仙慨叹道："疤瘌，你、我可以说是世界公认的坏人，可是，永远做不出这样没有人味儿的事来。"金疤瘌附和道："那是。大哥，犯不上跟这种畜生不如的东西生气。"张半仙说："想起我的养父母没得到我一点点回报，还因为我英年早逝。子欲孝而亲不待，我一定要为我的养父母重修坟墓，实现我的愿望，拿下龙山，让我的日本的弟弟妹妹跪在我的脚下给我认错！"

金疤瘌说："大哥，你那几个日本弟弟妹妹都在干什么？"

张半仙说："你见到的那个文物贩子，是我的大弟弟，他时刻在等着接我的班的。其他人也都没有正当职业，我不想提起他们。疤瘌，这些日子我在想，常在河边走，总有湿鞋时。'东北新干线'毒品有了新途径，我们可以解决暂时的困境了。"

金疤瘌说："大哥，听说他们今天就能顶研制出毒品，将来销售怎么办？总不能靠卖饮料养家吧？"

张半仙说："上次那批毒品，公安一定还在盯着。龙城暂时还没那氛围，先在周边城市试销，把公安的目光引过去。"

金疤瘌说："好，我去办。"张半仙说："不，毒品的事还是交给大黑猫或老三。我想在找到《辽域地志》、拿回鸡血麻神前，我们的企业要完成向地产界的转型，把我们都漂白后，拿下龙山。"

金疤瘌说："大哥，我们要想大面积拿地，前期投资很大。'东北新干线'被重创后，我们很难拼实力了。"张半仙说："没钱？没钱卖鸡血麻神啊，你不是有个买主吗？"金疤瘌说："大哥，到时我们交不了货啊。"

张半仙说："谁说让你真交货了？拿东西换钱，不算能耐；没东西骗钱，才是本事。"金疤瘌问："就是我们有了实力，又到哪儿寻那契丹宝藏去？"

张半仙说：“这一点你放心，有人一直在替我们寻找。只是，不知九号地怎样了？”

金疤痢打开电脑监视器，北山木工厂的几幅画面便切换过来，夜色渐深，北山废弃木工厂昏暗的灯光照在那两名毒师的脸上，终日昼伏夜出的生活使他们阴郁得像两个大烟鬼。他们把那些红得像血一样的液体倒向下水井，又拿出一瓶黄色的液体，倒出一些，在大试管里倒入一些无色液体，观察着。

大黑猫背后站着武玉鹏和两名黑衣人，都拿着枪。他恶狠狠地说：“二位师爷，到了半夜零点的钟声敲响，你们如果还在做化学实验，就得随着刚才倒掉的液体去了。”

两位毒师脸上没有任何表情，仍在静静地观察着大试管里的液体。那些液体在一点点地变白、变清，直到底下形成透明的结晶体。一名毒师用掏耳勺小心翼翼地弄了一点晶体，送到大黑猫嘴边。

大黑猫惊恐地用枪一指，那名毒师用舌尖舔了一下，满意地笑了：“猫爷，我们成功了！”另一毒师问：“一样的制法，为什么上次没有成功？”那名毒师说：“上次是甲苯和乙酮放过量了，最关键的是，这里的水不行，污染太重。”

大黑猫收起了枪，伸出了大拇指：“不简单！”武玉鹏和那两个黑衣人退了出去。

张半仙看到这里，阴阴地笑了。

第二十七章　刨根问底，宝图初现

1

　　晨雾笼罩在龙城那条筒万俱全的建筑上，这个塞外城市便有了巴黎一样的神韵。一个脸上贴着美容贴的女人从街心公园走过，引起了很多晨练的人好奇地观看。她扯下美容贴，人们发现是敖拉倚，她的举动常常出人意料。

　　一声警笛响起，一辆警车从她身边疾驰而过，她抖了一下，向家走去。

　　她回到家拿起那半张旧地图来到一楼先人牌位前，点燃香火，磕了个头："列位先人，不孝女至今未拿回家传的鸡血麻神，更不用说找到契丹宝藏。得到此图，反复察访，仍未得到一点宝藏线索。准备用此图做药引，赎回鸡血麻神。若小女思路正确，请让香火再旺。"

　　说完，她眼盯着那香火，香火不但没旺，还闪了几下灭了。敖拉倚自语道："先人，你们这是反对吗？反对就告诉我怎样找到真的《辽域地志》。"说完，她跪在父亲敖拉维国的巨幅遗像前，回忆着父亲的片言支语……

　　有关木叶山的传说很多，口口相传，传了千年，或许已完全变了味。父亲曾经给她讲了一个故事：先祖敖拉将军的藏宝被封在穴内，侥幸逃离后，害怕金军缉拿和辽后主追杀，便逃到了一个叫合布特山（卧石山）的地方，在饿得奄奄一息时，鹿神出现了，他化作牧民，立了三块石头当锅撑子，用石臼给他熬牛奶喝，敖拉将军得以活命。后来，那座山被改称为锅撑子山……

父亲还告诉他，契丹皇室完成藏宝后，为了记住藏宝地点，曾找人绘制了一幅《辽域地志》，对藏宝地点有详细标识。宝图制成后，从中间一撕两半，分藏于不同的地方。但为了迷惑觊觎宝藏的不法之徒，又让人建造了五个假宝藏冢，制作了五幅假图，以给贪财之人血的教训。父亲还曾告诉她，找到了图，没有开启的钥匙也不行，有了开启的钥匙，没有开启方法还不行。

敖拉倚是接到一个电话后才从小祠堂出来的，她认为先人终于显灵了，想什么就会来什么。

她来到街心公园的时候，太阳已经升起来了，金疤癫已经坐在长椅上等了半天。敖拉倚走上前，打量着这个祖辈家奴的后代，发现他身上仍有家奴的气息，敖拉倚就更加相信自己是契丹贵族的后代。

敖拉倚冷冷地说："金老板，两个月前，你不是就说有那东西的线索了吗？怎么说完就和没事人一样不见影了呢？"

金疤癫抱歉地说："敖拉教授，我的主人，前段风声紧，他们不敢出手。"

敖拉倚轻点了下头："是这样，你可不能耍我啊！我要先验货。"金疤癫说："那恐怕不成，就是我想看看货他们都不让，他们要一手交钱一手交货。"敖拉倚摘下墨镜："钱我没凑够，先交些定金吧？"

金疤癫说："主人，我们可先小人、后君子，丑话说在前，他们原来说好的价钱又要提点儿，涨价了。交定金可以，款齐了付货，到时可别反悔哟——"

敖拉倚说："这好说，只要这东西保真，顺利到手，没有麻烦，价钱上我可能再给你们提高一成。"

金疤癫伸出三个指头："三成，他们要三成。"敖拉倚伸出一个指头："一成，我再给他们一件感兴趣的东西。"金疤癫问："东西？啥？"

敖拉倚站起身："到时再说吧，他们会喜欢的。金总，他们什么时候能交货啊？"金疤癫说："随时。不过，可要备足货款啊。不然，你的定金可就打水漂了。"敖拉倚回头说："交易条件我懂。"

金疤瘌望着敖拉倚远去的背影，心里荡起一丝波澜。想当年，他的祖先在快要冻死的时候，是敖拉将军把他带回了府里。他本人曾和敖拉倚是青梅竹马的玩伴，那副鸡血麻神就是他们的积木……

2

诸多的恩怨似乎都远去了。龙大章来到龙城博物馆的时候，龙小晴正在整理、复印一些有关日本遗孤资料。这些灰色的记忆尘封在红砖青瓦间，已经很少有人提及，那是战争留下的后遗症。

龙大章边翻边说："小晴，有关日本遗孤的资料就这些吗？"龙小晴说："馆藏的相关资料就这些，你只能在这儿看，不能复印和拍照，看完后要完好无损地给我拿回来，这些档案还未解密。"龙大章说："小晴，周边地区的资料也帮我借下。"

龙小晴边收拾资料边说："好吧，今天怕是看不成了，刚才妈妈打电话来，让咱们马上回家一趟。"龙大章放下资料："马上？那我可回不去，你就代劳吧。"龙小晴说："那不行，妈妈特意说你得回去，听着挺急的。"龙大章问："不是又让相亲吧？"龙小晴说："听着不像，妈主要想你，因为你是儿子。"

龙大章站起身，向西方望去，仿佛望见了老家的袅袅炊烟，是该回家看看父母了，他这一忙又两个月过去了。此时的父母在干什么呢？

伏龙区城郊乡河西村龙大章家靠村子最西头。想当年森林植被好的时候，郝子强家住在这里，常常受到豺狼虎豹的袭击。龙大章当木匠的太爷看郝家可怜，主动和郝家兑换了这处宅基地。因为龙家长短"兵器"齐全，不怕豺狼虎豹。

此时，老龙头正拿着一张古老的羊皮地图左看右看、上看下看，可是，他啥也没看明白。大章妈问："老头子，你神神秘秘地说的宝贝就这个啊？不就是一张老羊皮吗？"老龙头抬起眼皮，不屑地看了大章妈一眼："老太婆，这可不是一般的羊皮，这应该是一张很古老的地图，有着重要的文物价值。"大章妈问："你也知道什么叫文物了？"老龙头说："小瞧谁呀？我也算是博物馆的工作人员呢。"大章妈说："就咱们这穷得地无三尺平的地方，能有啥宝贝？"

老龙头说："老太婆，这你就外行了。我听于馆长说，当年咱们这一带在大辽国可是风水宝地。据说，现在的龙山寺在辽代叫神鹿庙，原来寺前有一块石碑。后来，那块石碑莫名其妙地丢了，庙也改成龙山寺。这附近曾经出过不少好东西，这幅图也一定值不少钱。"

大章妈一听，也来了兴趣："你确定？我看得找于馆长看看。"

老龙头赶紧把图卷起来："不能给他看，给他看了没收了怎么办？昨天，有个收古物的老客，我和他盘过道，他说要是古董值老鼻子钱了。正好我可以卖了它，给大章买房子、说媳妇。你倒是赶紧叫大章和小晴回来呀！"

大章妈说："我给小晴打了三次电话，没说挖出石匣子的事儿。老头子，这地图卖不卖给文物贩子，你得跟大章和小晴商量下，他们毕竟是端公家饭碗的人。"

老龙头一听不高兴了："就你嘴欠！我不管那个，谁给我钱多，我卖给谁。"

大章妈说："老头子，羊皮地图捐不捐给国家我不管。我们是需要钱，可这个钱，我感觉不踏实，还记得二十年前的事儿吗？"老龙头愣了一下，脸一红说："说那糟心事儿干啥？不要误了孩子大事。"

契丹王府博物馆，龙小晴正在用电脑打文件，电话响了，她惊喜地接起："子强……我就知道是你，怎么这声音，没感冒吧……那就好……你说什么？要和我断了？你开什么玩笑？不是玩笑……我有你说的那么不堪吗？别再找你？我不嫁给别人！你给我回来说清楚……"

电话里已没了声音，龙小晴再拨过去，电话里传来"您拨打的电话已关机"。她站起来失望地向外走，碰见姜美祺背着包和相机走过来。龙小晴低沉地问："美祺，来找我吗？"姜美祺说："是，报社开了一个《天南地北龙城人》的栏目，让写一些年轻人外地创业的成功人士，我想到了郝子强。"龙小晴尴尬地说："他呀……美祺，我正要找你和我哥呢。子强说他这辈子就在深圳发展了，让我另择名婿，你说我该怎么办啊？"姜美祺愣了一下："这样啊！刚有两个糟子儿就负心呀？算什么典范……我来得不是时候。"

两个女人正在惆怅，龙小晴的电话响了："哥……回去？好，我这就回去，在再生洞那儿会面。"说完，龙小晴撇下姜美祺，心里想着"当爱已成往事"郁郁而去。

龙山的傍晚像龙小晴的心情一样，她骑着电动车迎着晚霞驶去。在路边那块写着"再生洞"的石头边，她停了下来，并没有发现龙大章。她擦擦脸上的汗，摸摸那块石头，坐了下来，脑海里塞满了往事……

七年前的上学路上，龙小晴和郝子强在龙山的风景中穿梭。他们从再生洞里爬出来，在伏龙石上并排坐下，郝子强给龙小晴擦着汗水。郝子强说："咱俩从小就在一起念书，要想改变命运，就得走出龙山，从再生洞里爬出来，走出去。只是，我没命上大学了。"龙小晴问："为什么？"郝子强说："咱们两家世代修好，你还不知道我家情况吗。供我上高中已经借遍亲友了，再上大学，就得要了爹妈的命。"龙小晴问："那你怎么办呢？"郝子强说："半工半读，自学成才，个人奋斗……"龙小晴说："老一辈人都说，再生洞里藏有珍宝，我们要是能找到珍宝，就有学费了。"郝子强说："那只是传说，我们的祖先靠着这美丽的传说，穷了多少代了？醒醒吧……"

龙大章骑着电动车走过来，喊："小晴——小晴——"他走到跟前问："小晴，我和你说话你怎么没反应？"

龙小晴失神地望着远方："子强成功了……不要我了……"她的眼泪成串地流了下来，惊得龙大章眼睛瞪得溜圆："不要你了？他成功了？"龙小晴点了点头："哥，子强说他的事业开展得很好，让我不要拖了他的后腿……"

龙大章低沉地说："子强……真变心了？小晴，妈让我们回来，说是有大事商量，你知道是什么事吗？"龙小晴说："只催着回家，什么事也没说，不会是爸病了吧。"龙大章说："不像。听声音像是挺急的，我们快走吧。子强的事儿，容我打听打听再说。"

龙小晴默默地点了点头，她望了望天边的晚霞，骑上车，和龙大章一起向生她养她的小村走去，两人变成一个镀金的剪影……

二人一到村边，就嗅到了城郊乡河西村的晚炊气息。眼前就是他家的那棵大柳树，这时，龙大章发现一个黑影正在他家树下鬼鬼祟祟地走来走去。

龙大章说："小晴，你先回，我去问问郝叔，看子强到底是怎么回事。"龙小晴说："不用那么急吧，吃了晚饭去不行吗？"龙大章说："我倒是不急，我怕有人吃不下晚饭。"龙小晴哭丧着脸："还哥哥呢，都这时候了还拿我开涮。"她赌气推车向家走去，龙大章绕过一段矮墙，悄悄地奔向那黑影……

龙小晴的家里，大章妈正在屋子里做菜，看见龙小晴回来，停下了手中的活计，高兴地说："小晴啊，你可回来了，你哥呢？"龙小晴说："他上子强家有事。爸呢？打电话让我们回来啥事儿啊，在电话里也不说。"

老龙头从里屋一脸笑容地出来："小晴，我在这儿呢。你张姨给你介绍了个男朋友，约好了晚上去你张姨家看看。"龙小晴脸一沉："爸，我的事儿你们也不提前问问我？我不见！"老龙头愣了一下，默默地向里屋走去。

大章妈说："小晴啊，这个我看行，小伙子在咱村钱如意开的公司当律师，爹是馆长，人也不错，年轻轻就买上豪华轿车了……"

龙小晴一听，心里一愣，便没好气地问："妈，别说了，他托人来说亲了？"大章妈说："好像是家长的主意吧，当家长的谁不为儿女婚事操心啊！"龙小晴气愤地说："一个歪嘴律师！"大章妈一听愣了："嘴斜眼歪啊？那可不行。"龙小晴说："那倒不是，是心不正。他就是骑白马的王子我也不见！"

老龙头对于海平却有好感，可对郝子强没有任何好感，听到母女的分歧，他从里屋出来："死丫头，这事儿由不得你。我知道你想着老郝家那小子，我听说那小子出去七八年了，也没混出个人样来，咱们和他耗不起。"

大章妈也出来帮腔："混好了，怕也变心了，没听说书唱戏的陈世美吗？"

龙小晴赌气说："就是陈世美我也等他！"说完，钻进了自己住过的西屋，啪地关上了门。她斜靠在床上，望着墙上的奖状，七年前的情景又出现在她面前……

校长贾其明提着公鸭嗓、张着连堂嘴说："今天，由我代表王府中学向学生家长和新闻记者通报学生郝子强失踪的情况。我校高三学生郝子强于二○○五年六月六日，也就是高考的前一天在龙山方向走失。对于郝子强同学失踪一事，我表示严重的对不起。为了寻找郝子强，我们发动全市有关部门，共出动三百余辆车、一万人次，他们不舍昼夜，拉网巡逻。遗憾的是，我们没有找到他……"

龙大章头上缠着绷带站出来："贾校长，别说这个，你们到底能不能找到郝子强啊？他会不会有什么不测？"贾其明说："龙大章，你不要急嘛，找到与找不到我们都会努力的。至于他会不会有什么不测，我也想知道。大山里，百兽出没无常，一个身无缚鸡之力的穷书生，怕是够呛啊！"

龙小晴突然从人群里站起来："你才够呛呢，我敢肯定郝子强没事儿，我认为他是出走了，他是自主创业去了……"

老龙头在门外喊："小晴，不见就不见，叫你哥回来吃饭吧！"听到喊声，龙小晴才想起了龙大章，也该回来了，怎么还不见人影呢？

月亮升起来了。那个黑影伏在老龙头家院外草垛上，一动不动地向老龙头家望着。龙大章藏在院外的大树底下，他把手机关掉，静静地盯着那个黑影。

大章父母在屋内煎炒烹炸地忙活着，龙小晴出来帮忙。大章妈说："小晴，你歇着吧，现在的孩子哪有干活的呢。给你哥打个电话，叫他回来，我们吃个团圆饭。"

龙小晴回到西屋，拿出电话拨打着，电话里传来"您拨打的电话已关机"……

墙上的郝子强照片吸引了龙小晴，她把照片拿下来，擦了擦上面的灰尘，看着照片发愣，大章妈进来她都没有察觉……

七年前，放弃高考的郝子强出现在中原大地一条乡间路上。他臂弯上搭着外衣，手里多了两本书，在林间阳光的照耀下，依稀可见书封面上印有《世界一百个创业故事》和《钢铁是怎样炼成的》。他边走边啃几口饼子，日暮里，苍山里，多了一个年轻单薄而瘦弱的身影……

617

大章妈看小晴情绪不对，就悄声问："小晴，子强就那么值得你等待吗？"龙小晴说："妈，子强从东北走到深圳，不屈不挠地创业，这个时候，他可以放弃我，我能放弃他吗？"说着，眼泪滴在照片上……

大章妈不敢再问，回头在炕桌上摆满丰盛的晚餐。老龙头、大章妈和龙小晴坐在炕桌前，默默地等待着，谁也不动筷、不说话。终于，老龙头憋不住了："给你郝叔打电话了吗？"龙小晴答："打了两次，说没去他家。"大章妈说："这就奇了怪了，两人一起回来的，丢了一个，傻了一个？是不是撞什么邪了？"老龙头皱了下眉头："大白天撞啥邪？这个大章，就不是让人省心的主！"

龙小晴拿出一张发黄的纸说："爸，你看，刚在西屋看见我哥的准考证。二〇〇五年全国统一高校招生准考证，考生龙大章。"老龙头往鞋底子上磕着烟袋锅子："我错就错在让大章报了公安专业，这么多年，我们见他一面都难，天天还要为他提心吊胆。"

大章妈往桌子上端饭："这时候还不回来，出去找找吧。"老龙头说："听别人说，大章在凤城九死一生……不行托人往别处调调？"大章妈说："咱家这光景，大章那专业，他自己也不一定同意。"老龙头点点头，灯光下脸上的皱纹显得更深了。

大章的父母在默默地等，龙小晴在傻傻地想，一张准考证勾起了他们共同的回忆……

七年前的王府中学，门口挂着"二〇〇二年全国统一高考龙城市王府中学考场"的大横幅，学生家长们有的像鸭子一样伸长了脖子向里张望，有的在树荫下吸着烟闲扯。考场上，赵直帆正为一道数学题而抓耳挠腮，姜美祺奋笔疾书，龙小晴画完抛物线后向龙大章和郝子强的空空的座位望去，吴寄瑶接过一个流动监考传来的小纸条塞到裙子底下……

老龙头蜷缩在一个旮旯里吸着烟袋锅子。高考散场了，家长们把从考场出来的学子们围了个水泄不通，有的鼓励，有的安慰，有的给考生们打伞。赵直帆出来了，一头钻进了父亲的桑塔纳车里。姜美祺出来了，笑嘻嘻地扑进来接她的父亲怀里。吴寄瑶出来了，大咧咧地笑着。龙小晴出来了，她泪眼婆娑地发现了躲在角落里的老龙头，就跑过去喊："爸！"

"他龙大爷，"一个声音从门外传来，"小晴到底回来了吗？人家可是等了一天了，这也没个信儿。"老龙头赶紧下地说："她张姨，回是回来了，可是，这丫头……"张姨探进头来，不高兴地说："不同意？不同意也得告诉一声啊！"龙小晴也下地说："张姨，我不同意！对不起！"送走张姨，一家人才想起该上外边找找龙大章了。

老龙头家院外，那个黑影向院内张望着，龙大章悄悄地在他后边望着。他就像小孩玩的老鹞子叼小鸡游戏一样，随时准备扑上去。

龙小晴和父母从屋里走出来，两束手电光几乎同时照在躲在树下的龙大章身上。龙小晴喊："哥，你这玩什么猫腻呢？饭菜都凉了！"

话音未落，就见草垛上跃起一个黑影，飞快地向大道边的树林里窜去。龙大章噌一下向黑影追去，那黑影早已踪影皆无……

3

夜幕降临了，城郊乡河西村老龙家窗户透出柔和的灯光，乡村的夜晚一片虫鸣。这里虽离市区也就十五公里，可一家人已经有一年多没团聚了。

龙大章狼吞虎咽地吃着饭，龙小晴却滴水不进，老龙头看着小晴直敲烟袋，大章妈看着龙大章的吃相满脸幸福："大章，你慢点儿吃。"

龙大章终于放下了饭碗问："妈，叫我们回来究竟什么事儿啊？"老龙头说："是你妈想你们了。"龙大章说："我不信，一定有事儿。"老龙头说："就是小晴相亲的事儿……她不同意，就拉倒了。"龙大章说："不，还有别的事儿。"

大章妈忍不住了："老头子，你就别打马虎眼了。你爸有三件事要和你们商量。"龙大章说："三件事？还不少。"大章妈说："嗯，一是你和小晴也老大不小的了，婚事咋办？"龙大章说："我的事儿，心里有谱；小晴的事儿，我尊重她的选择。"龙小晴说："我的事儿，也不用家里操心。"

老龙头一边往烟袋锅子里塞旱烟一边说："第二件，你妈意思让你往别的机关调调，她担心你……"龙大章拉着母亲的手说："妈，这个以后就不要想了，我是学刑侦的，调别处，干不了，就得失业。爸，说重点，说第三件事吧。"

老龙头放下烟袋，面色凝重地打开一个布包，里面露出了一幅羊皮地图。龙大章惊问："哪来的？"老龙头得意地说："我从院子里挖出来的。"龙大章恍然大悟："爸妈，这就是那个黑影的目的，你们露富了。"老龙头一惊："这么说，这东西很值钱呗。"龙大章说："爸，先别说它值不值钱，说说怎么挖出来的，都有谁看见了？"

老龙头磕着烟袋说："是这码子事儿，我在房子后边挖菜窖，一个沾满泥土的石匣子被挖了出来。我小心地擦掉泥土，用小刀刮开蜜蜡，打开了一层层密封的包装，发现是一张古老的羊皮地图。你妈感到很惊奇，就找来左邻右舍，都不知上面画的啥。后来，我找个文物贩子看下，他也认不得是什么字，只说一定很值钱。后来，时猴子等混子也来凑热闹，我就收起来了。"

龙大章看着那张地图说："不用找文物贩子，小晴是行家，让她看看吧。"龙小晴懒洋洋地从炕上爬起来，仔细看了看："爸妈，虽然我说不好这个地图是什么时代的，但是一定很珍贵。最起码就这真空保存技术，就是一大发现。我要把它带回馆里去，让于馆长鉴定一下。"

老龙头赶紧把地图一卷，放进石匣："那可不行，我有大用途呢。"龙大章说："爸，这个地图出土后，我们的保存技术不行，会毁了它，听小晴的吧。"老龙头沉着脸没有吱声，他收起石匣子，把石匣子锁进了箱子里，看了看，终不放心，又加了一把锁后，才去睡觉。

河西村响起了鸡叫声，一轮红日冉冉升起，几缕炊烟也袅袅地升了起来。

一铺大炕上，躺着一家四口人。龙大章打了个哈欠，伸了伸懒腰："鸡鸣三省，好久没听到过了。"老龙头说："那是你心里没这个家了。"龙小晴说："还是家里舒服，可以当小孩儿，我又找到童年时的感觉了。"

大章妈说："孩子一大，我们也老了。你们要是早点给我抱回个孙子、外孙子，我也就年轻了。"龙小晴说："妈，又来了，会有那么一天的，到时别烦就行。"龙大章说："爸、妈，今天周日，咱们一家上龙山野游去吧。我想听听龙山的传说，看看龙山的风光。"

老龙头说："野游？我们这大半辈子尽野游了，你们去吧，我得在家看着我那宝贝。俗话说，不怕贼偷就怕贼惦记，昨晚那贼就很可怕。"龙大章说："爸、妈，这地图的事儿，听小晴的，送到于馆长那儿鉴定一下吧。"老龙头一摆手："你们谁也不要打这地图的主意，送去了，我怕是肉包子打狗——有去无回，我等着用它给你买房子、换媳妇呢。"

龙小晴说："爸，换什么媳妇，又不是旧社会。"大章妈说："你爸的意思是换房子，没房子谁家给媳妇啊。老头子，我们就陪大章和小晴转一趟龙山吧。"龙大章提醒道："爸，那地图你不要放在那儿，你那是给贼人指明方向。"老龙头想了想说："可也是。"

老龙头打开锁，把地图拿了出来，偷偷地换了个地方，又把锁郑重地锁了起来。

龙大章、龙小晴和父母每人带了一个筐，踏上了龙山，眼前是龙山无尽的风光。

龙小晴似乎忘记了失恋的烦恼："爸妈，这就是小时候我们常去捡榛子的龙头山，一个鸡鸣三省的地方。"龙大章说："小晴，你是学旅游的，你认为关于龙山的传说有根据吗？"龙小晴说："传说和传说不同，一部分传说是神话故事，一部分则是一代代传下来的史实。龙山的传说大部分来自史实，比如说龙山宝藏的传说等等，是历经二十几代人口口相传的，是吧，爸？"

老龙头说："是啊，在我们很小很小的时候就听你爷爷给我们讲龙山宝藏的传说。那时，我们就幻想着能捡个金元宝。可是，大半辈子过去了，看大地看得腰都弯了，连个铁疙瘩也没见着。"

老龙头和大章妈的身影隐没在树林里。龙大章站在一块石头上向下望去，却意外地发现了张半仙和敖拉倚的身影，这两个人同时出现在龙山上，着实让人费解。

他想走过去看个究竟，却被龙小晴叫住了："大章，快来，灵芝啊！"龙大章走过来，看见了一个大大的灵芝。他想，龙山确实是个宝地啊，怪不得很多人对它垂涎欲滴，难道张半仙和敖拉倚也是来寻宝的吗？

他看了看一脸落寞的龙小晴："小晴，哥对你平时关心不多，咱们都大了，也得为父母想想了，你决意等着郝子强了？"龙小晴说："让我像没事儿人一样转身离开他，很难了。"龙大章点了点头："我明白了，小晴，我支持你。"龙小晴说："谢谢哥。"

忙惯了城市生活，更加留恋这种休闲时光。满怀亲情和愧疚的龙大章总也走不出龙山，因为他太热爱这个地方了。当他们一家四口满载而归地下山时，他还不停地望着龙山……

4

昔日的原野风光和田园生活在当时并不觉得有多么惬意，在太阳偏西、要离开这里的时候，龙大章和龙小晴才感到这种生活的可贵。他们走出家门，依依不舍地和父母道别。

父母回屋了，龙大章打开了身上的背包，拿出那个石匣子，打开来，欣赏着里面的地图。龙小晴一惊："哥，你偷的？"龙大章说："不偷能给吗？"龙小晴感叹道："家贼难防啊！哥，爸、妈不见地图会急晕过去的。"龙大章把地图卷起来，放进石匣子，又把石匣子放进包里大咧咧地说："没事儿，我已经给他们留了纸条，这张图放家里会给他们带来灾难的。"

村外密林的树上，有一个人用望远镜向龙大章这儿扫描着，镜头定格在龙大章背着的那个招摇的包袱上，他露出了得意的笑。

龙山山道上，龙大章背着那个特别显眼的包骑着自行车，和龙小晴有说有笑地向山下走去。

来到再生洞前，龙大章说："小晴，子强的事儿你别着急，他或许遇到了新的麻烦。"龙小晴低沉地说："不去想他了。哥，那幅羊皮地图如果经鉴定是国家珍贵文物，爸、妈会同意献给国家吗？"龙大章说："争取做父母的工作吧，如果是国宝就应该属于国家，在个人手里不仅发挥不了它应有的作用，还会给持有人带来麻烦。过去，敖拉家族就因为鸡血麻神引来了'东北新干线'的关注。"龙小晴问："哥，如果这是个价值连城的稀世珍宝，你也不后悔吗？"龙大章说："越是价值连城，就越不是我们小老百姓所能拥有的。我们抛开有没有那么大的命享受不说，这件国宝放在国家博物馆它就有了价值，放在自己家里，它就是一片老羊皮。"

身后，一双眼睛贼溜溜地盯着他们，他们浑然不知。

到了龙城，天已傍晚。转过几条街，龙大章和龙小晴骑着自行车向博物馆走去，一个黑影也悄悄地拐了过来，隐在墙脚下。

龙大章停下车，悄悄地发了一个短信。龙小晴说："哥，我要回宿舍了，你别送我了，明天我让于馆长再鉴定一下。"龙大章把背包拿下来，郑重地交到龙小晴手里："小晴，你要格外小心。"龙小晴说："放心吧，我晚上自己出去溜达的时候多了。"龙大章不厌其烦地说："这和平时溜达是两回事，这可是国宝啊！"

龙小晴接过背包，挎在自己肩上。龙大章看了看茫茫的夜色，不放心地看着龙小晴向宿舍胡同里走去，他转身向外走。

龙小晴走进契丹王府博物馆的胡同，一把刀架在了她脖子上，一个低沉的声音在耳边响起："钱包、手机、项链，现在出声，让你永远闭嘴！"

龙小晴就把手机给持刀者，又往下摘项链，持刀者一把把那个装石匣子的包抢了过去。龙小晴把钱包扔出很远，持刀者去捡钱包，龙小晴转身向胡同外跑去，边跑边喊："警察来了！警察来了！"

持刀者捡起钱包撒腿就往胡同里跑，没几步，就见朱丽雅和鲁运堵在了胡同口。他又折回来，发现龙大章如铁塔一样立在自己面前。持刀者挥舞着刀向龙大章冲来，被龙大章一脚踹在关节处。持刀者"哎哟"一声向后一仰，跪在地上，刀子甩出老远，石匣子包飞了起来，被龙大章一把接住。他一脚踏在持刀者背上："跑啊，你倒是跑啊！我知道你会跟过来的。"他把持刀者向鲁运一推："交给你们了。"

朱丽雅和鲁运上前把那人铐了起来带走。

龙小晴跑过来问："哥，你没事吧？"龙大章问："小晴，没吓着你吧？我送你去单位。"龙小晴自豪地说："没事儿，哥，我配合得还不错吧？"

那个抢劫者被带到刑警大队的时候，嘴很硬，他只承认这次抢劫："警官，该说的我都说了，我也是穷得没法子了，能放了我吗？"朱丽雅走到他面前："放你？你不会愚昧到抢劫犯罪是要受到惩罚也不懂吧？"

朱丽雅在查阅抢劫者手机的时候，突然发现一张几个人吃饭的照片，虽不很清晰，可坐在中间位置上的一个人很像武玉鹏。她把照片拿到抢劫者面前问："这个人是谁？"抢劫者说："我不认识。"朱丽雅说："仔细看看，要不要我给你提个醒啊？这个人是我们通缉的重要嫌犯，你要是敢包庇他，要罪加一等。"

抢劫者看着武玉鹏凶巴巴的样子，眼睛不停地眨巴着，他犹豫了半天才说："我……要立功呢？"朱丽雅说："那得看你立多大的功了。"抢劫者说："他就是指使我抢的人，也是炸毁平原公司库房的人……"

审讯完那名抢劫嫌疑人，天已经很晚了，龙大章还在办公室等待着结果。朱丽雅把刚才的审讯情况梳理了一下，向龙大章做了汇报："这个人多年前因诈骗蹲看守所时，和武玉鹏认识。从监狱出来没几天，偶尔逛夜市时碰见了武玉鹏，武玉鹏便把他拉到背阴处，问他有个赚钱的活儿他干不干。当时，他正身无分文，便答应了。他才知道你爸挖出幅羊皮地图，武玉鹏让他扮作文物贩子，先拍回照片，然后高价收购。可是，你爸把图视作珍宝，贵贱不卖。他便产生了偷盗的想法。他在你家院外踩点时，被你发现，后来跟踪着你们，趁龙小晴进入黑胡同时下手，被我们拿获。"

龙大章听后沉思道："武玉鹏的行动不是自己的个人意愿，他竟然还敢在龙城这么疯狂地作案，说明他的老大比我们想象得神通广大，他们的网络或已渗透到农村。"

朱丽雅问："他们盗图又为了什么？"龙大章说："从传说上看，这张图和鸡血麻神之间有着必然的联系，有人指使武玉鹏盗窃鸡血麻神绝对不是为了换钱那么简单。"朱丽雅说："可是，师傅不让你插手鸡血麻神案，周至祥又处处给你设障碍，武玉鹏又人间蒸发，不好办啊！"

龙大章望着窗外说："找到武玉鹏是找到他的老大的关键，找到了他的老大，所有的问题都会迎刃而解。"朱丽雅问："怎样找到武玉鹏？"龙大章问："他和武玉鹏有没有约定交货方式？"

朱丽雅说："他们约定事成之后到夜市二人相遇的地方见面，再进一步商定付款方式。"

龙大章看了一下表，焦急地说："那就快去夜市吧，一会儿散了。"说完，二人匆匆向讯问室走去。他们给那个嫌疑人解开手铐，把身上的土擦干净，让那人背上那个包袱，叫上鲁运，三人穿上便衣，押着那人向夜市而去。

5

龙城的夜市是很热闹的，逛夜市的人不一定买东西，这也是人们的一种休闲和散心方式。晚上十点后，卖货的人忙着收摊儿，变着花样地叫卖、推销。这时，有说的、有唱的，南腔北调，此起彼伏。仿佛有了夜市，这个城市才叫城市，这个城市才会活起来。

据那名嫌疑人交代，他遇见武玉鹏的地方是夜市边上的一处卖西瓜的水果摊儿。摊主用一辆卡车拉了一车西瓜，边零售边批发，车旁摆着个小方桌，供在这里消费的人吃瓜歇脚。

那名嫌疑人就被龙大章安排在靠边的一张小桌旁，桌上摆着半个切好的黄瓤西瓜，嫌疑人坐在桌旁，慢悠悠地边啃西瓜边和卖瓜人唠嗑。龙大章、朱丽雅和鲁运分散在三个不同的方位，他们一边和摊主们讨价还价，一边拿眼睛瞟着嫌疑人，既要防止嫌疑人逃脱，又要防止武玉鹏脱网。

为了防止出现疏漏，龙大章还秘密让李明乔带领第十中队的人埋伏在夜市的外面。

那处豪华住所的阳台上，张半仙用望远镜向这个城市扫描着。龙城的夜色尽收眼底，可是，夜晚的灯光晃得他眼泪流了出来。

金疤癞站在他身后怯怯地问："大哥，那张老羊皮地图真的有那么重要吗？"

张半仙头也没回："从他发过来的图片看，或许就是我们寻找了几十年的《辽域地志》。以我多年研究契丹文字的写法来看，上面的文字是契丹文字无异，但不是契丹小字。"

金疤瘌说："刚刚时猴子传回消息，说那小子已经得手了，背着包裹像是在夜市等人。"

张半仙问："怎么能验证他得手了？"金疤瘌答："晚上时猴子以买主的身份去了老龙家，老龙头和老伴儿正在闹别扭，说是老地图丢了。时猴子没敢多问，回来在夜市上就见到了那个人。那人背的包裹猴子认识，就是老龙头包地图的那个。"

张半仙点了点头："这么看来，是真的了。通知武玉鹏，前去取货。取完货后，诓他去北山拿钱，然后就地处置了那个盗图者。"

金疤瘌答应一声，向外走去。

夜市上，那名嫌疑人的半个西瓜很快就要吃完了。按照事前交代，如果吃完了西瓜武玉鹏还不来找他，他就以批发西瓜的名义和卖瓜人砍价，但不能成交，以拖延时间。

嫌疑人晚上没吃饭，半个西瓜对他来说，简直小菜一碟，就差把西瓜皮啃了。吃完后，他便东拉西扯地跟卖瓜人砍价，可是，这个人笨嘴笨舌，砍着砍着，愣是把卖瓜人砍恼了。卖瓜人生气地说："你这也不是来买瓜的，你这是存心来砸场子的，哪儿凉快哪儿待着去！"这个嫌疑人本来就是个地痞流氓，如何肯吃一个卖瓜人的亏，就言词激烈地怼了回去。二人你一言我一语，越说越激动，卖瓜人一把薅住嫌疑人的衣服领子，两人就像黄瓜架一样支在那里……

此时，武玉鹏站在不远的树荫里，眼前的一切看得真真切切。他警觉地向四周观察着，今天的夜市和往常一样。此时已经到了收摊儿时候，街面已略显冷清。他又换了个角度，向西瓜摊儿望着，仍未发现异常。这时，他想自己可以走过去了，以拉架人的身份接触那个人，一定没有人怀疑。他又向四周望了半天，就要向那人走去，却发现，那人把卖西瓜的推倒在地，撒腿向对面的树丛跑去。

此时，只见龙大章、朱丽雅和鲁运像离弦的箭一样向嫌疑人扑去。武玉鹏吓得腿颤抖了一下，悄悄地隐没在树丛中……

一场精心安排的"钓鱼"，在愚蠢的嫌疑人不配合下失败了。当龙大章、朱丽雅和鲁运把趁机脱逃的嫌疑人押回去时，已经半夜。撤回所有的外围人员，龙大章深深地自责：自己想得太简单了，连一个愚蠢的痞子都斗不过，怎样向涉黑组织进攻？

6

不管昨夜怎样灰暗，今晨太阳照样升起。

在契丹王府博物馆馆长室，于伟绩摘下老花镜，又拿起放大镜。他一会儿皱眉沉思，一会儿又面带喜色，把个龙小晴看得一头雾水："于馆长，到底是什么图啊？"

于伟绩直了直身子，面带微笑地说："小晴啊，你拿来的羊皮地图我仔细研究过了，它可能是传说中的《辽域地志》的一部分啊！"

龙小晴兴奋地说："真的？这上面的文字我一个也不认识。"

于伟绩扶了扶眼镜："小晴，这个地图上既有契丹小字，又有契丹大字。中国认识契丹小字的人不多，认识契丹大字的人在龙城不超过三个。"

龙小晴问："于馆长，你说是一部分，还有另一部分吗？"于伟绩说："准确地说，这是其中的一半儿。"龙小晴问："一半儿？另一半呢？"

一听这话，于伟绩陷入了沉思，一年前的一幕浮现在他眼前……

那一夜，在刑警大队，于伟绩拿着那张图用手电照了照，用近视镜仔细看着。刘尔贵蹲在地上，不时偷偷地瞟一眼于伟绩和值班警员。那是一张没有名的地图，用毛笔绘制，契丹文标注。鲁运问："于馆长，有那么难回答吗？"于伟绩说："鲁警官，这是用契丹小字和大字组合成的文字，我也得仔细辨认……这是神鹿庙，这是平顶山，这是海金山，这是诗：云蒸霞蔚开心界，浮尘飞处雾蒙蒙。人生难得三关过，冬日春光雨月明。这首诗挺有意思，似乎是后半首……"鲁运问："于馆长，这到底是什么？"于伟绩吞吞吐吐地说："这张图……准确地说这只是半张图……"

龙小晴看着发呆的于伟绩问："于馆长，你在想什么？"

于伟绩这才回过神儿来："噢，我在想，这是一张宝图。"龙小晴说："太好了，我要动员父母把它献给咱们博物馆。"

龙小晴兴奋地拿着石匣子向馆里走，在门口的转角处，她和于海平撞了个满怀，只见他衣衫褴褛，脸上的挠痕还历历在目。龙小晴的石匣子险些掉在地上，被于海平接住了："对不起，实在对不起！"

龙小晴抢过石匣子挖苦道："于大律，这么狼狈还有心思找人提亲啊？"于海平尴尬说："小晴，提亲的事儿我也是回去才听说的，都是我多看我大了着急，对不起你啊。"龙小晴释然道："既然是这样，我就不怪你了，来这里干什么？"于海平说："建筑、修补。"龙小晴问："刚修补完还修补啊？"于海平答："正常，有时建筑就是为了修补。"龙小晴笑了笑："你的幽默，我理解不了。相亲的事儿，没发生。只是，你这脸？"

于海平做了个神秘状："嘘，小点儿声，别让我爸听见。说来话长，一言难尽啊。你那女同学吴寄瑶和钱夫人掀起醋海风波，又打起来了，殃及我这拉架的啦。"

龙小晴问："为啥打起来的？"于海平苦着脸说："你说你那女同学也是，非得当什么小三儿呢？她和钱夫见面儿就掐，和斗红了眼的公鸡一样，不见血不罢休。前几天刚交过锋，今天看寄瑶穿了新衣服，怀疑是老钱买的，又动了手……"龙小晴想了想："噢，我说呢，那天好像听见奇石馆有吵闹声，你还不快换换衣服？"

于海平尴尬地说："这不到你这儿换来了嘛。"龙小晴问："我这儿哪有你能换的衣服啊？"于海平说："你这儿不是有演出服吗？"龙小晴说："都是辽代服饰。"于海平自嘲地说："我要穿越，顾不上哪代的了。"

龙小晴出去给于海平找衣服，于海平看着那匣子很好奇。他刚要动，龙小晴拿了几件演出服回来了。于海平选了一件穿上，显得很滑稽："小晴，听说你家发了财了？"龙小晴问："发什么财啊？连个买房款都交不齐。对了，于副总，你们那房子有很多项目，为什么让购房者出钱啊？"

于海平说："咋说呢，通俗点说吧，就是羊毛出在羊身上。基础设施要配套，还有企业收的税啦费啦的，开发商不能出，那都得给购房者算上。"龙小晴说："这些费用也好几万呢。"于海平说："是啊，十多项呢。"龙小晴问："凭你面子，能免些不？"于海平讨好地说："是你的面子，能免，一会儿我和售房处说说……晚上有时间吗？我请你？"龙小晴说："要请也得我请你呀，你帮我办事呢。"于海平说："谁请都一样，只要你跟我吃饭，就是给我面子。"

于海平边搭讪边从龙小晴的办公室向外走，在走廊正好碰见于伟绩。于伟绩好奇地看着于海平问："你这是唱的哪出？"于海平嘲笑道："找小晴借身演出服，我们企业要演出……"

7

那个叫小山银次郎的日本专家来到城郊乡河西村老龙头家的时候，是带着半麻袋定金的。老龙头看了看成扎的新票，满怀欣喜地打开了两道锁。当他要拿出自己的宝图时，里面只有一张二指长的一个纸条："爸妈，图我让小晴拿给于馆长鉴定去了，你们不要着急。"

老龙头当时险些倒那儿去，直到大章妈扶了他一把，他才回过神儿来，恨恨地骂道："防得了时猴子这个外贼，却防不了家贼！"他的长烟袋撇出去惊起了几只乌鸦，扑棱棱地向南飞去，也惊得小山争次郎这个日本专家急急地向外跑，恨爹娘少生了两条腿。

大章妈把烟袋捡了回来，劝慰暴怒的老龙头："老头子，值得这么生气吗？"

老龙头跺着脚、红着眼："龙大章，心太大了，一张纸条就把地图偷偷地拿走了，这不是要我老命吗？快给他打电话呀！让他给我送回来！"

大章妈安慰道："着什么急啊？又没丢了。"老龙头喊道："你不打，我打！"他使劲按着电话键，电话刚一接通，他就吼道："龙大章，你把地图咋拿走的咋给我拿回来，要弄没了我和你没完！"

龙大章在刑警大队接起电话，吓得一愣怔，回过神来，赶紧解释："爸，地图不能放咱家里，不安全。"

老龙头眼泪流出来，着急地问："大章，你说，地图是不是让人家没收了？"

龙大章赶紧说："爸，没有啊，我只是找人看看是啥图，值多少钱。"

老龙头一听，如释重负："没收，你就给我拿回来！大章，你要是给我拿不回来，我就不认你这个儿子！"

龙大章说："爸，我听小晴说那张地图有很大的文物价值，我劝你献给国家吧。"

老龙头坚决地说："不，我等着用地图换儿媳妇呢，你个败家犊子！"说完，把电话一摔，气得直喘粗气……

龙大章说："爸——爸——你万万不可着急啊！"电话里已没了动静。

大章妈赶紧捡起地上的电话："老头子，你可别着急啊！"老龙头恨恨地说："大章、小晴，都不是让人省心的玩意儿……"他拿过摔坏的电话，眉头紧锁："我要给龙小晴打电话，不行我就去博物馆闹！"打了半天，才发现电话已经不能用了。

华灯初上，霓虹闪闪。龙小晴接完母亲的电话，和于海平走到了露天烧烤店。

龙小晴说："于大律，我们就在这儿吧，我请你，简单，大馆子请不起，我也不喜欢，就请你烧烤了。"

于海平笑容可掬："好，我喜欢。人，除了吃，就是喝，有啥意思啊！关键是情调。"

龙小晴说："那也得吃，民以食为天嘛！你点。"于海平说："同样是吃，分跟谁吃。今晚，就是吃啥，我都高兴。"龙小晴说："这个酸，快点吧。"

于海平在单子上画起来没完，画得龙小晴摸着钱包直出汗。她终于忍不住了："于大律，不能浪费啊。"于海平说："浪费？小晴，我听我爸说，你那张《辽域地志》价值连城，就是把这个城市买下来也不费劲，吃点儿烧烤算什么！"

龙小晴说："于大律，那图是国家的，我们怎么能拿它换钱呢？"于海平一愣："你不至于傻得真捐给国家吧？"龙小晴显然不爱听了："于大律，我们不说这个好吗？"

于海平尴尬了一下后，他借上洗手间之际，悄悄拿出五百元交给服务生。

回来后，他直视着龙小晴："小晴，喝酒前，我想问你个清醒的问题，你能如实回答吗？"龙小晴说："只要不是特别难回答的，我一定如实回答。"于海平说："那好，我给你出一道选择题。在你的一生中，我会是你的什么人？四选一：一是爱人，二是情人，三是红颜知己，四是朋友。"

龙小晴调皮地说："这事儿，你得问我同学美祺。"于海平不解："为什么？"龙小晴答："她念书时最擅长选择题，就是瞎蒙，蒙对率在百分之九十。"

于海平说："你在开我的玩笑，我是认真的。"龙小晴想了想说："我也认真回答你吧——你这答案少一项啊。"于海平问："少什么？"龙小晴认真地说："我想可以再加一项——路人。"

龙小晴的失恋并没有给于海平带来机会，他打开啤酒，倒了一杯，一饮而尽，没品到麦芽的甜，却有一丝苦涩浸入舌尖……

此时，感到啤酒像生活一样苦的还有刘尔贵，他和时猴子就坐在龙小晴和于海平的隔壁。刘尔贵到这里，是咀嚼失去工作、家庭的苦涩；时猴子到这里，是探听龙城的风风雨雨。诸如，老龙头家出土了老地图，他就是在烧烤摊上听到，又告诉金疤瘌的。因为，他知道消息有时能换酒钱。今晚听到的"《辽域地志》，价值连城"，交到金疤瘌那儿，怕是要值十次烧烤钱了。

第二十八章　觊觎宝图，逼索麻神

1

八月初的龙城夜晚，驱走了夏日的浮躁，这里正是人们休闲避暑的天堂。

刘尔贵无心和时猴子熬鹰拼酒量，他吃了几个肉串、两片烤馒头，便来到龙城火车站前卖他的水果。因为，孩子的入托费都载在他这辆倒骑驴上。

一名穿着农民工服装的邋遢男乘客从出站口走了出来。他左顾右盼，似很犹豫。刘尔贵不失时机地叫卖着："鸭梨，山大的鸭梨，十元两斤……"突然，他愣住了："啊？你——郝子强！怎么一身民工打扮？刚才龙小晴还在说你呢！"

郝子强一脸尴尬地问："你？谁啊？"

这时，郝子强的男同学开着出租车过来了，刚想张嘴揽客，一看是郝子强，他上下打量着他，好像不认识一样。郝子强灰溜溜地向旁边走去，弄得刘尔贵开始怀疑自己是不是眼睛出毛病了。

那位男同学把车开到了刘尔贵身边，刘尔贵向郝子强的背影望着问："那是不是郝子强呢，他怎么不认我呢？"那位男同学说："是郝子强。"刘尔贵说："肯定不是，郝子强在南方混成大老板了，怎么能穿这样？"男同学不屑地说："嗨，现在捡破烂的都叫老板了，你看他那熊样……就是他。"

刘尔贵一听，拿起电话打了出去："小晴……郝子强回来了。"他为什么要打这个电话，因为刚才在烧烤店他似乎听见小晴和子强有了隔阂，而他从心里看不上于海平，他要帮郝子强。远处的郝子强回头怔怔地听着，他跺了一下脚，转身向售票处走去。

龙小晴听到电话后，放下羊肉串，把于海平一个人扔在了烧烤店。她急急忙忙地打出租车赶到火车站前，根本没见到郝子强的人影。她扳过正在卖鸭梨的刘尔贵问："刘哥，人在哪儿呢？"刘尔贵说："唉——刚还在这儿等公交呢。"二人开始寻找，眼前是来来往往的旅客，哪还有郝子强的踪影。正在焦急，龙小晴的电话短信铃响了："命运不济，屡战屡败，一无所有，就此分手。郝子强。"

看到这里，龙小晴惊叹一声："子强破产了，他离开我了！"

刘尔贵一听，跺着脚骂道："你说什么？就他那熊样……离开你？"

郝子强躲在树的阴影里，看着龙小晴拨打着电话从他面前走过，他的眼泪就流了出来。泪眼中，他看着她的影像渐渐消失在夜色中，心里更加难受……

前些天还是"大师"的郝子强铩羽而归，他的命运随着风险投资起伏着，爱慕虚荣的他不想让熟悉的人瞧不起，也不想连累龙小晴。他本想偷偷地回到龙城，从小处东山再起，没想到碰到了两个熟人，让他进退两难……

龙小晴回到龙城博物馆宿舍后，消沉地倚在床上。她想起和郝子强的过往，想起于海平的殷勤，在两个男人中，该怎样取舍呢？她一时理不出头绪来。

来到窗前，她焦急地拨打了一个电话："郝叔，子强真没回家啊？我知道了……能去哪儿呢？"她落魄地忘了按电话，失神地望着窗外，电话里传来一个女子的歌声："月儿弯弯照九州，几家欢乐几家愁。几家夫妇同罗帐，几个飘零在外头？"

听着这首歌的人还有郝子强，此时他正站在自家的窗外，听着父母常听的这首歌。他曾想给父母买一个好的音响，换掉这老式的收录机，可是，摸摸兜，没有几个钱了。最终，他没有推开那时时为他敞开的房门，转身向院外走去。

心情难以平静的龙小晴再次拿起电话："大章，有两个事儿，烦死我了。"龙大章亲切地问："小晴，怎么了？"龙小晴说："地图的事儿，爸妈着急了，要来单位闹呢，怎么办啊？"龙大章说："这个，我知道了。你把所有的事儿都推到我身上，捐与不捐都要放馆里代管着，不能让这件国宝有闪失。"龙小晴迟疑地说："还有一件事，刘尔贵看见子强回来了，可是不知他去哪儿了。"龙大章说："子强回来了？我正找他有事呢。"龙小晴说："可是，我们没有找到他。"龙大章说："我想，子强不见你可能是投资失败了，他的自尊心太强，混不出个样子来，是不会见我们的，你再给他些时间。"

南下的火车是龙小晴的答案。郝子强坐在火车上，卖食品的推车过来了。他翻找包里的零钱，一张照片掉了出来，龙小晴正甜甜地对他笑着……

七年前的上学路上，龙小晴和郝子强在龙山的风景中穿梭。他们从再生洞里爬出来，在伏龙石上并排坐下，郝子强给龙小晴擦着汗水。郝子强望着远方说："咱俩从小就在一起念书，要想改变命运，就得走出龙山，从再生洞里爬出来，走出这王爷的荫庇……"

郝子强看了看窗外飞逝的景色，无奈地把照片装了起来。他一身农民工的打扮，目光坚定地看着前方，脑海里是自己怎样把八十万元炒成一万元的情景，脑子响着合伙人流着眼泪写的诗："飞流直下的是我们的眼泪，绿肥红瘦的是今秋的大盘。热钱像江河水一样流去了，风险带来了没有四季的冬天……"

郝子强又走了，超强的自尊心让他无法面对他的同学和亲人。他要南下，一九七九年，不是有一位老人在中国的南海边画了一个圈儿吗？郝子强要用仅存的一万元扳回这次的败局。

他正这样想着，对座戴着墨镜的大黑猫跟他搭上了话："兄弟，你这是北漂啊，还是南下啊？"

郝子强惆怅地说："脚踩西瓜皮，滑到哪里算哪里吧……"

大黑猫递过一名片："我是想得开饮品有限公司的销售经理李强，正在全国寻找代理商，我诚挚地邀请你加盟我们的公司。"

郝子强苦笑了一下："我现在一无所有，拿什么加盟？"

大黑猫笑道："用你苦大仇深的脸和我的信任，我在安城有个销售处，你可以去那里负责，售后返款。"

二人一路聊得投机，郝子强便跟李强在安城下了车。

2

雾色苍茫，晨风中的北山木工厂也开启了新的一天。当人们快乐而悠闲地在公园广场跳着鬼步舞，唱着"公园里，假山南，歌舞升平艳阳天"的时候，阳光下的罪恶也在上演。

北山废弃木工厂，一辆越野车悄悄地停在破烂的大门前，经过化装的张半仙和金疤癞从车上下来，定睛地看着破旧的大门上挂着的"龙城市有机肥料基地"大牌子。走进门里，左右各一个粪坑，发出难闻的气味。在大黑猫的引领下，二人捂着鼻子向楼内走去。绕过曲曲折折的杂物堆积处，就到了一个隐秘的楼梯，从这个楼梯上四楼，便是制毒车间。

车间内，罐装区和包装区分得很清楚。包装区内几名黑衣人正对毒品进行包装，有的像香烟，有的像充电器，有的像保健品，有的像化妆品。

张半仙满意地点了点头，向外走去。

阳光透过斑驳的树叶，照在几个人丑陋的脸上。张半仙站在北山的一块石头上向山下望去："《辽域地志》悄悄入馆，犹如蛟龙入海，龙城这会儿风平浪静了。"金疤癞说："大哥，武玉鹏没落入法网，已经很幸运了。"张半仙回头看了看大黑猫说："暂时只能靠毒品打江山了。"大黑猫躬身道："大哥，这些日子查毒品查得正紧呢，我们的饮料和红酒要不要停一下？"张半仙不屑地说："疤癞，这就叫雷声大雨点儿稀，这么多年，周至祥的套路我见多了。我们的'两头蛇'计划还要加大推进力度。"

金疤癞一脸迷惑地问："大哥，我至今还没弄明白'两头蛇'的含义呢。"张半仙斜了金疤癞一眼："我忘了你是厨师出身。通俗地说，就是用毒品搅乱公安的注意力，我们先把《辽域地志》弄到手，再把契丹宝藏弄到手，做一番大的事业。"金疤癞若有所悟："大哥，你这一说，我心透亮了。"

张半仙看了看站在远处的武玉鹏问："那位爷休息得都胖了吧？"金疤癞回道："大哥，你让他投靠秃哥，他没有办到。"张半仙问："他不是和大裤裆有交情吗？"

金疤瘌说："据说，李秃子说到他，就想起了三国时的吕布，坚决不和他沾边儿。"张半仙问："嗯？他真要像吕布一样做个三姓家奴？"金疤瘌说："那倒不至于，就是发发牢骚而已。这一年，他常嚷嚷着要分鸡血麻神的钱。还说……鸡血麻神，设计了半天，交上去还要收回来，这是脱裤子放屁——多此一举。"

张半仙头也没回，指着山下一辆拉砂子的车说："看见那辆车了吗？后退是为了前进。龙大章回来后，一直没放松对鸡血麻神和毒品、武器的追查。现在，我们把周边城市的毒网已经布局完毕，够龙大章他们忙活一阵子了。告诉武玉鹏那个武夫，消停一下，别坏了我们的大事！"

金疤瘌怯怯地说："大哥，把鸡血麻神送给姜长庚一半，不光武玉鹏想不通，我也想不通，我们想讨回鸡血麻神难了。"张半仙回过头来："当初要不是那样做，你还能站在我面前说话吗？我们把半副鸡血麻神交给姜长庚是为了套住他、制衡他，让他有口难分诉，不敢有大动作，给我们充分的时间找到《辽域地志》。那东西让姜长庚保管着比我们保管着安全得多。疤瘌，你还不理解吗？"金疤瘌嘟囔："理解了。可是，姜长庚会把那东西藏哪儿呢？"

张半仙说："我想是在公安局的大楼里，而我们在那儿是聋子和瞎子。我们在套他，他也在套我们，老姜这个人很有耐力啊！"金疤瘌问："大哥，怎么拿下他呢？"张半仙目光深沉："智取。再给他加点压力，人的耐力都是有限的，他撑不住了，才会主动交给咱们的。每个人都有他的短板，姜长庚的短板就是太重荣誉和亲情了。告诉他，他的宝贝女儿白小艺已经吸食毒品上瘾了，让他三天内交货，不然，姜美祺将出车祸！"

一片乌云凭空而起，北山废弃木工厂瞬间笼罩在乌云下。张半仙看了看天，向车前走去。大黑猫进了小楼，加紧了他们的罪恶生意……

唯一知道大黑猫一点线索的郝子强无声无息地走了，这个死要面子活受罪的男人，不知不觉地进入了大黑猫的阵营，还不自知。

龙大章知道，大黑猫没死，龙城的幕后黑手没除，"东北新干线"就一定会死灰复燃。那些被秘密取走的毒品，到哪儿去了呢？

就在龙大章追寻着凤城过来的那批毒品的时候，朱丽雅把一份缉毒大队的协查通报放在了龙大章的桌子上："大章，师傅让你阅办。"龙大章拿起通报看着，就念出声来："周边地区均发现毒品吸食情况，唯龙城尚好……丽雅，这龙城尚好，是何意？"朱丽雅说："大概是说龙城治状况良好，或是说有你这缉毒英雄在，毒犯不敢涉足呗。"

龙大章沉思道："问题没那么简单吧，周边均发现毒品，唯龙城清静地一块儿？这说明，一是我们打击有力，二是隐藏的问题大着呢。"朱丽雅问："不会是兔子不吃窝边草吧？"龙大章又拿起大黑猫的照片和"东北新干线"的资料说："毒贩没有那么高的境界，没有问题才是最大的问题。"

这时，姜美祺进来了："大章，是不是很忙啊？我想采访一下有关龙城毒品方面的情况。"龙大章说："毒品的问题你得采访缉毒大队。不过，我们正准备协查，详细情况得走访一些群众后才能给你说法。"朱丽雅故意说："大章，走访群众的事儿这就去吗？"龙大章说："这就走。"姜美祺挑衅地说："我也去。"

龙大章夹在两个刀子一样的女人中间，开始了一天的走访。三人从帝豪会馆出来时，太阳已经偏西，一身的疲惫使两个女人暂时停止斗嘴。

朱丽雅说："帝豪这儿还真没有一点毒品的气息。"龙大章说："其实，我们这样查毒品是找不到任何线索的。"姜美祺问："那我们为什么还要这么大张旗鼓地查呢？"龙大章说："这样查，就会给贩毒人一种错觉，我们只是在走过场、摆阵式、玩花枪，只有这样，他们才会认为运动式执法会一阵风地过去，然后跳出来。"朱丽雅说："假作真时真亦假……"

姜美祺说："我发现，当警察和当记者有很多相似之处，既要敏锐，还得沉到底下去。"龙大章说："是啊，只有和群众打成一片，才能发现案件线索，可能毒品就在我们身边。"姜美祺问："大章，我的剧本看完了吗？关于里面描写的爱情，符合现实吗？"

龙大章说："这几天太忙，没顾上看下半部分呢。"朱丽雅插嘴道："姜美人，你写的爱情我看了，一个有夫之妇要嫁给初恋，太不靠谱了。"姜美祺说：“没有什么靠不靠谱，我想让故事咋结局就咋结局。”龙大章说：“这个故事，还没到谈结尾的时候，改着看吧。”

朱丽雅疑惑地停住了脚步，心想：改着看？少妇和初恋还真有戏？

3

龙城大街，刺耳的汽车喇叭声盖过了白小艺的电话，她焦急地喊：“猴哥……听清了吗？你可快点啊！好，忘情夜总会对面见。”她急急地向路上的出租车招手，一辆出租车没等停稳，白小艺就坐了上去。

在忘情夜总会对面某烧烤摊儿前，白小艺下了出租车。摊主华子余把一串烤鸭脖递给了白小艺，白小艺坐在椅子上饶有兴致地吃着。她不再焦急，显得兴奋而从容。忘情夜总会的霓虹亮起，白小艺悠闲地走了进来。

昏暗的灯光，刺耳的音乐，疯狂的舞姿。白小艺找到时猴子，选一个角落坐下，变幻无常的灯光照得人有些扭曲。白小艺说：“猴哥，感谢你给我介绍这多演出场子。”时猴子说：“客气了，你们赚钱我高兴。”

金疤痢坐在昏暗的角落里，看着白小艺，脸上的表情带着一丝冷笑。他对一服务生说：“上两杯红酒，给那位小姐加点冰。以后，只要他们来，就给我好生地招待着。”说完，向楼上走去。

红酒上桌，时猴子对白小艺说：“我们喝一杯红酒吧？”两个酒杯碰在了一起。

忘情夜总会三楼办公室，昏暗的角落里摆着一个小桌，金疤痢走到武玉鹏身边，端起酒杯喝了一口红酒。他看了一眼一楼大厅里的视频，热舞的白小艺仍然在舞池里机械地摇着头，时猴子表情复杂地坐在台下看着。

武玉鹏色眯眯地望着白小艺热舞：“这小姐还真是搞艺术的料。”金疤痢放下酒杯：“喝上那个，就是不想摇，脑袋也会随着音乐摇动。”武玉鹏眼睛盯着白小艺：“没想到姜长庚会有这么好的姑娘……”

金疤痢眼睛微眯：“其实……”他把酒瓶子一放，严肃地说：“鹏弟，你可不要打白小艺的歪主意，除非你不想要这个吃饭的家伙了。”他照武玉鹏的脑袋比了一下，武玉鹏不解地问："为什么？"金疤瘌喝了一口酒，直视着武玉鹏："不要问，不要说，要记住哥的话！"

在武玉鹏一脸迷茫时，金疤瘌喝了一口酒，十七年前的一幕又出现在眼前……

"东北新干线"头目王彪看着睡在筐里的婴儿："这孩子太可爱了。"妻子白文静摸摸孩子："谁家孩子啊？"王彪兴奋地说："咱家的呗，我们有孩子了！"白文静怀疑道："不会是偷来的吧？"王彪说："哪能呢？是农村一家生二胎怕罚款，遗弃的。这事儿，可谁也不能让知道啊！"

武玉鹏瞅着金疤瘌问："大哥，想啥呢？"金疤瘌愣了一下："其实……大哥犯不上从这小姑娘身上下手……不说了，你的死对头龙大章正在到处找你呢，你也不要太放肆了，以后不要到我这儿来了。抓紧逼老姜一把，鸡血麻神一到手，你就避避风去吧。"他叫过一个黑衣人，指指视频上的时猴子说："让那位爷好好潇洒一下吧，有些事儿，将来得靠他呢。"说完，拍了拍武玉鹏的肩膀："外面的月色正撩人，武弟，你得上场了。"

一轮明月照在龙大章、朱丽雅和姜美祺的身上，他们带着一身疲倦，在街口分了手。这一天，走访兜上来的线索还是很多的，可他们不能当着美祺议论。

龙大章望着转身而去的姜美祺说："美祺，用不用我送你？"姜美祺回头一笑："不用了，你也累了，早些回去吧。"朱丽雅看着他俩，心里有一种说不出的滋味，快步向前走去。

姜美祺告别龙大章，心里就有一种失落感。她不知道为什么龙大章上哪儿，她就会义无反顾地跟上，难道这是病？她想不太好，反正她懒得回她和赵直帆共筑的名义小家。她独自郁郁寡欢地走着，对面一辆车突然大灯一亮，刺得她睁不开眼睛。她看着那光束冲过来，便往旁边一闪，只见武玉鹏的车从她身边飞驰而过，消失在街口……

明月穿过乌云，照在敖拉倚家那二层小楼。

这一晚，敖拉倚终于有了笑模样，餐桌前，她拿起酒杯："老姜，我们也喝一杯吧？"姜长庚说："是该喝一杯了，美祺为了我们提前结了婚。"敖拉倚问："不知美祺和直帆生活得怎么样啊。"姜长庚放下酒杯："小倚，美祺常回家来住，美其名为回来看我，凭我的直觉，他们不是很好，这次我又错了。"敖拉倚长叹一声："噢，难为美祺了。"姜长庚说："我们的事儿明天去办？"

这时，姜长庚的短信来了："感谢你保存鸡血麻神，该交回来了。自然，我们会付你保管费的。美祺和小艺都在我们控制之中，别想歪的，不然后果你是知道的。"

姜长庚吃了一惊，神色凝重起来。敖拉倚疑惑地问："老姜，你怎么了？脸那么难看……谁来的短信？"姜长庚故作轻松地直了直身子："借款办证推销偷听……这乌七八糟的骗人短信，通信公司也不过滤一下，真烦人！"

敖拉倚起身给姜长庚倒水："至于生那么大的气吗？有些人、有些事、有些东西能放就得放……"姜长庚的电话响了："美祺……你没事儿吧？那就好。"敖拉倚带着探询的目光，始终没有问。

姜长庚不自然地站起来："小倚，我有点不舒服，我想回去歇会儿……"说完，急促地向楼下走去。

敖拉倚拿着酒杯僵在那里，她疑惑地看着姜长庚，实在看不透这个忽热忽冷的男人了……

4

雨后，一场大雾弥漫龙城，也弥漫了早练的人们的心。

姜长庚忙了半天，才想起去市政府参加会议。他到时，椭圆形会议室已经坐满了相关部门的负责人。

赵连起的讲话历来铿锵有力："同志们，我从伏龙区调到市里任副市长，同时兼任市公安局局长，希望大家从政治的角度，支持我的工作。市里发掘非物质文化遗产，设立了首届麻神艺术节。这是我到任以来提出的一项兴市方略，虽遭到一些保守人士的反对，我们不能因噎废食，要认真论证、积极行动……"

姜美祺在采访本上写着"麻神是什么"，后面画了一个大大的问号。赵连起继续讲道："麻神是什么？有关部门要组织专场讨论。文物部门要做好有关麻神艺术节文物的搜集和展出工作……"于伟绩认真地记着笔记，生怕漏听一字。龙小晴在本上写下："羊皮地图，龙山宝藏；鸡血麻神，开启之匙？"

赵连起看了看姜长庚和龙大章说："公安部门要为我市的重大举措保驾护航，比如说鸡血麻神案，发案快一年了，至今泥牛入海。我这个当领导的首先向全市一千两百万群众做检讨，伏龙区公安分局的负责同志也要好好思量一下自己的责任，散会后到我办公室认真汇报！"姜长庚和龙大章听到此处，惭愧地低下了头。

二人怀着忐忑的心情来到市公安局局长办公室。赵连起听着姜长庚的汇报，不时地皱起眉头，他摆了摆手："我叫你们来，要知道的不是你们清积的大方案，我是想知道，鸡血麻神案，你们到底能不能破案、有没有有效的方法破案。"

姜长庚迟疑地说："老首长，能破，只是……"赵连起打断他的话："没什么只是、也是、那是，市里正在筹办首届麻神艺术节，没有了鸡血麻神，艺术节就少了麻神之魂。这是硬任务，不能拖！长庚，你是不是真老了？当年的作风呢？"姜长庚掐灭了雪茄烟："赵局，我没老，我还和当年一样，我……愿立下军令状，半个月内不能破案，就地辞职！"

这让龙大章目瞪口呆："姜局，这……"赵连起摆摆手："就按姜局说的办！吴秘书，找纸笔。"

从局长办公室出来，姜长庚显得很沉重。龙大章不解地问："师傅，这军令状立得是不是有些唐突啊？鸡血麻神案沉积了一年，我们目前除了掌握武玉鹏，没有其他任何线索，抓不到武玉鹏，半个月如何能破案？"姜长庚叹口气说："久拖不决，也不是办法，总得有出头的日子吧？"

龙大章说："师傅，重新组织专案组吧。我提议加大对武玉鹏的查找力度。"姜长庚说："暂时不用，让我从头捋捋，半个月后再说……"

又一个夜晚来临了，龙城的故事总在夜晚发生。

姜长庚回到家中，他走向厨房，立在窗前，向敖拉倚家望去，他看到敖拉倚和白小艺弹琴的身影印在窗上。他打开米袋子，摸索了半天，拿出了那半副鸡血麻神，回到卧室，拿出一块麻将，对着灯光仔细研究着。这时，那血红的麻将变成妻子的一摊血……

赫老二嘲笑地看着白文静："哈哈哈，你也自首立功吗？我让你们结伴而行！"白文静扑过来挡在了姜夫人前面，赫老二手里的枪响了，白文静倒在血泊中。姜夫人和赫老二搏斗，枪又响了，姜夫人倒在血泊中……

开门声，姜美祺满身是土地走进来，脸上沾着树叶。姜长庚一惊："美祺，你这是怎么了？"姜美祺说："爸，没……事儿，不小心摔了一跤。"姜长庚疑惑地说："不是吧，你这两晚上出去都摔跤啊？以后晚上不要出去了，快吃饭吧。"姜长庚回到厨房，给美祺端来饭菜，姜美祺回忆着这两晚发生的事儿，那辆如噩梦一样的摩托车为什么总跟着她？她抬眼看了一下憔悴的姜长庚，没有言语。

姜长庚又向敖拉倚家望去，已经没了灯光，只有满天星星和独自行走的白小艺。他打开门，快步向楼下跑去……

龙大章站在龙城大桥上向下望去，姜长庚正领着白小艺过马路。他向天上望去，星星稀稀拉拉、时隐时现。那闪闪烁烁的灯火犹如一个个疑点向他袭来，从凤城发过来的大量毒品哪儿去了？鸡血麻神案和《辽域地志》之间有何联系？"东北新干线"下一步要干什么？师傅为什么轻易地立下军令状？

朱丽雅悄然而至："大章，为了案子，你又忘了白天黑夜。"龙大章回头望去，朱丽雅正在深情地望着他。他从心里感谢这个不离自己左右的战友和蓝颜，经过一次感情波折的他，还没从过去情感的泥潭里拔出腿来。他心里只有案子，他想从夜风中找到灵感，可是只有大片的黑雾袭来，天上的星光也逐渐退去……

5

昨晚的梦还没醒来，新的一天又开始了。

龙大章早早地来到刑警大队，在走廊里碰见了一脸疲惫的姜长庚，便赶紧打招呼："师傅，早。"姜长庚说："大章，一会儿召开的盗窃案案情分析会你主持一下。我到龙山寺有点私事要办，可能回来要晚一些。"龙大章说："师傅，你好像没睡好啊。"姜长庚说："是啊，最近老失眠。"龙大章说："师傅就是太累了，有些事交给我们去办吧。"

姜长庚低沉地说："是得交了……"龙大章看着无精打采的姜长庚向外走去，眼里现出一丝丝疑团：师傅仅仅是老了吗？师傅从不缺席案情分析会，为什么今天就交给了我呢？

晨光照在龙山寺的屋脊神兽上。院外上香的人很多，闹哄哄的。有人搭起了帐篷，有人露天支起了锅灶。小贩们以各种花样叫卖，摆象棋残局的静静等待，射箭套圈儿不时有喝彩声……

姜长庚走进寺院，文住持迎了上来："姜施主早。"姜长庚说："还没开庙会呢，就这么热闹啊，看上去像二十世纪七十年代的社会主义大集体呀。"文住持惆怅地说："是啊！有人提出了要搞庙会经济体制改革，以后寺院怕是静不下来了。"姜长庚说："不会吧，寺院毕竟是安静之所。"

文住持不置可否地问："姜施主，你每年都来烧香布施，为什么呢？"姜长庚说："为了我妻子……我要让她在那边过得安宁。"文住持听后点了点头，他对旁边一个不僧不俗的人吩咐道："宋居士，帮助姜施主摆香案。"

那人答应一声去了。姜长庚好奇地问："文住持，你刚说居士？什么叫居士啊？"

文住持边向僧舍处走边说："原指古印度工商业中的富人，因信佛教者很多，故称呼他们居士。后来，指在家的佛教徒受过三归、五戒训导的人。"姜长庚说："不懂。"文住持说："通俗点儿说，就是你们所说的佛教俗家弟子。"他指着走过的几名居士说："看，他们都是，每年庙会他们做很多工作。"

姜长庚定睛地看着，若有所思："好啊，我将来也做个俗家弟子？"文住持说："姜施主开玩笑呢，像你半生生杀予夺，清修难成啊。今天在这儿吃斋饭吗？"姜长庚说："不了，文住持，我下午还要到局里汇报工作，给我留间僧舍，我有时间来住几天。"

姜长庚走进侧殿，烧了炷香，口中念念有词，他去拿黄表纸时，发现纸上有字：三天期限，交回存物。

在寺院里发现纸条，这让姜长庚很疑惑。他向文住持望了望，发现文住持不知何时没了踪影。这时，电话响了，他接电话："小倚……好吧。"姜长庚放下电话，感到有点奇怪，敖拉倚从来不主动给他打电话，一定有急事。想到这儿，他匆忙把香点着，施完礼，出门开车下山而去。

敖拉倚默默地走在龙城大街的树荫下，忧郁而优雅，似乎周围发生的事情跟她无关。姜长庚穿着一身便服急急从对面走过来，额头全是汗珠："小倚，你这么急找我，一定有事？"敖拉倚一脸春风："自然有事，我想和你去民政局。"

姜长庚犹豫了一下："小倚，我们的事儿能不能缓些时日？"敖拉倚不解地问："不是你说要结婚的吗？"姜长庚说："我又改变主意了。"敖拉倚不满地说："过了宿就改变主意了？"姜长庚说："我想再去趟龙山森林公园，你能跟我去吗？"

敖拉倚怨艾地说："去干什么？回忆过去？我觉得我们的过去是一场梦……而且，不是美梦。长庚，我越来越不明白你了。"

姜长庚说："上次说你怀了孕，孩子呢？"敖拉倚生气地喊："以后少给我提什么孩子！"姜长庚说："小倚，你还是没有原谅我……"

敖拉倚无声地走了。二十七年前，连夜里做梦都梦见穿着雪白的婚纱走进婚姻的殿堂，可是，梦醒时看到的总是雪白的墙壁。现在，就是连这样的梦都没有了，不知又有多少年轻人在做这样的梦……

6

午后的公安宿舍仍然很闷热，办完了连环盗窃案的刑警们终于可以休息一下。朱丽雅疲惫地躺在宿舍床上看着书，她在梦中笑得很甜美……

《婚礼进行曲》响起。婚礼正在进行，朱丽雅穿着白色的婚纱与穿着西服的龙大章走在红地毯上，两边是欢呼祝贺的亲友。主持人鲁运兴奋地说："一对新人正手拉着手、肩并着肩向我们走来……"

一阵手机铃声惊醒了朱丽雅的梦，她半眯着眼，懒洋洋地问："谁……呀？这么晚打电话……"龙大章的声音："这么晚？这是下午。丽雅，怎么连我的声音也听不出来了？"朱丽雅坐起来："噢，二师兄啊，睡着了，正做梦呢？"龙大章问："梦着啥了？"朱丽雅说："好梦，不告诉你。"龙大章说："尽管好梦留人睡，可是你得上班了，有个案子碰一下。晚上我想请你吃夜宵，行吗？"朱丽雅惊喜地问："真的？我马上去。"她放下电话，呼地坐了起来，赶紧梳头洗脸，美滋滋地照着镜子。

暑热渐消，遍地槐花。乘着夏日晚风，龙大章和朱丽雅来到忘情夜总会对面的烧烤摊儿。很快，一提溜啤酒和各式烤串便摆在了二人面前。

心有所想的朱丽雅喝着啤酒，美滋滋地吃着烧烤："二师兄今天可是有点反常啊，这得花你多少私房钱啊！"龙大章说："师妹，别吃着人家，还损着人家。"朱丽雅脸色微红地问："二师兄，你就不想问问我究竟梦见了什么吗？"

龙大章心不在焉地向周围的摊子看着："我问了，你拒绝告诉我，肯定不是什么好梦。"朱丽雅兴奋地说："错，恰恰是特好的梦，我梦见……我梦见……我和你……"龙大章接道："心连心，同住地球村？"朱丽雅说："少贫嘴，说正经的，我梦见和你踏上红地毯了。"龙大章说："我明白了，我们获奖了。"

朱丽雅一听，扔下烤串儿跑了："不理你了。"龙大章赶紧结了账去追朱丽雅。

　　走在大街上，朱丽雅伤心地说："太伤自尊了。我还以为你特意请我呢，原来你的心思不在我这儿……"龙大章说："丽雅，实话和你说了吧，那个抢劫地图的人为了立功，刚才主动交代说，武玉鹏他们正要实施一个什么'两头蛇'计划，其中之一就是和毒品有关。"朱丽雅问："你下午要审讯记录是为了深挖余罪啊？"

　　龙大章接着说："据那名嫌疑人说，龙城已经有很多人沾染了毒品，而它的经营者好像是个烧烤店的摊主。"朱丽雅问："全市烧烤店几千家，谁知是哪个摊主啊？"龙大章说："从那个人描述的情况看，应该在这一带。"朱丽雅说："是这样？那我们应该在那儿多坐一会儿。"龙大章说："再回去他们会起疑心的。"

　　朱丽雅问："你刚才说'两头蛇'，那他们的另一头呢？"龙大章说："这个暂时一无所知。"

　　二人正说着，朱丽雅向前一指："看，那不是白小艺吗？"龙大章向前看去，就见白小艺和她的同学闹哄哄地向烧烤摊儿走去。龙大章和朱丽雅又返回烧烤摊旁边的绿荫里，向那个摊子望去。

　　朱丽雅今天心情很好，她早已忘了龙大章打破她好梦的不快，心早融入龙城夜晚这温馨的浪漫中。

　　又一个阳光明媚的早晨，城市喧嚣起来，清洁工们在扫着满地的槐花。敖拉倚是反对扫槐花的，她认为遍地的黄花就是龙城的黄金，那是一种吉兆。她走过槐花铺就的林间小道，边欣赏契丹文化广场边缘的浮雕，边不时地四下张望着，她在等人。

　　来到广场，她向一片槐花林的边缘望去。她眼睛一亮，发现广场上一排椅子旁边，金疤癞向这边走来。金疤癞这个先人家奴的后代再一次出现在她的生活中，不知是福是祸，可敖拉倚坚定地认为，这个胖得憨厚的厨师能给自己带来好运。

　　关注金疤癞的还有一个人，那就是姜长庚。他把刑警大队大队长办公室的门一关，聚精会神地查看着案卷资料。他翻了一遍又一遍，也没找到有关金疤癞的片言支语。此时，他脑子很乱，金疤癞笑眯眯地给他们端饭、上菜……金疤瘌照片上那似笑非笑的表情和袖口奇怪的扣子……龙大章让南方人口述，画师在画像……家里保险箱的头发丝断了……

遗憾的是，姜长庚只见过金疤瘌一次，当时还没太在意。重要的是，金疤瘌在凤城落网后，整了容，就是他站在姜长庚面前，姜长庚也认不出他。现在，"东北新干线"不是望风而逃，而是在主动出击，向他这个孤胆英雄挑战了。

姜长庚吸口雪茄，自语道："凤城余孽，除恶未尽。我们的敌人，你在哪呢？"他狠狠地捻灭烧到手的雪茄烟，继续翻阅着有关"东北新干线"的资料。这时，手机短信来了："老姜，小艺已经吸食毒品上瘾了，美祺这两个晚上侥幸逃脱。再不交货，她们就没那么幸运了。"

姜长庚吃了一惊，站了起来，马上打电话，电话里传出"您拨打的电话已关机"。他又拨了几个号，仍没有打通。他站起身，想向外走，突然一阵天旋地转，眼前一黑，倒了下去……

听到响声的龙大章跑了过来，他看见姜长庚倒在地上，地上散落着"东北新干线"方面的材料，一张铅笔画像引起了他的注意，李明鑫、钱如意、大黑猫等人的形象在脑海中不停地闪动着，他又想起文住持画的那幅画像——圆脸的胖子。

朱丽雅帮助龙大章把姜长庚送到医院，悄悄地说："大章，各处走访情况都汇总过来了，我们发现龙城及周边地区吸食毒品的情况非常严重，吸毒现象正在发酵，却没有查到毒源。"

龙大章吃了一惊："毒品？'毒瘾'发作了？丽雅，这就说明龙城的毒品已经悄悄地进入人们的生活，这可是我亲手发过来的啊！"

朱丽雅说："这个节骨眼儿上，师傅又病了……"龙大章说："线索是靠走访、摸排出来的，这样吧，我们抽时间走访一下，对毒品的来源做一次细致的摸排。"

二人回到急救室，各种抢救设备都用上了，龙大章和朱丽雅焦急地等着。一会儿，姜长庚醒来了："大章、丽雅，你们看见白小艺了吗？"朱丽雅回道："昨晚看见她在忘情夜总会的对面吃烧烤了，怎么了？"姜长庚皱着眉说：

"怎么去了那地方呢？哎——你们马上帮我找到她！"龙大章说："师傅，你就好好养身体吧，我们去找小艺。"

听医生说姜长庚可能是休息不足，一时着急，血压升高，静养一段时间就没事了，龙大章和朱丽雅才匆匆向外跑去。师傅为什么着急找白小艺呢？会不会和毒品有关？这一想法在龙大章脑海中飞速旋转着。

二人走后不久，姜长庚拒绝医生让他住院观察的建议，强行出院了。他要亲自找到白小艺，叮嘱她一番。这个孩子是最不让人省心的，从小姜长庚人就惯着她，现在想收口也晚了。找了一圈儿，一无所获，他垂头丧气、一脸疲惫地回到家里，默默地坐在沙发上等消息。这一等，如在火炉上，他一会儿坐下，一会儿又站起来。

终于敲门声响起，姜长庚腾地起来去开门。白小艺在前，龙大章在后。白小艺低着头默默无语地进了屋。龙大章也是一脸严肃，他担心的事情终于发作了。

姜长庚对白小艺伸出手，严厉地说："交出来吧。"白小艺问："交什么？"龙大章给小艺使了个眼色："小艺，交吧，我刚才在电话里已经和你姜爸说了。"

白小艺咬着牙根儿、瞪着眼，手指龙大章脑门儿："你个叛徒，你竟敢跟踪我。可是，我不明白让我交什么！"

姜长庚走过来，从白小艺的包里掏出一小包白色物品，温和地说："小艺，跟我说，这东西是谁给你的？"白小艺抬头看了看那包东西："我……"

龙大章看着白小艺："小艺，你要不想中毒更深，告诉你姜爸，谁给你的。"白小艺一声不吭。突然，她像疯了一样去抢姜长庚手中的白粉："还给我！还给我！"龙大章赶紧去抓白小艺，白小艺全身抽搐、口吐白沫，倒在龙大章怀里……龙大章焦急地说："姜局，赶紧送戒毒所吧！"

姜长庚拿起手机刚要打电话，又痛苦地放下说："不行，她马上要上大学了，送那去她还怎么上学呀？"龙大章焦急地问："那怎么办啊？"姜长庚摸摸白小艺的脉搏："没事儿，这种情况我见多了。"他拿出一个小包，用指甲沾了一点点粉末，给白小艺抹在嘴上，用水给她灌了下去，白小艺呼吸平稳了很多。姜长庚说："大章，你赶紧去接戒毒所的张医生，让她带药来我这儿一趟，顺便买根麻绳。"

龙大章看了看姜长庚，点了点头，跑了出去。

这时，姜长庚的电话响了："美祺……你电话怎么才通……没信号？下乡刚回？小心点儿，晚上不要出去！"

他放下电话，心痛地看着躺在床上的白小艺。此时的姜长庚非常自责，这些年，为了小艺他又当爹、又当妈，辛苦没少费，可在孩子的教育上，确实差远了。

7

在姜家一团乱麻的时候，赵家却是百事顺意。

赵连起和夫人坐在餐桌前，桌上摆满了可口的炒菜，静静地等待着。结婚后很少团聚的一家人又要共进午餐了。

赵夫人刚把酱牛肉端上餐桌，赵直帆和姜美祺一脸风尘地进门了。赵夫人赶紧迎上去，看美祺一身土，皱了下眉："美祺，好多天没回来了，怎么这么狼狈？"

姜美祺说："妈，下趟乡，让你们久等了。"

赵直帆走到餐桌前，用手捏了一块肉。赵连起说："这小子，成了家的人了，还是没出息。"姜美祺把背包和相机挂在衣架上问："爸，真要搞什么麻神艺术节啊？"赵连起说："是啊，大会上都公开了，还能有假？"姜美祺说："爸，我觉得……"

赵连起兴奋地接着道："我们追回鸡血麻神后，就设立这一节日。"

姜美祺低沉地说："鸡血麻神，现在一提到这个词，我爸就皱眉头，连饭都吃不下了，吓得我都不敢跟踪报道了。"赵连起说："这个案子确实难为你爸了。美祺，吃饭吧，下午有时间陪我去龙山寺，明天的庙会有我个讲话，你们当记者的也顺便了解一下庙会的改革情况。"赵直帆说："吃饭吧，把餐桌当会议桌了吧。"

吃过午饭，赵连起和姜美祺直奔龙山寺。正赶上去龙山寺的道路拓宽重建，司机只好绕道。

姜美祺坐在副驾驶的位置上，向车窗外望去，龙山的绿植红岩格外让人兴奋。她趁与公爹坐在一个车上的机会，向赵连起说起了群众对麻神艺术节的反响。

赵连起坐在司机后边，开始很耐心地听着人们对麻神艺术节议论，但因见解不合，赵连起便不再言语。

姜美祺只好又换了一个话题："爸爸，今年龙山寺的庙会有什么特别的地方吗？为什么你要亲自参加呢？"赵连起说："在今年的政协会上，有人提出，把寺庙管理和当地旅游产业化结合起来，做大做强寺庙产业。我这次去，是想听听以文住持为首的宗教界人士的想法。"姜美祺说："我想，寺院要清、要静，就不能搞什么产业化。"赵连起说："我也是这样想的。"

二人正说着，姜美祺听见前边一片吵闹声，有人堵在了道上。车被迫停了下来，姜美祺背着相机下了车。

十几辆拉煤车被截在路上，两伙人闹哄哄地拉开了架势。大裤裆指着吴寄山嚷道："你不让走行吗？这个道我们也走了有几十年。"吴寄山脸子一拉："说那外股六没用，看了吗？前面的矿现在是宏运公司的，这地儿宏运公司也买下了，这条路是宏运公司出资修的，它让谁走谁才能走。"

大裤裆轻蔑地笑道："兄弟，你那条腿好了？是不是这条腿又痒痒了？"吴寄山丝毫不让："上次老子饶了你，你小子不进监狱生活没色彩啊？"大裤裆恼羞成怒，把吴寄山扒拉到一边："让开，好狗不挡道，谁挡，压死谁。不就是赔你几十万吗？开车！"

司机吓得两腿打战，不敢开，大裤裆抢过钥匙，自己跳上驾驶室启动了大卡车，挡风玻璃透出了大裤裆的两眼凶光……

姜美祺跑过来劝道："二位，你们有纠纷要通过正当渠道解决，不能采取过激行为。"大裤裆斜了一眼："你谁啊？这就是我们的正当途径！"

说完，大裤裆开着大卡车驶来，车很快就要撞到姜美祺身上，姜美祺向路边的道沟倒去。吱，一个急刹车，大裤裆满脸杀气地从车里探出头来。

赵连起从车上跑下来，喊："美祺，美祺，你没事吧？"人们把姜美祺从道沟子里扶了起来，她模糊地看着跟前的人，那些人脸都扭曲了……

龙大章听到消息后，匆匆地进了龙城医院。在走廊里，他碰见赵直帆扶着姜美祺从急诊室里走出来，急忙问："美祺，你……"姜美祺淡然地笑笑："我……没事儿。大章，我的《毒战》你看完了吗？"龙大章说："快了，先好好养伤吧。直帆这回有活干了。"赵直帆没理龙大章，对姜美祺说："敬业，敬业，豁出老命来了，以后别上班了，我养得起你。"

姜美祺很不高兴地说："我要是让别人养着，我还叫姜美祺吗？"赵直帆不再言语，怅然地扶着姜美祺出了医院。龙大章望着二人的背影，心里疑团升起：白小艺吸食毒品，姜美祺险遭不测，难道他们是冲师傅去的？

此时，姜长庚在客厅内焦急地打着电话："直帆……美祺没事吧？没事就好，你们回来吧。"他放下电话，点燃一根雪茄，来回地踱着步，一根接一根地吸烟。姜长庚想：不明身份的人是奔着白小艺来的，大裤裆是奔着姜美祺来的，说到底他们是奔着鸡血麻神来的，我能让他们得逞吗？

这个价值几个亿的国宝对姜长庚来说是个"刺猬"，捧着扎手，扔了不忍。他后悔一年前没有及时交给国家，现在想交，有些话已经说不清了，他只有背着这个沉重的包袱负重前行，却找不到方向……

当当当，敲门声打断了他的思绪，他打开门，敖拉倚站在门口焦急地问："老姜，小艺呢？我想见她。"姜长庚小声地说："她刚睡着。"说完，把小艺的卧室门带上了。敖拉倚坐在沙发上问："是什么人害得小艺吸食了毒品？"姜长庚说："我想，是那些怕我追查鸡血麻神的人。"

敖拉倚说："都是鸡血麻神惹的祸，等鸡血麻神找到了，我想再给市政府打份请示报告，要回鸡血麻神的追索权。"

姜长庚很吃惊："什么？你的意思不就是说鸡血麻神是你家的吗？你看现在还不够乱啊？"敖拉倚说："发那么大火干什么？我作为鸡血麻神的第四十一代传人，要回原本就是我家祖传的宝贝，不合情合理合法吗？这事儿，我问过律师了，他说根据《中华人民共和国文物保护法》的有关规定，祖传的东西可以归个人所有。"姜长庚说："可是，你父亲已经捐献给国家了，从物权法的角度来说，你已无权再要回了。"

敖拉倚说："我父亲临死时告诉我，那时也是迫于凤城某个势力的追杀，不得已才捐献的。"姜长庚说："那不得了吗，你要是要回鸡血麻神，就不怕他们再找你麻烦吗？"敖拉倚说："我不怕，我有我的方法。"姜长庚说："听着很复杂！我头疼……"敖拉倚不满地说："什么头疼？我看你是犯糊涂……"

门开了，姜美祺头缠着纱布，和赵直帆站在门口："敖拉姨，小艺呢？"敖拉倚向里屋一指，姜美祺向卧室门口走去。姜长庚悄声说："美祺、直帆，你们看着小艺，不要让她出门半步，我去趟刑警队。"说完，带着满脸怒气而去。

啪，一记响亮的耳光打在金疤癞的左脸上；"啪"，又一记响亮的耳光打在金疤癞的右脸上。那处豪华住所的空气里弥漫着一股杀气。

金疤癞捂着肿起的脸委屈地问："大哥……你？"张半仙眼睛发红："我说让你们吓唬一下姜长庚，你们倒是动了真格的。我以前跟你说过，谁打白小艺的主意，我要谁的命，你们竟然敢背着我让她吸食了毒品！！！"

金疤癞大气儿也不敢喘："大哥，你冤枉我了，我也在查是谁干的呢。"张半仙恶狠狠地说："查出来，让他去见阎王！"金疤癞点头道："是……只是，不对她们动点真格的，老姜能听我们的吗？"张半仙吼道："笨蛋，你会把老姜逼得和我们决一死战的！"

在烟雾中，昏暗的灯光下，张半仙不再说话，他把麻将一捋，里面的东西南北风便到了他的手上。刚领教过这个干瘦老头巴掌的金疤癞惊叹于张半仙的身手，他战战兢兢地问："大哥，为什么总摆弄这几张牌呢？"张半仙说："我在看风向。"

金疤癞说："市公安局又重提鸡血麻神案，姜长庚还立了军令状，他怕是扛不住要交代了吧？"张半仙啪地打出一张西风："半副麻将怎么交？姜长庚是一个重面子、重情义的人，他交了，自毁前程不说，还会连累两个女儿，这样的事儿他不干。"金疤痢说："姜美祺那儿还没等我们动手，大裤裆倒先冲了上去。"

张半仙阴沉地说："正好能引开老姜的视线。姜美祺那儿再加一把火，但是，要注意火候，不能把老姜整绝望了。"金疤痢凑过来："老姜不敢太冒进，要是别人插手这个案子怎么办？"张半仙点头道："你这话攥到屎上了，那个龙大章就是我们的天敌。"金疤痢说："大哥，李明鑫和钱如意不是正在闹嘛，我们的'引火计划'不是可以转移视线吗？"张半仙轻蔑地说："没有包治百病的药方，再引，就引火烧身了，姜长庚、赵直帆和钱如意，都不会放过李秃子的，我们只管看戏好了。"

第二十九章　龙城缉毒，亲朋涉案

1

伏龙区公安局的气氛很严肃。刑警大队、缉毒大队和治安大队中队长以上的干部全部集中在这里，等着部领导下达命令。

姜长庚安顿好白小艺，就怒气冲冲地来到会议室。他扫视了一下众人，把桌子拍得山响："各位，你们看到没有，龙城的治安状况已经发展到了什么程度，有人大举贩卖毒品，有人公然驾车威胁，我们这些人头上的国徽就白戴了吗？"

周至祥看了龙大章一眼："姜局，说到毒品，过去龙城一直与毒无缘，直到我们的年轻侦察英雄去了一趟凤城，龙城的毒瘾就发作了。我看，解铃还须系铃人呐！"

龙大章站起来说："周副队长说得有道理，毒品成灾，确实和我发过来的那批毒品有关联，可是，我感觉问题没那么简单。我愿与缉毒大队的战友们一起把毒枭缉拿归案！"

姜长庚点了点头："好，有关缉毒案件，就按大章说的办。至祥，你马上安排人，拘捕大裤裆！"

周至祥得意地说："姜局，这就对了嘛，我早就说过，跟李秃子混的人，没什么好东西。"他转身对李明乔说:"听见了吗?你和鲁运去拿人啊,抓住后给我狠狠地收拾。"李明乔刚要向外跑去,姜长庚叮嘱:"要依法行事,不要造成严重后果。"周至祥顿足道:"姜局,你对这些贼骨头太手软了,得用非常之法儿,趁势拿下鸡血麻神案!"姜长庚没有吱声,继续布置其他任务。

就在警方寻找大裤裆时,还有两个人也在找大裤裆。

一个是对大裤裆爱之入骨的吴寄瑶,她跺着脚,数落着钱如意和于海平:"我说钱总、于大律,李秃子他们那么嚣张,你就一点法儿也没有吗?治治他呀!如果没有姜美祺挡着,没准儿倒下的就是我哥!"钱如意唑着牙花子:"治,怎么治?又没伤着人。"于海平说:"从调查和勘验情况看,大裤裆就是想吓唬人,估计也没法儿治罪。我看啊,不用我们治,赵公子那一关李秃子也不好过。"吴寄瑶气愤地问:"难道便宜了他不成?"

于海平看了看钱如意,出人意料地提出一个建议:"钱总、寄瑶,我认为,不但不要治他,还要就此跟他联合起来……"吴寄瑶一听更生气了:"屁话,合着没险些伤着你家人。"

钱如意说:"寄瑶,听于律师把话说完。"吴寄瑶说:"狗嘴里能吐出象牙?你们在这暗室亏心吧,我找李秃子算账去!"说完,摔门而去。

于海平看了看吴寄瑶的背影,继续说:"钱总,你想,我们这两年为什么出了那么多事儿?是有人从中挑事儿。谁能挑这个事儿呢?很有可能是那个姓金的。如果说李秃子是地产界的白眼儿狼,金疤癞就是地产界的笑面虎,我们何不来个以狼驱虎?"

钱如意眼睛一转:"嗯,仔细想想,还真是这码子事儿。经过两次打击,我们的实力也今非昔比了,硬斗不是上策。只是,怎么联合李秃子呢?"

于海平说:"钱总,我想现在李秃子正给赵公子下跪呢,我们何不凑过去,卖他们两个人情?有了李秃子这杆枪,比我们单打独斗强。"

大辽绿都二八〇九餐室的灯光迷幻,气氛却紧张得不行。

李明鑫把一个信封塞到了赵直帆包里,赵直帆把那信封拿出来一扔:"秃子,说说,你到底啥意思?"李明鑫舔着老脸说:"赵公子,今天险些撞着贵夫人，可裤裆不是故意的，我们是来给你赔不是的。"他转脸向大裤裆喝道："还不给赵公子跪下！"

大裤裆扑通一声跪在赵直帆面前："赵科，是我有眼无珠，险些伤了夫人。你打我吧！只要别让我进局子……"

赵直帆对着大裤裆就是两脚，一脚踢在脸上，一脚踢在裆上："你个欺软怕硬的癞皮狗，给我滚出去，打你脏了我的手！滚——"

李明鑫一使眼色，大裤裆狼狈地爬了出去，正赶上吴寄瑶进来。吴寄瑶照着大裤裆又是两脚，直踢得大裤裆眼睛充血。赵直帆赌气要往外走，被李明鑫一把拉住："赵老弟，消消气儿，你要不消气儿，打我两下也行。大裤裆这小子你说咋治他都行。只是老爷子、姜局长和姜记者那儿还得你协调呢，不能往大了折腾。"

赵直帆说："你这还像句人话。"吴寄瑶说："说得轻巧，我倒要看看你怎样处置你那处处惹事儿的裤裆。"

正说着，钱如意拉着于海平进："正好，赵科在，今天这事儿，给评评理。"

李明鑫买赵直帆的账，却不惧钱如意，他腾地站起："就今天的事儿，能怨我们吗？我们司机开车压死吴寄山，那是交通事故，我赔得起钱，他赔不起命……"

赵直帆断然做了一个暂停手势："打住……打住……来精神了呗！李秃子，不是我说你，你这肚子鼓鼓的，闹半天是一肚子大粪。你压死他，那叫交通事故？于律师，你给他普普法。"

于海平赶紧答道："那罪名叫故意杀人。"赵直帆接着说："傻了吧唧，任嘛不懂。我是看咱们是哥们儿，不然，你人脑子打出狗脑子来，关我屁事儿？"钱如意赶紧说："那是，没赵科面子关着，我岂能惧你？"

赵直帆见两边都拿自己当根葱，便拉长腔调："二位，坐。对我来说，你们都是我的兄长，又都是我的好朋友，伤谁我都心疼，因为手心手背都是肉，你们得给我面子。"

钱如意说："就是，赵老弟是好心，你说让我咋着我就咋着。"赵直帆看了看还在较劲的李明鑫说："秃子，知道以前你们为什么斗来斗去吗？"李明鑫不解地问："为什么？"赵直帆说："你们听说过螳螂捕蝉，黄雀在后吗？对了，跟你俩说文词儿没用。"

李明鑫皱着眉头想了想说："他是不懂，我肯定懂。"赵直帆说："你们斗来斗去的，谁吃着好果子了？"李明鑫见这事儿是死孩子放屁——有缓，赶紧就坡驴："过去的事儿怨我，我给钱兄赔礼。以前是不打不相识，那一页就永远翻过去了，今后弟兄们看我李秃子的为人。"

这种痞子哲学和处世方式很快化解了矛盾，钱如意也一抱拳："好，既然话都说到这份儿上了，我老钱再说显得不近人情，这桌酒菜李老弟请客，我买单。"

剧情的发展出乎吴寄瑶的意料，她原以为赵直帆即使不为她，为了姜美祺也会冲冠一怒，没想到事儿就这么逆转了。

赵直帆一挥手，酒菜上来了。钱如意很绅士地站起来："两位，我敬你们，所有情义在酒里，我老钱没别的能耐，就是从大腿上割块肉，也得让兄弟们喝上酒。"赵直帆说："这不得了吗？碰一杯我就走，我得回去看看美祺，她正在气头上呢。"

咣，几只酒杯撞到了一起，吴寄瑶把酒杯摔得粉碎，跑了出去。躲在门外的大裤裆早听见了和平的声音，又见吴寄瑶怒气冲冲地跑出来，便挑衅地哼上小曲儿："大姑娘美来那大姑娘……"

可是，他和张半仙一样，猜到了故事的开头，却没有猜到结尾，走着唱着，就被什么绊了一下，一个嘴啃泥摔倒在地。鲁运一声断喝："铐上，局里唱去！"李明乔一个背扣，把大裤裆铐了起来，二人推推搡搡地把大裤裆押走了。

赵直帆回到家里的时候，见母亲赵夫人正在收拾碗筷，姜美祺用手提电脑正在打着什么，便凑过去："美祺，大裤裆那儿我替你出气了。你也不休息下，又在写什么呢？龙城有涉黑组织吗？这题目吓人。"

姜美祺回头问："直帆，你常在市面上行走，你说龙城有涉黑组织吗？"赵直帆说："什么涉黑组织？就是个打架斗殴，又没造成严重后果，能上升到涉黑组织的高度吗？"姜美祺反问："非得搞成旧上海滩那样才算吗？"

赵夫人听到二人争论，凑了过来："美祺，直帆这事儿说得有道理。你看，你要是把两伙人火拼的事儿报道出去，负面影响多大？这题目《龙城有涉黑组织吗？》就够吓人的。这会给龙城的公安，也就是你爸他们带来压力，也会给我市对外形象造成不良影响。"

姜美祺说："妈，说真话是我们记者的职责啊！正气不扬，邪气就会上升。"

赵直帆说："职责也得顾全大局。我都给他们两家调解好了，再报道不是挑事儿吗？"姜美祺感到奇怪："调解，直帆，这涉嫌犯罪，犯罪你也敢调解啊？"赵直帆说："美祺，别较真儿了，人平安就是好事儿，我们去看小艺吧。"

姜美祺不想当着婆婆的面吵架，她和赵直帆及赵夫人一起向楼下走去，目送着婆婆走远，才不太高兴地说："你们可真是娘儿俩，腔调都一样……"

2

夜晚的龙城大街，车水马龙，行人匆匆。

姜长庚送龙大章、张医生从家出来说："小艺的事，太谢谢张医生了。大章，你替我送送张医生。"

龙大章点了点头，陪着张医生过了横道："张医生，以你的诊断来看，白小艺应该怎样戒毒？"张医生说："以白小艺涉毒未成大瘾的情况看，她可以通过身体意志来实现戒毒。这是强行戒毒最原始的也是最危险的戒毒方法，对新型毒品的作用有限，一旦控制不了，要督促吸毒者自愿到戒毒所强制戒毒。"龙大章问："目前还要注意哪些事项？"

张医生说："关心爱护，转移注意力。鼓励其交代清楚毒品来源，痛下决心戒断毒瘾。还要特别注意与她交往的人员，以防重复吸食。"龙大章与张医生挥手道别："谢谢张医生。"

姜长庚站在楼上，看着龙大章和张医生在街口分了手。他向远处望去，就见赵直帆和姜美祺并肩向这边走来。

他们在人行道上走着说着，一辆摩托车从对面疾驰而来，车灯照得二人睁不开眼睛。摩托车驾驶人戴着安全头盔，直向姜美祺冲过来。姜美祺看着武玉鹏的眼睛，吓得"啊"地叫了一声，闭上眼睛倒在了地上。可是，那辆摩托车猛地一转把，从姜美祺身边飞驰而去……

刚过路口的龙大章听到了姜美祺的喊声，他跑了过来，看见一辆没有牌照的摩托车已经跑远了。他拦了一辆出租车追了过去，两车迅速消失在转弯处。

姜长庚在楼上看见了刚才的一幕，迅速从楼上跑了下来。赵直帆把姜美祺从地上扶了起来，叫着："美祺，别怕，别怕……"姜长庚跑到跟前问："直帆，怎么了？"赵直帆惊魂未定地说："有辆摩托要撞美祺。"姜长庚向远处望去，前面的路灯已经不亮了，灰蒙蒙的一片。这时，姜长庚的手机短信来了："再不交货，躲得了初一躲不过十五。"

武玉鹏的摩托拐进一个小巷，甩掉龙大章。三番五次地针对姜长庚家人的危险行为，让龙在章疑云顿起：是师傅掌握了鸡血麻神被盗案的线索，还是师傅和这个案件有什么牵连？他打了一个电话，得知美祺没事儿，才把一颗心落了地儿。

清晨，一场大雾笼罩了龙山寺，云雾缭绕间，这座千年古刹更加神秘。

文住持和一帮居士正谈论着庙会事宜，姜长庚进来了。文住持施礼道："姜施主，你又来了？"姜长庚说："文住持，我想到龙山寺体验一下居士的生活，可以吗？"文住持双手合十："人心向善，自可推崇。别说是来体验生活，就是你长住在这儿，本住持也会欢迎你的。"姜长庚说："不可戏言。"文住持说："说话算数。"

这时，姜长庚的手机短信又来了："昨天只是演练，以后怕是没那么幸运了。"

他看完短信，眉头一皱，心里马上想到了美祺和小艺。他掏出电话拨打过去："大章……小艺情况还好吧？"听到小艺还好的消息后，姜长庚长出了一口气。

大雾从龙山上下来，已经铺满龙城。如果从高空向下看，一定以为这是仙境。

　　龙大章和白小艺走在大街上，眼前是一家叫古韵的琴行。他们走了进去，仔细地看着钢琴，龙大章在一架黑色的钢琴前停了下来："我看这架不错。"白小艺看了看价签说："两万八呀，太贵了！"

　　越往里看，白小艺心越凉。虽然看了好几款钢琴，不是没相中就是价太贵。这时，她走到角落里一架很旧的钢琴前停了下来，仔细地看着。

　　琴行老板走过来："小姑娘很有眼力啊，其实，这架博斯纳钢琴非常名贵。十七年前别人放这儿寄卖的，可一直没有识货的人，就是卖主也不知了去向，这本老琴谱也是她留下的……"

　　龙大章走过来，仔细看了看说："样子太老了。"琴行老板说："兄弟，选择钢琴主要看音色、触感、调音稳定性、耐久性和张力，然后才要看外观。这琴就是样式老了些，所以价格只是现在同类产品的四分之一。"他轻松地弹了一端曲子说："你们听听，这音色、触感、调音稳定性、耐久性和张力与那架两万八的比一点儿都不差。"

　　白小艺默默地坐在琴前，翻开那本老琴谱，弹起了保罗·塞内维尔的《梦中的婚礼》，那优美而伤感的旋律立刻充满了整个小屋。琴行老板惊讶地说："真是巧了，我记得那天琴送来时，女主人也是弹了保罗的这个曲子。"白小艺合上琴盖说："老板，我就要这个了，交定金吗？"龙大章以为小艺怕花钱才买个旧琴，便说："小艺，要不等你姜爸来再做决定吧？"白小艺边掏钱边说："不等了，他上龙山寺，没时候回来。老板，我能把琴谱带回去吗？"琴行老板点了点头，收了定金。

　　二人走出琴行时，大街上的雾已要散去。龙大章问："小艺，你真要买那架琴了？不要听琴行老板忽悠，要是因为钱的事儿，我可以帮你。"白小艺说："大章哥，不仅仅是钱的问题，我喜欢那架琴，不知为什么，我一眼就相中了，这大概是一见倾心吧。"龙大章高兴地说："你相中了就好，好好练吧，没准能成为伟大的音乐家呢。"白小艺感激地说："谢谢你的鼓励，哪怕只是一个梦也好，就像《梦中的婚礼》。"

　　又走了一段路，龙大章轻声问："小艺，我不想破坏你此时的心境，可是，我作为一个刑警，有些事儿不得不问你。"白小艺说："我知道你想问什么。可是，我答应过我姜爸，让昨天的事儿从记忆里消失。姜爸心够乱的了，我不想让你再介入什么贩毒案了。"

作为一个老刑警，为什么不顺藤摸瓜地去查获毒品犯罪？龙大章很不明白，从公安的角度，也可以把白小艺带回局里讯问，但是，他看到白小艺那天真的眼神儿，又不忍心再问下去了。

龙大章疑惑地看了看白小艺，白小艺也看着龙大章。突然，白小艺脸色骤变，全身抽搐，一下子倒在龙大章怀里。龙大章急忙截了一辆出租车："快，戒毒所！"

时猴子和刘尔贵发现白小艺进了戒毒所，他们也在对面的小酒馆里停下来。

时猴子喝一口酒，叹了一口气："这差事不好干啊！"刘尔贵问："猴子，今天怎么老是唉声叹气的呀？你是在跟踪白小艺？"时猴子垂头丧气地说："不知什么人给白小艺下了毒品，金疤瘌怀疑是我，说要是三天找不出人来，就要我的命。"

刘尔贵吓了一大跳："要命了啊！他为什么给白小艺出头，又为什么怀疑你？"

时猴子说："唉，白小艺演出的场子不是我给介绍的嘛。至于他为什么对白小艺这么重视，我也没想明白。不过，我认为他就是贼喊捉贼。"

刘尔贵问："为什么这么说？"时猴子回想着……

那晚，金疤瘌拍拍时猴子的肩："兄弟，你不是喜欢看白小艺跳舞吗？她喝点酒，会跳得更欢，酒钱我出。"服务生送上两杯红酒……

时猴子正想着往事，一抬眼，看见龙大章、姜美祺、白小艺从戒毒所里面走了出来。他惊惶地说："我们撤！"刘尔贵说："哎，刚喝上，没喝好呢，再喝点嘛。"时猴子没理刘尔贵，避开白小艺他们，灰溜溜地走了，刘尔贵跟了出去。

白小艺似乎看见了时猴子的背影，她疑惑地看着……此时，一杯红酒在她面前晃来晃去，直到变成一颗红宝石……又变成一杯诱人的红酒……

姜美祺看着发呆的白小艺，心疼地问："小艺，你为什么发呆？"白小艺说："大姐，我饿了。"龙大章看见对面的餐馆，领着姜美祺和白小艺走过来。

落座后，龙大章问："小艺，吃完刚才的药，你现在感觉怎么样？想吃什么？"白小艺低着头说："大章哥，我感觉好多了，我想喝红酒。"龙大章一惊："红酒？小艺，你一定要有信心、有毅力。我问过张医生了，像你这种情况还要反复多次，你一定要坚持住，不管什么情况，都不要再吸。"

姜美祺着急地问："小艺，你能做得到吗？"

白小艺低沉地点了点头，没有说话。龙大章说："小艺，我今天请你吃饭，一年前我欠你一顿饭呢，你忘了？"白小艺脸色苍白地点点头，没有吱声。姜美祺问："怎么，不请我吗？"龙大章酸酸地说："对不起，赵太太，这样的小店你吃不习惯。"

夜风微凉，神清气爽。这是龙城一年中最惬意的时候，人们的主要活动在这样的晚上进行。

坐在那处豪华住所的写字间，张半仙认真地写着《大和遗孤随笔》。他认为，自己到做一下总结的时候了，免得百年之后，人们忘了还有他这样一个为大日本帝国舍命进取的人。

金疤瘌进来打断了他的思路："大哥，大裤裆让公安抓了。赵公子出面化解了钱李二人的矛盾，他们商量着要共同对付咱们呢。"

张半仙仍在电脑上打着字，头也不抬地说："面和心不和，各打小算盘，心中只有利益，这样的人成不了气候的。我们的最强的对手，过去是姜长庚，现在是那个年轻人。"

金疤瘌得意地说："大哥，老姜虽然没有归还鸡血麻神的意思，但是也没有大举措。"张半仙停止了打字："这个老姜，我对他用的反客为主应该已经起作用了，他暂时倒也不会轻举妄动。只要鸡血麻神还在他手上，我们就有机会。"金疤瘌走到写字台前，看了看张半仙写的《大和遗孤随笔》，问："大哥，你还真想成文学家啊？"

张半仙深沉地说："疤瘌，想当年，我在日本接受非人的训练时，我就立志，有朝一日，我要成为日本妇孺皆知的人物。我写随笔，就是怕将来有人埋没或篡改了我的历史。疤瘌，我让你查的白小艺吸毒案，有线索了吗？"

金疤瘌心里一紧："我正在查。"张半仙阴沉着脸，不再说话，他走到阳台上向远处的灯火望去……

那是龙大章、姜美祺和白小艺的身影。他们从敖拉倚家楼下走过，楼上传来了钢琴曲《梦中的婚礼》。三个人都凝神地听着，表情不一。因为，他们每一个人从曲子里听出的含义都不一样。

走过敖拉倚家，龙大章打破沉默："美祺，你接触广，帮我打听一下有关日本遗孤在龙城的故事。"姜美祺说："巧了，我最近正在采访一个日本遗孤在草原上成长的事儿，不过，你不能让我白打听。"龙大章问："你想要什么报酬？"姜美祺说："你要对我的《毒战》剧本提供一些事实线索，帮我完成我的第一部剧本。"龙大章说："好吧。美祺、小艺，你们回去吧。"

白小艺没有吱声，默默地向楼上走去。龙大章目送着姜美祺和白小艺回家，他心中有诸多的疑问，可是，却无从问起，为了小艺和师傅，他只好秘密调查。

姜美祺和白小艺开门进屋，默默地坐在书房的椅子上。白小艺拿出那本老琴谱，用琵琶弹奏着《梦中的婚礼》。一曲五味杂陈，弥漫了整个家。

姜长庚从厨房里走出来，看了看白小艺，又翻了翻白小艺的琴谱："小艺，哪来的琴谱？"白小艺说："买钢琴带的。可是，大章哥不让我弹这个曲，他给我买了新的琴谱，说让我多弹奏些欢快的曲子，可是，我就喜欢这个曲子。"

姜美祺说："小艺，你大章哥说得有道理，你要从阴影中尽快走向光明。"

但是，姜长庚爱听这首曲子。他回到卧室，《梦中的婚礼》勾起了他年轻时的回忆，使他陷入了沉思……

二十三年前，这首曲子至少让他想起了两个人。一个是卧底时公安给匹配的妻子，她与凤城涉黑组织头子王标的妻子听过一场来自龙城女演奏家的专场音乐会，演奏者的主打曲就是这首《梦中的婚礼》，听后对女演奏家赞不绝口。为此，姜长庚还特意从凤城买了有关这产曲子的琴谱，卧底回来后送给了敖拉倩。

姜美祺边听曲子边开导小艺说："小艺，我们每个人都要学会快乐。"白小艺说："大姐，快乐是自带的，不是学的，我的快乐从此丢失了！"姜美祺说："小艺，你一定要快乐。只有你快乐，你姜爸才高兴，你敖拉姨才高兴，我才会高兴。"

卧室又传出小艺的琵琶声，姜长庚望着窗外城市的夜景，眼神里透着无限的惆怅……

3

龙城的光阴总是那么不值钱，阳光从条筒万形的建筑上斜射下来，形成一个奇形怪状的阴影，当阴影不断地变幻，一天也就到来。

龙大章从阴影下走过，匆匆向刑警大队而来。近日，有关龙城及周边毒瘾发作的情况时有发生，对于毒源却一头雾水。他刚进办公室，想仔细地看一下走访材料，朱丽雅又拿来一叠材料进来了："大章，这是有关白小艺近期生活情况、交往情况的调查。"

龙大章拿起材料看着说："丽雅，这事儿绝不能让师傅知道，他怕影响了小艺的前程和心理，小艺要考艺术学院，她不能有心理阴影。"

朱丽雅调侃道："我明白，也不能让你那姜美人知道。"龙大章说："你说得对。调查中有什么新发现？"朱丽雅指着材料说："你看，有两个场合很值得关注，一个是忘情夜总会，这是白小艺最近常出入演出的地方；另一个是夜总会对面的烧烤摊儿，她男同学说，小艺每次演出前都去那个小摊儿吃一串叫炭烤鸡胗的食物。在夜总会给小艺介绍场子的是时猴子，而烧烤摊主外号叫滑子鱼。"

龙大章想了一下说："这倒和抢劫地图的那个人说的一样。重点查那个烧烤摊儿。"朱丽雅说："好，我马上安排人去。"龙大章说："不，我要亲自调查，你先陪我去一个特殊的地方。"

二人起身向外走，碰见姜美祺进来："大章，我正找你呢，你要出去呀？"龙大章问："什么事？"姜美祺说："大章，小艺的事儿不能听我爸的，必须调查清楚。"龙大章说："美祺，你放心，这是我们的责任。小艺能提供些线索吗？"姜美祺说："我问过多次了，她自己也说不清楚。"龙大章说："你要帮她克服心理障碍。"姜美祺点了点头："她的状况好多了。对了，我的《毒战》脚本还不过关，编辑说写得假，你要认真给我提出修改意见啊。"龙大章说："好，我领你们去个地方，你就明白了。"

越野车在龙城禁毒所院里停了下来。墙上写着"珍爱生命、拒绝毒品"的标语，很多通道都有细密的铁丝网或铁门。龙大章、朱丽雅和姜美祺在张医生的引导下走过各个戒毒室，发现有的戒毒人员打着哈欠、流着鼻涕和眼泪，有的全身是汗，有的呕吐、腹泻，有的意识丧失，有的狂躁、偏执、冷漠、心慌、焦虑、烦躁不安，还有一个人在扔被子，然后要自残……

在一间办公室里，姜美祺采访了一名叫孙二子的吸毒者，一个二十出头的小伙子。姜美祺说："孙二子，你不要紧张，说说你的吸毒过程？"孙二子很配合："我进来一个月了，是我爸我妈五花大绑把我绑来的。一个半月前，我参加了一次朋友聚会，喝了一种饮料，感觉那种饮料特别好喝，后来总想喝，可是那种饮料却从市场上断货了。朋友拿出一块像冰糖一样的东西，说这玩意儿比那饮料好使，能让人忘掉所有的烦恼，快乐得像神仙。他们把那东西放在锡纸上烤化了，吊起管子吸，个个飘飘然、神情销魂，我禁不住，就试了试。从此，我学会了溜冰。"

姜美祺问："溜冰是什么感觉？"孙二子答："有时会出现幻觉，看见一叠纸就是一叠钱，看见烟屁股就像金条……后来赌博什么都干，把家里值钱的东西都卖了或砸了。"姜美祺问："你知道这些冰来自哪里吗？"孙二子说："我哥们儿没说。"姜美祺问："你今天就完成戒毒了，有什么打算？"孙二子说："我要重新做人……"

他们从禁毒所走出来上了车，心情都很沉重，回望高墙，感觉他们都是被毒害扭曲的灵魂。

龙大章边开车边问：“美祺，知道你的剧本啥问题了吧？”姜美祺说：“还是不太明白。”龙大章说：“文学作品，源于生活，高于生活。你写的缉毒英雄太拔高了，结局太圆满了。你们看到了吗，‘东北新干线’并没有像你作品里所写的被彻底摧毁，他们还在犯罪，偷偷摸摸地、源源不断地向龙城以及其他城市输送着毒品和枪支。看见展板上那些吸毒的人员了吗？有的像狗似的蜷缩在地上，骨瘦如柴，生不如死。‘珍爱生命、拒绝毒品’，这八个字，绝不仅仅是一句口号！这就是我的修改意见。”

姜美祺说：“明白了，我还要深入生活，挖掘故事。”

越野车在刑警大队门前停了下来，龙大章问：“二位，禁毒所之行，收获不小吧？”姜美祺很满意地说：“反正我的收获不小，至于那位朱警官，怕是陪太子读书吧。”朱丽雅说：“我们是各尽所能，各取所需，你不是鱼，如何知道鱼的乐趣呢？”

龙大章接着说：“美祺，你的剧本我已大改一遍，希望别把你改恼了。”他下车从后备厢里拿出修改后的剧本，交给了姜美祺。一辆奔驰车停在他面前，从车窗后露出赵直帆半张脸：“美祺，妈喊我们回去吃饭，让我来接你，上车吧。龙副大队，要不要一起去呀？”龙大章说：“不用了，我和丽雅还有事儿。”

赵直帆向龙大章和朱丽雅轻轻地摆了摆下手，姜美祺上了车，车一溜烟儿开走了。朱丽雅望着远去的车感慨道：“有房有车，有职有权……”龙大章问：“丽雅，羡慕？嫉妒？恨？”朱丽雅说：“有点儿。”

龙大章说：“别看人家了，从我们调查的情况看，毒品主要来自那种突然出现而又快速消失的饮料里，这说明，‘东北新干线’一直就没闲着。我们亲手发到龙城的毒品正悄悄地流入我们的生活，摧残着群众的身体和精神。‘两头蛇’计划绝不是为了赚点钱那么简单。”朱丽雅问：“那怎么办？”龙大章坚定地说：“报请市局制订紧急预案，否则不知还有多少无辜群众受害。”

朱丽雅点了点头：“‘东北新干线’太毒了。”龙大章望了望西下的太阳，擦了把汗：“‘东北新干线’就是这西下的太阳，要落山了。”朱丽雅欣慰地说：“这一天总算没白跑，我们要不要和时猴子正面接触？”

667

龙大章说："假如小艺是在忘情夜总会吸食的毒品，那么，天天和她在一起喝红酒、吃零食的时猴子和男同学也会染上毒品，而经我们调查，他们都没事儿。这就说，重点应该是那个烧烤摊儿，摊主完全有机会在白小艺爱吃的炭烤鸡胗上做文章。"

朱丽雅说："嗯，大章，从我们在禁毒所调查情况看，主要线索都指向了那个叫华子余的人，这个人的身份我们还不清楚。"

龙大章说："华子余可能只是一个跑龙套的小角色，我们并没有他犯罪的直接证据。目前，首要任务是找到这个人，跟踪、监控，但是不要动他。"

4

每当太阳落山，龙城的夜生活也就开始了。

这一天，下班时间过去半天了，姜长庚和姜美祺还没回来，白小艺又自由了。她从家里出来，急急地上车向忘情夜总会方向而去。

一辆黑车不紧不慢地跟在后面，一辆红车跟在黑车的后面。

在忘情夜总会对过的烧烤摊儿，白小艺下了车。她走到摊前，要了两串炭烤鸡胗。摊主华子余打开一个特殊的佐料刷了上去。不远处，龙大章和朱丽雅在车里望着华子余和白小艺。

白小艺说："华师傅，你做的炭烤鸡胗太好吃了，我一天不吃就难受。"华子余说："我这可是祖传的手艺，你爱吃就是对我最大的鼓励。"他把两串鸡胗递到白小艺手中，白小艺拿着烤串向夜总会走去。

龙大章从车上走下来，站在夜总会门口："小艺，吃烧烤也不知叫龙哥一声？"白小艺问："龙哥哥，你来干什么？你来了，就给你一串儿。"她把烤串伸了过来，却被一只手接了过去，姜美祺突然出现了："我也要一串儿！"

龙大章去姜美祺手里拿烤串儿，那串儿便碰掉在了地上。龙大章伸手去捡，白小艺说："太可惜了，掉了，掉地上了，你还捡起来干什么？"龙大章说："保护环境。朱师妹，劳驾你把这两个串儿扔垃圾筒里。"朱丽雅走过来，把两串鸡胗放到塑料袋里，向垃圾箱走去。

龙大章和姜美祺同时问："你来干什么？"龙大章说："我想看看小艺的演出。"姜美祺说："我想给小艺捧捧场子。"白小艺听后，笑道："你们不是来监视我的？"二人回答："绝对不是。"正好朱丽雅也回来了，四人笑着向夜总会走去。

一阵狂躁的迪斯科风过后，白小艺从舞池中央走了出来，时猴子拿着两杯红酒迎了上去。他们落座后，就着几盘干果喝起了红酒。角落里，龙大章、姜美祺和朱丽雅向白小艺这边望着。龙大章叫过一个服务生，和他耳语着。不一会儿，那个服务生端着一杯红酒向白小艺走去："小姐，对不起，刚才我们把你要的红酒上错了，这杯才是你叫的高档红酒。"白小艺说："我说嘛，怎么这么难喝呢。"

服务生换下了那杯红酒，向龙大章走来。朱丽雅在昏暗的灯光下把那杯红酒倒进一个玻璃容器里，龙大章、朱丽雅向姜美祺点了点头，离开了夜总会。望着龙大章和朱丽雅的背影，姜美祺有着一丝惆怅。突然，她发现刚刚戒毒的孙二子正在舞池里热舞。姜美祺脱掉外套，露出性感的身材，向舞池中央走去。

一阵热舞后，姜美祺拉着孙二子走出了夜总会，孙二子一副魂不守舍的样子，眼睛睁不开，嘴角流哈喇子。姜美祺问："孙二子，如果不是我拉你走，看着你，是不是又吸食了？"孙二子痛苦地点了点头："大姐，我不是不想戒毒，我现在是百爪挠心，经不住那种诱惑。"姜美祺说："既然溜冰有那么大的魅力，你也介绍我入伙呗。"孙二子显然吃了一惊："大姐，你可真会开玩笑。"姜美祺严肃地说："我不会开玩笑，我觉得这是一个发财的途径，你帮我引进一个买冰的门路？"孙二子为难地说："这事儿可是在刀尖儿上行走啊……大姐，你有那么好的职业，犯不上吧？"

虽然姜美祺这次没有说动孙二子帮她买毒品，但是，两人的距离拉近了。孙二子告诉她，卖给他毒品的都是铁哥们儿，不能出卖了人家。姜美祺不解，难道毒贩也讲职业道德？

龙城的天日渐晴朗起来，明媚的阳光照进刑警大队的小楼，照在龙大章看的案卷上，也照在朱丽雅那期待的脸上。

龙大章说："丽雅，两个物品的化验结果都出来了，两串烤鸡胗里均含有冰毒，那杯红酒没有冰毒，是假红酒。这就说明，白小艺食用的新型毒品成分来自两串烤鸡胗。"

朱丽雅问："行动吗？"龙大章说："跟踪华子余，等请求局领导后秘密抓捕。"

追查白小艺吸毒案的还有张半仙。他一边心不在焉地看着《木叶山你在哪里》，一边等消息。终于，金疤痢回来报告调查结果了："大哥，查清了，给白小艺下冰毒的是忘情夜总会对面卖烧烤的华子余。"张半仙不解地问："他为什么给白小艺下冰毒？"金疤痢嘟囔道："大概……是为了钱吧……"

啪，一个大耳刮子呼在金疤痢的脸上。张半仙讪笑地问："为了钱？那串烧烤值冰钱吗？是你脑子进水了，还是以为我的脑子让驴踢了？我要亲自调查，看看是谁背着我搞的鬼！"

金疤痢一惊，但马上平静地说："大哥，你不能蹚那浑水了，公安已经注意他了。"张半仙气愤地把书一掼："这个无耻的小人，他坏了我的'两头蛇'计划！我本来是要让龙城的毒品晚些发作，也好掩护另一个动作，可是他提前引爆了。"张半仙面露杀气："华子余的事，你去办吧。"

警匪均剑拔弩张之时，华子余还沉浸在突然暴富的美梦中。命运让他认识了武玉鹏，"慷慨大方"的武玉鹏把那种饮料的独家代理权给了他，不用花自己一分钱，一个多月净赚三十万元。他半生也没见过那么多钱，武玉鹏让他对白小艺小姑娘下手，他能不尽心尽力吗？

烧烤摊儿前，华子余已无过去老实勤恳的本色，他颐指气使地指挥着工作人员干着活。他想，等到武玉鹏把白小艺拿下的那一天，钱还会哗哗地来。

不远处，穿着便衣的鲁运悠闲地欣赏着城市风景。不一会儿，华子余走到了一辆轿车旁，轿开车走了。鲁运也上了一辆车，跟在后边，他被警方盯上了。

轿车绕来绕去在一个偏僻的门面房前停了下来，华子余并没有下车，他向周围望了望，接了一个电话，车又开走了。汽车在一个大型饭店门前停了下来，华子余向饭店里走去。

鲁运在车内拨通电话："龙队，华子余似乎在交易，要不要抓捕？"龙大章说："先跟踪，没有证据前不要行动，我们马上去接替你，不要让他察觉。"

华子余拿了一包东西上了汽车，拐弯抹角地向街边的另一家饭店驶去。车停在了饭店门前，鲁运的车在后边跟了上去，龙大章和朱丽雅的车从侧面开了过来。华子余正准备下车，被一只大手一把拽住。华子余回头一看，发现戴着鸭舌帽的武玉鹏不知何时上了车。

华子余惊讶地说："你啥时上的车？"武玉鹏指着倒车镜说："子余，有人要抓你。你看，我们的后路被堵住了。"他指着龙大章的车说："侧路也逃不了了，赶紧往后倒！"没遇过这场合的华子余心里咯噔一下，脸吓得煞白："鹏哥，我……要自首，反正货不是我的。"武玉鹏说："赶紧倒车，别再废话。"他掏出手枪低声说："再不快点，老子崩了你！"

华子余挂上倒挡，一脚油门儿下去，车嗡的一声向鲁运的车冲去。鲁运的车身一震，人还没等反应过来，华子余的车已经冲出一条道，疯一样向大街开去。

朱丽雅一惊："龙队，我们追吗？"龙大章一边拐弯一边说："丽雅，赶紧通知前边设卡拦截，不要让他进了市区，这个亡命之徒什么都做得出来，不要伤及无辜。然后请求视频监控部门配合，报告他们的行踪！"

华子余和龙大章的车相继没影了，鲁运望着被撞残的车前脸，跺了下脚……

一直在等消息的张半仙站在阳台上向外望着，他的腰间电子屏闪了一下，他拿起来看了看，脸色变得像外面天空一样阴沉。

这时，他的电话响了，里面传来金疤痢的声音："大哥，不好了，失火了。"张半仙说："我已经知道了。告诉鹏哥，打防火通道，阻断火势蔓延。"

龙大章的车在街口被一辆闯红灯的车逼停下来，金疤痢打开车窗歉意地向龙大章招了招手，追踪的目标消失了。步话机里响起李明乔的声音："报告龙队，没有发现嫌疑车辆过来。"龙大章说："马上联系视频监控部门。"李明乔说："随时在联系，他们说嫌疑车辆在上一个路口过来后没在监控区域出现。"龙大章说："他们一定从那个居民区穿过去了。丽雅，坐好！"车子一个飘移，调头向刚走过的一个居民区驶去。

穿过那个小区，便是龙城的外环路。驶过龙山的沟沟坎坎，华子余的车终于在一小片开阔地停了下来。

武玉鹏跳下车说："兄弟，下来吧，前面已经没有路了，我们不能葬身悬崖。"华子余全身是汗，他惊恐地下车："鹏哥，这是什么地方？"武玉鹏说："这个山叫锅撑子山，千年以来出产锅撑子的地方。"

华子余看着地上的草说："为什么这一片没长草呢？"武玉鹏说："长了，只是被除掉了。"华子余问："为什么除掉？"武玉鹏说："改革开放后，这里变成国家保护的原始次生林，为了防火，就得打一条防火通道，烧掉这一线的草，就能保护后边一山的草。此时此刻，兄弟你就站在防火通道上。"

武玉鹏一边说着一边掏出刀子，向华子余逼近。华子余从余光中看见了武玉鹏的刀子，也掏出了刀子："你要杀我？可我就是个卖烧烤的小商小贩啊！我不想给那姑娘下毒，是你逼我的。"武玉鹏怪笑道："子余，受人钱财，为人消灾，你要是好好做你的买卖，不贪图我大哥的钱财，你能走到这儿来吗？兄弟，不是我要杀你，是我大哥要杀你，你没有利用价值了。"

武玉鹏步步紧逼，华子余步步倒退。武玉鹏在华子余转身要跑的时候，用尽全力插向华子余的胸膛。华子余一抬手，刀子也插向武玉鹏。武玉鹏向后一仰一闪，刀子扎在武玉鹏肩膀上。武玉鹏牙一龇，嘴一咧，刀子一转，华子余倒在了他身上，他一闪身，华子余趴在了地上。武玉鹏从华子余手里抠出刀子，又让华子余的手抓住插在胸膛的刀把，清理了一下现场，包扎好自己的伤口，向密林深处走去。

最先追到锅撑子山下的是龙大章和朱丽雅，接下来到达的是姜长庚和周至祥等人。警灯闪烁，刑警们的各种勘验工具一字排开，龙大章戴上白手套，把华子余的尸体翻了过来，朱丽雅用相机拍照，鲁运绘制着现场图，姜长庚和周至祥在旁边看着。

龙大章仔细查看了那辆抛弃在野外的汽车，向周围检查着。在一片密林里，他手上沾上了一点红色，他小心地用纱布取下来，放入塑料袋里，向密林深处继续搜寻着。但山林茂密，并不见一点痕迹……

刑警大队会议室，紧急的案情分析会正在召开，刑警们坐得很整齐，听周至祥分析案情："现在，我们把现场的情况梳理一下——死者，华子余，利用烤串贩毒。在我们缉捕中，独自逃至锅撑子山脚下，死于一把长把匕首，且一刀致命。现场勘察，尸体呈俯卧状，压在匕首上；周围只有被弃车辆上山痕迹，未见他人痕迹。遗留物检验，匕首上只有华子余一人指纹；经DNA检验比对，地上血迹系华子余本人，华子余系失血性休克死亡，死亡时间，晚上九时许……"

姜长庚拿出几页纸翻阅着："总结了一下大家的看法，周副队长认为是自杀，理由是嫌疑人在穷途末路时，自知罪在当死，所以自我了断；鲁运认为是意外死亡，理由是从现场勘察及检验情况看，当时车里没有别人，嫌疑人在夜晚视线不清时绊倒，刀子插进了自己的胸腔。龙大章认为是他杀，理由是……比较长，大章，你简要说下理由。"

龙大章站起来说："我们从一个不太清晰的监控看，华子余并不是独自逃跑，后座似躺着一人。虽然现场看不到别人的足迹，是因为夜间勘察，杂草掩盖了足迹。从现场血迹检验看，我们只取了华子余一个人的血样，实际上那个加害人也受了伤，我在密林里采到了他的血样。华子余只是有针对性地让白小艺吸食冰毒，在龙城及周边地区大面积毒瘾爆发的情况下，他或许只是个小角色……"

案情分析在争议中散会了，刑警陆续离开了会议室，龙大章坐着没有动，杀死华子余的会是谁呢？大裤裆，不可能，他在看守所呢。武玉鹏？他在亡命途中……

朱丽雅走过来："大章，又儿难了？我们要不要去大桥上走走？"

龙大章点了点头。龙城大桥，在他人生的轨迹上，曾经给了他多少启发，华子余案，又会给他带来什么启示呢？

5

夜晚的龙城大桥凉风习习，到处是休闲纳凉的人们。龙大章和朱丽雅走上大桥，忘情夜总会的灯光就出现在他们的视野里。他们走下大桥，向那充满迷幻的地方走去。

在忘情夜总会楼下的树荫下，孙二子和一个黑衣人窃窃私语。黑衣人小声地问："你说的那人可靠吗？"孙二子说："她是我表姐，能不可靠吗？都是现金交易。"黑衣人问："以前做过吗？"孙二子说："小打小闹的也倒腾过。"黑衣人说："要是出了事儿，你我的脑袋都保不住，听说对面烧烤摊的老板出事了。"孙二子说："我也听说了。"二人向对过的烧烤摊望去，就见姜美祺和白小艺远远地站在那里。

出了事的烧烤摊一片冷清。龙大章、朱丽雅走过来时，意外发现了姜美祺和白小艺正站在那里。他们走过去和二人打了招呼。

朱丽雅来到白小艺身边："小艺，就是这个烧烤摊儿害了你。"白小艺问："他们为什么要害我？我又没惹着他们。"龙大章说："小艺，对于坏人来说，他不会考虑是否你惹着他，为了达到某种目的，他们历来都不会考虑别人的生命和健康的。"白小艺喃喃道："现在想起来，吃着炭烤鸡胗，喝着红酒，那味道，太诱人了。"姜美祺说："毒品就像魔鬼。小艺，你是快上大学的人了，要用坚强的毅力去摆脱魔鬼。"龙大章咬着牙说："我们共同把龙城的魔鬼一个个揪出来，还你一个幸福而灿烂的笑容。"

张半仙站在忘情夜总会三楼的窗前，看着龙大章等人。他来回踱着步，金疤癞也像热锅上的蚂蚁："大哥，华子余的这条线断了，我们想让他嫁祸李秃子的目的没有达到，大裤裆被抓解除了他的嫌疑。可是，龙大章打击毒品的决心上来了。"

张半仙冷冷地看着金疤癞："疤癞，华子余的故事结束了。可是，我总觉得哪儿不对劲。我交给你们的任务是让华子余把目标引向大裤裆，并没有让他对付白小艺，是不是你背着我下的指令？"

金疤癞吓得扑通一下跪在地上："大哥，你就是借我八个胆，我也不敢背着你行事啊！"张半仙冷冷地说："好自为之吧。在龙城，我们还有多少像华子余这样的角色？"金疤癞说："还有二十多人。"张半仙说："叫他们马上撤出龙城这个阵地，转战到其他城市。要记住，我们的场子不能有一点黄赌毒！"

金疤瘌赶紧答应一声跑了出去，他擦了擦脑门子上的汗，庆幸华子余已死，张半仙没有继续追查白小艺吸毒事件，否则，他的目的就会暴露无遗。

6

夜色阑珊，龙大章仍无睡意，他回到刑警大队，把华子余涉毒案件的卷宗找出来，仔细地看着，仍理不出他们为什么给小艺出冰的理由。为了钱？显然不是。为了逼迫谁？有可能。为了制作混乱？太有可能。

朱丽雅进来了："大章，你还不休息啊？所有的线索在华子余这儿断了，华子余一死，毒品来源就是个谜，一时半会儿查不清的。"龙大章问："他交往的情况，二组查得怎么样了？"朱丽雅递上一份材料说："他是个很孤单的人，很少和别人交往。据他家人说，两个月前他交上了一个叫鹏哥的人，靠批发饮料赚了钱。"

龙大章一惊："鹏哥？他们见过？"朱丽雅答："没见过，因为华子余自从有了钱，就对家人冷淡了。"龙大章又问："三组对重点娱乐场所的检查情况怎么样？"朱丽雅说："重点部位的报告和视频资料都复制回来了。"龙大章说："我们一起梳理一下，看从中能不能发现一些线索。"

二人打开电脑视频资料看起来，突然，有一段郝子强与朋友集会的视频引起了龙大章的注意——在一个小店门口，一个黑衣人把一小包东西交给郝子强，郝子强拿出一把钞票来。

朱丽雅问："大章，这人你认识？"龙大章说："是我的同学郝子强，听小晴说他又去了深圳，为什么会出现在这里？"他拨通了龙小晴的电话，却无人接听。

此时的龙小晴也没有睡，她正伏在一个地下歌厅的对面，向歌厅观察着。

郝子强从一个地下歌舞厅出来，向对过的出租屋走去。早已埋伏在外边的龙小晴发现了他的背影，悄悄地跟在了后边。郝子强来到了一个出租屋后，打开电脑，焦躁不安地看着股市K线图。龙小晴在外看了半天，轻轻地去敲门。

门开了，郝子强眼睛瞪得大大的，两台电脑的K线图定格在那里，盘面一片老绿。龙小晴和郝子强尴尬地对视着，两个人谁也不说话。龙小晴终于忍不住问："子强，你躲着我还是为了这个啊？"郝子强低声说："我没脸见你，给我两个月的时间，让我实现我们的梦想……"

龙小晴厉声说："子强，你为什么骗我说上了深圳？你太让我失望了！有什么困难，我可以帮你，你不能沉浸在K线里了！"郝子强消沉地说："你什么也帮不了我，不要等我了，我的理想破灭了。"龙小晴说："你破灭的是发财梦，爱情理想会实现。"

郝子强激动地说："别说了，我不能这么灰头土脸地生活，我无法面对我的父母、亲属和同学，更无法面对你！"龙小晴说："别傻了，你不是活给别人看的，我们可以从头再来！放下风险投资吧，它和赌没啥两样。"郝子强说："我对风险投资有信心。"龙小晴说："可是，它对你没信心！"

突然，郝子强脸色发白，口吐白沫，浑身抽搐……龙小晴惊问："子强，你怎么了？你怎么了？"她慌忙拨打电话："哥，快来，子强突然病了！"她扶住郝子强，焦急向窗外望去，对面是灯红酒绿的歌舞厅和茫茫的夜空，眼泪便流了出来……

一辆出租车在出租屋前停了下来，龙大章跳下车，向出租屋内跑去。这时，龙小晴抱着郝子强的头，在给他喝水。龙大章惊愕地看着郝子强："子强，你吸毒？"郝子强无力地点点头。龙大章说："快，送禁毒所！"

禁毒所里，龙大章和龙小晴在走廊焦急地等待着。龙大章安慰道："小晴，别着急，过一会儿就没事了。"龙小晴流着泪："没想到，子强变成了这个样子……"龙大章说："张医生说了，他也就是初涉K粉，问题不大。"龙小晴喃喃道："K线，K粉，他怎么就和老'K'较上劲了呢？"张医生从里面走出来说："龙队，病人没事了，你可以问话了。"

第三十章　美祺"贩毒"，大章受命

1

这一夜，注定是一个不消停的夜。

紫藤小区地下车库，微弱的灯光下，一辆商务车停在角落里。大黑猫和黑衣王五坐在车内紧盯着来来去去的车辆。

大黑猫淡淡地问："这两个人把握吗？"王五说："没问题，都是老主顾了。她是个有钱的主，司机孙二子还被强制戒毒过。前几次他一直很准时，看他们来了。"

一辆豪华轿车停在大黑猫车的对面，车灯晃了五下，照得大黑猫睁不开眼。他生气地骂道："定的什么破暗号？"王五解释道："是在呼唤我。"他回了五下灯光，算是接上了头。

姜美祺穿着华丽的衣服，款款地从车上下来，向大黑猫的车走来，大黑猫的眼珠子一动不动。孙二子也跳下车，跟在姜美祺的身后。王五探出头来问："老头子来了吗？"姜美祺并不答言，只拍拍手提包。

王五请示了一下大黑猫之后说："上车吧。"姜美祺上了大黑猫的车，孙二子也要上车，被王五一个手势挡在了外面。姜美祺一上车，惊讶地发现大黑猫正目不转睛地看着她，便有些发慌。但是，她很快镇静下来，低沉地说：

"还是前几次的货，品质差一点也不行。我这次多要些，价格降一成？"

大黑猫眯缝着眼问："要多少条（公斤）啊？"姜美祺把提包拉开了一条缝："三条。"大黑猫把提包掂了掂嘲笑道："妹子，你的老头票可连一条也不够啊！"姜美祺说："差多少，下次补齐。"大黑猫嬉皮笑脸地说："妹子，这不合道上的规矩啊。不过，看你细皮嫩肉的，也不像骗子。你再打过一捆来，货你拿走。"

姜美祺冷冷地说："按规矩，我得先验验货吧？"大黑猫一点头，王五打开手提袋，里面全是白粉。姜美祺随手拿出一包，用指甲划开，沾点白粉，用嘴一抿，点了点头："成。"大黑猫把脸腆过来："那就成交吧？可是，那一捆怎么付啊？"姜美祺说："有多少钱，吃多少面儿。既然老大不肯赊给我，那就等下次交易吧。"

大黑猫一阵狂笑，笑得姜美祺心都碎了。他掏出枪："妹子，这个由不得你。我已经在你这儿露底了，你敢耍我？不过，话说回来，你要是陪我度过这个迷人的夜晚，货我可以赊给你。"

姜美祺从牙缝里挤出几个字来："不要脸！"大黑猫笑道："干我们这一行的，命都不要了，还要什么脸啊？选择吧，拿钱来？拿人来？"姜美祺要下车，被大黑猫一把拽住；她掏出电话，又被大黑猫一把抢了过去。姜美祺说："你想要钱，总得让我打个电话让人送来吧？要不，你随我拿去？"

一辆黑色轿车停在了忘情夜总会的门前，经过化装的龙大章和朱丽雅手牵着手来到了歌舞厅。门童笑眯眯地鞠着躬："二位，里面请。"

龙大章套近乎："兄弟，我们是王五的朋友，他在吗？"门童疑惑地看着二人："你们既然是他的朋友，就该提前给他打个电话。他呀，不凑巧，今天休班，明天主班儿。"龙大章说："噢，他家在哪儿？"门童说："这个嘛，我还真不知道。"

龙大章和朱丽雅向演出大厅走去，那里正演着二人转《唐僧取经》。正在想着怎样找到王五时，龙大章的手机响了。他接起电话，电话里传来姜美祺的声音："朱会计，你又上哪儿野去了？马上给我打八十万过来！"龙大章愣了一下，但马上意识到出事了。他赶紧答应："噢……好……你在哪儿，我给你送过去。"

紫藤小区地下车库里，大黑猫把枪一抖，拿出一张纸，对姜美祺说："让他把钱打到建行这张卡上。"姜美祺说："把钱打到建行卡上，我念卡号，你记一下。"龙大章说："您稍等，我去找纸和笔……"他捂住话筒，对朱丽雅说："美祺有危险，马上请示师傅对美祺手机定位！"朱丽雅跑出去打电话。

龙大章拿起手机："纸和笔呢……纸和笔呢？哪位有纸和笔？"姜美祺在电话里喊："朱会计，你又上哪儿鬼混去了？一天到晚就知道喝酒泡姐，明天到公司我抽你的筋、扒你的皮……快去找啊！"龙大章低声下气地说："董事长，我这就去找……找着之后我就给你转账……在转账之前，你一定要准确无误地说清开户银行、账号和收款人姓名，我好核对。同时，提醒董事长，不要被诈骗人员忽悠了，现在骗子满天下，我查了一下，骗术就有上万种，通行的也有五千多种……"姜美祺说："这个磨叽，我看你是说话吧吧的，尿炕哗哗的，你那么精明，怎么让税务罚了十几万呢？"

二人正在拖延时间，朱丽雅匆匆进来，在龙大章耳边轻声说："紫藤小区二十九号楼附近。"龙大章边接电话边向外跑："董事长，正记呢，正记呢……你慢点说，再说一遍……"

紫藤小区地下车库里，大黑猫一把抢过姜美祺的手机，挂断了："妹子，别拖延时间了。钱嘛，不是主要的；人，才是根本。"他对黑衣王五说："开车，拉这位妹妹去潇洒一下。"

黑衣王五答应了一声，启动了车。姜美祺猛地拉车门，却纹丝不动。大黑猫狞笑着："哈哈，妹子，别费劲了，上着儿童锁呢。你这个小朋友，要听话哟！"姜美祺掏出一把水果刀："你这个流氓！"大黑猫淫笑着："今天我就要让你见识一下什么是真正的流氓……开车！"

王五的车刚要开出去，就见孙二子的车别在了前面。王五使劲按着喇叭，孙二子的车一动不动。王五掏出一把假枪，身子和枪一起探了出去："兄弟，你今天决定要先去那边报到了？"孙二子吓一哆嗦，车子慢慢地向后退去，他边退边拿出手机，拨打了110。

车内，姜美祺说："大哥，货我不要了，钱你拿去。"大黑猫狞笑着说："哈哈哈哈，小美眉，我已经观察你多时了，不是所有的人都能卧底的，你究竟是为了什么？"

其实，大黑猫并没有发现美祺的破绽，可姜美祺的性格确实当不了卧底，让人一诈，就露了底："你个毒枭、流氓，你不问我为什么吗？我告诉你，为了那些被你们毒害的兄弟姐妹！"

大黑猫一听此言，脸都变了，他一脸杀气："调子起高了，哈哈哈哈……"大黑猫的笑声还没结束，就见前面警灯闪烁，他大吃一惊："王五，调转车头！"他在王五转弯倒车时，开了车门，像球一样滚了出去，姜美祺也从那个车门追了出去……

龙大章和朱丽雅的车从车库开了进来，远远地看见一辆越野车开过来，龙大章把车一横，挡住了通道，从车上跳下来，拔出手枪，枪口对准了来车。王五见无路可逃，正想闯关，龙大章和朱丽雅的枪同时响了，越野车的两个前轮瞬间爆裂。龙大章远远地看见姜美祺正在向一个人影追去，便一个箭步冲了过去。王五愣了一下，向另一个出口拼命逃跑……

张半仙站在那处豪华住所的阳台上，低沉地看着窗外的夜景。在这宁静的后半夜，有几辆警车呼啸而过，有点儿瘆人。

金疤癞匆匆地进来了："大哥，都打听清楚了，你不用担忧，是大黑猫带人在私下交易时被公安盯上了。"

张半仙沉重地说："疤癞，你不了解大黑猫，他总是心存侥幸，打着自己的小算盘。"金疤癞说："现在也联系不上，要是他进去了，一定会把我们供出来，公安就会来个瓮中捉鳖。"张半仙瞪了金疤癞一眼："半辈子学个成语，给自己用上了，还不赶紧派人出去打探？"金疤癞说："派人了，这会儿该回来了。"

这时，金疤癞的电话响了："我听着呢……大黑猫……满小区搜查……都撤了……好，你们也回吧。"张半仙问："怎么样？"金疤癞说："听说他们没有看见公安抓人，也没有见到大黑猫。大哥，我们要不要避一避？"张半仙说："不用了，我想大黑猫已经脱网。"

张半仙最近有点烦，他手下的人总是背着他单独行动。他顺手把鱼缸里的金鱼摔在地上："这个狗熊一样的小人，又坏了我的大计！"金疤痢正看不上这个威胁他地位的大黑猫，便趁机说："大哥，要不灭了他？"张半仙一摆手："不，正好让他把龙大章引开。你接管九号地，送大黑猫安全离开去凤城。"

金疤痢答应一声，盘算着怎样接管九号地。

张半仙感慨道："唉，毒品、枪支要淡出龙城了。我们只能夹起尾巴，默默发展，主动黑转白。"金疤痢问："大哥，下一步怎么办？"张半仙说："还能怎么办？做好人，做实业，进军地产，发展新生力量，准备'两头蛇'的另一头。"

金疤痢一脸无奈："大哥，我们向地产界进军一直很不顺利。"张半仙转过身来："世上没有一帆风顺的事。"金疤痢说："赵公子进了规划局，钱胖子、李秃子都和他打得火热，赵公子似乎对我们的碰瓷有所察觉，从不和我们深交，只在古文物上有些交集。"

张半仙说："只要人有所好，就有机会。赵公子是进入地产界的必争之人，钱胖子用的办法是'贿'，李秃子用的办法是'交'，这些办法都不能长久。我们要用'控'，他不是喜欢文物吗？要从他喜好做起。"

金疤痢说："大哥就是有办法。可是，要走好'两头蛇'的第二步，准备得还不充分啊。"张半仙向远处望着："让那个像吕布一样的人物武玉鹏下山吧。不过，你要把他调理得服服帖帖才行。我们的队伍需要补充新的血液了，你物色人选。"

伏龙区刑警大队队长室的灯亮了个通宵，一屋子的人，紧张的气氛。

姜长庚对着姜美祺拍着桌子吼道："姜美祺！这次是太危险了，要不是大章，你想想会是什么后果？读了两天外国新闻史，不知吃几碗干饭了！"

这是有生以来父亲对自己发这么大的脾气，姜美知道自己错了，便低头不敢吱声。龙大章劝道："师傅，先不要责怪她了，我要问美祺几个问题。"姜长庚点了点头，龙大章问道："美祺，跟你交易的那个人，从你描述的长相上看，可能是大黑猫，他是怎样逃脱的？"

姜美祺说："他从地下车库的步梯爬上去，消失在绿化带里。都怨我，没有抓住他。"龙大章说："美祺，你手无寸铁，面对那么凶残的毒贩，手里还有枪，不出大事已经很幸运了，以后千万不要做这样的傻事了。"姜美祺愤愤地说："我要替小艺讨回公道！"姜长庚也来气了："那是我们的职责，你来掺和啥？"

送走姜美祺，姜长庚在办公室里踱着步，皱着眉头，吸着雪茄："从我们调查的情况看，王五只是大黑猫手下的一个小弟，对大黑猫的情况也是一知半解，更不用说什么鸡血麻神案或'东北新干线'，你们有何良策啊？"

周至祥说："姜局，这个王五过去不是在钱如意、李明鑫那儿干过吗？而且我们调查他跟大裤裆有所联系。要我说，先把钱如意、李明鑫拿进来，即使找不到鸡血麻神，也抓不错。因为这两个鸟，事儿多了去了。"

龙大章说："我不同意这样捕风捉影地乱抓。我想，既然矛头都指向大黑猫，我们还是从寻找大黑猫和毒品来源下手，解开这个死扣……"

周至祥说："寻找，在这千万城市中找到藏在旮旯儿的大黑猫，这和大海捞针有什么区别？况且，他已是惊弓之鸟，不会等着我们去抓他的。"

龙大章说："我们现在可以报告市局，发动一场人民战争，根据现有线索，打一场缉毒战役。至于大黑猫，可以网上追逃，悬赏拿人。这样既有可能找到大黑猫和武玉鹏等人，又宣传了政策。"

周至祥说："我们现在的案子人手不够，宣什么传？"姜长庚摆了摆手："别争了，我同意大章的意见，报请市局，联合缉毒支队，统一行动！"

一场声势浩大的缉毒战役打响了，全市公安各警种配合，抓获贩毒头目二十六人，查获毒品135.2千克，强制戒毒人员二千六百九十八人。可是，大黑猫、武玉鹏仍未找到，制毒场所也没有找到，那两个毒师听到风声，早已逃之夭夭。市局的表彰会如期召开了，龙大章再次受奖，可他明白，"东北新干线"又被割了一茬韭菜，"两头蛇"只砍掉了一个蛇头……

2

经过卧底协助破获龙城毒品案的姜美祺，虽然被姜长庚训斥了一顿，可她并不后悔自己的选择，你朱丽雅能做到的事情，为什么我姜美祺做不到？每当想到这儿，她便会甜甜地睡到自然醒。

这一天，龙城的阳光格外明媚，太阳透过窗帘照了进来，他们的新房显得更加华丽而温馨。

赵直帆在门口探头探脑地向里面看着，姜美祺呼地坐起来："好啊！赵直帆，你破坏了协定。一早晨起床，就贼头贼脑地要流氓。"

赵直帆从门外进来，傻笑道："要流氓？看自己老婆睡觉算要流氓？就是真要流氓，也要看从哪个角度说起，很多爱情故事告诉我们，伟大的爱情往往是从一个人要流氓开始的……"

姜美祺说："流氓不可怕，就怕流氓有文化，收起你那流氓哲学吧。直帆，我问你点正事儿，你最近在忙什么？"

赵直帆说："你问我，我还问你呢，五天前的晚上为什么那么晚才回来？大前天晚上为什么夜不归宿？"

姜美祺想了想说："你这都给我记着呢，想秋后算账怎么？那天是大章请吃饭……准确地说是请小艺吃饭，我硬要参加的。大前天晚上，我完成了一个伟大的卧底任务，捅破了龙城毒贩的天。"赵直帆脸一板说："都是龙大章的套路，你不能离他远点吗？"姜美祺说："小心眼子男人，我们都是为了帮助小艺，开导小艺。"

赵直帆说："你还卧底缉毒，不要命了？"姜美祺说："为了铲除毒贩，我宁可不要命。"赵直帆说："你这么钻头不顾腚还有理了？真是一根筋……美祺，你给我听着，以后……"

姜美祺一拍床头柜："以后怎的？我们可是有约定的，互不干涉内政，你还未过考验期呢。我还想知道你交了一些不三不四的什么人呢。"

赵直帆的手机铃声响了起来，他走到门外小声地接电话："金哥……货到了……我一会儿就给你联系……"姜美祺疑惑地望着赵直帆的背影问:"谁啊?"赵直帆在门外答:"互不干涉内政,自己吃饭吧,我得走了。"

姜美祺站在窗前,望着赵直帆向龙城街心公园方向而去,心中有诸多的疑问没有解除:直帆天天在干什么呢?他花的钱都是从哪里来的呢?

街心公园舞曲正酣,舞兴正浓。这是龙城的一处休闲乐园,每逢周六周日,这里总是人山人海、热闹非凡。

敖拉倚独自坐在舞场边的木椅上,失落地向姜长庚家张望着,却见白小艺远远地走来,便问道:"小艺,你恢复得怎么样了?"白小艺说:"敖拉姨,已经好多了。"敖拉倚问:"小艺,一大早干什么去?"白小艺说:"我去找同学,去龙山森林公园溜达一下,在家快把我闷死了。"

公园的一个隐秘处,金疤痢和赵直帆坐在椅子上。听见敖拉倚和白小艺说话声后,二人嘀咕了一阵,金疤痢把一个纸盒子交给了赵直帆,赵直帆拿起包,两人分头而去。树荫里,姜美祺向赵直帆望着,龙大章向敖拉倚望着……

敖拉倚从街心公园回来,姜长庚正站在她家门口:"小倚,我等你半天了。"敖拉倚深情地望着姜长庚:"长庚,你有事情跟我说?"姜长庚点了点头:"是的。"敖拉倚说:"长庚,我知道你难为情,还是我先说吧。你那天说的事儿我想了两宿,我决定嫁给你。"

姜长庚一惊:"小倚,那天我们说去办证的事儿,缓缓吧。"敖拉倚惊讶而疑惑地说:"长庚,你和过去不一样了。是你说的,美祺的事儿办完了就办咱们的事儿。前两天,你可是说要郑重向我求婚的!你在耍我?"姜长庚低沉地说:"小倚,光阴似箭,岁月蹉跎,我们都老了……"

敖拉倚不解地看着姜长庚:"办证结婚,不是你三十多年最想要的吗?"姜长庚犹豫不决地说:"近期不行。"敖拉倚低沉地问:"近期不行,再过三十年?"姜长庚迟疑地说:"用不了……"敖拉倚呆呆地看了姜长庚一眼,转身向楼上走去。姜长庚呆立在小楼下,竟然一时不知进退。

她来到阳台上,望着眼前这个她苦苦等待了三十年的男人,第一次感到很陌生。她不知他在等待什么,她知道姜长庚找她,一定有很重要的事儿,可是，她连问为什么的兴趣都没有了。

姜长庚走远了，她把一盆假花放在阳台上，走到一楼的小祠堂，跪在父母的像前："爸爸、妈妈，咱家祖传的鸡血麻神已有线索，不管通过什么途径，我一定让它回归敖拉家族，哪怕是赎、买、盗、抢，绝不能流落他人之手，保佑我吧……"

当她再一次站在阳台上的时候，一辆小厢货从门前开走了。她把那盆假花搬到屋里，拿起那张老地图坐在阳台上看了起来。龙城的天是那么晴朗，敖拉倚的脸却像阴着的天，她神情麻木地看着上班的人们匆匆而过，眼睛定格在龙山那红色的山峰上……

3

龙山山后一个破落的农场，隐蔽在大山的褶皱里，是个被人遗忘的地方。

瘦弱的武玉鹏打开羊圈的门，把一推车的青草送到圈里，嘴里嘀咕着："都吃吧，吃肥了好下汤锅。"这时，他的肩膀被人拍了一下，他吃惊地一回头："金哥，我怎么没看你上来呢？"金疤癞问："玉鹏，在这儿还住得惯吗？"

武玉鹏沮丧地回道："金哥，我这辈子要是就为了放羊，我还拼命离开河西村干什么？我不想过这种山狸子一样的生活，我要取回鸡血麻神，得到应该属于我的那一份儿。"

金疤癞脸一沉："你要脱离组织？"武玉鹏说："我就是一闲痞，从来就没加入过你们的什么破组织。大哥，你要是为我着想，就给我一些钱，让我远走高飞吧。"金疤癞眯着眼说："玉鹏，你想简单了。你下山看看，你已经被网上悬赏追逃了，公安已给你布下了天罗地网。另外，这个组织不是你想走就能走的，一旦入了这个门，不是这个门的人，就是这个门的鬼。就是我想放你走，你连龙山都走不出去就粉身碎骨了。"

武玉鹏说："我宁可死，宁可被公安抓住，也不愿过这种原始生活了。我要往死了逼老姜一把，让他交回鸡血麻神！"金疤癞问："你要干什么？"

这时，他们远远地见白小艺和她的同学们嬉闹着向山上走来。武玉鹏咬着牙说："我要对这个小妮子下手！"金疤癞劝道："玉鹏，这个千万使不得。白小艺要是出了大事，不光老姜饶不了你，就是老大也饶不了你！老大还在追查给小艺下毒的人呢。"武玉鹏咬着牙说："那我就把你供出来。"金疤癞眼露凶光："除非你不要命了！"

正说着，白小艺和她的同学等一些游人上山来了。金疤癞和武玉鹏赶紧躲到了树后边，却发现山那边也有一个人，那是敖拉倚。她在半山腰停下来，坐在小溪旁的一块大石头上，朗读自己的诗作："激流涌动的日子，虽然短暂；浪涛汹涌的生活，总是生动。顺流而下，不再是随波逐流的借口；逆风飞扬，是强者应有的风流……"

敖拉倚远远地看见白小艺和她的男同学从山下手拉手走上来，便停止了朗诵。她羡慕地看着他们，年轻时，她和姜长庚就这样手拉手走在林荫道上，互相快乐地追逐着，不知疲倦……她望着白小艺他们远去的背影，那背影化成了龙山山林里两只翩翩起舞的蝴蝶。

白小艺在欢乐地追逐着蝴蝶，她的男同学屁颠儿屁颠儿地用衣服扑蝴蝶，蝴蝶全都飞走了，白小艺坐在石头上噘嘴生气。她的男同学就拿一根草冒充虫子逗她乐，她捶打着男同学。

树丛后，一项鸭舌帽下是一双凶狠的眼睛。在一个僻静处，武玉鹏掏出了手枪，打开了保险，手勾在扳机上……

白小艺在男同学的哄骗下，又起身去捉蝴蝶。山坳里，飘荡着白小艺的笑声。武玉鹏的枪口从树枝里探出来，向白小艺瞄准着……一只肥胖的大手用一块布捂在武玉鹏的眼和嘴上，武玉鹏软绵绵地倒了下去。

北山某废弃的木工厂，昏暗的光线，武玉鹏像死人一样被绑在水泥柱子上，一个黑衣人拿一盆脏水泼在他脸上，他睁开眼，模糊地看见眼前站着几个黑衣人。

黑老三喊了一嗓子："来人，把这个不听话的家伙给我剐了！"四个黑衣人上前，两个拿着剔骨的尖刀，两个拿着接血的盆。武玉鹏挣扎道："你们要干什么？"黑老三托起他的下巴说："鹏哥不是要单挑吗，我们送你去西天称霸。"他转身对两个持刀的黑衣人命令道："九九八十一刀，最后一刀断气，听明白了吗？动手吧。"

两个接血的黑衣人去扯武玉鹏的衣服，两个持刀的黑衣人在衣服上蹭着刀子，两口凉水喷在武玉鹏的胸口上，一声惨叫，武玉鹏的胸口被拉开了一道口子，他惨叫一声："金哥救我！"

金疤痢从角落里闪出来喝道："住手！"武玉鹏哀求道："金哥，救我……救我。"金疤痢冷冷地看着武玉鹏："你还认你金哥？"武玉鹏说："金哥，是你从贫困线上把我拉出来的，我怎么能不认大哥呢？"金疤痢冷冷地说："兄弟，我警告诉你多少次了，我们是有组织的，你竟敢背着组织擅自行动？"

武玉鹏分辩道："金哥，要是不做了白小艺，老姜能就范吗？"金疤痢喝道："愚蠢！我和你说过，动白小艺……你除非不要吃饭的家什了。你以为杀了白小艺，老姜就能交出鸡血麻神吗？他会和我们死磕，直到磕死我们。我们要悄悄地做大案，不要没等拉屎呢先把狗请下！"武玉鹏蔫了："金哥……我想简单了，你饶我这次吧！"

金疤痢转身说："老三，行有行规，谁也不例外。玉鹏，你不要恨我。弟兄们，念他过去有功，留他性命，给他做个记号！"

两个黑衣人拿起刀子，在武玉鹏的前胸横着又画了一下，这样就成了个十字。武玉鹏的惨叫声震得楼顶的尘土下落，金疤痢用手抬起武玉鹏的下巴："兄弟，我饶了你，可是，我们现在人手不够，有两个人，你不管想什么法也要拉过来。"武玉鹏早已吓得三魂出窍："谁……我去办……"

4

这个季节是龙城天气变化得最快的时候，清晨的阳光余温尚在，四面的阴云已快速合围。姜长庚的心情就和这天气一样，他感到一种无形有压力，让他喘不过气来。他知道，自己不仅老了，意志也衰退了。龙城最近发生的一系列事，让公安在群众心目中的地位急剧下滑，谁能挽住这个局面呢？

来到伏龙区刑警大队队长室，姜长庚把一纸调令递到周至祥手上，周至祥惊讶地仔细看着，那本来很长的脸就拉了下来。短暂的沉默后，姜长庚站了起来，亲切地说："至祥，你这次调任市局治安支队任副支队长，可喜可贺呀。"

周至祥笑了笑说："姜局，提是提了，可你知道，我不愿意离开伏龙区，我愿意干刑警这一行。"

姜长庚说："现在谁不想提职啊，好好干吧，常回来，伏龙区刑警大队永远是你的家。"周至祥揶揄道："看来，只有啥时你老人家提升了或是犯错误了，我才能步你的后尘。"姜长庚说："步我后尘委屈你了。至祥，说实话，咱俩搭伙这么多年，如果没有我在前面挡着，你早提升了。"周至祥说："姜局，我是军人，有话我可就直说了。我被提拔是因为我和大章意见不合吗？"姜长庚说："那不是，这是市局党组认真考虑的。"周至祥似笑非笑地说："我还会回来的。"

龙大章是接到朱丽雅的电话匆匆赶回刑警大队开会的。跑进会议室，他发现人们坐得很整齐，气氛很严肃。他一进门，所有人都在看着他。他再仔细一看，发现市局的领导都坐在主席台上，赵连起正要讲话。

赵连起把麦克风推到一边说："各位，这是我兼职市公安局局长职务以来第一次给基层的民警们开会，为什么？大家都知道，发生在伏龙区的鸡血麻神被盗案，快一年了，毫无进展。你们姜长庚副局长半个月前向我立下军令状，许诺半个月内破案，但未能如期侦破。长庚是我的老战友、老部下，但是，警纪如山，法不容情，只有依约而办。长庚，你有什么要说的吗？"

姜长庚站起来低沉地说："赵副市长、赵局长，我身为伏龙区公安局副局长兼刑警大队长，未能如期破案，只好按军令状办理。加之身体不适，我请求辞去所有职务，休假治疗，等待处分……"

赵连起说："市区两级党组会议同意姜长庚同志的请求，并建议由在凤城战场和龙城缉毒立下大功的龙大章代理刑警大队队长职务，主办鸡血麻神被盗案！"

龙大章听到此处，站起来说："赵局长，对这个决定我有意见。我认为，只要给姜副局长足够的时间，他一定能侦破此案。另外，以我的经验和能力，难以做好刑警大队的工作，请领导收回成命！"

赵连起摆下手："我命令你坐下！你可以保留意见，但不要耽误工作，这是局党组集体讨论通过的决定。"

会后，姜长庚从会议室里走出来，他显得轻松自如。民警们从会议室里走出来，议论着。龙大章、鲁运、朱丽雅走到姜长庚面前，一齐喊："师傅！"姜长庚没有说话，他拍拍龙大章的肩，默默地走开了。几个人望着姜长庚离去的背影，伫立着，直到姜长庚走远，才默默地向餐厅走去。

他们坐在一起吃饭，表情都很严肃。鲁运说："大章，师傅下课，大师兄，我就得向你请示了吧？师傅的事儿，我们就不能帮帮他吗？他光荣了半辈子，就这么突然退场了……"朱丽雅焦急地说："是啊，这事儿来得太突然，都怪我等无能，不能为师傅分忧解愁。"龙大章说："二位，我还没准备上任呢。至于师傅的事儿，没看出来吗？他似乎早有打算，早想卸任了。"朱丽雅问："为什么呢？"

姜长庚回到家里，看着菜谱在厨房里炒菜。屋门口，姜美祺和白小艺帮着搬运工搬钢琴，嘴里喊着："轻拿，轻放，别碰了。"姜长庚从厨房出来说："师傅辛苦了。"搬运工放下钢琴出去了。姜长庚摸摸琴，又摸摸白小艺的头："我姑娘终于买上琴了。"白小艺动情地说："姜爸，这个琴，是我的梦，是你的心血……"姜长庚高兴地说："这回可以在家练了。"

白小艺说："姜爸，为了我学琴，你加了多少班儿啊！"姜长庚说："美祺、小艺，爸以后不用加班了。正好，你们都回来了，爸和你们商量个事儿。"

姜美祺说："爸，你说吧。"姜长庚边擦手边说："我们先坐下来吃饭吧。"

三人围在桌前，姜美祺放下筷子说："爸，你还是先说吧，不然，这饭吃不踏实。"姜长庚平静地说："你爸我这半辈子没消停过，从今天开始消停了——我卸任了。"白小艺惊讶地问："姜爸，让组织撸了？"姜长庚说："唉，姜爸常常心悸失眠、精神不振，我想去寺里住些日子，静一下心，养养病。"白小艺问："姜爸，住多些日子啊？"

姜长庚喝了一口汤："住着看吧，也许三五天，也许三五年或更长。"姜美祺站起来问："是商量吗？你是不是已经决定了？"姜长庚说："算是吧，大隐隐于野，小隐隐于市，我也想附庸一下风雅，做一回居士。"

姜美祺放下筷子："你要问我，我反对！"白小艺站起来说："我也反对！"姜长庚说："美祺、小艺，希望你们能理解……"姜美祺激动地说："爸爸，你到寺里去，对得起我敖拉姨吗？她等了你三十年了，你这样做是不是太自私了？"

姜长庚站起来向厨房走去："错过就错过了，我不是自私，我是为了你敖拉姨有个平静的生活……"就这样，一家人的午餐都没吃好。

家里的雾气还没散开，单位的空气也凝固了。姜长庚一到办公室门口，就见龙大章立在他办公室门前等他。

开了门，他打破僵局："大章，你不能想不开，伏龙区刑警大队就交给你了，希望我没有看错你。"龙大章问："师傅，从你立军令状那一天起，你就没打算如期破案，你在为自己寻找退路。"姜长庚说："大章，怎么能这么说师傅呢？我寻找的不是退路，是新的去处。为了便于你工作，我已请求上级将周副队长调走，你要为伏龙区百姓的安宁负起责来。鸡血麻神案、'东北新干线'就交给你了。"

短暂的沉默，龙大章说："师傅，你这叫急流勇退！"姜长庚深沉地说："长江后浪推前浪。"龙大章深情地说："师傅，你常教导我们要以国家利益为重，你就这样放弃你毕生追求的事业了吗？师傅，你要是有什么难处，就和我们说，你让我们赴汤蹈火也在所不辞！"姜长庚说："大章，别说了。三十多年，我已经把该做的工作都做完了，你让我歇歇吧。你去吧，我想自己坐一会儿。"

龙大章站着没动，姜长庚把书橱里的东西搬出来，凝视着一本本荣誉证书。这时，朱丽雅和鲁运进来了。

鲁运问："师傅，你就不想再带带我们几个徒弟了吗？"姜长庚放下证书："鲁运，长江后浪推前浪，我已无力回天，只好退位让贤。"朱丽雅说："不，师傅，你是龙城第一神探，我们相信你！"姜长庚长叹一声："都过时了，我现在都不相信自己了。过去的姜长庚让人打断脊梁了……"鲁运说："师傅，我们可以帮你！"

姜长庚激动地说："你们帮我？你们是要把我放在锅腔子上烤啊！我为龙城的公安事业战斗了三十多年，我要歇一歇、想一想，都不行吗？你不是要帮我吗？就帮我把那箱子书扛下去！"

朱丽雅说："师傅，你休息一下可以，只是……太突然了。"姜长庚拿起一本荣誉证书，交给龙大章："大章，这是我十八年前打掉凤城'东北新干线'得的荣誉，你代我保管。我们两代人如果不能彻底清除'东北新干线'这个毒瘤，就是我……还有赵副市长的耻辱，你就替我当众撕掉它！"龙大章激动地说："师傅，这对你不公平，我要去找赵副市长！"

龙大章来到赵连起办公室门外，发现赵连起和周至祥坐在沙发上，面前放着两杯茶，可谁都没有喝。

赵连起说："至祥，不是我不让你回去，市局刚把你调来，咋好让你回去呢？"周至祥说："老领导，我在刑警大队干了小半辈子，有姜长庚在，我不好争什么，可他不干了，就是论资排辈也排到我了。"赵连起说："至祥，职务怎能论资排辈、轮流坐庄呢？"周至祥说："老领导，要是我不到市局上任呢？"赵连起坚决地说："我劝你打消这个念头，现在正值清理积案、打黑除恶的关键时刻，军心不能乱啊！"

龙大章在外听他们说起来没完，便在门口喊了一声："报告！"赵连起听见喊声，对周至祥说："这不，又来一个不想干的。进！"周至祥识趣儿地站起来："老领导，我明白了，那儿，没我的位置……"他很不高兴地退了出去，在门口瞪了龙大章一眼。

赵连起看了看龙大章："听说你拒绝执行局党组的安排？"龙大章说："是，我认为姜副局长经验丰富……"赵连起说："大章，这样吧，你要是不愿意干可以。我也不瞒你，刚走那位想回去当大队长，我这就让政治部考虑这事儿！"他拿起电话，假装拨号，龙大章马上制止："赵局，这样啊，那……我再想想。"

赵连起脸一沉："想什么？"龙大章说："对党的公安事业负责，为一方平安负责，听从指挥，服从安排！"赵连起呵呵两声说："调子唱得不错嘛，这就对了。大章，用你也是党组深思熟虑的。十八年前，我和你们姜副局长负责侦破'东北新干线'涉黑案，当时由于我急功近利，没有肃清'东北新干线'的核心，现在就靠你们这一代了。你不要怕影响我和长庚的荣誉，也不要怕别人说三道四，我和长庚会做你坚强的后盾。目的只有一个，不让黑恶势力抬头，还龙城一个平安和谐清爽的治安局面。"

龙大章问："赵局长，我……能行吗？"赵连起严肃地点点头："不行也得行。你们姜副局长刀子钝了，换成你这把尖刀，如果你也长锈了，我随时让你们局撤你的职！还要处分你，你给我好自为之！"

从赵连起办公室出来，龙大章感觉自己身上的担子重了。过去，他总觉得师傅顾虑太多，放不开手脚，现在轮到自己了，他才觉得没有师傅的日子，是老虎吃天——无从下嘴……

5

天空飘下了毛毛细雨，龙城瞬间变得朦胧而凉爽。

张半仙脸色阴沉地站在那处豪华住所的阳台上，向烟雨中的博物馆望着。他记得那里应该有一幅他梦寐以求的老地图，但是，这一的美好想象被烟雨阻住了。

金疤痢兴冲冲地进来了："大哥，报告你一个好消息，你的老对手——姜长庚辞职了，我们可以实施'两头蛇'第二步了。"

张半仙转回身，盯着金疤痢："你认为这是好消息？"

金疤痢心里有些发毛："不……不是好消息吗？你和他斗半辈子……"

张半仙说："我和他斗了大半辈子，从未听到比他下野更可怕的消息。

我和姜长庚旗鼓相当，可那位接任的年轻人会胜我一筹。刘大侃不是废物，他却能千里奔袭，致刘大侃于非命。疤瘌，暂时别提什么'两头蛇'了夹起尾巴吧。"

金疤瘌说："大……哥，我听明白了，按您说的，由黑转白？"

张半仙点了点头："关闭九号基地，转型房地产。"金疤瘌讨好地说："大哥英明，在赵公子的帮助下，我们首次竞地成功。"张半仙点头道："嗯，开局良好啊。过去我一直对地产没有重视，认为天天和钢筋水泥打交道，能打出什么名堂？现在看来，我错了，两个不起眼的东西组合在一起，就做成一栋豪华别墅，就会造就一大批富豪，诸如钱如意之流。"

确实，宏运公司的钱如意又恢复了元气，他在椅子上向后靠着，给吴寄瑶赔着小心。自从上次钱如意结交李明鑫后，吴寄瑶赌着气躲得他远远的，直到钱如意又给吴寄瑶买了件首饰，才有所缓和。

于海平慌慌张张地进来了："钱总，拿地失败。芳草小区归了李秃子，滨水小区归了金疤瘌。"钱如意不以为然："噢，那是我故意甩给那两个饿皮虱子的，那两个小区挨着，他们之间有热闹看了。"

吴寄瑶不解地问："为什么？他们可是我们事业的拦路虎呀。"

钱如意从椅子上站起来："我宏运公司，一年前，两条腿走路，石头那条腿让龙大章给打瘸了，没办法和金疤瘌置换煤矿，没想到我们花那么大的价钱，得到的是一条条废弃的巷道。煤出不了多少，光塌陷区的恢复就够我们受的。倒煤这一块儿又被李秃子卡着，要不是房地产涨价，我钱如意已经要饭都找不着大门了，咱们命好啊！"

吴寄瑶附和道："是啊，钱总就是福将。可是，我们不能手软了。"

钱如意说："不能软也得软，我老钱就是靠软刀子杀人、钝刀子割肉。"于海平问："怎么办？"钱如意说："李秃子、金疤瘌，一狼一虎，联合利用李秃子，驱狼赶虎，控制住中心城区，让他们在城乡接合部啃我们吃剩的骨头吧。"

张半仙拿把喷壶去浇花，金疤瘌跟在身后："大哥，我想，滨水小区拿下，这是我们地产计划胜利的第一步，下一步棋怎么走？"张半仙说："地产界这个大蛋糕终于切给了我们一小块儿。疤瘌，你记住，这个街边子仅仅是钱如意扔给我们的一块没肉的骨头，他现在正为自己占据着中心城区而沾沾自喜呢。我们要佯攻中心城区，暗渡河西地带。"

金疤瘌一脸懵圈："取中心城区我能理解，可这河西地区穷得叮当响……"张半仙神秘地说："我们的人从官方得到的消息，河西将是未来城市的发展方向，龙城要扩展，龙城是个元宝形，河西龙山脚下的一大片冲积平原正是这元宝的心儿。"

金疤瘌一脸敬佩："大哥，你怎么什么都知道啊？"

张半仙说："信息与知识……跟你说你也不懂，准备资金吧。"金疤瘌说："大哥，以我们的资金链要想吞下河西难度太大了。'东北新干线'两次受到重创，风雨飘摇，不行就出手鸡血麻神吧，买主的定金都交了，已经等得不耐烦了。"张半仙说："疤瘌，想法儿渡过难关，鸡血麻神即使取回来，也不要忙着出手，它有大用途。"

金疤瘌说："姜长庚软硬不吃，他是不是想把鸡血麻神据为己有啊？不行再给他上上课？"张半仙说："姜长庚的退位只是想把矛盾转移一下，寻找缓冲地带，我们靠打打杀杀不行了，要智取。"

6

龙大章从市公安局出来，向刑警大队走去。他的脑海里浮现出一系列场景——姜长庚立了军令状未完成卸任养病，有人让白小艺染上毒瘾，姜长庚却不去追究，姜美祺连遭威胁……

"大章。"郝子强的声音打破了龙大章的思绪，便问："子强，你怎么在这儿？"郝子强尴尬地说："我……出来了。刚才，我想起卖毒品饮料那个人了，他可能就是大黑猫。"

原来，郝子强被骗去安城经营饮料，却一件也没卖出去，只是自己喝了几瓶。大黑猫看他不是能经营的料，便打发了他，他便又回到了龙城。郝子强来找龙大章有两个事儿，一是他发现大黑猫好像还做假鸡血石生意，二是向大章辞行的。

龙大章听到这个消息，非常惊讶，便问了郝子强一些情况，并劝说他在龙城发展。郝子强却说："我没脸见小晴了。"龙大章问："为什么？"郝子强说："我不仅事业无成，还是吸毒人员，我……不配见她。"龙大章说："子强，你太虚荣了，按你的逻辑，事业无成的人都得跳锡伯河吗？你吸毒不是主动的，不能怨你。你是男人，要担当得起失败。这两天，小晴都急疯了，你去找她吧，不要留下遗憾。"

龙大章劝完郝子强，来到刑警大队，让朱丽雅把一些文件拿了过来，翻着这些文件。朱丽雅告诉说："龙队，这是我们发动群众以来的所有来信和来电记录。"龙大章拿起公安信息简报读着："我市文物走私情况有所抬头，尤其是针对契丹文物的非法买卖日益猖獗……多家娱乐场所查出吸毒人员，但毒品来源情况不明……"

他又拿起一些举报信看起来："钱如意和李明鑫就是最大的头子……"他又拿起一张纸念："快一年了，假鸡血石都运到了凤城市等外地市场……鸡血石制假从未停止过，你们公安也不知是聋子还是瞎子……"

朱丽雅说："这些资料，真假难辨，有选择地看吧。"龙大章说："假鸡血石卖到了凤城，这是真的。昨天我和凤城李文勇局长通过电话，他也提到了这一点。"

千头万绪，龙大章一时难以厘清，他这才体会到了师傅的不易。他独自走上龙城大桥，任晚风吹起纷乱的思绪。眼前是龙城夜晚的风光，桥下是英金河潺潺的流水，他拿出唢呐，吹了一曲东北大唢呐曲《家乡情》，那曲子便顺着英金河水流淌开来……

朱丽雅悄悄地来到大章身后，把一件衣服披在他身上："大章，起雾了，天凉了。"龙大章停止吹奏，感激地说："丽雅，在关键时刻，你总是站在我身后。"朱丽雅伤感地说："一个成功的男人背后，总是站着几个傻女人。你的习惯，还是听你那美人姜同学说的。"

龙大章不好意思地笑了笑："这样的晚风中吹唢呐才是一种享受啊！"朱丽雅关切地问："是不是案子又没解了？"龙大章说："我查过了龙城、凤城方面的汇款记录，并没发现什么异常。"

朱丽雅说："两地交易必须得汇款吗？你看大桥下……"龙大章向桥下望去，一个卖水果的和一个卖红薯的正在把没卖了的进行交换。龙大章眼睛一亮："是啊，你这一说提醒了我，'东北新干线'并不一定非得走东北到西南这一条线，也不一定非得汇款。近几个月，凤城发现了大量假鸡血石，没准儿就出自龙城，他们是在用古老的以物易物方式进行交易，无须汇款或在当地结算。"朱丽雅问："假石头换真枪支？"

龙大章说："只是这假鸡血石真的出自龙城吗？"朱丽雅说："从制假成本来说，龙城近水楼台。"龙大章点了点头，一曲《抬花轿》欢快地响起来，两个身影构成夜晚桥上的一道独特风景……

在龙大章和朱丽雅欣赏龙城风景的时候，夜晚的龙城大桥便是敖拉倚家的风景。看到一对对情侣从桥上走过，她心里便有一种"郎才女貌、你侬我侬"般的羡慕，接下来便心绪不宁、心如死灰。她转身进屋，走进一楼的厨房，轻轻地按了一下按钮，一排橱柜移开了，再按另一个按钮，一块地板打开了，露出一个洞口，她便向洞里走去……

龙大章和朱丽雅回到公安宿舍的时候，鲁运破天荒地没睡觉。他穿着裤头，满屋地追打着蚊子。龙大章进屋关上门说："鲁师兄，我决定走马上任了，利用特权，给你开个后门儿。我记得你在凤城有个初恋，这些日子，你到凤城去度度假。"

鲁运惊奇地停了手："能有那好事儿？楼前有涮羊肉、涮海鲜，只是不要拿师哥开涮。"龙大章认真地说："自然不能涮师兄，捎带有两个事儿办办。一是前些日子我们拘留过的那个日本人叫什么小山银次郎的，上级考虑国际关系，没有把他驱逐出境，听说回了凤城。这个名为搜集古文物的学者，可我总觉得他有什么不可知的秘密，探探他的底；二是看看凤城的藏石市场，为什么龙城市的鸡血石已停采三年了，还有那么多的鸡血石流入凤城？三是让凤城警方注意大黑猫这个人……"

鲁运明白了："就这么度假啊？"

龙大章把一摞报案材料往鲁运面前一放："师兄，没办法，你看看这些报案记录，你就知道这个假咋度了。"

鲁运翻阅着材料说："嗯，这假我去度，还要度得值！师弟，我有一请求……"龙大章说："说。"鲁运说："能不能带个女警？"龙大章道："瞧你这点出息，你看谁愿意和你去你就带谁，但此行一要保密，二要完成任务。"鲁运说："我想带朱丽雅。"

龙大章愣了一下："师兄，要我说，你带个女警反而不方便，你那凤城的初恋会有想法的，赶紧和她联系一下吧？"鲁运说："我也就是那么一说，还是师弟知我心啊，天亮就出发。"

鲁运乐滋滋地坐在床上，掏出手机拨打电话："你好……邵美丽……"一男人恶狠狠的声音传来："你谁呀，晚上也不让睡个觉……咋不吱声啊？你想找死啊！"鲁运调侃地唱道："你不知道我是谁，你却知道我为了谁……"他按了手机，调皮地说："醋坛子男人，气死你！"

第三十一章　非常之举，暗流涌动

1

正午的阳光照在龙山森林公园月牙湖上，一叶小舟随风荡漾。

敖拉倚坐在湖中的小船船头，奇怪地看着姜长庚："老姜，你请我来，神神秘秘的，不就是为了消遣吧？"姜长庚深情地说："小倚，记得吗？这是我俩三十年前第一次划船的地方。"敖拉倚伤感地转过脸去："能不记得吗？可是，现在物是人非了……"

姜长庚深情地望着远方："小倚，有个事要和你商量，昨天就想和你说，你没有听。我要到寺里住些日子……小倚，我对不起你。"

敖拉倚感到惊讶："去寺里？你决定了？"姜长庚不敢看着敖拉倚："我想在我去之前，托付你一件事，你一定要答应我。"敖拉倚拨弄着水草："你的事，我拒绝过吗？"

姜长庚从手提袋里拿出一个破麻袋，打开了几层包装，袋子里露出半副鸡血麻神。敖拉倚惊讶地问："鸡血麻神？怎么会在你这儿？"姜长庚严肃地说："小倚，你给我鉴定一下，这鸡血麻神可是真的？"

敖拉倚用手仔细摸了摸，又对着阳光照了下，兴奋地说："真的。快跟我说哪来的呀？"姜长庚低沉地答："这只是半副。"敖拉倚急不可待地问："那半副呢？"姜长庚说："你再仔细看看。"敖拉倚自信地拿起一块九条："这是我家的东西，我一岁时就拿它摆积木，那还能错了？"

姜长庚把鸡血麻神收起来，自豪地说："说明我鉴定石头的水平在上升。"他接着表情凝重起来："你要答应我。过几天我去龙山寺，我不想再卷入红尘中的是是非非了，等我找到那一半儿时，交给你，你就说是捡的，一起把它交给国家。"

敖拉倚不解地迟疑了一下："我……答应你。"

此时的敖拉倚仿佛在做梦，她出高价要买回的东西千折百回到了手里。真是踏破铁鞋无觅处，得来全不费工夫。她颤抖着手想接过鸡血麻神，可是姜长庚又把它包了起来："等我去寺院之前再交到你手上……"

一股水涌起，打断了姜长庚的话，吓得敖拉倚险些掉到湖里。龙小晴从姜长庚的船边湖里冒了出来，调皮地看着他们："姜叔、敖拉教授，来划船啊？"姜长庚笑道："小晴，原来是你，游得不错嘛，会潜水了。"

龙小晴撸了一把脸上的湖水："一般般吧，还得练。"敖拉倚定了定神儿："小晴，有件事我正要找你呢。"龙小晴问："敖拉教授，有什么事你说。"

敖拉倚迟疑地说："我听说龙城博物馆又收了一幅契丹地图，能不能行个方便，让我一睹它的芳容，为我们研究契丹文化提供一些原始资料。"

龙小晴说："敖拉教授消息够灵通的。那幅地图据于馆长初步鉴定，或许是《辽域地志》的一部分，现在暂存在馆内，地图的主人——我老爸还没决定是否捐给龙城博物馆。"

敖拉倚说："真是太好了，说明我找对人了，一会儿我去找你？"龙小晴说："好吧。"她上岸脱掉泳衣，换了便装向公园外走："姜叔、敖拉教授，我得出去了，再见！"

龙小晴出了公园门口，就见郝子强推着一辆自行车在公园门口焦急地张望，于海平开着他黑色的奔驰车驶过来。二人发现龙小晴，都迎了上去。龙小晴看见他们愣了一下："哟，于律师，你怎么来这儿了？"

于海平大方地说："我知道你今天中午来游泳，特意来接你的。还有，你买房子优惠的事儿，我都给你办完了。"龙小晴高兴地说："真是太谢谢你了，一下子省了一万多。"于海平说："小晴，其实你是守着金饭碗要饭。"龙小晴感到不解："此话怎讲？"于海平神秘地说："你那《辽域地志》，随意一出手，你爸，你哥，你，房子、车子、票子，齐了。"龙小晴说："于大律，出土的文物是国家的。"于海平说："也不能那么说，它可是在你家院子里挖出来的，只需要那么一变通……它就是你家的，我帮你爸出了不少主意呢。"

龙小晴脸一沉："我明白了，我爸之所以那么坚决，是你的功劳？"于海平得意地说："那是，早晚是一家人嘛，你家的事儿就是我的事儿，上车吧。"龙小晴揶揄道："你可真不见外。"于海平说："你若信得过我，我还可以帮你寻个买主，听我爸说，那图……太珍贵了。"龙小晴说："于大律，卖图的事儿你就省省心吧。至于你现在急于想找个女朋友的事儿，我倒是给你物色了一个小学女同学，不知你是否有兴趣。"

于海平似乎醒悟过来了："你这是要把我往外推啊。"龙小晴说："那不是，好马配好鞍，美女配俊男。我那女同学叫孟显姿，有钱有貌有品位，见了你一定能喜欢。"于海平垂下了头："可是……"龙小晴笑了笑："别可是了，于律师，我和子强说点事儿，先走一步了。"

龙小晴转身向郝子强走去，她坐在郝子强的车后架上下了山。于海平倚着车，看着他们的背影，慨叹道："宁可坐在自行车上惬意，也不坐在宝马车里哭泣。这么有骨气的人可是太少了！"

郝子强和龙小晴默默无语地来到龙城一品香饭店，气氛很冷淡。郝子强终于喃喃地开了口："小晴，我想好了，我们还是分手吧。"龙小晴一听来了气："分手分手，你就知道分手！你既然想分手，为什么不在我走向于海平的时候静静地离去？好啊，分手吧，那辆宝马等着我呢！"

龙小晴起身向外疾走，郝子强挡在了门口："小晴，对不起……我错了，你还能看上我这个无业吸毒者？"龙小晴痛心地说："是你自己看不起你自己。子强，不要固执了，现实点儿吧！"郝子强低下了头："我给不了你要的幸福，我没有钱给你买房子、办婚宴，一个男人，**惭愧啊！**"龙小晴问："子强，你懂幸福的含义吗？"郝子强答："有钱花，有地位。"龙小晴坚定地说：

"错，幸福和金钱无关，幸福与心灵相连。只要我们相亲相爱，就会幸福，为什么非得男买房子女装修呢？"郝子强抬起头来说："我郝子强虽然穷，可不能靠女人吃饭，我现在有个想法……我想办个装潢公司。"龙小晴兴奋地问："准备好了？"郝子强苦笑道："唉，啥也不差，就差资金。"龙小晴说："那就是啥都差啊……把有限的资金从股市里抽出来吧，再借点儿，我支持你。"

郝子强低头不语，龙小晴说："今天在龙山月牙湖公园我看见美祺的爸了，人都那年龄了还浪漫地在湖里划船呢，你连最起码的浪漫都没有。"郝子强惭愧地说："心态决定状态，我的心态怎么就不好呢？一提到股市和房市，我就头疼。"龙小晴一指郝子强的脑袋，娇嗔地说："因为你太想成功了，你让金钱把脑袋撞坏了。"

龙城的夜晚更加凉爽，痴情的龙小晴原谅了虚荣的郝子强，二人漫步在龙城大桥上。小晴倚着栏杆，望着缓缓流去的英金河水："子强，跟我说说，你这些年是怎么生活的。"郝子强向河里扔了一个小石子："我的生活就像这条英金河，夏季河水湍急，冬季河床见底，从来没平稳过。奋斗了八年，抗战都胜利了，而我什么都没留下，房子……"龙小晴打断他："说着说着又说到房子了……"

这时，有两个人倚着桥栏吸着烟，对话声传进了龙小晴和郝子强的耳朵。只听刘尔贵说："其实，房子有的是，都掌握在少数有钱人手里。"时猴子说："那是。我们卖了几本破书，让人家仨瓜俩枣的就给打发了，够黑的。"他恶狠狠地把烟头从桥上扔下去："从河西出来混世界的，不下千人，就属你、我还有郝子强熊，连武玉鹏都不如。这年纪了，还得租房子住。"刘尔贵无奈地叹了口气，时猴子接着说："我们也不能总这么穷瑟瑟地生活，总得搞点钱吧。"刘尔贵把烟头甩出很远："钱钱钱，满世界的人都在寻钱，可钱在哪呢？"时猴子神秘地说："近些天，我观察了，我们这个城市有好多空房子，有空我们去转转？"刘尔贵嘴一撇："你那叫观察？你那是在踩点儿；转转？你是想让我给你望风。"时猴子说："看透不要说透。"刘尔贵说："你是想稀里糊涂地让我跟着你犯案？我看过一个电影，叫《空房子》，进了这间空房子的男女稀里糊涂地牵扯上一宗人命案。以后这事儿不要跟我讲，会影响哥们儿关系的。"时猴子又献上一根烟："不会的，我今天新租了一处房子，房租不贵，设施齐全，上我那儿去坐坐？"刘尔贵没有接烟："不了。我说兄弟，我们从小就是哥们儿，我劝你手脚干净点儿，是福是祸没准儿呢。"说完，转身要走，时猴子拽住他："哥们儿，听你的，可是，加入团体的事儿回去想想，明天告诉我。"

四只大脚从龙小晴和郝子强后面移了过去，并没有引起龙小晴的注意。

时猴子告别了刘尔贵，来到他的空房子。他倚在床上玩着手机。突然，门外响起了说话声和脚步声，紧接着是开锁的声音。时猴子一下钻进了床底下，惊恐地注视着门口。

张半仙和金疤瘌开门进来了，金疤瘌打开壁灯，警觉地四下看着，包括衣柜和窗帘后。然后，他把一个布艺沙发扯了过来，翻开沙发，扯开蒙着的沙发布，拿出一个蛇皮袋子，打开来，里面是十多把手枪。

金疤瘌说："大哥，这是大黑猫没来得及拿走的存货。"张半仙说："他的心也够大的了，退了房，还敢存货。"金疤瘌说："今天才退，不会那么快就租出去的。"

床底下的时猴子小心翼翼地往外偷看，只看到几只脚……

张半仙说："我那兄弟回到老家，受了处分，又以投资客商的身份回来了。他在凤城蛰伏了一段时间，一会儿就到龙城，你去安排他开工厂的事宜。另外，他已经把我们得到鸡血麻神的事儿密报了老家人，他们要出资买回。"

金疤瘌吃了一惊："那我们不是白忙活了吗？"张半仙咬着牙说："不。让我那兄弟验货、付定金，以四千万美元成交。"金疤瘌问："四千万……美元？"张半仙点了点头："自然。本地那个买主也要谈着，我们要一女多嫁。"金疤瘌说："她在催着交货呢……"

床底下，时猴子一动不动地听着，眼前只有四只大脚。他想听清二人说话的内容，可两人的声音越来越小。

一会儿工夫，张半仙站起来："走吧。告诉那个武夫，事儿办完了，有些人，能拉过来就拉过来，不能为我们所用，就咔嚓了。知道这个事的，在世面上活动一天，我们就多一分风险。"金疤瘌点头道："那是。"说着，张半仙和金疤瘌走了。

屋里格外静。时猴子从床底下爬出来，摸摸自己的脑袋还在。他在屋里转了一圈儿，看了看被撕开的沙发布，惊恐地跑了出去……

2

在伏龙区刑警大队，朱丽雅认真查阅着案卷，她选出几本案卷递给龙大章。龙大章打开鸡血麻神案卷看了起来，可是里面除了刘尔贵、武玉鹏的简单材料外，绝大多数是些没有头绪的调查。

他皱着眉头望着窗外："案卷材料里有用的东西太少了，就没有大黑猫的材料吗？"朱丽雅说："我也记得材料要比这详细得多，可能有些外围调查的材料没入卷吧。"龙大章点了点头："很多工作我们可能得从头再捋了。"他放下案卷问："丽雅，假如你是鸡血麻神盗窃者，你会把麻神卖给谁？"

朱丽雅想了想答："要是我，一要方便，二要安全，三要高价，自然是谁出价高、交易安全就卖给谁了。"

龙大章看着窗外说："据我所知，鸡血石做成的麻将一是经不起磕碰，二是每张根本做不到一模一样，谁会出高价买一副没有实际用途的麻将呢？"

朱丽雅说："一是收藏爱好者，二是与麻神有关联的人，三是外国机构。"

龙大章问："谁符合上述条件呢？"朱丽雅答："第一类人很多，第二类人像敖拉倚、于伟绩、陈立言等专业人士，第三类像上次你们抓的那个日本教授。"龙大章点了点头："分析得有道理。可是，想得到它的人或许看中的是鸡血麻神鲜为人知的秘密——与契丹宝藏有关，购买它的人得有一个硬件——真金白银地拿出上亿的钱来。"

朱丽雅赞同地点了点头："你这脑洞一开，就需要关注两个人了。"龙大章问："谁？"朱丽雅笑道："一个是你那痴情的姜美人，她写的剧本里涉及契丹宝藏，比你还能相像。"龙大章问："另一个呢？"朱丽雅说："可能只有那位日本教授了，他似乎对鸡血麻神很感兴趣。"

朱丽雅的话或许只是玩笑，龙大章却当了真，他不自觉地向龙城晚报那座带着笔尖儿的楼望去。

带着笔尖儿的楼里，姜美祺正在电脑前打着稿子，电话响了："噢……直帆，中午吃饭……你说谁？日本人？又是那个小山银次郎？那个让人恶心的日本人……当面给我赔礼道歉？我不去，你也不要去！"

她狠狠地按了手机，眼前浮现上个月那个日本人要非礼她的一幕。错就错在她没有和直帆说，怕他的小心眼儿受不了，可是，他还把那个人面兽心的家伙当朋友……

电话又响了，姜美祺赌着气接起电话："我不是告诉你了吗？我不见那个日本畜生……噢？大章啊，我还以为那个谁呢……请我喝茶？好，我正好有话和你说呢，我准时去。"她放下电话，从抽屉里拿出一个盒子，她打开盒子看着，一个精致的鸡血凤凰挂坠呈现在她的面前。她看着那个挂坠，就像看到了和龙大章的种种过往，看着看着，那个挂坠变成青丝楼艺楼的一个饰品……

青丝茶艺楼大厅，清新的琵琶曲《江南印象》流淌着。龙大章和姜美祺在一个角落里对坐，桌上摆着茶具和干果。龙大章举起茶杯："美祺，你结婚这么多天了，我还没祝贺你呢，今天以茶代酒祝贺你。"姜美祺碰杯："为什么不上曼丽酒吧呢？为什么不喝酒呢？"龙大章说："茶亦醉人何必酒，书能香我无须花。我答应过直帆，咱俩不再上曼丽酒吧。"

姜美祺放下茶杯，低沉地说："比我还酸。唉，有什么好祝贺的，夸张的婚姻，平淡的生活。应该祝贺的是你，当队长了。"龙大章说："我不想当这个代理队长，是你爸有意把我推上去的。"姜美祺惊讶道："推上去，为啥？"龙大章说："这也是我百思不解的问题……"

透过垂落的门帘，龙大章看见玲珑茶室又来了一拨客人，钱如意、吴寄瑶、李明鑫喝得醉醺醺地上楼了。李明鑫一边走一边大声嚷嚷："老钱，你说赵公子说的那日本鬼子靠谱吗？"钱如意剔着牙："我不管他靠不靠谱，我老钱虽粗俗，绝不和所谓的日本专家来往。"吴寄瑶说："赵公子已经订了包间，他一会儿就到。"几个人在吴寄瑶的带领下，拐弯向一个包间走去。

龙大章喝了口茶："看来，直帆和他们走得近。我们走吧，一会儿直帆过来看见该多想了。"姜美祺放下茶杯："酒肉朋友，多想是他的事儿，我们不走！"

钱如意、吴寄瑶和李明鑫进了包厢，坐下来。李明鑫拿着茶谱看得直眉瞪眼，钱如意摆弄着茶具，似嘲非笑地说："李老弟对茶一定有很深的研究！"李明鑫放下茶谱："这个？擀面杖吹火——一窍不通，想必钱兄有些研究？"钱如意得意地显摆道："茶馆毕竟是我开的，也就知道一二，西湖龙井、江苏碧螺春、安徽毛峰、福建银针、信阳毛尖、安徽祁门红、安徽瓜片、都匀毛尖、武夷岩茶、福建铁观音……还有近年火起来的金骏眉、老树肉桂、甘露……你来哪个？"

此时李明鑫的心思不在茶上，早听得不耐烦，摆手道："我听说两人能坐在一起品茶，一定是莫逆。"他向外努努嘴："像外边那两位，而不是像咱俩这种一肚子酒糟的人。"吴寄瑶看钱如意尴尬，接过话茬："你俩，一对粗俗之人，谈茶论道，不忘拉着老婆舌头。"

钱如意无趣地向服务员命令道："给这位李先生上啤酒！"他摆弄着精美的茶具，对李明鑫说："人嘛，各有所好，各有各的道，好酒的不进茶坊。老李，我知道你好酒，你喝你的酒，我喝我的茶。"

李明鑫不屑地把茶具丢在一边："还是钱兄了解我。时代发展了，喝茶的和喝酒的也能喝到一起，老鼠和猫也能当哥们儿，比如说咱俩。"

二人这样自贬，令吴寄瑶感到好笑："你俩往这儿一坐，这么好的环境就逊色多了。"钱如意往后一仰："小崽儿，别这么说嘛，比我俩增色的人多了，能喝得起茶吗？他们在奔波、奔命。现在，龙城有多少人对我俩虎视眈眈，我俩必须坐在一条板凳上。"

李明鑫喝了一口酒："钱兄这话攘到屎上了。你让着我，我就弄了块地。以后用得着我老李的时候，我要往后退，我是你重孙子。"

钱如意的茶杯碰在李明鑫的酒杯上："你喝你的酒，我喝我的茶。你酒钱不够，我帮你，我茶资不足，你帮我……"吴寄瑶笑道："别在这儿装斯文了，你们知道直帆约日本教授见你俩干什么吗？"钱如意说："还不是奔着我开奇石城时的存货来的。"李明鑫说："不对吧，我有次和赵公子吹牛，说我家有个祖传的鸡血凤凰，我看小日本儿是冲这个来的……"

一曲清新的琵琶曲响彻整个大厅，伴着琵琶曲，包间里的谈话隐约传出来。龙大章听见"鸡血凤凰"四个字格外敏感。

这时，姜美祺拿出一个盒子："这是你给我的鸡血凤凰……我爸爸昨天把它交给了我，还讲了你在凤城的英雄事迹，他觉得对不起你。"

龙大章打开盒子思索着：这是我奶奶传给我妈的鸡血凤凰，本来有一对，被人偷了一只。姜美祺淡淡地说："还给你吧。是我误解了你，对不起你……"龙大章回过神儿来，他脸上便充了血："你现在还给我，你让我再送给谁呢？我总不能拿这个一个个试吧，问看谁不嫌弃……"

姜美祺愧疚地拿了回来："别说了，我不还给你了。"龙大章如释重负："这就对了，友谊总还在吧。"姜美祺忧伤地说："我希望你恨我，不要恨我爸。"龙大章坦然地说："美祺，这事儿我谁也不恨，都过去了。我找你，有话要说，你可不能生气。"姜美祺说："你就说嘛。"龙大章问："你不觉得你爸辞职养病来得太突然吗？"姜美祺说："直说吧。"龙大章犹豫地喝了一口茶："我可说了，真不能生气。"姜美祺点了点头，龙大章放下茶杯说："在鸡血麻神案子上，你爸似乎有什么事儿隐瞒了。"姜美祺惊疑地问："你意思是我爸不想破案？"

龙大章说："我也说不清。"姜美祺说："你在怀疑我爸？你还是记恨我爸了！"龙大章脸上出现一种淡淡的忧伤："不说了，喝杯茶吧。"姜美祺冲动地说："不喝了！龙大章，你要记住，我爸一直在栽培你，你是他最看好的警察，你不能那么想他！"

说完，她拎起包向外走去，龙大章想站起来解释，可是，姜美祺和刚进来的赵直帆撞了个满怀。赵直帆盯着龙大章："噢？大章，人家不理你，就别觍着脸往前硬凑了。"龙大章没有吱声，向楼下走去。赵直帆表情复杂地看着姜美祺，又看着远去的龙大章，甩袖走向餐室。

钱如意、吴寄瑶和李明鑫隐约听见外面有动静，刚要出去看热闹，发现赵直帆沉着脸进来了，便赶紧站起来跟赵直帆打招呼。赵直帆瞥了他们一眼，冷冷道："一边是很讲究的工夫茶，一边是一拉溜的罐啤，你们可真有创意！"

钱如意喝了一口茶："直帆弟，没你，能创到哪去，只能头破血流。"

赵直帆坐在首位："我知道喝茶的和喝酒的坐在一起是什么目的了。"李明鑫说："赵老弟，你说说。"赵直帆慢条斯理地揶揄道："目前房地产市场正火，你们要狼狈为奸，争做地王？"李明鑫一拍大腿："兄弟，明白人啊！没点就透。"钱如意附和道："瞒不了赵老弟啊。天创公司来和我们争地盘了，我们要把他挤压在街边子上那个所谓的滨水小区。按照规划，十里锡伯河一改道，那里就是下水道排泄渠，天创公司再有能耐，在阴沟里能翻多大的浪？"

刚才还在狗撕羊皮的两个人为了利益很快形成统一战线，李明鑫早按捺不住了："对中心城区，我们要绝对控制，那样，我们就有了定价权。"

没房没地儿的吴寄瑶放下酒杯，担忧道："那样会造成地价上涨，地价一涨，房价就涨，老百姓……"

钱如意打断她的话："这你就外行了，允许有些人'卖地求荣'，就允许开发商坐地起价。总之，羊毛出在羊身上，会有人买单的。"

赵直帆点头算是对此事一锤子定音："钱兄说得有理。人嘛，怪，羊群效应，房子越涨，越会有人买。"李明鑫说："赵老弟，我就服你，一语中的。我和老钱还有一层意思，你得给我们抱后腰，我们才能有突破。"赵直帆暗自得意："不要服我，事情还得你们做，我也就是个嘴把式，我想你们已经有办法了。"

李明鑫不失时机地表达了自己的诉求："不瞒老弟，明天不是有个竞标项目吗？天创公司势在必得，我们就让他两手空空，他拿不到地，开发个鸟啊？"

赵直帆喝了口茶："祝你们明天旗开得胜。不过，我还有个大思路，不知二位是否感兴趣？"钱如意赶紧道："你说。"赵直帆放下茶杯："那个叫小山银次郎的日本朋友，发现咱们这里有便宜的地价、廉价的劳动力和丰富的矿产资源，要在龙城开一家化工厂，正在寻求投资伙伴。"

钱如意不动声色："这事儿啊，日本人为什么不自己投资呢？"赵直帆说："他也不是不投资，他投的是技术股和国际销售网络，也就是靠他专家教授名号在国际范围内营销。在当地找个有影响的人物，办起事来方便。"李明鑫急不可待："这意思啊，钱兄是没兴趣的，还是我来吧。"

赵直帆点了点头："那好吧，一会儿他来，我给你们接洽一下。"

一场茶水会，办了几件大事儿，屋里弥漫着一股和谐的气氛。

3

最后一抹余晖映在刑警大队队长室的书橱上。姜长庚呆坐在椅子上，望着空空的办公室和书橱里的奖状，有一丝惆怅。他发现龙大章徘徊在门外，就叫他进来："大章，在我搬出这屋之前，我想听你最后一次向我汇报工作，鸡血麻神案，你想怎么办？"

龙大章拿出一张纸："师傅，你看。"他伏案画了一张草图，在纸上写下"鸡血麻神"，画了个圈儿，在周围写下了"偷盗人武玉鹏""订做人圆脸胖子""幕后神秘人""知情人……"朱丽雅拿着盒饭进来了，龙大章指着图说："如果说那个幕后神秘人是'东北新干线'的核心，除此之外，还应有一个或几个鸡血麻神的购买人。我们准备从鸡血麻神的购买人入手……"

姜长庚点了点头："有道理。"朱丽雅催促道："你们又在想案子的事儿呢，要绝食啊？"龙大章说："师傅，去年敖拉姨有一句话，要想破此案，围着石头转……"姜长庚打开饭盒："这么好的盒饭啊，以后就是想吃，也吃不出这味道来了。大章，吃完陪我出去走走，开阔一下思路。"

吃过晚饭，姜长庚和龙大章走在龙城大桥上。姜长庚望着桥对面敖拉倚的家说："大章，你刚才的分析很有道理，但是，你说敖拉倚有可能知情，这我不赞成。鸡血麻神被盗案跟'东北新干线'有关，而'东北新干线'是我姜长庚的死对头，自然也就是敖拉倚的死对头。"龙大章说："师傅，这一点毋庸置疑。可很多人很多事，出发点不同，思路可能也不同。'东北新干线'之所以能存活到现在，他可能会渗透到我们各个部门或我们最信赖的人……"

正说着，龙大章和姜长庚看见时猴子鬼鬼祟祟地出现在前面。二人使了个眼色，悄悄地跟了上去。在一条没有路灯的胡同里，时猴子几下就甩掉了龙大章和姜长庚，这个贼人反跟踪的能力要超过一般人。

时猴子闪进另一条胡同，一个黑衣人挡住了他的去路，他赶紧往胡同里跑，见武玉鹏正笑眯眯地看着他。

武玉鹏拿一把铮亮的匕首在时猴子面前晃着："兄弟，怎么总躲着我呀？我跟你说的入伙的事儿，想得怎么样了？"时猴子结结巴巴地说："没……躲，正在动员二棍。"武玉鹏狞笑道："你小子，是不是还给龙大章当眼线呢？去年出卖我，今年准备拿谁换赏钱啊？"

时猴子吓得直哆嗦："鹏哥，都一个村住着……乡里乡亲的把子哥们儿，我怎么能出卖你呢？"武玉鹏嘲讽地说："猴子，你还念这些旧情呀，那就跟我走吧？"时猴子神秘地说："鹏哥，要是告诉你一件事儿，能放我走吗？"

武玉鹏歪着脖子说："那我得看你这事值几个大子儿。"时猴子压低声音说："龙家出土的《辽域地志》，存在博物馆……"这时，武玉鹏发现姜长庚和龙大章出现在胡同口，他愣了一下，和黑衣人向胡同另一个口跑去。

时猴子也想跑，却不知该向哪边跑，犹豫间撞在了姜长庚的身上。龙大章去追武玉鹏二人，早已没了踪影。时猴子道了一声歉，想溜，被姜长庚一把抓住："猴子，救了你，连声谢谢也不说，就走啊？"时猴子赶紧说："谢谢姜局，没什么事儿我走了。"姜长庚拉住他："别忙呀，上派出所，说说你刚才的遭遇。"时猴子赶紧表白："我可是什么也没干啊，是有人……要杀我……"

姜长庚把时猴子从地上拎起来："猴子，咱们打交道有十几次了吧？你十二岁时我就抓过你，你现在还没改？说吧，刚才，什么人、为什么要杀你？"时猴子沮丧地说："那人是武玉鹏，说我给你们当内线。"

龙大章转了回来，听说刚跑的是武玉鹏，顿首道："可惜啊，又让他跑了！时子厚，你还有多少事在瞒着我们？"时猴子问："我要是给你们提供了有价值的线索，能给奖励吗？"龙大章说："给呀，公安机关对提供重大破案线索的人是有奖励的。"时猴子像发现新大陆一样："有奖励啊，那我说个事儿……"

树荫里，时猴子把他昨晚在出租屋内看到听到的情况说了一遍。

龙大章和姜长庚听到这些情况，急忙带着时猴子向他租住的小区奔去。半路上，姜长庚严肃地问："你说的可都是实话？你确实没看清那两个人？"时猴子信誓旦旦："是，有半句谎言，你可以抓我坐牢，就这栋楼。"

三人向楼上走去，龙大章用钢丝打开了门锁，三人进了屋。屋内只有一张双人床和一套沙发。姜长庚看着那沙发布沉思道："你看见是从这里拿走了手枪？"时猴子赶紧点头："没错。就是没看清几把……听那两个人嘀咕是什么大黑猫留下的。"

姜长庚和龙大章在屋内仔细搜索了半天，并没有发现什么异常情况，便快步向楼下物业公司走去。这时，姜长庚的电话响了："噢，小倚……等急了吧？有点事儿绊住了，一会儿就到。"他放下电话，眉头紧皱。他向楼上望了望时猴子偷住的楼房窗子，进了物业公司的门。

一名女物业人员看了看姜长庚和龙大章的警察证后说："你说这栋房子，我知道，是一对老年夫妻的，委托我们往外租呢。前天原租户到期，我们正张贴告示往外租。"姜长庚问："房主为什么自己不出租？"物业员答："房主都八十多岁了，有看房的，也上不了楼啊，就委托给了我们，我们到时把房租打到他卡上。"龙大章问："他们的子女呢？"物业员说："老人就一个儿子，在广东，回来也不会上这儿住的。"龙大章问："原来的租户到期不来交钥匙吗？"物业员答："不交，他已提前交齐了一年的房租，到期后我们找开锁的一换锁芯儿就算完事了，是有合同的。而且，以前的租户租了房子并没怎么在这儿住过。"龙大章看着租房合同问："有签约人身份信息吗？"物业员翻着档案："只有身份证的复印件。"

姜长庚和龙大章本想通过找房主再找到原来租房的人，现在看来昨晚住的时猴子只是个不速之客。不过，他们都从时猴子的话里，听出了弦外之音……

4

敖拉倚今晚穿得很艳丽，她亭亭玉立地站在门前，面带微笑。姜长庚急急地走来："小倚，叫我有事吗？"敖拉倚满面春风："屋里说去……你要上山了，我们在一起难了，得小聚一次。"

　　二人高兴地走向餐厅走去。餐厅的桌上摆着四个小菜和一瓶红酒、两个杯子。敖拉倚坐下倒酒："菜凉了，算我给你饯行。"姜长庚受宠若惊："这么隆重。其实，我能不能在寺里住下去还很难说呢。你这一送，我反而没法回来了。"敖拉倚深情地望着姜长庚："我是希望你回来。无论你何时回来，我家大门永远向你敞开。我们喝一杯？"

　　两只酒杯碰在了一起，敖拉倚眼角上扬，她望着姜长庚满怀期待："长庚，那天你说鸡血麻神的事儿……啥时交给我呀？"

　　此时的姜长庚想起了时猴子的话——他们好像说一个日本人已经验货了，明天付定金；还有一个本地买主，正催着交货呢……想到这儿，他放下酒杯说："小倚，我回去又想了想，我要是把它交给你，是把你往刀尖儿上送，我改主意了。"

　　敖拉倚惊讶地放下酒杯："你……说什么？"

　　姜长庚平静地说："基于身体健康状况，我已向组织请示休假疗养，这段时间到龙山寺做一名居士，潜心向佛，不问红尘，鸡血麻神放我那儿最合适。"敖拉倚腾地站起来："你昏了头了吧？你想占有那件国宝？"姜长庚说："没有，我很清醒，鸡血麻神是国家的，任何人想占有它都是枉然。"

　　敖拉倚转过身去："你就不怕想得到它的人杀了你吗？"姜长庚平静地说："我不怕，他们杀了我也找不到那半副麻将，还会把自己送上断头台。只有这半副麻将在我手上，鸡血麻神才不会外流。"敖拉倚责怪道："老姜，你现在连我也不信任了！"

　　姜长庚痛心地说："小倚，你要理解我，如果连你都不理解我，我还能说什么呢？"敖拉倚冷冷地说："老姜，你要上山了，我还有一个最后的请求，你陪我上龙山森林公园月牙湖荡舟？"姜长庚惊问："啥时？"敖拉倚咬牙道："就现在。"

　　龙山森林公园月牙湖上，幽静的月牙湖上荡着一叶小舟，周围是黑幽幽的群山。小船上只有一男一女两个人。姜长庚问："小倚，这么晚了，你为什么选择这里，不害怕吗？"敖拉倚忘情地说："你忘了，这里是咱俩第一次约会的地方，也是一个月明星稀的无人夜晚……"她靠在姜长庚身上，沉浸在回忆中……

姜长庚放下船桨，任船自由漂荡："那时，我们还都年轻。"敖拉倚怨艾地说："可是，现在我们的青春没了！你的一次冲动把我变成了女人。对你来说，只是一个夜晚的销魂，对我来说，一夜是一生。我为你怀了孕，现在孩子在哪儿都不知道，我这当妈的啥感受，老姜，你理解吗？老姜，你说，公平吗？"姜长庚愧疚地低下头："小倚，我对不起你。今后，我能给你的一定给你。"

敖拉倚抬眼盯了姜长庚一分钟："你真能给我吗？"姜长庚点头："真能。"敖拉倚喊："我想要鸡血麻神！"姜长庚平静地说："小倚，你知道，那是不属于我们任何人的国宝，你不能私自占有它。"敖拉倚激动地说："我不是占有，它本来就是我们敖拉家的，我向先人许过愿，有生之年，我一定让我们的传家宝回来！老姜，你就成全我吧！"

她跪在姜长庚面前，姜长庚吃惊地扶起她："小倚，你在干什么？你的身子在发抖，你的想法太可怕了，我们回去吧。"敖拉倚绝望地说："老姜，我们契丹人宁为玉碎，不为瓦全，我一辈子只向你提这么一个要求，你都不能答应吗？"姜长庚坚定地说："小倚，不能！"

扑通，敖拉倚跳到了湖里，任湖水漫过她的身体。

姜长庚吓得大叫了一声："小倚——你？"扑通，他也跳到了湖里……

当他们在湖水里挣扎的时候，借着路灯的灯光，两个黑影在姜长庚家晃悠着，从卧室到书房，从厨房到卫生间，被翻了个底儿朝天。

武玉鹏小声地嘟囔："当了这么多年副局长，还是穷光蛋一个啊！"黑衣人小声地说："是啊，鸡血麻神应该在家里啊。"武玉鹏说："肯定没放在家，该找的地方我们都找了。"

这时，武玉鹏的手机来了信息："主人已往回走。"

他和黑衣人赶紧溜出了姜长庚家，消失在夜色中……

敖拉倚家楼下，姜长庚和敖拉倚浑身透湿地下了出租车。他们向楼上望了望，白小艺弹琴的身影映在窗帘上，一曲《梦中的婚礼》流淌下来，映衬着两个人的忧伤，正如这初秋的夜晚。

敖拉倚眼神迷离地说："老姜，上来换身衣服吧。"姜长庚说："不了，太晚了，你早点休息吧。"敖拉倚内疚地说："老姜，是我太冲动了，你要原谅我。"姜长庚说："我打电话告诉小艺给你熬点姜汤，会着凉的。"敖拉倚感激地说："别惊动小艺了，让她多练一会儿，我们之间也就只有白小艺了。"姜长庚痛苦地点了点头，向自己家走去。

姜长庚疲倦地开门进屋开灯，一地狼藉。他小心地巡视了各个房间，又快步向厨房走去。他打开粮袋，摸了半天，里面露出鸡血麻神来。他欣慰地看着鸡血麻神，掏出电话："你好，搬家公司，我要提前搬家，你们能派人吗？好，我明天八点在家等着。"

他放下电话，回到卧室，把年轻时和敖拉倚及妻子的照片拿起来，小心地擦拭着上面的尘土……

5

阳光从古树上照下来，龙山寺像镀了一层金，显得更加神秘。晨钟当当地响起来，唤醒了龙山寺。僧人和居士们陆续出来，有的在洒水，有的在扫院子。

龙山寺俯瞰着薄雾中的龙城，静待着光阴飞逝。此时的龙城还没有完全醒来，街上只有稀稀拉拉早练的人们。

一辆小型厢货停在姜长庚家楼下，几个人忙着装生活必需品和书籍。搬运工搬出两个大箱子，绑在了车上，姜长庚毫不犹豫地上了车。这时，姜美祺领着白小艺跑了过来："爸，你要干什么？"姜长庚说："不是和你们说了吗？"姜美祺说："我不同意，我要和你好好谈谈。爸，你太自私了！"姜长庚说："我自私？我为了你和小艺，含辛茹苦地当着带薪保姆，我就一点自由也没有了吗？"白小艺走过来扯住姜长庚的衣角："姜爸，我再也不气你了……你别去了。"姜长庚很决绝："晚了，小艺，我养了你十七年，尽到责了，我管够了！开车！"

姜长庚家对面的高楼里，一架望远镜从阳台上探出来，扫描、调焦，看着争吵的姜长庚和姜美祺，最后定格在姜长庚的两个大箱子上……姜美祺、白小艺生气地待在那里，赵直帆露出不解的眼神儿……姜长庚坐在副驾驶的位置上，头也没回地说："直达龙山寺。"

敖拉倚站在阳台上，看着姜长庚搬家的厢货加入车流，眼睛呆呆地望着，没有一丝表情。

路过刑警大队，龙大章和朱丽雅站在路边向姜长庚的车摆手，车并没有停下来。姜长庚向二人摆了下手，迷惘地看着前方的路，脸色冷峻得像一块冰。

姜长庚失去了原来硬碰硬向黑恶势力宣战的勇气，他决定上龙山寺做一名居士，鸡血麻神这一难处理的"刺猬"捧着，放下？他纠结着。为了美祺和小艺不受伤害，他决定就这么自己捧着，用自己的方式解决难解的问题，这样对不对，他自己也很迷惘……

伴着佛教音乐，姜长庚的厢式货车驶进龙山寺，文住持和一些居士出来拱手相迎："欢迎姜施主啊，不知姜施主能不能住得惯？"姜长庚望着蓝蓝的天："不错，如此清修之所，只是来晚了。"文住持一脸平静："那就好，有什么需要，你尽管和我说，咱们也是十多年的朋友了。"姜长庚拱手道："只要别污了你这佛门圣地，我就知足了。"文住持依旧平静："怎么可能呢？姜施主一心向善，不嗔不怒，定能成为居士之楷模。"姜长庚看着大殿和佛像感叹道："无世俗之扰耳，没人间之争斗，真是好地方啊！"

一阵佛教音乐随风飘过来，打断了姜长庚的思绪，也使这里增添了一丝清静的气氛。

6

看着姜长庚的车向龙山寺驶去，时猴子和刘尔贵倍感欣慰。在龙山西边的狮子崖下，他们拿着一个箭头样的东西边走边传看着。

时猴子疑惑地问："二棍，你确定它是辽代的箭头？"刘尔贵自信地答："应该没错，这和我们辽上京馆收藏的辽矢一模一样。"时猴子一听来了精神："要是真的，卖给那日本鬼子，我们可就发一笔小财了……"

突然，正在做着发财梦的时猴子怔住了，他发现武玉鹏在树后看着他："二位老弟，发财了？有好事儿别忘了哥呀！忘了'河西三害'的称号了吗？"刘尔贵吃惊地问："你？"

武玉鹏斜着膀子说："二棍，眼睛瞪得跟鸡蛋似的，不认识你鹏哥了？"刘尔贵硬着头皮说："鹏哥……你害得我好惨。你整了容，一翘子飞了，兄弟我可是背黑锅了。"武玉鹏歪着脖子看着刘尔贵："怎么，二棍，还生我气呀？你就不如猴子心眼儿来得快，看你那样子，不大欢迎我啊！"

刘尔贵大咧咧地说："怎么敢不欢迎呢？鹏哥是武松的'武'、大鹏的'鹏'，通过跟你干了几件事儿，我都不知自己吃几碗干饭了。公安正在悬赏抓你呢，你还敢出来活动？"武玉鹏说："老弟，你是表扬我呢还是损我呢？鹏哥我现在是武大郎的'武'、羊棚的'棚'，只能在山空子里钻。走吧，哥请你们去个大地方，算是给你赔罪。"

时猴子和刘尔贵胆怯地对视了一下，硬着头皮跟着武玉鹏向山下走去。这两个从小被武玉鹏打怕了的人，已经习惯于顺从。

走到龙山半山坡，向下一望，整个龙城尽收眼底，时猴子讨好地说："鹏哥，你可真会找地方躲，这地儿，山上鸟语花香，山下一片繁荣……"武玉鹏说："可惜你鹏哥我只能躲在阳光背后的树荫里。两位，你们没个职业也不是办法，哥给你们物色了个好职业。"刘尔贵问："什么职业？"

武玉鹏向山下的河西一指："看了吗？咱们老家河西枫树湾那儿，马上要建起一个化工厂，你们不仅可以上那儿工作，还可以介绍亲戚朋友。"刘尔贵问："化工厂能批吗？前些日子很多企业相中了那个地方，要建旅游区，听说都被赵副市长卡下了。"武玉鹏说："这次不同，有赵公子的股份，你说能批不能批？"时猴子讨好道："那是瘸骡子——没走……"

三个人各揣心事地说了半天话，主要是武玉鹏给他们灌输富贵享乐思想。潜入龙城的时候，月正黑风已高，他们来到忘情夜总会，找了个角落。一派奢华，一派暧昧。刘尔贵和时猴子被灯光迷晃了眼睛，两眼发直，盯着台上的美女，脑袋晃着，手不自觉地拍着。

武玉鹏斜眼儿看了看他们："二位，好看吗？"刘尔贵眼睛没有离开要跳钢管舞的女人："好看，好看，这场子还是第一次进来。"时猴子的马屁拍得更是不得要领："是啊，鹏哥要是不领咱们来，这票钱……得卖三个麻将机。"武玉鹏鄙夷地瞥了他们一眼："不算什么，只要弟兄们跟着我好好干，这场子随时进。"说完一抬手，服务生过来了。武玉鹏与他耳语几句，服务生走了，他说："弟兄们，光看有什么用啊，咱们上去潇洒一会儿。"

刘尔贵和时猴子的眼睛恋恋不舍地离开了舞台，跟着武玉鹏向楼上走去。

三楼办公室里，张半仙和金疤瘌在监控上看着这一切……

走过神秘的暗道，进入灯光昏暗的包厢，武玉鹏和刘尔贵、时猴子躺在足疗床上。武玉鹏一摆手，一个服务生过来了，他给服务生使了个眼色："给这两位先生来点解渴的东西，给我来杯绿茶。"

服务生答应一声出去了。一会儿，他端上来两杯饮料和一杯绿茶。三个人喝了起来，刘尔贵一边喝饮料一边说："唉，人比人得死，货比货得扔啊！过去，在吴寄瑶的棋牌室喝着树叶子也感觉挺好。现在看来，是活瞎了。唉，这什么饮料？得点钱儿了吧？"时猴子嘴一咧："管他呢，鹏哥招待咱喝啥，咱就可劲儿造，武哥不是小气人。"武玉鹏抿嘴笑了笑："这算什么？弟兄们只要跟着我干，什么都能享受。"他按了一下床头的按钮，三个穿着性感的小姐笑呵呵地进来了。刘尔贵和时猴子眼睛立马放出光来……

二人是趁着武玉鹏上厕所的空儿，心满意足地从忘情夜总会里溜出来的。他们坐在广场的阴暗处，心里还在想着刚才不知是祸是福。

刘尔贵疑惑地说："给咱们安排工作，还请咱们。请咱们，还给咱们红包，这个害虫啥时学讲究了？"时猴子掏出一个纸包："两千元啊，是他妈有钱人，大方。"刘尔贵用手划了下钱，捏了捏："哥们儿，咱们虽然号称'河西三害'，也没那么深的交情，你就拿着这么踏实？"

时猴子大咧咧地说："管他呢，人家给，咱就要。鹏哥的脾气你是知道的，不要，能走出那屋吗？走，上寄瑶那儿耍两把去。"

两个在社会边缘行走的人突然被人这么重视，心里就有点发飘。他们悠闲地向方格棋牌室走来，想去寻找另一种消遣方式。走过龙城说书场，红色的窗帘透出微弱的灯光，里面传出说书人的《麻将谣》："人生艰辛好沧桑，及时行乐筑城方；条饼万字任调遣，运筹帷幄谱牌章。运旺赢得咧嘴笑，手霉输得心发慌；伤时言赌刻骨恨，南柯梦醒手心痒。急急忙忙上赌场，就怕座位被占光；东南西北全坐遍，牢底坐穿无赢张……"

一阵麻将声，一阵叹息声，刘尔贵和时猴子的两千元一张张地没了。二人摊开两只空手，从棋牌室无精打采地出来，向一个胡同走去，黑暗吞噬着他们的快乐。刘尔贵叹口气："唉，越没钱越点儿背，咋就这么他妈背呢？"时猴子应道："点儿背不能怨社会，我也和你一样，输得溜光，都是那说书的给说的。"

武玉鹏从树下走出来，一拍二人肩膀："二位，也不打声招呼就走了？"刘尔贵尴尬地说："武兄，对不起，你给的钱输没了。"武玉鹏大方地说："没什么，都有泪珠滚滚的时候。"他拿出一沓钱，拍了拍："这个，你收着，明天到庙里烧烧香，哪里跌倒了，哪里爬起来。"

刘尔贵一脸惊恐："武兄，这个我真不能收。"武玉鹏脸一沉："兄弟，见外了，这个算我借你的。你要还不收，别怪你武哥翻脸。"刘尔贵迟疑了一下，还是接了过去。武玉鹏拍拍他的肩："二棍兄弟，回去休息吧，我和猴子有点事。猴子，我领你去一个好地方。"说完，拉着时猴子就走，直看得刘尔贵一脸懵圈。

一辆出租车七拐八转地在北山废弃的木工厂门前停下了，武玉鹏拉着时猴子从车里走了出来，向楼里走去。

武玉鹏突然问："老三做的手脚没被二棍看出来吧？"时猴子得意道："没有，那傻兄弟还以为是手气背呢。鹏哥，你说的好地方就这儿啊？"武玉鹏边上楼梯边回头问："猴子，你说鹏哥对你怎么样啊？"

时猴子不知就里地答："不……错。我在村里无依无靠，没少挨你和二棍的拳脚。"武玉鹏笑道："你小子还挺记仇的。我老武以前是对不住你，今天，有个好事儿我可没忘了兄弟你。"时猴子失望地说："我和二棍从小就跟着你混，就没见过什么好事儿。"武玉鹏笑道："上去你就知道了。"

时猴子跟着武玉鹏上了四楼，发现废弃的工厂大厅里摆着酒菜，两个黑衣人立在那里。武玉鹏说："猴哥，请吧。"时猴子心里一惊："鹏哥，你到底要我干什么？你不说，我不坐。"

武玉鹏喝了一口酒说："记得小时候咱哥俩看《水浒传》的事儿吗？我说我是武松的后代，你说你是时迁的后代。想当年，咱们的老祖宗曾经合作得很好。现在，跟我干，取富贵。"

时猴子知道不是什么好事儿："鹏哥，不行啊。我时猴子就能小打小闹地混个生活，没有大富大贵的命啊！"武玉鹏拿刀扎了一块大肉："你意思是不从呗？"时猴子咬着牙说："打死我也不能从。"武玉鹏咬着大肉，从牙缝里挤出两个字来："有种！"他向旁边立着的两个黑衣人一挥手："送你猴哥下去！"

两个黑衣人拎起时猴子，不管时猴子的喊叫，扔进了电梯井里。就在时猴子绝望的时候，一个安全网网住了时猴子，他被吊在废弃的电梯井中。时猴子捂着鼻子喊："鹏哥，这里太臭了！你就是……这样对待你的兄弟呀？"

武玉鹏把头探进电梯井里，把刚才扎肉的刀背在安全网上蹭来蹭去："猴子，上来呢，好酒好肉好招待；下去呢，一群蛇和老鼠正等着你，粉身碎骨无人葬，你自己选择吧。"

时猴子边挣扎边喊："鹏哥，拉我上去……我听你的。"武玉鹏还在蹭刀背："猴子，我了解你，你这个人呢，吃里爬外、两面三刀，把你吊起来，是让你长点记性。再跟我三心二意玩心眼子，这个电梯井就是你降落的地方。"时猴子央求道："鹏哥，我再也不敢了，你快让我上去吧，我叫你爷都成……"

7

有雾的条筒万建筑像在三方较着劲，龙城市天秤拍卖公司的牌子格外显眼。

几辆豪华车驶进拍卖公司院内，钱如意、李明鑫、金疤瘌等人先后下了车，向楼内走去。

龙城市国资局拍卖会现场，一场国有土地拍卖活动正在这里举行。现场坐满了竞标的人，其中钱如意、李明鑫、金疤癞都在伸长脖子等待结果。

中介人打开投标书宣布："今天，我们挂牌竞标开标的是伏龙区城郊枫树湾八号地，这一地块一百八十亩，位居我市郊区河西，用途为建设龙城市化工厂。结至投标结束日，共有二十三家合格企业参与竞标。经过第一轮议标，有三家公司入围，他们是宏大公司竞标价一千八百万元，天创公司竞标价一千九百五十万元，平原公司竞标价两千万元。经综合打分，竞标成功者，平原公司！"

人们议论道："这价出的，等差数列。""是啊，真够牛的……"李明鑫很牛地挥了挥手，上了台。钱如意毫无表情，起身进了卫生间。金疤癞气愤地把茶杯一放，沮丧地转身向开标大厅外走去。随从的几个人互相看了看，谁也没有吱声，坐上不同的车，很快汇入城市的车流。

钱如意和李明鑫的车停在帝豪会馆门前，二人几乎同时从车里走出来。李明鑫得意地说："钱兄，我们在地产界第一次联合，首战告捷，我得好好感谢你一下！"钱如意不解地问："我很奇怪，为什么今天天创公司也报了那么低的价呢？"

李明鑫脑海里立马闪出利用大裤裆发假消息的情况——裤裆，我公司计划竞标价一千九百万元……但他没和钱如意说，只是搪塞道："金疤癞是没有看到那地块的价值呗。"钱如意仍不释怀："问题不是那么简单，不管怎么说，你捡了个大便宜，托拍费多给几个呗？"李明鑫嘴一咧："那自然。"钱如意微微一笑，二人并肩向帝豪会馆走去。

张半仙和金疤癞站在三楼向下看着，地产界竞标连连失利，尤其是李明鑫来帝豪示威的得意神态让金疤癞很恼火，他气愤地说："大哥，我想整治一下这两个嚣张的小人。"张半仙摆手制止了他："我们的'两头蛇'计划只实施了一半儿，我们有更重要的事要做，不在一时一地的得失。那两个人怎么样了？"金疤癞答道："大哥，都安排好了。"

金疤癞来到帝豪会馆三楼的一个秘密会议室里，黑老三和时猴子、刘尔贵已经笔直地站在那里，周围是十几个黑衣人，气氛很肃穆。黑老三一脸威严："大哥到，时猴子、刘尔贵入会仪式正式开始。"此语一出，时猴子打了个立正，刘尔贵立刻傻了眼。黑老三并不看他们，一脸凶相："两位兄弟，请跪拜天地，口念：我心忠诚，天地可鉴，若有二心，天理不容。"时猴子跪在地上，刘尔贵站着没有动，一个黑衣人过来，照刘尔贵就是一脚，刘尔贵被迫跪了下去。黑老三重复了一遍，二人有气无力地念道："我心忠诚，天地可鉴，若有二心，天理不容。"说完，二人诚惶诚恐地站了起来。

黑老三用手一指坐在椅子上的金疤癞："请跪拜大哥，口念：同甘共苦，同生共死，永不出卖，风雨同舟。"时、刘二人向金疤癞磕头，嘟囔着："同甘共苦，同生共死，永不出卖，风雨同舟。"

礼毕，金疤癞笑眯眯地将二人扶起："二位弟兄，感谢你们不嫌金某。以前，我们没在同一战壕，今后我们同享荣华，彼此照应。不过，猴子，你卖你的麻将机；尔贵，你卖你的蒙古野果，今后如有艰难险阻，彼此帮衬，当不遗余力。"

时猴子和刘尔贵不知是福是祸，木讷地点头称是。金疤癞手一挥："大家都是一家人了，我已在二楼安排酒宴，请吧。"

咣，十几个酒杯碰在了一起。众人喊着："干！"

酒杯扬起，尚未进嘴，李明鑫带着大裤裆进来了："热闹啊！金大哥就是金大哥，东方不败。听说大哥在这儿，我过来敬杯酒。"金疤癞笑眯眯地说："秃子，春风得意啊！"李明鑫嘴咧到耳根："还行，这不是刚弄了块地嘛，玩玩化工厂什么的。"

黑老三压低帽檐儿，在旁边怒目地看着，手向衣服里摸去，一把长把儿匕首露了出来。金疤癞急忙向他使眼色，阴阴地说："可别玩大劲了。"黑老三把匕首又送了回去。李明鑫皮笑肉不笑地说："没事儿，我们有金大哥罩着，没事儿……"他看了看黑老三："这位兄弟，我看你面带不服之色，咱们喝一大杯？"黑老三没吱声，倒了两大杯白酒，一手拿一杯一碰，自己先喝了一杯，冷冷地看着李明鑫。李明鑫看了一眼黑老三，一口喝下那杯酒，抱拳退了出去。黑老三恨道："小人得志！"

刘尔贵和时猴子面面相觑，金疤瘌看着李明鑫的背影，收起了笑容，冷冷地瞄了他一眼，向外走去。

金疤瘌来到龙城大桥下，张半仙的黄牙子旗还在迎风招展。

张半仙看四下无人，便问道："都办好了吗？"金疤瘌躬身说："办妥，李秃子不知道是咱们故意让他中标，刚和我示完威，在那吆五喝六地庆贺呢。河西那两个祸害也已经搞定，能为我们所用。"张半仙说："鱼见食而不见钩，可以实施'两头蛇'的第二步了。你那天说的老地图查清了吗？"

金疤瘌赶紧说："都查清了，是龙大章的父亲从自家院子里挖出来的，现存在龙城博物馆，全家人就捐不捐地图意见还不统一。大哥为什么对一个老地图感兴趣呢？"张半仙淡淡地说："它或许就是我们寻找了三十多年的《辽域地志》。"

第三十二章　如影随形，夜半盗影

1

龙大章放下电话，来到窗前，窗外似有几团黑雾正在升起。父亲又和他催要那幅老地图了，如果那张图真是于伟绩所说的《辽域地志》，它会和鸡血麻神有着怎样的关系呢？那么，另半张《辽域地志》在谁手里呢？一时理不出头绪来。

他走到龙山地图前，眼前便是缩小的龙山。接手刑警大队的工作后，他感觉压力太大了，一个武玉鹏仍然敢在龙城出没，一个"东北新干线"更让他无所适从。他打开公安内部管理系统，输入武玉鹏、枪支、毒品和鸡血石等信息，电脑上显示的东西让他头疼，他的脑子里又闪现出时猴子所说的藏在沙发里的手枪……

朱丽雅拎着早点进来了："大章，你又没吃早餐？大师兄还没回来啊？"龙大章拿起一杯松花江牌热豆浆："今天来电话了，还有些事没办完。"朱丽雅也拿起一杯豆浆："师傅当和尚，大师兄又去了花果山，感觉还真不得劲呢。"

龙大章说："不知师傅葫芦里卖的是什么药。丽雅，有关武玉鹏，一点有价值的线索也没查到吗？"朱丽雅摇了摇头："非常惭愧，一个被追逃的人，光天化日之下，在我们眼皮底下活动，对我们来说，真是个极大的讽刺。"龙大章放下豆浆："这个胆大妄为的家伙，自恃整了容，到外地又一无所长，只能在龙城活动。就在前天晚上，时猴子还见过他，说是因为给我当眼线，武玉鹏报复他。可问题没那么简单，时猴子是一个很少有准话的人，他说武玉鹏在山里藏着，这可能是真的。丽雅，马上通知全体警员到会议室开会，我们要传达市局关于打黑除恶的战略部署。"

二人出来，正碰见姜美祺进来："大章，有关打黑除恶，我们报社要配合公安机关造一些声势，提示群众提供线索，敦促犯罪嫌疑人早日投案自首，我来是想听听你们的安排。"龙大章说："正好，我们要召开个动员大会，你可以到会场采访。"

龙大章和姜美祺进刑警大队会议室时，全体警员已经很整齐地坐在那里。龙大章环视了一下会场："各位，打黑除恶，是我们清理积案之后的又一重要专项行动。市局刚开完会，我们要马上落实，坚决打击。从目前我区的情况看，龙城的毒品买卖时有发生，私藏枪支的行为也曾出现，我们要广泛发动群众，密切注视涉黑团体的动向……"

开完会，姜美祺很失望地从会议室里出来，她追上龙大章："龙大队，你这官腔打的，叫我回去怎么写报道啊？能不能说点实在的？比如你们掌握的黑社会线索、鸡血麻神案什么时候能破之类。"

龙大章抱歉地说："你关心的我比你更关心，你想知道的我也不知道，就是知道了，现在也不能说。"姜美祺合上采访本："今天又白跑了一趟。"龙大章说："不，我可以给你发布一条消息，你一定感兴趣。"

姜美祺惊喜道："真的？"她拿出录音笔录音。龙大章说："据我们走访得知，鸡血麻神案嫌疑人就躲藏在龙山某处的山坳里。目前，龙城警方正在协调驻地武警官兵和部队、群众，组织一次大规模的搜山行动。各车站、机场及交通要道通过警民联防的形式，做到天网恢恢，疏而不漏。一会儿，我们将去龙山踏查搜索路线……"

龙山寺对面的山坡上，张半仙和敖拉倚站在山石上向龙山寺眺望。这是两个人的第二次不期而遇，多了一分亲切感。

敖拉倚问："张先生，我听说在龙山寺的前边有一座神鹿庙，现在怎么没有了呢？"张半仙说："是啊，我十二三的时候到山上来玩，有一个放羊的老头跟我说过，有一座神鹿庙。当时他还领我们看了那里的拴马桩，我记得那是一个白花岗石的石头柱子。"敖拉倚叹息道："现在什么都没了，河西村一个老头说的像七间房基的地方也没有见到。"张半仙嘟囔道："女人很少有像你这么对考古感兴趣的，真让人理解不了。"敖拉倚向远处一指："有人上山来了。"

龙大章、朱丽雅、姜美祺和武警部队的两名官兵由远及近，五个黑点儿变成清晰的身影。这让张半仙颇感意外，他躲到树后。

龙大章用手画了个圈儿："我们先观察一下龙山的地形，以便展开围捕。"朱丽雅指了指正在拍摄的姜美祺："龙队，这是秘密行动。"龙大章恍然大悟的样子："可不是嘛，美祺，我们的行动需要保密，你在写报道的时候注意保守秘密。"姜美祺坦然地笑道："明白，我学过保密条例。"

几个人下山后，龙大章一头扎进刑警大队副队长室，他拿着武玉鹏原来的照片和自己画的照片比对着。

朱丽雅拎着饭菜进来问："大章，你确信武玉鹏还在龙城？"

龙大章说："他整了容，换了名，自以为别人不认识他了。时猴子在龙山见过他，这说明，他白天像老鼠一样躲在龙山里，晚上像鬼子一样偷偷地进城。"

朱丽雅问："你真要发动群众在龙山搜查？"龙大章说："不，几十万亩的原始次生林动用的人力物力太大，还有一定的风险。在龙城一定有一个组织是他的靠山，我要逼他下山，躲藏到他龙城的老板那里，然后通过监控设施找到他的行踪。"朱丽雅似有所悟："我明白了，你让美祺发消息要搜山，是在敲山震虎。"

龙大章点了点头："现在的涉黑团伙和过去不一样了，他们不再停留在打打杀杀的初级阶段，都有合法的产业。我们调查很多企业，就是为了间接地找到他们的行踪。"

朱丽雅说："很多规模大的娱乐场所均涉非法活动，我们正在盯紧那些地方。"龙大章问："有没有不涉及非法活动的大型娱乐场所？"朱丽雅说："有啊，占九成吧，像帝豪、忘情什么的……"龙大章又问："你说帝豪会馆和忘情夜总会？"朱丽雅说："是的。快吃饭吧，都凉了。师傅不上班了，鲁师兄度假，你也不能不顾命啊！"龙大章站起来走到茶几前："大师兄去凤城几天了？"朱丽雅答："五天了，估计快回来了。"

龙大章望着外面浓浓的夜色，沉思起来，龙城究竟有多少浑水呢？在他的记忆中，这个忘情夜总会和他的年龄差不多一般大，没有违法，却几十年不败，这里的水一定很深……

吃完饭，龙大章继续看资料，朱丽雅边收拾餐盒边说："大章，休息一会儿吧。"龙大章头也不抬："我也想休息，可坏人不让啊。"朱丽雅说："读大学时，我们信心百倍，总感觉魔高一尺，道高一丈。真当上刑警了，才知道我们连武玉鹏那样的人都找不到。"龙大章说："知道为什么吗？我们在明处，他们在暗处，我们在浮着，他们能沉下去。要想打击日益猖獗的涉黑团伙，我们也得沉下去，熟悉社会上形形色色的人物，比如像时猴子、刘尔贵这类人，整天在社会上混，知道的事儿比我们多。"

2

朦胧的灯光笼罩着这个塞外城市。从棋牌室败北的刘尔贵又推出了水果车，车上坐着五岁的孩子。他嘴里不停地喊着："新鲜蒙古野果，出血大甩卖了。"

回顾四周，没有一个顾客停下脚步。时猴子却突然冒了出来，脚蹬在车轮上："兄弟，就这日子啊？孩子跟了你，可是受老罪了。"刘尔贵无奈地叹口气："没办法呀，他妈出去打工了，我妈又经营个农家院。"时猴子说："要是真的困难，可以找我们的组织。"

一听"组织"二字，刘尔贵心颤抖了一下："猴子，我正要问你呢，我们那天稀里糊涂地加入了什么组织？"时猴子说："管他什么组织呢，给钱儿就干活，没钱儿不好使。"刘尔贵说："非法的组织我坚决不入。"时猴子冷笑一声："兄弟，这个怕是由不得你了。"刘尔贵一惊："怎么，我和你们签卖身契了？"时猴子说："比卖身契更好使，武玉鹏找你。"刘尔贵惊问："找我干啥？"时猴子说："要钱呗，他说债主屯门，只好找我俩想办法了，借他那一万五要还他，我可是担着保呢。"刘尔贵说："还？都输了，我拿什么还你啊？当时不是说给……给的吗？"时猴子脸拉下来："给？兄弟，你们有那么深的交情吗？他让我传过话来，给你一天的时间，连本带利地拿两万五千元，就清了。"刘尔贵这次吃惊不小："两万五？他这不是讹人吗？"时猴子说："没钱？兄弟，他还给了你条出路，好模好样地跟着他们的组织干，到时就两清了。若还脚踏两只船或对他们图谋不轨，会有人收拾你滴——"

时猴子拍拍刘尔贵的肩膀走了，刘尔贵傻傻地看着时猴子走远，闹不清这两面三刀的小偷为什么这么硬气。有一点很清楚，自己惹上大麻烦了。举报？没那个胆儿。加入？违背他的初衷。思来想去，刘尔贵走了一条中庸之道，既不举报也不加入，顺其自然，继续卖他的蒙古野果。

有些人、有些事躲是躲不过去的。一天后，时猴子拿着一叠刚赢来的钱，从方格棋牌室出来，正碰见刘尔贵往里进。时猴子塞给刘尔贵两张钞票："二棍，昨天说的事儿你可想好了？"刘尔贵神色不宁地问："猴子，你还有闲心玩啊？"时猴子反倒很奇怪的样子："怎么的？"刘尔贵小声说："你小子拉我拜的什么大哥、加入的什么组织，我越想越不地道。"时猴子说："地道不地道的也晚了，又没求咱银子，又没让咱卖肾的，及时行乐呗。"刘尔贵说："这些日子我就没睡好。"时猴子大咧咧地说："有什么睡不着的，该死胡上，不死翻过来。你要是从小受我那么多的罪，八成得死呢。走，找个地儿休闲一会儿去。"

不由分说，时猴子拉着刘尔贵奔另一条街而去，那里是龙山红运体疗馆。

刘尔贵心绪不宁地躺在体疗床上，一个四十多岁的女人笨手笨脚地给捏着脚。刘尔贵坐起来，不耐烦地说："你到底会不会做啊？我看你这手法像掰猪蹄儿呢！"足疗师低着头赔不是："老弟，说实话，我真的不会。"刘尔贵问："刮痧会不？"足疗师答："不会。"刘尔贵问："拔罐儿会不？"足疗师答：

"不会。"时猴子猛地坐了起来："你这也不会，那也不会，到底会什么呀？"足疗师嘟囔："就会……那个……"

躺在旁边的时猴子把脸伸了过来："那个，哪个？"足疗师瞪他一眼，不耐烦地说："就是睡觉！"时猴子把脸凑过去仔细看了看足疗师："睡觉？就你？我兄弟缺少母爱啊？睡觉也不是好手。去，给找两个年轻的来。"足疗师低声下气地说："老弟，那你们得等着，得现调。"

足疗师出去了，时猴子悄声问："二棍，有个发财的活儿，有兴趣吗？"刘尔贵正为钱发愁呢，便不耐烦地说："有事儿就说，这个绕。"时猴子压低声音说："龙家挖出了古地图，不知你听说没有？"刘尔贵说："听说是听说了，怎的？"时猴子说："把它买过来，一转手，我们就发了。"刘尔贵说："我听说大章和小晴要捐给博物馆，老龙头死活不同意，正僵持呢。"时猴子说："这才是机会嘛，花大价钱，谁会嫌钱扎手啊？这事儿你能办。"刘尔贵嘬了下牙花子："我听说那地图在博物馆存放的呢。"时猴子说："你能说动老龙头不？"刘尔贵说："够呛。"时猴子问："你能帮忙找到博物馆的建筑图纸不？"刘尔贵一惊，坐了起来："你又在打什么歪主意，你要是想犯罪，给老子滚犊子！"时猴子一摆手："冲动什么？随意说说还当真了。二棍，躺着，我上那屋去再开个房，懒得和你这号人生气。"

刘尔贵歪在床上，眼前浮现出他那张《辽域地志》，那张图变成金光灿烂的金钱和靓丽的美女……外面两个女人的说话声打断了他的幻想，门开了，一个三十来岁、穿得很裸露的女人站在了床前。

那女人蜷着舌头："哪位先生要我陪啊？"刘尔贵眼睛瞪得跟灯泡一样，呼地坐起来："老婆？你干这行当呢？"刘尔贵前妻看见是刘尔贵，显然也吓了一跳，不过她马上镇静下来，反攻为守："是你？心真大，又有两个糟钱儿了呗？老妈生病、孩子不管……"

刘尔贵咬牙切齿地吼道："我……我削你——"拿起枕头扔过去。刘尔贵前妻一跺脚："你是我啥人儿啊？我要是找个好男人，我犯得上干这个吗？"说完，往地上一坐，放开嗓子开始干嚎。刘尔贵皱了皱眉头，放下枕头："别嚎了！孩子想你，天天问我你干吗去了，我说你在外地做白领高管呢，没想到你干这个！你……回来吧，我现在有钱了。"

刘尔贵前妻顿时止住了哭声，拿眼瞟着刘尔贵："真的？你不嫌弃我？"刘尔贵长叹一声："唉——弯刀只对瓢切菜，破锅只能破锅盖了……"

这时，时猴子进来了，瞟了刘尔贵前妻一眼，小声说："二棍，有人找你。"刘尔贵正觉尴尬，借机抛下前妻，跟着时猴子向外走去。

找他的人是金疤瘌，笑眯眯地嘘寒问暖一番，又是好酒好菜地招待了一顿。他没提什么要求，这反而使刘尔贵心里更加不安：这是个什么组织呢？不是奔我的《辽域地志》来的吧？反正不是普通的朋友圈儿。刘尔贵想也想不明白，就糊涂庙糊涂神儿地一杯接一杯喝闷酒。

金疤瘌回到那处豪华住所时，天已很晚。他向张半仙汇报了"河西三害"的情况，张半仙拿出一张《龙城晚报》："疤瘌，你看，龙城警方要包围龙山搜武玉鹏了。"金疤瘌拿过报纸看了半天："大哥，我才疏学浅的，没看出要搜山的样子来啊。"

张半仙坐直了身子："无知者无畏。你看这段，近日，伏龙区警方要和驻地官兵、群众进行一次大规模的反恐实战演练。此前，相关准备工作已经就绪，车站、机场及主要交通要道已设立盘查点……"他指着龙大章和朱丽雅等人在龙山山上的照片说："你再看这张照片，公安人员和军方正在熟悉地形。"金疤瘌一惊："大哥，让武玉鹏跑吧。"张半仙说："那样正好钻了公安的套子，让他连夜潜入龙城，'河西三害'有大用途。"接着，张半仙与金疤瘌耳语半天……

3

明媚的阳光照在龙山寺大殿金黄的顶子上，越来越多的游客打破龙山寺的宁静。一阵鸣笛声响过，一辆轿车径直开进山门，寺僧、居士和游客们都驻足看着。

车上下来身着长袍的张半仙。在他环视这座寺院时，文住持抱拳从大殿里迎来。张半仙一边还礼一边指着那辆轿车说："文住持，这辆车归寺里用了。"文住持施礼道:"张施主,你来修行,我开门欢迎,可是真把车捐给寺里,我们断然不敢接受。"张半仙说:"我已在这儿做一名居士,车对我来说是身外之物,成物不可毁,我不捐献出来,留着又有何用?"

文住持拱手道:"佛门清地,不敢使物欲横流,张居士执意要捐,请卖掉车子,做一善举。"张半仙说:"既然如此,那就再议。"文住持向身边小僧吩咐:"快叫姜居士来。"小僧应声而去。

一会儿,姜长庚走过来,眼神奇怪地看着张半仙。文住持介绍道:"姜居士,这是张居士,周济本寺院三十多年了,他也要在这里住几天,僧舍紧缺,就让他住在你的屋里吧。"姜长庚疑惑地看着张半仙:"张居士,我听从文住持安排。"张半仙看了看姜长庚,友好地点了点头。

几名居士帮助张半仙往居士住所搬东西,张半仙看着姜长庚说:"我这一来,你住得窄了些。"姜长庚笑了笑:"只要心宽,屋窄也宽。"张半仙笑道:"听说姜弟来此不过三天,悟性如此之深,让人佩服。不知姜弟家在何方,为何来此清修啊?"

姜长庚说:"就龙城一俗人,想在这儿静一静。张兄,你是……"张半仙说:"说来惭愧,我曾是一个有钱的古玩商人,常在街面上混,也就看破了人间的尔虞我诈。家无亲人,一个人在哪都一样,见这寺院灵验,就来了。"姜长庚说:"商人?能不重利,轻舍繁华,也是高人。"

张半仙环视着屋里的一切:"哈哈,不敢。其实,我也就是偶尔在这儿住几天,不会轻舍生意的。姜居士,你的物品都在这儿?"姜长庚答:"是啊,出家从简,就这些东西了。"张半仙又用眼睛对姜长庚的物品扫描了一遍,眼睛停留在两只箱子上。

二人正说着话,文住持拿着几本书进来了:"二位居士,这些书籍有的是介绍龙山寺的,有的是佛学的一些基本常识,两位居士既已入寺,当守清静,有兴趣读一下。"张半仙说:"入乡随俗,出家无家,是得学些,不能坏了寺里规矩。"姜长庚拿起那些书翻着:"这本《佛教的见地与修道》归我,那本《觉悟之路》归你,这本《龙山的过去未来》我们共同欣赏。"

文住持说:"藏经阁里还有好多佛教经典之作,等悟性上去后,再慢慢品读吧。"张半仙拱手道："多谢文住持关爱。只是，我们来了，也得有个法号吧？"文住持说："居士可无法号。"张半仙说："我想向文住持讨一个，以示正统。"文住持想了半天道："那就叫你红尘如来吧。"

张半仙不好意思地说："红尘好理解，只是这如来怕是担当不起吧？"文住持说："只要发愿修行，众生皆可成佛成如来啊，这是佛祖释迦牟尼顿悟得道之后的第一句教诲。"张半仙似有所悟："是这样啊。"

文住持环视了一下室内问道："姜居士，藏经阁那尊辽观音是你带来的吧？"姜长庚答："是。"文住持意味深长地说："观音肚子里是不能放东西的。"姜长庚心里一惊，他看了张半仙一眼，发现他正在整理行李，便说："文住持，我明白了。"文住持再没有吱声，默默地向外走去。

姜长庚也出了居士住所，信步走出山门，向山下望去。山下是他工作、战斗了几十年的龙城，那里有他的女儿和初恋。最让他心焦的是敖拉倚，她是那么想要回鸡血麻神，可他愣是无情地拒绝了她的要求。此时，敖拉倚在干什么呢？真像龙大章说的那样她是鸡血麻神案的知情人吗？

在姜长庚想着敖拉倚的时候，敖拉倚也在想着姜长庚。她在想为什么半副鸡血麻神在老姜手上？另外半副在谁手里？为什么老姜答应得好好的事儿变了卦？如果老姜把这半副鸡血麻神交给她，她再买回另外半副，岂不完成了祖宗的夙愿？

敖拉倚越想心越乱，就把书架上的书往下一划拉，书落了一地。那张从凤城带回的老地图也掉在了地上。她弯腰捡起来，仔细地看着，越看越觉得不对劲，在龙城博物馆内的一幕出现在她面前……

她打开石匣子，拿出地图，用放大镜认真地看着。于伟绩说："我初步判断，这张老羊皮就是《辽域地志》的一部分，敖拉教授，你看呢？"敖拉倚迟疑地说："我……我还要仔细看看，查些资料才能确定。于馆长，我可以拍几张照片吗？"于伟绩说："这你得问问地图的主人龙小晴了。"站在旁边的龙小晴赶紧说："敖拉教授，你拍吧。只要是研究这幅古图的，我都支持。"

敖拉倚打开手机，找到那几幅照片，对比着，眼睛里放出少有的光芒。她把自己那张地图对着阳光照了照，扔到了旁边。她拿起一本《奉使契丹二十八首·木叶山》的书，自言自语地研读起来："宋代苏辙在一〇八九年出使契丹，作《奉使契丹二十八首·木叶山》的诗词：'奚田可耕凿，辽土直沙漠。蓬棘不复生，条干何由作。兹山亦沙阜，短短见丛薄。冰霜叶堕尽，鸟兽纷无托……'从诗中可以看出，诗人描绘了木叶山，'兹山'（木叶山）上有'沙阜'，这样的地貌也符合'辽土直沙漠'的描述；木叶山上'短短见丛薄'也符合龙城一般生长的矮小的灌木特征……"

　　读到这里，敖拉倚又把眼睛定在手机里拍照的地图上。她想起了父亲临终前说的一些话，想起了古书中对《辽域地志》的描述，仿佛自己已拿着《辽域地志》找到了藏宝地点，并打开了契丹宝藏。

4

　　自从姜长庚带病休养后，伏龙区刑警大队少了往日的从容，刑警们个个忙得不可开交。龙大章正在查看近两天各个卡口的资料，朱丽雅和鲁运进来了。

　　朱丽雅兴奋地说："龙队，大师兄回来了。"鲁运一脸疲惫："龙师弟，我回来了。"龙大章问："玩得怎么样？"鲁运苦笑着说："还玩儿得怎么样呢，哪顾得上玩啊，夜以继日、马不停蹄、一无所获啊！"

　　龙大章笑笑："大师兄，看你那神态，事业、艳遇双丰收吧？"鲁运手一摊说："我这师兄算是鬼不过师弟了，表面让我休假，实际让我奔波，不过，还真有些收获。"说着，从包里掏出几块石头，放在龙大章面前。朱丽雅吃惊地说："鸡血石？"鲁运纠正道："准确地说是假鸡血石，据凤城经营者说，这种石头均出自龙城。"龙大章眉头一皱："看来，制假不但没铲除，还越打越多了！还有什么发现？"

　　鲁运说："还有，那个所谓日本专家，到处参观考察，兼顾搜集文物，有技术间谍的嫌疑，凤城警方也在注意他的行踪，只是还没有证据。听说，他又转战到了龙城。"龙大章说："是要注意这个人了。大黑猫呢？"鲁运说："根据我们通报的情况，凤城警方发现了大黑猫，可惜在抓捕时让他溜了。龙队，我这回得休息两天了吧？"

龙大章拿出武玉鹏的资料晃了晃："师兄，还不能。这个人，武玉鹏，我们怀疑他就藏在龙山，现在正在逼他下山，你要联系技侦部门找出他的行踪。"鲁运拿起资料说："大海捞针？"龙大章说："不，我们已经有些线索了。"

一道闪电划过夜空，接着是一声炸雷。龙大章说："天黑了，我给你接风？"鲁运说："好啊，要下雨了。下雨天，留客天，留我不？留。小师妹，我们好好扎龙队一锥子。"朱丽雅说："这关门的雨下起来，怕是要下一宿了，大师兄可劲喝，雨不停，局儿不散。"三人说笑着向外走去。

闪电照在坐在沙发上生气的姜美祺的脸上。门锁响了一下，赵直帆抖着雨伞上的雨水推门进来了，他左看右看姜美祺那绷着的脸："媳妇啊，这是又唱哪出呢？"

姜美祺扭过脸去，不理他。赵直帆问："这又哪儿不顺了？"姜美祺呼地站起来，把一包钱扔在赵直帆面前："赵直帆，爸爸出家，丈夫搂钱。你说我唱哪出？我问你，这是哪的？"赵直帆先是愣了一下，瞅了一眼撒在地上的钱，笑了："哈哈，这玩意儿扎手吧？"姜美祺气呼呼地说："少跟我油腔滑调的，我问你话呢！"

赵直帆放下雨伞说："这个啊？对缝……对缝你懂不？就是介绍别人做生意，从中赚点跑腿儿费什么的。"姜美祺问："你介绍谁做啥生意了？"赵直帆嘟嘟囔囔地说："不就是你说的那日本鬼子吗，卖点旧书烂报纸啥的……"

姜美祺一听火气更大了："赵直帆，我可告诉你，日本侵略过中国。现在，虽然中日建交了，可一些不法日本人还在从文化上侵略中国，在技术上盗窃中国，你不能当新型汉奸！"

赵直帆调皮地说："媳妇说得对，书上说，通常愿意留下来跟你争吵的人，才是真正爱你的人，我发现你是真正爱我的人。"姜美祺也被他逗笑了："德行……钱给人家退回去啊！"赵直帆说："行，你若安好，便是晴天，退回去。"

又一道闪电照在赵直帆那赖皮一样的脸上，他蹲在地上捡着钱，心里想着别的事……

亏心可以补心，至少敖拉倚这样认为。近些日子，她一改初一十五才上香的习惯，所以一楼祖先像前的香火总是闪烁不断。今晚的烟雾加闪电使这里的气氛更加诡异。她虔诚地跪在祖先画像前，双手合十："列祖列宗，今天是鬼节，望你们收完钱财后，广泛打点，助我成功。鸡血麻神与《辽域地志》均有端倪，回归之日，我当重建家庙和神鹿庙，以司永奉……"

她拿出鸡血麻神的定金条和打印出的《辽域地志》供在先人像前。一声炸雷，一个闪电，照在敖拉倚祖先那身着翻领裘皮的画像上，那油灯闪烁了几下，竟然灭了，这让敖拉倚的身子抖了一下。

5

龙山寺居士住所，姜长庚和张半仙坐在宿舍里，望着灰白的天花板，想着心事。

姜长庚望了望窗外问："红尘如来，为何而来？"张半仙眼睛一眯："来者自来，去者自去，我佛四大皆空。想多了无奈，看多了徒悲，没有目的。"姜长庚斜了他一眼："红尘如来，你什么也不看、什么也不想吗？"

张半仙向外看了看阴沉的天："善哉，老朽只看到了纠结。当今盛暑，姜施主不如去柳浪闻莺、花港观鱼，却来此清静之地，念经吃斋，岂不纠结？"姜长庚说："以佛慈心境，照世间苦乐，算是我比你早来三天的历练与感悟吧。我在想，一个人，能守住信念，莫忘初心，莫贪旧恶，也许真能立地成佛呢。"张半仙说："以佛之心，人弃我取，人取我弃，未尝不是一个与人无伤而又不扰心境的好办法呢……"

一声炸雷，打断了二人"盘道"。姜长庚又向外望了望说："红尘，我们两个半吊子在此讨论佛教之大义，有损佛意，还是潜心看些佛教讲义再谈吧，免得天怒人怨。"张半仙便不再吭声，他看姜长庚靠在床头看书，便偷偷地发了一条短信……

　　夜色渐浓，张半仙放下手机斜了姜长庚一眼，发现他还在认真地看书，便说："一入佛门，觉悟自来？姜施主，你心可真静啊！"姜长庚放下书："跑马圈地已是过往烟云，天马行空岂是店家可挡？不同道不与相谋，不自重者不以为重。"张半仙讪笑道："如来只知天上纯净，不知人间山高路险，任凭你火眼金睛，看遍经书，人间之事也看不懂、想不明，不懂放手，必烦恼缠身。"姜长庚严肃地说："红尘如来，小弟送你一言，红尘不如不红，如来不如不来，免丢了吃饭的家什。"张半仙一愣："你……"又一声炸雷，把张半仙的话噎了回去。

　　夜色正浓，雷声大作。一个炸雷，一道闪电打在古老的寺庙上，"龙山寺"几个黑底镏金的大字格外显眼。闪电中，两个黑色的背影正在龙山寺西墙根儿拼命地挖着洞。闪电下，"藏经阁"三个字被雨水洗刷得铮亮。龙山寺的西侧殿，和挖洞者仅一墙之隔。雷声一声比一声紧，大雨哗啦啦地下来了。洞还在深入，现在已经看不见挖洞的人，闪电中，只看见一锹一锹飞出的土……

　　闪电扫过紧挨藏经阁北面的龙山寺西配房。屋内北间，几名不僧不俗装束的人呼呼睡着，说着梦话。屋内南间，张半仙睡在床上，姜长庚在桌旁看书。咔嚓，一声炸雷，一道闪电，姜长庚惊了一下，推推张半仙："张居士！张居士！"

　　张半仙眯眼探头："姜居士，大半夜的不睡干什么？"姜长庚说："你不是说步入佛门要潜心修炼，修成正果吗？书上说七月十五，百鬼出笼，也是考验一个人功德的时候。鬼节的雨夜子时用雨水冲刷身体能让灵魂净化，百鬼不侵。"张半仙一摆手："尽信书，不如无书，我不信那个，我要睡觉。"姜长庚说："你不信我信，我们出去接受洗礼？"

　　闪电照着龙山寺西墙根儿，新挖出的土和绿色的植物形成对比鲜明，这里沉寂得能听见水流的声音。藏经阁内，又一闪电照亮了两个穿雨衣的黑衣人的背影，看上去阴森恐怖。时钟指向零时三十分，姜长庚拿起坐垫，脱掉上衣，起身向外走，他边走边念叨："龙山好像十年没下过透雨了，还真是难得的机会啊，子时要过了，我可得到藏经阁门前接受天地的洗礼。"张半仙探起身：

"还真去啊？迷信……七月十五鬼节，谁见着鬼了？"他向外看了看说："等等我。"说完，他匆忙拿个坐垫跟了出去。他看见姜长庚双手合十，口中默念着什么。张半仙瞅了姜长庚一眼，也跪在藏经阁门前，任雨水冲刷自己，表现出一种特有的虔诚。

藏经阁内，两个黑衣人在一楼的大厅寻找着什么。一个黑影低声问："知道哪个是辽观音吗？"另一黑影悄声回道："我哪认得出啊。当学生时，老师就没教过什么辽观音和宋观音的区别，我有点冷，我们回去吧？"先前的黑影压低嗓子问："你在抖？你怕了？"另一黑影答："能不怕吗？佛门圣地，我可是第一次干这事儿。"先前的黑影说："别怕，再怕，老子肢解了你！"

两个黑影摸索着向二楼走去。爬上二楼，一个黑影拿起观音像看着，放下，又拿起一个佛龛。闪电中，那黑影分明看见一个青面獠牙的鬼怪，一个奇怪的大手正向他抓来。那黑影吓得"啊呀"一声，所拿佛龛落到了地上……

从藏经阁里传来"啊呀"声，紧接着是哗啦，一个炸雷惊动了外面的洗礼者，姜长庚警觉地问："什么声？"张半仙惊恐地答："没有啊。"姜长庚坚定地说："有，是从藏经阁里传出来的。"说完，直奔藏经阁门。

一道闪电照亮了藏经阁紧闭的门和锈迹斑斑的大锁。张半仙拉着姜长庚，战战兢兢地嘟囔："疑神疑鬼的，这不锁着呢吗。"他接着大喊一声："谁？"

姜长庚示意他不要出声，张半仙大声喊："鬼节还真就见了鬼了，我们回去吧！"姜长庚又到门前侧耳听了一会儿，从门缝里看了一会儿，什么也没有，只有雷声和雨水。张半仙说："是你耳朵走神儿了，快回去吧，我怕……"说完，硬往回拉姜长庚，姜长庚一步三回头，疑惑地回屋了……

6

鸟鸣山幽，天气晴朗，晨光透过龙山寺古树的叶子斜射在通往龙山寺的路上。警车闪着警灯、鸣着警笛呼啸前行。在龙山寺藏经阁前，警察快速下车拉起了警戒线。

一会儿，姜美祺和几名拿着"长枪短炮"的记者也到了，要往里冲，被刑警李明乔挡住："警方正在勘查现场，请配合。"很多香客涌过来围观，场面很乱："发生什么事情了？""听说什么宝贝丢了……"

龙山寺藏经阁一楼的地面出现一个大洞，一个佛龛摔碎在地上。各式各样的塑像有几百个，有一个大的特别显眼。一楼，鲁运正在画现场图，李明乔正在用模具取足迹。二楼，几本经书散落在地上，朱丽雅正在拍照。龙大章戴着白手套正在端详一个扣子和一个像扣子一样的东西，他沉思着——鸡血麻神被盗时，就出现一枚像扣子一样的东西……朱丽雅拍完照走过来："龙队，记者要对你进行采访呢。"

围观的人们还在一片嘈杂声中拥挤着、议论着。

龙大章从龙山寺藏经阁里走出来，看见围观的人群和记者，他站在台阶上向下摆了摆手："请大家静一静，我是龙城市伏龙区公安分局刑警大队代理大队长龙大章。这里发生了案子，你们一定想知道详细情况。尽快破案、擒拿犯罪嫌疑人，是我们共同的愿望，但是，有些事情我们还没弄清，我还不便把案情向大家透露，请大家予以配合，不要踏入警戒线……"

一名电视台男记者问："请问龙队长，你们什么时候让群众知道事情真相啊？"龙大章说："我们会在近日召开新闻发布会，通报案件进展情况。"姜美祺问："龙大队，这次不会永远都在侦破中吧？"龙大章看了姜美祺一眼，二人对视了一下，笑笑："不会，不会的，姜主任，请你相信人民警察……"

应对完记者，来到龙山寺东配房僧舍会客厅，龙大章和文住持打过招呼开始做笔录："文住持，藏经阁是用来干什么的？"文住持说："三楼放的是佛事用品和档案，二楼放的是佛经和佛家弟子、居士著作，一楼放的是居士及香客们寄放的佛像。"龙大章问："丢失的东西清点了吗？"文住持答："清晨发现盗洞后，我们为了保护现场，没有清点物品。在你们勘查完现场后，我们清点了一下，除打碎个佛龛、掉落几本经书外，丢了一本线装的《金刚经》。但是，因为盗洞被雨水浸泡，怕是对藏经阁的地基造成影响。"

龙大章沉思道："贼不走空？"文住持答："可能是我们的两名居士起来惊动了窃贼，他们没来得及拿别的吧。"龙大章问："贼为什么不撬门窗进入？"文住持说："藏经阁是前年重建的，重建后的藏经阁内门引进了当代最先进的指纹识别技术，就是他打开外门的明锁，还得有两个僧人同时对上指纹才能打开内门。窗户全部是坚固的防盗窗，他们无法进入。"龙大章说："请主持把昨晚起来听见动静的两名居士给我叫来好吗？"文住持点了一下头，吩咐一名年轻僧人："去，把姜居士和张居士叫来。"

龙山寺外，姜美祺在用照相机拍着墙外的盗洞，电视台的男记者用摄像机在"扫描"，看见姜长庚和张半仙过来，男记者问："这佛殿有啥可偷的呢？犯得着下这么大力度。"姜长庚看着盗洞，皱起了眉头。张半仙看了盗洞，脸上毫无表情。姜长庚说："张先生，你不是会测字吗？测测窃贼为了什么。"张半仙说："那你得出个字。"

姜长庚用树枝在地上写了一个"洞"字。张半仙捻须微吟："'洞'，三水为中财，财在器中埋；器具有一口，有口不敢开。如若问天机，窃贼为财来……"

一名居士走过来说："姜居士、张居士，文住持有请！"

文住持先领着姜长庚进来了。朱丽雅惊讶地打了声招呼："嗯？师傅，是你？"姜长庚说："丽雅，是我。不要叫我师傅了，我现在做居士了。案子破得怎么样了？"龙大章说："师傅，在你面前不敢说假话，可以说，毫无头绪。说是盗经书呢，藏经阁里特别的经书并没有丢，有值钱的佛教文物也完好无损，这作案动机就不好确定。师傅，你是老公安了，依你看是什么情况？"姜长庚摆摆手："我已游离于世外，对这不好再说什么了。"龙大章说："师傅，你就说说昨晚的情况吧。"

姜长庚说："半夜时，我们正在雨中念经，隐约听见藏经阁里啊呀一声，再就什么也没听见，啥也没看见了。后来，我们就回住处了。"

龙大章拿出那个像扣子一样的东西："师傅，这个您见过吗？"姜长庚一惊："这是十七年前'东北新干线'的会标，和鸡血麻神失窃案现场发现的那个一模一样……"他忧郁地说："但是，我建议在别人面前不要提起它。"龙大章疑惑地点了点头："叫那位张居士吧。"

姜美祺站在千年柏树下，看见姜长庚从屋里出来，马上迎上去，她抓住姜长庚的手："爸爸，一会儿跟我回去吧？敖拉姨和小艺昨天还念叨你呢。"姜长庚平静地说："美祺，我刚来四天，怎么能回去呢？采访很累吧？和赵直帆生活得怎么样？"姜美祺嘴一噘："你别管我啦，你不是说一个月就在这儿住几天吗？"

姜长庚说："这次我要多住些日子，寺庙改革大会要开了，我帮助忙活忙活。"姜美祺无奈地说："那你可要照顾好自己啊。听说你下雨还上外边去，容易感冒的。"姜长庚说："没事儿，爸爸身体结实。和直帆好好快乐地生活，别像在家那样任性，不要早出晚归，要照顾好小艺……"姜美祺应道："嗯嗯嗯。爸爸，你可真啰唆。"

龙山寺僧舍会客厅内，对张半仙的询问即将完成，张半仙强调说："要我说啊，那贼就是奔着那尊铜观音菩萨像来的。"龙大章问："为什么这么说？"张半仙说："我刚才看了，那铜观音菩萨像体积小，一个人也能搬走，它外边镀了一层铜，外行人以为是金佛呢，就动了贼心。"龙大章问："可他们为什么没搬走呢？"张半仙说："要不是我大喊一声，怕是早让人搬走了。"龙大章看着张半仙："你说你大喊一声？"张半仙反问："对呀，有什么不妥吗？"

警方的调查和勘查均没有多大进展，昨夜的一场大雨既冲毁了山路，也掩盖了犯罪。警车颠簸在崎岖的山路上，龙大章紧锁着眉头看着窗外。

朱丽雅打破了沉默："二位师兄，你说贼为什么对寺院下手呢？"鲁运大咧咧地回道："贪财呗。"龙大章说："不，寺院里一定有他们想要的东西，而且不是一般的东西。"鲁运问："会是什么呢？"龙大章说："现在还不清楚，他们直取藏经阁，说明他们要想取得这件东西有内线知情人，那么，这个知情人会是谁呢？"朱丽雅说："一定得是常住这里的人。"龙大章点了点头："有道理。鲁运，你明天扮成游客，过来看看。贼没得逞，或许还会和寺里的人联系的。"

7

龙城沉浸在一片霞光中，虽有一丝晨雾飘过，仍不失一个明丽的早晨。

敖拉倚家阳台上，一盆月季正在"寂寞开无主"，正如此时她的心境。她站在阳台上，朗诵她自己作的诗："流逝的不仅是岁月，清晰的不仅是足迹，这不仅是神的节日，也是芸芸众生祈福的心曲……"

伴着一曲钢琴演奏，一辆厢式货车开了过来，敖拉倚转身向屋里走去。一会儿，一个黑衣人搬出两个纸箱子放到了车上。

那辆厢式货车开走了，白小艺走了过来，疑惑地看着那辆车。敖拉倚把阳台上的月季搬到了屋里，正准备进入小祠堂。下面传来白小艺的喊声："敖拉姨——敖拉姨——"敖拉倚探出头去，白小艺在楼下向她抖着通知书："龙城大学艺术学院录取通知书，敖拉姨，我这辈子算是跟定你了。"

敖拉倚笑道："好，快上楼来，让我瞧瞧。"白小艺边向楼上跑边念叨："敖拉姨，我都想我姜爸了，他不回来你也不去找找啊？"敖拉倚瞥了她一眼，低沉地说："小艺，我想，他不会回来的，我了解他的性格……"

白小艺焦急地问："那可怎么办啊？有时间我们去看看他吧？"敖拉倚低沉地说："我不去。"白小艺说："敖拉姨，你要不去，我让我大姐跟我去。要不过几天，我们去外地演出。"

敖拉倚叮嘱道："小艺，你一个女孩子，在外要照顾好自己，不能就想赚钱，让我们担心。"白小艺说："敖拉姨，你就放心吧，有我同学呢。"

白小艺拎起乐器走了，敖拉倚失神地望了望窗外，回到书房拿起了那张老地图和《辽域地志》的复印件研究起来……

8

青丝茶艺楼竹林厅，灯光柔和，音乐曼妙。姜美祺和龙大章对坐在角落里，听着萨克斯曲《雨一直下》。

姜美祺看着龙大章："没想到在这儿也有这个曲子……快一年没听过这个曲子了。"龙大章调侃地说："是你换口味了。"姜美祺不好意思地笑了笑："说正经的吧。你知道新闻是易碎品，等你们开新闻发布会，我的新闻就成昨日黄花了，能不能看老同学的面上，透漏一点案情进展啊？"

龙大章说："美祺，老新闻可以有新视点，昨日黄花也是花。你看你，都快三十了吧，不是还一样青春靓丽嘛。"

姜美祺不好意思地笑道："你这人老大不小了，还是原来那德行，你说你到底开这个后门不？在报社我可是报了采访题的，等着你这'米'下锅呢！"

龙大章两手一摊："跟你说实话吧，对这个案子我们一无所获，夜幕掩盖了盗贼的身影，大雨冲刷了犯罪痕迹，我还等你帮忙呢。"姜美祺很惊讶："我能帮你忙？我就知道你请我没好事儿。"龙大章说："我早破案，你早成文，这叫互利互惠。"

姜美祺问："我能帮你什么呢？"

龙大章吞吞吐吐地说："你爸……是老公安，又是证人，对我破案有帮助，你能不能去……问问他，或许比问我要收获得多……"正说着，来电话了，龙大章站起来接电话："李局……又配合行动啊？好，我马上安排人。"他背过身去打电话："丽雅，马上通知刑警们到市局集合，配合周至祥副支队长行动。"

姜美祺问转身要走的龙大章："什么行动？我能跟着吗？"龙大章说："详细情况我也不知道，你要跟着，可以带你，跟着我那组，在市局西路口等着。周副支队长是很能制造新闻的，你的选题不就解决了吗？"

雨水冲刷过的龙城市青丝茶艺楼古色古香的牌匾格外醒目，门前是迎宾的保安和导车的服务生。

茶艺楼方正棋牌室，烟雾弥漫，李明鑫照样神色轻浮，他挠了下秃脑袋，油腔滑调地宣布："我今天重申一下《麻友守则》——准时赴约，不得自比诸葛三请才到；出牌提速，不得把牌攥得出尿；轻抓轻放，不得摔牌砸桌吱哇乱叫；落地淹死，不得死皮赖脸愣往回要；如厕要少，不得懒驴上磨非屎即尿；局终结账，不得欠钱不给拔腿就跑……"

赵直帆打断了李明鑫的讲话："李山炮，这些你都说过八十遍了。你要是不拖欠，龙城没有拖欠的。"吴寄瑶顺势道："就是嘛，还是赵科了解你，快开牌吧，这里可是计时收费滴。"李明鑫淫光一闪："还是吴小妹懂事儿，自己开着棋牌室，捧别人的场子，不怨钱老板喜欢你。"

吴寄瑶在李明鑫的光头上弹了一个响。钱如意看他们一眼："小崽儿，可别闹了。"几个人就围桌坐了下来。

夜晚的龙城市公安局，院内警车成列，会议室内一百多名公安民警整齐而列。周至祥的"战前动员"慷慨激昂："同志们，大家辛苦了！我们接到群众举报，青丝茶艺楼等休闲场所名为喝茶，实为聚众赌博。今晚要一战告捷，拿下四十五家涉赌场所。我们要严守纪律，不得请假；严格保密，通信工具一律就地封存；听从指挥，各小组必须完成指定任务，完不成的，报局里扣发当月奖金并通报批评！"他斜睨了龙大章一眼："现在，我分配一下任务，伏龙区刑警大队，青丝茶艺楼……"

此时的青丝茶艺楼还沉浸在自摸的兴奋中。方略培训部，郝子强正讲"麻道"："各位学员，听说了吗？我市可是要举办麻神艺术节了。今天，我给大家讲一下搓麻与人生。你们都是麻将爱好者，一场鏖战下来，会有什么感悟呢？"学员们七嘴八舌，时猴子说："我头痛。"刘尔贵说："我蛋疼。"时猴子就扯住了刘尔贵的袄领子："你会不会说人话呀？"

青丝茶艺楼方正棋牌室战入佳境，吴寄瑶晃着钱如意的脑袋说："你这牌打得太臭了，牌回头，你得留啊，看点炮了吧？"赵直帆调侃道："别晃了，一会儿水洒出来了。"钱如意把吴寄瑶的手拂到一边："别闹了，观麻不语真君子，不知道吗？"吴寄瑶生气地说："瞪眼儿放炮，是小人！实在看不下去了。"

吴寄瑶扭着屁股下楼回到了自己的棋牌室，一进门，看见两麻友为了一张牌打了起来，掀翻了麻将桌……她这个气呀，每人给了几计香拳。她一边收拾残局一边骂："你们两头死猪，不怕开水烫的玩意儿，猪都没了，还谈个毛啊……给我滚！"

与棋牌室的喧嚣相比，公安的队伍静悄悄。警灯闪烁，警车排成长龙，驶出公安大院。在路口，姜美祺悄悄地上了龙大章的警车，两辆警车向青丝茶艺楼而来。

青丝茶艺楼方正棋牌室，赵直帆刚要收钱，手机响了，他极不情愿地拿起电话："周支，什么？亮剑一号？亮什么剑……我从不看电视剧。噢？知道了，多谢！"

几个人停下来瞅着赵直帆，赵直帆说："收摊儿吧，喝会儿茶。有人举报这里暗设赌场。周副支队这样的废物，大案破不了，不是抓赌就是抓嫖。"

李明鑫不失时机地接茬说："那是，有好处嘛，抓赌没收的钱装他们腰包了，抓嫖把嫖客撵走他们上去了。"

钱如意说："说着说着就下道了，都是哥们儿的，别瞎咧咧，又没罚你。上茶——"

服务生进来了，钱如意和他嘀咕几句，服务生快速向外跑去。

龙城市大街，警灯熄灭，无声而行。龙大章的警车到了青丝茶艺楼前面的拐角，他和美祺等人从车上下来了，向青丝茶艺楼这边走来。鲁运的车远远地停下来，他带着人向方格棋牌室扑去……

方格棋牌室，因为两个客人打架，吴寄瑶的脸还在拉着。这时，时猴子和刘尔贵进来了。吴寄瑶没有理刘尔贵，甜酸地招呼时猴子："哟，时师傅，你可来啦，又有一台麻将机不走字儿啦。你说我这小门小户的，本来就赚不了儿钱儿银子，麻将机一坏，房租都赚不回来，你说你卖的啥破机子啊，三天两头就坏。"

时猴子嘿嘿一笑："就你们这玩法，啥机子也得整坏了，又是砸又是踹的，就是金刚石做的也得整个坑。看看人家青丝茶艺楼客人们的玩法，那叫文明。半个月了，麻将机就不好使过一回，我打开一看，愣是让五百元钱给卡住了。"

刘尔贵撇了下嘴："外面风大，别闪了你的舌头。"时猴子说："不信啊？井底蛤蟆，有时间上四楼听听人家郝麻师讲课，那才能学到些本事呢。"吴寄瑶说："一群不学无术、素质不高的家伙……"

吴寄瑶话音未落，鲁运和一名警察已经冲了进来："都不许动，双手举起靠墙，我们是龙城市伏龙区公安分局的，请所有在场人员跟我们到警局接受调查。"刘尔贵缓缓地举起手，眼睛乱转，疑惑地转过身去……

青丝茶艺楼方正棋牌室，一群警察冲了进来。赵直帆等几个人在谈笑自如地喝着茶，头也不抬，眼也不睁。

龙大章和姜美祺并排走了进来，和赵直帆的目光正对上，姜美祺看见赵直帆一怔："你？"赵直帆没理姜美祺，对龙大章阴阳怪气地说："哟，大章同学，你这是带着记者创业绩呢！喝杯残茶吧？"龙大章笑了笑："不必了，等有机会，我请老同学好好喝一壶。"

朱丽雅进来："报告龙队，这里无异常情况。"赵直帆跷起二郎腿，嘲弄般看着龙大章说："出门向左是厕所，出门向右是餐厅，直走下楼是大门，龙大队，请吧——"

龙大章环视了一下，疑惑地看了姜美祺一眼，冷冷地说："收队！"

短暂的寂静后，方正棋牌室发出一阵狂笑。李明鑫学舌道："收队！哈哈，一群傻狍子……接着圆上？"赵直帆冷冷地说："我们也撤！"

第三十三章　传说凄婉，案情迷离

1

　　龙城市公安局大会议室，两名警员边登记边收罚款，还有百十号参赌人员及经营者等着挨罚。

　　龙大章站在一个角落里审视着每一个参赌人员，周至祥面带微笑地走了过来："龙大队，青丝茶艺楼那儿……一定收获颇丰吧？"龙大章说："非常遗憾，一无所获。"周至祥阴阳怪气地问："为什么呢？举报有误还是行动不力啊？别的组可是满载而归……"

　　旁边传来鲁运的声音："就数你事儿多，那么多人都交罚款了，你想在这儿待几天啊？"吴寄瑶不服地争辩："少跟我吹胡子瞪眼睛的，我要见你们赵局长。"朱丽雅看看她："聚众赌博，就是拘留你一年也不过分。"吴寄瑶争辩道："不是我不服气，我们下岗职工无生活来源，开个棋牌室碍着谁了？比我大的场子多了去了，你们怎么不去查呢？就是查你们也查不着，明摆着，放了老虎打老鼠。"

　　周至祥看了吴寄瑶一眼，又看了龙大章一眼："说那些外股六没用，你被抓现行了，知道不？你说人家聚赌，龙大队亲自去抓了，没抓着，你就认倒霉得了。"吴寄瑶没好气地说："勾结！反正，见不到赵局长我不交罚款，我还

745

要告你们……"她说着，还真给赵连起拨通了电话。

这样一来，龙城市公安局小会议室的气氛更加紧张，局里的其他领导在焦急地看表，像是等待什么。墙上的时钟已指向晚十一点半，有人喊："赵局长来了。"

赵连起快步进入会议室，和大家握手。周至祥不好意思地说："赵局，这么晚打扰你……一个女店主死缠烂打的，你就不必理会她啦——"赵连起环视了一下众人："对不起，让大家久等了，我这次来，想说的话可能让大家一时接受不了。简单地说，为了全市吸引资金的大计和正在商讨的麻神艺术节等事宜，小赌暂不能打，请各位收回成命，登记教育，先放过所有涉赌人员。这仅仅是我个人意见。"

众人大眼瞪小眼地对视着，这样的命令显然出乎所有人意料。分管副局长愣了一下说："按赵局长的意见办。"周至祥迟疑了一下："是！"

人们排着队在交罚款，僵持在吴寄瑶那儿。周至祥进来摆了摆手："罚款退回，人员暂放，明天来参加教育班儿。"鲁运一愣："这？"吴寄瑶奇声怪调地说："长官让你把罚款退回去呢，没听见啊？"鲁运看了看周至祥，周至祥不情愿地点了点头。吴寄瑶把准备好的钱塞进小包，扭着屁股向外走去。

龙大章站在门口扫视着出去的人，目光停留在刘尔贵身上："刘尔贵，你留下。"

刘尔贵明显吃了一惊："我？凭什么？我可是连玩也没玩呢，刚进屋就让你们抓来了，放了玩的，抓扒眼儿的，你们公安啥眼神儿啊？"

龙大章拽起刘尔贵的袖子，袖子上少了一个纽扣，脸上有两道伤痕。他严肃地说："我们要和你核实一件事儿，你要好好配合。"

参赌的被抓了又放，这个消息马上被金疤痢带给了张半仙。张半仙沉吟了半晌："周至祥这个吃里爬外的草包，他本身就不想得罪钱如意！"

目前，张半仙的两个如意算盘都没有打响，他阴沉地看着龙城的夜色，又在思考他的新棋路……

这个夜晚注定又是一个不平静的夜晚，因为天又阴了起来。

敖拉倚明明已经睡下，可她心里却突然烦躁起来。她扯了被子，来到了书房，拿出那半张地图用放大镜仔细地看着。图上的山水楼阁仿佛变成龙山的山山水水，在她眼前晃。她眨了下眼，皱了皱眉头，眼前的图又变成那张鹿皮地图。她不耐烦地放下放大镜，关了聚光灯，又拿出父亲献鸡血麻神的证书，失神地看着，耳畔响起了父亲的声音："敖拉倚，你是契丹人的后裔，你一定要把鸡血麻神找回来，它是开启契丹宝藏的钥匙。你还要找到两个半张的藏宝地图，把它对在一起，会找到藏宝的位置。藏宝者为了迷惑寻宝人，制作了很多假地图，有的会让持有人智乱情迷，有的会把寻宝人引向死亡……"

敖拉倚把那张地图扔在桌上，拿起手机看了半天，思绪仍然像一团乱麻，眼前似有一团黑雾。

她走进地下室，把一个佛像头向左一拧，一道门打开了。她打开灯，关上密室门，打开机器，工作起来，一块经过处理的原石彩色、透明。她看了看，满意地把一堆石料放进池子。

她来到小祠堂，里面的祖先画像个个看起来阴森恐怖，在香火的忽明忽暗中，仿佛她的先人个个从画上飘了下来，伸出带毛的长手向她索要鸡血麻神。此时，她觉得眼前金花四散，便晕了过去……

夜色中，比这一幕更可怕的是龙山西侧的公主墓。墓碑前，鬼火一样的亮光照着一个人不太清晰的脸和一张复印的地图。

那个人把地图摊在地上，嘴里叼着手电照着图纸，充血的眼睛死死地盯着"公主墓"三个字。看了一会儿，他站起来，和周围的环境比对着。他把地图揣在怀里，用步子从墓碑处仔细地量了起来：一步、两步、三步……他用脚在地上画了个圈儿，又向右量了起来：一步、两步、三步……

一只猫头鹰飞过来，站在墓碑上，哈哈地笑了几声。那个人扔了一块石头，猫头鹰叫着飞走了。

在一个被山洪冲出的水沟旁边，铁锹狠狠地向长满绿草的地上挖了下去，小草被泥覆盖了。一会儿，那人便像掘地鼠一样隐没在洞里。

又一声猫头鹰的大笑，这里归于平静……

2

阳光透过树叶照在佛寺上，晨钟嗡嗡地响了起来。

一辆红色小车开到龙山寺外，姜美祺和白小艺从车上跳了下来，白小艺蹦跳着向僧舍跑去，嘴里喊着："姜爸，姜爸！"

姜长庚和张半仙从居士宿舍跑出来，白小艺一头扑到姜长庚怀里。张半仙羡慕地看着，眼角竟流下一滴混浊的泪来……

姜美祺看着父亲曾经棱角分明的脸上多了一些沧桑，心中便有些酸楚，把脸转了过去，打量起寺院来。

姜长庚带着姜美祺、白小艺在龙山寺的院内溜达，他摸着白小艺的头说："小艺，啥时开学呀？"白小艺说："半个月呢。"姜长庚看了看姜美祺："孩子们，据我猜测，小艺是来看我的，美祺……"

姜美祺说："爸爸，你说话总那么一针见血，我们都是来看你的。"姜长庚笑道："没有别的事儿最好，来，我给你们讲讲龙山的来历吧。"姜美祺说："我还真不知道为什么叫龙山呢。"姜长庚说："美祺，你当记者得见多识广。龙山和一个传说有关，我也是听你敖拉姨给我讲的。"

白小艺兴奋起来："姜爸，我爱听传说，爱听故事。小时候你还没给我讲故事呢，今天得补上。"

听到此话，姜长庚心中五味杂陈："我欠你们很多故事，我今天要补上。"

姜长庚说："在一千年前的契丹时代，龙山叫木叶山，龙山寺叫真寂之寺，均为契丹祭祖场所。到了大清朝康熙年间，蒙古部落噶尔丹已有不服之心，孝庄皇后派一名钦差巡防塞北。钦差出巡近一年，正愁无尺寸之功，发现这里山呈龙形，立刻将此事报告给了孝庄皇后：'这里有龙脉。'孝庄皇后闻报急命：'斩断龙头，勿生变故。'"

姜美祺打断他的话："爸爸，我来可不是听你讲故事的，跟我说说昨晚案子的事儿。"姜长庚说："案子？我就知道你有事儿。你要不愿听传说，咱爷仁就喝茶去？"白小艺急了："姜爸，我爱听。"姜长庚说："小艺爱听，我就接着讲。钦差讨得皇命，就把蒙古王爷约到了龙山寺里，俯瞰群山，乜斜着眼睛瞅着王爷说：'看见前面那座山了吗？像不像个龙头？一旦巨龙入海，天下岂不有了二主？'王爷擦了擦昏花的眼睛，什么也没看出来。他讨好地说：'可不是吗，大人，你这一点拨，微臣茅塞顿开，你看那龙头，那龙角，那龙须……''什么龙须啊，'董钦差说，'我看这就是溜须，当务之急知道该怎么办吗？斩断龙头，平定一方……'"

姜长庚向前一指："美祺、小艺，你看那山像不像龙头？"白小艺向远处望着："这可真不好回答，说不像吧，是小眼昏花，说像吧，是溜须拍马……"姜美祺说："爸爸，你讲故事一点也不生动，你听，那边于馆长也在讲。"

三人走过去，就见赵连起和一群官员、香客、旅游者引颈向远望着，于伟绩像指点江山一样在讲解着："三天后，王爷征集青壮数千人在龙心处开挖。说来奇怪，白天挖走的土，一夜之间又长了回来。山下一农户家的三岁顽童，山上人挖山，他大喊：'我心痛。'母亲告诉孩子，翻翻身就好了。他一翻身，挖出的土又填了回去。钦差大怒，找来术士献策，收集了方圆几百里的狼粪，以狼粪熏瞎龙眼。半夜时分，山下顽童大叫三声，吐血而亡。龙山发出三声低吼，惊得挖山人战栗不已。自此，龙脉尽断，龙头不动，龙山和龙山寺自此得名……"

于伟绩说到此处，满脸悲怆。姜美祺和白小艺站在旁边认真听着，姜长庚向山下望去，他看见有两辆警车正向山上驶来。

三人向南门外走去，姜美祺说："爸爸，你这故事包子，吃了大半个了，怎么不见馅儿呢？"姜长庚说："这就见馅了，心急吃不了热乎馅儿……"正说着，就听见警笛响起，两辆警车从龙山寺山下呼啸而过，直奔公主坟方向而去。

姜美祺说："爸爸，那边好像出事了，我得去看看。"姜长庚说："美祺，爸陪你们去吧，中途再给你们讲龙山藏宝的故事。"姜美祺开上她的红色小车随着警车扬起的尘土而去。一会儿，鲁运开着警车超了过去。

龙山寺南公主坟边，山洪冲出一个深沟，沟边出现一个盗洞，一群村民围在洞边。时猴子在洞里往上爬，但爬不上来，急得直打转儿："各位父老乡亲，快拉我上来，我真不是盗墓贼！"一村民说："你的话，得上山那边听去，一句准话没有。"另一村民说："老猫炕上睡，一辈留一辈，你们老祖宗就手脚不利索。"时猴子跪在坑里："求各位了，吓死人了，那边可能砸着人了！"一村民说："公安马上就来了，你老实儿地等着吧。"

警察用绳子把时猴子拉出来，带到警车里，拉起了警戒线，游客在线外围观着。龙大章指挥着几个警察，民工们正在挖掘塌方处。一会儿，挖出一具尸体，抬到了一边，用白布盖了起来。

白小艺从红色小车上第一个跳下来，看见死尸，背过脸去呕吐。姜美祺走上前去，用相机不停地拍照，一个民警阻止了她。龙大章眉头紧锁地看着盗洞和挖掘的痕迹，在土里，龙大章拿出一张沾满泥的复印图纸。

姜长庚把姜美祺、白小艺拉到树林边，给白小艺捶背。姜美祺挖苦道："小艺，你还想当刑警呢？这都受不了……"白小艺脸色煞白："还是姜爸说得对，艺术人生，快乐一生。"姜长庚说："就是，我们小艺将来可能成为大艺术家呢。"

姜美祺问："爸爸，这公主墓是什么时候建的？"姜长庚说："清代。"白小艺问："爸爸，公主叫什么名字？"

姜长庚说："这你就问对人了，我昨天才听文住持讲过。康熙三十一年，皇上把新封的第五女——年仅十九岁的和硕端静公主下嫁给喀喇沁部王子。端静公主对一脸麻子、性情暴躁的驸马爷毫无兴趣，却对下人及百姓很好，所以被驸马摧残而死，时年三十七……"

姜美祺感慨道："这么美的地方却有这么悲惨的故事。"白小艺奇怪地问："公主也有痛苦啊？书上说她应该和王子过着幸福的生活……"

姜长庚说："孩子，即使是公主，生活在那个时代，也只能是悲剧人物。现在，龙山人生活在水草丰美、百鸟和鸣的优美环境中，和硕端静公主却一个人孤零零静静躺在龙山下，还不断有人打她陪葬品的主意……"

姜美祺问："爸爸，你的意思是龙山寺案和公主墓案都是奔着财宝来的？"姜长庚点了点头，深情地望着晨光中的龙山。

3

回程的警车上，车窗外风景如画，车厢内龙大章眉头紧锁，朱丽雅回头看了一下，姜美祺的小红车跟在后边。

龙大章向车窗外望去，只见龙山美景如画，龙洞似有白雾从洞内涌出，山下是他们就读的中学。透过史实和凄婉的传说，他发现了那斩断龙头的公路，龙山在进入二十一世纪初便不再神秘，也不再神圣，不再有传说，一切都那么血淋淋……

朱丽雅关切地推推龙大章："龙队，想什么呢？"龙大章说："我在想我的母校——王府中学。清政府灭亡后，契丹王府博物馆成了王府学校，后来'破四旧'，契丹王府、龙山寺及其他寺庙没有受到太大的破坏，这是让人欣慰的地方。"

鲁运问："师弟，还有心感慨呢！案子怎么办？"龙大章说："龙山寺、公主墓，这是两道难题啊！"朱丽雅说："你不是说你念书时最喜欢解难题了吗？哎，我给你们俩出个题吧，测测你们的智商。"鲁运把着方向盘："你可真有闲心。"

龙大章说："让她出吧，我喜欢难题。"朱丽雅开始出题："假如你开着名贵的双座跑车在郊外同时发现了三个拦车的人，一个是身患重病的老奶奶，一个是对你有救命之恩的医生，一个是你追求多年的梦中情人，而跑车只能搭载一人，你如何选择？"鲁运不假思索地说："那还用说吗？人命关天，选择病重的老奶奶呗。"朱丽雅转脸问："大章，你说呢？"龙大章一摆手："停车！"

鲁运疑惑地把车停了下来，龙大章跳下车，向后边姜美祺的车摆手。姜美祺的车停了下来，白小艺从车窗探出头来疑惑地看着龙大章。龙大章转身对鲁运说："师兄，你先拉朱丽雅回去，继续查看武玉鹏和刘尔贵的行踪，我还有点事儿。"说完，上了姜美祺的车。

朱丽雅回头看着姜美祺的车向一个土路方向开去，再也不说话了。鲁运回头："三师弟，我刚才选择的对不对呀？"朱丽雅说："大师兄，我知道你到现在为什么找不上媳妇了。"鲁运不解地问："为什么？"朱丽雅说："不懂感情呗。刚才那题有一种最完美的选择，就是让医生开着你的车送老奶奶去医院，你和你的梦中情人在淡淡的月光下幸福地漫步。"

鲁运恍然大悟，用手向远去的红车一指："噢，我明白了，我是那医生，你是那老奶奶，和梦中情人漫步的上那边去了。"朱丽雅叹了口气："唉，我就是那病入膏肓的老奶奶。"她用衣服一蒙头，假装睡去。鲁运开导道："师妹，你这么痴情到底累不累？没看明白吗，那多情的龙公子还在恋旧呢。不行，和师哥凑合着过得了。"朱丽雅猛地掀开蒙着的衣服："脚踩两只船，小人嘴脸！"

那条土路上，姜美祺的车在颠簸，又一岔路出现，龙大章向右侧的丛林一指："美祺，向那儿开。"姜美祺疑惑地向右打方向盘，车子驶入右侧林间小路。白小艺惊奇地问："大章哥，你是要带我们去野游吗？"龙大章说："算是吧，没见车外皆美景吗？"美祺和小艺向车窗外望去，车子仿佛穿梭在花海中。

龙大章问："美祺，问我师傅了吗？"姜美祺答："问了，我爸给我讲了两个传说。"龙大章又问："为了传说？你爸爸的意思是说窃贼为了传说而盗墓？"姜美祺点了点头："是，他还说，传说只是传说，总有人把它当真的，为了个传说去送命，新闻单位有责任让群众警醒啊！"

车子在珍真野菜馆门前停了下来，龙大章说："美祺，你和我去看下刘老师。小艺，你可以下车随意转转，满山的野花随意采。"白小艺不解地喊："为什么不带我去玩啊？"姜美祺回过头来说："他不是在玩儿。"白小艺噘着嘴："办案为什么不用警车？为什么让你跟着？真是的。"姜美祺说："我想，他是不想惊动这里的人。"白小艺不满地看着龙大章和姜美祺向珍真野菜馆走去，随手摘了一朵格桑花。

珍真野菜馆里，刘国珍老师一头白发，脸色憔悴，正在择菜。龙大章和姜美祺的到来让她很颇意外："呀，大章，你怎么来了？这是你媳妇？"龙大章点了点头："上山野游，顺便看看您。听说您身体不太好，是真的吗？不行就休息几天。"

刘老师低沉地说："休息？孙子谁养活啊？儿子、媳妇都是不过日子的料儿。"龙大章问："刘老师，刘尔贵最近回来了吗？"刘老师愣了一下，停下手中的活计："大章，尔贵又咋了？"龙大章说："刘老师，他没怎么，随意问问。"刘老师抹着胸口："唉，吓我一跳，我以为那个不争气的东西又惹事了呢。这个让人不省心的玩意儿，比别人多念了五年书，什么也没学会，吃喝嫖赌倒是占全了……"

龙大章扫视着屋内："他最近什么时候回来过。"刘老师又愣了一下，她想起了前几天的事儿……

那天傍晚，她正在炒菜，刘尔贵进屋问："妈，咱家的那两把铁锹呢？"刘老师说："找那干什么？"刘尔贵说："挖点山货、收点山货什么的。"刘老师说："收什么呀，要下雨了。你自己找吧，没看我忙着呢吗？"刘尔贵到院子里找铁锹去了。第二天，一吃饭客人说："不好了，龙山寺让人挖了个大窟窿……"

想到这儿，刘老师支支吾吾地说："大章……他前些日子把孩子送回来后，就回来过一次，给孩子买点东西，给了点儿零花钱……哎呀，我头疼……"说着，险些晕倒，姜美祺赶紧去扶她进屋，龙大章趁机到外边巡查了一圈。

回程的路上，已是傍晚。红色小车穿行在绿色山林中，与傍晚的夕阳构成一幅美丽的画面，车里的气氛却很沉闷。

姜美祺打破寂静："大章，你怀疑刘尔贵？"龙大章看了看姜美祺一眼："在破案前，每个人都可能是被怀疑的对象。有一点，从刘老师的表现看，她没有说实话。"姜美祺说："这对你是情与法的考验。"

此时白小艺也忘了生气："当刑警看来也不是什么好差事啊？大章哥，要是我犯了法，你会抓我吗？"龙大章说："小艺，你怎么能犯法呢？别想没用的了。"白小艺边摆弄一束鲜花一边看着龙大章说："看来，还是我姜爸说得对，艺术人生，快乐人生。龙哥哥，你快乐吗？"

龙大章愣了一下说："小艺，你应该问你大姐。"

4

伏龙区公安分局刑警大队办公室里，朱丽雅在给时猴子做笔录，屋里静得掉下一根针也能听见。

面对朱丽雅冷水一样的脸，时猴子开始说自己的事儿："今天早晨，我想去珍真野菜馆吃早饭，为了抄近路，走着走着就掉进了一个坑里。我正想着怎样爬上去，突然发现一个脚趾头从泥里露了出来……"

朱丽雅打断他的话："你在说谎，珍珍野菜馆从来不供应早餐。"时猴子愣了一下，他想，要是说真话，不光公安饶不了他，就是刘尔贵也得和他拼命。所以，他眼睛一转说："我以为供应早餐呢。"朱丽雅还要问，龙大章向她摆手，她只好走出来。

龙大章悄悄说："丽雅，像时猴子这样的老油条，没有证据他是不会认的，白耽误时间。另外，从调查情况看，时猴子确实是没注意才掉下去的。至于他为什么出现在那里，他肯定没说实话，我们只有放了他，注意他的行踪。"

二人放了时猴子，向审讯室走去。

鲁运正在提审刘尔贵："说吧，刘尔贵，咱们打交道可不是一天半天的了。"刘尔贵说："你让我说什么呀？都问过三次了。还是那句话，麻将我没打，刚进去，你们的人就不问青红皂白地把我带走了。"鲁运腾地站起来："要是不给你来点真格的，你算是不说了，今天看是法律好使，还是你二棍好使。说，脸上的伤哪来的？"

刘尔贵欲言又止，龙大章正好进来："刘尔贵，问你脸上的伤呢，你必须得回答。"刘尔贵嘟囔道："我要说是媳妇挠的，你们信吗？"

龙大章说："我给你看样东西。"他拿出纽扣问："你可认得这枚扣子？"刘尔贵看了看："这扣子怎么和我的一样呢？"鲁运说："什么一样，就是你的。"他拽过刘尔贵的袖口让刘尔贵看，刘尔贵对比了一下，眼睛骨碌一转：“一样的扣子多了，凭什么说是我的？”说完，脑袋一耷拉，不再言语。

审讯刘尔贵并没有突破性进展，龙大章和二人一商量，决定继续外围调查。

刘尔贵前妻正在收拾屋子，听见了敲门声，她不耐烦地喊：“敲什么敲，二棍死了，你们到阴间去找他要赌债吧。”鲁运隔着门说：“我们是伏龙区公安分局的，开门吧，找你了解点事儿。”

门开了一道缝，半张女人惊恐的脸：“公安？刘尔贵他犯啥事儿了？”朱丽雅和鲁运亮出警察证进了门，打量着屋里：“你是刘尔贵的前妻吧？跟我们说说这几天刘尔贵都在干什么。”刘尔贵妻子说：“那死东西能干啥啊？大前晚出去赌，把孩子补课费都输了。前晚还要出去捞，被我硬拽回来了。昨晚又撒谎出去了，现在还没回来。”

鲁运问：“前晚硬拽？怎么硬拽的？”刘尔贵妻子说：“女人能有啥办法，一哭二闹三……就是个打呗。”鲁运问：“怎么打？说详细点儿。”刘尔贵妻子说：“脸抓破了，扣子也扯掉了……”朱丽雅问：“扣子？在哪？”

刘尔贵妻子从床头柜里拿出一枚带着残线的扣子，朱丽雅包了扣子回去。

初秋的晚风吹拂着龙山大桥，远处的一家商铺播放着《爱一个人好难》。

姜美祺站在桥上，望着朦胧的夜色说：“我爸爸只说了过去藏宝的传说以及公主陪葬的歌谣，别的没说。”龙大章问：“什么传说、歌谣？”姜美祺说：“传说是敖拉姨告诉他的，说龙山藏有契丹兵败时的宝藏，要找到这些宝藏的埋藏地点，得先找到完整的《辽域地志》。要想打开宝藏的大门，必须要用鸡血麻神中的八张牌去开启，否则，宝藏就会被损毁。”

龙大章一愣：“这恰恰印证了从小晴那里拿来的《契丹宝藏的传说》。”姜美祺继续说道：“另一个是和硕端静公主的传说。说和硕端静公主死后，王爷知道误解了公主，朝廷下令厚葬公主，传说光随葬品就有九缸十八锅财宝，且有歌谣为证……”

说起九缸十八锅，龙大章从小就听过那道歌谣：“藏龙阁上松州坡，财富九缸十八锅。痴人为它土里埋，智者为它空蹉跎。”

他喃喃地自语道：“土里埋？前晚在公主坟那儿埋死一个，这可真是应验了传说。"姜美祺问："听说你们找到现场遗落纽扣的主人了？"龙大章说："朱丽雅调查了，还不能证明他作案。他掉的扣子和现场的一模一样，都是地摊儿上杂牌服装的扣子，已经比对过了。"

姜美祺叹口气："我的报道又写不成了，我们回去吧。"二人起身向下走去，姜美祺感叹道："传说有时也害人啊！"龙大章说："或许这不仅仅是个传说。"

二人默默地走着，各自想着心事。他们路过敖拉倚家，发现一辆厢货离开，敖拉倚把阳台上的月季花搬了回去。龙大章和姜美祺好奇地向敖拉倚家望着……

一辆奔驰车从龙大章和姜美祺身边驶过，扬起一片尘土。吴寄瑶向窗外看着："直帆，刚才那两人好像是大章和美祺啊。"钱如意瞪了吴寄瑶一眼："什么眼神儿啊。"赵直帆阴沉着脸没有吱声，车里的空气凝固了。

赵直帆回到家里，他站在窗帘后边向楼下望去，看见姜美祺在楼下和龙大章挥手向楼里走来，便狠狠地拉上了窗帘。

姜美祺开门进屋，打开灯，猛然见赵直帆满脸酒气地坐在沙发上，吓了一跳，她吃惊地问："哎呀——怎么你……也不开灯啊？吓我一跳。"赵直帆阴阳怪气地说："我是暗中行事，见不得光明。"姜美祺放下手包问："看你阴阳怪气的，又哪根筋难受啊？"

赵直帆阴阳怪气地说："为人不做亏心事，半夜敲门心不惊。怕什么？"姜美祺说："噢，说我呢，为了工作嘛。"赵直帆腾地站了起来："工作？工作到大桥上去了？"姜美祺惊问："你跟踪我？"赵直帆说："允许你带警察到茶楼抓我赌，不许我无意看谁嫖啊？我告诉过你，离那个龙大章远点！"

姜美祺横眉道："凭啥？"赵直帆青筋显露："你要不想旧情复发，我再次警告你，离那小子远点！"姜美祺说："小心眼儿，你像个男人吗？"赵直帆把龙大章送给姜美祺的鸡血凤凰举起来："我就不男人了，怎么着吧？"

啪，赵直帆把那个通红的鸡血凤凰摔在地上。姜美祺怔怔地看着赵直帆，从地上捡起破碎的凤凰，无语，眼含泪花地陷入沉思——"这是我奶奶传给我妈的鸡血凤凰……"龙大章的声音在她耳畔响起。她摔门而去，把自己融入夜色中。

路过敖拉倚家楼下，夜风里，一首诗随风飘过来："有一种爱，捂得越紧流出的越多；有一种情，抓得越紧剩得越可怜；有一种人，越贪越狡越贫寒……"

敖拉倚站在阳台上，一身雪白的服装，夸张地朗诵她的新诗。读着读着，敖拉倚把手里那张纸撕得粉碎，向楼下扬去……突然，她又返回身，从抽屉里拿出那半张鹿皮纸地图，宁神静气看了起来，看着看着，仰天大笑："哈哈哈，《辽域地志》！有多少打你主意的人……人为财死！"她拿着那半张图，跳起交谊舞来，屋里响着迷人的华尔兹……

5

姜美祺带着满腹的委屈回到家里。姜长庚不在，小艺也外出演出，她来到未婚时的卧室、书房，想起了过去的好时光，不觉潸然泪下。

正在落泪沉思之时，来电话了，里面传来陈立言的声音："美祺，这么晚打扰你不好意思啊，可是，盗墓案那个稿子一定要上独家新闻啊。你知道我们报纸的可读性越来越差，我可是给你留了版面的。"姜美祺低沉地说："陈总放心……我一小时后一定交稿，明天就能见报。"陈立言问："美祺，怎么声音不对呢？"姜美祺答："没什么，感冒了……"

她放下电话，擦干眼泪，打开电脑，在上边打起字来：神奇的传说能杀人——我市发生两起"寻宝"案。

和她一样夜不能寐的还有两个男人。

一个是赵直帆，在黑暗中唉声叹气地看着屋顶的吸顶灯，辗转反侧，姜美祺和龙大章交往的画面在他脑海里不断翻腾，折磨着他。他呼地坐起来，把与姜美祺签订的协议书取出来，看了看，撕得粉碎……

另一个是龙大章，他的面前放着一堆档案和书籍，他在认真地查阅着《和硕端静公主的身世》《契丹人的前世今生》《契丹宝藏的传说》《契丹王府博物馆修复工作档案》。最后，他的目光定格在一张旧报纸《龙城晚报》上，上面有姜美祺写的两篇报道：《石破天惊——契丹博物馆开业前被"斩首"》《石破天惊——鸡血麻神，你究竟在何方？》。白天的一幕幕在他脑海中翻腾——赵连起说："大章啊，两天发生两起针对古文物的案件，你要是不及早破案，那犯罪分子没准儿该对契丹王府博物馆下手了。"

龙大章回身去找文件，却见朱丽雅不知何时披衣站在了他身后："大章，我已经把你说的三百五十多个监控梳理了一遍，这些日子的可疑视频已经拷贝回来了。"龙大章感激地说："丽雅，你辛苦了，有什么发现吗？"

朱丽雅说："经过比对，初步找到了武玉鹏从龙山下来出现的地方，锁定了两个可疑人。但是，因为下雨，图像不是很清楚。"龙大章说："我看看。"朱丽雅说："半夜了，明天再看吧！"龙大章把一个个视频镜头甄别着，朱丽雅站在窗前向外望着，远处隐约可见的是博物馆那仿古建筑的屋顶串灯和沉沉的夜色……

不知不觉，晨曦微露，匆匆的人流、车流渲染着这个城市的主色调。

鲁运起床后，看了看龙大章叠得整齐的被褥，向外望着。他来到伏龙区刑警大队，发现龙大章和朱丽雅一人守着一台电脑，趴在办公桌上睡着了，视频资料停在一个小区大门上。鲁运心疼地叨念："这夜不归宿也不找个舒服的地方。"

龙大章听见动静，醒了："鲁师兄，来得正好。"鲁运问："发现有价值的线索了？"龙大章指着监控视频："师兄，这是朱丽雅整理出的近些天的可疑视频。你看这个人，体貌特征和走路姿势很像武玉鹏。"

鲁运看了半天："怎么能说是武玉鹏？反正我看不出来。"龙大章说："我观察过他的走路姿势。这个人五天前的晚上乘出租车在金钰华府小区附近下车，第二天早四时坐出租车不知去向；在前晚十时，他又从盛世家园小区出来，坐出租车消失。"就在他们说话的时候，朱丽雅也醒了，三人一起看视频。

龙大章说："丽雅，你马上去这两个小区调取小区内监控，那里或许是他的藏身地。鲁师兄，速查公主墓死者尸检情况，重点调查盛世家园小区。"

就在公安寻找武玉鹏踪迹的时候，张半仙也在等着金疤瘌的消息。他手里翻着一张张报纸，想看看官方对此有何报道，可是什么也没找到。

金疤瘌终于慌慌张张地进来了："大哥，你真做到了风声雨声读书声声声入耳啊！出大事了。"张半仙放下报纸："我还家事国事天下事事事关心呢。什么事这么慌张？"金疤瘌说："存在家里的那半副鸡血麻神不见了！"

闻听此消息，张半仙这回吃惊不小："什么？那半副没拿回，又丢了这半副，你可真能干啊！"金疤瘌挠着肥胖的脑袋说："可能……是武玉鹏想单干了。"

张半仙沮丧地说："疤瘌，你派去的蠢货，连辽观音和其他观音也看不出来，我要是不喊一嗓子，他就得被姜长庚活抓活拿。还有，你派去刘老师家找古籍的时猴子居然掉到了死人坑里……"

看张半仙越说越生气，金疤瘌赶紧说："大哥，我早就说他们不是那块料嘛。"张半仙继续骂道："就是你们这些无德无才无能的鼠辈，坏了我的大计。"金疤瘌低头道："大哥，是我们无能，当下该怎么办啊？"

张半仙拿起一张《龙城晚报》说："报纸报道，警方推测是为了寻宝而作案，一时半会儿还找不到我们头上。"金疤瘌试探着说："大哥，听说公主墓发生了盗案，会不会也和武玉鹏有关系？"张半仙点了点头："我也是在想这个问题，他去那儿干什么呢？难道真像你说的想吃独食了？"他不待金疤瘌回答，转身吩咐道："你带人搜查武玉鹏的住处，找回麻神，掐了这根线。我要去龙山寺盯住老姜，看他们有什么动向。"金疤瘌一脸无奈地说："大哥，我刚从武玉鹏的住处回来，那里只有几个空酒瓶子。"

就在金疤瘌走后不久，龙大章和朱丽雅也来到了盛世家园小区，找到了疑似武玉鹏的租住楼房。可是，据楼下邻居说，已经好几天没听见有人回家了。据小区物业人员介绍，这个住户并没有在这里住几次。

这时，鲁运的电话打了过来："龙队，公主墓死者尸检报告出来了，系窒息死亡。"龙大章问："身份确定了吗？"鲁运说："既无家属认领，又无身份信息，死者生前整过容，不好复原过去面目。"

龙大章放下电话想，男人……整容？他恍然大悟："请求局领导，搜查疑似武玉鹏的住处！"

6

龙山寺西配房门前，佛乐清扬，树影婆娑。来宾们跟随着龙小晴的导游旗认真地参观着寺院、听着讲解。

"各位领导、各位香客、各位居士，今天是龙城市寺庙改革大会，我很荣幸地带领大家认识龙山寺。龙山寺古朴幽静，风景宜人。每至仲春，寺前杏花盛开，坡上野樱怒放，鸟语啾啾，花香袭人；盛夏炎炎，绿荫夹道，泉水淙淙，又是避暑佳地；到了晚秋，遍野香果诱人，山枫经霜之后，万山红遍，层林尽染，霜叶红于二月花的意境，使你流连忘返；隆冬雪满深山，松青柏绿，更显得千年古刹古色古香。我们身处名刹古寺，不仅享受了这里天上人间一般的风光，更学到了一般人学不到的佛家思想。更为神奇的是，自契丹以来，龙山一直是个神秘之所，契丹宝藏、公主墓陪葬品等传说流传至今，致使这里从来不乏冒死寻宝之人……"

姜长庚在聚精会神地听着讲解，陷入沉思，张半仙瞥了姜长庚一眼："世事浑浊，唯尔独清啊！"姜长庚回道："浊气入怀，无法独清。"张半仙撇了撇嘴，发现一个人在向他招手，便悄悄向外溜去，他发现姜长庚跟了出来，便道："我去五谷轮回之所后，要下山一趟，还劳姜居士告知文住持。"

他绕过厕所，看附近没人，便和一个黑衣人一前一后向山后的密林走去。

一片浓荫中，金疤痢立在那里："大哥，我们又搜查了武玉鹏的另一住处，没有找到那半副鸡血麻神。"张半仙问："他是不是有别的去处啊？"金疤痢说："还有盛世家园一处，我们正要去细搜，发现公安也去了那里。"张半仙一惊："公安？武玉鹏这个死猪完了，这个目光短浅的吕布式人物坏了我的大计啊！'两头蛇'计划难以实施了……"

张半仙沮丧地回到山门，见姜长庚正在门口的石阶上看《龙城市志》。张半仙说："姜居士好雅兴啊，看什么书呢？"姜长庚说："《龙城市志》。说来也奇怪，《龙城市志》里几个传说篇被人挖了天窗。红尘如来，你说这是为什么呢？"张半仙说："大概是把传说当成真的了吧。姜居士，公主坟的盗案破了吗？"姜长庚反问："张居士有线索？"话音未落，就见鲁运开着警车，龙大章和朱丽雅坐在车上，向公主墓驶去。姜、张二人再无话说，各自看书想事儿。

去公主墓的车内，三人正商议着案情。龙大章说："丽雅，武玉鹏住处搜查情况怎样？"朱丽雅说："没有什么有价值的东西，只有一些酒瓶子和垃圾。"龙大章说："可见武玉鹏的处境并不好。"朱丽雅问："两夜两案，犯罪动机都没弄明白，你那美女姜没给你点启发？"龙大章说："给了，说为了财宝，为了传说。这种说法公主墓这儿还说得过去，龙山寺那儿咋解释呢？"鲁运说："也许不是一伙人作的案。"龙大章说："现场的脚印太模糊了，但从走路的习惯和步长看，盗挖公主墓的人两晚上参与了两起案子，这个人很可能就是武玉鹏。他的家人找到了吗？"鲁运答："武玉鹏只有一个本家哥哥，已通知他去认尸。"朱丽雅说："这么说，刘尔贵的嫌疑解除了，因为公主墓发案时他被关在看守所。"龙大章说："这只能证明刘尔贵没有参与公主墓的案子。嫌疑人是为了一件很重要的东西来的，龙山寺和公主墓这儿究竟有什么呢？我们今天要把这两个地方的外围看一下，或许有新的发现。"

警车在公主墓附近停了下来，几个人下了车。龙大章向远方望了望："我们分头行动吧。大师兄，你去走访一下附近的村民，看近些日子有什么样的人在这一带活动；丽雅，你去问问那几个义务看墓的人；我在这周围看一下。"三人分头而去。

龙大章走到了一个山涧旁边，发现在通向公主墓的地方有一段很长的塌方，在没有塌方的一块平坦的山石附近，他捡起了一枚奇怪的扣子和半截烟头。龙大章戴上手套，仔细地把扣子和烟头装进塑料袋。一抬头，他看见敖拉倚和几个村民向山上走来。

龙大章正在端详那枚奇怪的扣子，电话响了："嗯……我是……检验结果出来了？被砸死的果真是武玉鹏？改名张鹏，他的本家兄弟也能确认？好。"

武玉鹏死了，调查盗墓案和鸡血麻神案的线断了，但是，现场那枚奇怪的扣子能把龙山寺盗洞案和鸡血麻神案联到一起吗？线索一断，龙大章闻讯感到破案的压力更大了。

武玉鹏的死讯对张半仙来说喜忧参半。他站在阳台上向外望着，金疤痢像保镖一样立在身后，屋内还没有点灯，两个人看起来更加粗壮。张半仙说："每个人在失败前，都会认为自己是个人物，都会去赌一把，赌赢了，成了成功人士；输了，把命搭上……"他猛地一转身；"疤痢，你说呢？"

金疤痢显然吓了一跳，他身子抖了一下："大哥，我可不是那样的人啊！"张半仙回过头去："我想不明白，他第一天在龙山寺失手了，为什么第二天要去挖公主坟呢？他是把传说当成事实。知道是谁和他去的吗？"金疤痢说："不知道，他说要单独行动，该死的兔子蹦不出萝卜锅啊！"

回到光线很暗的客厅，张半仙的脸像阴着的天一样。金疤痢站在餐桌旁，往桌上摆了三副餐具、酒杯，气氛沉闷得令人窒息。

张半仙一手拿起一杯酒，碰了下，把一杯倒在了地上，悲切地说："疤痢，把那副碗筷收起来吧，我知道你难过。武玉鹏跟你两年了吧？他竟然死了！死了就死了吧，你连尸体也不敢去认，还要抖落掉他身上的气息，难受啊！"金疤痢一脸悲戚："大哥，听人说，武玉鹏死时被一块大石头砸在脸上。"张半仙说："擅自行动，这就是他的悲剧，也是我们的悲剧。可是，世界没有悲剧和喜剧之分，能从悲剧中走出来，就是喜剧；沉湎于喜剧之中，那就是悲剧。"

金疤痢说："大哥，你意思……他的悲剧正是我们的喜剧？"张半仙反问："不是吗？武玉鹏是个难驾驭的角色，他只有一死，我们才能安生。公安已经找到他了，他死得正是时候，把他的痕迹、气息彻底抹掉！"金疤痢说："大哥的意思是……消停一下？"张半仙咬着牙说："不，给姜美祺和白小艺一人送一枚扣子！"

龙山山道上，一辆警车顺着夕阳向山下驶来。

龙大章擦了擦汗："说说你们这一天的发现吧。"鲁运说："我走访了附近的村民，除了时猴子之外，没有发现陌生人在这一带出现过。"朱丽雅说：

"我找到了那几个义务看墓的人，他们只有闲着没事儿的时候，才到公主墓看看。这两天下雨，他们就没有来。这段时间，他们没有发现什么不正常的情况。"

三人走访了一天，并没有发现太有价值的线索。龙大章沉思道："看来，武玉鹏也是偶然来这里。我在公主墓西发现了一大段塌方，一直到山涧边，这说明这一段底下都是山洞，在那夜特大暴雨山洪的冲积下，山洞进水而造成塌方。我猜想，武玉鹏在下雨那天夜里意外地发现了山洞，所以想第二天进山洞直达公主墓寻宝。但由于塌方，他没有进入山洞，只好从塌方的延伸处挖坑进入山洞。他确实进入了山洞，但他进入的不是通向财富之路，那只是建国初期民兵挖的防空洞。因为土质松软，上有大石头，武玉鹏就被落下的石头砸死了。"

朱丽雅说："这样说来，龙山寺的案子也是武玉鹏做的？"龙大章说："我想是的，还有谁会在雨夜来这个山涧边呢？只有被姜局长吓跑的挖藏经阁的人。但是，去藏经阁的是两个人，那个人是谁？目标是什么？"

三个人又陷入了沉思中。龙大章想，村民反映的时猴子多次出现在这里，说明什么呢？跟武玉鹏作案的会是他吗？从调查上来的情况看，他没有作案时间。

7

白小艺从外地演出回来家中无人，她就去了敖拉倚家。

吃过晚饭，她倚在床上摆弄着一个心形翡翠挂件，敖拉倚站在门口很羡慕地问："小艺，你同学送你的翡翠挂件？"白小艺羞涩地一笑："才不是呢，这是大章哥送的。"敖拉倚吃了一惊："龙大章？他……"

白小艺大咧咧地说："是啊。不过，他本来是送给我大姐的，赶上我大姐结婚，他一气之下就送给了我。"敖拉倚恍然大悟："小艺，你的男同学不是对你很好吗？"白小艺说："你说那个娘娘腔啊，他追我有十来年了。再说，追我的人快有一个排了，都没入我的眼。"

敖拉倚问："什么样的人能入我们小艺的眼啊？"白小艺说："英雄，自古美人配英雄嘛。他一旦出现，我就会像飞蛾扑火一样冲上去，绝不像你和姜爸那样走三步退两步地迈秧歌步。"敖拉倚说："小艺，别提你姜爸了，陪我出去走走。"

龙城市区的傍晚热闹迷人，休闲的人们有的跳着健美操，有的跳起交际舞，有的在闲逛，构成一幅风景。敖拉倚和白小艺从家里走出来，融入休闲的人流中。在街心公园，敖拉倚坐在长椅上，无神地望着来来去去的人们。

白小艺被一阵舞曲吸引，走到近前，发现是一个日本老头儿在教一个姑娘跳恰恰舞。日本老头便是那个日本文物专家，他教人跳舞时，不知是体力不支还是故意而为，别人用一只手托着，他却得两手抱着，老头的姿势笑得小艺前仰后合，一回身，却发现衣兜里多了一枚扣子样的东西。

龙大章穿着便衣从她们面前走过，白小艺眼睛离开了那老头儿，跑了过去："大章哥，等等我！"龙大章回头一看："小艺啊，哪儿去？"白小艺跑过来，挽住了龙大章的胳膊说："大章哥，听说你游泳特别棒，我要和你学游泳。"龙大章说："游泳啊，我给你找个教练。"白小艺问："谁啊？"龙大章说："你小晴姐，游得特别好，有时间我让她教你。小艺，我得走了，有任务呢。"白小艺嘴一撅："不……我就想让你教。"龙大章说："小艺，我还真没时间。"

白一跺脚："没时间、没时间，和朱姐姐逛街你怎么有时间呢？不教我游泳，我要是报案你总得管吧？"

龙大章惊问："报什么案？"白小艺说："就刚才，有人往我衣兜里塞了一枚奇怪的扣子。"她掏出那枚奇怪的扣子，龙大章仔细看了看那枚扣子，惊问："谁送的？"突然，白小艺浑身抽搐，软绵绵地向龙大章倒去，龙大章赶紧抱住了她。

朱丽雅远远走来，敖拉倚也吓得站了起来，二人眼睛瞪得大大的，竟不知何意。白小艺软绵绵地靠在龙大章身上，龙大章喊："快，找出租，送禁毒所！"朱丽雅慌忙去打车，龙大章的男同学的出租车一个急刹车，在朱丽雅面前停了下来。龙大章打开车门，朱丽雅要扶着白小艺上车，白小艺突然站了起来，扭头跑了。龙大章和朱丽雅先是向白小艺的背影望去，然后怔怔地对望着……

龙大章是在朱丽雅推他一下的时候才回过神儿的，二人向夜市走去，仔细地查看每一个衣服摊儿。朱丽雅问："大章，我们为什么和扣子较劲呢？"龙大章说："你想，刘尔贵的半袖衫少了个扣子，现场发现奇怪的扣子，白小艺那儿也有了奇怪的扣子，不和扣子较劲行吗？"

朱丽雅的高跟鞋让什么绊了一下，便把一只手搭在了龙大章肩上。姜美祺穿着休闲服，匆匆地走过来："两个警察玩浪漫呢？"龙大章说："是你？"姜美祺笑道："是我！"朱丽雅也笑了笑："姜美人，忙啥呢？"姜美祺说："没什么事，随意逛逛。大章，有个事儿我想跟你到那边说说，丽雅，一块去吧？"朱丽雅酸酸说："不了，我们不是同路人，我这人呢，一条道跑到黑。有些人呢，两条腿能走四个方向，再见咧，姜美人！"

龙大章跟着姜美祺向僻静处走去，朱丽雅瞪大眼睛看着他们。来到一个旮旯里，二人找了一个相对干净的台阶坐下，躲着眼前过往的车辆和行人，龙大章问："美祺，你有事找我？"

姜美祺反问："没事儿就不能找你呀？"她拿出一枚奇怪的扣子说："大章，你看，这是什么？"龙大章惊讶地看了看："这……哪来的？"姜美祺说："用信封寄给我的。"龙大章疑惑地问："小艺也收到一枚这样的扣子。你以前见过这种扣子吗？"姜美祺眼睛瞪得大大的："真的？以前……"

这枚扣子勾起了姜美祺的痛苦回忆……

十八年前，姜长庚换衣服，在抬起袖口的一刹那，九岁的姜美祺发现了这样一枚扣子，便好奇地问："爸爸，这是什么？"姜长庚答："扣子。"姜美祺问："这也算扣子吗？"美祺妈说："小孩子，问那么多没用的问题干啥，快写作业去吧……"一年前，姜长庚正在凝视这样一枚扣子，美祺进来问："爸爸，那是什么？"姜长庚答："扣子。"

望着沉默良久的姜美祺，龙大章问："美祺，想什么呢？"姜美祺回过神儿来："噢……扣子。"她喃喃地说："大章，这枚奇怪的扣子，绝不是一个吉祥物。第一次我发现它不到一年，妈妈去世了；第二次我发现它不到一年，爸爸出家了……"

龙大章说："师傅应该知道这是什么。"姜美祺瞪着龙大章："你还是怀疑我爸有问题？"龙大章说："不是怀疑，我想这扣子是冲着师傅去的，你和小艺出行要注意安全……"

说话间，赵直帆从旁边的饭店里走出来。他从龙大章、姜美祺面前走过，一声没吭地上了黑色的奔驰，坐在驾驶室阴冷地看了龙大章和姜美祺一眼，从龙大章和姜美祺身边飞驰而去。

姜美祺望着扬尘而去的奔驰车，又看了看站在树下的朱丽雅说："我该回去了，那位等着你呢。"龙大章看看远去的姜美祺，向朱丽雅走去。

朱丽雅见龙大章向她走来，扭头就走，龙大章紧走几步挡在了朱丽雅前面。朱丽雅目光似剑："龙公子，魅力四射啊！你这叫半夜偷茄子——不管老嫩，老少通吃！"龙大章说："丽雅，你听我解释。"朱丽雅说："有什么好解释的，我又没有道听途说、偏听偏信，我看到你和美祺、小艺姐俩纠缠不清，狗扯羊皮……"龙大章打断她的话："住口！真是越说越不像话了。美祺和小艺有危险，需要我们的保护！"朱丽雅仰脸说道："噢？龙公子找我，是让我保护姜美祺？"龙大章点了点头："是，我保护白小艺，我们要分工合作。"

朱丽雅秀脸如水："龙队，恕我直言，美祺已经结婚了，你还和她纠缠不清对吗？白小艺情窦初开，你没看她今天的表现吗？"龙大章说："丽雅，你误会了，我们接触都是为了工作。"他拿出两枚扣子样的东西放在朱丽雅眼前："看见这个了吗？'东北新干线'要鱼死网破了！"朱丽雅问："你说为了工作，别人会这样认为吗？赵公子会这样认为吗？为了一枚不知来历的扣子，抽调有限的警力去保护个人，理智吗？"

龙大章耐心地解释道："丽雅，我不想和你辩论什么。我想，这枚奇怪的扣子有两个作用，龙山的扣子是引导我们围绕着'东北新干线'展开侦查，美祺和小艺的扣子就是威胁，或许不仅仅是威胁，是宣战，'东北新干线'一直在向我们挑战！"朱丽雅仍然不服："谁会向两个女孩子宣战呢？"龙大章说："准确地说是在向师傅宣战，更是向警方宣战，你得支持我！"

话说到此处，朱丽雅似有所悟："早说不得了嘛……"龙大章说："我要去王府博物馆一趟，丽雅，你抽时间先和美祺谈谈。"

8

张半仙今日心有点儿烦。听到武玉鹏的死讯，他像失去了胳膊一样难受。他本想到街心公园去散散心，又见到了他那日本弟弟的丑陋表演。他让手下向姜长庚的两个女儿发出威胁的扣子，不知这两个不谙世事的姑娘能不能看懂。

他从街心公园回来，蜷缩在那处豪华住所中。他想，"两头蛇"计划进行到一半儿，刚培养出来的干将武玉鹏死了，手里的鸡血麻神不明不白地丢了。想到这儿，他把手里一本《辽史》摔在金疤痢的脸上："疤痢，你若找不到那半副麻神，你就跟武玉鹏做伴去！"

金疤痢吓得一哆嗦："大哥……你咋也不能让我去找个死人要麻神吧？"张半仙像一个猎人盯着猎物一样盯着他："我是让你清醒一下，看还有谁可能得到它。"金疤痢不知此话何意，眼睛一转："我想是老姜，他去物业打听过武玉鹏的租住屋。"

张半仙突然盯住金疤痢的眼睛："疤痢，你是想说螳螂捕蝉，黄雀在后？"金疤痢被盯毛了："大……哥，你不是……怀疑我吧？"张半仙乜斜着眼说："你说呢？"

金疤痢一个头磕在地上，额头便见了血："要是……大哥不信任我，我这就从四十五楼的阳台上跳下去！"说完，就往阳台上跑，边跑边回头。

张半仙并没有去拉金疤痢，而是嘲弄般地说："别闹了！不是所有的表演都能赢得观众，你一张嘴，我就知道你要干啥，我们且行且珍惜吧。'两头蛇'计划还得继续，明天契丹博物馆将有鉴宝大会，我们要去摸摸底。"

金疤痢没有台阶可下，可他毕竟不想死，便说："我要是先去了那边，还真有点舍不得大哥。"

张半仙来到他身后，轻轻地拍了一下他的肩膀，用手向左侧一指："疤痢，那儿就是契丹王府博物馆吧，我们的天地在那里。"

第三十四章　各使绝招，宝图归馆

1

夜色渐深，龙山契丹王府博物馆依旧灯火通明。这里是龙城市的标志性建筑，再加上近日要搞年庆，内外都很靓丽。

走廊上，龙小晴拿着胶水等用品走过，于伟绩从办公室里出来，喊："小晴，今天不管多晚，也要把展馆布置好，明天是建馆一周年庆典及鉴宝大会，我们要搞得红红火火。"龙小晴说："镇馆之宝鸡血麻神都没了，还怎么红火啊？"于伟绩说："小晴，这你就不懂了，虽然鸡血麻神没找回来，我们可用其他方式弥补，明晚的鉴宝大会有重量级的东西问世。"

龙小晴惊讶地问："什么重量级的东西？"于伟绩得意地说："小晴，你爸爸从院里挖出的《辽域地志》足以让人们眼前一亮，它的价值不比鸡血麻神差，你要动员你父母献宝给国家。"龙小晴眉头不展："于馆长，为了这张图，我爸妈至今还不让我哥回家呢，你得向上级要求给点奖励。"

于伟绩说："争取着呢，赵副市长已经答应了。"龙小晴眉头略展："那还不错。不过，这事儿得让我哥先给我爸认错，再做工作。"于伟绩说："好吧，如果这工作做通了，你就是最大的功臣。弄好展板，你去找你哥。"

龙小晴说："于馆长，你放心吧，就差几张照片没放好了，我哥说他一会

769

儿过来。"于伟绩走过来，神秘地说："你哥过来，有关博物馆的事儿，不要有的也说，没的也道。"龙小晴说："协助公安，是每个公民的责任。"于伟绩说："我是说你要讲政治，不说这个了。你们总是摆布不好照片的位置、大小，我得亲自看看。"

于伟绩跟着龙小晴来到展馆，指着照片："你看看，你看看，我要是不来，你们又放错了。"龙小晴不解地问："错了？"于伟绩说："这赵副市长主持修复契丹王府博物馆的照片要放大，还要放在视觉中心线上，懂不？这职位经你们总念不好，真是的。"

龙小晴瞪大眼睛听于伟绩讲职位经时，龙大章进来了："于馆长，这么晚打扰你很抱歉，事情紧急，您得帮忙。"于伟绩说："协助公安办案是我们的职责。"

龙大章拿出那张沾满泥的地图复印件问："于馆长，我想让你帮我看看，这是一张什么图？这张复印地图是不是出自贵馆？"

于伟绩把那张图拿过来仔细看了看，愣了一下，这分明就是刘尔贵手中的那半张《辽域地志》的复印件，怎么会落在公安手里？此时，赵连起的话在他耳边响起："关键时刻掉链子……"想到这儿，怕因图牵连到自己的于伟绩眼睛一转道："我……没有见过这张图。"

龙大章说："于馆长，虽然我不认识上面的字，这张复印的地图似乎和我父母挖出的那半张羊皮地图有连带关系，这说明，犯罪集团已经盯上《辽域地志》了，你们要小心保护好那半张老地图。"

于伟绩赶忙说："大章，这没问题。自从去年丢失鸡血麻神以来，我们已经加强了安防措施。"龙大章说："于馆长，我们有个案子需要借贵单位一些古籍，有一本大辽国的《木叶山》不知能不能找到？"于伟绩想了想说："你说的这本书，据我所知还没有，我还真帮不了你什么忙。"龙大章说："你再仔细想想。"于伟绩说："我在这儿三十多年了，馆里的东西如数家珍……确实没见过。"

龙大章带着怀疑的表情起身走了。于伟绩对龙大章的突然造访感到很意外，在这个他又要显身手的时候，不能有什么负面影响，他想到了龙小晴，便再次叮嘱道："小晴啊，我们博物馆近年来出了不少事情，你也是我培养的骨干，不要什么话都和外人说，要讲政治……"

龙小晴辩解道："于馆长，我哥这次来，我可没乱说什么吧？"于伟绩说："其实也没什么大不了的，你哥刚找我借一本叫《木叶山》的书，我说没有，他还有点不大相信，有时间你和他解释下。"龙小晴说："于馆长，我记得是有……"

于伟绩圆眼一瞪，不耐烦地说："你看看，你看看，你说有，我拿不出来，会造成误会的。小晴，动员你爸捐献地图的事儿和你哥说了吗？"

龙小晴说："你也不给我俩说话的机会啊！只好电话里说了，你就等着好消息吧。"

于伟绩满意地点点头，向展馆走去，在很多照片中翻看着，他把一张自己在建馆座谈会上的照片找了出来——他和赵连起挨着，正在慷慨陈词。他叮嘱道："小晴，快把这张照片贴在赵副市长下边，把那鸡血麻神照片换下来。"

龙小晴不解地问："为什么？"于伟绩沉重地说："鸡血麻神，我心里永远的痛，赵副市长的脸被打得啪啪的。我们做下属的，要学会让领导高兴，别哪壶不开提哪壶。"

代课老师出身的于伟绩，三十多年学会了一套官场哲学，凡事以领导好恶为中心，以自己安全为半径画圆儿，即使牺牲国家利益也在所不惜。赵连起就是于伟绩比看重自己父母还要看重的领导，而这种看重，绝不是溜须拍马那么简单，绝大部分是佩服。

赵副市长除了直管公安外，还分管城建和旅游，这让他很少能早睡。今晚回来，赵夫人仍旧迎了上去，接过外套，端来了夜宵。

桌上放着的一个青铜小鼎引起了赵连起的注意："哪来的？"赵夫人笑吟吟地回答："还能哪儿来，于伟绩送来的。他说你喜欢工艺品，就从工艺品店买来，说是在明晚的鉴宝大会上让你带头捐献。"

赵连起放下饭碗，掂量着小鼎。他把小鼎和饭碗轻轻地撞在一起，便发出悦耳的响声。他说："这个小家伙能把这个大饭碗击碎啊！于伟绩这个人啊，心思要是全用到学术上，还真是个大家。"赵夫人没吱声，赵连起看了看夫人，拿起那件青铜小鼎继续研究着："你接的，你给人家送回去！"

赵夫人一愣："为什么？不就是个工艺品吗？"赵连起刚想瞪眼，一看夫人的眼光比他还犀利，马上说："于伟绩，一名学者，也学会社会上这一套了，这社会能不完吗？"赵夫人眼一瞪："有那么严重吗？"

赵连起说："怎么没那么严重？我跟你说，直帆好长时间没回来了吧？回来，你得说说他，我听说他跟什么日本人搭上了。这个赵直帆，一要毁在像于伟绩这样的阿谀奉迎人手中，二要毁在不法之徒手中，别以为我什么都不知道！"

也不知今天哪来的勇气，赵连起拿起手机，打了出去："老于，你到我家来一趟！"

于伟绩垂头丧气地听着电话，不时地回应着，说到诚恳处，恨不得掏心掏肺："老领导……我确实没在龙城……就那么个小物件……我不也是为使鉴宝大会增添点儿色彩嘛……"

他放下电话，耳畔还回响着赵连起愤怒的声音："我为官不是为了作秀，我为国家捐献什么文物不会受你的支配。我把象征着龙城文明的阵地交给你，绝不是让你行贿受贿、搞歪门邪道，好好想想七年前我是怎么力排众议把博物馆交给你的。回去写份检查，开完一周年庆典后交给纪检委，听凭他们的处理！"

于伟绩从未见到过特别欣赏自己的赵连起发这么大火，他清晰地记得七年前力挺他的一幕……

龙城市伏龙区宾馆会议室，主席台上方挂着"契丹王府博物馆修复工作座谈会"的横幅，椭圆形的会议桌前坐满了官员、学者、工程经理及当地代表。赵连起力排众议："今天契丹王府博物馆修复一事，伏龙区文化馆副馆长于伟绩的意见很好，今后契丹王府博物馆修复工作就由他全权负责。此馆修复是重要的、必要的、急迫的，这是一项功在当今、利在后世的社会性工程，各部门要通力合作，如期修复成功。"想到这儿，于伟绩叹了口气："我不会辜负领导的期望！"

2

晴朗的天空飘着白云，白云下面是喧嚣的城市。龙城契丹王府博物馆洋溢着一派喜庆的气氛，一如开业时的大型庆典。

龙小晴带着一群穿着辽代宫廷的服饰小姑娘站在契丹王府博物馆门口，躬身值守，口中不断地说着："这位领导，您好，这边请。这位嘉宾，请走这边……"

一辆红色的小车开进了停车场，姜美祺挂着照相机下车了。龙小晴迎了上去："美祺。"姜美祺笑容可掬："呀，小晴，你可真漂亮，真真切切一契丹贵妃。"龙小晴笑道："什么贵妃啊，至今连婆家都找不到呢，我是赝品。"姜美祺问："哎，子强你俩啥时结婚啊？"龙小晴听到此话便有些难为情，嘟囔道："郝子强？"

她的耳畔响起郝子强的誓言："小晴，我要个人奋斗……哪里跌倒哪里爬起来……"姜美祺推她一把："小晴，你想什么呢？"龙小晴回过神儿来说："没想什么，子强，我又把他丢了。"姜美祺一愣："又丢了？"龙小晴点了点头："中午吃饭时我再和你详说。"姜美祺说："不能在这儿吃饭了，我拿了会议材料就得回去，有个重要稿子等着上版呢。"龙小晴说："我的地盘我做主，中午咱们到龙山脚下珍真野味店吃野菜团子去。你知道那是谁开的吗？"姜美祺说："知道，咱们的刘老师，是得去看看她了，等我把稿子送过去马上回来。"

正说着，会场那边传来"有请赵副市长做指示"，龙小晴赶忙来到龙山契丹王府博物馆建馆一周年庆典的横幅下，怕临时有事儿没人处理。

赵连起环视了一下会场，神采奕奕地站在话筒前："各位领导，各位来宾，龙城契丹博物馆建馆一周年来，接待了近两亿中外游客，为我市的旅游业及提高我市的知名度做出了较大的贡献。可是，也有不尽人意的地方……"他一边向龙大章扫描着，一边说："据我所知，此前连续两天，针对我市的古文化遗产发生了两起案件，我尚未听到案件得以侦破的消息。去年，我们的镇馆之宝鸡血麻神也如泥牛入海……"

龙大章听到这里，表情很不自然，转身向门口走去。白小艺和她的男同学正在下边备演，看见龙大章过来，她扮着鬼脸，用手指了指戴在胸前的心形挂件，耳畔传来赵连起洪亮的声音："今晚，我们特意举办了一个声势浩大的鉴宝晚会，会有一个意外的惊喜等着大家……"

于伟绩正在认真地记录着，敖拉倚、张半仙等人站在会场外聚精会神地听着，这个意外的惊喜会是什么呢？

姜美祺回到龙城晚报社副总编办公室时，陈立言把文稿摔在她面前，狠狠地敲着桌子："死了一个人，挖了两个洞，坏了个古建筑地基，理由就是为了一个传说？姜美祺，你当记者有几年了吧？是你脑残，还是你觉得读者脑残啊？"姜美祺委屈地说："陈总，公安也是焦头烂额，至今没有合理的说法。"

陈立言说："那就深入挖掘，把这个新闻做大，给公安点儿压力、给文物管理部门点压力。去吧！"

姜美祺郁闷地出来，她的电话响了："小晴，别急，我这就到，在门口等我呀。"说完，她向楼下跑去。在楼下，她看见一辆银灰色车停在那里，车里似乎没人。等她开车走后，从后视镜里，却看见那辆银灰色的车跟了上来，她快那车也快，她慢那车也慢。姜美祺一个急刹车，那辆银灰的车险些追尾。她下车怒气冲冲地拉开对方驾驶室的门，却发现是朱丽雅，便说："你在跟踪我？"

朱丽雅辩解道："姐们儿，不是跟踪，是保护！"姜美祺说："保护我？莫名其妙，警花妹妹，我不用什么保护！"说完，转身拉开自己的车门，一个强启动绝尘而去。

姜美祺阴沉着脸开车来到契丹王府博物馆门口，默默地下了车，见龙大章正和龙小晴说话："小晴，你说子强在研究麻将，是真的？"龙小晴一脸无奈地说："都已经出道了，在外号称'北国一麻'，讲课呢。"龙大章说："等我见到他时说说他。子强想赚钱的心太强了，叫他一起去吧？"龙小晴恨恨地说："不叫他，看他不务正业、一根筋的样子我就来气。"龙大章开导道："小晴，子强是爱面子的人，你要有耐心……"

没等龙大章说完，龙小晴向姜美祺的车走去，龙大章也跟了过来。姜美祺从车窗探出头：“嗯，怎么还有你？”龙大章问：“你希望有谁？”姜美祺冷冷地说：“上车吧。”龙大章看看美祺，又向上看看天：“这天儿也不阴啊？”姜美祺冷冷地问：“是你让那个警花保护我的？”龙大章说：“是啊，美祺，这个，你一定要接受。”姜美祺气恼地说：“闲的。”车子向外冲去。

车窗外秀丽的龙山风光往后退去，龙大章的思绪回到从前。想到自己的旧爱成了别人的新人，不觉酸味溢出，他调侃着沉闷的美祺：“进入官宦人家，就是好啊，食有肉，出有车。”姜美祺低沉地说：“唉，人都是命，胡思乱想没有用，你要是羡慕，去傍个富姐。”龙大章说：“我做梦都想倒插门到豪门当女婿，可是，那天偶尔照下镜子，愣把自己吓得半天没缓上这股气来。”姜美祺笑了，她的脸色好些了：“你就在这闪吧，别把车给我闪沟去。”

车外美丽的龙山风光缓解了车内的气氛，退后的树木正如匆匆而过的时光。姜美祺转头看看龙小晴：“小晴，刘老师怎么开上饭店了？”龙小晴说：“你不了解刘老师吧？二十一岁开始当民办教师，二十三岁在骑车上班途中捡了个被遗弃的孩子，也就是刘尔贵。刘老师因为这孩子招来种种议论和打击，一生未嫁。好不容易转正了，又因咱班同学被学校开除了，只好开个小饭店过日子。”姜美祺喃喃地说：“刘老师有这么多的故事？怎么说开除就开除了呢？”龙大章感叹道：“人生多舛，世事难料啊！”

龙山寺隐约出现在他们的视野里，龙小晴问：“哎，你们怎么不说话了？前面就是龙山寺了，还记得一年前我们去抽签的事儿吗？”姜美祺笑道：“记得，我现在还记得你抽那签——阴阳相合，心灵感应很微妙，初恋滋味言难道；昼夜相思不敢说，六神无主怕人笑。你说你那时就抽出‘阴阳相合’，怎么现在还孤身一人呢？”

龙小晴不好意思地说：“当时就是为了好玩呗，我现在还为我自己当时的行为感到好笑呢。”姜美祺说：“我听说子强你俩从小就在一起玩儿，真正的青梅竹马。”龙小晴沉思着：“那有什么用。”姜美祺对龙大章：“你说你们俩，一样情商低，那个警花妹你要还不下手，没准儿就是别人的了。”龙大章说：“低调地说，宁肯让天下人负我，我不负天下人。”姜美祺撇嘴道：“哎哎哎，低调，低调，全世界人都知道你低调。"

三个人说着笑着，在这个人情寡淡的世界里，是自然界的清新空气给他们带来了轻松和快乐……

3

红色小车慢了下来，车内的欢声笑语让他们忘了曾经的烦恼。龙小晴向前一指："看，那就是刘老师开的珍真野菜馆。"姜美祺顺着龙小晴的手指望去，就见那篱笆院内有三间瓦房，外墙上挂着高粱、谷子和玉米等农产品，门口挂着一面酒旗，和她前几天来时不一样，是那面酒旗要倒了，便说："这地方我来过。"龙小晴第一个下车，高喊："刘老师，你看谁来了。"

三人提着礼品向屋里走去，刘老师从厨房里出来，满手的面，人瘦了不少，头发也白了不少。刘老师见了姜美祺一愣："龙大章、龙小晴……常来。这位……想起来了，是你媳妇。"龙大章说："嗯，刘老师，高中毕业八年了，还知道谁应该是谁媳妇，高人啊。"刘老师笑道："我老了，眼花了，你们叫我小脚侦缉队时，哪个人从我眼前一过我都能记住。"

姜美祺看到刘老师现在的状态，便有些心酸，她把龙大章推到一边："刘老师不老，你再仔细看看，我是姜美祺，还当过你的课代表呢，我不是他媳妇。"刘老师端详半天："姜美祺……可不是咋的，全班学习最好的一女生，我是老眼昏花了。"

龙小晴说："刘老师，你今天要和我们一起吃饭啊。"刘老师搓着手上的面："不行啊，你看这小店人手不够。"姜美祺说："刘老师，可以多雇人啊。"刘老师说："那就赚不着钱了，现在钱可是难赚呢。这个税、那个费的，物价又噌噌地涨……大章啊，你们先坐一会儿，我忙一会儿就来。"说完，她赶紧上厨房去了。

姜美祺望了望屋内的摆设："大章，刘老师好像不大欢迎我们啊。"龙大章说："她确实忙不过来，你们去帮着忙活忙活，我去趟厕所。"

龙小晴和姜美祺向厨房走去，龙大章假意上厕所，在外面巡视起来。他发现外面有个小棚，小棚乱木头里隐着一把铁锹，铁锹上的泥似乎被人清理过，这引起了龙大章的注意。他仔细看着铁锹，并把铁锹上的泥土弄下来，装在塑料袋里。不知何时，身后一个声音："你在找什么？"龙大章回过头来，看见刘老师正冷冷地看着他，便说："刘老师，我……想帮你劈点木头。"

刘老师显然不信，尴尬时，屋里传来姜美祺的喊声："大章呢？上菜了！"他赶紧走进餐室，和龙小晴、姜美祺坐在桌旁，边吃边说边笑。姜美祺说："你们说来气不，我们那老夫子陈立言今天竟然说我脑残。"龙小晴调侃地说："你可不脑残，当年要是我哥不救你，你可能身残。"

小晴的话，让大章和美祺面面相觑，勾起了他们对往昔的回忆……

那一年，姜美祺发现一朵从未见过的花，可是它长在峭壁上。她拽住藤条去采那野花，脚下一滑，掉了下来。旁边的龙大章一个箭步飞过来，张开双臂去接。姜美祺重重地砸在他的怀里，二人滚下了山坡，姜美祺压在龙大章身上。姜美祺毫发无损，龙大章已经不省人事……

龙大章对小晴说："别说这个了，说点儿过五关斩六将的高兴事儿。"姜美祺接过话茬："真正脑子有毛病的是你哥，他脑子虽然没让门框挤过、没让驴踢过，可是为了表演英雄救美摔过。"三人正在调侃，听见外边吵了起来，是刘老师的声音："你来找我要钱，这个小店一天也收入不了多少，清垃圾的费用刚收过，还是借的钱呢，哪有钱给你啊？"

三人循声而出，就见刘尔贵抱着膀子蹲在厨房门口，看着刘老师在厨房里擀面条。他蛮横地说："你要不给钱，我就不走了，我和你耗着，看谁耗过谁。"刘老师把擀面杖一扔："不是我不管，我能管得起吗？"刘尔贵把烟屁股一扔："说那些歪股六没用，你孙子托儿费你不管谁管啊？你知道吗？现在上个幼儿园比念研究生还贵呢！"

刘老师边在水龙头下洗手边唠叨："没想到摊上你这个不争气的东西，参加了六次高考……"没等刘老师说完，刘尔贵痞里痞气地嚷道："我不争气？你说我咋生在你这样的人家呢，小时候武愣子就骂我野种，我要是摊上个当市长的妈或是有个当书记的干爹能闹到这地步吗？人家赵直帆，一样的同学，一样的没考上……"刘老师说："五尺男人，和好人比，得想法吃苦赚钱去。"刘尔贵说："赚钱，谁不想赚钱啊？现在，花钱如拉屎，赚钱如吃屎。"刘老师气得直哆嗦："尔贵，争口气吧！"刘尔贵嘟囔："还说我不争气，你倒争气，老师工资涨了，你把个老师的工作弄没了，还说我呢？"刘尔贵一脚踏在小板凳上接着说："出生在谁家要是能选择，我选八十家也不选你。"刘老师指着刘尔贵气得说不上话来："你……你……"她的身体一起一伏的，脸涨得通红，险些晕倒。

姜美祺走过来，扶住刘老师："嚷嚷什么呢？"龙大章对着刘尔贵大喝一声："刘尔贵，你和谁说话呢？"刘尔贵回头一看，是龙大章那愤怒的脸，他声音马上低了八度："我妈，和我妈。不知道你们在这儿……忙着……"姜美祺气愤地说："你和你妈就这样说话？"刘尔贵低声下气地说："你说我这刚让你们放出来，这不是没钱吗？这可是家务事……妈，你还真生我的气啊？"他一边说一边向门外走。走出门外，龙大章去扯他，他竟撒丫子跑了起来。龙大章要追，刘老师一把扯住龙大章，恳求地说："大章，我求你了，要是刘尔贵有什么事犯到你手里的时候，你能放他一马吗？"

刘老师看着龙大章，姜美祺、龙小晴也看着龙大章。刘老师花白的头发被一阵风吹了起来，显得更加沧桑憔悴。龙大章为难地说："刘老师，法律面前人人平等，他只能自己放自己一马。"刘老师希望的眼神之灯似乎瞬间灭了："那……我就不说什么了……我原来想把这个地方办成旅游度假村，也好给尔贵找个前程。昨天，城里来了个老板，要买我这地儿，看到这不争气的儿子，干啥也没劲了，不行就卖了吧……"

龙大章说："刘老师，等等再说，我们下午还有别的事儿，回去看看能不能帮你。"说完，他难过地向餐室走去。

刘老师呆呆地望着龙大章，神不守舍地进了厨房……

4

龙大章的龙山之行很沉重，刘尔贵的嫌疑越大，他就越觉得对不起刘老师。他们离开了珍真野菜馆，刘老师飘着花白的头发，目送他们一直到看不见。

下山的车内很沉闷，三人坐在车内久久不发一言。虽同在一个车内，目的却不同，美祺和小晴是奔刘老师来的，大章是奔刘尔贵来的，他不知这样做对不对。

姜美祺打破了沉闷："没想到啊，才八年光景，刘老师老成了这个样子。"龙小晴感叹道："一夜愁白了头啊！我们能帮刘老师什么呢？"龙大章望着窗外的风景说："她不是要办个旅游度假村吗？我们只能帮她完成这个心愿了。"姜美祺气愤地说："好好的心情，让个二棍给毁了。大章，像刘尔贵那样的主，你们就不能放。"龙大章说："没办法，我们得有充分的证据啊。不说这个了，看窗外风光多美啊！"

车窗外，龙山的原始次生林此起彼伏，林木葱茏中掩映着采蘑菇、挖野菜的山民，他们面色油黑，却精神乐观，远远地传来他们粗犷的山歌声："龙山那个白雾啊掩寺钟，杂树那个异草啊漫奇峰。上山循石石引路，下山问路路不应。平生我擅走那顺风的谷，逆势山行好朦胧。风舞落英轻声语，世事如山径径通……"

龙大章看着风光、听着山歌，想着龙山之行的第二个目的，便说："美祺，拉我回老家河西村一趟。"姜美祺说："好吧，我愿给龙副大队长当司机。"

姜美祺的小红车左转向河西村开去，那里是龙大章和小晴生长的地方。

河西村老龙头家，破旧低矮的土房里，一位五十多岁的女人在烧香磕头，她口中不停地叨念着："请菩萨保佑我儿大章早日娶媳妇……"

三人走进龙家门，龙大章看到头发花白的母亲，怔怔地看着，轻声喊："妈——爸——"

老龙头正坐在炕上吸闷烟，见龙大章、龙小晴进屋，没有吱声，烟袋锅子敲得当当响。龙小晴走过去扯了下父亲的衣袖："爸，你还生气呢？来客人了。"大章妈闻声转过头来，看见龙大章三人，赶紧站了起来："大章、小晴，你们回来了。这位是？"

龙大章说："妈，这是我女朋友姜美祺。"大章妈眼睛一亮："噢，大章的女朋友，听大章说过，还是头一回来家里，看这家也没个家样，大章也不提前告诉一声。"一边说，一边翻箱倒柜地找东西，一个鸡血凤凰就拿了出来。龙大章惊讶地说："妈，不是说丢了一只吗？"大章妈笑道："我是糊弄你呢，只有见到我的儿媳妇，我才拿出第二只来，也好配成一对。"

大章妈不由分说，已把那鸡血凤凰戴在姜美祺的脖子上。姜美祺刚要分辩，龙大章扯了她一下："妈、爸，对不起，没来得及告诉你们，我把那张图偷出去放在了龙城博物馆，让你们担心、生气了，我赔罪！"

老龙头冷着脸说："你们知道自己错了就好，看在你媳妇的面子上，这次饶了你。"龙小晴赶紧附和："还是我爸高风亮节，顾大局、识大体，当国家需要我们奉献的时候，准能冲在前头。"老龙头一敲烟袋锅子："甭给我戴高帽子，说吧，你们组团回来又要忽悠啥？"龙小晴小声说："爸，我们回来是和你商量捐献地图的。"

老龙头把烟袋锅子磕得当当响："我就说嘛，平时不回来，回来不是要钱就是要命，那地图是我的命根子，要不你们先除了我？"大章妈赶紧阻止老龙头："尽说嗓子外的，小晴，你要知道，我们等着那张图给你哥换媳妇、换房子呢！"

龙大章笑道："妈、爸，我的事儿你们就别替我操心了，这媳妇、房子不是都有了吗？地图是国宝，就应该归国家。从小你们就教育我成为对国家和社会有益的人，为什么国家需要我们的时候，我们不能献出点啥呢？"

老龙头把烟袋磕掉了头："你今天就是说得龙吱吱叫也没用，弄没了地图，我和你们拼命！我的地图现在有好多人想出高价买，我正和他们谈着呢。"龙大章说："爸，这张地图放在博物馆里才是最安全的，要是放在家里，会招来祸患的。再说，非法买卖文物，是犯法的。"老龙头听见"犯法"两字，略有收敛，但终没吐口宝图献给国家。

龙大章和龙小晴并没有完成说服父母献图的任务，这让赵副市长说的"意外惊喜"充满变数。

龙山半山腰，姜美祺的红色小车在山道上颠簸着，龙大章和龙小晴的心也在波动着，他们都不说话，望着眼前繁华的城市，各自想着心事儿。

龙小晴望着戴在姜美祺脖子上的鸡血凤凰，噘着嘴说："爸、妈就是偏心，两只鸡血凤凰，不给姑娘给假儿媳，将来你养我妈的老啊！"

姜美祺从包里拿出另一只，挑逗地说："不光给一只，还给两只呢，我这一趟可没白来。"

龙大章望着眼前的两只鸡血凤凰，发现其中一只已经有了裂痕，便说："你俩别闹了，想想鉴宝大会的事儿吧。"

龙小晴焦急地说："哥，地图的事儿怎么办啊？晚上可就开鉴宝大会了，我可是和于馆长打了保票的。"

龙大章也挠头："我再想想办法。"姜美祺揶揄道："坑蒙拐骗偷五大手段全用上了，还能有啥法儿啊？"龙大章平淡一笑："车到山前必有路。"

短暂的欢娱结束了，三个人便不再说话。世事纷繁，人人都有难唱的经，每个人联想起自己心事的时候，便不再快乐。

高耸的楼房、川流不息的汽车，一派繁华掩盖着些许的凋零和罪恶。就像那辆从敖拉倚家楼下开走的小型厢货，和姜美祺从山上开来的小车一样，只要融入了城市的车流，就是城市的风景。

姜美祺的小红车路过敖拉倚家，龙大章认真地看着那辆开走的小厢货，他看见敖拉倚走到阳台上，向下面望了望，把一盆盛开的月季搬到了屋里。这一切，让龙大章思绪更加混乱……

5

夜色中的龙城博物馆彩灯闪烁，一派沸腾。"龙城市二○一二年鉴宝大会"的大横幅在向人们昭示着今天的主题。于伟绩、龙大章、朱丽雅、鲁运、吴寄瑶、敖拉倚、张半仙、赵直帆、刘尔贵、时猴子、日本专家各色人等鱼贯而入，向博物馆一楼的多功能厅走去。姜美祺和电视台的新闻记者各持"长枪短炮"，占据有利地形向台上扫描着。

一阵古典音乐，一阵热烈的掌声响过，龙小晴穿着靓丽的晚礼服走上鉴宝台："品鉴古今宝藏，钩沉历史脉络，显像收藏人生！尊敬的各位领导、嘉宾朋友，大家好！我是龙小晴，在这个凉爽的仲夏之夜，非常高兴能与大家相聚在龙城契丹博物馆，首先，有请我们尊敬的各位鉴宝专家闪亮登场！"

鉴宝专家登场、挥手、落座，镜头掠过一个大胡子专家和敖拉倚、于伟绩、陈立言及那个日本专家。

龙小晴介绍道："担任这次鉴宝的首席专家是北方文物鉴定委员会委员、中南大学胡蒙教授……"大胡子及被提名的专家一一欠身致意。龙小晴接着说："我市副市长、公安局局长赵连起等党政领导和各界文物收藏者、爱好者出席鉴宝大会。藏古赏今陶文化，鉴宝辨瑕冶精神，接下来，我们有请第一位持宝人开门登场！请大家脑洞大开，猜一猜，他是谁？"

台上台下交头接耳，一阵议论声起。

博物馆外，龙山的山道上，一辆驴车正在剧烈地颠簸着。老龙头吆喝着毛驴急三火四地赶着路程，恨不得让毛驴生出两只翅膀。大章妈说："老头子，你去可以，千万不能去搅局啊！"老龙头眼一瞪："反了他们，要不是海平告诉我开鉴宝大会，我还被他们蒙在鼓里呢。还有，这瘪犊子让同学冒充媳妇，骗走了我们的传家宝鸡血凤凰……驾——"

驴车在山路上飞奔起来，颠得大章妈险些从车上掉下去。

博物馆内，音乐响起，侧门打开，赵连起拿着一个精致的小盒，神采奕奕地走向鉴宝台。待掌声潮落，龙小晴问："您好，赵副市长，您今天带头鉴宝，让我们看看您给大家带来了什么宝贝？"

赵连起慢慢地打开小盒，拿出一个青铜器："我自己认为它是西周时期的一个小青铜器，不过，它的真假还有待于专家鉴定。"龙小晴说："赵副市长，请您自估一下它的价格。"赵连起说："如果是真的，定价一百八十万，如果是假的，我将当众销毁它。"

龙小晴带着鼓掌："好，文物市场就需要这种精神。有请赵副市长把宝贝送入鉴宝区。"赵连起把那个小青铜器送到专家手中，大胡子专家等人仔细传看着，传到了于伟绩手里，于伟绩很不自然地看了看那个青铜器，又看了看台上赵连起的目光，汗就出来了。

大胡子鉴宝人问："持宝人你好，能说说这个青铜器的来历吗？"赵连起说："在鉴定出真假之前我要保密。"大胡子鉴宝人拿着那个小青铜器说："这个青铜器不是西周的……"他目光掠过于伟绩等人惊愕的眼神儿接着说："也不是上周的……准确地说，它是明末清初仿造的……尽管如此，它的价值也很大，我给出的定价为十二万元。"

龙小晴说："赵副市长，现在可以说说它的来历了吧？"赵连起看了于伟绩一眼："好。这个小青铜器，本来是博物馆馆长于伟绩先生的个人藏品，他想把它捐献给龙城契丹博物馆。可是，于馆长一贯很低调，只好委托我把它捐献给国家。"

台上台下响起了热烈的掌声，赵直帆和于伟绩表情复杂地拍起了巴掌。张半仙对金疤痢小声嘀咕："这是拍马屁拍到驴蹄子上了……"

老龙头的驴四蹄齐飞，敲过城市的柏油路，终于在博物馆西侧的石柱旁停了下来。老龙头和大章妈脚步蹒跚地向多功能厅奔去，可是，新来的保安认证不认人，二人双臂一伸，把他们拦在了门外。他们想硬挤进去，不是年轻保安的对手，三下五除二就被推了出来。老龙头急得脑门子直冒汗："你是新来的吧，我原来也在这里工作，龙小晴是我女儿。"一个保安说："于馆长有交代，谁是谁的爹、谁是谁的女儿都不重要，就是皇上二大爷，也不能进北京城。"另一保安想了想说："我想起来了，您就是丢失鸡血麻神那老龙头。"这话听着别扭，可只要让他进去，老龙头便不想计较，便说："这回让进去了吧？"保安接着说："不过，于馆长特意交代过，有两个人不能再进博物馆大门，一个是你，另一个是刘尔贵……"

馆外软磨硬泡正糟心，馆内献宝鉴宝渐入佳境。

龙小晴说："有请下一位持宝人上场。"吴寄瑶一步三摇地走上鉴宝台，手里捧着一个黑色的大碗，送到专家手中。龙小晴说："寄瑶，向大家介绍一下你的宝贝，并请估一下价。"吴寄瑶得意地说："这是一个朋友送给我的生日礼物，其寓意不言自明——送给我一个饭碗。据说，这是大辽国萧太后用过的汤碗。它的价格应该在一百万左右……"

大胡子鉴宝人用手指弹了弹："这确实是一个汤碗，现在还热乎着呢。但是，它的出生日期不超过二〇一二年六月，主要是街头骗人做法事的人所用。"龙小晴问："您的意思就是一法器？"几个专家一起点头，台下传来一阵哄笑。

吴寄瑶很尴尬地向台下走去，她气呼呼地走到钱如意面前，把钱如意揪出了会场外。

啪，那个大碗摔在钱如意的脚下。吴寄瑶恨恨地说："这就是你的祖传宝贝？闹了半天，你祖是要饭的！"钱如意还想解释，吴寄瑶挣脱了他的手，向门外跑去。

老龙头和保安还在门口嚷嚷，就见吴寄瑶气冲冲地出来了。老龙头像见到救星一样，对吴寄瑶说："你……你是大章的同学吧，我见过你。"吴寄瑶疑惑地问："你……噢，龙大爷……你们来？"老龙头说："我们是来找大章和小晴的，他们不让进，也不给找人。"

吴寄瑶正在气头上，她把身子往保安前一横："怎么着，你这是国民党保密局啊？鉴定个大碗还得捂严实了？龙大爷、大娘，你们进去找吧，我看他能把你怎的！"说完，把胸脯往保安前挺了挺，保安吓得节节后退，老龙头和大章妈趁机进了会场。

钱如意走到门口把吴寄瑶拉开："寄瑶，你一定要听我解释。"吴寄瑶不无讽刺地说："老钱，你号称价值百万的辽太后用过的黑瓷碗就是价值十元的粗瓷？"钱如意说："寄瑶，对不起，也是别人送我的，我不也是看走眼了吗？"

吴寄瑶说："你看走眼？大胡子专家这一说我想起来了，有次我妈请刘尔贵媳妇跳大神儿，用的就是这样的碗。"钱如意说："寄瑶，我会给你补偿的，上车吧。"吴寄瑶说："钱胖子，你以为我还会信任你吗？"

吴寄瑶没有坐钱如意的车，向大街跑去。

老龙头和大章妈进入会场时，献宝鉴宝大会进入高潮，所有人都在期待着这次鉴宝大会的主角登场。

龙小晴声音提高了八度："接下来，有请最后一位持宝人登场，这将是今晚带给所有观众的惊喜，看他将献给这次大会一件什么样的压轴宝贝？"

张半仙、金疤瘌的脖子像鸭子一样抻着，生怕漏掉每一个细节。大章妈看见小晴现场主持的风采，竟高兴得拍起了巴掌。

在一阵音乐声和掌声中，龙大章健步走上鉴宝台，手里捧着装羊皮地图的石匣子。龙小晴笑容可掬地问："龙先生，请问您持有的是什么宝贝？"

龙大章放下匣子，慢慢地展开羊皮地图，台上的专家们眼睛一亮，台下的赵连起、敖拉倚、张半仙、刘尔贵均眼睛一亮。龙大章出口惊人："首先，我声明一下，这张图不是我的，它是我爸从家里的院子里挖出来的，我是背着他来找专家鉴定它的年代、名称、真伪及价值的。鉴定之后，如果是假的，我也要当场销毁。如果真的价值连城，我会动员父母，让他们捐献给龙城契丹博物馆！"

这时，一个声音压过掌声，"不——"老龙头健步走到台上，一把抢过地图。鉴宝大会现场，赵连起、于伟绩、敖拉倚、张半仙、时猴子、刘尔贵等人睁大眼睛，脖子抻得像鸭子被绳子牵着一样。龙小晴来到老龙头面前："爸，你来干啥？"老龙头瞪她一眼，把地图放到专家手里："我来干啥？地图是我从自己家挖出来的，鉴不鉴宝、献不献宝我说了算。"龙大章尴尬地站在台上，专家们争相传看着那张地图，台上台下又搅成一锅粥。

大胡子问老龙头："龙先生，假如这张图是假的，你打算怎么办？"老龙头跺了下脚："当众烧了它！"大胡子鉴宝人又问："假如这张图是真的，你自己给它估个价。"老龙头试探着说："三十万？不，五万？"大胡子鉴宝人问："假如它值三十万，你准备卖了它？"老龙头坚定地说："卖。"大胡子鉴宝人问："假如它值一百万，你卖吗？"老龙头说："那我得想想。"大胡子鉴宝人又问："假如它值一千万，你卖吗？"老龙头眼睛瞪得溜圆："一千万……我哪有那命享受啊！"大胡子鉴宝人站起来说："据我们初步鉴定，它可能是失传的《辽域地志》的一半儿，它的价值至少五亿以上，你想怎么处理这张图？"

老龙头两眼发直，白眼一翻，晕了过去。

龙大章和龙小晴赶紧上前扶住父亲，大章妈也跑上台，几个人掐人中的掐人中，蜷腿的蜷腿，忙得不可开交……

台下，张半仙、敖拉倚、赵连起等人都睁大了眼睛向台上望着。这张图的价值，把老龙头打晕了，把台下的张半仙和台上的敖拉倚打得兴奋起来，他们睁大了眼睛向鉴宝台上望着，把它看成金山银山……

6

龙城人口虽然不多，可密度比上海还大。

敖拉倚坐在书房里，拿放大镜仔细对比着那张鹿皮地图和那张打印图，看着看着，她把那张鹿皮地图扔出很远……刘尔贵把地图放在桌子上，用放大镜仔细地看着，看着看着，地图前出现了山一样的宝藏，他的脸笑得扭曲起来……张半仙坐在电脑前，翻阅昨天从博物馆照回的照片，在他的眼前晃动的是老龙头挖出的那个装着地图的匣子。

天气晴朗起来，城市的雾气一扫而空，城外的阳光格外明丽。龙大章、龙小晴坐着老龙头的毛驴车颠簸在龙山的山道上。

龙小晴说："爸，你昨晚可吓死我了。"老龙头说："小晴，我那是装的。"龙大章问："为什么要装呢？"老龙头说："为了下台。我没想到那张地图那么值钱，我一时想不好是留、是捐。"龙小晴说："爸，没想到你还会演戏。你现在想明白了吗？"大章妈插话说："你爸经过一宿的思想斗争，终于想明白了，那么值钱的东西我们是无福享受的，只有献给国家了。"龙大章欣喜地说："爸，你终于想通了？"

老龙头叹口气："唉，我也不甘心呢。假如那张图只值十万二十万的，我一定不献的。你妈我俩已经快老了，也得攒个棺材本儿。但是，我要给你们争口气，我老龙头虽然没钱，也不能眼里只有钱。"龙小晴赞赏道："爸，你是不鸣则已，一鸣惊人啊。不过，国家也不会白要你的东西的，会有回报的。"龙大章说："爸，我和小晴得谢谢你，关键时刻，你还是深明大义的父亲。"

二人你一言我一语，竟赞得老龙头不好意思起来。

一辆红色小车鸣着笛追了上来，车窗里露出姜美祺那微笑的脸："龙大爷，我找你半天了，有关那张《辽域地志》，我想采访你。"

老龙头扭过脸去说："你……你个骗子！"姜美祺说："大爷，我和大章、小晴是关系最好的同学，他让我帮忙，我能不帮吗？"老龙头瞪了龙大章一眼，突然操起鞭子就去打龙大章，龙大章一个鹞子翻身跳下车去。老龙头要去追，被大章妈一把拉住说："也是讲情义的姑娘，算了吧。"老龙头余怒未消："算了？也行。我已经决定将那张价值连城的地图献给国家了，你们不是就要这个效果吗？不用采访我了。"

姜美祺笑着说："那就更得采访你了，说明你老人家是明事理的人。"老龙头听不得好话，一时竟不好意思起来："姑娘，要采你就采大章和小晴吧，都是他们把我逼的。"

龙大章在车后说："美祺，还是要多强调我爸的高风亮节。小晴，你和美祺唠唠，我送爸妈回河西。"

龙小晴上了姜美祺的车，她们边唠边回到了契丹王府博物。一进大门，龙小晴发现郝子强和于海平站在门口，像斗架的公鸡。龙小晴扭头问："美祺，上我那儿坐会儿？"姜美祺说："小晴，不了，没看那两个人等你等得要打起来了吗？我已经采访完了，你二选一，选好了早点成家，这么拖着不是个事儿。"

龙小晴没有吱声，下了车，审视着眼前这两个追她的男人，往事快速浮现在眼前……

上学路上，龙小晴和郝子强在龙山的风景中穿梭……郝子强看着K线……郝子强打着麻将……郝子强犯了毒瘾……郝子强离家出走……

烧烤摊儿上，于海平认真地问："在你一生中，我会是你的什么人？四选一：一是爱人，二是情人，三是红颜知己，四是朋友……"

想到这儿，龙小晴没有理郝子强，径直向于海平走去。郝子强迟疑地看着他们俩，像是斗败的公鸡，默默地向大门外走去。

于海平面带微笑，春风得意："小晴，我终于是四选一中的一项，不再是路人甲了。"龙小晴说："于律师，你找我啥事儿？"于海平笑眯眯地打开车门儿："小晴，上车吧，咱们车上说。"龙小晴上车说："搞得这么神秘。"

车子驶出大门，在郝子强面前打了个弯儿开走了。郝子强目送着他们远去，一脸惆怅、一阵叹息，心内的阴影与周围高大建筑垂下的阴影重合着。

　　车里放着音乐《我的未来不是梦》，在一个住宅小区停了下来。下了车，于海平拉着龙小晴向楼上走去。在五楼东户，于海平停了下来，从包里拿出一串钥匙，递给龙小晴。

　　龙小晴疑惑地接过钥匙："是我家的钥匙吗？"于海平点了点头："芝麻，开门吧。"龙小晴打开了门，眼前一亮，一百多平方米的房子，屋内已经装修好了。她高兴得跳起来："这样的装修我喜欢！"于海平看看龙小晴："只要合你的意就好，我们里边看看。"

　　他们向室内走去，在赞叹之余，龙小晴突然僵住了："不对啊！我当时买的房子没这么大，而且是毛坯房，没有装修啊，怎么精装修了呢？"于海平笑道："我给你换成大的了，你再买些生活用品就能住了。"龙小晴惊愕地说："我明白了，你上次跟我要装修图，就为这个？"

　　于海平自豪地说："是，我想给你一个惊喜。"龙小晴放下钥匙说："你……给我惊喜？太突然了吧？"于海平说："不突然，我们也算是有缘。"龙小晴说："于律师，我听说人的相遇分几种，我们现在也就是草木之遇，离浪花之遇、金玉之遇、珍珠之遇、钻石之遇相差很远，这个惊喜有些太大太突然啊！"此话一出，于海平竟半天无语。

　　龙小晴走向阳台，她失落地向外望去，窗外是龙城繁华的街区。龙小晴问："于律师，这个有我那个两倍多吧？我可付不了那么多房款。"于海平来到龙小晴身后："小晴，你家不是出土了价值连城的《辽域地志》吗，这点房款还不像毡子掉根毛。"龙小晴说："那图不是我家的，是国家的，我爹妈已经决定捐献了。"于海平听得发了半天愣："啊？噢！看我这觉悟……没什么，钱的事儿我可以帮你。"龙小晴盯着于海平问："你帮我？有什么条件吗？"于海平盯着龙小晴说："小晴，你知道，我是多么爱你，爱，还讲条件吗？"

　　龙小晴说："对不起，于大律，我还是想要我那个小的。"于海平不解地看着龙小晴："你……会后悔的，现在房子噌噌地涨价，人来到这个世上，谁不想住得宽敞些啊？"龙小晴说："于律师，我们下去吧，如果我接受了你的大房子，屋子是宽敞了，可是我的心会窒息。我等那个小房等了一年，割舍不了。"

说完，她快步地下楼了。于海平看着她，又看了看放在茶几上的那串钥匙，他把钥匙拿起来向墙上照着自己的一面镜子狠狠地扔去，哗啦一声，镜子瞬间破碎了……

于海平正望着破碎的镜子出神儿，这时响起了敲门声。于海平起身开门，发现孟显姿站在门外。

孟显姿问："你是于律师吧？我同学龙小晴叫我来见你。"于海平颇感意外："见我？何事？"孟显姿不高兴了："怎么，不是你定的吗？定的是今天这个点相亲啊。刚才小晴打电话叫我上楼来和你见个面，我相亲怎么尽遇上这些不三不四的人呢？"

于海平阴着脸说："说谁不三不四呢？看来，你这亲没少相啊！"

孟显姿说："去年相亲遇见个不三不四的赵公子，今年……"于海平两手一摆："打住，是龙小晴让你和我相亲的？"孟显姿说："是啊，说好的嘛。我说当律师的口臭牙硬的，不太感兴趣。她就一再说，没办法，我就来了。"

于海平冷冷地说："这还委屈你了？"孟显姿说："将就着吧。我妈说了，也老大不小的了，咋也不能剩在家里头，破烂找个呗……唉，你这好好的镜子怎么打碎了，不收拾起来是要伤人的。"说着，拿起笤帚扫着玻璃碴儿。于海平说："倒是不外道。"

刚才小晴下楼时，才想起孟显姿就住在这个小区。前几天，她说过给孟显姿介绍于律师的，她认为他俩应该有一样的价值观，所以就灵机一动，让孟显姿和于海平见了个面，她不知这两个红尘中人会擦出怎样的火花。

第三十五章　纠葛如麻，宝图失窃

1

龙小晴从小区出来，去找吴寄瑶。她想要回自己的小房子，吴寄瑶却非拉着她陪自己去逛商场，说房子的事儿根本就不是个事儿，房子还好好地在那儿，放心地去装修便是。

二人走在电梯上，龙小晴说："你说于律师可真是个有心人，偷着复制了我的设计图，不动声色地就把房子装修了。"吴寄瑶笑道："他这是醉翁之意不在酒，你得小心他不动声色地把你拿下。"龙小晴说："寄瑶，实事求是地说，你说于海平这个人怎么样啊？"吴寄瑶问："怎么，你真动心了？你那黑马怎么办？"

她们到了床上用品专柜前，龙小晴调皮地说："嗯，我是十冬腊月的萝卜，动心了。"吴寄瑶一边摆弄床罩一边说："我要是说实话……将来你俩成了，我就成坏人了。"龙小晴说："必须说实话。"吴寄瑶说："我想，床上用品应该选用品质好的优等货，包括男人。那于律师，咋说呢？比地摊儿货是强多了。"龙小晴说："你这么一说，我明白了，我也不用给你们撮合了。"

吴寄瑶愣了一下，笑了："闹了半天，你是在研究我呢？看三国，掉眼泪，替古人担忧。就我吴寄瑶，要是盯上谁，那谁也逃不了，用不着媒婆。我想你是在向外推。"

龙小晴说："逗你玩呢，你没戏了，我已经把他推荐给我同学孟显姿了，现在估计他俩正谈着呢。不早了，快选吧，叫上美祺，吃烧烤去。"

龙城海盗船歌舞烧烤广场，姜美祺、龙小晴和吴寄瑶聚在一起，旁边放着大包小包的床上用品。

姜美祺看着她们买的东西问："寄瑶，买这么多东西，打算再往前走那么一小步啊？"吴寄瑶说："走什么呀？第一次投娘胎，投了个山区碾盘沟穷家。原指望第二次投胎，没想到又投了个浑蛋人家。哪能和你比啊！嫁个高富帅，我现在是认命了。"龙小晴喝了口汤说："哎，我听人说，女人嫁给谁都会后悔的，是不是真的？"

吴寄瑶擦擦嘴说："估计是吧，这得问问美祺，反正我发现，男人娶了谁都是三天新鲜。所以，女人一定要经得起谎言，受得起敷衍，忍得住欺骗，忘得了诺言，用笑来烘干掉下的泪，用心承受一切苦难。"

龙小晴放下筷子说："你这一说我都不敢结婚了。"吴寄瑶把筷子给她拿起来："别呀，你和我情况不一样，你那黑马，除了穷点儿，人还靠得住……不像钱胖子之流……"

这时，龙小晴的电话响了，她迟疑地接起了电话："子强，以后不要给我打电话了，跟你的股票和麻将过去吧……你知错了……让我怎么相信你呢？"她挂了电话，望着墙壁发呆。吴寄瑶问："咋了？冷战呢？两人一到冷战的时候就快完了。美祺，你说呢？"

对于二人谈的恋爱、婚姻等话题，美祺心中早已五味杂陈，寄瑶这一问又戳到了她的痛处，她没有吱声，默默地喝了口汤。

龙小晴看了看沉默的美祺，又看了看表说："我得走了，明天一早我要代表我爸把《辽域地志》捐给博物馆，有关藏宝图的介绍还没写呢。"吴寄瑶说："那宝图还真捐啊？不能理解。"龙小晴说："真捐。"吴寄瑶说："这就叫守着金饭碗要怕吃。"龙小晴笑了笑，向外走去。她一走，姜美祺又没什么情绪，饭局也就结束了。

姜美祺回到家里，时钟指向晚九点。赵直帆破天荒地做了饭菜，端坐指在餐桌旁边，桌子上放着碗筷。姜美祺看了看赵直帆，没有理他，走进书房。

赵直帆拎着一个大勺子，笑呵呵地跟过来说："媳妇，今天我亲自下的厨，结婚两个多月了，你还没吃过我做的菜呢吧？我可是等你三个小时了。"

姜美祺把包一扔，冷冷地说："不吃，我一看你就饱了。"赵直帆嬉皮笑脸地说："怎么，我秀色可餐啊？"姜美祺往沙发上一坐："懒得理你。"

赵直帆嬉皮笑脸地说："媳妇，还生气呢？你和我这样人生啥气啊？我老爸厉害不，他都拿我没办法。"说完，他耍起勺子，夸张地唱起了关汉卿的散曲《一枝花·不伏老》："我是个蒸不烂、煮不熟、捶不匾、炒不爆、响珰珰一粒铜豌豆……我玩的是梁园月，饮的是东京酒，赏的是洛阳花，攀的是章台柳……则除是阎王亲自唤，神鬼自来勾，三魂归地府，七魄丧冥幽。天哪，那其间才不向烟花路儿上走！"

姜美祺看着赵直帆的丑态，扑哧一下笑了。

2

张半仙站在豪华住所的阳台上，拿着望远镜向博物馆方向扫描着，他发现契丹博物馆今天格外亮堂。

金疤痢匆匆进来，神秘地说："大哥，听说公安要放了刘尔贵呢，看来和武玉鹏去龙山寺的不是刘尔贵。为什么武玉鹏死在公主墓附近……还是没闹明白。"

张半仙斜了他一眼："他是奔龙山宝藏去的。这个愚蠢的家伙，偷了咱们的半副鸡血麻神，又去偷老姜保存的那半副，想得手后一走了之，另立门户，没想到在龙山寺没有得手。他听到了龙山宝藏的传说，就私自去寻宝，却错误地把防空洞当成通向公主墓的地道，到清朝墓里去找什么契丹宝藏，无知害死人啊！"

金疤痢低声下气地问："大哥，你说龙山宝藏的传说是真的吗？"张半仙站起来，背着手踱步："疤痢，在没见到那半张图之前，我也一直半信半疑。没想到啊，我日思夜想的《辽域地志》竟然在一个农民手里。"金疤痢说：

"听说他已经捐献给博物馆了，明天交接。"

张半仙停住脚步："明智之举啊，他没有那么大的财命，《辽域地志》应该是我们的。"金疤瘌说："图在契丹博物馆，馆里加强了安保，我们想取来太难了。"张半仙问："我让你盯的人呢？"金疤瘌说："姜美祺和白小艺好像也被龙大章盯上了。至于龙小晴，图已不在她手上。"张半仙低沉地说："龙大章不是盯上，是保护。看来，我们得起用新人了。"

金疤瘌说："猴子正在为武玉鹏讨公道呢，刘尔贵却难为我们所用。"

张半仙说："先从猴子那儿下手吧，刘尔贵另有用途。"

金疤瘌来到宏运建筑公司门外，发现时猴子领着几个村民堵住宏运建筑公司的大门，许进不许出，拉出"讨回武玉鹏死亡赔偿金"的大横幅。

吴寄瑶从办公室里走出来，站在台阶上安抚道："乡亲们，钱总现在实在拿不出钱来，请大家放心，他正在跑项目，已经十拿九稳，项目一下来，请大家相信我……"

时猴子站了出来嚷道："相信你？吴大妹子，能给个准话吗？武玉鹏死了，等着发丧呢。不管怎么说，他死前是你公司的工人，老钱不能不管。"

吴寄瑶瞥了一眼时猴子："我正要找你算账呢，那个萧太后汤碗是不是你卖给老钱的？"时猴子一副赖皮相："是我又怎样？一个愿买，一个愿卖。"吴寄瑶说："你要这么说，武玉鹏的事儿我们也不管，要钱没有，要命一条。"

时猴子跳着脚喊："现在房价暴涨，你说老钱没钱？天天打麻将咋有钱呢？要是今天不兑现一部分，我们就不回去了。再不给钱，我们就把武玉鹏抬来，让他和老钱要……"

一阵喇叭声打断了时猴子的叫嚣，于海平开着车拉着钱如意进院了。二人下车后一前一后站在了台阶上，钱如意一摆手："真是越来越不像话了，武玉鹏是盗墓死的，不是工伤。再说了，他快两年多没在我公司上班了，要什么死亡赔偿金？我已经报警了，你们谁闹事儿抓谁！"

时猴子也不示弱："你可真是心比屁股还大，说那歪股六没用，不给钱，不回家，就堵门。"

一群人跟着起哄："堵门！""堵门！"鸡蛋、烂菜帮子就一起招呼在钱如意和于海平脸上。

金疤痢幸灾乐祸地在人群后看着热闹，发现鲁运领着两个便衣向这边走来，便向时猴子使眼色。这时，又有两名民警提着警棍走过来，时猴子一溜烟儿地跑了，那伙人一看群龙无首，也一哄而散。

龙大章正在看现场录像，朱丽雅拿一叠资料进来说："龙队，这是公主坟的死者武玉鹏的资料。近几年，和武玉鹏来往的人很少。刚才，发现时猴子领着武玉鹏的一个叔伯哥在宏运公司聚众要死亡赔偿金，他大概是想从中分点好处。"龙大章说："我想，问题不是这么简单，时猴子这样做是更想做实武玉鹏是钱如意的人，想分散我们的注意力。说说武玉鹏的情况吧。"

朱丽雅说："武玉鹏，整容后更名为张鹏，现年四十三岁，龙城市第四建筑公司架子工。龙城市第四建筑公司改制后成为现在的宏运建筑公司，也就是钱如意的公司，武玉鹏没有买断过工龄，也没有辞职，理论上讲还算是宏运公司的工人。这个人好赌，家无至亲。"

龙大章问："可有其他线索？"朱丽雅说："死者住处发现几枚扣子样的东西。"说着，把装扣子的塑料袋递了上来。龙大章戴上手套，小心地把扣子拿出来看着，眼前浮现出诸多场景，姜长庚在凝视着那枚扣子……姜美祺和白小艺各有一枚来历不明的扣子……

想到这儿，龙大章把扣子放在灯光下照，扣子由清晰到模糊，再到一个亮点儿。他问："那几个组还有什么线索吗？"朱丽雅说："没什么有价值的线索。在我们搜查之前，似乎有人动过什么。"龙大章若有所思地说："看来，龙城有一股或几股势力在和我们PK。"

朱丽雅问："龙队，刘尔贵的嫌疑解除了？"龙大章说："没有，我们虽然把他放了，可他的嫌疑不能解除。"朱丽雅一听，满眼狐疑。

龙大章没有解释什么，他回想起刘老师家那泥迹斑斑的铁锹、刘老师那无奈的眼神儿，便难受起来。他拿起那张旧地图复印件看了起来，难道这真是

《辽域地志》的复印件？

3

流光溢彩的晚上，龙城的夜晚依然很热闹，街心公园到处是休闲乘凉的人们。

此时的敖拉倚却静若止水般待在书房里，静静地读着姜美祺发表在晚报上的《神秘的公主墓盗洞》。看着看着，她把那张报纸扔在桌子上，打开诗集，拿出那半张鹿皮地图和打印的地图，铺在桌子上仔细对比着，脑海中闪出几个场景……

大胡子鉴宝人说："据我们初步鉴定，它可能是失传的《辽域地志》的一半儿，它的价值至少五亿以上，价值连城……"敖拉维国躺在病床上，声音微弱地说："小倚……你光拿回鸡血麻神还不够……还要找到两个半张图……才能找到藏宝的位置。"敖拉倚问："爸，那两张图在哪儿？"敖拉维国说："半张夹在一本叫《木叶山》的古籍中……后来被红卫兵头头收去了……于伟绩应该知道它的去处……"敖拉倚问："另半张呢？"敖拉维国说："据先人说，那半张被耶律家保管着……"

敖拉倚又看了看鹿皮地图，拿起电话："金老板，我们说的事儿得抓紧了……我想，有半张古地图，初步鉴定为《辽域地志》……你一定会感兴趣的……我们到街心公园谈。"

金疤瘌接完电话，兴冲冲地向大桥下的张半仙走来："大哥，真是想啥来啥。那个买主又在催促咱们交货了，还许诺有半张古地图，是《辽域地志》，没准儿正是你要找的那半张图呢。"

张半仙两眼放出一道光："她说她手里有《辽域地志》？"金疤瘌说："电话里是这么说的。"张半仙说："那种图真假难辨，先去探探虚实，答应她，但不要交货。武玉鹏拿了什么藏宝图去挖公主墓，老龙头拿出了半张《辽域地志》……现在，一下子冒出这么多《辽域地志》，你说我信谁呢？"

金疤瘌说："统统收来，找人一看不就明白了吗？"张半仙说："现在是个多事之秋，公安打黑除恶，钱如意和李明鑫强强联合，我们的'东北新干线'日渐艰难。我还是要亲自去趟博物馆，不能让人家骗了。"

金疤瘌机械地点了点头，二人向龙城博物馆走去。

二人来到契丹博物馆，发现一群干部、学者在赵连起的陪同下正在参观。

龙小晴讲解道："各位领导、专家，我们现在看到的是绘在羊皮上的《辽域地志》。"人群里传来议论声，一干部问赵连起："听说贵市有鸡血麻神呢。"一学者接茬问："是啊，怎么不介绍一下呢？"龙小晴就像没听见一样，结结巴巴地继续讲解："这张地图……距今已有近千年的历史，虽饱受侵蚀……略有残缺，却还能看清上面的契丹文字和图绘……"

在那群干部、学者身后，跟着于伟绩、陈立言、张半仙、敖拉倚、金疤瘌、时猴子、刘尔贵等人，他们的眼睛都盯着那张羊皮地图，各自想着心事。

张半仙和金疤瘌回到那处豪华住所，坐在电脑前，认真地看着录像。金疤瘌讨好地说："大哥，龙城博物馆管理得很严，我用这针孔摄像机录这半张《辽域地志》的时候，险些被发现。"张半仙说："把录像给我们的人看看，别弄错了。"

金疤瘌说："大哥，那宝图放得那么严密，我们要认真安排一下。只是，这关键部位都进行了遮掩……就是不遮掩，上面的文字我一个也不认识。"张半仙说："上面是契丹文字。据说，全国能认识它的超不过五个人，有两个在龙城，一个是龙城晚报社的陈立言，另一个是博物馆的于伟绩。"金疤瘌问："大哥，是不是你也能看明白？"

张半仙说："我只能看个大概。不过，从这张图上看，我们的目标在龙山煤矿附近。"金疤瘌说："龙山煤矿？大哥，你还不知道吧，咱们和钱胖子置换后，钱胖子发现上了当，又低价转包给了李明鑫。"张半仙说："这一点我早知道了。据我所知，龙山煤矿已成了干井筒子。"

金疤瘌说："那就怪了，李秃子仍在大量地采煤。"张半仙说："他们不是采煤，他们是在偷煤，偷国有龙城煤矿的煤。疤瘌，以吴寄瑶的名义，写一封检举信，邮到中国煤炭管理局、省安监局和市公安局，那就会是一个大案，用不了几天，相关人员就得进去。再过些日子，再以吴寄瑶的名义举报李明鑫在风景区开化工厂，造成龙城几百万人饮用被污染的水源。"金疤痢不解地问："为什么不以钱如意的名义？"

张半仙平淡地说："给他们自己留个想象空间。"金疤痢似有所悟："我明白了，这是'引火计划'的续集。"张半仙点了点头："我们不仅要坏了他们，还要把公安的视线引开，做我们的事情。用不了多久，龙山煤矿还得回到我们的手中。"

金疤痢竖起了大拇指，张半仙又在金疤痢耳边小声地嘀咕着什么。

被放出的刘尔贵又成了方格棋牌室的常客。可是，他的牌运愈发不佳，现在，见着楼上养的鸟就想起刚才单钓么鸡；看见吴寄瑶的胸部，就想起那把牌独坎二饼；看见路口的红黄绿灯，就想起那次干砸三饼自摸豪七的情景……

神情恍惚的刘尔贵看了一眼频频得手的时猴子，把他从棋牌室里拉出来散心。二人从方格棋牌室出来，向一个胡同走时，时猴子摸摸刚赢来的钱，憋不住内心的得意，唱将起来："我得意地笑，又得意地笑，笑看红尘人不老。我得意地笑，又得意地笑，求得一生乐逍遥……"

刘尔贵不耐烦地说："号什么丧？黑夜里唱歌是要把鬼招来的。"正说着，黑暗中，像一个黑熊挡在了胡同口。

时猴子吃了一惊："金老板？"金疤痢笑道："猴子，这回赢不少吧？"时猴子拿出两张："有几百吧，孝敬金爷两百？"金疤痢往回一推说："小富即安啊！我不要你的钱。"时猴子吐了口烟："金哥，凭我这手艺……输不了。"

金疤痢轻蔑地说："猴子，一会儿，我要让你见识什么是真正的高手。"他转脸向一脸菜色的刘尔贵说："二棍，现在是'爹死娘嫁人，个人顾个人'，你好像很失落啊！"

刘尔贵没有吱声，金疤痢低沉地说："二位，你们拜我这个大哥有些时日了吧？当时头可是都磕出血了，我可不是让你在棋牌室那地方表演雕虫小技的，我们该干大活计了，二位，请吧！"

这时，旮旯里闪出黑老三来，一拍刘尔贵的肩膀，二人向更黑暗的地方走去。

时猴子此时已吓得直哆嗦："金哥，你说的活儿我怕是干不了吧。"金疤癞说："不，是你的专业。"时猴子说："我已经洗手不干了。"

金疤癞拿出刀子在时猴子脖子上比画了一下，向博物馆方向一指，附在时猴子耳朵上嘀咕着什么，时猴子仓皇地点着头……

那处豪华住所里，昏暗的灯光下，张半仙正在看一张平面图。听见金疤癞进屋，他便问道："怎么样？"金疤癞说："'河西二害'均能为我们所用，他们对博物馆的地上、地下图及监控的位置都熟悉，只是想不出进出的好法子。"

张半仙站起来踱着步："我们要攻克的是两道难关，一是智能锁，二是摄像头。博物馆用的锁是电插锁，也就是根据消防的需要断电开门的电锁。锁的核心是断电，摄像头的核心也是断电，我们还得从电上做文章。"

金疤癞说："里面还有指纹锁和其他类型的锁。"张半仙说："这就需要专业人才了。"金疤癞说："那个三只手神偷也安排好了。"张半仙不屑地说："他那两下子，只能打外围。我们的'两头蛇'第二步万事俱备，只欠东风了，钱胖子和李秃子就是我们的东风……"

4

明媚的阳光照在龙山煤矿山坡上，龙大章、朱丽雅和鲁运在初秋的骄阳下仍然满脸是汗。他们向山下的煤矿望着，煤矿里煤炭堆积如山，几辆铲车正在装车。

朱丽雅悄悄地说："偷煤？看不出像是偷煤。"龙大章说："自然看不见，他们是在地下八百米深处偷煤。"鲁运说："少有的盗窃方式。"

龙大章说："二位，我们三人只有分头行动了。丽雅，你去煤炭管理部门和龙城煤矿，把龙山煤矿和龙城煤矿的地下开采资料拿来，并请求他们派员提供技术支持。鲁师兄，你带人晚上拦截运煤车辆，连人带车，一个也不能跑掉。我带人深入矿井，找到他们盗采的通道和设施。"

朱丽雅说："大章，井下危险，我和你到井下吧？"龙大章说："不行，服从命令！"

夜色笼罩着龙山煤矿，这里的一切像往常一样安宁。矸子山顶的一盏孤灯像天上的毛愣星，眨着惨白的眼睛，俯视着这里的一切。

龙大章带领一批穿着工作服、戴着安全帽的警员，在安监人员和龙城煤矿技术人员的引导下来到了龙山煤矿。矿井守门人是两个彪形大汉，二人双手一拦："什么人？要干什么？"龙大章说："我们是你们裤裆矿长请来增援的工人。"守门人疑惑地说："没听说请人啊，我要打个电话问下，你们不能进去！"守门人说着就要打电话，龙大章一把抢过电话，亮出警察证："我们要下井去检查，请你配合。"他转身对李明乔说："把他们带回去做笔录。我们进！"两个守门人被带走了，众人进到了井里。

在矿区的砂石路上，鲁运带人早已潜伏在路边。两头卡死后，几辆拉煤的车，在两辆警车一前一后的押送下在砂石路上颠簸着。鲁运用扩音器喊道："后面的车紧紧跟上，不准掉队，不准超前车！"

这一夜，刑警大队热闹起来，在其他警种的配合下，警灯闪烁，警车成排，一大批警员押着身着矿工服的人进入刑警大队。

龙大章对朱丽雅说："安排人员对所有人进行登记，对班长以上人员暂时扣留；对普通矿工，问完话后安排车辆送他们回家，然后我们分头讯问。"

"说吧，偷了几次了。"讯问室里，鲁运和一名警员正在讯问司机。司机说："我们就是开车拉货的，别人雇我们干啥我们干啥。"鲁运说："他叫你干啥你干啥，他叫你抢银行你也去呀？你说说你们胆子也太大了，光天化日之下就敢组团儿偷煤。你们要是生长在抗日战争时期多好啊，就是偷，也把日本鬼子偷跑了。到那个时候，你们该没那个能耐了。"

另一讯问室内，又一名穿矿工衣服的人被带到讯问室，龙大章直视着他："你是带班副矿长？"副矿长吊儿郎当地说："算是吧，个体企业，也就一句话的事儿。"朱丽雅说："态度放好点儿！他们几个都说了，轮到你了。"副矿长嘟囔道："没什么好说的，井下黑咕隆咚的，我们采过界了，都是我的责任。"朱丽雅严厉地说："你的责任？你能承担盗采国家煤炭资源的责任吗？"

此话一出，副矿长身子抖了一下，坐直了身子，额头上的汗也出来了。朱丽雅说："你不要硬撑了，把你知道的都说出来。"副矿长结结巴巴地说："我已经说过了……是我迷糊了……我认错。"

这时，龙大章电话响了，他走出讯问室接了电话："直帆啊……你说那盗采煤炭的事儿？误采？你可别逗了……几万吨的煤能误采？老同学，不是不给你面子，这个案子不小，很多人都交代了，就差一个副矿长，你就别说情了。"

朱丽雅对那个低着头的副矿长说："你非得让我们把证据都摆在你面前才肯交代吗？那你可就没有机会了。"此时，副矿长头已耷拉到裤裆里："我认了，是大裤裆让我们采的，别的我就不知道了。"

龙大章回到办公室喊："鲁运，赶快带人去拿外号叫大裤裆的人。"

平原公司的李明鑫正如热锅上的蚂蚁，他一会儿操起电话一会儿放下电话，边绕圈儿边骂几个下属："你说你们几个，都干什么吃的？做什么事儿不知道吗？大摇大摆，你以为公安局是你们家开的啊？"

一下属委屈地说："都是大裤裆叫我们干的。"李明鑫眼珠一转说："公安一会儿就得来人，是大裤裆叫你们干的，明白吗？"下属答："明白。"李明鑫厉声道："明白吗？"下属们齐喊："明白。"李明鑫一摆手："滚出去！"下属们灰溜溜地出去了。

李明鑫从抽屉里拿出一张电话卡，放在手机上打电话："裤裆兄弟，你的愚蠢总是富有创造力，翻船了……拿上卖煤的盘缠跑路吧！"未等对方回话，他把那个手机卡抠出来，折了一下，恶狠狠地扔到了楼下荒草里。他像没头的苍蝇一样来回走着："这盘棋，谁抄了我的后路呢？"

5

昏暗的灯光下，张半仙和金疤瘌正在下围棋。一子落定，金疤瘌佩服不已："大哥就是大哥，福无双至今日至啊。大哥的法子就是好使，李秃子摊事儿了，大裤裆跑了。"

张半仙头也不回，慢条斯理地说："炒股，打麻将，杀围棋，抢滩市场，有一点是共同的，那就是搏傻，老百姓也叫人家偷驴你拔桩。李秃子从我们过去的发家史上学会了大偷不算偷，可是他只学了个皮毛，以为掌握了真谛。这回，他还得把他的人送监狱几个去，跟我斗……哼！"

金疤瘌一边收棋子一边问："大哥为什么那么恨李秃子？"张半仙意味深长地说："我恨的是背叛者。李明鑫在十几岁的时候投奔凤城的王彪，正赶上王彪集团遭到打击，他就偷了王彪装在一个明代青花瓶里的财宝，跑回了龙城。王彪一死，便没有人再知道他的底细。"说着，他盯着金疤瘌问："你说，对这种背信弃义、落井下石之人是不是得置之死地而后快啊。"金疤瘌一愣："大哥，让人办了他？"

张半仙一摆手："不，现在风声正紧，先放他一马吧。我们的一个中心不能变——和平地发展。博物馆那儿，我们的人都到位了吗？"金疤瘌说："大哥，都到位了。"张半仙说："这次成功了，再找回鸡血麻神，龙山的一半就是我们的。"

金疤瘌说："我明白了。大哥，这次成功了，再骗来那个买主的半张《辽域地志》，我们就能找到契丹宝藏。"张半仙叮嘱道："图要得，货不交，密切掌控我们的工作进程。"他把围棋一划拉："我得亲自出场了。但是，大裤裆不能落在公安手里。"

抓捕大裤裆等人的工作还在紧锣密鼓地进行。龙城大街上，一辆越野车正在悄悄地向平原公司开来。龙大章坐在副驾驶位上，向平原公司院里盯着。这时，他的手机响了："丽雅……什么……我马上去现场。"他按了电话，对司机李明乔说："快，去龙山煤矿，那里发生了爆炸案。"鲁运说："这个夜晚真不平静啊！"

李明乔启动车，掉头向龙山方向驶去……

谁知，不平静的夜幕刚刚拉开，盗采案、爆炸案只是"两头蛇"的前奏曲，当警力都投入整个龙山时，宁静祥和的龙城夜幕下的罪恶正在悄悄地上演。

6

当整个龙城在后半夜沉睡时，灯火辉煌的龙城博物馆一带的灯突然全部熄灭了，整个街道笼罩在黑暗之中。博物馆值班室里的四个保安马上乱了起来，很快点亮了蜡烛，拿起了手电筒出去巡逻。

这时，一个黑影出现在一号展厅的门前，一个女人在开着门锁。在一号展厅的树荫下，一个人在向这边窥视。

一个保安喊："快，去个人看看为什么停电，其他人跟我巡视展厅！"杂沓的脚步声、乱晃的手电光，吓得要开锁的那个女人急忙逃跑，树荫里的那个黑影也向墙边跑去。一个保安喊："有贼啊！抓贼啊！"另一保安向着黑影追去，随即也大喊："那边还有一个，快，分头捉拿！"

四个保安分成两伙，向两个黑影追去。一个黑影在院子内和两个保安捉起了迷藏，终于被那两个保安发现。他蹿上了墙，一个保安拽住了他的脚，那黑影脚一蹬，保安手里抓住了一只鞋子，那黑影跳墙而去。

那个女人也蹿上墙，一个胖保安追了上去，那女人从墙上翻了过去，胖保安没追上。那女人向胖保安扮了一个鬼脸，瘦保安猛地蹿上墙去，那女人却向对面树丛跑去。胖保安大喊："追！"几个保安绕过院墙向外追去……

院内静下来，一个人影敏捷地闪到了一号展厅门前，他用几根钢丝，轻松地打开了两把明锁、一把暗锁，进了展厅。他蹑手蹑脚地来到《辽域地志》展柜前，仔细地研究着上面的电子锁，用一个电子开锁器具试了几下，锁开了。他慢慢地取出了那半张地图，揣在怀里，向外面溜去。

大门口，四只手电光乱晃着，四名保安嚷嚷着。一个保安说："赶紧去找电工啊。"另一个保安说："快给于馆长打电话吧。"先前那个保安说："找去了，快报警吧。"另一个保安说："报不报警得于馆长来了再决定。"

在几个保安委顿不决的时候，那个黑影消失了。

于伟绩接到电话，赶紧穿上睡衣，声音有些沙哑："我这就到，你们保护好现场！先不要报警！"他放下电话，擦着脑门子上的汗，像风一样向外跑去。

警车的探灯照在龙城博物馆的琉璃瓦和门上，龙大章、朱丽雅等警察和保安们站在一号展厅前。龙小晴和两名工作人员向一号展厅走去，他们打开电子锁，又打开明锁和暗锁，进了展厅，龙小晴惊疑地发现《辽域地志》的展柜空空如也。

警察们迅速拉起了警戒线，所有勘查工具一字排开。朱丽雅拍照，鲁运记录。龙大章边检查边说："案发地，龙城博物馆一号展厅。案发时间，凌晨一点半。作案手法，制造大面积停电，掩护作案人入场，让监控不能开启，然后技术开锁，所有电子锁、机械锁均未受到损坏。嫌疑人在同伙的掩护下作案，之后从围墙跳出，初步判定作案人员为三人以上……"

朱丽雅问："龙山煤矿爆炸案是否与此案有牵连？"龙大章说："现在还不能下结论。马上进行详细勘查和外围走访，对案发前的各路视频进行提取，不放过一点线索……"

刑警大队案情分析会在紧张地连夜进行，这时东方已出现了鱼肚白，一层薄雾笼罩着天际。

朱丽雅率先发言："我们查看了博物馆的摄像视频，因停电无案发时影像，其他时间未发现异常现象。又查看了周围摄像资料，有一个女人出现在画面中，过来时间和离开时间相差六十五分钟。此间，还有一个流浪人员从此经过……"

鲁运补充说："经勘验，博物馆的所有电源线完好，发动机备用电源线被剪断，昨晚博物馆一带大面积停电原因未明。现场未留下指纹及其他有价值证据，只有保安撸下的一只鞋子。"他拿起鞋子，闻了闻，直皱眉头："或有足迹，已被工作人员足迹覆盖……"李明乔继续补充："外围调查没发现有价值线索……"

龙大章说："从我们目前掌握的情况看，该案系有预谋的盗窃案。作案人员通过停电制造混乱，由两名嫌疑人故意暴露引开保安，主犯上场作案。"鲁运插话道："馆里保安说，是两个人。"龙大章说："保安中了调虎离山之计，我们也中了调虎离山之计，嫌疑人通过龙山煤矿盗采案和假爆炸引开了警力视线，达到了盗窃目的。这几个人，从犯罪的熟练程度及未留下任何有价值的线索看，是一个经验丰富、技术高超的惯偷，熟悉博物馆安防布局。这就要对龙城这类人员进行重点排查，比如像时猴子、刘尔贵之流。"

朱丽雅说："录像中出现的是个女人啊。"龙大章说："在没有目标的情况下，要加强外围排查，除对案发当晚的视频资料进行认真分析外，还要对近期展厅参观人员进行比对分析，因为犯罪嫌疑人会提前踩点儿。对昨晚经过现场的那个女人，不一定是女人，要重点排查。"

朱丽雅说："从走路姿态上看是女人。"龙大章说："越是像，越有可能是假的。还有那个流浪汉，都要找到，进行重点排查。下面，我把专案组人员及分工宣布一下……"

案情分析会结束后，天已经亮了，龙城的雾却重起来。龙大章伸了下懒腰，打了个哈欠，向龙城大桥走去。

7

那处豪华住所里，昨夜的灯光格外明亮，以致天已大明，屋里的人竟忘了熄灯。

张半仙拿着放大镜在那半张图上扫来扫去，金疤瘌的目光随着张半仙的目光在游移："大哥，怎么样？"张半仙摇了摇头："看不明白。"

金疤瘌心想，大哥越是说看不明白，可能早已看明白了，便试探地问："大哥，连你都看不明白，谁能看明白啊？"

张半仙明白金疤瘌的心思，便诚恳地说："在龙城，或许有三个人能看明白，一是契丹博物馆的于伟绩，另一个是报社的陈立言，再有一个就是敖拉倚了。"

金疤瘌说："我们去找他们其中一个不就得了吗？犯不上费这么大的劲。"

张半仙乜斜了一下眼睛："偷人家东西，让人家辨真伪。偷人家东西，还要人家帮咱们，真正一奇葩思路。那陈立言一向耿直，他看见这张图必然会问来历。敖拉倚自恃为契丹传人、契丹宝藏的合法继承人，见了宝藏还不得和我们拼命？至于于伟绩嘛，这个人一向胆小怕事，你的思路倒可以考虑。"

金疤瘌问："偌大个龙城再没有人认识契丹文了吗？"张半仙说："能看懂的是敖拉倚的父亲，可是他已经去世了，怎么也不能上那边去找他吧？"

两个坏人得到了宝图，却像得到一本天书一样干着急，殊不知，这张宝图一样牵扯着另外两个人的心。

敖拉倚和衣躺在沙发上，她不知何时已进入梦乡……她拿着两个半张的《辽域地志》在龙山上走啊走，来到一座大山前，她把两个半张地图一对，就见山上祥光环绕。在再生洞前，拿出鸡血麻神中的八张牌，插进门锁里，顿时，山门大开，五光十色。敖拉倚的父母手牵着手从再生洞里走出来，向她招手。她想跑上前去，却怎么也到不了父母身边……

一阵警笛惊醒了敖拉倚的梦，她起身向窗外望去，只见一辆警车驶过。她走到楼下的小祠堂，父母画像下，油灯闪闪，香火正盛。她跪在先人画像前，双手合十："列祖列宗，敖拉倚虽为女流，终不负先人之望，所托之事已见头绪，请赐我个好梦吧……"

这一夜，于伟绩做的是噩梦。他连内裤都没顾上穿就跑到了龙城博物馆，清理完现场，接受完调查，天已大亮。于伟绩的火气比初秋的太阳还要盛，他火冒三丈地进了保安室，像一头暴怒的狮子："你说你们几个，木头脑袋。真是的，我把老龙头辞了，用你们，原以为万无一失呢，没想到你们四头猪还不如一个老龙头……"

于伟绩正骂着，龙小晴进来说："于馆长，敖拉教授找你。"于伟绩眼睛一瞪："她找我干什么？"龙小晴小声道："说是'破四旧'，馆里收了她家一箱子旧书，她要讨回去。"

真是添乱，于伟绩气得火气上升，他努力往下压着，眼睛一转，往事浮现在脑海里……

一九六七年，契丹王府，一群戴着红卫兵袖标的学生将敖拉维国夫妇和十岁的敖拉倚赶出了家门。几个学生把一个清代大花瓶摔得粉碎，又拿出一箱子古籍往火里扔。少年时的于伟绩把一本《木叶山》抢了过来："不许烧，我要拿回去当手纸……"

想到这儿，于伟绩愣了一下，他不知当时的举动对不对。正想着，龙小晴催促道："于馆长，敖拉教授在会议室等着呢。"于伟绩眼睛又是一瞪："你告诉她，她说的古籍早让红卫兵烧毁了。真是的，越忙越添乱，不见！"

一夜出了几个案子，伏龙区刑警大队已经忙成一锅粥。龙大章揉了揉像兔子一样红的眼睛，仔细地观看着昨晚上博物馆周围的视频，朱丽雅端着饭盒进来他也没看见。

朱丽雅心疼地说："大章，快吃点东西，从昨晚到现在还滴水未进呢，天天这么废寝忘食也不是办法。"

龙大章打开饭盒，感激地看了朱丽雅一眼，随手拿起筷子夹起一个调料皮就塞进了嘴里。朱丽雅忍不住笑了："看你心不在焉的样子，真让人紧张。唉，要不我给你唱首歌听吧。"龙大章说："好啊，还没听你唱过歌呢。"

朱丽雅羞涩地站在窗前，清了清嗓子，试了试手势，边走边唱："跟我走吧，天亮就出发，梦已经醒来，心不会害怕。有一个地方，那是快乐老家，它近在心灵，却远在天涯。我所有的一切都只为找到它，哪怕付出忧伤代价……唉，我实在唱不上去了。"

龙大章专心致志地看着，突然，他放下饭盒说："清晨歌声，鬼神动容啊。丽雅，再走两步。"朱丽雅又做着动作两了几步，不解而羞涩地问："走……走什么？"龙大章盯着朱丽雅看了半天，直到朱丽雅低下了头，他才说："我明白了，半夜出现在博物馆那个女人不是什么女人。"

朱丽雅不解地问："怎么不是女人？"龙大章指着电脑屏说："你看，这个人走路姿势，从肩来看，女人少有这么宽的肩；从身体柔软度来看，这个人虽在故意扭胯，可是难掩吊儿郎当的样子……"朱丽雅说："你这么一说，我也看出来了，这胸部……不平衡……随着衣服动……假的。"

她说得自己都不好意思起来，龙大章感动地说："丽雅，真的很感谢你，一直这么和我并肩战斗。"朱丽雅转过身去："那又有什么用。木头人……"龙大章说："可别这么说，我们永远是最好的战友。"朱丽雅失望转回身，大声说："我不想当你什么破战友！"

龙大章愣愣地看着朱丽雅，朱丽雅和他对视了半天，一头扑到了龙大章怀里，外面仿佛响起了《爱一个人好难》："你说你还是喜欢孤单，其实你怕被我看穿，你怕属于我们的船，飘飘荡荡靠不了岸……"

晨雾已悄悄散去，龙城沐浴在一片阳光里。朱丽雅希望时光就这么静止下来，让她多体会一下幸福。然而，走廊里响起了鲁运的皮鞋声，这个家伙总在不合时宜的时间、地点出现。

龙大章轻轻地推开朱丽雅，直到窗前，打开窗户，龙城契丹博物馆便隐约在他的眼前，那是他心头的一块病……

第三十六章　按图索骥，积案成疑

1

龙城博物馆广场上，优美的音乐喷泉伴着休闲的人们起舞。这是契丹博物馆一周年庆之后新增的项目，每周六周日表演音乐喷泉秀，用赵连起的话说，叫为契丹文化增彩助力。

龙小晴今天值班放音乐，她无心欣赏这一浪漫时光，她坐在椅子上为《辽域地志》丢失的事儿而难过。龙大章走过来喊了半天，她才反应过来："哥，你是找我吗？"

龙大章说："是的，你可知道于馆长是否见过《辽域地志》的另一半？"龙小晴想了想说："今天早晨敖拉倚到馆里，吵着于馆长要《辽域地志》，说那图是她家祖传的，'破四旧'时让于馆长拿走了，可于馆长说早让红卫兵烧了。以前于馆长和我说过《辽域地志》，好像说夹在一本叫《木叶山》的书里……"

说到这儿，想起刚才于伟绩提醒她："敖拉倚说的《辽域地志》的事儿，以后不要提了，它只是个传说。"龙小晴说："不对吧，为什么那么多人对它上心？专家可说我爸献的藏宝图是真的。于馆长，你丢了图，是不是怕担责任啊？"于伟绩不高兴地站起来说："小晴，小丫头片子！你忘了，是我把你要

809

到博物馆来的，教训起我来了。这一年，你还嫌这里出的事儿少啊？丢了《辽域地志》，又有人和我要另一半儿图，想要我的老命啊？"

想到这里，她沉思道："一张图出土后藏在馆里，被人盗走；另一张图夹在一本叫《木叶山》的古籍里不见了。"龙大章说："按照传说，只有把两个图都弄到手里，才能找到宝藏，而最有可能同时得到这两张图的是什么人呢？"龙小晴问："你怀疑于馆长？"龙大章说："最起码于馆长知道的应该多一些，可他为什么不说实情呢？"龙小晴说："我想他是怕被追责吧。"龙大章问："古籍馆过去谁管？"龙小晴说："刘尔贵呀。"

龙大章带着复杂的心情回到了单调而宁静的公安宿舍，一路上想着刘尔贵。

朱丽雅正坐在沙发上有一搭没一搭地和鲁运聊着天，看见龙大章回来，赶紧迎了上来："大章，怎么一脸愁容、满脸倦态？"龙大章说："鸡血麻神被盗案、龙山寺被挖案尚未破，又出了《辽域地志》被盗案，市局接到多名群众来信，说我们大案破不了、小案又不破，赵副市长感到压力巨大，又催问结果。"

鲁运抱怨道："我们这没白天没黑夜地干，结果是上下都不满意。"龙大章说："市局要求我们一个月内破案，否则，周副支队长就受命于危难之中回来。"

朱丽雅不满道："对这种有预谋的犯罪，不是说破就能破的。"龙大章说："别发牢骚了，排查重点人员，争取早日破案。"朱丽雅问："哪些重点人员？"

龙大章说："一个是于伟绩，从作案条件上最充分，他在案发后阻止报案，还隐瞒了一些真相；另一个人是刘尔贵，龙山寺案他有很大的嫌疑，但要明松暗紧；还有一个时猴子，龙城第一开锁能手，具备盗窃《辽域地志》的能力。"

与公安的紧张相比，方格棋牌室却很休闲。

见麻将桌又是满员，吴寄瑶笑容可掬地给客人们倒着茶水。郝子强正摸牌，发现时猴子和刘尔贵进来了，便打招呼："二位哥哥，你们可来了。"时猴子没理郝子强，眼睛瞟向吴寄瑶："大妹子，那晚查赌把你带走，可把我吓傻了，我正托人呢，你出来了。"

吴寄瑶撇了下嘴："尿壶镶金边儿，就是嘴好，看你那熊样，一见警察，屎都出来了，赶紧说自己是修麻将机的！你咋不说我是修麻将机的，你是这的主人呢？想英雄救美吧，英没了，就剩下熊了。"

刘尔贵也凑过来："可不是嘛，吴大妹子，可不要找他这样的男人，要找就找我这样的。"吴寄瑶把抹布往水池里一扔，眼一瞪："你那样的？纯尿壶。你这进去出来的，挺光荣呗？"刘尔贵晃荡着脑袋说："抓我？咋抓的老子咋把老子送回来，少一根汗毛让他赔个腰。"

郝子强顺势说："那是，刘哥是有毒的不吃、犯法的不做。"时猴子撇下嘴："谁也别装清纯，面上的事儿，谁能说得清呢。"刘尔贵反击道："别拿你的为人想我们。"时猴子说："人有时是身不由己，那叫闭门不出屋，祸从天上来。我听说因为盗采煤炭的事儿，李明鑫怀疑是老钱在背后搞他，发狠要搞钱如意的人呢，吴妹子，你得小心点儿。"

吴寄瑶一边给时猴子使眼色一边说："我小心什么，有赵公子呢，他们的误会早化解了。"

正在旁边包间打麻将的李明鑫今天点子正背，连点十炮，又听见时猴子等人在外神侃海哨，心中烦躁，把麻将一扬，呼地站了起来，指着于海平的鼻子骂道："就你这臭手，在你上家你乱碰，在你下家你盯牌。就你那破三万，在那摆五圈儿了，你想攥出尿来还是想攥成白板啊？你还专挑我的牌和，抓大头呢？整事儿呢？找死啊？"

于海平吓得说："那……那我也不是故意的，那不是赶上了吗……"

没等于海平说完，一个勾拳和一个窝心脚过来，于海平就倒在了地上。李明鑫扬起了拳头："别以为你这狗头军师出的谋我不知道，再磨叽，我撸死你！"说着那拳头就过来了，于海平躲过了一拳，却没防李明鑫的一脚，那大号皮鞋踏在于海平胸上。李明鑫边踏边骂："拉个炮撑的，不认识你李爷啊，你李爷我打会儿麻将，你看你这个唠叨，这个盗墓的埋死了吧，那个偷煤的吓出尿了吧。这通说，你是天下知啊？谁能保证晚上脱下的鞋明天还能穿上？"

实在看不过眼儿，赵直帆大喝一声："秃子，抬起你的蹄子！"李明鑫收起脚坐回椅子上。赵直帆说："你们之间的误会不是都说过去了吗？怎么还揪住不放呢？大裤裆他们做事不机密，跟钱如意、于海平无关，你没进监狱就得回去烧炷高香了，在这儿撒什么泼？"

李明鑫气呼呼地走出包间，吓得时猴子就地钻到了桌子底下，但仍没躲过李明鑫的一脚。

于海平从地上爬起来，颤抖地说："赵科，你说他以前不这样啊！"赵直帆说："公安抓了他的人，正不顺呢，他怀疑老钱捣的鬼，你们也是，打铁烤煳卵子——不看火色，他是带着气来的。"说完，也走了出去。

外面几个人像鸭子吃筷子一样直了脖，不知该怎样下嘴评论。吴寄瑶打破了短暂的沉默："我说各位，别咸吃萝卜淡操心了，我们继续圆上？"郝子强看了一眼桌子底下的时猴子说："寄瑶，三缺一啊。"刘尔贵说："寄瑶不是人啊？"吴寄瑶说："闭上狗嘴。"

此时，时猴子摸了摸被踢肿的屁股，已无心恋战。几个人凑不齐麻将局儿，吴寄瑶随手摸起一张牌用手捻着。刘尔贵道："妹子，不会摸牌想摸牌，除白板外，啥也摸不出来吧？"吴寄瑶瞪了刘尔贵一眼："我愿意，有钱难买愿意。你说我一见你怎么就恶心呢？"时猴子看了一眼吴寄瑶，又忘了那一脚的力度，凑过来说："大妹子，别那么不识好人啊，二棍可是对你不错，来捧场子的。你说你天天陪着客人打麻将，赚点茶水钱又输出去了，你以为你是阿庆嫂啊？"

吴寄瑶把嘴一撇："你若捧我场子，就跟我学段阿庆嫂，活跃一下气氛？"说完，她站起身扭了两步唱道："来的都是客，全凭嘴一张……"

刘尔贵顺手摘下吴寄瑶的绿纱巾裹在时猴子头上，又拿过挂在墙上的花外套往时猴子身上一套，把他往前一推："接着唱！"

在众人的起哄声中，时猴子扭捏作态，边走边唱："相逢开口笑，过后不思量……"

刘尔贵跟在他的后边学，引得众麻友停下打牌叫好，并用手机录像，一身便衣的李明乔便是这麻友中的一员。

时猴子边走台步边得意地说："兄弟姐妹们，这些都是雕虫小技，男人要做就做点大的。"郝子强说："谁不想做大的啊，可得有门路。"时猴子拍拍郝子强的肩膀说："跟哥混，有你好吃的好喝的好玩的。"

2

晨光透过窗帘的缝隙照在敖拉倚的梳妆台上，她换了几身衣服，仍不满意，最终换上了一件鲜艳的时装，戴上了姜长庚给她的那个老式手镯。回头望时，她看见白小艺在被窝里拿着那个心形挂件在摆弄，便问："小艺，为什么这么喜欢这个挂件？"白小艺说："敖拉姨，你猜。"敖拉倚说："因为它很珍贵。"

白小艺羞涩地说："错！错！错！因为他代表大章哥的一颗心。"敖拉倚惊讶地说："那你就莫！莫！莫！"白小艺问："敖拉姨，为什么？"敖拉倚说："孩子，找一个爱你的人结婚，要不，累……"说完，换上运动服，向外走。白小艺问："敖拉姨，你又要早练去吗？"敖拉倚回头说："是，小艺，你再睡会儿。"白小艺翻了个身，看了看挂件迅速穿衣起身，跟了出去。

敖拉倚来到龙城街心公园，加入了团体操阵营，金疤痢也加入进来，在敖拉倚身边拙劣地扭着。舞曲终了，金疤痢和敖拉倚并肩向树丛走去。敖拉倚沉着脸问："金总，鸡血麻神的事办得怎么样了？"金疤痢低声说："没问题。"敖拉倚说："据我所知，问题太大了，那宝贝根本就不在你们手上。"

金疤痢一惊："你知道它的下落？"敖拉倚说："别跟我套词了，我要的是一点麻烦不惹的真鸡血麻神，对于有些人的犯罪行为我不但不参与，也不会支持！自然，我也不会去揭露。"金疤痢说："放心吧，我们也是合法买来的。不过，咱们话可得说到前头，货到付款，钱不能少。近日，有朋友给联系了个日本友人，价钱比你出得可高多了。"

敖拉倚惊问："他们不会见利忘义吧？"金疤痢说："他们是商人，你说呢？"敖拉倚说："价钱照旧，藏宝图归他们，只求早日交货。"金疤痢说：

"这或许还有商量。"

树荫下，白小艺悄悄地向敖拉倚望着，她要看一看，她的敖拉姨不和她姜爸结婚，到底有多少感情秘密。

人一旦进入感情的纠葛中，就会有莫名的烦恼到来，诸如赵直帆和姜美祺。

这一早，姜美祺从床上爬起来，到厨房做早点。在橱柜的角落里，她发现了一个古代花瓶。她拿出花瓶，发现里面有一个纸袋，打开纸袋，里面是成捆的人民币。她到另一个房间看了看睡得烂泥一样的赵直帆，推了推他："我想问你个事儿，你昨晚回来太晚了，没顾上。"

赵直帆半闭着眼，懒在床上："问吧。"姜美祺问："谁给你送的花瓶和钱？"赵直帆睁开眼嘟囔："没人送呀。这刚刚好了一天，心又着不了了？"

姜美祺严肃地说："嗯，我是心着不了了，着不了你这睁着眼睛说瞎话的样子。换一句话问，那个瓶子和钱哪儿来的？"赵直帆脸红涨着说："我们互不干涉内政可是没到期呢。"姜美祺说："直帆，你知道，受贿是犯罪的。我们虽然只是名义上的夫妻，可我不想眼睁睁看着你进监狱！"

赵直帆翻身坐了起来说："可别大清早的惹人烦了，高调谁不会唱啊。凭你我的工资，能买上房、养起车吗？吃饱了撑的……"说完，倒在床蒙头假睡。姜美祺激动地说："直帆，我只想过正常人的平静生活，没有贪污受贿的人不也一样生活得很好吗？起来！我要和你爹妈说说去。"赵直帆不耐烦地说："少见多怪！"他又蒙头睡去。

姜美祺痛苦地看着他，从厨房拎了半桶凉水浇在了他头上。

赵直帆是被姜美祺揪着耳朵拎到赵连起家的。二人坐在沙发上生闷气，赵连起和赵夫人急得来回走动。赵夫人看了姜美祺一眼："美祺，你们一大早就吵，就为这点事儿？"赵连起瞪了赵夫人一眼，语重心长地说："直帆，美祺说得有道理。你爸我为官这么多年，从来没想过要去贪污受贿或是做买卖，你年纪轻轻的，值吗？"赵直帆嘟囔道："老爸，我真没有贪污受贿，我那是做生意赚的……"

赵连起站起来说："直帆，你的事儿别以为我不知道。我劝你不要和什么钱如意、李明鑫这样的人走得太近了。贪污受贿的人是没算过账来，党和人民给得够多的了，好好的多为几年官，什么能少啊？你见过有穷得吃不上穿不上的科长吗？"

赵直帆也不示弱，也站起来说："老爸，你就听她危言耸听吧，我什么都不沾，我当这个官干什么呢？"

姜美祺不再说什么，气呼呼地拿起包走了。赵夫人望着姜美祺的背影说："这孩子，也够眼不揉沙的。"

一段冲突，在赵夫人的包庇下不了了之，赵直帆依旧偷偷批了化工厂，使李明鑫逍遥法外，自己白得了几十万元。

3

龙大章看完案卷和李明乔录回的外围录像，在一块题板上写下"鸡血麻神案、龙山寺盗挖案、公主墓盗坑案、龙山煤矿盗采案和《辽域地志》被盗案"，对着题板沉思起来。

朱丽雅和鲁运悄悄地站在他身后，龙大章问："你们觉得这几个案子之间有关联吗？"朱丽雅说："龙山寺盗挖案和公主墓盗坑案之间似有关联。"鲁运说："这里最没有关联的是龙山煤矿盗采案。"

龙大章说："我感觉这几个案子之间有些关联。我有一个大胆的猜想，盗挖龙山寺是为了鸡血麻神，龙山煤矿盗采案和假爆炸是为了掩护盗窃《辽域地志》。我们要马上攻克龙山煤矿盗采案，然后集中兵力拿下其他案子。"

朱丽雅说："大裤裆已不知去向，估计是畏罪潜逃了。"鲁运说："李明鑫说龙山煤矿是独立法人，他根本不知道大裤裆做的事儿。他的说法和他下属的说法一样，我也不信李明鑫不知道这事儿。"龙大章说："这叫有组织、有预谋地犯罪，比我们想象的要难对付得多。我们要外松内紧，秘密立案，放了无关紧要人员，让李明鑫和大裤裆松懈下来，再和他们算总账。"

李明乔拿一文件进来说："龙队，市局让把平原集团偷煤案移交给卧龙区公安局。"龙大章问："为什么？"李明乔说："说是主要犯罪地归卧龙区管辖，还说为了减轻我们的办案压力。"朱丽雅不满地说："这是坐山摘桃。"龙大章沉思道："不是摘桃那么简单，照办吧，全力侦破宝图被盗案。"

此时，龙大章觉得，一定是李明鑫从市局找了人。找了谁呢？龙大章想到了赵直帆……这时，他的电话响了，便去一边接听电话："美祺……你找我……好。"

龙大章犹豫地来到曼丽酒吧，因为，他曾许诺不再进入这个酒吧。但是，他不知道姜美祺找他何事。同时，他想到自己有保护姜美祺的义务，便迈进了这个让他甜蜜和痛苦的大门。

酒吧里播着萨克斯曲《雨一直下》。姜美祺坐在角落里，一杯咖啡已经凉透。龙大章慢吞吞地进了门，向姜美祺走过来问道："怎么闷闷不乐的呢？"姜美祺重重地放下茶杯："看你来气。"龙大章问："为啥？"姜美祺幽怨地诘问："你出去八个月，就不知道给我打个电话？"

龙大章说："我每天都想给你打电话。可是，我们打入涉黑集团，是在狼窝里混饭吃，有铁的纪律，稍有不慎，自己性命难保不说，还会连累亲人，你理解吗？"

姜美祺叹口气："唉，现在理解了又有什么用呢？过去我特别恨你，恨你这个无情无义的东西。"她喝了一口酒接着说："你在大西南就别回来了，回来也行，为什么偏等我举行婚礼回来？"龙大章望着窗外："说这个，都晚了。"姜美祺转过脸来，盯着大章："大章，我们做不成夫妻，还是同学、朋友吧？"龙大章说："那自然。"姜美祺欲言又止："大章，直帆……"

龙大章淡淡地说："美祺，直帆的事儿我不便说什么，我这个代刑警大队长正需要你这个同学加朋友的帮助呢。"姜美祺问："我能帮你什么？"龙大章说："一个困扰着我们两代人的案子，我们总在接近犯罪嫌疑人的时候，又离他远去了。犯罪嫌疑人在做一盘很大的棋，你爸爸或许掌握了重要的证据，可是……"

姜美祺一听这个就激动："我爸掌握了证据不交，包庇了犯罪嫌疑人？"

龙大章示意她坐下，说："可不能冲动啊，现在还不能这么说。美祺，我想请你帮个忙，让你爸帮帮我。"姜美祺低沉地坐下嘟囔："说来说去还是一个意思，你在怀疑他。"

龙大章说："你又冲动……"姜美祺又站起来喊："不是我冲动，我爸是啥样的人，我比你了解他，他出生入死三十年，从不接受任何钱物……不和你说了，说了你也不信。"望了望一对情侣诧异的目光，龙大章小声说："美祺，你知道，你和小艺收到的奇怪扣子，绝不能小视，是有人在给你爸施压，向警察宣战。那个扣子是一个叫'东北新干线'黑社会组织的会标，你爸爸的死对头。当他们的目的不能实现时，什么事都做得出来。"姜美祺吃了一惊："这么严重？"龙大章点了点头："喝吧，咖啡凉了。"

姜美祺找龙大章是想说直帆的事儿，却被龙大章说案子的事挡了过去。龙大章总算说服了姜美祺。二人从酒吧里走出来，向那辆小红车走去。姜美祺正要启动车，这时，朱丽雅跑过来挥手："且慢！"姜美祺不解地看着朱丽雅，满腹狐疑。

朱丽雅来到车后，拿出一个带有红绿指示灯闪烁的东西。龙大章一惊："炸弹！快，躲远点。"朱丽雅把那东西放在地上说："你们分头警戒！我来引爆它。"

龙大章把朱丽雅推出老远："别争了，我学过这行，我命令你们退后一百米拦住车辆行人！"

朱丽雅和姜美祺分别向街道两边跑去，截住了行人和车辆。龙大章小心翼翼地拿起那个东西，上面的数字15、14、13……闪烁着。龙大章慢慢地打开机壳，剪断了一根细线，那数字停留在3上。

龙大章招手道："危险解除了，你们过来吧。"朱丽雅和姜美祺从两边跑了过来，皆露出关切热烈的目光。龙大章不看她们，问："丽雅，你怎么发现的？"朱丽雅撅着嘴说："你不是让我保护姜大美人吗，我发现了这个爆炸物临爆前的指示灯光。"姜美祺心里惴惴地问："大章，这个炸弹威力大吗？"龙大章说："不大，可是足以把你这辆车炸翻，你得小心了。"

姜美祺被炸翻的消息并没有如期传来，张半仙站在阳台上向万家灯火的龙城凝视着，对他来说，所有的坏消息都是好消息。

金疤瘌匆匆上楼而来，低头向前。张半仙阴沉地问："办砸了？"金疤瘌低着头回答："我们的人已成功地在姜美祺车上放了炸弹，可是被朱丽雅发现了，炸弹被龙大章解除。大哥，我们要是把姜美祺炸死了，老姜就更不交货了。"

张半仙阴阴地说："疤瘌，对待姜长庚，我们不能只停留在吓唬的程度，得给他来点真的了。"金疤瘌试探地问："绑了白小艺？"张半仙咬着牙根说："我告诉过你，谁要是伤了白小艺一根毫毛，我要他的命。还要在姜美祺身上做文章，叫你办的事儿怎么样了？"

金疤瘌低眉顺眼地说："雇老龙头看房子的事老三已办妥，就等钱胖子往前冲了。只是这老姜，我还真没想出太好的办法……"

张半仙深沉地望着窗外："老姜那儿还是我亲自来吧。"

4

钱如意斜靠在宏运公司老板椅上，李明鑫承包的煤矿盗采事发后，他表面同情，暗自高兴，他往后仰了仰对于海平说："李秃子让人家算计了，却在怀疑我们，你说他有没有脑子啊？不过，对我们来说并不是坏事，他和金疤瘌这一狼一虎，一直对我的地产市场像饿皮虱子一样盯着。这回，就像王八被戳了屁股，自身难保了，也就松口了。"

恭立在旁边的于海平赶紧附和道："那是，钱总英明。"

钱如意挺直了身子："趁势而上，迅速低价拿下新开的小区。对了，八号地那家钉子户就一点办法没有吗？"于海平说："托熟人、多给钱、走法律程序……啥法都使了，就是不动。他还找了两个人日夜看着，这钉子砸得牢。"

坐在一边的吴寄山插话说："政府都拿他没办法，我们能怎么着。"钱如意不满地站起来说："你们这是问我呢？那我还用你们干啥？"他一拍桌子："还是那句话，今晚拿下，明天开工，有招想招，没招去死！"

于海平向前一步小声说："也不是一点办法没有。"钱如意说："那倒是办去啊！"于海平贴着钱如意的耳朵说了一番，吴寄山疑惑地看着他俩……

夜色笼罩了八号地某待拆迁居民区，墙体上大大的"拆"字依稀可见。"拆"字用红笔圈了起来，红圈儿的旁边有两个黑衣人手持铁棍在来回地巡逻着。

黑老三领着老龙头走过来，对两个黑衣人说："从今晚开始不用你们了。"他又对老龙头说："大爷，就这处房子，一天不被拆给你一百，两天不被拆三百，三天不被拆五百，这工钱，可以了吧？"

老龙头一脸惊喜："可以，我就是拼上老命，也要守十天。"黑老三说："可话又说回来，要是一天也守不住，你得倒赔我两百。"说完，向两个黑衣人一摆手："我们走。"老龙头望了望远去的三人，又望了望天上的星星，向屋内走去。

夜渐深，吴寄山在黑暗中闪了出来，他看了看屋内昏暗的灯光，一挥手，一辆没有牌照的面包车开过来。车上下来三个人，全都戴着黑色面罩，几个人快速地端开了这家住户的门。一会儿，他们把里边的老龙头绑了出来。老龙头只穿着短裤，眼睛被蒙上，嘴被胶带粘着，被抬到了车上，车子向龙山寺方向开去。

一辆钩机轰轰隆隆地开了过来，三处房子瞬间倒地，一团白烟直冲云天……

面包车在漆黑的山路上向龙山方向的山道驶去，在去龙山寺一个偏僻的乡间公路停了下来，三个人把老龙头抬下车，扔在了路边，面包车掉头扬长而去。老龙头绝望地望着远去的面包车和黑郁郁的群山，一脸失望……

从曼丽酒吧惊魂而归的姜美祺回到家里，可屋里静悄悄的，没有一丝光亮。她走进赵直帆的卧室，看了看床，赵直帆的被子叠得整整齐齐，没有任何动过的痕迹。姜美祺叹了口气，回到自己的卧室，坐在床上，一系列的镜头在她脑海中一闪而过……

八年前，龙山上，龙大章为救她摔得不省人事……赵直帆在麻将桌旁狂笑着，大把大把地收着钱……龙大章说："算计你们的，可能就是'东北新干线'，那个扣子是他们的会标……"龙大章说："美祺，我想请你帮个忙，让你爸都帮我……"

她心很乱、头很大，看了看手机上的时间，拨通了赵直帆的电话，对方却按了拒接键。她想，直帆可能还在为早晨的事儿生气吧，便惆怅地向楼下走去。

此时的赵直帆正在市规划局汤局长家里，他看了看手机来电，按了边键。

汤局长坐在沙发上，拿着一个瓷瓶欣赏着。赵直帆来到身后，眼光随着汤局长的眼神游移着。汤局长像是自语："明代青花，官窑出的，花了不少钱吧？"赵直帆笑了笑："汤叔，你可真会开玩笑。"汤局长问："不是吗？"

赵直帆轻描淡写地说："就这玩意儿，我从旧货市场上淘来的，根本不值啥钱，要放我那儿，算是白瞎了。汤叔，你喜欢工艺品，就归你，放着玩儿。"汤局长说："直帆，我是看着你长大的，这么贵重的东西让我玩儿？"赵直帆拿起瓶子做要摔状："汤叔不收，就摔了吧，也不值啥钱。"

汤局长像是不在意直帆要摔了瓶子一样，嘴里念叨："不值啥钱，不值啥钱？不值啥钱就摔了吧。"赵直帆说："汤叔，你是故意的。"汤局长拍拍赵直帆的肩，严肃地说："年轻人，不要试图和我来这个，哪来的交哪去。我可告诉你，这东西价值不菲，比我这房子还珍贵。"

赵直帆的电话又响了，他不耐烦地接起电话："美祺……你要见爸爸……这晚？好，你到汤局家小区门口接上我。"说完，他正好找到了退身步，放下瓷瓶向外疾走。

汤局长望着他的背影，想说什么，早已不见了人影。他小心地把瓷瓶包了起来，摇了摇头，深沉地向楼下望去……

龙山的山道上，姜美祺驾驶着红色小车在疾驰着，车内没有人说话，显得很沉闷。赵直帆认为，姜美祺一定是有急事，或是疯了。

黑暗中，老龙头只穿着裤头摇摇晃晃地出现在山道旁，向姜美祺的车挥着手。姜美祺一惊："什么人呢？"赵直帆没好气地说："管他什么人呢，这荒郊野外、黑灯瞎火的，不能理睬。"

姜美祺一脚刹车，车子停了下来。赵直帆从车窗探出头来喊道："闪开，没长眼睛啊？"老龙头哆哆嗦嗦地说："快……快……帮我报个警，我被绑架了！"姜美祺说："大爷，快上车。直帆，赶紧报警！"

龙城大桥上，龙大章和朱丽雅望着龙城的夜色，想着各自的心事。

朱丽雅问："大章，我记得保护姜美祺是你给我分配的任务，怎么亲自上阵了？"龙大章说："我找她是有别的事情。"朱丽雅喃喃地说："你还是忘不了她，可是她已经嫁为他人妇了！"

龙大章说："这我知道。可是，往事能轻易忘记吗？"朱丽雅问："往事？你们有那么刻骨铭心的往事？"龙大章向龙山望着："八年前，我和姜美祺、赵直帆还有龙小晴、郝子强都是要好的同学，高考前的一次野游，我为了救姜美祺负了伤……"

回忆把龙大章的思绪拉回到八年前。在龙城市第一医院，赵直帆、姜美祺和医护人员快速地把龙大章推进手术室，姜美祺等五名同学在外焦急地等待。半小时后，医生告诉他们："轻度脑出血，需住院治疗，无法参加高考。"姜美祺哭道："都怨我，都怨我……"赵直帆说："英雄救美，为什么不是我呢？"龙大章笑了笑："直帆，将来把英雄救美这事儿交给你吧。"赵直帆顽皮地说："成本太高，伤不起啊。美祺，已经这样了，就让他陪着我吧，反正今年我也考不上。"姜美祺说："不，我陪着。我就是能考上我也不考……"郝子强说："还有我也陪着吧……"

龙大章感慨道："回想起来，那时天真无邪的情谊永远也忘不了。一想到这一点，我就更加感觉保护她和她的家人是我的责任。"朱丽雅喃喃地说："这就是初恋的味道吧……"龙大章说："假如我不是一名刑警，假如没有鸡血麻神案，假如我没有去卧底，我早已和心上人一起漫步海滩了。"

朱丽雅转过身说："你的心情我能理解，就像我们在大西南出生入死一样，终生难忘。"龙大章说："我现在能理解师傅了，干我们这一行的……"

这时，他的手机响了，他接起电话惊问："绑架？好……我们马上就到。"

龙大章和朱丽雅赶到伏龙区公安刑警大队办公室时，鲁运正盯着于海平问话："你说刚才的绑架和你们无关，为什么选在晚上拆迁呢？"于海平平静地说："我们拆迁是合法的，因为我们有正当的手续，白天还是晚上拆，得根据我们的时间来。我们哪知道今夜是龙大爷……知道是他，给他们个豹子胆也不敢啊！"

鲁运一拍桌子："别用糊弄日本鬼子那一套来蒙我，你说的话，可能连标点你自己都不相信。你等着，我们可是要当刑事案件立案侦查了。"于海平显然没有被吓住："鲁警官，据我所知，发生在我们拆迁地的案件应该归卧龙区管辖。"鲁运气得指着于海平吼道："你们把龙大爷扔的地界可在我伏龙区，别试图跟法律开玩笑！"

于海平傲慢地笑了笑："我没开玩笑，我是在认真地配合你们调查。鲁警官，要是没别的事儿，我可就告辞了。"说完，要向外走。

朱丽雅挡在他面前："于大律，就这么走了？"于海平轻浮地问："不这么走，还有夜餐啊？"朱丽雅笑了笑："管饭！"她向李明乔一招手："把这位知法犯法的狂徒铐起来！"

李明乔的铐子很熟练地搭在于海平的手腕上，咔的一声，两只手便连在了一起。于海平嘴里嚷嚷："我要去市局告你，告龙大章！"

朱丽雅轻蔑地看了于海平一眼，扯起龙大章向外走去。

5

龙山寺的夜晚很静，能清晰地听到秋虫的合鸣。在这和谐的氛围中，姜长庚和张半仙的围棋却杀得难解难分。

张半仙端起一杯茶，指着另一杯茶说："姜弟，茶我已经为你泡好了，为什么不喝呢？"姜长庚说："不敢喝啊。"张半仙一惊："为什么？"姜长庚盯了张半仙一会儿："本来就睡不好，一喝茶就更睡不好了。"张半仙如释重负地下了一白子。

姜长庚指着棋盘："张兄，没到收官的时候呢，你忙着抢那些闲地儿干啥？"张半仙接了一白子："我这是巩固阵地、步步为营。"姜长庚打入一黑子："我抄你的后路。"张半仙大飞一白子："你抢了我的边角，我就像张灵甫一样给你来个中心开花。"姜长庚抬眼看看张半仙："你那本家哥张灵甫，国民党王牌七十四师师长，中心还没等开花，就让共产党来了个瓮中捉鳖，走了马谡那条道。"

张半仙冷笑道："姜弟，你这格局太小了。"姜长庚平静地说："有些人倒是胃口大，可是消化系统不行呀。"张半仙看了看棋盘："这一局可能和了。"姜长庚看了看对方："咱俩之间没有和局，只有你输或是我赢。"张半仙冷笑着，审视着姜长庚的眼睛……突然，他把棋一划拉，棋子就成了一锅粥："我说和局就是和局，不成和局我搅局……哈哈哈……我要下山去。"

张半仙一边冷笑，一边向门外走去。望着张半仙的背影，姜长庚端起那杯茶来到洗手间，他把水倒掉，留些茶叶用塑料袋装了起来。他倚在床上拿起一本书，望了望张半仙的空床，若有所思。这时，他的电话响了："噢……美祺……你想见我？有事？没事？白小艺呢……也好……就想见我……这晚了，明天不行吗？你心里着不了了……那你就来吧……"电话传来忙音，姜长庚放下电话正思索着，姜美祺已经到了门外。

姜美祺是急性子人，到后支开赵直帆，就把龙大章的话重复了一遍。姜长庚听后，惊讶地问："美祺，半夜三更的，你来找我，就是和我说这个的？"姜美祺说："是啊，爸爸，我觉得龙大章不是那种随意乱猜疑的人。如果真是那样，爸爸你要早日回头，我不想爸爸有什么意外……"

姜长庚深沉地说："美祺，爸爸有爸爸的难处，我只要你和小艺平安幸福地生活，至于我……我做事会有分寸的。"姜美祺说："爸爸，你和我说实话，那枚奇怪的扣子代表什么，为什么它一出现，我们家就会发生一些不好的事儿？你真的破不了鸡血麻神案吗？你这样上山，自己不觉得突然吗？"姜长庚转过身去说："美祺，别问了，你受龙大章的影响太深了，你现在是在和赵直帆过日子！"

姜美祺说："爸爸，跟我们回家吧，你不在家，生活全乱套了，小艺也想你……今天，她还给我打电话说，你不回去，敖拉姨……"姜长庚摆手道："美祺，别说了，我现在不能回去，我要处理完一件重要的事再回。你要照顾好小艺，和直帆幸福地生活。"

姜美祺失望地向外走去，她此行是想知道姜长庚是不是掌握了重要证据不交或是包庇了罪犯。可是，她没听到一句实话。她从姜长庚的神态中印证了龙大章的推断，她含着热泪走出了居士住所。等在车内的赵直帆下车告别姜长庚，启动了车辆。

姜长庚站在龙山寺门口，凝视着远去的车灯，一行泪流了下来。他很矛盾，他不敢告诉姜美祺事实真相，他更惊讶龙大章关于"东北新干线"下着一盘很大的棋的判断。他在推举自己的接班人时，凭的是公心。可是，他知道，将来把他送上审判席的一定是这个他着力培养的接班人。

姜美祺和赵直帆回到家里的时候，霓虹灯透过窗户照进来，形成一条条彩色的线条。赵直帆坐在美祺的床上伸着懒腰："龙山，龙城，太阳，月亮，循环往复，我的考验期是不是该提前结束了？"姜美祺在那梳妆，头也没回地问："这些日子又赢了？"赵直帆得意地答："何止是赢，简直是大赢。我，赵直帆，为赢而生。"

姜美祺冷冷地问："吃喝赌贪贿……你是想都占全了？"赵直帆走过来，扳过美祺的肩："这么好的夜色，不能坏了心境啊。跟你说，那个瓶子我已经送回去了。这几天，我可是没去赌啊，是在办正经事儿。只是你……那么晚了为什么非得去见爸爸，不是去告我的黑状吧？"姜美祺不屑地说："你说的正经事儿就是把别人送你的瓷器又送给了你的上级？直帆，我们不能像正常人一样生活吗？"

赵直帆放了手："看，这不又来了。半夜三更找你爸，刚一回来就说风凉话，我看不正常的是你。"姜美祺回头说："知道我为什么忧愁吗？因为你们都是我最亲的人，我不想你们任何一个人出现任何问题。我还得出去，小艺要到外地演出，我去送站，送完站，我要去采访被绑架的龙大爷，你好好想想吧。"

赵直帆看了看表，又看了看东方的鱼肚白，眼睁睁地看着姜美祺拎起包走了。他又看了看姜美祺整齐的空床，长叹了一口气，向自己卧室走去。

敖拉倚和白小艺拉着拉杆箱走过街心公园的长廊，彩灯把她们的影子拉成长长的斜线，喷泉在变换着姿势喷着花样，夜里的游人稀少。

敖拉倚说："小艺，我们就在这儿等你大姐吧。你上外地演出，不比在家，一定要自己照顾好自己，这个世界很疯狂，一个女人很无奈。"白小艺说："敖拉老师，你也要自己照顾好自己，我姜爸想明白的时候，一定会回来娶你的……不要……不要……"敖拉倚笑了："小艺，别吞吞吐吐了，我知道你每天都在跟踪我，看我跟谁好。我……我就像这早晨的喷泉一样，无论怎么去表现，都将无人喝彩，最终默默落下，静静流去，你的担心是多余的。"

白小艺见被戳穿，调皮地正了正自己的心形挂件："敖拉姨明察秋毫，可是你太伤感了。"敖拉倚看了看即将初升的太阳说："小艺，你一定不要像我一样生活，一定要阳光，一定要灿烂。"白小艺说："敖拉姨，我听你的……看，我大姐来了。"

6

晨光透过伏龙区公安分局刑警大队的窗户照进来，照在两枚纽扣上。龙大章比对完两枚纽扣，用镊子小心地把扣子中一布丝儿夹了出来，和另一布丝儿放在放大镜底下对比着。

朱丽雅进来说："龙队，龙大爷被绑架的事儿已经查明白，可于海平说是下边人所为，还告我们官报私仇。市局来电话，说将龙大爷被弃山中的事交给卧龙区刑警大队处理。理由是，案发地在卧龙区，案涉龙大章亲属，伏龙区刑警整体回避。"

龙大章点头道："嗯，也是个理由，按法定程序办理，移交。"朱丽雅气愤地说："于海平那么无礼，就移交了？"龙大章说："移交吧，我们得执行命令。"朱丽雅说："好吧。龙队，你又在研究扣子啊？扣子的事儿不是已经搞明白了吗？是两口子打架拽掉的，你这是……"龙大章说："龙山寺案，我们除了这枚扣子，就只有那枚像扣子的玩意儿了。博物馆案，我们除了一只臭鞋子，就是一些模糊的录像了。或许，扣子是打开龙城串儿案的钥匙。"

朱丽雅问："连环扣？怎么解开这个连环扣呢？"龙大章说："我爸昨夜说的一个情况印证了我的猜想。龙山寺藏经阁被盗的那天晚上，他下山来打更，好像看见过刘尔贵和武玉鹏在一起。另外，我的内线报告说，有一次刘尔贵喝多了，说漏了嘴，他似乎知道武玉鹏是怎么死的。"朱丽雅说："噢？龙队，你还有内线啊！"

龙大章惊喜地说："快看，缝扣子线中布丝的颜色和刘尔贵袖口的不一样，快去刘尔贵家！"

刘尔贵刚离开家，就响起了敲门声。刘尔贵前妻开门一看警服，惊慌地问："你们是哪个？"朱丽雅隔着门说："伏龙区公安分局的，我们来过，刘尔贵呢？"刘尔贵前妻说："没在家。"

朱丽雅边进门边问："哪儿去了？"刘尔贵前妻吞吞吐吐地说："估计……估计……是去借钱了吧。"朱丽雅问："哪儿借钱去了？"刘尔贵前妻说："那我可不知道。"

龙大章说："请把他掉扣子的衬衣找出来。"刘尔贵前妻说："他穿走了。"朱丽雅严肃地说："你跟我们到刑警大队去一趟，你上次对我们说了假话，你要配合我们的调查。"刘尔贵前妻惊慌地说："我……"

方格棋牌室刚一开门，人满为患，郝子强和刘尔贵、时猴子等几个玩牌的人闹哄哄地抢着座位，好像抢钱一样互不相让。

吴寄瑶说："大家不要抢位子啦，有时做旁观者更能学到东西。二棍，你站起来扒会儿眼？"刘尔贵把茶杯一推："凭啥，给不起你抽头怎的？"吴寄瑶说："你嘛，抓进六筒不会打九筒，抓进三条不知换出个三条，心浮气躁，未等打已先输，我看你还是让出来吧，我这是向着你。"刘尔贵腾地站起来，刚要发火，被郝子强按了下去："刘兄，何必呢？你玩你的，我扒眼。"

·风稳定了局面，几人一抬头，就见龙大章和朱丽雅走了进来，赶紧低下了头。麻友们纷纷站了起来，想走人，刘尔贵也想走，被龙大章扯住了："跟我们走一趟吧！"刘尔贵痞里痞气地说："你说我，在哪儿都能遇见你们呢？我说我这些日子手气咋那么背呢。你们放了我，又抓我，和我玩诸葛亮七擒孟获呢？"朱丽雅严肃地说："有话到局里说去。"

麻友们纷纷溜了出去，只有郝子强和时猴子没有动，看着龙大章把刘尔贵带出了门。吴寄瑶看着屋内空荡荡的座位和刘尔贵远去的背影，跺着脚骂："倒霉鬼！"

时猴子看着龙大章他们远去的背影，久久不语。

来到伏龙区公安分局刑警大队，刘尔贵垂头丧气地坐在被审席上。龙大章说："把你的衬衣脱下来。"刘尔贵脱下衬衣，龙大章从衬衣袖口处拆下几根布丝，认真地对比着。

过了一会儿，龙大章抬眼看着刘尔贵问："刘尔贵，你和你媳妇打架就是穿的这件衬衣吗？"刘尔贵没好气地说："是！"龙大章问："你不会记错吧？"刘尔贵拉长声说："不会！"

龙大章把衬衣在他眼前抖了抖："可是你确实记错了，你看这布丝，和你今天穿的不一样，你衬衣的布丝这个位置是粉红色，而扣子上的是紫罗兰色。你有两件这样的衬衣？"

刘尔贵惊恐地迟疑了一下："没有。"龙大章向朱丽雅使了个眼色，朱丽雅出去了。龙大章盯着刘尔贵看着，不说话。

刘尔贵又被抓的消息迅速传到了张半仙的耳朵里。他望着楼下熙熙攘攘的人流，对金疤瘌说："我明白了，和武玉鹏去龙山寺的是他。"金疤瘌吃了一惊："他要是把加入我们组织的事儿说出来，警察也会注意我们的。"

张半仙望着窗外，幽幽地说："刘尔贵也是行走江湖多少年的人了，能应付得了。就是他扛不住，也没问题，是武玉鹏找的他，武玉鹏已经死了，守住了永久的秘密。但是，要是龙大章穷追不舍，就不好说了。"

金疤瘌问："想法子做了他？"张半仙一摆手："不，他就是那个有奇货的人，能让武玉鹏冒那么大险的，可能是《辽域地志》。我们在那些古籍里没有找到《木叶山》和《辽域地志》，那么这半张图或在刘尔贵的手里，或在敖拉倚手里。刘尔贵不能死，也不能在龙城生活下去了。只要他能挺过二十四小时，就好办了。"金疤瘌点头道："大哥说得对，反正我和刘尔贵也没什么瓜葛。"

　　刑警大队审讯室里，刘尔贵仍然不配合。他一副死猪不怕开水烫的样子，看你能奈我何。

　　龙大章说："刘尔贵，你上次对我们说了谎，龙山寺案发当晚，有人在去龙山寺的路上见过你和武玉鹏。"刘尔贵靠在椅子上就是不说话，也不看别人。

　　朱丽雅拎来一件和刘尔贵穿得几乎一模一样的衬衣进来，那衬衣袖口同一位置也少了个扣子。她把两件衣服放在他面前比对着："刘尔贵，你还有什么话说？"龙大章接着说："另外，从你家铁锹上残留的泥土也能看出，那把铁锹挖过龙山寺。"刘尔贵睁开眼："你们既然都认定我了，就直接枪毙我吧。"龙大章说："刘尔贵，你这样的态度解决不了任何问题。"刘尔贵说："龙大队，你可是我妈的学生，我妈让你照顾我，你就是这样照顾的吗？"

　　龙大章一愣，眼前浮现出刘老师那沧桑的脸……刘老师恳求地说："大章，我求你，要是刘尔贵有什么事犯到你手里，你能放他一马吗？"

　　看见了龙大章的一丝犹豫，刘尔贵把头一低，再问什么又不搭言了。

　　龙大章拿着卷宗向办公室走，朱丽雅跟了过来焦急地说："龙队，刘尔贵软硬不吃。要是没有充分的证据，二十四小时内还得放他。"龙大章说："刘尔贵知道咱们没有直接证据，死硬着就是不承认，要是再放，现代版的七擒孟获可不是好演的。"

　　鲁运走过来说："他连个正当收入都没有，明显有问题，我看他就是欠收拾。"龙大章说："不行，搞刑讯逼供是违法犯罪的，不能胡来。"朱丽雅说："那我上他原工作单位查访？"龙大章说："他哪还有什么原单位啊，从文化馆被开除一年多了。他现在上班的地点在方格棋牌室。"鲁运说："拿他就没办法了吗？"

　　龙大章想了想说："我们可以大胆地设想，那晚是刘尔贵和武玉鹏去了龙山寺，被吓跑后，他们无意间发现被雨水冲塌的防空洞，误以为是通向公主墓的通道，第二天夜里武玉鹏单独或伙同刘尔贵拿着图去盗墓。"

朱丽雅点了点头："那就加大审讯力度吧。"龙大章说："刘尔贵或许还参与了《辽域地志》被盗案，我们还得寻找充分的证据，让他彻底交代。"

龙大章和朱丽雅、鲁运来到档案室。龙大章说："师兄，你去把警犬牵来。"他从档案柜中拿出一只鞋子说："这是在博物馆失窃案中一个盗贼留下的鞋子，找个警犬闻一下，让警犬凭气味找人。"

鲁运牵警犬上，警犬对着那双鞋子闻了闻，被鲁运牵走了。

龙大章回到副大队长室，他打开博物馆的视频和李明乔录回的视频比对着。朱丽雅兴冲冲地进来了："龙队，有突破。从警犬的表现看，那只鞋子就是刘尔贵的。"鲁运说："其实，都不用警犬闻，我都能闻出刘尔贵那酸臭的脚和那只鞋子是一个味。"龙大章问："他承认了吗？"

朱丽雅说："他承认鞋子是他的，也承认到过现场。但是，他说他是跟踪一个女人，他想看看那个女人想干什么，并没想盗窃。"鲁运说："他不承认也不耽误定他的罪。"龙大章说："他说的或许是真的。我们还要搜集其他证据，找到那个女人和真正窃走宝图的人。"他指着录像资料说："你们看，这个女人走路的样子是不是和时猴子有些相似？"

刘尔贵被带走了，方格棋牌室依旧热闹。唯一的包间里，烟雾之中，空气好像凝固了。时猴子、郝子强、吴寄瑶和一个胖男人在打麻将。

吴寄瑶把牌一推："哥们儿又和了，猴子，你怎么身心不宁呢，上钱吧。"郝子强说："就这小赌注，有什么心不宁的。"时猴子轻蔑地说："怎么，你嫌小？那就来点大的？"吴寄瑶放下牌："大的我可干不起，要是二棍在嘛，多大的麻将都敢上。"

时猴子说："妹子，你怕啥啊，哥给你架底。只是，这位……"他乜斜着眼瞅着郝子强说："要输大发了，拿什么还债呢？"郝子强脸腾地红了："猴子，你是怕我给不上你钱啊？瞧不起谁啊？放心，实在不行把房子给你！"

吴寄瑶见二人要杠上，劝道："子强，别玩了。"郝子强拿出一沓钞票往桌上一摔："我说猴哥，不能满嘴跑火车，来大的，你也得亮亮底，不能空手套白狼。"时猴子瞅着桌上红彤彤的票子，一激动，掏出两札钱来："怎么，瞧谁不起，有种，赢去——"

郝子强说："玩儿大的可以，丑话说在前头，你要是敢伸出你的三只手，小心给你剁去！"另两个麻友附和着："对，谁出老千剁谁手！"

屋内的气氛又紧张起来，一张张紧张而焦虑的脸，一双双通红的眼，一阵阵急促的麻将机转动声和时猴子一声声的叹息声交叉而来："唉——点咋这么背呢……明天我要去拜拜菩萨……"

7

龙山寺居士宿舍，外面传来了佛寺的钟声。张半仙从床上爬了起来，看了一眼姜长庚的床，床叠得整整齐齐。佛寺传来佛教音乐和诵经声，张半仙正要出去，与姜长庚撞了个满怀。

姜长庚说："张居士，你可真坐得稳啊。你那老树肉桂茶可否赏给一点？"张半仙说："姜居士，敬你茶时你不喝，茶叶没了你想喝，等着吧，我回家找找。"说完，向大殿走去。

龙山寺正殿，硕大的佛像在香火中时明时暗。时猴子在一尊最大的佛像前烧香磕头，口中念念有词："佛祖保佑我赢，佛祖保佑牌局顺利……"手机响了，他也不接，烧完香，走出大殿，碰见张半仙走了过来。

张半仙望望他："兄弟留步，这边说话。你每次来进香，都是两人，这回怎么你自己呢？"时猴子吃惊地问："你不是测字的张半仙儿吗？你说二棍吧，摊事儿了，来不了了。"张半仙问："你是说永远不来了，还是今天来不了？"

时猴子不耐烦地说："这个，你问我，我问谁去？前些天进局子了，又放出来了；昨天又进局子了，谁知还放不放。你不是会测字吗？你给他测测不就知道了吗？"说完要走，张半仙拉住了他说："兄弟，少安毋躁。我看你也是义气之人，就和你说点真心话。这样的人要是和你沾上边儿，能抖落掉吗？刚听你烧香磕头之时，念叨着有一局儿，保你手气云云。这光烧香磕头有什么用呢？麻将这东西一点儿不信邪还真不成。"时猴子问："怎么信法？"

张半仙问："世上盛传搓麻十禁忌听说过吗？理发过后洗完澡，伤了底气赢不了；大病未愈体质孬，久虚欠安赢不了；官司临身心意乱，赌场失财跑不了；声色暗淡意明了，穷身不稳赢不了……"

时猴子还没听完便没好气地说："这个也赢不了，那个也赢不了，我遇见了你，能赢吗？你这半仙儿，就没有赢得了的办法吗？"张半仙说："有啊，我劝你近日还是离开麻场，远离是非，不输就是赢。"时猴子气恼地说："胡扯——"说完就急着往外走。张半仙朝着他的背影喊："你常来，我教你保赢之法——"

他的话被一阵风吹走了。时猴子回到方格棋牌室的时候，郝子强、吴寄瑶、李明鑫还有一个胖子牌战正酣。他把那胖子扒拉到旁边，自己冲了上去，连和三把。

李明鑫瞅瞅他："猴子，臭手起横牌了呗？"吴寄瑶撇嘴道："起得早不一定身体好。"时猴子得意地摸牌："手中有，不是有；道上有，才叫有。"郝子强嘀咕道："先赢是纸，后赢是钱。"他摸了一张牌，推倒说："等你找着口袋集早散了，哥们儿和了！"

正说着，龙大章和朱丽雅进来了，几桌牌友吓得要散，吴寄瑶的脸拉了下来。龙大章环视了一下说："大家别慌，玩你们的，就调查个事儿。吴老板，有闲屋吗？你可以计时收费。"吴寄瑶拉着脸，很不情愿地把他们让到了里屋。

龙大章说："吴寄瑶，你把刘尔贵的情况和我们说说，比如他常和谁来往什么的。"吴寄瑶不情愿地说："龙大队长，你多次上我这来，搅了我的生意啦。你们端铁饭碗的体谅一下无业游民的难处，行不行啊？"龙大章说："实在对不起，可是重任在身，不得不来。你有难处时，我能帮你的一定帮你。"

吴寄瑶小声地说："想知道刘尔贵，你问时猴子——时子厚。"龙大章说："噢？"他给朱丽雅使个眼色，向外喊："你们这有个叫时子厚的吗？进来。"时猴子正要走出去，听到叫他，不情愿地转过身，来到包间。

朱丽雅说："我是伏龙区公安分局刑警大队的，叫你来了解一下刘尔贵的情况，你不要有什么顾虑，把你知道的都说出来。"时猴子问："刘尔贵，他怎么了？"朱丽雅说："这个，你别问。你知道刘尔贵平时都是和谁来往？喜欢上哪去？"

时猴子想起了张半仙的话："这样的人要是和你沾上边儿，能抖落掉吗？我劝你近几日还是离开麻场，远离是非……不输即是赢。"

龙大章问："时子厚，问你话呢。"时猴子一怔说："噢，这个……这个我还真说不好，我们只是一个村的，平时也就在棋牌室见，是老乡加牌友，别的，我对他一无所知啊。"龙大章问："真的吗？"时猴子赶紧说："真的，真的，若说谎我愿负法律责任。"

没想到龙大章他们问了几个简单问题就走了，其实朱丽雅早已把他的指纹和脚印等资料取齐了。时猴子怔怔地望着他们的背影不知就里，吴寄瑶笑呵呵地过来拍他肩膀："来，接着圆上。"

麻将局儿又起来了，时猴子这次心神不宁地打出一张二万。吴寄瑶把牌推倒："豪华七巧对，和了！上款要快，面带微笑——"时猴子发呆地看着牌桌，李明鑫幸灾乐祸地说："猴子，今天这是让人煮了？"郝子强揶揄道："大清第一炮手，我想和猴哥混，照这输法儿干不起啊！"时猴子把牌一推："不玩了，点儿背！"说完，走出了棋牌室，一溜烟儿没影儿了。

第三十七章　欲擒故纵，空穴来风

1

傍晚的龙山寺，宁静而闲适。居士们三三两两地或蹲或站在院内树荫下，不管天上云卷云舒，闲聊着。

张半仙凑了过来："姜居士，你到这里来有一个多月了吧？"姜长庚说："是啊，一月零三天了，比你早来三天。"张半仙说："听说你过去可是当官的呢，怎么就潜心向佛了呢？"姜长庚说："看破红尘，厌倦官场。"张半仙说："理解不了，有人削尖脑袋往里钻，你却主动退下来，真弄不明白。"

姜长庚看着远山像是自言自语："是啊，有些事谁也弄不明白。"张半仙又问："也不知那晚的案子破了没有。"姜长庚看了看张半仙说："我也不太清楚。"张半仙说："你姑娘不是记者吗，她消息灵通，你可以问问她。"姜长庚说："看来张居士对这个案子很关心啊。"张半仙说："好奇呗。"姜长庚笑了笑："跳出三界外，不在五行中。张居士的心还是没收回来啊！"

张半仙正要回话，却发现时猴子探头探脑地向他望着……

晚霞映红了西方天际，张半仙在林中悠闲地漫步，像欣赏夏末秋初的浓荫。时猴子跟在张半仙的身后，大气儿也不敢喘，一直到密林深处。

张半仙头也不回地问："你来找我？"时猴子嬉皮笑脸地答："是啊，张先生，你不是说要教我保赢之法吗？我倒要看看你凭什么本事教我。"张半仙冷冷地说："我凭什么教你？"

时猴子从张半仙身边一过，一大串钥匙已在他手中，他得意地举起钥匙："就凭这个。"张半仙轻蔑地看了时猴子一眼，也举起一串钥匙："这是你的吧？"说着，又拿出一个钱包："这也是你的吧？"时猴子还没回过神儿来，张半仙又举起一个裤头："这还是你的吧？"直看得时猴子目瞪口呆，裤裆生风。他呆了半天，慌忙拱手跪地："您老是世外高人，时某若能成为您的弟子，三生有幸。"

张半仙眯着眼说："你真要拜我为师？"时猴子磕头道："是。"张半仙问："你可知道师徒是什么关系？"时猴子说："张先生，你要是收了我这个徒弟，让我赢，我管你叫爹都行。"张半仙又问："真的？"

时猴子咬牙道："真的。"张半仙淡淡地说："那就叫吧。"时猴子迟疑了一下，一个头磕了下去，嘴里喊着："爹爹，受孩儿一拜！"张半仙扶起时猴子："请随我来。"

他们来到一片密林后，那里有一座座白得像馒头一样的沙丘。张半仙说："猴子，你不要忙着拜我为师，你不是自称为龙城神偷吗？你说说，我这五个衣兜里，哪个衣兜里有钱？说对了，我管你叫师傅。"

时猴子眼睛盯着张半仙的衣兜看着，指着左下衣兜说："这个。"张半仙把衣兜翻过来，什么也没有。他又指着右上衣兜说："那个……"他指遍了所有衣兜，也没见有一分钱，便挠着头皮说："师傅，我明白了，你这几个衣兜里都没有钱，你是在骗我。"

张半仙再把那些衣兜打开，每个衣兜里都有百元大钞。他低沉地说："你这龙城神偷，浪得虚名啊，手法和眼法都不过关，怎么混了这么多年呢？不怪你打麻将总是输啊。"

时猴子跪在地上，头磕在石头上，冒出血来："师傅教我！师傅教我！"

张半仙望了望天空的月亮，抓一把白芝麻撒在了沙丘上："从基础练起吧，什么时候五分钟能把这些芝麻一点儿不带土地捡起来，再来找我。"说完，向龙山寺走去。时猴子望了望远去的张半仙，捡起了芝麻……

2

姜美祺又要加班赶稿子了，因为陈立言这个活阎罗催得紧。

她吃完晚饭便来到了龙城晚报社，准备好采访工具后，开始打电话："大章，听说龙山寺案有进展了，我想搞个独家采访，给行个方便呗。"电话里传来："那不行啊，证据还不充分，作案动机也不明确，我们不便过早透露任何信息。"姜美祺说："不给面子呗。"电话传来："跟面子无关，跟'理'字有关……"电话里传来嘟嘟声。姜美祺一边放电话一边自语："这个龙大章，一点面子也不讲。"

正在犯愁，电话响了，里面传来赵直帆的声音："美祺，怎么一点面子也不讲呢？老龙头被绑案我不是说了嘛，不叫你报道，你还是发了，搞得老钱他们很被动……"姜美祺正要解释，电话里传来嘟嘟声，她气得把电话线拔了。

龙大章放下电话，继续翻阅龙山寺案和公主墓案案卷。这时，周至祥昂首挺胸地进来了。龙大章放下案卷打招呼："哟，周支队，又有指示？"周至祥说："市局要搞一场声势浩大的保护投资和旅游环境宣传活动，要求你们大队配合一下。李局不在，让我直接和你说。"龙大章说："好吧，我们要参加多少人？"周至祥说："全体。"龙大章说："那不行，人得给我留下，鲁运和朱丽雅办案子。"周到祥说："这是局长的命令。"龙大章说："谁的命令也不好使！"

二人正在僵持，姜美祺风风火火地进来了："案子破了，也不告诉老同学一声。周支队也在呀。"龙大章说："破了？你给我破的？正准备放人呢。"周至祥露出揶揄的眼神儿："放人？年轻有为、英明果敢的龙大队又抓错了？"龙大章不顾周至祥的讽刺："按照法律的规定就得放，时效到了。"朱丽雅问："龙队，真放啊？不是都查明白了吗？你们是要办个取保候审，还是无罪释放啊？"龙大章解释说："我们现在还没有足够的铁证证明他有犯罪行为，无罪释放。"周至祥继续敲着边鼓："龙大队，想抓就抓，想放就放，潇洒啊！"龙大章没理周至祥，让李明乔去给刘尔贵办手续。

按完手印的刘尔贵从龙大章、姜美祺身边走过，周至祥带着一丝复杂的表情看着他。姜美祺看着刘尔贵的背影，遗憾地说："又白跑一趟。"龙大章说："也不算白跑，今晚我请你，周支队要不要一起去啊？"周至祥无趣儿地说："我可没那浪漫情怀，我要带队去搞宣传了。"

霓虹流彩的龙城夜景美极了，高层建筑的灯光组成一个银色的世界，流动的车灯画出一条条彩线，与之交相辉映。此时的刘尔贵无心欣赏这些美景，他走在大街的树荫里，不时地回头看着什么。

穿着便衣的朱丽雅和鲁运悄悄地跟在刘尔贵的身后。鲁运说："师妹，大好的夜色，我们跟踪一个二流子，太扫我们的兴了。"朱丽雅说："师兄，你能不能正经点儿，大章说，刘尔贵一出来，一定会去找他幕后的人，或是他幕后的人也会来找他。可是，我们已经跟了大半天了，什么也没发现啊。"鲁运说："怎么没发现，你看！"

朱丽雅顺着鲁运的手指，看见龙大章和姜美祺并肩走在龙城大桥上。她一分神，再看刘尔贵时，已没了踪影。

龙城大桥在LED灯光的照射下变幻多姿，大桥对面的水岸，播放着萨克斯曲《等爱的玫瑰》。龙大章和姜美祺站在桥上，假如朱丽雅没有偏见，那就是一道风景。可是，朱丽雅实在欣赏不了这样的风景，她在桥下看见龙大章和姜美祺在嘀咕什么，气得直跺脚。

姜美祺问："大章，你不是说要请我的吗？"龙大章说："我知道你已经吃过饭了。我是想和你商量一下同学聚会的事儿，我想帮刘老师把度假村搞起来。"姜美祺说："我知道你抠，不过帮刘老师的想法很好。"

龙大章望着龙山说："其实，我找你还有一件事，不敢问，怕你又恼了。"

姜美祺用忧郁的眼神望着桥下说："大章，我知道你要问什么。爸爸那儿我去过了，他说他没事儿……"龙大章说："但愿如此吧。"姜美祺盯着龙大章的眼睛问：“假如……我说的是假如有事儿……你能救他吗？”龙大章说：“我们都是懂法的人，他只能自己救自己，这是最后的机会。”姜美祺问：“为什么你对别人那么宽容呢？比如说刘尔贵……是看刘老师的面子吗？”龙大章说：“不放能怎么办呢？”他突然把嘴凑到姜美祺的耳朵边嘀咕着什么。姜美祺笑了笑：“我就知道你葫芦里没装什么好药。”

朱丽雅在桥下看见他们的身影凑到一起，使劲儿跺脚。

龙大章说：“美祺，等到周六，我们组织一场高中同学会。八年了，同学们也没聚过，我想让咱们的同学帮一下刘老师，她现在最大的心愿是建一个度假村。她失去了教师工作，又得过脑出血，刚出院，刘尔贵和度假村是她的两个希望。”

姜美祺说：“刘尔贵还有希望吗？”龙大章说：“我给了他最后的机会，让他立功，不知他自己能不能把握住。帮助刘老师，也是在感化刘尔贵重新做人。”姜美祺说：“好啊，用我准备什么？”龙大章说：“你只要准备人和思路，让直帆也参加。”姜美祺说：“他整天忙，忙着在社会上行走……我们的情义不知能走到哪里呢……大章，能陪我到龙山公园月牙湖畔走走吗？”

龙山公园月牙湖上，一叶小舟随波漂荡。

姜长庚给敖拉倚披上外衣：“小倚，我们多年的情谊就没了吗？”敖拉倚伤感地说：“这么多年，我在你心中的分量我知道。过去，你为了事业，不惜牺牲我的幸福；现在，你为了鸡血麻神，不惜牺牲我们的未来。”姜长庚像哄孩子一样说：“小倚，再也不能做跳河的傻事了，我们就不能放下负担像过去那样重新开始吗？老天给我们的时间不多了。”

敖拉倚望着岸边的美人蕉，一脸伤感：“女人如花，花有花期，一旦错过，即使招展，也是寂寞。我已甘于寂寞，我们再也回不到从前了……”她指着近处的两棵树说：“看见那两棵树了吗？它们三十年前就离得很近，可是，它们永远不会抱在一起。”姜长庚说：“小倚，我手里只有半个鸡血麻神，即使给了你，你到哪儿去找那半个？”敖拉倚说：“这不用你管。”姜长庚问：“小倚，鸡血麻神对你那么重要吗？”敖拉倚坚定地望着远方：“它就是我的命！"

鸡血麻神让姜长庚纠结着，来自张半仙、龙大章、敖拉倚甚至姜美祺的压力交织在一起，向他袭来，他真想拉着敖拉倚一起跳湖。可是，他割舍不下……

龙大章和姜美祺漫步在月牙湖畔。一叶小舟随风靠岸，姜长庚和敖拉倚上岸，敖拉倚独自离去。龙大章悄声说："美祺，看那是谁？"姜美祺说："爸爸？"她放声喊："爸爸——"姜长庚转过头来，姜美祺向姜长庚跑去。龙大章向师傅打了一声招呼，姜长庚并没有理他。

龙大章尴尬地转身向相反的方向走去，与朱丽雅碰了个对面。朱丽雅"哼"了一声，转身跑了，龙大章竟傻愣着不知何去何从。

姜家父女二人并肩走出公园，气氛显得很沉闷。姜长庚阴着脸问："美祺，龙大章还在纠缠你？"姜美祺说："爸爸，说什么呢？我们是以同学的身份交往，有事情谈。你……"姜长庚问："美祺，你好像有话要对我说？"姜美祺说："爸爸，我说了你可别生气。"姜长庚说："这孩子，啥时跟我学着委婉了。"姜美祺说："那我就问了……鸡血麻神的事儿真和你没瓜葛吗？"姜长庚说："这事儿不是说过了吗？"

又一阵沉默后，姜美祺说："龙大章已经控制了刘尔贵，怀疑是刘尔贵跟着武玉鹏盗挖了龙山寺。他假放刘尔贵是为了钓出背后的大鱼，这个案子很快就水落石出了，他说……这是最后的机会。"姜长庚一惊："他为什么会跟你说这个，这可是侦查机密啊！"姜美祺说："情！龙大章是个重感情的人。我想，他是不想让你这个栽培过他的人太难堪吧。"

听了这话，姜长庚沉思着："噢……是这样……"姜美祺说："爸爸，如果真是这样，你就早点回头吧！"姜长庚向岸边的敖拉倚一望："没那么简单……"

3

张半仙站在那处豪华住所的阳台上，欣赏着龙城美丽的夜色。在这个初秋，他喜欢夜晚胜过白天。

金疤瘌来到他的身后，不解地问："大哥，你为什么要收时猴子那样的徒弟呢？"张半仙头也没回："鱼有鱼路，虾有虾路。如果那半张《辽域地志》在刘尔贵手里，时猴子取来轻而易举。"他回过头来说："奇怪的是，他并没有从刘尔贵家找到那半张图。"金疤瘌说："大哥，刘尔贵又放出来了，我们可以跟他来硬的。"

张半仙看了一眼金疤瘌："不会那么简单吧？龙大章不是诸葛亮，想演什么七擒七纵，他还嫩点儿。我想，他是在用刘尔贵钓鱼。"他望着茫茫夜色继续说："不过，对刘尔贵也得想点办法了。"金疤瘌说："灭口？"张半仙说："你太夸张了，我们不能再制造人命案了！我要让他成为我们的人。"

金疤瘌明白，自从"丢"了那半张鸡血麻神，张半仙对他已经有所戒备了，他要发展自己的势力，不再当幕后老板，他要争夺对时猴子和刘尔贵的控制权。

刘尔贵从一个小酒馆里出来，醉醺醺地走在龙城大街上，鲁运悄悄地跟在后边。刘尔贵隐约地看见后面有人，他向旁边扔了一块石头，闪到了一个黑胡同里，鲁运循着声音追过去，时猴子看见鲁运向前面跑去，这才轻轻地向另一条胡同走去。他正在为甩掉鲁运而得意，肩被人拍了一下，一个低沉的声音在耳边响起："兄弟，又出来了？"刘尔贵一惊："噢，猴子啊，吓我一跳，你要干什么？"

时猴子说："快跟我走，你后面有人跟着。金哥听说你进去又出来了，让我给你压压惊，来吧！"刘尔贵还没回过神儿来，时猴子已拉着他往小胡同里跑。他问："哪儿去？"时猴子神秘地说："跟我走就知道了。"

刘尔贵疑惑地跟着时猴子跑过了几个胡同，进入一个小区。这时，金疤瘌领着一个黑衣人从树荫里闪了出来："二棍，你出道了？"刘尔贵说："不知金大哥说的什么意思？"金疤瘌一双金鱼眼盯着刘尔贵说："二棍，别装了，是你和武玉鹏去的龙山寺？"刘尔贵吞吞吐吐地说："不是……是……我不去他不让啊！"金疤瘌阴阴地问："你们去那里干什么？"刘尔贵答："他说有个辽观音肚子里有宝。"

金疤癞斜了他一眼："武玉鹏死了，你倒是活得很自在啊！"刘尔贵争辩道："我劝过他，掘坟盗墓的事儿干不得，他不信嘛，看遭报应了吧。"金疤癞依旧阴阴地问："说说吧，武玉鹏为什么去公主坟？"刘尔贵说："我……也不知道。"一个黑衣人把一把小刀往刘尔贵脖子上一架，金疤癞转过身，低沉地说："你没说实话，你要想和他做伴去，我这就成全了你。"

刘尔贵哆嗦了一下："那我实说吧。那天，武玉鹏说让我和他到龙山寺去找什么辽观音像，没想到，我们见了鬼了，不但没找到，还让两个居士给冲了，我们就拼着命地跑啊跑啊……"金疤癞打断他的话："你跑完了吗？"刘尔贵嘴哆嗦着说："当时太害怕了……"

想起那夜的场景，刘尔贵仍心有余悸……

夜雨风急，刘尔贵和武玉鹏拼命地往前跑着，穿过几片小树林，山洪下来，险些把武玉鹏冲下山涧。刘尔贵一把拉住武玉鹏说："鹏哥，我们好像走错道了。"武玉鹏说："错什么错？我们从小就在这一带活动，能错到哪去……"话没说完，二人脚下一滑，掉进一个被山洪冲出的水沟中。他们被水不知冲出了多远，在一个洞口处停了下来。武玉鹏抖着身上的泥问："这是哪儿？"刘尔贵哆嗦着站起来往四周望了望："好像是公坟一带。"武玉鹏先惊后喜："公主坟？"刘尔贵说："是，小时候我在这一带采过药材。"武玉鹏边往洞里爬边说："兄弟，财运来了啥也挡不住！这是通往公主坟的地穴。"刘尔贵一把拽住武玉鹏说："鹏哥，不能进。我妈说了，掘坟盗墓的事儿干不得，我害怕，我们快走吧，从这儿往下去，就是我妈开的珍真野菜馆，我们把铁锹放回去，回家休息。"武玉鹏瞪了刘尔贵一眼："你个熊种！"

他们回到刘尔贵家的时候，天已快亮了。武玉鹏问："二棍，你媳妇呢？"刘尔贵说："回娘家了。"武玉鹏懊丧地说："他奶奶的，偷鸡不成蚀把米。"刘尔贵边去衣橱里找衣服边说："没淹死就算幸运了，快换下衣服吧。"

这时，那本《木叶山》掉在了地上，一张旧地图的复印件掉在武玉鹏的脚下。武玉鹏捡起复印地图，仔细看着，惊喜地说："兄弟，像是藏宝图啊！哪来的？"刘尔贵拿过地图，马上恢复了平静："什么藏宝图，夜市上卖这个的多了。"武玉鹏笑道："没想到，你小子有点儿货啊。快说，什么图？"刘尔贵打着马虎眼："说是公主坟的图，谁知道呢？"武玉鹏一把抢过复印地图，塞进衣兜里……

刘尔贵在讲的时候没说是复印的地图，讲到这里，停了下来。金疤瘌说："接着说呀。"刘尔贵说："第二天，武玉鹏说他仔细研究了那张图，说已经找到了藏宝的地点，非让我跟他去挖宝不可。晚上在棋牌室，我让局子给扣了，就没去成。没想到，他进的那个洞塌了方，一块石头下来要了他的命。"

金疤瘌问："那张图呢？"刘尔贵说："武玉鹏拿走了。"金疤瘌乜斜着眼说："据我所知，武玉鹏拿走的是复印件！原件呢？说！"

黑衣人一把刀子抵在刘尔贵的脖子上。刘尔贵哆嗦着说："金哥，我真不知道原件在哪啊！"金疤瘌阴阴地说："二棍，别装了，咱们可都是老江湖了。我不但知道你有《辽域地志》，还知道你那晚去了博物馆，想得到另一半藏宝图。"刘尔贵一惊："你是怎么知道的？"金疤瘌说："这你就别问了，快领我们找图去！"

对金疤瘌这样的人刘尔贵是糊弄不了了。走在龙城小胡同里，两个黑衣人偷偷地跟在他身后，想跑也跑不了，他像上刑场一样难受。

刘尔贵悄悄地回家上楼，他家的灯亮了。鲁运和李明乔在楼下的树影里向上望着，他家的灯一直亮着，看不到刘尔贵在干什么。

螳螂捕蝉，黄雀在后。两个黑衣人躲在另一树丛里，向鲁运和李明乔这边望着，找着机会下手。

刘尔贵看到眼前被翻过的箱和柜，脸上露出一丝惊悸。他拉开油腻的枕套，找到那本《木叶山》，拿出了那张地图仔细地看着，眼睛里露出了喜悦和紧张的神色，有一种钱与风险扑面的感觉。以前的场景浮现在他眼前……于伟绩神秘地说："你那张图是半张，像是传说中的《辽域地志》，不过，得找到另外半张才能确认……"金疤瘌说："这你就别问了，快领我们找图去！"

想到家儿，他的心又凉了半截。他悄悄地掀开窗帘向楼下望去，就见鲁运和李明乔在树下，黑衣人在树后。他眼睛骨碌一转，把几件东西快速地装了起来，匆忙看了看那张图，郑重地装进上衣里，心想：跟老子玩花样，我就跟你们玩玩。

鲁运和李明乔向刘尔贵家望着，发现刘尔贵家的灯熄了，四周一片漆黑。这时，鲁运电话响了，他小声地接电话："什么？保护投资和旅游环境宣传，又统一行动？必须全体到位……那监视……好吧。"他放下电话说："这个周副支队长又搞什么集中行动了，你得去。"李明乔悄声问："那监视的事儿咋办？"鲁运说："估计他已经睡了，我留下继续监视，你去参加活动。"李明乔应道："好。"鲁运向楼上望了望，刘尔贵家的窗户一片漆黑，他找了块石头坐了下来。

刘尔贵躲在窗帘后边，在黑暗中向楼下望着，他看见李明乔走了，鲁运还在。他又向下望去，两个黑衣人仍在吸着烟。他找出一根绳子，把一头系在腰间，另一头系在暖气管道上，打开前窗户，悄悄地向楼下溜去。到了楼下，他把着阳台滑到楼下，解开绳子，向大街走去。

成排的警灯从他面前闪过，他贴着墙鬼鬼祟祟地东张西望，看看没人，从黑暗处向小区外走去。在敖拉倚家东边的胡同里，刘尔贵不知被什么绊了一下，摔在地上，一双黑亮的皮鞋停在他面前。

穿黑色衣服的金疤癞把刘尔贵扶了起来，小声地说："二棍兄弟，别跟我们耍把戏了，公安已把你盯死了，不想进监狱的话，把那张图交给我，你跑吧。"刘尔贵哆嗦了一下想跑，两个黑衣人两把刀子顶在刘尔贵的前胸后腰上，一个黑衣人从他腰上搜出一张图，交给了金疤癞。

金疤癞借着手机的亮光看了看，得意地说："兄弟，我都给你安排好了，到了凤城，那里会有人接应你的，证件和今晚全程机票我已经给你办好了，跑路吧。"刘尔贵哆嗦着问："你为什么帮我？"金疤癞说："我们一个头磕在地上，就要有难同当。"

一个黑衣人把机票和证件交给了刘尔贵。刘尔贵惊出一脑门子的冷汗，四周静下来，他擦了擦汗，再看金疤癞和黑衣人时，已走远了。刘尔贵摸了摸裤腿，狡诈一笑，眼前是敖拉倚家窗户上那柔和的灯光……

敖拉倚家楼上响起琴声《梦中的婚礼》，白小艺弹完琴，合上琴盖，才发现书房里空无一人。她在楼上喊："敖拉姨，我们得去机场了，再不走就赶不上飞机了，你在哪儿？"

地下室里，敖拉倚在密室里全神贯注地选着假鸡血石。她拿起一块块鸡血石反复地看着，满意地点点头，哈哈大笑后又沉思起来，那鸡血石变成一个像警灯一样的红蓝亮点……

白小艺从楼上跑下来，寻找着。她走进小祠堂，那里阴森的场面吓得她赶紧退了出来。她跑到厨房，就见敖拉倚从地下通道中走出来，她赶紧躲了起来……

绕过闪烁的警灯，刘尔贵悄悄地走在树影里，他不时偷偷地前后左右望着，在黑暗的树影中徘徊，对面说书场的说书声一字字、一句句刺向他的心窝："青春少年听仔细，做人最忌太随意。张牙舞爪涵养低，游手好闲无家计。恶习染上不规矩，自作聪明更可气。人品若是有问题，早晚也会倒霉的。大好年华不珍惜，栽个跟头快爬起。一步踏错终生错，再想回头不容易……"

刘尔贵一失神，被树根绊了个嘴啃泥。他爬起来，向西南磕了三个响头，垂头丧气地向胡同走去。

4

夜幕下龙城街心公园更加静谧，龙大章坐在公园的石凳上，对面坐着一个人，依稀可见他的背影。

龙大章悄声问："除了说武玉鹏该死外，就没说过别的什么？"对面人说："没有。刘尔贵这些日子并没有出摊，时猴子的麻将机生意也不怎么样。只是时猴子花钱很大方，他听说刘尔贵被抓后，有点心神不定。"龙大章说："侦查是我们公安特有的权力，你去探他的经济来源是违法的。"

对面人说："你在西南卧底的事迹很令人感动，打击犯罪，也是我们每一个公民的责任，我也要试一试……"

他的话被治安支队"保护投资和旅游环境"宣传的警车打断。警灯成排地闪烁着,很多车被堵着,鸣着喇叭。周至祥坐在引导车副驾驶的位置上,一脸神气,朱丽雅和李明乔紧随其后,姜美祺的宣传车跟在最后。龙大章看着闪烁的警灯,沉思着,眼前不断闪现出姜美祺、朱丽雅、武玉鹏、鸡血麻神和《辽域地志》。

张半仙依然站在豪华住所的阳台上,向下望着闪烁的警车,像是欣赏风景。

金疤瘌小心地递上从刘尔贵那里得到的《辽域地志》,张半仙接过来仔细看,看着看着他的脸就变了,他咬着牙阴阴地问:"武玉鹏就是拿着这份藏宝图去挖的公主墓?"金疤瘌低头道:"是,武玉鹏用的是这张图的复印件。"

张半仙疑惑地问:"你怎么知道这张图是真的?"金疤瘌结结巴巴地说:"大……大哥,我看着是真的……要不是真的,刘尔贵为什么那么认真?"张半仙说:"你不懂,真的《辽域地志》必须符合以下条件:第一,它是皮的;第二,契丹文字。武玉鹏拿着《辽域地志》去挖清朝古墓,你说他是水平太差还是良心不正啊?"

金疤瘌说:"大哥,我们不是有真的《辽域地志》吗?拿出来对一下不就知真伪了吗?"张半仙早想到了,他揶揄道:"我们那张图,专家和你一样说得也是模棱两可,说什么疑似,你们不会给我弄回一张假《辽域地志》吧?"金疤瘌说:"大……哥,我可不敢骗你啊!"

张半仙恨恨地说:"你们自然不敢,可二棍呢?没准儿那半张真的《辽域地志》还在刘尔贵手里,你们还不给我追回来?"

金疤瘌两手一摊:"大哥,这会儿飞机起飞了。"张半仙说:"你是死人啊?通知凤城的大黑猫,接应刘尔贵。"金疤瘌赶紧答应:"是。"张半仙叮嘱道:"还有,把那个买主的那半张所谓《辽域地志》拿到手,我看看到底有多少张假地图在骗人。"金疤瘌边擦汗边说:"我这就去办。"

搞宣传的警车刚驶过敖拉倚家,时猴子已经进了敖拉倚家的书房里。他打开一个又一个抽屉，找到了一些零花钱，还找到了那个鸡血麻神的获奖证书，他拿起来看了看，放到了原处。卧室里，一本汪国真的诗集引起时猴子的注意。他翻了翻，拿起那半张旧地图，眼睛瞪得大大的。时猴子把地图揣进怀里，从容地向楼下走去。在一楼，时猴子推开小祠堂的门，里面的灯似乎闪了几下，一个苍老的声音传来："你是谁？"时猴子吓得面如土色、腿肚子打战，他连滚带爬地打开后窗跳了出去，消失在夜色中……

　　清晨的阳光照着凤城机场。机场大厅外，有几个人用血红的眼睛盯着出站口。刘尔贵从出站口走出来，一身女人打扮。

　　敖拉倚拉着白小艺的手，有说有笑地拖着行李走出机场："小艺，半宿没睡，累不？"白小艺说："跟敖拉姨出门儿，不累。"敖拉倚笑了："小艺就是会说话，我活了大半辈子，能给我精神依靠的可能只有你了。"

　　白小艺倚在敖拉倚的身上："敖拉姨，为什么总那么伤感呢？"敖拉倚叹口气："唉，人生苦短、明白得太晚啊！"白小艺说："敖拉姨，你在龙城，也算成功人士呢，那些失败的人不也得乐观地生活吗？"敖拉倚说："我成什么功啊！事业上，我现在混到得靠你才能演出；生活上，回想起来，我一无所有。"白小艺说："敖拉姨，你不是常教导我要乐观吗？我们这次来凤城，多想想爱我们的人，可不能带着悲观情绪啊，会演不好的。"

　　敖拉倚像是自语："日出东海落西山，愁也是一天乐也是一天。可是，我怎么就乐不起来呢？细一想，我又愁的是什么呢？"

　　几个不三不四的人堵在出站口，拿着刘尔贵的照片在找人。刘尔贵和敖拉倚、白小艺并排着从他们面前走了过去时，一个人紧盯着刘尔贵看，刘尔贵细声细气地说："瞅什么瞅，没见过美人儿啊？"说得那人目光马上转向别处。

5

　　龙城的雾浓了。龙大章从外围调查回来时，太阳已经冒出龙山的山坳。

　　来到刑警大队，他看见朱丽雅心不在焉地翻着案卷，就问："丽雅，又有什么新发现啊？"朱丽雅把脸扭过去："有，我发现有些人心比脑袋大，大案频出，一件未破，却有闲心插足别人家庭。"龙大章解释道："丽雅，我跟美祺的交往是为了工作。"朱丽雅抬起头揶揄道："你们的工作方式太浪漫了，真跟你生不起气……"

龙大章指着墙上的一张龙山地图说："丽雅，别生气了。你看，这是龙山，一个有着契丹宝藏传说的地方。人们要想得到宝藏，必须先找到藏宝图，然后再用鸡血麻神开启宝库，这或许就是'东北新干线'正下着的一盘棋。而这盘棋的'将'未知，'士'未知，'车'是刘大侃、大黑猫等人，'卒'是武玉鹏、或许还有刘尔贵等人……"

正说着，鲁运蔫头耷脑地进来了："龙队，目标消失，刘尔贵不知去向，你处分我吧。"龙大章低沉地说："是我决策失误啊！"朱丽雅责怪鲁运道："大师兄，你也太大意了。"龙大章接过话茬："不过，这也恰恰证明我们的方向是对的。丽雅，和我去博物馆。"

龙大章的线放长了，线断了，他没有钓到想要的大鱼，连鱼饵也没了。

在龙城博物馆龙小晴办公室，龙大章和朱丽雅翻看着文物登记目录。

龙小晴告诉他们："我已经替你们查了，没有《木叶山》和《辽域地志》的登记。"龙大章说："过去的古籍馆归刘尔贵管理，他可能根本就没登记。这张图危险了，刘尔贵也危险了，刘老师的一个希望要破灭了……"龙小晴不解地问："为什么？"

龙大章放下资料说："刘老师有两个最大的心愿，一是希望刘尔贵成才，二是想搞一个龙山度假村。"龙小晴说："这是个利家利市利国的好事啊。"龙大章说："刘老师的第一个希望破灭了，只剩下第二个希望，你这个政府御用的名导得支持她啊！"龙小晴说："好，看完地形后帮她设计一下。我想，如果把那里的自然风光和《辽域地志》的传说结合起来，一定能办一个很好的度假村。"

朱丽雅跟着龙大章从博物馆出来，依旧闷闷不乐："龙大队，这个时候你还有闲心去帮你的老师建什么度假村啊？局里对你私放刘尔贵已经说三道四了。"龙大章说："我帮刘老师除了感恩之外，也是为了感化刘尔贵。"朱丽雅问："大章，你坚信《辽域地志》不仅仅是个传说？"

龙大章说："现在不是我认为，是有人认为这不是传说，尤其是我父亲挖出一半《辽域地志》，就更有人坚信契丹宝藏确实存在。如果武玉鹏手里的那半张图的原件在刘尔贵手里，刘尔贵手里的图又被坏人得到，他们就会按图寻宝……"这时，龙大章的电话响了，他马上接起："赵局？好，我马上就去你那儿。"他放下电话，低沉地说："丽雅，市局赵局找我，你先回去吧。"

朱丽雅望着大章远去的背影，逐渐从原来的幽怨中解放出来，她知道，赵局此时找大章，绝没好事儿……

龙大章跑步来到赵连起办公室，赵连起正在看一封检举信。龙大章在他面前站了半天，他也没理他，龙大章只得轻声喊了声："报告。"

赵连起审视了龙大章半天，才慢条斯理地问："大章，这段时间主持伏龙区刑警大队工作，感觉怎么样啊？"龙大章低声说："还好……"啪，赵连起的手重重地拍在桌子上："是你自我感觉良好！据我所知，成绩三十分。"他拍着检举信说："这些材料都是检举你的，说你打黑除恶不力，徇情私放犯罪嫌疑人，我要听你怎么解释。"

龙大章明白了，该来的终于来了。他解释道："赵局，关于打黑，我们正在积极搜集证据，不能只打皮毛。关于放刘尔贵一事，我是想利用他钓到大鱼……"

赵连起不等他说完，便讥讽道："你还有理了？大鱼没钓到，连渔竿鱼饵都搭上了。大章，让你主持刑警大队工作，我是顶着'独断专行'的压力决断的，我当时说过干不好，随时撤你的职，现在不只是撤职那么简单了。"

龙大章恳求道："赵局，你只要给我机会，我不会让你失望的。"赵连起起身拍拍他的肩膀："大章，我已经给你机会了，可是，鸡血麻神案破了吗？'东北新干线'找到了吗？大案频发，你叫我怎么交代？怎么向群众交代？我已向你局建议停你的职，回去好好配合执法督查的调查！"

走出赵局长办公室，龙大章的脚步很沉重。他不是因为丢了官而烦躁，而是因为不能顺利完成上级交给的任务而苦闷。他知道，日后侦破的道路将更加艰难了。他慢慢地走上了龙城大桥，举目向下面望去，看见张半仙正在收拾他的测字摊儿。华灯如迷雾般笼罩着龙城的夜色，他是夜色里的一个明眼人，可他想透过迷雾看清下面的风景，却发现一切尽在雾中。

朱丽雅和姜美祺静静地从桥的两端向桥上走来，她们望见龙大章的侧影，也望见了彼此，便都停顿了一下。朱丽雅走上前去，把一件衣服披在龙大章身上："夜凉了，别感冒……"龙大章问："丽雅，你怎么来了？"朱丽雅难过地说："执法督查已经来了，大章，我相信你不是徇情私放嫌疑人。"龙大章深情地看了一眼朱丽雅，没有说话……姜美祺显然听到了他们的谈话，轻声说："有关嫌疑人脱逃的事儿，我就不采访了……"

6

凤城没有传来刘尔贵的消息，他的人间蒸发让警与匪的思路都复杂起来。

张半仙把从契丹博物馆盗窃的地图、刘尔贵的地图和敖拉倚家的地图放在一起对比着，不放过一点蛛丝马迹。

金疤瘌的两只圆眼随着放大镜游移，突然他两眼笑成一条缝："大哥，这两张《辽域地志》对在一起严丝合缝。山羊皮、契丹文，它是真的。大哥，我们发了！"

张半仙看了金疤瘌一眼，再次仔细研究着刘尔贵和敖拉倚的地图。他点了点头："嗯，天下竟有这样的巧事儿，难道契丹博物馆的地图是假的？"金疤瘌附和地点了点头："大哥，图齐了，只是这图我们也看不懂，简直是天书啊！"张半仙说："慢慢研究吧，这事儿一定要保密，一旦泄漏出去，必然会惊动警方的。"金疤瘌说："大哥，你还信不过我吗？"张半仙一摆手："疤瘌，你让我静一静。"

金疤瘌知趣儿地出去了。张半仙拿着放大镜继续研究着那两张地图，他不时喜上眉梢，又不时摇摇头失望地放下。半晌过去，金疤瘌从外面买来了饭菜，却不敢打扰张半仙，只好在旁边静等。他看见张半仙时喜时悲的样子，就很关心地端过一杯茶来："大哥，你已经连续五个小时汤水未进了，喝杯热茶吧。"张半仙并没有理金疤瘌："喝什么茶！我们要在敖拉倚回来前找到宝藏。否则，她发现宝图丢失，一嚷嚷，公安一介入，我们就被动了。"金疤瘌关切地说："可是……"张半仙恼了："可什么是？"说着，手一扒拉，一杯茶洒在了地图上。

金疤瘌正吓得大气儿不敢喘，湿了的地图却开始显现出龙山的地理位置。

张半仙惊喜地说："疤瘌，地图显灵了，再拿一杯茶来。"金疤瘌赶忙端过一杯茶来，张半仙把它均匀地洒在地图上，地图上的山脉和标识越来越清晰。他高兴得声调都高了八度："疤瘌，我们向龙山进军的日子到了。我研究过龙山地区地形图，龙山是个大大的元宝，而这个元宝的心儿，就在河西村那个经营得半死不活的珍真野菜馆，你看，和我预测的完全一样！"

金疤瘌顺着张半仙手指的地方看，可这个大老粗什么也看不懂。张半仙突然严肃地问："让你做的事儿，办好了吗？"金疤瘌马上低下头："大哥，珍真野菜馆的主人刘老师，是二棍的妈，说要给二棍留着，不兑。"张半仙说："不管想什么法儿，也要盘过来，说不定宝藏就在它的厨房下。"金疤瘌讨好地说："大哥，你真会开玩笑。"

有了重大发现的张半仙把博物馆中盗来的《辽域地志》放进抽屉里，带上金疤瘌向河西而来。在山坡上，张半仙把两个半张的图对在一起，拿着望远镜向四周扫视着，金疤瘌站在身后眼睛随着张半仙的望远镜转，镜头停留在珍真野菜馆的木屋上。金疤瘌小心地问："大哥，位置确定下来了吗？"

张半仙说："疤瘌，经过我反复观察分析，契丹宝藏的入口就在珍真野菜馆的木屋西约五百米的土崖下的歪脖子树下。"金疤瘌惊疑地问："就那么确定？"张半仙说："从山川河流走向、日月星辰分布情况看，这里前水后山，青龙蜿蜒，白虎驯服，玄武垂头，朱雀翔舞，正是藏宝纳气的好地方。据说，契丹宝藏是依照古墓葬的思路埋藏的，所以要准备发掘工具，准备好了吗？"

金疤瘌说："大哥，早准备好了，要不要去看看？"张半仙说："好吧。"

二人向一个破旧的房子走去，踩着尘土和垃圾，进了那栋破房子。张半仙左右环顾了一下问："这是什么地方？"金疤癞说："过去的望火人住的窝棚，叫望火楼。"

张半仙迟疑地进了屋。金疤癞扒开里面的杂物，一些东西出现在张半仙面前：照明的强光手电、蜡烛、斧子、皮绳子、炸药等。张半仙看了看，不满地说："疤癞，你的思绪还停留在二十世纪八十年代啊。一会儿到我车里去拿微波金属探测仪，那玩意儿探测后把数据导入电脑，地下情况一目了然。"他边说边把蜡烛扔到一边："你用蜡烛已经很落后了，我那儿有有害气体分析仪、野外防爆照明器和拐钉钥匙。"

金疤癞一脸惊喜："大哥，我们什么时候动工？"张半仙说："疤癞，我告诉你的釜底抽薪的办法用上了吗？"金疤癞说："大哥，我办事你还不放心吗？我想，快有结果了。"张半仙说："那就好，时刻准备着，等我命令。"金疤癞问："大哥，用不用时猴子那样的下三烂？"张半仙说："这个活动不要让他参加，但小人物也有大用途。"说着，向金疤癞耳语了一番，金疤癞连连点头。

月黑风高，河西龙山的静谧被打破，一伙人在黑暗的掩护下向山上进发，不时惊起几只鸟。在土崖下，金疤癞一摆手，那伙人停了下来。

黑老三悄声问："金哥，确定是这里吗？"金疤癞把从张半仙那儿刚学的理论故弄玄虚地说了一遍："一流观星斗，二流看水口，三流满山走。大哥上知天文、下应地理，是一流的风水师。他已经用微波金属探测仪探测过，就在这里，动工吧。"

十几名黑衣人抡起锹和镐头，地面很快便形成一个盗洞，黑老三不时地喊着"快快快"。一个黑衣人的铁锹铲在了石头一样的东西上，几个人又挖了一会儿，一道石门渐渐现出形来。黑老三兴奋地说："金哥，见亮了！"金疤癞跑过来，笨拙地下到坑里，就见两扇石门出现在他面前，他立马圆眼睛成了一条缝。

黑老三拿出炸药，就要往门边塞。金疤癞赶紧阻止："三弟，先不用炸药，有专业工具呢，不行再炸。"

一个黑衣人将拐钉钥匙长柄的半个"口"字竖起来，慢慢插进门缝。待接触到顶门的石条上部后，又将"口"字横过来套住石条的脖颈，"钥匙"渐渐向内用力，石条一点点移动起来，直到石条完全直立。一人手攥钥匙，其余人分为两组，列队两扇石门前，齐喊："山神大爷，开！"大家一起用力，石门打开。

金疤痫望着黑洞洞的地穴，对黑老三命令道："你先派几个人进去看看。"

黑老三点过几个黑衣人，让他们扛着有害气体分析仪和防爆照明设备等工具进入。几个人小心地向里面爬行，里面越发阴森可怕，便要退去，却被金疤痫和黑老三两脚踹进了盗洞。

金疤痫和黑老三准备了绳子、口袋等物，准备接应洞里的人。突然，一个大火球伴着连续的爆炸声传来，泥土石块的冲击波把金疤痫和黑老三弄得全身是土，倒在地上，待惊魂稍定，狼狈而窜。

珍真野菜馆被强大的爆炸冲击波震得一晃，房上的尘土纷纷坠落，锅碗瓢盆哗啦啦掉了一地。刘老师从床上爬起来，向外跑去……

7

今早的龙城天空挂了一层薄薄的雾，大街上车流、人流交织着。龙大章和鲁运一身是土地从龙山回来时，伏龙区刑警大队的会议即将开始。

民警们坐得整整齐齐，个个表情严肃。伏龙区公安局李局长扫了一眼狼狈不堪的龙、鲁二人，继续主持会议："经市局执法督查调查，我局刑警大队代理大队长龙大章在办理刘尔贵涉嫌盗挖古文物案中，未查明案情即私放嫌疑人，致嫌疑人不知去向，使嫌疑人至今逍遥法外。局党委决定免去龙大章代大队长职务，刑警大队工作暂由周至祥同志兼职负责。下面，请至祥同志做表态发言。"

周至祥昂首走上主席台，环视会场后说："战友们，我周至祥又回来了，回到了我曾经奉献过二十多年青春的刑警大队。现在，龙城市，尤其是作为中心城区的伏龙区治安形势十分严峻，黑恶势力抬头，大案要案不能及时侦破。"说着，他看了龙大章一眼："市局党组和区局党委此刻让我回来，对我来说是临危受命，我要从昨夜的龙山盗宝案抓起，集中突破一批大案、要案……"

龙大章平静地坐着，朱丽雅现出不满的眼神，鲁运现出吃惊的样子。

会议散了的时候，雾气更重了。龙大章、朱丽雅和鲁运走出会议室，竟然不知该去办公室还是餐厅。

鲁运内疚地说："太突然了。师弟，是我害了你。"朱丽雅愤愤不平地说："太不公平了，大章这样卖力工作，还是被撤职。"龙大章平静地说："师兄、丽雅，局里撤我的职已经从轻了。队长可以不当，但我还是一名刑警。"朱丽雅问："龙山盗墓案可有发现？"龙大章说："进到墓穴里的八个人全部被炸死。爆炸的原因，据技术部门初步鉴定是由于墓穴被打开后有一种磷见着空气起火，引燃了里面的有毒气体，又引燃了他们带的炸药，发生爆炸。"

朱丽雅问："里面的文物有没有受损？"鲁运说："奇怪的是里面没有一件文物或墓葬。"他转脸问："师弟，你怎么看？"

龙大章说："如果按书上的说法，他们中了火龙诀。契丹宝藏为了迷惑寻宝人，设了金木水火土五处空穴，是专为寻宝人设的墓穴。"朱丽雅惊叹道："这么说，还有四处陷阱在等待着贪婪的人们！"龙大章平静地说："或许是吧，贪婪的人都很愚蠢。"

"贪婪，愚蠢！"张半仙气愤地把那两张羊皮地图剪成四半儿，气犹未消。

金疤癞兴冲冲地进来了："大哥，龙大章已被撤职了，现在周至祥回来兼职队长，负责龙山盗墓案。"张半仙闻听此言，怒气稍减："我们没留下什么痕迹吧？"金疤癞说："我们撤退得隐秘、及时，老三带来的八个人都死了，他们全是外省人，我料他周至祥也查不出什么来。"张半仙眼睛一转，阴沉地说："敖拉倚的图是假的，所以才会拿它跟我们交易。刘尔贵故意给了个假图，真图一定还在他手上。通知黑猫，一定要找到他！"

张半仙把在博物馆盗窃的《辽域地志》铺在桌上，又把剪坏的图也铺在桌上，眉头皱得像核桃，仍然看不出任何端倪。他低沉地问金疤痢："凤城就没有一点刘尔贵的消息？"金疤痢低首答道："黑猫说，他们这些日子一直在找，并没有一点踪迹。"张半仙说："都是些不中用的笨蛋，他难道还能在空中下飞机？"金疤痢说："大哥，真会开玩笑。"张半仙慢吞吞地说："听说要举办什么麻神艺术节了，而我们的麻神还在游离。这预示着公安对鸡血麻神的追查力度也要加大，我们一定要走在公安的前面，实现我们的计划。"

金疤痢咬着牙说："大哥，姜长庚和刘尔贵母亲那儿我再给他们施加点压力。"张半仙一摆手："不。龙大章下野了，周至祥上来了，我们可以暂时松口气。但是，姜长庚死守龙山寺，时猴子技术还未娴熟，我们要拿回鸡血麻神，还得让时猴子学一门指纹锁开锁技术。至于珍真菜馆那儿嘛，你们刚失手，不能操之过急。"

敖拉倚和白小艺在大西南巡回演出后，又回到了凤城。她们拉着行李从凤城机场走出来时，白小艺望了望东北方："敖拉姨，我都有点想家了。"敖拉倚逗她道："小艺，这是我们巡回演出的最后一站了，我们要放松玩几天再回去。你是想家了，还是想人了？"白小艺面色羞红："我都……想我姜爸了。敖拉姨，你就不想吗？"敖拉倚喃喃道："半生醒来，人过中年天过午。披星戴月，逆水行舟，漂至寂寥处，才发现，前方无彼岸，身后没归途……"

一名女导游走过来："二位，想去哪旅游？我可以给你们安排旅行社，费用很便宜的。"敖拉倚说："不，谢谢，我们有自己的安排，已经游过了。"

刘尔贵压低着帽檐儿，走到那名女导游身边说："这位美眉，你是哪个旅行社的？能不能在你们那儿给我找个活儿，比如拉客、接待什么的……"女导游指着一大堆旅行包问："大哥，这活儿你行吗？"刘尔贵说："行，行，你看我要体力有体力，说话办事儿都没问题。"女导游想了想说："我们社倒是正在招聘接待人员，你跟我去试一下吧，正好我要出去带团了，你先帮我搬下那堆行李。"

刘尔贵帮着女导游搬行李，得了一顶旅游帽，跟着女导游向外走，看见路边等出租的敖拉倚和白小艺，他脸一扭走了出去。

白小艺看了刘尔贵一眼说："那个人，好像认识……"

8

快要下班的时候，周至祥面带微笑地找到龙大章，进行了一次推心置腹的谈话，无非是要龙大章听从组织安排、要支持他的工作、不要想不开之类。龙大章表示，只要有助于刑警大队的工作，他愿意战斗在破案第一线。

可是，周至祥话锋一转，步入正题："大章，根据工作需要，你还是挑起刑警大队宣传的大梁，抽时间把经手的案子交接一下。"龙大章争辩道："周队，我是学刑侦的，我不想荒废自己的学业。"周至祥用略带嘲讽的眼光瞅着他："你是学刑侦的？破了几个案子啊？干我们这一行的，要靠业绩说话，而不是嫌疑人跑了还在睡觉！"被周至祥一抢白，龙大章无话可说了，他清楚，要服从组织的决定，何况自己在处理刘尔贵的案子上确实有失误。

龙城的夜晚降临了，喧嚣了一天的大街静下来。龙大章走上龙城大桥，自己被停职了，可他的想法并没有停下来。现在是无官一身轻，可他的心并没轻松下来。龙城在一片大雾中，要拨开这层迷雾，难度更大了。遭遇了火龙诀，想得到宝藏的人会停下来吗？如果刘尔贵手里有半张地图，他能逃过想得到宝藏的人的追杀吗？周至祥领导下的刑警大队，我的刑警生涯就结束了吗？

朱丽雅和姜美祺不约而同地远远站在了他的身后，一个是工作中的得力搭档，一个前女友加同学。人在低谷的时候，还有红颜相伴，也是人生一大幸事。可龙大章感受不到这些，或是说无暇感受。鸡血麻神被盗案、"东北新干线"涉黑组织案、《辽域地志》被盗案，还有龙山寺盗挖案、龙山盗墓爆炸案……案案向他袭来，他不敢细想，这几宗案件就像几座山一样压下来，此时，他却躲到了一边，他怎能甘心呢？

朱丽雅低声说："大章，夜凉了，我们回去吃饭吧。"龙大章回头感激地看着她说："丽雅，我虽然不负责那几个案子了，可你和鲁运还在专案组，你们要一如既往地帮助周副支队长破获这几起案子。"朱丽雅不屑地撇下嘴："你看周副支队长那个小人是破案的料吗？他在忙着升官发财接姜局的班呢。"

龙大章望着龙城的璀璨灯火，坚定地说："我现在虽然不代理大队工作了，可我还是一名候补刑警。我反思了一下，过去，我们的工作太浮躁了，总是跟着嫌疑人的屁股后面被动地破案。以后，我们要静下心来，从犯罪的角度进研究犯罪人的思路，才能从根本上杜绝犯罪。"

朱丽雅忧伤地说："在凤城卧底的时候，我们知道敌人在哪儿，方向明确，意志坚定。可是，敌人在暗处的时候，我感到很憋屈。我真想当兵去，和敌人明刀明枪地干上一仗。"

龙大章开导她也像在开导自己："丽雅，别做无谓感慨了。在警营，我们就是一个兵，你要像在凤城卧底一样永不放弃，我永远与你同在。"

二人的掌击在了一起，发出一声脆响。啪啪，随着稀疏的掌声，姜美祺从桥栏后走出来："二位，这么浪漫的夜晚饿着肚子立志！办案权都弄没了，还在研究与犯罪做斗争呢？要不要我们去唱歌，缓解一下龙城的空气呀？"

啪，朱丽雅把给龙大章带来的盒饭扔进垃圾筒里，她满眼敌意地说："你是在为大章下台庆祝吗？"姜美祺笑了："一个刑警，死了八个人都找不到线索，不去唱歌还能干什么？阎王爷逗小鬼，快乐一会儿是一会儿吧。"龙大章听得姜美祺话里有话，沉思了一下说："好主意，帝豪新装修的歌厅听说不错，我们就去那里吧。"听到这里，朱丽雅愣了一下，心想：是啊，案子出了，光感慨有什么用呢，去寻访那八个死于非命的盗墓者才是正事。

三人来到歌厅，要了一个小包间，朱丽雅唱完《等爱的玫瑰》，姜美祺唱完《爱一个人好难》，回头看时，龙大章还在和服务生聊天，为了聊天，包间的食品饮料已要了一大堆。

朱丽雅掏出几张照片，让陪唱的一个姑娘一张张地翻着。姜美祺好像无所事事，只好成了"麦霸"，从《迟来的爱》唱到《糊涂的爱》，再到《让世界充满爱》，搞了一次心事重重的独唱音乐会。

这当口，龙大章屏退服务生。龙大章问："丽雅，你那儿可线索？"朱丽雅说："我给她们看了照片，有一个人似乎在这儿当过服务生，可是她不确定。你呢？"龙大章说："这个服务生刚来没几个月，但也看其中一个人脸熟，到这里来过……"

二人正说着，电话响了，是周至祥打来的，说是要他和朱丽雅赶紧回大队，龙城市首届麻神大会要召开了，他这个负责宣传的干事，要连夜拟一份首届麻神大会的警务配合方案。

三人惆怅地往回走，龙城的夜色更浓了。路过龙城说书场，里面传来说书人的唱词："龙城一副麻将牌，东南西北全都来。白板红中生死斗，你为权来他为财。奸邪得志哈哈笑，多少忠魂雪里埋。人前背后脸常变，一片悬疑让人猜……"